btb

KARL OVE KNAUSGÅRD

DER MORGENSTERN

Roman

Aus dem Norwegischen
von Paul Berf

btb

Für Michal

Und in jenen Tagen werden die Menschen den Tod suchen
und nicht finden, sie werden begehren zu sterben
und der Tod wird vor ihnen fliehen.

Erster Tag

ARNE

Der plötzliche Gedanke, dass die Jungen hinter mir im Haus lagen und schliefen, während sich die Dunkelheit aufs Meer senkte, war so friedvoll und freundlich, dass ich bei ihm verharrte, als er auftauchte, und versuchte, das Gute an ihm zu bestimmen, statt ihn ziehen zu lassen.

Ein, zwei Stunden zuvor hatten wir Netze ausgelegt, ihre Hände riechen also nach Salz, dachte ich. Nie im Leben haben sie sich die Hände gewaschen, das hätte ich ihnen sagen müssen. Sie mochten es, den Übergang zwischen Wachsein und Schlafen möglichst schnell zu gestalten; jedenfalls streiften sie gewöhnlich nur ihre Kleider ab, legten sich unter die Decke, schlossen die Augen und schalteten nicht einmal das Licht aus, wenn ich mich nicht mit meinen Forderungen einmischte, zum Beispiel, dass sie sich die Zähne putzen, das Gesicht waschen, die Kleider ordentlich auf den Stuhl legen sollten.

An diesem Abend hatte ich nichts dergleichen gesagt, und so waren sie einfach in ihre Betten geglitten wie langgliedrige, glatthäutige Tiere.

Aber nicht das war das Gute an dem Gedanken gewesen.

Es war der Gedanke an die Dunkelheit, die sich unabhängig von ihnen senkte. Dass sie schliefen, während das Licht aus den Bäumen und vom Waldboden vor ihren Zimmern verschwand, um noch eine Weile schwach am Himmel zu schimmern, ehe auch er schwarz wurde und das einzige Licht in der Landschaft der Mondschein war, den die Wasserfläche der breiten Bucht gespenstisch reflektierte.

Ja, das war es.

Dass nichts jemals stoppte, dass alles einfach immer weiterging, Tag zu Nacht wurde, Nacht zu Tag, Sommer zu Herbst, Herbst zu Winter, Jahr auf Jahr folgte, und dass sie sich genau hier, in diesem Moment, in dem sie tief und fest in ihren Betten schliefen, befanden. Als wäre die Welt ein Raum, den sie besuchten.

Die roten Lichter an der Spitze des Funkmasts blinkten in der Dunkelheit über den Bäumen am anderen Ufer. Unterhalb von ihm fiel Licht aus den Sommerhäusern. Ich trank einen Schluck Wein und schüttelte die Flasche anschließend leicht, weil es zu dunkel war, um zu erkennen, wie voll sie noch war. Knapp die Hälfte war noch da.

Als Kind war der Juli mein Lieblingsmonat gewesen. Das war nicht weiter verwunderlich, denn mit seinen langen Tagen voller Licht und Wärme ist es ja der kindlichste und einfachste Monat. Als Jugendlicher mochte ich den Herbst, die Dunkelheit und den Regen, vielleicht, weil das dem Leben einen Ernst hinzufügte, den ich romantisch fand und gegen den ich mich behaupten konnte. Die Kindheit war die Zeit, herumzustreichen und einfach nur zu sein, die Jugendzeit war die Entdeckung der eigentümlichen Süße des Todes.

Jetzt mochte ich den August am liebsten. Auch das war nicht weiter verwunderlich; ich stand mitten im Leben, an jenem Ort in der Zeit, an dem Dinge vollendet werden, in der Stagnation des langsam steigenden Überflusses, in dem Augenblick, bevor dieser nach und nach abgeschöpft wird und in einen ebenso langsamen Verfall ausklingt.

Oh, August, du mit deiner Dunkelheit und Wärme, deinen süßen Pflaumen und deinem sonnenversengten Gras! Oh, August, du mit deinen todgeweihten Schmetterlingen und zuckerbesessenen Wespen!

Der Wind stieg den Hang herauf, ich hörte ihn, noch ehe ich ihn auf der Haut spürte, und dann raschelten die Blätter in den Baumwipfeln über mir für einen Moment, ehe sie wieder zur Ruhe kamen. Ähnlich wie ein Schlafender sich plötzlich umdreht, nachdem er lange still gelegen hat, so schien es mir. Und danach rasch wieder zur Ruhe kommt.

Auf den Uferfelsen unter mir tauchte eine Gestalt auf. Auch wenn sich die schattenhafte Figur aus dieser Entfernung nicht wirklich identifizieren ließ, wusste ich, dass es Tove war. Sie ging über den glattgeschliffenen, schwach ansteigenden Felsgrund auf den Bootssteg und nahm von dort den Pfad den Anstieg herauf. Wenig später hörte ich ihre Schritte, als sie den grasbewachsenen Hang direkt unterhalb vom Garten emporstrebten.

Ich saß vollkommen still. Wenn sie aufmerksam war, würde sie mich sehen können, aber das war sie seit mehreren Tagen nicht mehr gewesen.

»Arne?«, sagte sie und blieb stehen. »Bist du da?«

»Ich bin hier«, erwiderte ich. »Am Tisch.«

»Sitzt du im Dunkeln? Magst du nicht das Licht anzünden?«

»Doch, kann ich machen«, sagte ich und zündete mit dem Feuerzeug die Lampe auf dem Tisch vor mir an. Der Docht brannte mit einer tiefen, klaren Flamme, während der Lichtschein, überraschend stark, im Halbdunkel eine Kuppel aus Helligkeit schuf.

»Ich setze mich kurz«, sagte sie.

»Tu das«, entgegnete ich. »Möchtest du einen Schluck Wein?«

»Hast du Gläser?«

»Nicht hier.«

»Dann lassen wir es«, sagte sie und setzte sich in den Korbsessel auf der anderen Seite des Tischs. Sie trug Shorts und ein kurzes Top, ihre Füße steckten in Gummistiefeln, die ihr bis zu den Knien gingen.

Von den Medikamenten war ihr immer schon leicht fülliges Gesicht aufgedunsen.

»Ich nehme mir noch was«, sagte ich und füllte mein Glas. »War es ein schöner Spaziergang?«

»Ja. Mir ist beim Gehen eine Idee gekommen. Deshalb bin ich schnell zurück.«

Sie stand auf.

»Ich fange sofort an.«

»Und womit?«

»Einer Bilderserie.«

»Aber es ist kurz vor elf«, sagte ich. »Du musst auch mal schlafen.«

»Schlafen kann ich, wenn ich tot bin«, sagte sie. »Es ist wichtig. Du kannst dich morgen um die Jungs kümmern, du hast ja Urlaub. Ihr könntet fischen gehen oder so.«

Wann zum Teufel wirst du anfangen, dich für andere außer dich selbst zu interessieren, dachte ich und sah zu dem blinkenden Mast hinaus.

»Sicher, können wir machen«, meinte ich.

»Schön«, sagte sie.

Meine Augen folgten ihr, während sie durch den Garten zu dem weißen Gästehaus an seinem hinteren Ende schritt. Als das Licht in ihm anging, leuchteten die Fenster gelb inmitten der schwarzen Masse, die Bäume und Sträucher in der Dunkelheit davor bildeten.

Im nächsten Moment kam sie wieder heraus. Die Shorts und ihre nackten Beine in den großen Stiefeln lassen sie wie ein kleines Mädchen aussehen, dachte ich. Der Kontrast zu dem Top, das um den rundlichen Körper spannte, und zu ihrem trägen, erschöpften Blick war groß und erfüllte mich plötzlich mit Mitleid.

»Ich habe unten im Wald drei Krebse gesehen«, sagte sie und blieb vor dem Tisch stehen. »Ich habe vergessen, es dir vorhin zu erzählen.«

»Die haben bestimmt ein paar Möwen da abgeworfen«, sagte ich.

»Aber sie waren am Leben«, sagte sie. »Sie sind über den Waldboden gelaufen.«

»Bist du sicher? Dass es Krebse waren, meine ich? Könnten es nicht andere kleine Tiere gewesen sein?«

»Natürlich bin ich mir sicher«, erwiderte sie. »Ich dachte, dass du es gern wissen würdest.«

Sie drehte sich um, ging wieder zurück und schloss die Tür hinter sich. Im nächsten Moment erklang Musik aus dem Haus.

Ich schenkte mir den restlichen Wein ein und überlegte, ob ich ins Bett gehen oder noch einen Moment sitzen bleiben sollte. Dann müsste ich mir einen Pullover holen, dachte ich.

Seit ein, zwei Tagen war sie jetzt in der Hochphase. Die Anzeichen waren immer die gleichen. Sie begann zu mailen und zu telefonieren und schrieb lange Facebookposts und wollte plötzlich alles Mögliche erledigen, was im Grunde zu nichts führte, jedenfalls zu nichts Substantiellem wie zum Beispiel, ein Haus in Ordnung zu halten oder an irgendeiner Sache dranzubleiben. Ein anderes Anzeichen bestand darin, dass sie so achtlos wurde. Sie ließ die Tür offen stehen, wenn sie auf der Toilette saß, sie drehte das Radio extrem laut, ohne Rücksicht auf andere, und wenn sie das Essen zubereitete, sah die Küche hinterher aus, als hätte eine Bombe eingeschlagen.

Das alles nervte mich unglaublich. Wenn sie endlich einmal vor Energie strotzte, warum konnte sie die dann nicht nutzen, um allen eine Hilfe zu sein? Gleichzeitig tat sie mir aber auch leid, sie war wie ein in der Welt verlorenes Mädchen, das sich einredete, wie gut alles lief.

Aber ein Krebs im Wald? Was war es wohl gewesen? Welches Tier konnte sie auf die Idee gebracht haben, dass es sich um Krebse handelte? Oder hatte sie sich das nur eingebildet?

Ich lächelte, als ich aufstand. Stehend trank ich den restlichen Wein in einem langen Schluck, ehe ich Flasche und Glas nahm und ins Haus ging. Die Zimmer waren von der Wärme des Tages aufgeheizt, und als die warme Luft mein Gesicht und die nackte Haut an den Armen umschloss, fühlte es sich fast so an, als nähme ich ein Bad. Dass alles hell erleuchtet war, verstärkte dieses Gefühl noch, plötzlich war ich in einem anderen Element.

Ich stellte die leere Flasche zwischen die anderen auf den Boden des Schranks, überlegte einen Moment, ob ich sie in eine Tüte stecken und zum Auto tragen sollte, um sie am nächsten Tag zum Glascontainer zu fahren, weil ich die Anzahl der Flaschen auf einmal mit den Augen anderer sah, aber das war noch lange kein Grund, sie gerade jetzt nach draußen zu bringen, um elf Uhr abends, das konnte ich morgen machen, dachte ich, spülte das Glas unter fließendem Wasser, rieb mit den Fingern über den Boden, trocknete es mit dem Küchenhandtuch ab und stellte es in das offene Regal über der Spüle.

So.

Eine winzige Spinne war dabei, sich unter dem Regal an einem Faden abzulassen. Sie war nicht größer als ein Brotkrümel, schien aber genau zu wissen, was sie tat. Als sie etwa zwanzig Zentimeter über der Arbeitsplatte war, hielt sie inne und blieb baumelnd in der Luft hängen.

In dem Moment schlug ein Fenster im Haus, mehrmals hintereinander. Es klang, als wäre es das Badezimmerfenster, und ich ging nachsehen. Das Fenster stand tatsächlich weit offen und folgte den Launen des stärker werdenden Winds. Jetzt knallte es gegen die Außenwand, und die Gardine flatterte in der Fensteröffnung. Ich zog sie herein und schloss das Fenster, ehe ich mich vor den Spiegel stellte und mir die Zähne putzte. Gedankenverloren zog ich das T-Shirt nach oben und betrachtete meinen Bauch, mit dem ich mich nicht mehr identifizieren konnte; er gehörte nicht dem Mann, als der ich mich fühlte. Ich hatte nicht das, was erforderlich war, um ihn loszuwerden, denn obwohl ich mehrmals täglich daran dachte, dass ich abnehmen, laufen und schwimmen sollte, fing ich niemals damit an. Deshalb stellte sich die Frage, ob es vielleicht möglich war, ihn in etwas Gutes zu verwandeln?

Der größte Fehler, den man machen konnte, war der Versuch, sein Übergewicht zu verbergen, in großen Hemden und weiten Hosen herumzulaufen und zu glauben, keiner würde es merken, solange unter dem Stoff nichts spannte. Dann sah man einen fetten Mann, der sich schämte. Und das war schlimmer als einfach ein fetter Mann, weil man etwas unangenehm Persönlichem und Intimem nahekam.

Ich spuckte die Zahncreme ins Becken, spülte den Mund mit Wasser aus dem Hahn aus, stellte die Zahnbürste an ihren Platz in das Glas im Regal.

War es nicht männlich, korpulent zu sein? Maskulin, eine gewisse Schwere zu haben?

Im Garten rauschte und raschelte es in Blättern und Ästen, ab und zu knackte es in den alten Wänden, wenn ein Windstoß gegen sie schlug. Bald fängt es an zu regnen, dachte ich und ging ins Wohnzimmer, löschte dort das Licht, ehe ich in die obere Etage ging und einen Blick in das Zimmer der Jungen warf. Es war warm darin, nachdem die Sonne den ganzen Nachmittag darauf gestanden hatte, und sie lagen beide auf ihren Decken, Asle, Hände und Beine um seine geschlungen, war in das Licht der Deckenlampe getaucht.

Wenn sie schliefen, sahen sie sich noch ähnlicher, denn viele der Unterschiede, die es zwischen ihnen gab, erzeugten sie selbst, etwa durch die Art, wie sie verschiedene Dinge machten, den Kopf hielten und drehten, die Hände bewegten, die Augenbrauen runzelten, oder wie sie Dinge sagten, die Nuancen in den Stimmen, der Tonfall in einer Frage. Jetzt waren sie nur Körper und Gesichter, und darin waren sie sich fast völlig gleich.

Ich hatte mich immer noch nicht daran gewöhnt, denn obwohl das Augenmerk auf ihre Ähnlichkeit im Alltag natürlich verschwand, tauchte es in Momenten wie diesem doch immer wieder auf, wenn ich sie plötzlich nicht als zwei Individuen sah, sondern als zwei Versionen des gleichen Körpers.

Ich schaltete das Licht aus und ging ins Schlafzimmer am anderen Ende des Flurs, zog mich aus und legte mich hin, um zu lesen, hatte aber ein wenig zu viel getrunken, so dass ich nach ein paar Sätzen das Buch zuklappte und das Licht löschte. Nicht, dass ich betrunken gewesen wäre, es war nicht etwa so, dass die Sätze und ihre Bedeutungen verschwammen, es ging eher darum, dass der Alkohol meinen Willen aufgeweicht, ihn geschwächt hatte und es mir praktisch unmöglich machte, die kleine Anstrengung zu mobilisieren, der es trotz allem bedurft hätte, um einen Roman zu lesen.

Es war so viel besser, mit geschlossenen Augen dazuliegen und die Gedanken nach Lust und Laune im Weichen und Dunkeln umhergleiten zu lassen.

Tagsüber war etwas Hartes und Kantiges an dem, was in mir war, etwas Trockenes und Ödes, eine Art Reich des Verneinens, in dem es häufig darum ging zu entsagen. Der Wein füllte das aus; das Harte und Kantige verschwand nicht, war aber nicht mehr alles. Wie ein Uferfelsen nach der Ebbe, wenn der Tang in der Sonne getrocknet ist und das Wasser wieder steigt: das Gefühl des Tangs dann! Wenn er das Salzige und Kalte spürt, das ihn anhebt, wenn er in diesem Herrlichen, Lebensspendenden hin und her schwenkt, und alle Flächen wieder weich und feucht werden …

Als ich die Zone knapp außerhalb des Bewusstseins erreichte, in die hinein und aus der heraus man manchmal einige Minuten gleitet, ehe der Schlaf einen endgültig übermannt, meinte ich Regentropfen gegen das Fenster und auf das Dach schlagen zu hören, sozusagen im Vordergrund des gleichmäßigen Rauschens der Bäume und Sträucher im Garten, und des ferneren Brausens der Wellen unten in der Bucht.

Ich wurde davon geweckt, dass Tove mich rief.

»Arne!«, rief sie. »Arne, du musst kommen!«

Ich setzte mich auf. Sie stand unten im Flur, und mein erster Gedanke war, dass sie nicht so laut schreien sollte, die Jungen könnten sonst wach werden.

»Es ist etwas passiert«, rief sie. »Komm!«

»Ich komme«, sagte ich, zog mein Hemd an und ging die Treppe hinunter.

Sie stand in ihren Shorts und den Gummistiefeln in der Türöffnung. Sie weinte.

»Was ist denn passiert?«, fragte ich.

Sie öffnete den Mund, als wollte sie etwas sagen, brachte aber keinen Ton heraus.

»Tove«, sagte ich. »Was ist passiert?«

Sie gab mir ein Zeichen, ihr zu folgen. Wir gingen zum Gästehaus, durch den Flur dort und ins Wohnzimmer hinein.

Auf dem Boden lag eines der Kätzchen, struppig und schön. Aber es war ganz still, und als ich näher trat, sah ich, dass es in einer kleinen Blutlache lag.

Es lebte noch, erkannte ich, denn eine Pfote bewegte sich.

Das zweite Kätzchen stand dahinter und schaute zu.

»Ich habe es nicht gesehen«, sagte Tove. »Ich bin auf es getreten. Es tut mir so leid.«

Ich sah sie an. Dann ging ich vor dem Kätzchen in die Hocke. Aus Schnauze und Ohren war Blut geflossen, und es lag mit geschlossenen Augen da, während die Pfote über den Fußboden scharrte.

»Kannst du etwas tun?«, fragte sie. »Können wir es morgen früh zum Tierarzt bringen?«

»Wir müssen es töten«, sagte ich und richtete mich auf. »Ich hole einen Hammer oder so.«

»Doch keinen Hammer«, sagte sie.

»Uns bleibt nichts anderes übrig«, erklärte ich und ging ins andere Haus hinüber, in die Küche. Ich hatte noch nie ein Tier getötet, war kaum fähig, einen Fisch zu erledigen, und als ich eine der Schubladen aufzog und den Hammer herausholte, war mir schlecht.

Zurück im Gästehaus drehte das Kätzchen, noch immer mit geschlossenen Augen, ein wenig den Kopf. Eine Art Zittern lief durch den kleinen Körper. Ich ging vor ihm in die Hocke und hielt den gummiverkleideten Stiel des Hammers fest umschlossen. Ich stellte mir vor, wie der Schädel unter ihm knirschen würde, wenn ich zuschlug.

Tove stand ein Stück weiter im Zimmer und sah zu.

Das Kätzchen lag jetzt vollkommen still.

Ich strich ihm mit dem Zeigefinger behutsam über die wollige Stirn. Es reagierte nicht.

»Ist es tot?«, sagte Tove.

»Ich denke schon«, antwortete ich.

»Was sollen wir mit ihm machen?«, fragte sie. »Was sollen wir den Jungen sagen?«

»Ich werde es irgendwo im Garten vergraben«, erklärte ich. »Wir werden wohl sagen müssen, dass es verschwunden ist.«

Ich richtete mich auf, und plötzlich wurde mir bewusst, dass ich nur eine Unterhose anhatte.

»Ich habe es nicht gesehen«, sagte sie. »Auf einmal war es unter meinem Fuß.«

»Schon gut«, sagte ich. »Es war nicht deine Schuld.«

Ich ging zur Tür.

»Wo willst du hin?«, fragte sie.

»Mich anziehen, danach begrabe ich es draußen.«

»Okay«, sagte sie.

»Kannst du bitte so lieb sein und ins Bett gehen?«, fragte ich.

»Ich kann jetzt nicht schlafen.«

»Kannst du es nicht versuchen?«

Sie schüttelte den Kopf.

»Das hat keinen Sinn.«

»Und wenn du eine Tablette nimmst?«

»Die hilft nicht.«

»Okay«, sagte ich und ging in den Regen hinaus, überquerte den Hof zwischen den beiden Häusern, zog im Schlafzimmer meine Hose an, fand die Regenjacke, die an einem Haken in dem schuppenartigen Anbau hing, wo auch ein Spaten stand, und kehrte ins Gästehaus zurück.

Tove saß am Tisch und schnitt etwas aus einem roten Papierbogen. Neben ihr lag ein größerer und steiferer Bogen, auf den sie mehrere rote Figuren geklebt hatte.

Ich ließ sie in Ruhe, legte den Spaten auf den Fußboden, hob das tote Kätzchen vorsichtig auf das Blatt und trug es, auf dem Spaten ruhend, den ich vor mir hielt, hinaus.

Die Äste der Bäume schlugen in der Dunkelheit wie Masten. Die Luft war voller Regentropfen, die in Schwüngen mit dem Wind kamen. Ich blieb neben den Beerensträuchern in der hinteren Ecke des Gartens stehen, legte das Kätzchen auf die Erde und stach den Spaten in die Schicht aus Rindenmulch und Erde. Als ich die Grube ein paar Minuten später ausgehoben hatte, waren meine Haare klatschnass und die Hände eiskalt.

Das Kätzchen war noch warm, spürte ich, als ich es hineinlegte.

Wie war das möglich?

Ich begann Erde darauf zu schaufeln. Als sie den Körper traf, lief ein Zucken durch ihn.

Lebte es?

Das sind bestimmt nur Muskelzuckungen, dachte ich und schaufelte weiter, bis es vollständig mit Erde bedeckt war. Dann klopfte ich die oberste Schicht fest und streute etwas Mulch darüber, damit die Jungs nicht neugierig wurden, falls sie im Laufe des Tages wider Erwarten hier vorbeikommen sollten.

Ich hängte die glänzende Regenjacke an den Haken und sah, als ich mir die Hände wusch, wie die Erde das Wasser für einige Sekunden braun färbte, als es zum Abfluss lief, ging anschließend ins Schlafzimmer hinauf, zog mich aus und legte mich ins Bett, um weiterzuschlafen.

Der Gedanke an das Kätzchen, das lebendig gewesen war, als ich die Erde darauf geschaufelt hatte, ließ mich nicht los. Es half mir nicht, dass ich mir sagte, es wären nur krampfhafte Zuckungen gewesen, ich sah trotzdem vor mir, wie es da draußen mit offenen Augen unter der Erde lag, unfähig, sich zu bewegen.

Sollte ich hinausgehen und es wieder ausgraben?

Es war auch ein Geschöpf dieser Welt.

Was für ein Leben hatte es hier bekommen?

Ein paar Wochen in einem Zimmer mit Dielenboden, dann hinab in die dunkle und kalte Erde, wo es sich nicht rühren konnte, nur dalag, bis es ganz für sich allein starb.

Was war der Sinn dieses Lebens?

Aber verflucht nochmal, es war nur eine Katze. Und wenn sie noch nicht tot war, als ich sie begrub, war sie es jetzt auf jeden Fall.

Am nächsten Morgen erwachte ich vom Geräusch des Fernsehers in der Etage unter mir. Ich sah, dass es ein paar Minuten nach acht war, und setzte mich auf. Draußen war es ganz still. Der Himmel vor dem Fenster war grau und von Nässe so schwer, dass die Wolken am anderen Ufer der Bucht knapp über den Bäumen hingen.

Mein ganzer Körper war von einer dünnen Schweißschicht überzogen. Aber ich hatte keine Lust zu duschen, und eine der Freuden im Urlaub bestand schließlich darin, dass man nicht ständig darauf achten musste, sauber zu sein.

Ich zog mich an und ging in die Küche hinunter, wo ich an der Arbeitsplatte stehend zwei Gläser Wasser trank. Im Garten standen die Bäume regungslos. Ihr dichtes, grünes Laub leuchtete umgeben von all dem Grau in intensivem Grün.

»Habt ihr Hunger?«, rief ich. Ich bekam keine Antwort und ging zu ihnen hinein. Jeder der beiden lag unter einer Decke auf dem breiten Ecksofa. Asle hatte die Beine zur Wand hochgestreckt und den Oberkörper in eine seltsame Stellung verdreht, um fernsehen zu können, während Heming bäuchlings auf der Rückenlehne lag.

»Seid ihr krank?«, fragte ich.

Sie legten die Wolldecken weg, ohne mich anzusehen. Sie wussten nur zu gut, dass ich es nicht leiden konnte, wenn sie tagsüber unter Decken oder Oberbetten lagen, weshalb es mich ein wenig wunderte, dass sie sie nicht schon weggezogen hatten, als sie meine Schritte auf der Treppe gehört hatten.

»Habt ihr Hunger?«

»Nicht wirklich«, antwortete Asle.

»Ein bisschen«, sagte Heming.

»Ihr solltet etwas essen«, sagte ich. »Wir wollen doch gleich raus und die Netze einholen.«

»Müssen wir das?«, fragte Asle.

»Nun kommt schon«, sagte ich. »Ihr wart doch dabei, als wir sie ausgelegt haben. Ist doch klar, dass ihr sie auch einholen müsst! Ihr wollt doch sicher sehen, was wir gefangen haben!«

»Das Wasser ist so kalt«, sagte Asle.

»Können wir uns heute nicht einfach einen ruhigen Tag machen«, fragte Heming.

»Das Wasser ist kalt?«, sagte ich. »Wir wollen doch gar nicht schwimmen gehen!«

Sie sagten nichts, sahen nur zum Fernseher hin.

»Hört zu«, sagte ich. »Ich brate uns Eier und Speck und mache euch eine Schokolade, okay? Danach fahren wir raus und holen die Netze ein, und dann könnt ihr den Rest des Tages machen, was ihr wollt. Abgemacht?«

»Ja, okay«, sagte Asle.

»Heming?«

»Okay, okay.«

Die Ereignisse der Nacht erschienen mir seltsam fern, während ich in die Küche zurückkehrte, als wären sie Teil einer anderen Wirklichkeit als der, in der ich mich jetzt bewegte. Die Dunkelheit, der Wind, der Regen, Toves Verzweiflung, das tote Kätzchen, das Blut auf dem Fußboden, der Spaten, die Erde, das Grab, in das es vielleicht lebendig gelegt worden war.

Wo war sie eigentlich?

Eine Welle aus Angst traf mich. Ich verspürte den Drang loszurennen, um nach ihr zu sehen, durch alle Räume zu hasten, aber als ich in den Flur ging und mir Schuhe anzog, um zum Gästehaus zu gehen, tat ich es mit langsamen Schritten, damit die Jungen nicht merkten, dass etwas nicht stimmte.

Seltsamerweise war es draußen genauso warm wie am Vortag, obwohl die Sonne nicht schien.

Die Tür zum Gästehaus stand einen Spaltbreit offen. Sie achtete sonst immer sorgsam darauf, alles zuzumachen und abzuschließen, es war fast schon eine Phobie, dieses Bedürfnis nach Sicherheit, aber nicht in ihrem momentanen Zustand, in dem alles ins Gegenteil umschlug.

Das Wohnzimmer war verwaist. Ich öffnete die Tür zum Schlafzimmer, auch dort nichts. Dann ging ich in die obere Etage hinauf, wo sie regungslos auf einem der Betten unter der Dachschräge lag.

»Tove?«, sagte ich.

Sie antwortete nicht.

Mein Herz schlug wie vor einem Sprung vom Zehnmeterturm.

Langsam ging ich zu ihr hinüber.

»Tove?«

»Mm?«, sagte sie aus der Tiefe des Schlafs.

Dann war also alles in Ordnung!

»Schlaf einfach weiter«, sagte ich, deckte sie zu und stieg wieder die Treppe hinunter. Der Tisch war voller Papierbögen, auf die sie rote Figuren geklebt hatte. Ich blieb stehen und musterte sie eingehender.

Manche sahen aus wie Felszeichnungen, es waren primitive Boote und Männer mit erigierten Penissen, andere ähnelten Matisses Kreis aus tanzenden Menschen, allerdings mit Tierbeinen. Eines der Blätter zeigte einen Menschen zu Pferd, dargestellt als ein einziges Geschöpf, ein anderes war voller Risse, ein drittes voller roter Punkte, aber erst, als ich das Blatt anhob, sah ich, dass es Marienkäfer waren.

Darunter lag auf dem Tisch ein Bogen, auf den sie drei Mal untereinander *Ich will Egil vögeln* geschrieben hatte.

Oh, verdammt, dachte ich, beließ es aber dabei, legte nur den großen Bogen mit den Marienkäfern darüber, falls die Kinder hereinkommen sollten, und warf einen Blick zur oberen Etage hinauf, um zu prüfen, ob sie mich wider Erwarten gesehen hatte.

War das vielleicht auch ein Teil des Kunstwerks? Dachte sie so? Dass sie alle Schleusen zum Unterbewusstsein öffnete?

Und dann ausgerechnet Egil.

»Oh, zum Teufel«, sagte ich zu mir. »Warum bist du nur so ein verdammter Idiot, Tove?«

Das Blut der Katze war noch immer auf dem Boden. Ich sollte es wohl besser wegwischen, bevor die Jungs es sahen. Aber nicht jetzt. Jetzt wurde es Zeit für Eier und Speck, Toastbrote und heiße Schokolade.

Der Rasen, vor Feuchtigkeit glänzend, erstreckte sich wie ein Fußboden bis zwischen die Bäume und Beete.

Ich holte die Sachen aus dem Kühlschrank, die wir für das Frühstück benötigten, und stellte fest, dass nur noch ein Ei in dem Karton war.

Ich wollte gerne halten, was ich den Jungen versprochen hatte, und beschloss deshalb, mit dem Fahrrad zum Geschäft hinunterzufahren. Ich hätte sie darum bitten können, aber dann hätten sie unter Umständen gesagt, sie hätten keine Lust, und ich hätte mich schwach gezeigt, indem ich es akzeptierte, oder es hätte, wenn ich es nicht akzeptierte, eine Situation eintreten können, in der ich sie zwingen musste, um nicht das Gesicht zu verlieren, was die Atmosphäre vermutlich stundenlang oder den ganzen Tag bestimmen würde. Und das war es nicht wert. Auch weil wir danach zum Fischen hinausfahren wollten.

Ich ging zu ihnen.

»Ich gehe mal kurz zum Geschäft«, sagte ich.

»Wo ist Mama?«, fragte Asle.

»Sie schläft noch«, sagte ich. »Wollt ihr etwas aus dem Geschäft? Abgesehen von Eis, meine ich?«

»Ja, Eis!«, sagte Heming.

»Das bekommt ihr nicht«, sagte ich. »Aber wie wäre es mit Orangensaft?«

Sie antworteten nicht.

»Okay. Ich bin gleich zurück«, sagte ich und ging in den Flur, zog Schuhe und Jacke an, holte das Fahrrad aus dem Schuppen und rollte es hinaus.

Unser Haus lag am Ende einer Schotterstraße; das heißt, die Straße führte weiter in den Wald hinein, aber eher als ein Weg, der für Autos kaum befahrbar war. Dort lag das Haus von Kristen, einem alten Original, der immer allein gelebt und seine Einsamkeit zu einer Kunstform erhoben hatte: Alles hatte er selbst gebaut, sogar das Boot, mit dem er fischen ging.

In der anderen Richtung lagen entlang der Straße mehrere Häuser wie unseres, von denen die meisten nur im Sommer und in den Ferien genutzt wurden. Ich kannte einen Großteil der Leute, die dort wohnten, aber es war lange her, dass ich mit irgendeinem von ihnen näheren Kontakt gehabt hatte. Den leeren Parkplätzen vor ihren Häusern nach zu urteilen, waren die meisten mittlerweile heimgefahren.

Die zahlreichen Schlaglöcher und Mulden in der Straße waren mit Regenwasser gefüllt, kleinen schlammgelben Pfützen, die mich an die achtziger Jahre zurückdenken ließen, als man sie im Herbst und Frühjahr so häufig gesehen hatte, heute waren sie fast verschwunden. Der Schotter, nass und weich, glänzte an manchen Stellen wie Silber zwischen den rötlichen Felskuppen und den grünen Nadelbäumen, an denen sich die Straße vorbeischlängelte.

Ich hoffte, das, was an ihr zerrte, würde verschwunden sein, wenn sie aufwachte.

Aber tat ich das wirklich?

Wenn sie so weitermachte, würde sie bald völlig außer Kontrolle sein und am Ende ins Krankenhaus müssen.

Das hatte etwas Definitives, etwas Handfestes und Konkretes. Und das war gut. Denn das Problem waren immer die Grenzen. Ihre, meine, die der Kinder. Es ließ sich nie bestimmen, wann das Krankhafte begann, denn es glitt so langsam hinaus, von Freude und Begeisterung zu etwas, das sie immer weiter von uns wegzog, und wir spielten mit, akzeptierten unmerklich, was von außen betrachtet nicht akzeptabel war, weil wir nicht außen waren, sondern innen, wo die Grenzen sich so sachte verschoben, dass wir es nicht bemerkten.

So war es natürlich auch, weil ich sie den Kindern und der Außenwelt gegenüber deckte.

Wenn sie ins Krankenhaus kam, sahen die Leute plötzlich, wie verrückt sie war und wie viel ich allein tun musste.

Ich radelte an den beiden Felsblöcken vorbei, die links und rechts direkt an der Straße lagen. Als ich kleiner war, ließen sie mich immer denken, dass ich in einem Boot zwischen zwei Inseln hindurchsegelte und als prätentiöser Student im Grundstudium hatte ich sie Skylla und Charybdis getauft. Dann beschrieb die Straße eine Kurve, ehe sie ziemlich steil geradewegs zum Geschäft und dem Touristenanleger hinabführte. Auf diesem Hang war ich einmal so mit dem Fahrrad gestürzt, dass ich ein Loch im Kopf hatte – kein Mensch trug damals einen Helm, und ich konnte eigentlich auch noch gar nicht richtig Rad fahren –, aber die Erinnerung daran war vermutlich falsch, sie basierte auf dem, was man mir erzählt hatte, und nicht dem, was ich selbst erlebt hatte. Es war unmöglich, es genau zu wissen.

Als ich hinunterrollte, trat ich leicht auf die Bremse, während ich in Gedanken die anderen Kinder vor mir sah, wie sie sich über mich gebeugt hatten, und den Krankenwagen, der gekommen war, genau hier, wo ich mich jetzt befand, nur vor vierzig Jahren.

Das Geschäft war in dieser Zeit von einem Landhandel zu einem kleinen Supermarkt und dem geworden, was es heute war, eine Art Zentrum mit Supermarkt, Imbissbude, Café und Souvenirladen. Auf der Rückseite standen eine Benzin- und eine Dieselzapfsäule, daneben lag ein kleines Gebäude mit Duschen und Toiletten für die Segeltouristen. *Tjæreholmen Marina* nannte sich das Ganze.

Ich stellte das Fahrrad ab und ging hinein. Nahm mir einen der roten Einkaufskörbe, legte zusätzlich zu den Eiern, die der eigentliche Grund für meinen Einkauf waren, eine Tüte frische Brötchen, Butter und Milch dazu.

Ein Mann in Shorts und T-Shirt und mit einer Kappe auf dem Kopf stand vor mir an der Kasse und legte Waren auf das Band, als ich mich anstellte. Er drehte sich kurz zu mir um, zog eine Kreditkarte aus der Gesäßtasche, steckte sie in das Terminal und drehte sich wieder zu mir um.

»Arne?«, sagte er.

Ich wusste nicht, wer er war.

»Ja?«, meinte ich.

»Das ist wirklich verdammt lange her«, sagte er und lächelte.

Ich sah ihn wortlos an.

Da war etwas mit seinen Augen.

»Du erkennst mich nicht?«

»Na ja …«, sagte ich.

»Trond Ole«, sagte er.

»Oh!«, erwiderte ich. »Dich hätte ich jetzt wirklich nicht mehr erkannt! Was tust du denn hier?«

»Wir haben auf der Innenseite ein Häuschen gekauft. Unser erster Sommer hier.«

Er wandte sich ab und tippte den PIN ein, wartete ein paar Sekunden, bis die Zahlung bestätigt wurde, ging zum Ende des Bands und begann, die Waren in eine Tüte zu packen, während ich meine auf das Band legte.

»Und was machst du jetzt so?«, fragte ich.

»Du meinst, was ich arbeite?«, sagte er, ohne aufzuschauen.

»Ja«, sagte ich.

»Im Moment bin ich krankgeschrieben«, sagte er. »Und du?«

»Ich bin an der Uni.«

»Professor?«, fragte er und sah mich an.

Ich wurde rot.

»Ehrlich gesagt, ja.«

Er lächelte.

»Ich war mal mit dir hier draußen, erinnerst du dich?«

Er blieb mit der vollen Tüte in der Hand stehen, während ich anfing, die Einkäufe in meine zu räumen.

»Na klar«, sagte ich. »Wir waren zehn, oder?«

»In etwa.«

Wir gingen hinaus, er drückte auf einen Schlüssel, und eines der Autos auf dem Parkplatz blinkte zwei Mal.

»Hast du noch lange frei?«, fragte er.

»Das ist die letzte Woche«, sagte ich.

»Dann komm doch abends mal vorbei«, sagte er.

»Warum nicht«, sagte ich. »Das wäre nett.«

Wir gaben uns die Hand, und er ging zu seinem Auto,

während ich das Fahrrad aufschloss, die Tüte an den Lenker hängte und begann, den steilen Anstieg hinaufzugehen.

»Arne?«, rief er hinter mir her.

Ich drehte mich um und sah ihn mit schnellen Schritten auf mich zukommen.

»Du brauchst doch meine Nummer. Oder ich deine.«

»Stimmt«, erwiderte ich. »Vielleicht gibst du mir deine?«

Das war besser; dann konnte ich es einfach lassen.

Er nannte die Zahlen, die ich in mein Handy tippte.

»Okay«, sagte ich. »Dann hören wir voneinander!«

»Wenn du mich anrufst, hab ich auch deine«, meinte er.

»Gute Idee«, sagte ich und tat es.

Als ich zurückkam, saßen die Jungen immer noch wie gebannt vor dem Fernseher. Von Tove war nichts zu sehen. Ich stellte das Fahrrad in den Schuppen und ging durch den schimmernden Garten, schlug ein Ei an der Kante der Bratpfanne auf und sah es sachte hineingleiten, ehe die Hitze es packte und es in einer runden Form erstarrte, goss Milch in einen Topf, schnitt zwei Scheiben Brot ab und steckte sie in den Toaster.

Trond Ole hatte uns damals an einem Wochenende kurz vor den Sommerferien begleitet, wir waren in dem Schuljahr Freunde gewesen, und ich hatte mich darauf gefreut, ihm alles zu zeigen, was es hier draußen gab.

Wir hatten ein bisschen von Vaters Schnaps geklaut und waren damit in den Wald gelaufen, wo wir mit pochenden Herzen ein paar Schlucke getrunken hatten und danach wie Betrunkene herumgetorkelt waren.

Waren wir damals wirklich zehn gewesen?

Wahrscheinlich doch eher zwölf, dachte ich und schob den Bratenwender unter eines der Eier, das starr auf der Metallfläche lag, als ich es auf den Teller hob.

Mit seinem Eigelb in der Mitte und der runden Scheibe glich es einem Planeten mit weißen Ringen.

Die ganze Aktion war furchtbesetzt gewesen. Wir hatten eine Heidenangst gehabt, als wir den Schnaps in die gelben Plastikbananen gossen, die zwischen den Samstagssüßigkeiten gewesen waren, wir ängstigten uns fürchterlich, als wir zwischen den Bäumen standen und ihn tranken, und hatten den ganzen Abend Angst, dass wir Spuren hinterlassen haben könnten.

Aber weder Mutter noch Vater hatten etwas gesagt, und am Montag konnten wir in der Schule damit angeben.

Die Brotscheiben sprangen mit einem Klicken hoch, und die Milch begann in der Kasserolle, schäumend aufzuwallen. Ich zog sie von der Platte, vermischte in einem Glas etwas Kakaopulver mit Zucker und Wasser, goss das Konzentrat ins Weiße, wo es sich für einen Moment in braunroten Kreisen ausbreitete, bis alles verfärbt war.

Jemand war im Raum.

Ich drehte mich schnell um.

Es war Heming. Er stand mit nackten Beinen und hängenden Armen wie ein Affe vor mir und sah mich an.

»Ach, du bist es?«, sagte ich.

»Gibt es bald was zu essen?«, fragte er.

»Ja. Hast du Hunger?«

Er nickte.

»Kannst du bitte den Tisch decken?«

»Wo ist Mama?«

»Sie schläft.«

»Das stimmt nicht«, sagte er. »Ich hab sie gesehen. Sie ist am Fenster vorbeigegangen.«

»Dann macht sie vor dem Frühstück noch einen Spaziergang«, sagte ich. »Nun komm schon, deck jetzt bitte den Tisch!«

»Dann soll Asle aber mitmachen.«

»Natürlich«, sagte ich und zupfte die Brotscheiben aus dem Toaster, hob den Korb vom Schrank herunter, legte sie hinein und schaute gleichzeitig durch das Fenster, ob ich sie sehen würde. »Sag ihm Bescheid.«

Während die Jungen den Tisch deckten, briet ich die Speckscheiben, goss den Kakao in eine Kanne, holte Butter, Käse und Schinken heraus, stellte alles auf den Tisch.

»Warten wir nicht auf Mama?«, fragte Heming, als wir uns setzten. Er ruckte jäh mit dem Kopf, riss drei Mal hintereinander den Mund auf. Ich atmete langsam ein, um den Impuls zu unterdrücken, ihn zurechtzuweisen.

»Wir sollten essen, solange es noch warm ist«, sagte ich.

»Wo wollte sie denn hin?«, fragte Asle, der halb von seinem Stuhl aufgestanden war, um an den Brotkorb zu kommen.

»Sie ist nur spazieren gegangen«, sagte ich.

»Kommt sie mit, wenn wir die Netze einholen?«, fragte Heming.

»Das weiß ich nicht«, antwortete ich.

Ich hatte das Zimmer vor Augen, wie es in jenem Sommer vor vierzig Jahren ausgesehen hatte. Düster, dunkle Wände, dunkle Teppiche auf dem Fußboden. Der Eckschrank mit den Flaschen. Wir hatten darauf geachtet, ihn wieder zu schließen, aber wir hatten den Schnaps in dem Schrank in die kleinen Plastikbehälter gefüllt, und ich müsste lügen, wenn ich behaupten würde, wir hätten nicht gekleckert.

Als Kind glaubt man, man hätte Geheimnisse, dass keiner wüsste, was man tut.

Ich lächelte.

»Warum lächelst du, Papa?«, sagte Asle.

»Ich musste nur an was denken«, antwortete ich.

»Und woran hast du gedacht?«, fragte Heming und strich

Butter auf die Brotscheibe, die unter der Berührung des Messers leise knisterte.

»Ich habe an Großvater gedacht«, sagte ich.

Vor dem Fenster ging Tove durch den Garten und ins Gästehaus. Sie trug noch dieselben Sachen wie am Vorabend. Glücklicherweise kehrten die Jungen ihr den Rücken zu.

Ich musste das Katzenblut wegwischen, bevor sie es sahen.

»Was hast du denn über Großvater gedacht, was so lustig war?«, sagte Heming.

»Nichts Besonderes«, sagte ich. »Ich habe einfach nur an ihn gedacht. Aber er hat ja früher viele dumme Sachen gemacht!«

»Was denn?«, fragte Asle und hob die Brotscheibe zum Mund.

»Ich hab euch doch schon eine ganze Menge erzählt«, sagte ich. »Zum Beispiel, als er Salz und Zucker verwechselt und den Dorsch gezuckert hat. Oder als er damals den großen Baum auf dem Hof gefällt hat und der Baum ist aufs Dach gefallen und hat es eingeschlagen.«

»War da jemand im Haus?«, fragte Asle mit Lippen, die gelb vom Ei waren.

Ich schüttelte den Kopf.

»Ein Glück!«

»Hast du es gesehen?«

»Ich habe es gesehen, als ich nach Hause kam. Da war der Baum schon weg. Es sah aus, als hätte sich ein Riese rittlings auf das Dach gesetzt.«

»Du hast auch schon viele dumme Sachen gemacht«, sagte Heming und sah mich mit seinen dunklen Augen an.

»Ja, klar«, sagte ich. »Denkst du an etwas Bestimmtes?«

»Als du vergessen hast, den schwimmenden Bootssteg zu vertäuen und er mit allen Booten rausgetrieben ist.«

»Vergessen hatte ich es nicht«, sagte ich. »Ich habe ihn nur nicht besonders gut vertäut.«

»Und als du kein Öl im Auto hattest, und dann ist der Motor kaputtgegangen und wir mussten uns ein neues Auto kaufen.«

»Aber da war doch die Ölanzeige nicht in Ordnung!«, sagte ich. »Das wisst ihr doch! Das Auto soll einem ja eigentlich signalisieren, wenn nicht mehr genug Öl da ist.«

»Das sind nur faule Ausreden«, sagte Heming.

Sie sahen sich an und lachten.

Darüber freute ich mich.

Tove war nicht im Gästehaus, als ich kurz darauf, die Jungs sicher vor ihren Bildschirmen geparkt, die Tür öffnete und hineinging. Mittlerweile lagen mehrere große Papierbögen auf dem Tisch, sie waren rot mit schwarzen, ausgeschnittenen Silhouetten darauf. Bald würde sie sich auch darauf nicht mehr lange genug konzentrieren können. Es sei denn, sie schaffte es alleine wieder herunter.

Das Blut war geronnen, und ich scharrte es mit einem Spachtel ab, ehe ich anfeuchtete, was übrig war, und den Rest mit einer Bürste abschrubbte.

Das zweite Kätzchen lag in der Zimmerecke auf dem Boden und starrte mich an.

Ich spülte den Lappen aus und säuberte den Spachtel in der Waschküche hinter ihrem Atelier, die voller farbfleckiger Gläser, Pinsel, Wattebäusche und leeren Tuben war und in der es intensiv nach Terpentin roch. Anschließend ging ich zu der Ecke im Garten, um nachzusehen, ob es Spuren des nächtlichen Grabs gab. Ich wappnete mich halb davor, dass das Kätzchen sich herausgewühlt und eine leere Grube hinterlassen haben könnte, aber natürlich sah alles noch genauso aus wie zuvor, und man konnte nicht erkennen, dass die Erde unter der Schicht aus Rindenmulch kürzlich umgegraben worden war.

Leichter Nieselregen fiel durch die Luft. Er war nicht erfrischend, wie man es an einem sommerlichen Regentag im Norden erwarten würde, sondern lau, fast warm. Tropisch. Und alles um mich herum war feucht, von den grauschwarzen Baumstämmen bis hin zu den grünen Blättern der roten und schwarzen Johannisbeersträucher, auf denen sich das Wasser in winzig kleinen, reglosen Tropfen gesammelt hatte.

Das Grollen eines großen Fahrzeugs, das weiter draußen langsam beschleunigte, glitt durch die Landschaft.

Ich ging in die Küche und räumte das Frühstück ab. Eine Welle von Geräuschen erhob sich draußen, als der Bus näher kam. Auf der schmalen Straße ist er ein Monstrum, dachte ich, als er am Fenster vorbeifuhr und es einen Moment lang vollständig mit seinem Gelb füllte.

Ich legte einen Tab in das Fach der Spülmaschine und stellte sie an. Der Bus drehte am Wendeplatz und fuhr in die andere Richtung vorbei. Wieder fiel mir die kleine Spinne ins Auge, die inzwischen dabei war, in der Ecke zwischen Decke und Wand ein Netz zu spinnen. Vater hatte oft gesagt, Spinnen seien ein gutes Zeichen, es bedeute, dass unser Haus trocken sei, und fast immer, wenn ich eine sah, musste ich daran denken.

Draußen auf der Straße näherte sich Ingvild, sie sah zu Boden und hatte sich einen Beutel über die Schulter geworfen.

Als sie eintrat, ging ich in den Flur.

»Hast du eine schöne Zeit gehabt?«, fragte ich.

»Ja, sehr«, antwortete sie und lächelte, ehe sie sich bückte und die Schuhe auszog.

»Möchtest du frühstücken?«, fragte ich.

»Ich habe bei Großmutter gegessen«, sagte sie und ging zu ihrem Zimmer.

»In Ordnung«, sagte ich.

Ich blieb einen Moment ganz still in der Küche stehen und schaute mich um, ehe ich ein paar Tüten aus der Schublade zog, alle leeren Flaschen hineinsteckte und sie zum Auto trug, den Kofferraum öffnete und die Tüten darin ablegte, bis ich das nächste Mal in der Nähe einer Umweltstation sein würde, wie die Müllabladeplätze heutzutage hießen. Dann ging ich zu den Jungs im Wohnzimmer.

»Und, wollen wir los?«, sagte ich.

»Müssen wir?«, fragte Heming.

Er warf den Kopf zurück und öffnete und schloss den Mund mehrmals hintereinander.

»Warum tust du das?«, fragte ich gereizt.

»Was?«, sagte er.

Ich ahmte seinen Tic nach, nur heftiger.

»Du machst das ständig mit deinem Kopf«, sagte ich. »Das sieht nicht gut aus.«

Er nickte ernst.

»Ich werde versuchen, es zu lassen«, sagte er.

»Gut!«, sagte ich.

Dann machte er es wieder.

»Kommt, wir gehen«, sagte ich.

Den roten Benzinkanister in der Hand folgte ich den Jungen die steile Grasböschung zum Bootssteg hinab. Die Wasserfläche, die sich vor uns ausbreitete, lag spiegelglatt unter der schweren, tiefhängenden Wolkendecke. Die Bretter des Stegs, glitschig von der vielen Feuchtigkeit, hoben sich leuchtend gelb von der silberschimmernden Wasserfläche und dem fast völlig schwarzen Uferfelsen ab, auf denen sie ruhten.

Ich stieg ins Boot und schloss den Schlauch an den Tank an, während Heming die Leine löste und Asle das Ruder aufhob, um uns ein paar Meter hinaus zu staken.

Die Bucht dahinter, die in einem kleinen Uferstreifen aus Kieselsteinen endete, war voller Krebse. Keinen kleinen Uferkrebsen, sondern großen Meereskrebsen. Es waren an die hundert von ihnen, und sie krabbelten und krochen übereinander.

So etwas hatte ich noch nie gesehen.

Es war wie eine Schlangengrube.

Ich sah weg, damit die Jungen es nicht bemerkten, und als Asle uns vom Ufer weggestakt hatte, ließ ich den Motor an und fuhr hinaus, ohne dass sie es mitbekamen.

Die beiden roten Netzbojen schwammen nicht weit vom Land auf der anderen Seite der Bucht, direkt neben einer vorspringenden Landzunge. Die Fichten standen wie eine grüne Wand fast bis zur Wasserfläche. Asle krallte sich die erste Boje mit dem Bootshaken und zog sie an Bord. Ich schaltete den Motor aus. Die Jungen zogen an dem Seil, kamen aber nicht weiter und sahen mich an.

»Es ist zu schwer«, meinte Asle.

»Wirklich?«, sagte ich und übernahm. »Vielleicht haben wir ja einen Makrelenschwarm gefangen.«

Es kam mir vor, als würde ich einen Teppich hochhieven. Bald tauchte im Wasser das Netz auf, mit den Fischleibern als grünweiße Lichter im Dunkeln.

»Das sind Pollacks«, sagte ich, als das Netz mit den ersten Fischen über die Reling kam.

»Wow, so viele!«, sagte Heming.

»Zieht ihr die Fische nach und nach heraus?«, sagte ich. »Werft sie einfach in den Bottich.«

Es nahm kein Ende, das Netz war bis zum Rand mit Pollacks gefüllt, und als wir schließlich zurückfuhren, war nicht nur der Bottich mit ihren glänzenden, glitschigen Leibern, die ab und zu heftig zuckten, gefüllt, auch die Ducht war von ihnen übersät.

Mir wurde übel. Nicht wegen der Fische an sich, denn jeder einzelne für sich genommen war wie jedes andere Lebewesen auch, sondern wegen ihrer Menge. All diese identischen Augen, diese identisch aufgerissenen Mäuler, diese identischen Flossen und Darmöffnungen.

»Willst du die alle ausnehmen?«, fragte Asle.

»Das werde ich wohl müssen«, antwortete ich. »Aber für uns sind das viel zu viele.«

»Können wir sie nicht einfrieren?«

»Sicher. Das tun wir. Aber in zwei Tagen fahren wir nach Hause, und die Vorstellung, nächsten Sommer ein Jahr alten Fisch zu essen, ist vielleicht nicht so verlockend.«

»Fischeis!«, sagte Asle.

»Njam, lecker«, sagte Heming.

»Habt ihr sie gezählt?«, fragte ich.

»Es sind einhundertachtzehn«, antwortete Asle.

Wir näherten uns der Bucht auf der anderen Seite, als aus dem Garten hoch über uns eine Gestalt trat und den Pfad zum Anleger herabkam.

Es war Egil.

Er hatte eine gelbe Regenjacke an, die offen stand, und hielt eine weiße Plastiktüte in der Hand.

Ich schaltete den Motor ab, und wir trieben die letzten Meter zum Ufer. Die Krebse in der Bucht waren zum Glück verschwunden. Die Jungen stiegen auf den Steg hinauf, und ich reichte ihnen Kanister und Bottich, vertäute das Boot und folgte ihnen.

»Wie ich sehe, ein großer Fang«, sagte Egil, als ich auf den Steg kam.

»Ja, das kannst du wohl laut sagen. Möchtest du ein paar?«

Er schüttelte den Kopf und lächelte schwach.

»Bist du gerade nach Hause gekommen?«, fragte ich.

»Gestern Abend. Die hier ist für dich. Als Dankeschön für deine Hilfe.«

Er gab mir unbeholfen die Tüte. Ich musste sie nicht öffnen, um zu wissen, was darin war; Gewicht und Größe sagten mir, dass es eine Flasche war, und da er Whisky liebte und wahrscheinlich damit rechnete, dass ich ihn zu einem Drink einladen würde, wenn er schon einmal da war, stellte sich eigentlich nur die Frage der Marke.

»Hervorragend!«, sagte ich. »Vielen Dank!«

»Papa, können wir gehen?«, fragte Asle.

Ich nickte, und sie liefen den Anstieg hinauf.

»Möchtest du eine Tasse Kaffee oder so?«, sagte ich.

»Gern«, antwortete er. »Soll der nach oben?«

Er sah auf den Bottich hinunter.

»Ich fürchte, ja«, sagte ich. »Und die im Boot.«

»Ich helfe dir«, sagte er.

Wir trugen den Bottich zwischen uns den Hügel hinauf. Es hatte etwas unangenehm Intimes, so zusammenzuarbeiten, als wären wir aneinandergekettet, und ich fand keine Worte, die das auflösen konnten.

Und er sagte ohnehin nie etwas aus eigenem Antrieb.

Empfand er das Gleiche?

Schwer zu sagen, Egil war einer dieser Menschen, die mir immer ein Rätsel blieben.

Als wir den Bottich im Keller abstellten, bestand ich darauf, die restlichen Fische alleine zu holen, und schlug ihm vor, sich so lange in mein Arbeitszimmer zu setzen.

Hatte sie ein Auge auf ihn geworfen, hatte sie an ihn gedacht, ihrer Fantasie freien Lauf gelassen, wenn er bei uns war? Oder war es nur ein Impuls aus der Tiefe ihrer gequälten Seele gewesen?

Ich holte eine Fischkiste aus dem Bootshaus, eine der alten aus Styropor, und begann, die Fische hineinzulegen.

Es war mir auf seltsame Weise logisch erschienen, als ich sah, was sie über Egil schrieb. Er war jemand, der in seinem Leben in einer Sackgasse steckte, der nicht weiterkam, auf der Stelle trat. Er konnte viel, aber es gelang ihm nicht, sein Wissen für etwas zu gebrauchen, es lag brach wie ein Feld, das keiner bestellte. Und genau so war auch ihr Vater. Ebenso nonchalant wie untätig. Wusste alles, tat nichts. Als wir zusammen gekommen sind, bin ich natürlich das genaue Gegenteil gewesen, dachte ich, gesund und naiv und sehr ehrgeizig. Sie wollte weg von dem, wo sie herkam, sie wollte etwas Neues und Normales und ganz Alltägliches. Das hatte sie auch bekommen: zunächst kam Ingvild, danach kamen die Zwillinge, und die ersten Jahre mit ihnen waren so alltäglich und normal gewesen, wie es überhaupt nur ging.

Warum hätte sie sich sonst für mich entscheiden sollen, einen stinknormalen Literaturstudenten? Sie hätte jeden haben können, den sie wollte.

Hatte sie die ganze Zeit in Wahrheit etwas anderes gewollt?

Hatte sie sich selbst und mir nur etwas vorgemacht?

Ich stellte die Kiste in dem dunklen Keller auf dem Steinfußboden ab. Eigentlich mussten sie sofort ausgenommen werden. Aber zwei, drei Stunden konnten sie ruhig warten.

Erst Egil, dann Mittagessen. Dann Fische ausnehmen. Dann der Abend mit etwas Rotwein und einem Buch.

Es war, wie es war.

Am besten dachte ich nicht mehr daran.

Ich wusch meine kalten und glitschigen Hände mit heißem Wasser, holte zwei Gläser und ging ins Arbeitszimmer, wo Egil mit einem Buch in der Hand vor dem Bücherregal stand.

»Was hast du gefunden?«, fragte ich.

Er hielt das Buch vor mir hoch. *Tod, wo ist dein Sieg?* hieß es und war aus den dreißiger Jahren. Der einst weiße Umschlag war vergilbt.

»Ach das«, sagte ich. »Möchtest du ein Glas?«

Er nickte, ich schenkte uns beiden ein, und wir setzten uns. Ein leiser wollüstiger Laut entfuhr ihm, als er den ersten Schluck nahm.

»Das Buch ist nicht von mir«, sagte ich. »Ich meine mich zu erinnern, dass Vater es vor vielen Jahren auf einer Auktion gefunden hat, im Landesinneren, in einer Kiste mit Büchern aus einem Nachlass. Du kennst die Geschichte? Der Fall Køber. Die Tochter, die verdächtigt wurde, ihren Vater umgebracht zu haben?«

»Ja. Aber seine Bücher habe ich nie gelesen.«

»Sie sind interessant. Voller Fortschrittsglauben, und sie verwandeln das Leben nach dem Tod oder den Kontakt mit den Toten in etwas Rationales und Wissenschaftliches.«

»Er hatte seine Söhne verloren?«

»Ja. Und dann begegnete er ihnen durch seine Tochter, die ein Medium war.«

»Hm«, sagte er und drehte das Glas in seiner Hand.

»Es gibt darin ein paar unglaublich schöne Beschreibungen vom Leben nach dem Tod«, sagte ich. »Das Totenreich ist wie Fredrikstad in den zwanziger Jahren des vorigen Jahrhunderts.«

»Vielleicht stimmt das ja«, sagte er und lächelte.

Es entstand eine Pause. Die Sträucher draußen wuchsen gierig die Wand hinauf und verdeckten fast völlig das Fenster;

Straße und Hügellandschaft dahinter waren nur in kleinen Lücken zu sehen.

»Ich war einmal in Indien«, sagte er, ohne meinem Blick zu begegnen. »In einem der Dörfer, die ich dort besuchte, hatten sie seit dreitausend Jahren Leichen auf demselben Scheiterhaufen verbrannt. Zumindest haben sie mir das erzählt. Es war ein Tempeldorf. Wenn du mich fragst, ein Ort auf der Welt, der diesem hier am wenigsten ähnelt.«

Er breitete die Arme aus, um deutlich zu machen, dass er sich auf diese Häuser und diese Landschaft bezog. Manchmal machte er solche grandiosen Gesten, was immer seltsam aussah, weil er sich sonst so zurückhaltend gab.

»Deshalb glaube ich nicht, dass das dortige Totenreich ausgerechnet Fredrikstad ähnelt.«

Er lächelte.

»Ich hatte nie Lust, nach Indien zu reisen«, sagte ich. »China, ja. Japan, ja. Aber Indien? Kühe und Durchfall?«

»Es gibt dort wahnsinnig viele Menschen«, sagte er. »Überall sind Menschen. Und Affen und Kühe. Manche Orte ähneln den Straßen in ›Blade Runner‹. Diese Mischung aus Tieren und Menschen und Technologie.«

»Du weißt, dass Indien dabei ist, China bei der Bevölkerungszahl zu überholen?«, sagte ich. »Und auf der Liste der größten Volkswirtschaften klettert das Land kontinuierlich immer höher. Alle reden von China, dabei geht in Indien die Post ab. Oder zumindest auch in Indien.«

»Mag ja sein«, sagte er, »aber was einem dort ins Auge sticht, ist die Armut. Es ist hart, all das Leid dort zu sehen. Es ist eine sehr spirituelle Kultur, alles liegt in den Händen von Mächten außerhalb des Menschlichen, deshalb akzeptieren sie ihre Armut auf ganz andere Art.«

Es entstand eine Pause. Er war ein großer und kräftiger

Mann, hatte aber praktisch keine Ausstrahlung, und wenn man sich mit ihm unterhielt, war er ungeheuer feinfühlig, er folgte dem Gespräch, drückte ihm aber nie selbst seinen Stempel auf, vermied alles Schwierige.

Feige, würden viele sicher sagen.

Ein bisschen zu nett, dachte ich jetzt. Aber ich mochte ihn. Über welches Buch oder welchen Film ich auch sprach, er hatte es gelesen oder ihn gesehen.

Er lächelte vor sich hin und leerte das Glas.

»Und wie läuft die Arbeit an deinem Buch?«, fragte er, immer noch, ohne mich anzusehen.

»Es geht voran«, sagte ich und lehnte mich vor, griff nach der Flasche und schenkte erst in sein Glas, das er mir sofort hinhielt, und danach in mein eigenes ein.

Warum hatte ich ihm nur von dem Buch erzählt? Das war ein großer, großer Fehler gewesen. Aber ich war betrunken gewesen und hatte das Gefühl gehabt, dass mein Buch fast fertig und ganz fantastisch war.

»Du darfst hier ruhig rauchen«, sagte ich. »Ich hole dir einen Aschenbecher.«

Ich stand auf und ging in die Küche. Tove war da. Sie stützte sich mit den Händen auf die Arbeitsplatte und sah aus dem Fenster.

»Wie geht es dir?«, fragte ich.

»Ist Egil hier?«, sagte sie, ohne sich umzudrehen.

»Jepp«, sagte ich.

»Warum hast du mich nicht geholt? Er ist auch mein Freund.«

»Ich wusste nicht, wo du warst«, erwiderte ich. »Außerdem dachte ich, du wärst beschäftigt.«

Sie drehte sich um und sah mich mit ausdruckslosem Gesicht an, ehe sie das Zimmer verließ. Unmittelbar darauf hörte ich ihre Stimme im Arbeitszimmer.

Zum offenen Meer hin hatte es aufgeklart, der Himmel war dort blau, und die Wolken in der Ferne waren weiß und leicht, nicht grau und schwer wie hier. Ich dachte, dass die beiden ruhig ein paar Minuten für sich haben sollten, und blieb stehen und sah hinaus. Eine Elster flog aus dem Apfelbaum und landete im Gras, ging, wie ich fand, ein paar Schritte wie ein Mann mit den Händen auf dem Rücken, dem etwas ins Auge gefallen war und der sich vorbeugte.

Möwenschreie von der Bucht unten. Und ein leiser, dumpfer, sich unregelmäßig wiederholender Laut von der Rückseite des Hauses. Das mussten die Jungs sein, die Fußball spielten.

Ich ging ins Wohnzimmer, das verwaist war, und sah dort aus dem Fenster. Genau, da standen sie auf dem Rasen und kickten den Ball zwischen sich hin und her.

Ein Gefühl der Befriedigung überkam mich und verschwand wieder.

Ich ging durch das Haus und klopfte am anderen Ende an Ingvilds Tür.

»Ja«, sagte sie aus ihrem Zimmer, ihre Stimme ganz ohne Anspannung. Ich öffnete die Tür und trat ein. Sie lag bäuchlings auf dem Bett, das Laptop zugeklappt vor sich.

»Was machst du?«, sagte ich.

»Nichts«, antwortete sie.

Ich hätte sie fragen können, warum sie bei meinem Eintreten den Bildschirm heruntergeklappt hatte, aber dann würde sie sich ertappt fühlen, und ich wollte kurz mit ihr reden, deshalb sagte ich nichts.

»Wie geht es Großmutter?«, fragte ich.

»Gut, glaube ich«, sagte sie und setzte sich auf. »Sie ist ein bisschen zerstreut, aber das ist sie ja schon lange.«

»Was hat sie denn diesmal gemacht?«

»Einmal hat sie die Brötchen im Ofen vergessen. Und dann

sagt sie oft das Gleiche mehrmals hintereinander. Aber sie ist ganz klar im Kopf.«

Ich setzte mich auf das Sofa.

»Es ist schön, dass du dagewesen bist«, sagte ich.

»Ja«, sagte sie.

»Wie geht es dir?«

Sie sah mich resigniert an. Die Frage stellte ich ihr offenbar sehr oft.

»Gut!«, sagte sie und begegnete meinem Blick, ehe sie erneut den Kopf senkte.

»Okay«, sagte ich. »Grübelst du über irgendetwas nach?«

Sie schüttelte lächelnd den Kopf.

»Sind die Pflaumen schon reif?«, fragte ich.

»Mhm«, sagte sie.

»Die gelben?«

»Mhm.«

»Das sind die besten Pflaumen der Welt«, sagte ich. »Es ist eine richtig alte Sorte, wusstest du das?«

»Ja, du hast es ein paar Mal erwähnt«, antwortete sie.

Ich stand auf.

»Egil ist da«, sagte ich. »Ich wollte nur kurz hören, wie es dir geht.«

»Mir geht es gut«, sagte sie.

»Super!«, meinte ich. »Heute gibt es Fisch. Ist das okay?«

»Sure«, erwiderte sie.

Als ich wieder ins Arbeitszimmer kam, saß Tove auf meinem Stuhl und Egil wie zuvor, mit einer Zigarette in der Hand. Er benutzte eine der alten Kaffeetassen als Aschenbecher. Ich stellte den Aschenbecher daneben, hob den Holzstuhl vom Schreibtisch fort und setzte mich.

Tove erzählte eine ihrer Anekdoten. Ihr Gesicht leuchtete, die braunen Augen strahlten, und sie lachte beim Reden.

Egil sah sie lächelnd an.

Ich trank einen Schluck Whisky und schaute zu den Büchern im Regal. Sie erzählte von einem Essen mit einigen Künstlern, bei dem sie gewesen war, und dass es am Tisch ganz still geworden war, als auf einmal ein Feind des prominentesten unter ihnen aufgetaucht war. Dem Gastgeber war nichts anderes übriggeblieben, als einen Stuhl für ihn zu holen. Als er sich hinsetzte, dem prominenten Künstler gegenüber, war der Stuhl zerbrochen und der Feind auf den Boden gefallen.

Tove ahmte die Stimme des prominenten Künstlers nach.

»Das war ich«, sagte sie mit tiefer Stimme. »Ich kann zaubern.«

Sie lachte, bis ihr die Tränen in den Augen standen.

»Kann ich bei dir eine Zigarette schnorren?«, fragte ich und sah Egil an.

»Ja, klar«, sagte er und schob mir die Schachtel hin.

Tove lachte weiter.

Egil lachte auch ein wenig.

Ich zündete mir eine Zigarette an, die erste nach sechs Jahren, und inhalierte vorsichtig.

Tove versuchte, sich zu beruhigen, sie atmete einige Male ein und aus, aber dann brach sie wieder in Lachen aus. Sie lachte und lachte.

Egil sah mich leicht besorgt an.

Tove stand auf und ging hinaus. Wir hörten ihr Lachen im Flur und dann die Tür zum Bad, wie sie geschlossen wurde. Das Lachen drang von dort zwar gedämpft, aber dennoch deutlich hörbar in Wellen zu uns, von Stille unterbrochen.

»Sie ist gut gelaunt«, sagte ich.

Egil sagte nichts, lächelte nur zurückhaltend.

Tove kehrte zurück und setzte sich. Sie fing wieder an zu lachen, nach Luft ringend und unkontrolliert.

»Ha ha ha ha! Ha ha ha ha!«

Sie stand auf.

»Ich muss gehen«, sagte sie zwischen dem Lachen. »Mach's gut, Egil. Ha ha ha ha!«

Diesmal verließ sie das Haus; ich nahm an, dass sie zum Gästehaus wollte.

»Vielleicht sollte ich zusehen, dass ich nach Hause komme«, sagte Egil.

»Das ist nicht nötig«, sagte ich. »Hier, trink noch einen Schluck.«

Ich hielt ihm die Flasche entgegen.

»Also gut, noch einen«, sagte er.

»Schön!«, sagte ich und schenkte ein. »Der ist ziemlich gut.«

»Gut?«, sagte er. »Er ist himmlisch.«

Egil wohnte allein in einem etwa einen Kilometer entfernt liegenden Sommerhaus. Er stammte aus einer Reederfamilie und war in England aufgewachsen, bis seine Eltern sich scheiden ließen, woraufhin er mit seiner Mutter nach Norwegen zurückgekehrt war und hier das Gymnasium besucht hatte. Er hatte ein Studium an der Filmhochschule in Kopenhagen begonnen, aber nicht abgeschlossen – er war voller Abenteuerlust und hatte Geld wie Heu, aber es fehlt ihm an Tatkraft, dachte ich oft. Er hatte jahrelang im Ausland gelebt, und als er mit dreißig nach Südnorwegen zurückzog, gründete er seine eigene Produktionsgesellschaft und begann, Dokumentarfilme zu drehen, von denen die meisten ziemlich obskur waren – er konnte es sich leisten. Er interessierte sich für Subkulturen, für die kleinen, enklavenartigen Milieus, die in jeder Gesellschaft entstehen. In einem seiner Filme ging es um *Smiths Freunde*, die kleine norwegische Religionsgemeinschaft, in einer anderen um eine Wohngemeinschaft von Menschen mit Downsyndrom, in einer dritten um eine kleine Gruppe sehr rechtsradikaler junger Männer. Als er die Lust verlor und den Betrieb auflöste, hatte er gerade mehr als ein Jahr den Weg einer extremen Death Metal-Band in Bergen begleitet, aber obwohl das Material ihm selbst zufolge interessant war, hatte er den Film nicht fertig geschnitten. Ich begriff nicht ganz, warum er aufgegeben hatte, denn als er daran gearbeitet hatte, war er Feuer und Flamme gewesen, das Projekt war ihm unübersehbar sinnvoll erschienen. Zur Begründung sagte er immer, Dokumentationen seien Lügen. Nicht weil das Dokumentarische stets subjektiv war und in einem objektiven Verständnis des Worts niemals wahr, was ich angenommen hätte, wenn es ihm um die Frage der Wahrheit ging – nein, in seiner Argumentation ging es um das Sein an sich, sie war existentiell und lief darauf hinaus, dass sämtliche Ereignisse nicht nur ein Teil der Zeit waren, sondern dass dies auch das Entscheidende an ihnen war. Dass alles auftauchte und verschwand, um nie mehr wiederzukehren, dass nichts wiederholt oder festgehalten werden konnte – wenn man es festhielt, wurde es zu etwas Anderem.

Na und?, sagte ich dann immer. Was macht es schon, dass es etwas anderes ist? Was passiert ist, ist passiert, unabhängig davon, ob es von einem Film oder Foto festgehalten wird oder nicht. Und die Menschen haben immer festgehalten, was passiert ist, indem sie davon erzählt oder darüber geschrieben haben. Ja, allein schon, sich an etwas zu erinnern, heißt ja, etwas festzuhalten.

Das interessiere ihn nicht, hatte er daraufhin gesagt. Er sei kein Philosoph, das sei keine Theorie, es gehe darum, wie er leben wolle. Und woran er glaube.

»All diese Bilder und Filme verpesten unser Dasein«, sagte

er beispielsweise. »Wir horten in einem Maße Ereignisse und Menschen, dass die Zeit, in der wir leben, nach und nach verdrängt wird.«

»So, so«, sagte ich dann. Ich bezweifelte nicht, dass er es so meinte, aber irgendetwas sagte mir, dass sein eigentliches Problem etwas ganz anderes und wesentlich Konkreteres war: Er glaubte an nichts, und er liebte niemanden. Alle seine Filme, abgesehen von dem über die Menschen mit Downsyndrom vielleicht, handelten von Leuten, die einen leidenschaftlichen Glauben besaßen, oder einen Glauben, der so anders war als der anderer, dass sie ihn in der Abgeschiedenheit auslebten. Ihn zog an, was ihm selbst fehlte.

Ich nahm an, dass er auch deshalb begonnen hatte, sich für Theologie zu interessieren.

Jetzt saß er dort, ein Bein über das andere geschlagen und das Whiskyglas in der Hand, und sah vor sich auf den Boden. Ich suchte in meinen Gedanken nach etwas, das Toves Verhalten übertünchen oder normalisieren könnte, allerdings nur halbherzig, denn der Alkohol hatte begonnen, mich zu wärmen und die Besorgnis über Tove und seine Reaktion auf sie abzuschwächen.

Wenn ich weitertrank, würde sich bald das klare Licht des Schnapses einstellen.

Und das wünschte ich mir. Aber nicht allein, ich wollte, dass er hier war und mit mir trank.

Ich dachte, dass ich sagen könnte, dass es aufgeklart hat, aber dann fiel mir ein, dass es seine Aufmerksamkeit nach draußen richten und ihm daraufhin vielleicht etwas einfallen würde, was getan werden musste, so dass er aufstehen und gehen würde.

»Ich halte diesen Herbst Vorlesungen über das Epos«, sagte

ich stattdessen. »Es geht los mit der ›Ilias‹ und endet mit der ›Göttlichen Komödie‹. Als eine Art Ableger gebe ich für fortgeschrittene Studierende außerdem ein Seminar über Totenreiche in der Literatur.«

»Aha?«, sagte Egil.

»Mir ist plötzlich der Gedanke gekommen, dass das Buch, in dem du gelesen hast, ›Tod! Wo ist dein Sieg?‹, dabei auch eine Rolle spielen könnte. Dass es interessant wäre. Denn es beschreibt das Totenreich ja genauso, wie es ›Das Traumgedicht‹ tut.«

»Das klingt interessant«, sagte Egil.

»Ja, nicht wahr?«, sagte ich.

»Aber was glaubst du?«, fragte er.

»Inwiefern?«

»Über das Leben nach dem Tod.«

Ich zuckte mit den Schultern.

»Ich nehme an, ich glaube nichts, oder?«

»Glaubst du oder glaubst du nicht, dass es ein Leben nach dem Tod gibt?«

Es war gar nicht seine Art, so hartnäckig zu sein, und ich sah ihn an. Er lächelte. Mir drängte sich das Gefühl auf, dass er etwas über mich wusste, was mir selbst nicht bekannt war. Dieses Gefühl überkam mich oft, wenn ich mich mit Egil unterhielt.

»Nein, ich glaube nicht an ein Leben nach dem Tod.«

»Und warum interessierst du dich dann so dafür? Was verkörpert es?«

Ich zuckte wieder mit den Schultern.

»Ich halte Vorlesungen über eine literarische Gattung, in der das Totenreich zufällig eine prominente Rolle spielt. Das ist alles.«

»Aber du müsstest ja nicht ausgerechnet das Totenreich aufgreifen. Du könntest auch über den Körper oder die Gewalt oder das Göttliche sprechen. Spielt das Göttliche in den antiken Epen nicht auch eine prominente Rolle? Ganz zu schweigen von Dante.«

Ich begegnete seinem Blick und lächelte. Das Thema lag ihm offenbar am Herzen. Dann lehnte ich mich vor, griff nach der Flasche auf dem Tisch und schenkte erst ihm, dann mir ein, ehe ich mich auf dem Stuhl zurücklehnte und wieder seinem Blick begegnete, während der intensive, fast brennende Rauchgeschmack meine Mundhöhle füllte.

»Ich glaube auch nicht an das Göttliche«, sagte ich. »Aber ich interessiere mich für das Verhältnis zwischen der Wirklichkeit und den Vorstellungen von der Wirklichkeit.«

»Heißt das, das Totenreich wird wirklich, sobald du daran glaubst?«

»Nein, nicht wirklich. Aber Welt und Wirklichkeit sind nicht das Gleiche – die Welt ist die physische Realität, in der wir leben, während die Wirklichkeit darüber hinaus all das umfasst, was wir über sie wissen, von ihr denken und über sie fühlen. Das Totenreich gehörte früher zur Wirklichkeit. Aber ein Bestandteil der Welt ist es nie gewesen.«

»Oh, Mann«, sagte Egil. »Diese ganze Relativität ist ja so langweilig.«

»Und woran glaubst du?«

»Ich? Ich glaube an das Göttliche.«

»Du glaubst an Gott?«

Er nickte.

»Ja.«

»Warum denn das?«

»Wie meinst du das?«

»Ich verstehe einfach nicht, dass ein vernünftiger Mensch an Gott glauben kann.«

»Bin ich jetzt in deiner Achtung gesunken?«, fragte er.

»Nein, nein, spinnst du. Ich bin nur überrascht.«

Draußen blinkte Sonnenlicht in den Pfützen. Der Schotter hatte bereits eine hellere Farbe angenommen, sah ich, weil die Wärme die Feuchtigkeit freisetzte und unsichtbar in die Luft hob. Die Blätter auf der anderen Straßenseite bewegten sich schwach im Wind.

»›Smiths Freunde‹ glauben, dass Jesus als Mensch geboren wurde«, sagte Egil. »Also mit einem angeborenen Willen, der dem Willen Gottes gegenüberstand. Aber er wählte immer den Willen Gottes, und am Ende wurde er dadurch zu einem Teil der Natur Gottes.«

»Glaubst du das?«, fragte ich.

»Ich glaube, dass das Göttliche etwas ist, dem wir nahe sein können oder weit entfernt, und dass ein gutes Leben ein Leben ist, das versucht, in größtmöglicher Nähe zu ihm zu leben.«

»Was bedeutet das?«

»In Indien gibt es Menschen, die kein Wasser trinken können, ohne es vorher zu filtern, weil sie nichts töten wollen«, sagte er. »Also auch nicht die Mikroorganismen im Wasser.«

»Ist das ein gutes Leben?«

»Zu erkennen, dass alles Leben unantastbar ist, ist ein Anfang.«

»Und dann wirst du göttlich?«

»Jesus wurde es.«

»*Das* glaubst du nicht!«

In dem Moment wurde die Haustür geöffnet, gefolgt von rennenden Füßen im Flur.

Die Tür ging auf, und Asle und Heming stürzten herein.

»Papa, das eine Kätzchen ist verschwunden!«, sagte Asle.

»Es ist weg«, sagte Heming. »Wir haben es überall gesucht.«

»Vielleicht hat die Tür aufgestanden, und es ist hinausgelaufen«, sagte ich. »Wann habt ihr es denn zuletzt gesehen?«

»Gestern. Aber draußen haben wir auch schon gesucht.«

»Ein Raubvogel oder ein Fuchs könnte es sich geholt haben«, sagte ich. »So was kommt vor.«

»Vielleicht hat es sich ja nur verirrt«, meinte Heming. »Kannst du uns nicht suchen helfen?«

»Wir haben Besuch«, sagte ich. »Aber sucht ruhig weiter.«

»Bitte, Papa«, sagte Asle.

»Ich kann euch gern beim Suchen helfen«, sagte Egil. »Wir bilden einen Suchtrupp im Garten. Ich bin mir sicher, dass wir es finden. Katzenjunge bleiben eigentlich immer in der Nähe ihrer Mutter.«

»Okay«, sagte ich und stand seufzend auf. Der Schnaps hatte meinen Kopf leicht, den Körper jedoch schwer gemacht, und als ich mich im Flur bückte, um mir die Schuhe anzuziehen, verlor ich das Gleichgewicht und kippte gegen die Wand, die glücklicherweise direkt neben mir war, so dass ich nicht ganz hinfiel.

»Hoppla!«, sagte ich.

Die Jungen standen da und sahen zu, wie ich mir die Schuhe zuband. Egil, der Stiefel anhatte, öffnete die Tür und ging in den Garten. Die Sonne schien jetzt mit voller Wucht. Eine gleichmäßige Brise vom Meer her ließ die Äste schaukeln.

»So«, sagte ich und richtete mich auf. »Wenn ihr im Haus sucht, können Egil und ich den Garten durchforsten. Okay?«

»Es ist nicht im Haus«, sagte Asle.

»Da haben wir schon überall gesucht.«

»Okay«, sagte ich. »Dann gehen wir zusammen.«

»Pss pss pss!«, riefen die Jungen, als sie zwischen uns über den Hof gingen. »Komm puss! Puss puss puss!«

Egil hob Zweige an, ging in die Hocke und schaute zwischen die Blumen in den Beeten, an denen wir vorbeikamen. Ich war fast so weit zu glauben, dass wir es in panischer Angst zusammengekauert unter einem Strauch finden würden.

»Ich glaube nicht, dass es hier ist«, sagte ich, als wir zur Mauer am hinteren Ende des Gartens gekommen waren. »Wir gehen zurück und suchen weiter, und wenn wir es nicht finden, bleibt uns nichts anderes übrig, als zu hoffen, dass es von alleine wieder auftaucht.«

»Es ist hier, Papa«, sagte Asle. »Es ist richtig gut darin, sich zu verstecken.«

»Ja, das ist es«, sagte ich.

Nachdem wir unsere Suche beendet hatten, ließ Egil sich zu keinem weiteren Drink überreden. Er hatte einiges zu erledigen, setzte sich auf sein Fahrrad und machte sich auf den Heimweg.

Ich schenkte mir noch etwas ein und setzte mich auf den Stuhl, auf dem er bisher gesessen hatte. Glücklicherweise war ich so geistesgegenwärtig gewesen, ihn zu bitten, mir ein paar Zigaretten dazulassen.

Ich zündete mir eine an, legte ein Bein über das andere, lehnte mich zurück und blies den Rauch zur Decke aus.

Die Jungen spielten wieder Fußball, Ingvild war in ihrem Zimmer und telefonierte mit irgendwem, und Tove war im Gästehaus beschäftigt, sodass ich hier guten Gewissens sitzen konnte.

Ein Drink. Dann würde ich die Fische ausnehmen.

Ich stand auf, ging zu der alten Musiktruhe, öffnete sie und schaltete den Verstärker ein, blätterte in der kleinen Schallplattensammlung, die dort stand und geprägt war vom ignoranten Geschmack meiner Mutter und meines Vaters, den ich als Jugendlicher so verachtet hatte. Diana Ross neben Steve Hackett neben Pink Floyd neben Lillebjørn Nilsen.

Ich hatte mich für sie geschämt. Den Elektrikervater und die Grundschullehrerinnenmutter. Von Leuten wie ihnen wollte ich nicht abstammen.

Ein bisschen klüger wurde man ja schon im Laufe der Jahre.

The Wall!

Wie klang das heute?

Ich senkte den Tonarm auf die sich drehende Platte und stand mitten im Zimmer, als die ersten Akkordeontöne im Zimmer ertönten.

Dann plötzlich: DU! DU DU! DU DU DU DU DU!

Ich begann mitzusingen, denn jeder Ton war aus der Kindheit geblieben, als Mutter und Vater hier saßen und diese Platte lief, während ich in meinem Zimmer wachlag.

La la la la lalalala.

La la la la lalalala.

Ich holte mein Glas, leerte es in einem Schluck und schenkte mir ein neues ein. Bei jedem Trommelschlag schlug ich Luftlöcher, und als der Gesang zu einem Crescendo ansetzte, mit einem Flugzeuglärm, dessen Intensität immer größer wurde, schloss ich die Augen und ließ meine Hände vor mir vibrieren, schneller und schneller, bis der Fluglärm jäh abbrach und vom Weinen eines Säuglings ersetzt wurde, worauf ich ganz still stehenblieb, denn das Weinen des Säuglings reichte tief in mein Inneres hinein, und meine Augen füllten sich mit Tränen.

Mammy loves her baby
And daddy loves you too

Ich setzte mich und zündete mir eine Zigarette an, glücklicher, als ich es seit Jahren gewesen war. Ich hatte das dringende Bedürfnis, an diesem Glück festzuhalten. Aber dem stand einiges im Weg. Essen kochen, all die Mühe im Kleinen und Peniblen, wenn es das Große und Ungefähre war, wohin es einen zog. Und gemeinsam mit den Kindern zu essen, war auch nicht sonderlich verlockend. Nicht, dass ich das nicht schaffen würde, mit etwas Konzentration würden sie nichts merken, aber gerade diese Anstrengung, mich ins Kleine hineinzubegeben – konnte sie mir nicht ausnahmsweise einmal erspart bleiben?

Ich konnte zu Egil hinausfahren.

Oder verdammt, zu Trond Ole!

Ja, das war doch seine Idee gewesen.

Er würde keine Fragen stellen.

Aber es gab noch etwas, das ich vorher tun musste.

Etwas Wichtiges.

Ich stand auf und ging zum Plattenspieler, hob den Tonarm ab und schaltete den Verstärker aus.

Was war es nochmal gewesen?

Draußen ging die Tür vom Gästehaus auf, und Tove kam heraus. Sie hatte eine Regenjacke an, obwohl die Sonne schien, sie reichte ihr bis zu den Knien, wo sie gegen die Kanten der hohen Gummistiefel stieß.

Wo wollte sie denn jetzt schon wieder hin?

Ich ging hinaus. Als ich die Haustür öffnete, überquerte sie den Hof.

»Tove!«, sagte ich laut.

Sie drehte sich um.

»Wo willst du hin?«, fragte ich.

»Spazieren gehen«, antwortete sie.

»Kannst du Essen machen?«, fragte ich.

Sie schüttelte den Kopf.

»Das musst du tun«, sagte sie.

Sie drehte sich um und ging zu dem Weg, der zum Meer hinunterführte.

Ich kehrte in mein Zimmer zurück. Die Freude hatte mich verlassen, aber sie war in der Nähe, das spürte ich.

Es gab also etwas, das ich tun wollte.

Was war es?

Die Fische ausnehmen. Das wollte ich tun.

Enttäuschung übermannte mich, als ich begriff, dass es nur das war.

Dann musste ich das wohl tun.

Aber dazu würde ich etwas Munition mitnehmen.

Proviant. Nicht Munition. Proviant war das richtige Wort.

Ich schenkte mir das Glas ganz voll und ging mit ihm in der Hand hinaus. Auf der Türschwelle blieb ich stehen, trank einen Schluck und sah dabei aufs Meer hinaus. Die Sonne sank, und ihre Strahlen, unsichtbar in der Luft, prallten wie Steinchen aus Licht von der glatten Wasserfläche ab.

Von links drang ein lautes, scharrendes Geräusch an mein Ohr. Ich drehte mich um. Ein Eichhörnchen war auf dem Weg die Hauswand hinauf. Es sah aus, als wäre die Schwerkraft aufgehoben worden, denn die Wand war senkrecht, und es lief völlig mühelos.

Es hielt inne. Sein Schwanz bewegte sich ruckartig. Abwärts, seitlich, aufwärts. Abwärts, seitlich, aufwärts.

Sah es mich an?

»Hallo, Eichhörnchen«, sagte ich. »Was siehst du dir an?«

Es ließ einen leisen, fauchenden Laut hören. Dann stieg es schräg zum Dach hoch, kämpfte sich über die Dachrinne, lief den Dachfirst hinauf, leicht auf der Dachpappe, und verschwand auf der anderen Seite.

Ich trank noch einen Schluck.

Sollte ich die Flasche mitnehmen? Dann musste ich nicht ständig die Treppe rauf und runter laufen.

Ich ging wieder hinein. Im Flur wurde die Tür von Ingvilds Zimmer geöffnet, und eine Sekunde, bevor sie auftauchte, trat ich ins Bad, schloss die Tür hinter mir ab und setzte mich auf den Badewannenrand.

Wie bescheuert war das denn. Hier zu sitzen und sich vor seinen eigenen Kindern zu verstecken.

»Papa?«, sagte sie.

»Ich bin auf dem Klo«, antwortete ich.

»Ich wollte nur fragen, wann es Essen gibt.«

»Bald«, sagte ich.

»Was gibt es?«

»Mein Gott, Kind, ich bin auf dem Klo!«, sagte ich.

»Okay, okay, entschuldige«, sagte sie.

Die Tür zu ihrem Zimmer wurde geschlossen. Ich zog etwas Papier von der Toilettenrolle, warf es hinein, zog ab, wusch mir kurz die Hände am Becken, holte die Flasche aus dem Arbeitszimmer und ging mit ihr in den Keller, stellte sie auf die Drechslerbank und stand da und betrachtete eine Weile die Kisten mit den Fischen, ehe ich mich bückte und einen von ihnen nahm. Mit dem Messer, das auf der Arbeitsfläche bereit lag, schnitt ich den Kopf ab, durchaus genüsslich, denn das Messer glitt so leicht durch die trockene Haut, das feuchte Fleisch und die harten Knochen der Wirbelsäule. Dann machte ich einen Längsschnitt, klappte die beiden Seiten auseinander und rupfte Därme und Organe heraus, wusch den Fisch aus, legte ihn zur Seite, nahm einen Schluck aus dem Glas, an dem sofort Schuppen klebten, und machte mit dem nächsten weiter.

Fünf Stück nahm ich aus, ehe ich eine Pause einlegte und

mich auf den alten Schemel setzte, der unter dem kleinen Fenster stand.

Als ich die Zigarettenschachtel öffnete, sah ich, dass ich nur noch eine hatte.

Ich zündete sie an, lehnte den Kopf an die Wand und schloss die Augen.

Ich wurde davon wach, dass ich hustete, und begriff im ersten Moment nicht, wo ich war. Um mich herum war es fast völlig dunkel. Dann schlug mir der Geruch von Keller und Fisch entgegen, und ich erinnerte mich an alles. Es ist wie im Korb eines Ballons, dachte ich, während ich schlief, war er langsam durch die Luftschichten gesunken, dem Leben dort unten entgegen. Jetzt galt es, wieder aufzusteigen, ehe es zu spät war.

Ich hatte keine Zigaretten mehr, aber noch etwas zu trinken, und so leerte ich das Glas in einem Schluck.

»Brrr!«, sagte ich und schüttelte den Kopf, ehe ich noch eins trank.

Hier konnte ich nicht bleiben.

Ich zog das Telefon heraus und suchte die Nummer von Trond Ole heraus.

Wenn ich ihm eine SMS schickte, war er vielleicht beschäftigt. Am besten fuhr ich einfach hin.

Ich goss mit der einen Hand etwas ins Glas, suchte gleichzeitig mit der anderen Ingvilds Nummer heraus.

»Ich muss nochmal los«, schrieb ich. »In der Gefriertruhe liegen Pizzen. Kannst du sie für dich und die Jungs warmmachen? Bin nicht lange weg.«

Ich stand auf und ging mit der Flasche in der Hand hinaus, schloss die Tür hinter mir und wollte zum Auto, als mir einfiel, dass der Schlüssel in der Tasche der Jacke steckte, die im Flur hing.

»Mist«, sagte ich und kehrte am Haus entlang zurück, öffnete so leise wie möglich die Tür und schob mich hinein. Aus dem Wohnzimmer drangen Fernsehgeräusche, dort saßen bestimmt die Jungen. Und Ingvild ging es gut in ihrem Zimmer, sie musste sich nach der Fahrt ein wenig ausruhen.

Ich fischte den Schlüssel heraus und schlich mich wieder ins Freie. Als ich auf den Schlüssel drückte und die Scheinwerfer des Autos im zarten Dämmerungszwielicht aufflammten, plingte mein Handy.

Ich setzte mich ins Auto und ließ den Motor an, ehe ich nachsah.

Es war Ingvild.

»Okay«, schrieb sie.

»Super!«, schrieb ich und fügte drei Herzchen hinzu. Dann legte ich den Gang ein und bog auf die Straße. Der Kiosk am Jachthafen müsste noch offen sein, dachte ich. Sicherheitshalber fuhr ich langsam, es war schwer zu sagen, wie betrunken ich eigentlich war. Da ich noch an die Sicherheit dachte, wahrscheinlich nicht besonders.

Das war ein guter Gedanke, und ich behielt ihn auf der Fahrt zum Kai hinunter im Kopf. Hinter der Kurve, als die Straße wieder gerade verlief, bekam ich den Schraubverschluss ab und trank einen Schluck. Die nächste Kurve kam, bevor ich sie wieder zugeschraubt hatte, deshalb lenkte ich mit einer Hand und hielt die Flasche in der anderen.

Der Parkplatz vor dem Kiosk war leer. In den Fenstern brannte jedoch Licht, und ich sah die Silhouette einer Gestalt. Ich parkte und öffnete die Tür. Die Flasche noch in der Hand, verlor ich das Gleichgewicht, als ich mich aufrichtete, und musste zwei Ausfallschritte nach vorn machen.

Das mit der Flasche ist vielleicht nicht so schlau, dachte ich, schraubte den Deckel auf, legte sie vor dem Fahrersitz auf den

Boden und sah dabei zum Kiosk hinüber, um zu prüfen, ob er oder sie etwas gesehen hatte.

Nein. Er oder sie saß dort mit gesenktem Kopf, und als ich näher kam, sah ich, dass das Gesicht von unten schwach beleuchtet wurde.

Ich klopfte mit dem Fingerknöchel an die Scheibe.

Er, denn es war ein Mann, ein pummeliger Bursche von etwa siebzehn Jahren, zuckte zusammen.

Ich führte vor meinem Mund Zeige- und Mittelfinger der einen Hand in der universellen Geste fürs Rauchen vor und zurück.

Er öffnete die Luke.

»Zwei Schachteln Marlboro, bitte«, sagte ich.

»Wird gemacht«, sagte er.

Ich steckte meine Karte in das Terminal, das er mir hinhielt, und tippte den PIN ein, nahm die Schachteln und kehrte zum Auto zurück.

Auf dem Fahrersitz öffnete ich eine Schachtel, suchte ein Feuerzeug aus dem Handschuhfach heraus, zündete mir eine Zigarette an, trank ein paar Schlucke und sah dabei auf den Jachthafen hinaus. Wenn die Flasche nicht fast leer wäre, könnte ich auf Trond Ole gut verzichten und einfach hier sitzen bleiben, dachte ich.

Auf dem Sitz neben mir leuchtete das Handy auf.

Ich griff danach. Ingvild hatte mir eine SMS geschickt.

»Wo ist Mama?«, schrieb sie.

Verdammt. Konnte ich denn nie einfach mal meine Ruhe haben?

»Das weiß ich doch nicht«, antwortete ich.

Dann ließ ich den Motor an, wendete und fuhr die Straße hinauf, die Zigarette weiter in der Hand. Es waren keine anderen Autos unterwegs, und die Polizei würde hier draußen um diese Uhrzeit nie im Leben kontrollieren, ich brauchte mir also keine Sorgen zu machen, dachte ich und gab Gas.

Wieder leuchtete das Handy auf. Den Blick auf die Straße gerichtet, tastete ich danach, spürte die harte Kante mit der Hand, hielt das Display vor mir hoch.

»Sie ist nicht hier«, stand da.

»Okay«, schrieb ich und legte das Handy weg. Die Straße führte durch den Wald, zu beiden Seiten standen schwarz die Bäume. Zwischen den Baumstämmen konnte man tagsüber an manchen Stellen kurz das Meer sehen, und es war immer schwer zu unterscheiden, ob das Rauschen nun von den Bäumen oder von den Wellen kam, die weiter unten ans Ufer schlugen.

Ich ließ die Scheibe herunter und warf die Zigarette hinaus, zündete mir eine neue an und trank einen Schluck aus der Flasche. Ich stellte sie in den Flaschenhalter, fassungslos, dass ich das nicht schon früher getan hatte. Dort stand sie auch ohne Verschluss sicher.

Eine neue Nachricht traf ein. Diesmal ließ ich das Handy liegen.

Die Straße beschrieb eine Kurve, und ich kam auf die lange, ebene Fläche hinaus.

Plötzlich knirschte es unter den Reifen, es klang wie eine Reihe kleiner Explosionen.

Ich bremste abrupt.

Hatte ich einen Platten?

Nein.

Da war etwas auf der Straße.

Auf der ganzen Straße.

Es schienen Steine zu sein. Aber sie bewegten sich.

Ich öffnete die Tür und stieg vorsichtig aus.

Die ersten waren etwa zehn Meter entfernt. Ich ging näher heran und sah, dass es Krebse waren. Hunderte Krebse.

Sie gaben tickende Laute von sich.

Ach du Scheiße.

Was war denn das?

Ich kehrte zum Auto zurück, setzte mich hinein und schloss die Tür.

Immer neue Krebse kamen von der Wiese auf die Straße.

Ich trank die letzten Schlucke Whisky und zündete mir eine Zigarette an.

Als wären sie von einer Macht gerufen worden. Als zöge es sie zu einem Licht.

Aber an Land?

Ja und? Sie wurden von Instinkten gesteuert, und warum sollten ihre Instinkte nicht versagen, wenn alles andere es tat?

Lange blieb ich sitzen und sträubte mich innerlich, ehe ich den Motor wieder anließ, denn es war unmöglich, über die Ebene zu kommen, ohne sie zu überfahren. Als ich mich so weit zusammengerissen hatte, dass ich den Gang einlegte und langsam vorwärts rollte, flammte knapp über dem Bergrücken am Ende der Ebene der Himmel auf.

Es sah aus, als würde der Wald brennen.

Aber es war ein Himmelskörper, erkannte ich, denn das Licht stieg höher und löste sich nur einen Augenblick später vom Bergrücken.

Es war ein Stern.

Und was für ein Stern es war.

Ich schaltete den Motor ab und stieg aus, lehnte mich an die Motorhaube und sah zu ihm hoch. Hinter mir, auf dem Beifahrersitz, leuchtete erneut das Handy.

KATHRINE

Ich, die ich immer früh dran bin, nie zu spät komme – und wenn ich nie sage, meine ich nie –, musste erleben, dass ich an einem Sonntagabend im August mit hängender Zunge den Bahnsteig hinab zum Aufzug in die Abflughalle des Flughafen Gardermoen hetzte, nur eine halbe Stunde, bevor mein Flug ging, den Rollkoffer im Schlepptau, die Tasche über der Schulter baumelnd, und mit pochendem Herzen. Es wäre keine Katastrophe, wenn ich den Flug verpassen würde – ich konnte mir ein Zimmer im Flughafenhotel nehmen, am nächsten Morgen in die erste Maschine steigen und um neun Uhr an meinem Schreibtisch im Büro sitzen –, aber ich ertrug den Gedanken einfach nicht. Es lag eine zunehmende Finsternis darin, und Bosheit. Das war natürlich irrational, aber dies zu wissen, half mir auch nicht weiter. Das Einzige, was mir half, war pünktlich zu sein.

Als ich vor der Tür stehenblieb, war der Aufzug gerade auf dem Weg nach oben.

Typisch.

Warum hatte ich nicht die Rolltreppe genommen?

Ich drückte auf den Knopf, lehnte mich vor und sah oben den Boden des Aufzugs stehen. Dann checkte ich das Handy auf neue Nachrichten. Eine von Gaute, der wissen wollte, wann das Flugzeug landen würde, eine von Camilla, die sich für das Wochenende bedankte, und eine von SAS, die dort seit gestern ungeöffnet lag.

Wann kam er denn endlich?

Ich drückte noch einmal auf den Knopf.

»Wissen Sie, es hat keinen Zweck, mehrmals zu drücken«, sagte eine Stimme neben mir.

Ich zuckte zusammen und drehte mich um. Vor mir stand ein Mann um die sechzig mit einem erstaunlich weichen und runden Gesicht.

Wie war es nur möglich, dass ich sein Kommen nicht bemerkt hatte?

»Das weiß ich«, sagte ich. »Aber ich drücke trotzdem.«

»Tja, das kann man natürlich machen«, sagte er und lächelte.

Offenbar gehörte er zu jener Kategorie jovialer Männer, die es brauchten, sich gütig zu fühlen.

Der Aufzug glitt nach unten.

»Sehen Sie«, sagte ich. »Es hat also doch geholfen.«

Ich zog den Koffer hinter mir hinein und stellte mich vor die Tür auf der anderen Seite.

»Sie wollen nach Bergen?«, fragte der Mann hinter mir.

Woher wusste er das?

»Nein«, antwortete ich. »Wie kommen Sie darauf?«

»Es scheint keine lange Reise vor Ihnen zu liegen«, sagte er. »Und die Maschine nach Bergen ist einer der letzten Inlandsflüge heute.«

»Aha«, sagte ich und hoffte, dass er mich nicht fragen würde, wohin ich denn dann wollte.

Ich hastete durch die riesige, fast menschenleere Halle, checkte ein und ging als Einzige durch die Sicherheitskontrolle. Auf der Abflugtafel leuchtete *Boarding*, und ich rannte den breiten, endlosen Korridor hinunter. Das gefiel mir gar nicht, es brachte mich dazu, mich unschön zu fühlen, mit flatterndem Mantel und schlenkernder Tasche, die Arme hierhin und dorthin, aber die Chance, dass irgendein Bekannter sah, wie ich auf die Art meine Würde verlor, war verschwindend gering, und für alle anderen war ich nur irgendeine Frau, die spät dran war.

Abgesehen von zwei Angestellten, die hinter der Schranke standen, war das Gate leer.

»Das war knapp«, sagte der eine, ein junger Mann mit kurzem, dunklem Bart. Ich reichte ihm atemlos meine Bordkarte, er scannte sie, und als ich den Gang zum Flugzeug hinabging, hörte ich ihn hinter mir *Boarding completed* sagen.

Ich rang immer noch nach Luft und blieb einen Moment stehen, bis mein Atem sich beruhigt hatte. Außerdem war mir leicht übel.

War ich so schlecht in Form?

Als ich in das Flugzeug stieg, sah ich den Mann aus dem Aufzug auf einem Platz in der Businessclass. Ich schaute sofort zur anderen Seite, aber es war schon zu spät.

»Haben Sie es sich anders überlegt?«, fragte er und lächelte.

»Ich habe nur versucht, meine Privatsphäre zu wahren«, antwortete ich und schenkte ihm eine Art Lächeln, ehe ich den Koffer ins Gepäckfach legte und mich zwei Reihen hinter ihm auf meinen Platz setzte.

Ich lehnte mich zurück und schloss die Augen, während mein Herz allmählich ruhiger schlug. Die Übelkeit blieb allerdings, sie lag wie ein sanfter und dumpfer Schmerz in Brust und Magen. Ich wusste, dass ich Gaute eine SMS schicken sollte, konnte mich aber nicht dazu aufraffen.

Ich öffnete die Augen.

Wie war es ihm nur gelungen, *vor mir* hier zu sein?

Am Aufzug war er hinter mir gewesen. Ich hatte mich beeilt, ich war gerannt und hatte nirgendwo warten müssen.

Vielleicht gab es einen anderen Weg. Vielleicht war er ein

Angestellter der Fluggesellschaft, die ihre eigenen Zugänge hatte.

Vor dem Fenster wurde eine große Maschine rückwärts geschoben. Überall blinkten da draußen Lichter. Gelbe, orange, rote. Zwei Männer in Arbeitsanzügen und mit Ohrschützern standen müßig daneben und sahen zu. Sie wirkten so eigentümlich klein. Genau wie die Fahrzeuge, die auf dem Rollfeld umherschwirrten. Als gehörten sie einer Miniaturwelt an, die der majestätischen Präsenz der Flugzeuge unterlegen war.

Peter hatte morgen Sport, ich durfte nicht vergessen, ihn daran zu erinnern. Gaute hatte bestimmt nicht daran gedacht, gestern nach dem Training die Sportklamotten zu waschen, aber irgendwas würde schon sauber sein. Und Marie wollte in die Bücherei und musste die Bücher mitnehmen, die sie sich ausgeliehen hatte.

Sie hatten fröhlich gewirkt, als ich mit ihnen telefonierte. Gaute war mit ihnen ins Schwimmbad in Nordnes gegangen, und das liebten sie beide. Wasser hatte ihnen schon immer gutgetan; alle Konflikte verschwanden, sobald sie in ein Becken sprangen oder von einem Strand aus losschwammen.

Eine der Flugbegleiterinnen hieß über die Lautsprecheranlage sämtliche Passagiere herzlich willkommen. Ich zog das Handy aus der Tasche und öffnete Gautes SMS.

Wann landest du? Hier warten Entrecôte und Rotwein auf dich!, hatte er geschrieben.

Bin gegen elf zu Hause, schrieb ich. *Freue mich auf ein spätes Essen mit dir!*

Dann löschte ich die Zeilen und legte das Handy weg, als sich das Flugzeug in Bewegung setzte. Die Kuppeln aus Licht über dem Gebäude, das wir hinter uns ließen, waren regengestreift. Ich entsann mich der dunklen, fast schwarzen Wolken, die ich gesehen hatte, als ich auf dem Bahnsteig im Stadtzentrum stand.

Ich hätte mir gewünscht, einfach sitzen bleiben zu können, auf diesem Platz, und nie mehr aufstehen zu müssen. Hier einfach nur zu sitzen, auf die Startbahn zu rollen, abzuheben, über der Erde zu fliegen. Doch, ich würde aufstehen und aussteigen, aber in einer fremden Stadt in einem fremden Land.

Nicht nach Hause.

Nur nicht nach Hause.

Mich überkam eine plötzliche Trauer.

War es *so*?

Der Gedanke tat sehr weh.

Aber es stimmte. Ich wollte nicht nach Hause.

Ich wollte nicht nach Hause.

Vergangenen Donnerstag hatte ich im Flughafenbus nach Flesland hinaus gesessen und das Gefühl genossen, auf Reisen zu sein, auch wenn mir alles vor dem Fenster vertraut war und ich aus beruflichen Gründen unterwegs war. Es kam immer seltener vor, dass ich mich wirklich auf etwas freute. Aber auf diese Reise hatte ich mich seit langem gefreut. Mehrere Jahre hatte ich an einer neuen Bibelübersetzung mitgearbeitet, und nun, da die Arbeit fast abgeschlossen war, würden sich alle Beteiligten bei einem intensiven, dreitägigen Arbeitsseminar in den Räumlichkeiten der Bibelgesellschaft in Oslo treffen, wo die auswärtigen Teilnehmer auch übernachten würden. Die meisten kannte ich von früher – die theologische Szene in Norwegen ist nicht sonderlich groß –, und sie wiederzusehen war der Grund für meine Vorfreude gewesen. Oder zumindest einige von ihnen. Camilla, Helle und Sigbjørn, mit denen ich studiert hatte, und Torunn, mit der ich mich später angefreundet hatte und die Wissenschaftlerin war. Ich hatte unsere Diskussionen immer vermisst, diese Offenheit der Welt und dem Leben gegenüber. Sie war vielleicht naiv, aber auch echt gewesen. Damals glaubte ich, *so* würde das Leben sein. Wir gingen verschwenderisch mit unserer Zeit und unseren Gedanken um, und erst als es vorbei war, erkannte ich, dass es einmalig gewesen war und niemals wiederkehren würde. So ist das Leben, nicht wahr – wenn wir jung sind, glauben wir, dass mehr kommt, dass das nur der Anfang von etwas ist, während es in Wahrheit alles ist, und das, was wir so gedankenlos haben, wird schon bald das Einzige sein, was wir hatten. Es gab kein Füllhorn von Menschen, es gab nur Camilla, Helle und Sigbjørn, es entstand kein Füllhorn an Gedanken; die Gedanken, die wir uns damals machten, waren immer noch gültig.

Mein Leben erschien mir heute in gewissem Sinne wahrhaftiger als damals, weil die Wirklichkeit, in der es verankert war, absoluter war. Ich hatte zwei Kinder zur Welt gebracht, und meine Liebe zu ihnen war vielleicht das Einzige, was für mich bedingungslos war, das Einzige, was ich niemals in Frage stellte oder anzweifelte. Andererseits, dachte ich, als der Bus über den Danmarksplass fuhr, der im Regen glänzte, und ich zu Solheimslien hinaufsah, dass das Leben absoluter war, bedeutete nicht nur, dass es wahrer war, sondern auch, dass keine Wege mehr aus ihm herausführten. Nichts stand mehr offen, wie es das getan hatte, als wir Anfang zwanzig gewesen waren.

Aber wer hatte gesagt, dass das Leben offen sein würde?

Der Pfarrer, der mich als Studentin betreute, hatte einmal gesagt, man müsse nur einen Schritt zur Seite treten, dann sehe alles gleich anders aus. Er hatte über meine Rolle als Seelsorgerin gesprochen. Ich weiß nicht, warum ich mich ausgerechnet daran erinnerte, denn er sagte so viel, dieser Pfarrer, aber wahrscheinlich, weil es stimmte und weil ich Verwendung dafür hatte. Die Leute verschwanden in ihren Leben und Konflikten und verloren die Perspektive, nicht nur darauf, wo sie waren, sondern auch, wer sie waren, gewesen waren oder sein könnten.

Aber es war so gut wie unmöglich, im eigenen Leben einen Schritt zur Seite zu treten.

Allein schon bei dem Gedanken bekam ich ein schlechtes Gewissen. Ich hatte doch Peter, ich hatte doch Marie, was sollte mir da fehlen? Was wollte ich da mit dem Offenen?

Ich vermisste sie schon, obwohl ich sie an diesem Morgen gesehen hatte und in drei Tagen wiedersehen würde.

Als der Bus am Einkaufszentrum *Lagunen* hielt, um Fahrgäste aufzunehmen, goss es in Strömen. Menschen gingen mit geöffneten Regenschirmen und freudlosen Gesichtern, Einkaufstüten und Kinderwagen vorbei. Autolichter leuchteten rot, Kofferräume wurden geöffnet und geschlossen, Busse donnerten vorbei.

Der Pfarrer hatte damals noch etwas anderes gesagt, das sich mir ins Gedächtnis eingebrannt hatte. Es kommt darauf an, den Blick auf etwas zu richten.

»Hast du den Film ›Willkommen Mr. Chance‹ gesehen«, hatte Camilla gesagt, als ich ihr damals von den Weisheiten dieses Pfarrers erzählt hatte.

»Du meinst, das sind Plattitüden?«

»Ja, sogar auffällig eindeutige Plattitüden! Das hörst du doch selbst, oder? ›Tritt einen Schritt zur Seite‹, ›Richte den Blick auf etwas‹!«

Was hatte ich dazu gesagt?

Das wusste ich nicht mehr. Aber sicher etwas darüber, dass das Einfachste oft das Wahrste ist.

Was der Gärtner in *Willkommen Mr. Chance* auch gesagt haben könnte, dachte ich jetzt und lächelte vor mich hin, während ich auf die Felder hinaussah, schimmernd grün im Regen und ziemlich archaisch, wie sie dort zwischen Industriegebäuden und Bauland lagen.

Etwa hundert Meter weiter standen ein paar Schafe mit gesenktem Kopf und grasten neben einer Felskuppe.

Wie unvorstellbar es einem erschien, dass jemand dort einen Opferplatz anlegen, eines der Tiere auswählen und ihm die Kehle durchschneiden, das Blut rituell verspritzen und im Anschluss das Fleisch zu Ehren Gottes auf einem Feuer braten würde.

Wie anders unsere Zeit doch war.

Aber die Schafe waren die gleichen. Das Gras war das gleiche, die Steine, die Wolken, der Regen.

In dem Moment erhielt ich eine SMS von Gaute. Als ich sie öffnete, war sie voller Herzen, lächelnder Gesichter, Autos und Flugzeuge. Darunter hatte er geschrieben *Marie wollte dir das sagen.*

Ich schickte ein Herz zurück.

Weit voraus tauchte auf der Ebene der Tower auf. Trat ich einen Schritt zur Seite und betrachtete mein Leben, fehlte es mir an nichts, dachte ich. Und richtete ich den Blick auf etwas, sah ich die Kinder und sonst nichts.

Ich beschloss, diese Tür für immer zu schließen.

Nach Oslo zu fliegen, mit Lust und Leidenschaft an dem Seminar teilzunehmen, am Sonntagabend heimzukehren und mich über alles zu freuen, was ich dort hatte.

Lange funktionierte der Entschluss, ich freute mich über den Flug, über den Zubringerzug zum Hauptbahnhof, über die Taxifahrt und die Atmosphäre in dem großen Gebäude der Bibelgesellschaft, wo ich am späten Abend ankam, das kleine spartanisch eingerichtete Zimmer, das man mir zugeteilt hatte. Etwas Weißes, das wie Sperma aussah, trieb in der Toilettenschüssel im Bad, und ich lachte, als ich es sah, überlegte kurz, ob ich herausfinden sollte, wer vor mir in dem Zimmer übernachtet hatte, tat es aber natürlich nicht, ging aus und aß in einem chinesischen Restaurant in der Nähe, schlief wie ein Baby, hielt am nächsten Tag meinen Vortrag, beteiligte mich an der Diskussion, die in der Mittagspause weiterging, und traf mich am Abend mit Torunn. Die beiden nächsten Tage vergingen auf die gleiche Art: Arbeitseinheiten in unseren Gruppen, Vorträge im Gemeinschaftsraum, gefolgt von anregenden Diskussionen. Die Beiträge waren auf einem hohen Niveau, es war eine Freude zuzuhören, wohl auch, weil sie mich an meine Studienzeit erinnerten – viele Redner waren dieselben, die damals die Vorlesungen gehalten hatten.

Aber jetzt war es vorbei.

Ich wollte nicht nach Hause.

Das war eine so fürchterliche Erkenntnis.

Aber sie war wahr.

Ich starrte das Handy an, das ich in der Hand hielt, und versuchte, so klar zu denken, wie ich nur konnte, während das Flugzeug zur Startbahn rollte und der Regen an der Außenseite der kleinen Fenster herablief und das Kabinenpersonal im Mittelgang stand und die Sicherheitsanweisungen durchging.

Rasend schnell schrieb ich Gaute eine SMS und schickte sie ab, bevor ich es mir anders überlegen konnte.

Habe das Flugzeug verpasst, muss auf Gardermoen übernachten. Nehme morgen die erste Maschine und gehe direkt ins Büro. Tut mir leid. Aber vielleicht sind der Wein und das Entrecôte ja etwas für morgen Abend?

Sofort tauchten drei Punkte unter der Nachricht auf, und ich sah ihn vor mir, wie er allein im Wohnzimmer stand, mit gesenktem Kopf, und eine Antwort tippte. Die Flugbegleiterin zog zwei Reihen vor mir eine Schwimmweste an und demonstrierte mit ausladenden Gesten, wie sie benutzt werden sollte, absolut analog zu einer Stimme aus der Lautsprecheranlage, die das Ganze zusätzlich in Worten erklärte.

Sieht dir gar nicht ähnlich. Was ist passiert?

Bin nach dem Seminar mit Camilla und Helle ausgegangen, es gab kein Taxi, und dann stand der Zug eine Ewigkeit, antwortete ich, während die Flugbegleiterin vor mir den Mittelgang hinabging und dabei mit kleinen ruckenden Kopfbewegungen in die Sitzreihen zu beiden Seiten schaute und unter meiner Antwort drei neue Punkte liefen.

Ich legte das Handy mit dem Bildschirm nach unten in meinen Schoß, aber vermutlich hatte sie gesehen, dass ich getippt hatte, denn sie blieb vor mir stehen.

»Ihr Telefon ist im Flugmodus?«, fragte sie.

Ich nickte und lächelte ihr zu.

»Jetzt ja«, sagte ich.

Sie ging weiter.

Ich musste ihm wieder antworten, sonst würde er Verdacht schöpfen, denn wenn ich in einem Hotel war, wie ich ihm geschrieben hatte, gäbe es für mein Schweigen keine Erklärung. Und ich konnte auch nicht schreiben, dass der Akku leer war, denn dort konnte ich ihn ja aufladen. Hätte ich das Ladekabel vergessen, was er unwahrscheinlich finden würde – und zwei so unwahrscheinliche Dinge, dass ich erstens zu spät kam und zweitens der Akku meines Handys leer war, würden ihn Verdacht schöpfen lassen –, hätte ich mir außerdem an der Rezeption eins leihen können.

Ich drehte das Telefon um und las seine neue Nachricht.

Viel Pech auf einmal! Hier alles okay, die Kinder schlafen, und ich arbeite. Vermisse dich.

Vermisse dich auch, schrieb ich. *Gute Nacht.*

Ich schaltete das Handy aus, legte es in die Tasche und schaute aus dem Fenster. Ich sah den Regen, der den Beton unter uns dunkler färbte, die Leitlichter, die aus der Nähe aussahen, als wären sie willkürlich verstreut worden, aus der Ferne jedoch klare, gerade Bahnen bildeten.

Das Flugzeug hielt, und die Motoren liefen nach und nach auf Hochtouren. Mit einem Ruck wurden die gebändigten Kräfte freigesetzt, und die Maschine schoss die Startbahn hinab.

Ich begriff plötzlich nicht mehr, warum ich Gaute angelogen hatte oder was eigentlich gut daran sein sollte, in einem Hotel zu übernachten. Ich handelte sonst nie übereilt, was ich machte, war immer durchdacht.

Aber da es nun keine Möglichkeit mehr gab, an diesem Abend nach Hause zu kommen, jedenfalls nicht, ohne weitere Lügen aufzutischen, konnte ich die wenigen Stunden, die ich mir freigeschaufelt hatte, genauso gut genießen.

Das Gefühl der Freiheit überwältigte mich.

So war es.

Aber ich hatte nichts Schlimmes getan. Es war vielleicht dumm, aber nicht schlimm.

Es musste nichts weiter passieren. Ich konnte diese Nacht im Hotel schlafen, ganz normal ins Büro gehen, am Nachmittag nach Hause kommen, zu Abend essen, mit den Kindern zusammen sein. Ihnen vorlesen, sie ins Bett bringen, vielleicht noch eine Stunde arbeiten …

Das Leben selbst war nie das Problem, sondern wie man es

sah. Jedenfalls, solange das Leben ohne Hunger oder Not oder Gewalt verlief.

Gaute war ein guter Vater und ein guter Mann, fürsorglich und selbstlos; mehr konnte ich nicht verlangen. Und unser gemeinsames Leben war schön, wenn ich das Schöne nur leuchten ließ.

Was machte ich hier eigentlich?

Auf dem Grund aus Dunkelheit vor dem Fenster glühten die Lichter einer Straße von unten herauf. Sie wand sich wie eine Schlange zwischen unsichtbaren Hindernissen hindurch. Etwas weiter entfernt lag wie ein Kronleuchter ein kleines Dorf. Dahinter herrschte dann wieder Dunkelheit.

Ein gedämpftes Pling ertönte in der Kabine, und die Anschnallzeichen wurden ausgeschaltet. Das Kabinenpersonal stand auf und bereitete den Bordservice vor. Der Flug dauerte nur eine gute halbe Stunde, so dass sie wirklich nicht viel Zeit hatten, dachte ich, lehnte mich vor und zog das Buch aus der Tasche, von dem Camilla mir all die Jahre erzählt und das sie mir geschenkt hatte, als wir uns trafen. *Das Reich Gottes ist in Euch* von Tolstoi. Ich legte es auf den Sitz neben mir, tastete nach der Brille, konnte sie aber nicht finden, woraufhin ich die Tasche auf meinen Schoß hob, um gründlich nachzusehen. Ich hatte sie doch hoffentlich nicht im Restaurant vergessen?

Ich hatte sie herausgeholt, als wir die Speisekarte studierten.

Hatte ich sie zurückgelegt?

Daran konnte ich mich nicht erinnern.

Als ich die Tasche wieder abstellte, ging eine neue Welle von Übelkeit durch meinen Körper. Ich lehnte mich zurück und versuchte, gleichmäßig zu atmen, denn ich hatte das Gefühl, dass ich mich jeden Moment übergeben könnte.

Sicherheitshalber zog ich eine der weißen Tüten heraus, die

in der Tasche am Sitzrücken vor mir lagen, und hielt sie neben dem Oberschenkel diskret in der Hand.

Meine Stirn war schweißnass.

Ohh.

Ich versuchte die Welle zu lenken, die immer weiter anstieg, indem ich vollkommen regungslos blieb und sie mit meinen Gedanken begleitete und die Gedanken sie zähmen und dazu bringen ließ, sich zurückzuziehen, und es funktionierte tatsächlich, langsam sank die Übelkeit in mir und war bald so weit weg, dass ich die Tüte zurücklegen und wieder ganz normal atmen konnte.

Der Servierwagen mit Snacks und Erfrischungen näherte sich, und ich zog mein Portemonnaie heraus. Ich wollte eine Cola und eine Packung Kekse bestellen, wenn es das gab – das hatte Vater mir immer als Kind gegeben, wenn mir schlecht war, und seither war es für mich positiv besetzt.

Es lag sicher an dem Essen im Restaurant. Wir hatten alle Moules Frites bestellt, anscheinend waren die Miesmuscheln schlecht gewesen. Es reichte ja schon, dass eine verdorbene darunter war.

Ich durfte nicht vergessen, Gaute daran zu erinnern, die Werkstattrechnung zu bezahlen, ehe sie an ein Inkassounternehmen ging. Und die beiden Servierplatten wieder mitzubringen, die seit dem letzten Schultag vor den Sommerferien in der Schule herumlagen.

Vielleicht nicht beides auf einmal. Er konnte es nicht ausstehen, wenn ich ihn an Dinge erinnerte. Aber er war selbst schuld, weil er alles immer weiter aufschob.

Außerdem musste ich mich auf die Beerdigung am Dienstag vorbereiten.

Ich merkte, dass mir ein wenig vor ihr graute. Es war ein Mann, der keine Angehörigen hatte, und Freunde hatten sich auch nicht gemeldet. Abgesehen von der Bestattung von Kindern war es das Schlimmste, den Trauergottesdienst in einer gähnend leeren Kirche abzuhalten.

Die Flugbegleiterin schob den Wagen vorbei. Ich versuchte, ihre Aufmerksamkeit auf mich zu lenken, aber sie wandte sich nur den Leuten zu, die auf der anderen Seite des Gangs saßen.

»Entschuldigung?«, sagte ich.

Nichts an ihr deutete an, dass sie mich hörte oder sah.

»Entschuldigung!«, sagte ich, diesmal lauter.

Zu laut – als sie sich zu mir umdrehte, war ihr Blick genervt.

»Ja?«, sagte sie kühl.

»Könnte ich bitte eine Cola haben?«

Sie antwortete nicht, zog aber eine der Schubladen auf, holte eine Büchse heraus und reichte sie mir wortlos zusammen mit einem Plastikbecher.

»Haben Sie vielleicht auch irgendwelche Kekse?«, fragte ich.

»Nein, Kekse haben wir nicht.«

»Was ist mit Knäckebrot?«

Sie seufzte, zog eine andere Schublade auf und reichte mir eine dünne, grünweiße Verpackung mit einem Wasa-Knäckebrot darin.

Ich hielt ihr meine Karte hin.

»Sie bezahlen bei ihr«, sagte sie und nickte zu der anderen Flugbegleiterin hin, ehe sie sich lächelnd zu den Passagieren in der nächsten Reihe umdrehte.

Ich begriff ihre Unfreundlichkeit nicht. Es konnte ja wohl kaum daran liegen, dass ich mein Handy zu lange benutzt hatte? Daran mussten sie doch gewöhnt sein.

So oder so war es nichts, worüber ich mir den Kopf zerbrechen musste.

Ich öffnete die Packung mit dem Knäckebrot und aß ein paar Bissen, die ich mit etwas Cola hinunterspülte. Dann griff ich nach dem Handy und sah mir die letzten Bilder an, die meisten aus dem Urlaub, den wir vor ein paar Wochen auf Kreta gemacht hatten. Marie hatte dort schwimmen gelernt, es war ganz plötzlich passiert, und ich hatte die Geistesgegenwart besessen, es zu filmen, zwar nicht, als sie das erste Mal schwamm, aber beim zweiten Mal, nur ein paar Minuten später. Wir waren in einer kleinen Bucht direkt an der viel befahrenen Straße gewesen, und gleich dahinter lagen Industriegebäude, aber im Film sah man von all dem nichts, darin sah man nur die kleine Marie mit dem weit zurückgebogenen Kopf über der Wasseroberfläche, während Arme und Beine knapp darunter beharrlich arbeiteten. Hinter ihr erstreckte sich das blaue Meer, bis es gegen den Berg am anderen Ufer der Bucht stieß, der blaugrün und durchzogen von sandfarbenen Stellen und Spalten sanft ansteigend zum hellen Himmel aufragte. Das ganze Mädchen strahlte vor Konzentration und Freude.

»Wow, Marie!«, hörte man Gaute rufen.

Er hatte neben mir gestanden, als ich sie filmte, und er hatte den Arm um mich gelegt.

Was würde er sagen, wenn ich ihm sagte, dass ich ihn verlassen wollte?

Aber das würde ich nicht.

Das würde ich doch gar nicht.

Ich steckte das Handy in die Tasche zurück. Der Motorenlärm veränderte sich; offenbar hatten wir schon mit dem Landeanflug begonnen.

Er würde aus allen Wolken fallen. Er würde glauben, ich hätte einen anderen, das dürfte die einzige Erklärung sein, die er verstehen könnte.

Habe ich etwas falsch gemacht, würde er fragen. Gibt es etwas, das ich anders machen kann?

Was sollte ich dann sagen?

Ich hatte keinen anderen, und er hatte nichts falsch gemacht, und es gab auch nichts, was er verändern konnte, damit es besser wurde.

Aber was ist es dann?

Wir haben nichts anderes mehr gemeinsam als die Kinder, ist dir das noch nicht aufgefallen?

Nein. Wir haben doch *alles* gemeinsam. Wir haben doch ein gemeinsames *Leben.*

Es tut mir leid, Gaute. Aber ich kann so nicht weitermachen.

Würde er weinen? Würde er wütend werden? Würde er danach mich und alles, was mich ausmachte, von Grund auf ablehnen?

Ich konnte ihn nicht verlassen. Ich hatte doch gar keinen Grund dazu. Außerdem würde es das Leben der Kinder auseinanderreißen. Vor allem Peters, der so verletzlich war und Probleme hatte.

War ich so egoistisch? Dass ich das Leben Gautes und der Kinder mir zuliebe zerstören wollte?

Unter mir tauchten die Lichter der Stadt auf. Ich hatte sie nicht oft auf diese Weise gesehen, meistens kamen die Flugzeuge aus südlicher Richtung, über die verwitterten Berge und Felseninseln dort, aber nun konnte ich ganz deutlich das gesamte Stadtzentrum sehen: Da war Sandviken, da war Nordnes, da war Bryggen, da war Klosteret, da war Sydneshaugen.

Der Himmel war klar, und die Lichter der Gebäude am Hafen waberten im schwarzen Wasser.

Nach den langen Gängen und großen Entfernungen auf Gardermoen tat es gut, in das kleine Flughafengebäude zu kommen, in dem es nur ein paar Meter bis zu der Treppe waren, die zu den Gepäckbändern und zum Ausgang führte.

Am Fuß der Treppe blieb ich stehen, setzte den Koffer ab und zog den Handgriff hoch, als hinter mir eine Stimme ertönte.

»Es gehört sich eigentlich nicht, dass Pfarrer lügen, oder?«, sagte sie.

Es war der Mann aus dem Aufzug. Er lächelte.

Ich ging los.

»Ich hoffe, Sie sind nicht beleidigt«, sagte er und schloss zu mir auf. »Aber Sie haben klar und deutlich gesagt, dass Sie nicht nach Bergen wollen. Und wo sind Sie jetzt?«

»Kenne ich Sie?«, fragte ich, ohne ihn anzusehen, und ging gleichzeitig schneller.

»Das glaube ich nicht«, sagte er.

Ich sollte lieber nicht mit ihm reden, sollte nichts mehr sagen, das wusste ich, aber irgendetwas an ihm erregte auch meine Neugier.

»Woher wissen Sie eigentlich, dass ich Pfarrerin bin?«, sagte ich.

»Ich gehe gelegentlich in die Kirche«, antwortete er. »Sie sind mir aufgefallen. Sie sind eine gute Pfarrerin. Sie haben viele interessante Gedanken. Das kann man nicht von allen Pfarrern sagen.«

Ich sagte nichts, ging stattdessen durch die Ausgangstür, und als ich im Freien stehen blieb, um zu sehen, wo die Taxis standen, war er fort.

Der Torgallmenningen lag fast menschenleer vor mir, als ich auf das Hotel zuging. Nur ein paar nächtliche Flaneure waren zu sehen. Das Hotel lag in einer Seitenstraße, ich hatte das Zimmer aus dem Taxi heraus gebucht. Es war ein eigenartiges Gefühl, hier zu sein. Ich überquerte diesen Platz mehrmals in der Woche und hatte es fast mein ganzes Leben getan – das war meine Stadt, hier war ich aufgewachsen, hier hatte ich alle Jahre meines Berufslebens verbracht –, aber jede Vertrautheit, jede Zugehörigkeit war auf einmal wie weggeblasen. Ich sollte eigentlich nicht hier sein, dachte ich, das musste es sein, was diese Distanz schuf.

Es war, als hätte ich mein ganzes Leben zur Seite geschoben.

Um für eine Nacht eine andere zu sein.

Eine junge Frau Anfang zwanzig stand hinter der Rezeption, warf einen Blick auf mich, als ich durch die Tür trat, und starrte anschließend weiter auf den Bildschirm vor sich. Ich hörte das Klackern der Tastatur. Ihr Gesicht war blass und ein wenig füllig und passte irgendwie nicht richtig zu ihrem zierlichen Körper, der förmlich mit einem blauen Blazer und blauen Rock und einer weißen Bluse bekleidet war. Ihre Lippen waren zu rot, aber ich sah, dass sie volles und schönes Haar hatte, und bekam Lust, sie zu sein. Sie hatte bestimmt keine Probleme, und wenn sie welche hatte, dann jedenfalls keine, die ich nicht hätte lösen können.

»Kathrine Reinhardsen«, sagte ich. »Ich habe vorhin angerufen und ein Zimmer für eine Nacht gebucht.«

Sie sah auf und lächelte.

»Hallo, herzlich willkommen«, sagte sie. »Ihr Schlüssel liegt schon für Sie bereit. Wenn Sie hier bitte unterschreiben würden?«

Sie legte ein Blatt und einen Stift auf den Tresen, und als ich unterschrieben hatte, reichte sie mir den Schlüssel.

»Ihr Zimmer ist in der vierten Etage. Der Aufzug ist da vorn. Frühstück gibt es zwischen sieben und zehn. Okay?«

»Danke«, sagte ich.

»Gerne«, sagte sie. »Gute Nacht!«

»Gute Nacht«, sagte ich und zog den Koffer hinter mir her zum Aufzug, dessen Wände aus Spiegeln bestanden, und als er nach oben glitt, starrte ich zu Boden.

Aus den Zimmern drangen keine Geräusche, als ich den Flur mit Teppichboden hinabging. Ich schloss die Tür an seinem Ende auf und betrat das Zimmer, das viel kleiner war, als ich es mir vorgestellt hatte, als mir diese wahnwitzige Idee gekommen war.

Jetzt kam ich mir einfach nur dumm vor.

Ich ließ den Koffer ungeöffnet mitten im Zimmer stehen und legte mich aufs Bett, ohne Kleider oder Schuhe auszuziehen.

Jetzt schlief sie daheim, meine Familie.

Und ich lag hier.

Was sollte ich tun?

In eine Bar gehen?

Das würde alles nur noch schlimmer machen.

Aber vielleicht spazieren gehen?

Ich stand auf, steckte die Schlüsselkarte in die Innentasche meines Mantels und machte mich auf den Weg. Erst zum Hurtigrouten-Terminal hinunter, danach in Richtung Nordnes, an dem uralten Stadttor vorbei und nach Klosteret hinauf, gelb im Lichtschein der Laternen. Es lag ein kühler Hauch in der Luft, der nach dem langen und heißen Sommer belebend wirkte. Ich ging den ganzen Weg bis zu dem Park auf der Außenseite, setzte mich dort auf eine Bank an dem Felsvorsprung und schaute zu den Lichtern auf der anderen Seite des Fjords hinüber.

Was für ein schöner Abend es ist, dachte ich. Und dann dachte ich an die Kinder, und dann begann ich zu weinen.

Als es vorbei war, schaute ich mich um, plötzlich fühlte ich mich völlig schutzlos.

Wenn ich doch nur mit jemandem reden könnte.

Mit Camilla konnte ich über alles reden. Aber jetzt, so spät, konnte ich sie nicht anrufen. Außerdem wusste ich auch gar nicht, was ich ihr sagen sollte. Es *war* ja nichts.

Mit Sigrid, die ich mein ganzes Leben gekannt hatte, redete ich auch über alles. Abgesehen von Gaute und unserer Beziehung. Ihr Mann, Martin, war ein guter Freund von Gaute geworden, und ich war mir nicht hundertprozentig sicher, ob ich ihr so weit vertrauen konnte, dass sie nicht doch etwas von dem weitergeben würde, was ich ihr erzählte. Oder eher, vertrauen tat ich ihr schon, aber die Loyalität zum Ehepartner ist häufig größer als die zu Freunden.

So musste es ja auch sein.

Wann hatte ich Gaute das letzte Mal etwas gesagt, das kein anderer wusste?

Selbst aus meiner großen Krise hatte ich ihn herausgehalten.

Hinter mir kam jemand den Weg entlang. Ich drehte mich um, aber es bestand kein Grund zur Sorge, es war nur ein älteres Paar mit einem Hund.

Ich zog das Handy heraus und wischte durch meine Kontakte.

Hielt bei Mutters Nummer inne. Sie konnte ich so spät noch anrufen.

Aber wollte ich das?

Ich steckte die Hände in die Jackentaschen, presste die Arme an den Körper.

Die Dunkelheit in den großen Bäumen um mich herum war dicht, sie schien mit ihnen ineinanderzufließen, wie sie dort schwarz vor dem Himmel brüteten.

Als Kind hatte ich jeden einzelnen Baum in der Nachbarschaft gekannt. In meiner Gedankenwelt waren sie Individuen gewesen, weil jeder von ihnen seine spezielle Ausstrahlung hatte, ohne dass ich das jemals in dieser Schärfe wahrgenommen hätte. Sie fanden Eingang in meine Seele. Birken, Eichen, Fichten, Kiefern, Espen, Eschen, Ebereschen.

Vater war wie ein Baum gewesen, hatte ich das nicht gedacht, als ich hoch über der Erde auf seinen Schultern gesessen und die Hände auf seinen Kopf gelegt hatte?

Ich erinnerte mich an seine Hände, sie waren so groß. Und ich erinnerte mich an seinen Bart. Die Augen, das Leuchten darin. Aber wenn ich gezielt an ihn dachte, lösten sich die wenigen Bilder auf, und was mir blieb, war eine Art Behauptung.

Er existierte heute nur noch in der Randzone meiner Gedanken, wo alles Vage lebte. Plötzlich war ich dort auf der Bank von großen, mächtigen Geschöpfen umringt. Unergründlich und still, weder feindlich noch freundlich gesinnt, ohne eine Meinung zu uns kleinen Leuten zu haben, die immer hierhin und dorthin hetzten, in einem Tempo, das sie nicht begriffen oder um das sie sich nicht scherten. Und sie *waren* ja lebendige Wesen, und nicht nur Dinge, als die man sie so leicht betrachtete.

Als Jugendliche hatte ich in *Das Stunden-Buch* von Rilke ein völlig überwältigendes Gedicht gelesen. *Mein Gott ist dunkel*, stand dort, *und wie ein Gewebe von hundert Wurzeln, welche schweigsam trinken. Nur dass ich mich aus* seiner *Wärme hebe, mehr weiß ich nicht, weil alle meine Zweige tief unten ruhn und nur im Winde winken.*

Es war das erste Mal, dass der Gedanke an Gott mich und alles, was mich betraf, verließ.

Die Bäume waren lebendige Geschöpfe, und Gott war auch ihr Schöpfer.

Die Dunkelheit, die Erde, die Feuchtigkeit, das war der Gott der Bäume.

Was war mein Gott?

Aus welcher Wärme wuchs ich?

Ich sagte immer, ich sei Christin gewesen, lange bevor ich es wurde. Ein paar in meiner Klasse waren bei *Ten Sing* und überredeten mich eines Abends mitzugehen. Ich wusste, dass das Mutter nicht gefallen würde, und vielleicht war das sogar einer der Gründe für mich hinzugehen, es war etwas Verbotenes, das aber nicht illegal war. Ich war dreizehn und hatte ein Recht auf mein eigenes Leben. So ungefähr empfand ich es. Als ich sechzehn war, wechselte ich von *Ten Sing* zu einem Kirchenchor, und im Jahr darauf fuhren wir zu einem Chorfestival im polnischen Krakau. Wir sangen in einer alten, prachtvollen Kirche, und als unsere Stimmen das Kirchengewölbe füllten, hörte ich sie von außen und war gleichzeitig ein Teil von ihnen, und meine Seele wurde von einer intensiven Freude erfüllt, die stärker und reiner war, als ich es je zuvor empfunden hatte, und sie kam gleichermaßen von innen wie von außen. Ich glaube, es ging darum, dass ich da war, es ging um das Gefühl, da zu sein, aber auch, dazuzugehören, dass ich Teil eines größeren Zusammenhangs war, und dass in diesem Zusammenhang aller Sinn lag.

Es waren die Gefühle einer Sechzehnjährigen. Aber sie waren heute, mehr als zwanzig Jahre danach immer noch gültig, sie blieben wahr, unabhängig davon, wie viel mehr Erfahrung und Wissen ich mir inzwischen angeeignet hatte. Der Sinn lag nicht in mir, der Sinn lag nicht im anderen, der Sinn entstand zwischen uns. Der Chorgesang war das einfachste Bild dafür. Und die Lehre Jesu handelte davon, dies zu praktizieren. Alle waren gleich, alle waren ein Teil des Großen, und in diesem Großen befand sich Gott. Die Radikalität dieses Gedankens war gar nicht hoch genug einzuschätzen. Aber um ihn wirklich zu verstehen, musste man zweitausend Jahre Theologiegeschichte abschälen, bis man erkannte, was Jesus wirklich gesagt und getan hatte. Ihn hatte es zu den Marginalisierten hingezogen, zu denen, die keine eigene Stimme hatten, zu den Unterdrückten. In einer der wenigen Stellen in der Bibel, in der eine Frau zu Wort kommt, in Marias Lobgesang, sagt sie über den Herrn, er stoße die Gewaltigen vom Thron und erhebe die Niedrigen, die Hungrigen fülle er mit Gütern, während er die Reichen leer ausgehen lasse. Der Herr, den sie anbetete, war subversiv. Und das Kind, das Maria dann gebar, Jesus, wandelte unter den Ausgestoßenen und Ungeliebten, den Kranken und Armen, Aussätzigen und Huren. Seine Botschaft, dass wir vor Gott alle gleich sind, wird nie als Theorie lebendig werden, denn die meisten Menschen sind hiervon ausgeschlossen, und gerade deshalb bewegte Jesus sich unter den Ausgestoßenen und wurde keiner der Schriftgelehrten oder Theoretiker, wie ich sie zu nennen pflegte. Es gab eine Kluft zwischen den Theoretikern und den meisten anderen Menschen, und es gab eine Kluft zwischen den meisten Menschen und denen, die in der Gesellschaft ganz unten standen. Die Lehre Jesu war eine der Praxis: Er schrieb nicht über sie oder für sie, er wandelte unter ihnen. Sprach mit ihnen, hörte ihnen zu, ließ sie dazugehören. Alle waren gleich, alle waren ein Teil des Großen, und in diesem Großen befand sich Gott. Und in Gott die Gnade, in Gott die Vergebung, in Gott die Fülle des Seins.

Das erdete mich.

Aber was war das wert, wenn ich es nicht einmal schaffte, die Beziehung zu dem Menschen in meinem Leben zu behüten, der mir am nächsten stand?

Ich sah mich selbst nach Hause kommen, Gaute küssen, mich bücken und Peter und Marie umarmen, die Geschenke für sie herausholen, Gautes lächelndem Blick begegnen, wenn sie auspackten, und selber lächeln.

Das war Theater.

Das war nicht ich.

Wie hätte ich es gern, wenn ich es exakt so haben könnte, wie ich wollte?

In einer kleinen Scheidungswohnung leben und jede zweite Woche die Kinder haben?

Ich drehte das Telefon so zu mir herum, dass der Bildschirm aufleuchtete, und sah, dass es kurz nach zwölf war. Dann ging ich zu Mutters Nummer und tippte darauf.

Es klingelte lange.

»Stimmt etwas nicht?«, sagte ihre Stimme, als sie sich endlich meldete. »Ist mit den Kindern alles in Ordnung?«

»Hallo, Mama«, sagte ich. »Es ist alles in Ordnung. Es tut mir leid, dass ich so spät noch anrufe. Hast du schon geschlafen?«

»Ja, ich habe geschlafen. Wie viel Uhr ist es? Es ist mitten in der Nacht, oder?«

»Ja«, sagte ich und bereute, dass ich sie angerufen hatte. Ich wusste nicht, was ich ihr sagen sollte oder ob es überhaupt etwas zu sagen gab.

»Was ist denn?«

»Nichts Besonderes«, sagte ich. »Oder …«

»Oder?«

Ich atmete tief durch.

»Ich bin heute Abend nicht nach Hause gefahren. Ich bin in ein Hotel gegangen.«

»Warum hast du das getan?«, fragte sie. Ihre Stimme war so sachlich und nüchtern, dass ich gegen das Gefühl ankämpfen musste, zurückgewiesen worden zu sein. Sie war immer so. Es hatte nichts mit mir zu tun.

»Ich weiß es nicht«, sagte ich. »Ich weiß es ehrlich nicht.«

»Weinst du?«, fragte sie.

Ich antwortete nicht.

»Gibt es Probleme zwischen dir und Gaute?«

Ich wischte die Tränen mit dem Mantelärmel weg.

»Ja, in gewisser Weise«, sagte ich.

»Willst du dich scheiden lassen?«

Ich antwortete nicht.

Es wurde still.

»Ich weiß es nicht, Mama«, sagte ich. »Ich glaube, ja. Oder nein. Das kann ich doch nicht machen.«

Ich schluchzte.

»Wo bist du jetzt?«, fragte sie.

»In Nordnes.«

»Wollen wir uns morgen treffen und in Ruhe darüber reden?«, sagte sie.

»Sicher«, sagte ich.

»Wir könnten uns zum Mittagessen verabreden. Um halb eins im Café Oscar?«

»Ja«, sagte ich.

»Leg dich hin und schlaf«, sagte sie. »Wenn du aufwachst, sieht alles schon ganz anders aus. Und wir sehen uns dann morgen.«

»Danke«, sagte ich.

»Nichts zu danken«, erwiderte sie. »Gute Nacht.«

»Gute Nacht«, sagte ich, aber da hatte sie schon aufgelegt.

Im Schlaf wurde meine Übelkeit schlimmer. Ich merkte es im Traum, den sie bald beherrschte, ohne dass ich aufwachte, die Übelkeit blieb lange eine Art Ort, von dem ich zu entkommen suchte, zu dem ich aber immer wieder hingezogen wurde. Er hatte keinen Namen, und er war nicht näher bestimmt, er war nur etwas, von dem ich fortwollte. Nach und nach begannen sich Gedanken einzuschalten, mir ist schlecht, warum ist mir schlecht, und ich glitt in diese Gedanken hinein und wieder aus ihnen heraus, die meine und doch nicht meine waren, bis ich sie plötzlich als meine eigenen identifizierte und die Augen aufschlug.

Ich hatte das Gefühl, selbst die kleinste Bewegung würde dazu führen, dass ich mich übergab.

Eine Weile blieb ich ganz still liegen und wartete darauf, dass sich die Übelkeit legen würde. Am Ende wurde es jedoch so unerträglich, dass ich blitzschnell aufstand, ins Bad lief, mich vor die Toilettenschüssel kniete und alles hochkommen ließ.

Hinterher putzte ich mir die Zähne und duschte lange, ehe ich mich anzog und auf der Bettkante sitzend Gaute eine SMS schrieb, um ihm zu sagen, dass alles in Ordnung war, und um ihn daran zu erinnern, was die Kinder mitnehmen mussten, und an die Rechnung, die er nicht vergessen durfte zu bezahlen.

Mutter hatte Recht gehabt: Jetzt sah alles ganz anders aus.

Ich schickte ihr eine Nachricht, dass der Konflikt sich in Luft aufgelöst hätte, bedauerte, sie so spät angerufen zu haben und erklärte, es sei nicht mehr nötig, dass wir uns zum Mittagessen trafen.

Das kaufe ich dir nicht ab, schrieb sie zurück. *Außerdem, was ist denn, wenn ich* dich *treffen möchte? Wir sehen uns um halb eins.*

Sie ist ein so nerviger Mensch, dachte ich. Erst recht, weil sie oft, wenn sie glaubte, mich zu durchschauen, richtig lag. Damit hatte ich schon immer gehadert. Hatte an Illusionen festgehalten, obwohl ich wusste, dass es Illusionen waren, nur weil sie es war, die mich darauf hinwies.

Wie du willst, antwortete ich. *Freue mich, dich zu sehen!*

Ich entfernte das Ausrufezeichen, es ließ die Nachricht zu heiter erscheinen. Ohne es war sie distanziert, fast drohend, jedenfalls näher an dem, was ich empfand.

Wie du willst. Freue mich, dich zu sehen.

Sie antwortete nicht, und ich rief Karin an und sagte ihr, dass ich krank sei und nicht ins Büro käme, aber versuchen würde, ein wenig von zu Hause aus zu arbeiten. Das war nicht gelogen, immerhin hatte ich mich gerade übergeben, und in den nächsten zwei Stunden saß ich an dem kleinen Schreibtisch und beantwortete Mails, ging die Beerdigung des nächsten Tages durch und setzte die Diskussion mit Erlend über die Übersetzung von Levitikus fort, und die über Hesekiel mit Harald, mit dem ich in einigen Punkten so unterschiedlicher Meinung war, dass es fast schon ein Konflikt war.

Um zwölf Uhr checkte ich aus und trat mit dem Koffer hinter mir auf die Straße hinaus. Der Himmel war bedeckt, aber freundlich; die Wolkendecke war weiß wie Milch. Die Luft war warm und schwül. Die Backsteingebäude, die bei Regen grau und farblos wirkten, traten in all ihren Farbschattierungen scharf hervor. Ich hob den Blick und sah zum Himmel hinauf. Zwei Vögel kreisten in der Höhe, die Flügel reglos ausgebreitet. Es waren Raubvögel, aber ich konnte nicht erkennen, welche. Habichte wahrscheinlich. Adler würden ja wohl kaum über der Stadt fliegen, oder?

Als ich auf den Torgallmenningen kam, der voller Menschen war, nahm ich Kurs auf die Buchhandlung an der Ecke.

Ich wollte nicht im Café sitzen und auf sie warten, sondern lieber ein paar Minuten zu spät kommen.

Vor der Buchhandlung standen einige Arbeiter um ein abgesperrtes Loch herum und rauchten. Ihre orangen Arbeitsanzüge leuchteten eigentümlich, sie schienen zu schweben, als wären die Personen, die sie trugen, nur Anhängsel.

Im Geschäft warf ich als Erstes einen Blick auf das Regal mit Neuerscheinungen und ging anschließend zu der kleinen Abteilung mit philosophischen Büchern hinüber. Manchmal, allerdings eher selten, fand man dort interessante Bücher.

Ich zog ein Buch mit einem verlockenden Titel heraus. *Experience and Nature* hieß es, von John Dewey, von dem ich zwar schon einmal gehört, den ich aber nie gelesen hatte.

Ich schlug willkürlich eine Seite auf.

We have substituted sophistication for superstition, stand dort. *But the sophistication is often so irrational and as much at the mercy of words as the superstition it replaces.*

Ich drehte das Buch herum und las den Text auf der Rückseite. Es war 1925 geschrieben worden. Mit anderen Worten, bevor unsere Welt begann.

Was meinte er mit *sophistication*?

Ich ging mit dem Buch zur Kasse und bezahlte es mit meiner Karte, steckte es in die Tasche und ging hinaus. Es blieben immer noch zehn Minuten, und ich würde fünf Minuten zum Café brauchen, aber jetzt erschien es mir nicht mehr wichtig, zu spät zu kommen. Es war bloß ein dummer Reflex aus meiner Teenagerzeit gewesen.

Als ich mich gerade an einem der Tische vor dem Café niederließ, tauchte Mutter am Ende des kleinen Platzes auf. Ich erkannte sie in jeder Menschenmenge und fast überall. Sie war schlank und hatte eine aufrechte Körperhaltung, die sie größer erscheinen ließ, als sie eigentlich war, aber das Charakteristischste an ihr war die Art, wie sie den Kopf hielt, immer leicht zurückgelehnt, was einen Eindruck von Überlegenheit oder Arroganz hinterließ und ihr gleichzeitig etwas leicht Vogelartiges verlieh. Sie hatte rote Haare, einen weißen Teint und Sommersprossen, und als Kind hatte ich geglaubt, dass alle Menschen mit roten Haaren und Sommersprossen einer eigenen Rasse angehörten, und mir mehr als alles andere gewünscht, auch so auszusehen, damit sie und ich dazugehörten, und nicht nur sie und Eirik.

Als sie näher kam, sah ich, dass sie ihre Lieblingsfarben trug. Hellbraune Cordhose, weiße Bluse, dunkelgrüne Jacke.

»Hallo, Mama«, sagte ich und umarmte sie. »Du siehst gut aus.«

»Danke«, sagte sie. »Wir sitzen draußen?«

»Warum nicht? Warm genug ist es jedenfalls.«

Sie nickte und setzte sich.

Es lagen vergilbte Blätter auf der Erde unter dem Baum, neben dem wir saßen, und ich schaute nach oben. Es war ein Kastanienbaum, und er sah krank aus, Blätter trug er nur wenige, und die wenigen waren klein und verschrumpelt. Es lag also nicht am nahenden Herbst, sondern an einer Krankheit.

Mutter winkte einem Kellner zu, der gerade dabei war, einen Tisch an der Wand abzuräumen.

»Wie geht es dir?«, fragte ich.

Sie sah mich an.

»Die Frage sollte ich ja wohl eher dir stellen«, sagte sie. »Aber es geht mir ganz gut. Alle wieder zurück am Arbeiten nach den Ferien. Mikael ist noch draußen im Sommerhaus.«

Hinter ihr ging der Kellner mit einem Tablett voller Tassen und Gläser hinein.

»Und was macht er da jetzt so?«, fragte ich.

»Er geht oft fischen, und er liest.«

»Gefällt es ihm, Rentner zu sein?«

»Er hasst es. Ich glaube, deshalb bleibt er noch da draußen, so kann er sich einbilden, dass er nur Urlaub hat. Aber er liest gern. Und dazu hat er ja jetzt Zeit.«

Sie drehte sich um.

»Wo ist er hin?«

»Er ist mit einem Tablett hineingegangen. Er kommt bestimmt gleich wieder.«

Mutter schaute über den Platz, der sich verjüngte und zu einer Straße mit Geschäften auf beiden Seiten wurde. Dann sah sie zu der Steinkirche, die so schwer und solide zwischen den vielen weißgestrichenen Holzhäusern stand. Die grau verputzten Wände hatten eine grüne Farbschattierung. Als stünde sie in einem Wald, dachte ich, und sah sie zwischen Fichten und umgestürzten Bäumen, einem überwachsenen Steinhaufen, einem moosbedeckten Berghang, ein paar Höhen in der Ferne vor mir.

Christus, der Geächtete im Wald.

Mutter legte die Tasche, die auf ihrem Schoß gestanden hatte, auf den Nachbarstuhl.

»Also, Kathrine«, sagte sie und sah mich an. »Gestern Abend klangst du verzweifelt.«

»Ja. Das war ich«, sagte ich. »Aber jetzt ist wieder alles gut. Es tut mir leid, dass ich dich angerufen habe. Das war unnötig.«

»Du hast in deiner eigenen Stadt in einem Hotel übernachtet?«

»Ja.«

»Warum?«

Ich wusste nicht, was ich sagen sollte, und senkte den Blick.

Ich wollte ihr nichts anvertrauen. Gleichzeitig wollte ich aber auch, dass sie es erfuhr.

Ich sah sie an und und lächelte.

»Ich weiß es einfach nicht«, sagte ich. »Ich bin einer spontanen Eingebung gefolgt.«

Der Kellner tauchte in der Türöffnung auf, trocknete sich die Hände an seiner Schürze ab, als er die Treppe herunterging, nahm zwei Speisekarten von einem leeren Tisch und blieb vor uns stehen.

»Was ist heute die Tagessuppe?«, fragte Mutter.

»Französische Zwiebelsuppe«, sagte er.

»Als ich das letzte Mal hier war, war sie das auch«, sagte sie.

»Hat sie Ihnen geschmeckt?«, sagte er.

»Das hat sie«, antwortete sie. »Aber darum geht es nicht. Wenn ihr jeden Tag die gleiche Suppe habt, könnt ihr sie nicht Tagessuppe nennen. Eine Tagessuppe ist ja jeden Tag eine andere.«

Er lächelte, ohne etwas zu sagen.

»Ich nehme eine Quiche mit Fetakäse«, sagte ich.

»Dann nehme ich einen Caesar-Salat«, ergänzte Mutter.

Als der Kellner gegangen war, blieben wir schweigend sitzen. Auf einem Tisch in der Nähe, von dem die Essensreste noch nicht abgeräumt worden waren, landeten zwei kleine Spatzen. Sie hüpften auf ihren dünnen Beinchen umher, hackten und pickten in den halb verspeisten Brotscheiben.

»Hat Gaute dich betrogen?«, fragte Mutter.

»Nein, mein Gott!«, sagte ich.

»Du ihn?«

»Mama. Du solltest mich besser kennen.«

»Was weiß denn ich?«, sagte sie. »Du rufst mich mitten in der Nacht an und weinst, sagst, dass du nicht weißt, ob du dich scheiden lassen willst oder nicht. Am nächsten Tag sagst du, es ist nichts und alles sei in Ordnung. Was meinst du denn, was ich da glauben soll?«

»Ich weiß es nicht«, sagte ich.

»Es läuft nicht gut zwischen Gaute und dir«, sagte sie.

»Es läuft auch nicht schlecht«, erwiderte ich. »Es ist nur nichts. Da ist keine Spannung, da ist keine Neugier, wir haben nichts gemeinsam. Abgesehen von den Kindern gibt es nichts, worüber wir uns unterhalten können. Gestern habe ich zum ersten Mal begriffen, dass ich so nicht leben will. Ich saß im Flieger, als mir klar wurde, dass ich nicht nach Hause wollte.«

»Es gibt nicht viele Ehen, in denen es nach zwanzig Jahren noch so etwas wie Spannung gibt.«

»Das weiß ich«, sagte ich. »Und ich werde es schon aushalten.«

Über uns rauschte etwas durch die Luft heran. Ich blickte hoch und sah es heranschießen, immer näher, immer größer. Es war ein großer Raubvogel. Er stieß zum Nachbartisch hinab und packte sich einen der kleinen Vögel, schlug ein paar Mal mit den Flügeln, stieg über die Dächer auf und verschwand.

»Hast du das gesehen?«, sagte ich. »Mitten in der Stadt?«

Mutter nickte.

»Das sieht man nicht alle Tage«, meinte sie.

»Was war das? Ein Seeadler?«

»Keine Ahnung. Wahrscheinlich ein Habicht. Bei so etwas kennt Mikael sich aus.«

»Ich bin völlig baff«, sagte ich. »Er hat ihn sich einfach geschnappt.«

Mutter zündete sich eine ihrer Zigaretten an und hielt die Hand unter den Ellbogen, wie sie es immer tat, wenn sie rauchte.

»Wie wäre es, wenn du dir einen Liebhaber nimmst?«, fragte sie.

Ich sah sie an.

»Soll das ein Witz sein?«

»Nein, ganz und gar nicht. Es ist eine praktische Lösung für ein konkretes Problem. Dir fehlt es an Spannung und an jemandem, mit dem du dich darüber austauschen kannst, was dich beschäftigt. Gleichzeitig möchtest du deine Familie behalten. Das deutet alles in eine Richtung.«

»Ich kann einfach nicht glauben, dass du mir das vorschlägst«, sagte ich.

»Doch, das kannst du. Aber es ist dein Leben.«

»Ich bin Pfarrerin.«

»Pfarrerin hin oder her, geheim halten musst du es so oder so«, sagte sie.

»Nein, du verstehst mich nicht. Dass andere davon erfahren könnten, ist nicht das Problem, sondern dass es unmoralisch ist. *An sich*. Es geht darum, dass es falsch ist. *An sich.*«

Mutter nickte.

»Ich höre, was du sagst«, erklärte sie und legte für einen Moment ihre Hand auf meine.

Plötzlich traten mir Tränen in die Augen, und ich sah weg. Zum Glück näherte sich in diesem Moment der Kellner mit einem vollen Tablett in den Händen, und in den nächsten Sekunden drehte sich alles um das Essen, das vor uns auf den Tisch gestellt wurde.

Sie hatte es natürlich gesehen. Aber sie ließ sich nichts anmerken, und darüber war ich froh.

Als ich nach Hause kam, war das Haus leer. Ich packte den Koffer aus, stellte eine Maschine Wäsche an und räumte die Spülmaschine aus, während ich darauf wartete, dass sie heimkommen würden. Peter und Marie gingen in dieselbe Schule, die nur einen Kilometer entfernt war, und gingen selbständig dorthin.

Als das erledigt war, setzte ich mich mit einer Tasse Kaffee auf die Couch und sah auf die bunte Vorstadtlandschaft vor dem Fenster hinaus.

Mutter wollte mir sagen, dass Moral eine relative Größe war, keine absolute, und dass sie gesellschaftlich und historisch bedingt war. In ihren Augen war nichts absolut, höchstens der Glaube an das Rationale.

Sie strahlte eine gewisse Kälte aus. Das war schon immer so gewesen.

Wie oft hatte ich mich gefragt, wie es war, sie zu sein, was wohl in ihrem Inneren vorging?

Und wie oft hatte ich mich gefragt, was sie über mich dachte.

Ich stand auf, ging ins Arbeitszimmer und stellte mich ans Fenster, um nach den Kindern zu sehen.

Stattdessen kam Gaute in seinem roten Polo den Anstieg herauf. Ich wich ein paar Schritte zurück, stellte die Tasse ab und ging ins Badezimmer hinauf und ließ mir ein Bad ein. Ich hatte keine Lust, ihm alleine zu begegnen, ohne dass die Kinder da waren.

Als ich mir gerade die Bluse über den Kopf zog, überlegte ich es mir anders. Warum sollte ich ihm aus dem Weg gehen? Ich hatte nichts zu verbergen. Ich hatte nichts Schlimmes getan.

Ich drehte das Wasser ab, fuhr mir mehrmals mit der Bürste durchs Haar und stieg die Treppe hinunter, um ihm entgegenzugehen.

Er kam mit seiner braunen Tasche in der Hand aus dem Flur herein.

»Hallo«, sagte ich. »Möchtest du einen Kaffee? Ich habe gerade frischen aufgebrüht.«

»Du bist schon zu Hause?«, meinte er. »Wolltest du nicht zur Arbeit?«

»Ich habe euch vermisst«, sagte ich.

Er kam zu mir und gab mir einen leichten Kuss auf die Wange.

»Und, Kaffee?«, sagte ich.

»Ja, danke«, sagte er und blieb stehen. Ich wollte gerade gehen, als er sagte: »Kann ich dich etwas fragen?«

»Natürlich«, sagte ich.

»Hast du mich betrogen?«

Ich wurde rot. Aber ich hielt seinem Blick stand.

»Ich finde es unfassbar, dass du mich das fragst«, sagte ich. »Vertraust du mir nicht mehr?«

»Hast du?«, sagte er.

»Darauf möchte ich nicht antworten«, sagte ich.

Er seufzte.

»Also hast du es getan«, sagte er.

Ich sagte nichts, ging zur Arbeitsplatte, holte zwei Tassen aus dem Schrank und goss Kaffee hinein, während er sich, zurückgelehnt, den Blick zur Decke gerichtet, auf die Couch setzte.

»Warum vertraust du mir nicht?«, fragte ich und stellte die Tasse vor ihm auf den Tisch.

Er antwortete mir, den Blick weiterhin zur Decke gerichtet.

»Du hast doch gerade zugegeben, dass du mich betrogen hast«, sagte er.

»Das habe ich nicht«, sagte ich. »Ich habe lediglich erklärt, dass ich darauf nicht antworten will.«

»Und warum willst du das nicht? Na gut, ich werde es dir sagen. Weil du nicht lügen willst.«

»Ich möchte, dass du mir vertraust«, sagte ich. »Du denkst schlecht von mir. Und das darfst du von mir aus auch tun. Aber komm nicht zu mir, um dir von mir deine paranoiden Verdächtigungen bestätigen oder entkräften zu lassen.«

»Als ich dich gefragt habe, bist du rot geworden.«

»Ich bin wütend geworden.«

»Und warum kannst du dann nicht einfach sagen, dass du mich nicht betrogen hast?«

»Das ist unter der Gürtellinie, Gaute.«

»Ist es das?«

»Ja.«

»In welchem Hotel bist du gewesen?«

»Was spielt das für eine Rolle?«

»Willst du das auch nicht sagen?«

»Nein, nicht, wenn du mich so fragst.«

Im Flur ging die Haustür auf, gefolgt von Schritten und Rascheln.

»Ich hab's dir ja gesagt«, hörte ich Marie sagen. »Mama *ist* zu Hause.«

Ich ging zur Küchentür und öffnete sie.

»Mama!«, rief Marie und schlang die Arme um meine Taille.

»Hallo, mein kleines Mädchen«, sagte ich und küsste sie auf den Kopf. »Hallo, Peter, drückst du mich auch mal?«

»Warum nicht«, sagte er. Marie ließ mich los, und ich legte die Arme um ihn.

»Hattet ihr eine schöne Zeit?«, fragte ich.

»Oh ja«, sagte Marie, die schon auf dem Weg ins Wohnzimmer war.

»Und du, Peter?«

»War okay«, sagte er.

Während Gaute kochte und Peter am Küchentisch saß und seine Hausaufgaben machte, ließ ich Marie ein Bad ein. Seit unserer Reise nach Kreta quengelte sie jeden Tag, wir sollten schwimmen gehen, und wenn das nicht ging, war die Badewanne die naheliegende Alternative für ihre unaufhörliche Begierde, von Wasser umschlossen zu sein. Sie streifte ihre Kleider ab und stieg hinein, noch ehe das strömende Wasser auch nur den Boden bedeckt hatte. Ich saß auf dem Badewannenrand und reichte ihr Spielzeug an, das sie jeweils ausprobierte. Eine Weile lag sie mit dem Kopf nach unten mit einer Taucherbrille da, atmete hohl und fremd durch den Schnorchel, eine Weile saß sie aufrecht und spielte mit ihren Plastikhunden, ehe sie die Schwimmbrille aufsetzte und versuchte, in der Badewanne zu schwimmen, obwohl sie mittlerweile fast genauso groß war wie sie.

Es machte Spaß, mit ihr zusammen zu sein, und während wir im Badezimmer waren, dachte ich kein einziges Mal an meinen Streit mit Gaute.

Fertig gewaschen und in ein großes Handtuch gewickelt, marschierte sie in ihr Zimmer, wo sie mit ein bisschen Unterstützung Kleider auswählte und sich anzog.

Unten hing der Geruch von Zwiebeln und gebratenen Koteletts in der Luft. An einem normalen Nachmittag hätte ich Gaute gefragt, ob wir uns nicht damit begnügen könnten, die Koteletts zu braten, statt sie in einer Bratensauce ziehen zu lassen, wie er es meistens machte, weil seine Mutter sie in seiner Kindheit so zubereitet hatte. Aber ein einziger Blick auf ihn, wie er dort rührend am Herd stand, reichte aus, um zu begreifen, dass er ganz in sich gekehrt war, und wenn er das war, empfand er selbst die unschuldigste Frage als Provokation.

Ich konnte das ignorieren, schließlich durfte er sein, wie er wollte.

Peter saß lesend am Tisch, die Ellbogen neben dem Buch auf die Tischplatte gestützt, eine Hand an der Stirn, den Stift schreibbereit in der anderen. Gaute, der etwas aus dem Schrank geholt hatte, zerzauste ihm auf dem Rückweg die Haare. Peter sah auf und lächelte seinen Vater an.

»Was liest du?«, fragte ich und setzte mich neben ihn.

»Naturkunde«, sagte er.

»Und worum geht es?«

»Wir sollen Informationen über ein Tier sammeln, das ausgestorben ist, und dann darüber schreiben, wie es gelebt hat.«

»Das klingt interessant!«, sagte ich. »Und welches Tier nimmst du?«

»Ich weiß es noch nicht. Deshalb lese ich das Buch.«

»Dinosaurier?«

Er seufzte.

»Mama, das ist ja wohl ein bisschen sehr einfach«, sagte er.

»Mein cleveres Bürschchen«, sagte ich und stand auf, sah Gaute an.

»Wann gibt es Essen?«

»In zehn Minuten«, antwortete er.

»Dann decke ich den Tisch«, erklärte ich.

»Tu das«, sagte er.

Gaute sprach kein Wort, als wir am Tisch saßen und aßen. Ich versuchte, die Stimmung zu retten, fragte Peter nach verschiedenen Dingen, aber er antwortete einsilbig und saß mit gesenktem Kopf da. Nur Marie redete in einem fort.

»Kann ich das Weiße essen?«, fragte sie und zeigte mit dem Messer auf einen breiten Streifen Fett an der Außenseite des Koteletts.

»Das kannst du«, antwortete ich. »Allerdings weiß ich nicht, ob es dir auch schmeckt. Möchtest du es probieren?«

Sie schüttelte den Kopf.

»Kannst du es bitte abschneiden?«

Ich lehnte mich über den Tisch und schnitt das Fett ab.

»Ich will es nicht auf meinem Teller haben«, sagte sie. »Es sieht aus wie ein Tier.«

»Es *ist* ein Tier«, sagte Peter.

»Lass es am Rand liegen«, sagte ich.

»Nein!«, sagte sie.

»Es gehört zu deinem Essen«, sagte ich. »Ich will es nicht haben.«

»Ich nehme es«, sagte Gaute und hob den Fettrand auf seinen Teller.

Ich sah ihn an, aber er wich meinem Blick aus.

Auch gut, dachte ich. Dann habe ich auch keine Lust, es zu versuchen.

Während der restlichen Mahlzeit aßen wir schweigend. Hinterher verschwanden Peter und Marie in ihren Zimmern, während ich mich um den Abwasch kümmerte und Gaute sich auf die Couch setzte und Zeitung las. Als die Spülmaschine lief und die Töpfe und die Bratpfanne gespült und weggestellt waren, machte ich mir einen Kaffee und ging ins Arbeitszimmer.

Ich blätterte ein wenig in dem Buch, das ich mir gekauft hatte, aber es gelang mir weder, mich zu konzentrieren, noch mich für seinen Inhalt zu interessieren.

Während unserer Ehe hatte Gaute sich einmal verliebt. Er sprach nie darüber, aber ich kannte ihn und wusste, was los war. Er hatte für einige Wochen eine Referendarin in seiner Klasse gehabt. In den ersten Tagen erzählte er von ihr, wie sie war, was sie konnte und was nicht, was sie machte. Dann hörte er auf, über sie zu sprechen. Er begann, sein Telefon auszuschalten, wenn er nach Hause kam, gleichzeitig strahlte etwas in ihm. Es war so intensiv, dass es ihm nicht gelang, es zu verbergen, obwohl er es wollte, er sprudelte plötzlich über, den Kindern gegenüber, mir gegenüber.

Ich sagte nichts. Wenn er das, was wir hatten, wegen einer Fünfundzwanzigjährigen aufgeben wollte, hatte er es ohnehin nicht verdient, dass ich mit ihm zusammenblieb.

So schnell, wie es gekommen war, verschwand es auch wieder. Und genauso offensichtlich, wie das Strahlen in ihm gewesen war, war es nun der Schmerz, den er genauso wenig vor mir verbergen konnte.

Allerdings wusste er nicht, dass ich es wusste, er glaubte, es wäre sein kleines Geheimnis.

Im Wohnzimmer wurde der Fernseher eingeschaltet.

Ich holte mein MacBook aus der Tasche, legte es auf den Schreibtisch, schloss es an den Strom an.

Ich sah, dass Erlend mir am Vorabend einen neuen Entwurf für den Anfang des dritten Buch Mose geschickt hatte. Obwohl ich wusste, dass es mich nicht ernsthaft interessieren würde, öffnete ich die Datei und sah mir an, was er getan hatte.

Ich ertrug es nicht, hier zu sitzen und den Schein zu wahren.

Ich fühlte mich in meinem eigenen Haus wie eine Gefangene.

Ich stand auf. Als ich an der Couch vorbeikam, auf der Marie inzwischen mit Gautes Arm um sich fernsah, sagte ich, dass ich spazieren gehen wolle.

»Um diese Uhrzeit?«, sagte Gaute. »Wo willst du denn hin?«

»Keine Ahnung«, sagte ich. »Nur raus.«

»Aber sei wieder da, bevor die Kinder ins Bett müssen«, sagte er.

»Du bist doch hier, oder etwa nicht?«

Er erwiderte nichts, und ich schloss die Tür zum Flur hinter mir, zog Schuhe und eine leichte Jacke an, setzte mich ins Auto, ließ es an und fuhr durch die Siedlung zur Hauptstraße. Ich wusste nicht, wohin ich wollte. Auf gut Glück bog ich rechts ab und fuhr in Richtung Stadt. In Solheimsviken bog ich links ab und fuhr nach Laksevåg. Als ich zu dem Kreisverkehr zwischen Tunnel und Brücke kam, entschied ich mich für den Tunnel, und auf der anderen Seite beschloss ich, ans Meer zu fahren.

Die Straße wurde immer schmaler, die Vegetation immer niedriger, schon bald wuchsen in der hügeligen Landschaft nur noch Gras und Moos, bis dann das Meer vor mir lag, schwarz und gewaltig.

Ich parkte auf einem Kai, schaltete den Motor aus, ließ die Scheinwerfer aber an. Sie gruben zwei Tunnel in die Dunkelheit, die der Regen in Hunderten von Rissen durchlöcherte. Die Wellen, die ans Ufer schlugen, rauschten nicht, sie tosten, als würde da draußen etwas zerbersten.

Ich faltete die Hände und senkte den Kopf.

»Gott, ich bin in Not«, sagte ich. »Hilf mir. Hilf mir jetzt.«

Als ich nach Hause kam, schlief Gaute oder stellte sich schlafend. Ich zog mich möglichst leise aus und beugte mich über das Handy, damit er nicht vom Licht des Displays geweckt wurde, als ich den Wecker stellte.

Um fünf wollte ich aufstehen.

Als das Handy klingelte, kam es mir so vor, als hätte ich mich gerade erst hingelegt. Ich widerstand der Versuchung, es auf Snooze zu schalten, kam auf die Beine und nahm meine Kleider mit nach draußen, um ihn nicht zu wecken, während ich mich anzog. Am liebsten wäre ich ins Büro gefahren und hätte dort gearbeitet, aber ich konnte es Gaute nicht noch einmal alleine überlassen, sich um die Kinder zu kümmern, deshalb ging ich in die Küche hinunter und stellte die Kaffeemaschine an.

Der Himmel war vollkommen blau, es war kein Wölkchen zu sehen, und das Sonnenlicht strömte auf den Küchenfußboden. Ich hörte, wie die Vögel vor dem Fenster sangen und zwitscherten, und öffnete es. Im Gras neben dem Badmintonnetz lag ein Stiefel, und neben diesem lag eine Plastikschale, die offenbar voriges Wochenende liegen geblieben war, als meine Mutter und mein Bruder und seine Familie bei uns gewesen waren und wir draußen gesessen und Eis und Kuchen gegessen hatten.

Es ist nicht so, als fülle das Licht den Garten, dachte ich, es ist umgekehrt, es leert ihn. Es lässt die Dunkelheit, aber auch den Sinn verschwinden.

Die Leere in der Welt.

Aber ich lag falsch, das wusste ich natürlich. Sinn war etwas, das von uns ausging. Sinn war etwas, das wir der Welt gaben, nicht etwas, das wir von ihr bekamen.

Ich räumte das kleine Gefäß, das im Becken stand, in die Spülmaschine, wischte die Arbeitsplatte ab, hängte den Spüllappen über den Wasserhahn. Danach goss ich Kaffee in eine Tasse und ging mit ihr ins Arbeitszimmer, setzte mich und öffnete erneut Erlends Datei.

Ich las mir den Text so langsam durch, wie ich nur konnte.

Ist aber sein Opfer eine Ziege, so bringe er sie vor das Gesicht des Herrn und lege seine Hand auf ihren Kopf und schlachte sie vor der Stiftshütte. Und die Söhne Aarons sollen das Blut ringsum an den Altar sprengen. Und er soll davon sein Opfer darbringen, ein Feueropfer für den Herrn, nämlich das Fett, das die Eingeweide bedeckt, und alles Fett an den Eingeweiden, die beiden Nieren mit dem Fett, das daran ist, an den

Lenden und den Lappen an der Leber; zusammen mit den Nieren soll er ihn ablösen. Und der Priester soll es in Rauch aufgehen lassen auf dem Altar als Feueropferspeise mit lieblichem Duft für den Herrn. Alles Fett ist für den Herrn. Das sei eine ewige Ordnung für eure Nachkommen, überall, wo ihr wohnt, dass ihr weder Fett noch Blut esst.

Ich trank einen Schluck Kaffee und las es noch einmal genauso langsam. Mir gefiel die Formulierung »vor das Gesicht des Herrn« nicht, aber wir waren angewiesen worden, sie zu benutzen, es war ein Teil der Modernisierung, da war also nichts zu machen. Aber »vor das Antlitz des Herrn«, wie es früher hieß, war besser; »sein Gesicht«, das klang so alltäglich und menschlich. Andererseits war es eine angemessene Deutung des hebräischen לפני – *lifne* – auch wenn es streng genommen »vor« bedeutete, hatte es die gleiche Wurzel wie »Gesicht« – *panim* – und es gab auch sonst genug vermenschlichende Details im Text, nicht zuletzt, dass der Geruch des Feueropfers für den Herrn lieblich war. Die Regel lautete, je menschlicher der Herr, desto älter der Text. Deshalb war Gesicht in gewisser Weise eigentlich sogar besser als Antlitz, da es menschlicher war, während Antlitz auf andere Art besser war, weil es älter war.

Aber Duft?

War das nicht etwas zu fein und gebildet?

Es war nicht meine Aufgabe, die Sprache zu korrigieren, aber es war fast unmöglich, die Sprache von der Theologie zu trennen, deshalb tat ich es ständig.

»... als Feueropferspeise mit lieblichem Geruch für den Herrn«, schrieb ich, um zu sehen, wie es aussah.

Es war keine große Verbesserung, aber ich schrieb Erlend trotzdem eine Notiz dazu. Er konnte gar nicht oft genug daran erinnert werden, dass die Sprache in diesen Texten einfach und konkret war, kaum Abstraktionen enthielt, nur Körper und Handlungen, selbst im Levitikus mit seinen Gesetzen und Geboten. Eingeweide, Nieren, Lenden, Fett und Blut: Das war das Gesetz.

Kein Wunder, dass manche gnostischen Sekten die Ansicht vertraten, dass der Herr in diesen Texten eigentlich der Teufel war. Dass die Erde vom Teufel erschaffen wurde und wir ihn anbeteten, wenn wir Gott anbeteten.

Was wäre, wenn ich darüber predigen würde.

Ich grinste.

Das würde selbst heute noch für Schlagzeilen sorgen.

Es gab viele andere interessante Dinge, die ich nicht aufgreifen oder diskutieren konnte, natürlich nicht. Die Kirche und die Gemeinde waren nicht der Ort, um Gedanken und Ideen zu erproben oder Vorstellungen zu verändern und sie lebendig werden zu lassen, indem man sie in Frage stellte. Entscheidend am Glauben war, dass er wahr war, und entscheidend an der Wahrheit war, dass sie alle anderen Möglichkeiten ausschloss. Die Wahrheit war absolut. Und das muss sie auch sein, dachte ich häufig, so fragil, wie das Leben war. Gleichzeitig war die Bibel so komplex, enthielt sie so viele widersprüchliche Stimmen und Erkenntnismodelle, dass es in der Theologie mehr als alles andere darum ging, sie alle im Hinblick auf das große Eine zu vereinen, und das hatte man nur tun können, indem man verschwieg und vertuschte, Dinge nicht beachtete. Eine der bekanntesten Stellen im Alten Testament ist die Erzählung von Abraham, der gebeten wird, seinen Sohn Isaak dem Herrn zu opfern, was Abraham sich auch anschickte zu tun, ohne es in Frage zu stellen, wenn der Herr nicht eingegriffen und ihn aufgehalten hätte, so dass er schließlich ein Lamm opferte. Weniger bekannt, aber dennoch Teil des Alten Testaments, war die Erzählung von Jeftah, der dem Herrn etwas gelobt hatte: Wenn er den Stamm der Ammoniter im Kampf schlug, würde er den Ersten opfern, der ihm bei seiner Heimkehr entgegenkam. Er schlug die Ammoniter und eroberte zwanzig Dörfer, und als er heimkehrte, war die Erste, der er begegnete, seine eigene Tochter. Sie ging ihm entgegen, um ihn zu beglückwünschen. Sie war sein einziges Kind. Verzweifelt zerriss er seine Kleider und sagte ihr, dass er dem Herrn ein Gelübde abgelegt habe, das er nicht zurücknehmen könne. Sie erwiderte, wenn du dem Herrn etwas gelobt hast, dann tue mit mir, was du gelobt hast. Aber um eins möchte ich dich bitten: Lass mir zwei Monate, dass ich auf die Berge gehe und mit meinen Gespielinnen meine Jungfernschaft beweine. Als die zwei Monate vorbei waren, opferte Jeftah sie dem Herrn, und der Herr hielt ihn nicht auf, wie er es bei Abrahams Sohnesopfer getan hatte.

Es gab im Wirken einer Geistlichen keinen Raum, um diese Geschichte herauszugreifen und zu erzählen. Wäre ich Theologin an der Universität gewesen, hätte ich darüber schreiben und sie im Unterricht thematisieren können, aber das war ich nicht. Niemand wollte eine Pfarrerin, die über Frauenopfer in der Religion predigte. Solch eine Pfarrerin wollte ich auch gar nicht sein. Wenn es eine feministische Theologie gab, musste sie sich in der Praxis entfalten, nicht in der Theorie. In der Begegnung mit Menschen. Nicht als Predigt, nicht als etwas Imaginiertes, sondern als Mitmenschlichkeit. Zuhören, fragen, sich einbringen, Raum geben. Dort, in den Räumen zwischen uns, existierte Gott. Das war die Botschaft Jesu. *Vor Gott sind wir alle gleich*.

Es gab vieles, woran ich nicht glaubte. Aber daran glaubte ich.

Das war der Kern.

Oder vielmehr, nicht der Kern, dachte ich und trank einen Schluck Kaffee, der nur noch lauwarm war. Kern, das ist etwas Festes und Unerschütterliches.

Das hier war etwas Bewegliches, etwas, das sich kontinuierlich veränderte.

Oder vielmehr, es veränderte sich auch nicht. Denn es blieb das Gleiche, nur in immer neuen Formen, zwischen immer neuen Menschen.

Ich hatte lange aus dem Fenster gestarrt, aber ohne etwas wirklich zu sehen. Nun kam es mir so vor, als würde es plötzlich Gestalt annehmen. Verdorrte Rasenflächen, weiße Bretterzäune, Obstbäume, Hauswände, alles gesättigt vom Sonnenlicht.

Konnte es tatsächlich sein, dass Farben nicht in sich existierten, sondern etwas waren, das im Gehirn hinzugefügt wurde?

Unten am Zaun tauchte eine Katze auf, sie schlich über den Rasen, legte sich hin und streckte sich genüsslich in der Sonne.

In der oberen Etage wurde die Dusche angedreht.

War es schon so spät?

Ich schickte die E-Mail an Erlend, öffnete eine neue Datei und begann, den Text für die Beerdigung zu schreiben. Kurze Zeit später hörte ich Schritte auf der Treppe. Ich wusste, dass er sich auf den Barhocker an der Kücheninsel setzen und einen Teller Special K essen würde, während er auf dem Handy die Nachrichten las, und dass er sich danach einen Kaffee nehmen würde. In der nächsten halben Stunde würde er sich am Schreibtisch in der hinteren Ecke des Wohnzimmers auf den Tag vorbereiten, ehe die Kinder aufwachten und sie in der Stunde darauf im Mittelpunkt standen.

Ich konnte ihm nicht für den Rest meines Lebens aus dem Weg gehen, konnte nicht noch einen Abend aus dem Haus verschwinden, und wenn die Kinder ins Bett gegangen waren, würde es folglich zur Abrechnung oder zu einer Versöhnung kommen.

Um acht ging ich zu den Zimmern der Kinder hinauf und weckte sie. Marie wachte fröhlich auf und zog sich schnell an, Peter war bockig und schwer aus den Federn zu bekommen.

Nahm er die Verstimmung zwischen uns wahr?

Natürlich tat er das.

Aber reichte das aus, um ihn dermaßen zu beeinflussen?

»Peter, mein Junge, es wird langsam Zeit«, sagte ich, als ich in sein Zimmer zurückkam und er immer noch nicht aufgestanden war. »Noch kannst du frühstücken, aber nicht mehr lange.«

Seine Augen waren geschlossen.

»Er schläft«, sagte ich wie zu mir selbst. »Wie soll ich ihn nur aus dem Bett bekommen? Kann er vielleicht schlafwandeln?«

»Mmm«, meinte er.

Ich nahm seine Hände und zog ihn vorsichtig hoch.

»Unglaublich«, sagte ich.

Er stand auf, hielt aber weiter die Augen geschlossen, und streckte die Hände vor sich aus.

»Schläfst du, Peter?«, sagte ich.

»Mm«, sagte er.

»Ich frage mich, ob er sich auch im Schlaf anziehen kann?«

Fünf Minuten später saß er am Tisch und aß mit seiner Schwester Cornflakes. Vielleicht bin ich übertrieben empfänglich für seine Stimmungen, dachte ich und beugte mich über ihn, legte meine Wange an seine.

»Guten Morgen, mein Junge«, sagte ich. »Bist du jetzt wach?«

»Mm«, nickte er.

»Ich will auch umarmt werden!«, sagte Marie.

Ich schloss sie in die Arme und setzte mich den beiden gegenüber an den Tisch.

»Warum ist Papa nicht hier?«, fragte Marie.

»Er arbeitet ein bisschen«, sagte ich.

»Er arbeitet, bevor er zur Arbeit geht, um zu arbeiten«, sagte Peter.

Marie lachte.

Ihnen geht es Gott sei Dank gut, den beiden Kleinen, dachte ich, als sie mit ihren Ranzen auf dem Rücken die Einfahrt hinuntergingen und ich ihnen in der Türöffnung stehend nachwinkte.

Gaute, von dem ich an diesem Morgen nur den Rücken gesehen hatte, verschwand kurz darauf. Wir hatten kein Wort miteinander gewechselt, aber er hatte immerhin tschüss gesagt, bevor er ging.

Der einzige Termin, den ich an diesem Tag hatte, war die Beerdigung um elf, für die ich schon alles vorbereitet hatte, aber als Gaute aus dem Haus war, fuhr ich trotzdem zur Kirche. Ich war gerne dort, in der Kirche und in meinem Büro, das sich in einem Nebengebäude befand.

Was für ein Tag das wird!, dachte ich, als ich aus dem Auto stieg. Es herrschte vollkommene Stille, und die Luft war schon so heiß, dass sie an manchen Stellen sichtbar wurde, irgendwie in kleinen Säulen über dem Kies flirrte.

Aber die Kirche sah mit ihren dicken, weißen Mauern kühl aus, obwohl sie in der prallen Sonne stand.

Ich ging an ihr vorbei, betrat das Bürogebäude und klopfte an Karins Tür, die lächelnd zu mir aufsah, als ich sie öffnete. Sie fragte mich nach dem Seminar, und ich wollte ihr gerade davon erzählen, als ein Auto zur Rückseite der Kapelle vorfuhr. Das muss das Beerdigungsinstitut sein, dachte ich und sah auf die Uhr. Es war erst wenige Minuten nach zehn.

»Ich gehe mal raus und rede mit ihnen«, sagte ich. »Es scheint eine Bestattung ohne Angehörige oder Freunde zu werden.«

»Wie furchtbar«, sagte Karin. »Mann oder Frau?«

»Ein Mann.«

»Schon älter?«

»In den Sechzigern«, sagte ich.

»Ach Gott«, sagte sie. »Ich begreife nicht, wie du es nur aushältst, von so viel Trauer umgeben zu sein.«

»Es gibt auch immer Lichtblicke«, erwiderte ich, lächelte ihr zu und ging nach draußen.

Die Tür zum Nebenraum stand offen. Zwei Bestatter waren über den offenen Sarg gebeugt. Ich hatte sie beide schon des Öfteren gesehen, aber mir fielen ihre Namen nicht ein.

»Hallo«, sagte ich.

Sie richteten sich auf und nickten mir zu.

Der eine war jung, erst Anfang dreißig. Er trug einen Bart, und die Haare waren zu einem Pferdeschwanz gebunden, aber das Unkonventionelle an ihm wurde zumindest teilweise von seinem weißen Hemd und dem schwarzen Anzug aufgewogen. Der andere war fast sechzig, hatte einen großen Kopf und ein derbes Gesicht. Vom Alter her hätten sie Vater und Sohn sein können, aber sie waren so unterschiedlich gebaut, dass sie es wohl eher nicht waren.

»Haben Sie noch etwas über ihn herausgefunden?«, fragte der Alte.

»Leider nicht«, antwortete ich. »Nur das Geburtsdatum und den Geburtsort. Und seine Adresse. Und Sie?«

»Nein«, sagte der Junge. »Es gibt nichts. Keine Verwandten, keine Freunde.

»Kollegen?«

»Auch nicht. Er hatte seine eigene Firma. Aber was er da genau gemacht hat, lässt sich auch nicht herausfinden.«

»Das ist das Traurigste, was es überhaupt gibt«, sagte ich und betrat den Nebenraum. »Alleine beerdigt zu werden, meine ich. Setzen Sie beide sich dazu?«

Sie nickten, und ich warf einen Blick in den Sarg.

Es war, als verschwände alles Blut aus meinem Kopf.

Ich kannte das Gesicht.

Es war der Mann aus dem Aufzug. Der Mann, der mich in der Ankunftshalle belästigt hatte.

Aber das war unmöglich.

Es war unmöglich.

Der Todesfall war vor zehn Tagen gemeldet worden. Die Beerdigung vor einer Woche bestellt worden.

»Ist alles in Ordnung mit Ihnen?«, sagte der junge Bestatter.

»Kennen Sie ihn?«, fragte der ältere.

»Nein«, sagte ich. »Ich kenne ihn nicht.«

EMIL

Die letzte Stunde war immer die beste. Da waren die Kleinsten gerade aufgewacht und waren so matt und noch so schlaftrunken, dass sie am liebsten nur auf dem Schoß sitzen wollten, während die Ältesten nach einem ganzen Tag Herumtoben erschöpft und ebenfalls bereit für Ruhe und Frieden waren. Ich ging mit ihnen immer in den Kissenraum und spielte ihnen etwas Musik vor, bevor ich ihnen eine oder zwei Geschichten vorlas. Sie mochten Americana, und an diesem Nachmittag ließ ich *Father John Misty* für sie laufen. Andere Favoriten waren frühe Sachen von *Pink Floyd* – vor allem *Echoes* traf ihren Geschmack – und *Kraftwerk*.

Nach einem Jahr dort staunte ich immer noch darüber, dass selbst ziemlich progressive Musik bei ihnen ankam, im Gegensatz zu den Geschichten, die fast schon unfassbar simpel sein mussten, damit sie mitkamen.

Sie hörten gern Geschichten, in denen sie sich wiedererkannten, also gab es oft *Putte und Dutte im Kindergarten*, oder *Am Frühstückstisch* oder *Zu Besuch bei Oma und Opa*, oder *Peppa Wutz*, die in das Planschbecken sprang, oder das nette Krokodil.

War das nicht komisch? Dass sie eins von Bachs Violinkonzerten tatsächlich *genießen* konnten, völlig verzaubert dasaßen und lauschten, während alles andere in ihrem Leben so einfach wie möglich sein musste?

Ich schaltete den Ventilator aus, schaltete die Musik ein und setzte mich mit Aksel im Schoß und Liam und Frida links und rechts von mir an die Wand. Die anderen lagen auf dem Rücken und sahen zur Decke, während sie zuhörten.

Zum Glück verstanden sie den Text nicht!

Whose bright idea was it to sharpen the knives?
Just twenty minutes 'fore the boat capsize
If you want answers, it's anybody's guess
I'm treading water as I bleed to death

Draußen überquerte Saida den Hof, bestimmt auf dem Weg zur Straße, wo sie immer eine rauchte. Mercedes und Gunn saßen unter dem Sonnenschirm in der Ecke, das wusste ich, auch wenn ich sie nicht sehen konnte. Das Wasser aus dem Rasensprenger, in dem die ältesten Kinder vorhin gespielt hatten, war schon verdunstet, und der Schlauch war an seinen Platz gehängt worden. Die Spiele und Fahrräder waren weggeräumt worden.

Noch fünfzig Minuten.

Ich schaltete die Musik ab und suchte das Buch heraus, das wir lesen wollten. Die Kinder setzten sich in einem Kreis um mich, eng nebeneinander, manche von ihnen fast schon aufeinander. Die Kleinsten machten nicht wirklich einen Unterschied zwischen ihrem eigenen Körper und dem anderer. Das hat etwas Tierartiges, nicht wahr? Und das haben sie übrigens ganz generell. Kriechen und Krabbeln, wortlose Laute, rätselhafte Augen.

»Wisst ihr noch, was passiert ist, als wir gestern gelesen haben?«, fragte ich.

»Mia hat in der Badewanne gebadet«, sagte Kevin.

»Das hat sie«, sagte ich. »Und heute lesen wir, was passiert, wenn sie in die Sommerferien fährt.«

»Wir sind in den Sommerferien gewesen«, meinte Kevin.

»Ja, das seid ihr«, sagte ich. »Genau wie ich. Weiß jemand, wie die Jahreszeit nach dem Sommer heißt?«

»Herbst«, sagte Jo.

»Herbst«, sagte ich. »Das stimmt. Aber in unserem Buch ist es also Sommer!«

Einer von ihnen begann zu stinken. Es musste Liam sein, denn sein Blick war nach innen gerichtet und sein Gesicht wurde immer röter.

Das kann ruhig noch ein paar Minuten warten, dachte ich und begann vorzulesen. Zeigte ihnen bei jedem Umblättern die neuen Seiten. Die Größten wurden nach ein paar Minuten unruhig und spielten mit etwas an sich herum oder schauten sich auf der Suche nach etwas um, dem sie ihre Aufmerksamkeit schenken konnten. Aber die Kleineren hingen die ganze Zeit an meinen Lippen.

Als ich fertig war, ging im selben Moment die Tür auf, und Saida steckte den Kopf herein.

»Alles in Ordnung hier?«, fragte sie.

»Ja, klar. Aber du könntest sie mit nach draußen nehmen, dann kann ich Liams Windel wechseln«, sagte ich und sah ihn an. »Stimmt's, Liam?«

Er nickte schweigend und sah mich mit seinen sanften braunen Augen an.

Während die größeren Kinder auf den Hof trotteten, legte ich Liam im Bad auf den Wickeltisch.

»Eins, zwei, drei!«, sagte ich und zog ihm die Socken aus.

Ich hatte erwartet, dass er lächeln würde wie sonst, aber stattdessen fing er an, immer wüster zu heulen und zu treten.

»Jetzt komm mal runter«, sagte ich und legte einen Arm auf seine Beine, während ich versuchte, ihm mit der anderen Hand die Shorts auszuziehen.

»Warum bist zu denn so wütend? Die Sonne scheint, und bald kommt dich deine Mama abholen!«

Eines der anderen Kinder kam herein und setzte sich in einer der offenen Kabinen auf die Toilette. Es war Lilian. Sie ließ die Beine schlenkern und sah mich unbekümmert an, während Liam schrie wie am Spieß.

»Warum ist er denn so wütend?«, fragte sie.

»Ich weiß es nicht«, sagte ich und nahm den Arm weg, der seine Beine unten gehalten hatte. Im Moment war es ohnehin unmöglich, seine Windel zu wechseln.

Lilian riss etwas Toilettenpapier ab und wischte sich ab, zog die Unterhose hoch und wollte gehen.

»Du musst dir noch die Hände waschen«, sagte ich.

»Ach ja«, sagte sie und stellte sich auf den kleinen Plastiktritt, den sie benutzten, um ans Waschbecken zu kommen.

Liam schrie und trat immer noch. Soll ich ihm mit Gewalt die Windel wechseln?, dachte ich, als Lilian aus dem Raum verschwand, oder soll ich ihn hochheben und ein bisschen herumtragen, bis er sich beruhigt hat, und es dann tun?

Ich sah mich nach etwas um, was ihn ablenken konnte.

In dem Regal über ihm lag ein Stoffkaninchen, das ich ihm hinhielt. Er schlug es einfach weg.

Er war wirklich sauer.

»Ich muss aber trotzdem deine Windel wechseln«, sagte ich. »Das kriegen wir schon hin, stimmt's?«

Ich packte seine Fußknöchel und hielt sie mit der einen Hand fest, während ich mit der anderen die Klebestreifen der Windel öffnete. Die Kacke darin war feucht und gelb und klebte bis zu den Oberschenkeln an seinem Po. Ich hob seine Beine höher und zog die Windel heraus, verschloss sie und warf sie in den Mülleimer. Erst da entdeckte ich, dass die feuchten Tücher auf dem Regal am anderen Ende des Raums lagen.

Und er hing schreiend in meinem Griff, den Hintern voller Kacke.

»Saida?«, rief ich. »Kannst du mir bitte kurz helfen?«

Aber es kam keine Antwort.

Ich konnte ihn entweder ablegen und hinlaufen und sie holen – das war im Handumdrehen erledigt, und obwohl er allein auf dem Wickeltisch lag, würde er so schnell schon nicht über die Kante fallen, bevor ich zurück war – oder ich konnte ihn dabei tragen. Aber dann wird garantiert Kacke auf meinen Kleidern landen, dachte ich und legte ihn hin. Kacke auf dem Wickeltisch war trotz allem besser.

»Ich geh nur schnell die feuchten Tücher holen«, sagte ich. »Also bleib bitte kurz liegen, okay?«

Wundersamerweise hörte er auf zu treten.

Während ich mich umdrehte, hielt ich schützend die linke Hand neben ihn. Dann eilte ich die wenigen Schritte zum anderen Ende des Zimmers und griff nach der Schachtel mit den feuchten Tüchern.

Aber sie war leer.

Wer legt denn eine leere Schachtel zurück, dachte ich und öffnete den Schrank, in dem die ungeöffneten lagen, holte eine heraus, drehte mich um und sah gerade noch, wie Liam sich über den Rand des Wickeltischs rollte. Ich stürzte zu ihm, aber es war zu spät, er fiel auf den Boden.

Er schlug mit dem Kopf auf.

Als ich mich über ihn beugte, waren seine Augen offen, aber völlig leer.

Er ist tot, schoss es mir durch den Kopf.

Oh nein, nein.

Dann sah es aus, als kehrte das, was er war, zurück, und er starrte zu mir hoch.

Ganz still war er.

Ich hob ihn hoch und drückte ihn an mich.

»Wie geht es dir?«, sagte ich. »Hast du dir wehgetan?«

Er weinte nicht, wimmerte nicht einmal.

Es ist ein Linoleumboden, dachte ich. Der ist ziemlich weich. Und der Wickeltisch ist niedrig.

Es war gutgegangen.

Nicht einmal eine Schramme am Kopf, wenn ich recht sah. Vielleicht würde er später eine Beule bekommen.

Behutsam legte ich ihn wieder hin und fing an, ihn zu waschen.

Er war verändert.

Er muss einen Schock bekommen haben, dachte ich und wischte mein T-Shirt mit einem feuchten Tuch ab, ehe ich ihm eine neue Windel anzog und die Shorts wieder anzog.

Vielleicht hatte er ja eine leichte Gehirnerschütterung.

Das war es bestimmt.

Deshalb war er anders als sonst.

Ich warf die feuchten Tücher in den Mülleimer, hob ihn hoch und ging mit ihm auf den Hof hinaus. Keiner hatte etwas gesehen, und es gab keinen Grund, ihnen davon zu erzählen. Es war ja gutgegangen.

Ich setzte ihn im Sandkasten ab und ging zu den anderen.

Liam blieb regungslos sitzen und starrte vor sich hin.

Er war bestimmt noch durcheinander.

»Wenn du möchtest, kannst du jetzt gehen, Emil«, sagte Mercedes. »Es ist ja so schönes Wetter!«

»Das ist *sehr* nett von dir«, sagte ich.

»Ach, weißt du, wir haben dich eben sehr gern«, erwiderte sie und lachte.

Weiter hinten kam Fridas Mutter zum Tor herein, schob die Sonnenbrille auf die Stirn und winkte uns zu, und hinter ihr schob Jos Mutter ein Fahrrad.

Am besten mache ich mich aus dem Staub, bevor Liams Eltern kommen, dachte ich und stand auf. Wenn er dann noch immer so still war, würden sie mich vielleicht fragen, ob etwas passiert war, und ich hatte keine Lust zu lügen.

»Hallo, Emil«, sagte Fridas Mutter. »Gehst du heute Abend aus?«

»Vielleicht, kurz«, sagte ich. »Was ist mit euch, irgendwelche Pläne?«

Sie zuckte lächelnd mit den Schultern.

»Irgendetwas fällt uns schon ein«, sagte sie und ging in die Hocke, während Frida auf sie zulief.

»Macht's gut«, sagte ich laut, winkte und ging durch das Tor und zu meinem Fahrrad, das ich an den Zaun gekettet hatte, schloss es auf, schob es nach vorn, stieg auf, trat in die Pedale und holte gleichzeitig das Handy aus der Tasche und rief Mathilde an.

»Hallo!«, sagte sie.

»Bist du zu Hause?«, fragte ich.

»Nein, ich bin im Park. An einem Tag wie heute kann ich einfach nicht drinnen bleiben. Hast du Feierabend?«

»Ja.«

»Kannst du nicht herkommen?«

»Ich habe Probe«, sagte ich.

»Die ist doch erst um sieben«, sagte sie. »Komm kurz vorbei. Ich vermisse dich.«

»Okay«, sagte ich, fuhr rechts heran und hielt; die Straße vor mir ging ziemlich steil bergab und hatte Kopfsteinpflaster. »Mit wem bist du da?«

»Jorunn und Tuva«, sagte sie.

»Okay«, sagte ich wieder. »Dann bin ich so in zehn Minuten da.«

»Super!«, sagte sie.

Als ich das Gespräch beendet hatte, las ich mir durch, was andere mir geschrieben hatten. Trond und Frode wollten wissen, ob wir nach der Probe noch ausgehen würden, Vater wollte am Wochenende mit uns im Boot hinausfahren, und Fredrik wollte sich Geld leihen. Er schrieb es nicht direkt, aber mir war klar, dass es ihm darum ging.

Ich rief ihn an.

»Und wann kriege ich es zurück?«, fragte ich.

»Wovon redest du?«, sagte er.

»Du willst dir Geld leihen, oder etwa nicht?«

»Jetzt nicht mehr«, sagte er. »Wenn du so verdammt schlau bist.«

»Also du kannst dir ruhig was leihen«, sagte ich. »Aber du musst es mir zurückgeben. Von wie viel reden wir?«

»Fünfhundert vielleicht?«

»Geht klar. Kommst du rauf?«

»Du willst nicht zufällig runter in die Stadt?«, sagte er.

»Ich bin in der Stadt.«

»Ich meine später.«

»Bist du zu Hause?«, fragte ich.

»Ja.«

»Ist Mama da?«

»Warum sollte sie hier sein? Es ist erst vier.«

»Ich frag ja nur. Wie geht es ihr?«

»Gut, glaube ich. Du kannst sie ja anrufen.«

»Mach ich«, sagte ich. »Aber okay. Bis bald.«

»Und was ist mit dem Geld?«

»Stimmt, ja«, sagte ich. »Von sieben bis mindestens neun bin ich in der Werft.«

»Perfekt«, sagte er. »Bis nachher.«

Ich beendete die Verbindung und beantwortete eine SMS, steckte mir die Kopfhörer ins Ohr, stellte *Ohia* an und fuhr den Hang hinunter. Überall, wo ich vorbeifuhr, waren Leute, auf allen Bürgersteigen und allen Plätzen, und in sämtlichen Straßencafés saßen die Menschen dichtgedrängt.

Ohia fuhr die Freude herunter und balancierte sie aus. In dieser Welt war alles dunkel und depressiv. Und das wurde auf eine spezielle Art schön, wenn es von Licht umschlossen war. Hässlich und schön.

Erst als ich auf die Straße kam, die an Vågen vorbeiführte, tauchte der Gedanke an Liam wieder auf.

Ein schreckliches Gefühl überkam mich.

Vielleicht hatte er sich schwer verletzt und übergab sich jetzt. Sie würden nicht kapieren, warum er das tat.

Oder es kam Blut aus dem Ohr.

Mit Kopfverletzungen war nicht zu spaßen.

Ich hätte Bescheid sagen sollen. Ich hätte ja gar nicht sagen müssen, dass er vom Wickeltisch gefallen war, es hätte schon gereicht zu sagen, dass er beim Laufen gefallen war, gegen etwas Hartes, eine harte Fläche. Dann hätten sie Bescheid gewusst und ihn durchchecken lassen können, wenn sie wollten.

Jetzt war es zu spät. Ich konnte jetzt nicht mehr anrufen und sagen, Hören Sie, Ihr Sohn ist heute im Kindergarten gefallen, ich habe ganz vergessen, es zu sagen.

Es wäre ja nicht mein Fehler gewesen.

Mein Fehler war, dass ich nichts gesagt hatte.

Aber wahrscheinlich war alles okay mit ihm. Kein Grund zur Sorge.

Ich sprang vom Fahrrad und schob es den Anstieg nach Sydneshaugen hinauf, radelte durch den Park und entdeckte sie auf dem Weg den Hügel hinunter, sie saßen etwas unterhalb von ihm im Gras, in ihrem weißen Bikini war Mathilde leicht zu erkennen.

Ich hielt. Sie war nicht nur mit Jorunn und Tuva zusammen, wie sie gesagt hatte, da waren auch noch drei andere. Ich kannte sie, sie studierten mit Tuva.

Warum hatte sie das nicht erwähnt?

Es sah fast ein bisschen obszön aus, die drei Mädchen in ihren Bikinis und die drei Jungen angezogen neben ihnen.

Ich hatte große Lust, umzudrehen und nach Hause zu radeln, um dann anzurufen und zu sagen, ich hätte es mir anders überlegt.

Aber es war nicht ausgeschlossen, dass einer von ihnen mich schon gesehen hatte. Dann wäre das ziemlich dämlich.

Ich ließ mich das letzte Stück rollen und fuhr in einem Bogen neben sie.

»Hallo!«, sagte Mathilde und sah zu mir hoch, ohne die Sonnenbrille abzusetzen.

»Hier hängt ihr also ab und vertrödelt den Tag«, sagte ich und lehnte das Fahrrad an den Baum, ehe ich mich vorbeugte, um sie zu küssen.

»Ich muss bald zur Arbeit«, sagte sie. »Das gilt also nicht für mich.«

»Wie geht's?«, fragte einer der Studenten.

»Gut«, sagte ich.

»Du arbeitest im Kindergarten?«

»Ja«, sagte ich und ließ mich neben Mathilde nieder. Sie hatte die Beine unter sich gezogen und saß da wie eine Meerjungfrau. Sonnencreme, der geblümte Rock, ein weißes Top und Sandalen lagen in einem kleinen Haufen hinter ihr.

»Möchtest du einen Schluck Wein?«, fragte einer der anderen.

»Nein danke, ich bin mit dem Fahrrad«, antwortete ich.

Ich begriff, dass sie enttäuscht waren, weil ich gekommen war. Sie konnten sie nicht mehr anschauen und mit ihr flirten.

»Ich habe heute wieder die Pfarrerin gesehen«, sagte Mathilde.

»Welche Pfarrerin?«, sagte ich. »Ach ja, die dich konfirmiert hat!«

Mathilde arbeitete in diesem Sommer an der Rezeption eines Hotels. Gestern Morgen war sie nach Hause gekommen und hatte erzählt, dass ihre Konfirmationspfarrerin sich mit nur halbstündiger Ankündigung ein Zimmer im Hotel genommen hatte. Sie hatte Mathilde nicht erkannt, und Mathilde hatte sich nicht zu erkennen gegeben, weil sie nicht wollte, dass die Pfarrerin sich beobachtet fühlte. Bestimmt ging es um Eheprobleme, hatte sie gesagt. Warum sollte sie sich sonst in ihrer Heimatstadt ein Hotelzimmer nehmen? Vielleicht renovieren sie oder so, sagte ich. Sie hatte mich angesehen, als wäre ich nicht ganz bei Trost. Um halb eins in der Nacht? Ich denke nur gern das Beste von den Leuten, hatte ich gesagt.

»Sie war in der Apotheke im Einkaufszentrum, als ich gerade da war«, sagte sie jetzt. »Und weißt du, was sie gekauft hat?«

Ich schüttelte den Kopf.

»Einen Schwangerschaftstest! In ihrem Leben tut sich definitiv etwas.«

»Auch Geistliche bekommen Kinder«, sagte ich.

»Aber es ist schon ein bisschen merkwürdig, das musst du doch zugeben? Dass sie sich alleine ein Zimmer für die Nacht nimmt und kurz danach einen Schwangerschaftstest kauft?«

Ich hielt nichts von Klatsch und glaubte auch nicht, dass sie etwas davon hielt.

Verdammt. Jetzt hatte ich alles ins Negative gewendet.

Es war ein fantastischer Tag, alle waren draußen, und ich war mit Mathilde zusammen, die traumhaft schön und super und smart und klug und alles war, was ich mir von einer Freundin nur erträumen konnte. Und bald würde unsere Band proben, die auf dem besten Weg war, richtig gut zu werden.

Und hier saß ich und war innerlich am Jammern.

Ich hob den Kopf und sah in die Baumwipfel über uns, die Fackel aus Grün, die von dem ausgeklügelten Netzwerk aus Stämmen und Ästen hochgehalten wurde, und dann sah ich sie an, ihre blasse Haut, die nie braun wurde und immer kühl war, und sie lächelte mich an.

»Gehst du nachher mit uns aus, Emil?«, fragte Jorunn.

»Ich denke eher nicht«, sagte ich. »Ich habe Probe und muss morgen früh raus. Aber danke, dass du an mich denkst!«

Ich sehnte mich danach, mit ihr allein zu sein, dachte daran, wie das war, und sehnte mich. Wenn wir zu zweit waren, ging es uns immer am besten, ich hatte nie so viel Spaß wie an den Abenden, an denen ich nur mit ihr ausging und trank. Andererseits konnten wir auch nicht immer nur in einer Blase leben, das kapierte ich.

Eins hatte ich beschlossen, und zwar, dass ich ohne zu zögern Ja sagen würde, wenn sie irgendwann anfangen sollte, von Kindern zu reden. Ich wollte das Thema nicht ansprechen. Ich wollte sie nicht verscheuchen, Kinder waren etwas so Großes, und wir waren so jung. Außerdem fürchtete ich, dass sie nicht so weit vorausdachte, was mich anging, dass ich nur eine Art Jugendliebe war. Wenn ich anfing, sie an mich zu binden, würde sie vielleicht die Flucht ergreifen.

Aber wir wohnten zusammen, darüber hatten wir nicht einmal diskutiert, waren nur rappzapp zusammengezogen, als sich die Chance dazu bot.

»Wollen wir eine Runde Boule spielen?«, fragte einer der Studenten. Er war groß und schlank und hatte Haare, die ihm wie ein Vorhang in die Augen fielen. Manchmal warf er dämlich den Kopf, um sie wegzubekommen. Ich meinte mich zu erinnern, dass er Atle hieß.

»Gute Idee«, sagte sein Kumpel, Anders.

»Schaffen wir das?«, fragte Mathilde.

»Jetzt komm schon«, sagte Tuva und stand auf, bückte sich, griff nach ihrem Rock und zog ihn an.

Ich stand auch auf.

»Ich denke, ich passe«, sagte ich. »Ich muss nach Hause und was essen.«

Mathilde schlang die Arme um mich und sah zu mir hoch.

»Wir sehen uns morgen früh«, sagte sie.

Ich küsste sie. Als ich auf den Weg kam, drehte ich mich um und sah, dass sie alle zusammen auf dem Weg zum Kiesplatz waren.

Anderthalb Stunden später saß ich mit meiner Gitarre neben mir in der hintersten Reihe im Bus und hörte Fela Kuti. Während ich aus dem Fenster sah, versuchte ich, alle Häuser und Straßen in den Hintergrund zu schieben und alle Bäume und Pflanzen in den Vordergrund zu ziehen, um zu sehen, wie die Welt aussah, wenn *sie* die Hauptsache waren und sich alles um sie drehte und nicht um uns.

Angefangen hatte ich damit, als ich ins Gymnasium ging und jeden Tag mit dem Bus zur Schule fuhr. Damals war ich stellvertretender Gruppenleiter der Naturschutzjugend gewesen und hatte mich für den Umweltschutz engagiert. Wahrscheinlich lag es an meiner Kunstlehrerin, die wollte, dass wir zeichneten, was in den Zwischenräumen war, zum Beispiel dem Zwischenraum zwischen den Blumen und den Blättern in einer Vase, oder in dem Zwischenraum zwischen den Möbeln in einem Zimmer. Denn mit den Bäumen passierte etwas Ähnliches, sie traten auf einmal deutlich hervor und wurden sichtbar, obwohl sie schon die ganze Zeit dagewesen waren.

Ich stieg in Klosteret aus dem Bus und ging eine der Gassen nach links hinunter und die Straße zur Werft hinab, am Fjord entlang, der blau schimmerte und voller kleiner, glitzernder Münzen aus Licht war.

Am Fuß des Anstiegs sah ich Trond, wie immer ganz in Schwarz und mit einer baumelnden Plastiktüte in der Hand, auch sie eines seiner festen Attribute. Ich wusste, dass er seine Trommelstöcke darin aufbewahrte, außerdem Tape und Stimmschrauben und Handschuhe und mit Sicherheit auch eine Cola. Letztes Jahr hatte ich ihm zu Weihnachten einen Rucksack gekauft, aber er hatte den Wink nicht verstanden.

Als Nächstes werde ich ihm Shorts zu Weihnachten schenken, dachte ich und rief seinen Namen.

Er drehte sich um und wartete.

»Hallöchen«, sagte er.

»Gibt's was Neues?«, sagte ich und gab ihm die Hand.

Er schüttelte den Kopf.

Sein Gesicht war breit und voller Sommersprossen, die Lippen breit, die Nase breit, die Augen tiefliegend und dunkel, obwohl sie blau waren. Sein Körper war ziemlich klein und stämmig.

Wir waren seit dem Kindergarten befreundet, abgesehen von meinem Bruder war Trond also der Mensch, den ich am besten kannte.

»Echt blöd, dass du nachher nicht mitkommst«, sagte er, als wir weitergingen.

»Muss arbeiten«, sagte ich.

Etwas Schwarzes schoss in meine Gedanken.

Liam.

Hoffentlich war alles okay mit ihm.

»Das muss ich auch«, sagte er. »Und ich muss um vier aufstehen.«

Ich zuckte mit den Schultern.

»Ich bin nicht du. Ich brauche mehr Schlaf.«

»Gibt nicht viele Abende wie den hier im Jahr«, sagte er.

»Jedenfalls nicht in unserer Stadt!«, sagte ich. »Mal sehen. Ein oder zwei Bier sollten wohl drin sein.«

»Du bist jeden Monat weniger Rock and Roll, ist dir das klar?«, sagte er. »Wohnst plötzlich mit deiner Freundin zusammen und jobbst im Kindergarten.«

»Und das sagst ausgerechnet du? Wohnst du nicht bei Mama und Papa und jobbst als Konditor?«

»Jedenfalls gehe ich nicht um halb zehn ins Bett.«

»Aber um sechs fängst du an zu gähnen«, sagte ich. »Weißt du noch, als wir im Filmclub den Ziggy Stardust-Film gesehen haben? Ach nein, daran kannst du dich ja gar nicht erinnern, du hast ja den ganzen verdammten Film verpennt.«

Unter uns tauchte die alte Sardinenfabrik auf.

»Ich habe vielleicht einen neuen Song«, sagte ich.

»Echt?«, sagte Trond. »Das ist ja mal eine gute Nachricht.«

»Keine Ahnung, wie gut er ist. Eigentlich habe ich nur den Text. Und eine vage Idee, wie er klingen könnte.«

»Gut«, sagte er.

»Das ist er vielleicht eben nicht«, sagte ich. »Ich trau mich nicht mal, dir zu sagen, wie er heißt, so bescheuert ist der Titel.«

»Wie heißt er denn?«

»Wollen wir nach hinten gehen und nachsehen, ob sie da sind?«, fragte ich und nickte in Richtung des Straßencafés auf der Rückseite des Gebäudes.

»Weich mir nicht aus«, sagte er. »Wie heißt der Song?«

Ich sah ihn grinsend an und blieb stumm. Er grinste auch.

Frode und Kenneth saßen mit Biergläsern vor sich und den Gitarrenkoffern auf dem Boden an einem der Tische. Sie winkten uns zu, und wir gingen zu ihnen.

»Emil hat einen neuen Song«, sagte Trond. »Aber er traut sich nicht mal zu sagen, wie er heißt.«

»›Sturm im Herzen‹«, sagte ich.

»Ist es aus mit Mathilde, oder was ist?«, sagte Frode und lachte.

»Was ist besser, es weht ein Sturm in meinem Herzen, oder es weht ein Sturm im Herzen?«

»Hört sich beides gut an«, sagte Trond.

»Ich finde, das klingt beides ziemlich bescheuert«, sagte Frode.

Würde ja echt gern mal sehen, dass du mit was Besserem ankommst, dachte ich, sagte aber nichts. Frode konnte manchmal so ein Arsch sein, aber ich hatte noch nie mit einem besseren Gitarristen zusammengespielt. Er machte nie zu viel, und was er machte, war immer haargenau richtig.

»Am Text können wir immer noch feilen«, sagte ich. »Habt ihr den Schlüssel geholt?«

Kenneth, der eigentlich nie etwas sagte, wenn er nicht gefragt wurde, nickte.

Sie tranken aus, und wir gingen in das alte Fabrikgebäude zu unserem Probenraum. Als wir die Instrumente angeschlossen und gestimmt hatten, vibrierte mein Handy in der Tasche. Es war Mathilde.

Warum warst du sauer im Park? Ich LIEBE dich, das weißt du doch, schrieb sie.

War nicht sauer!, schrieb ich. *Nur müde nach der Arbeit. Du bist alles, was ich will!*

Ich wollte es gerade zurücklegen, als sie eine neue Nachricht schickte.

Kannst du mich nicht hinterher auf der Arbeit besuchen?

Nichts lieber als das!, schrieb ich und merkte, dass die anderen demonstrativ dastanden und auf mich warteten. Ich steckte das Handy in die Tasche.

»Sorry«, sagte ich. »Wollen wir erst einmal die Setlist spielen?«

Eine Stunde später, als wir alle Songs durchgegangen waren, machten wir eine Pause. Frode und Kenneth gingen raus, um eine zu rauchen, Trond und ich blieben drinnen.

Ich las mir den Text durch und hatte große Lust, ihn für mich zu behalten, schickte ihn dann aber doch den anderen.

Erst ist es ganz still,
dann kommt der Wind,
oh, dann kommt der Wind.
Dann kommt der Regen,
oh, dann kommt der Regen.
Und der Sturm bricht los,
ein höllisches Tosen.

Es weht ein Sturm in meinem Herzen,
Regen und Wind
in einer wunden Seele.
Es weht ein Sturm in deinem Herzen,
Regen und Wind
in einer wunden Seele.

Die Straßen des Herzens sind menschenleer.
Deine Worte sind wie Stiche von einem Speer.
Die Bäume des Herzens rauschen.
Die Meere des Herzens brausen.
Der Himmel des Herzens ist schwarz.
Der Regen des Herzens ist hart.

Es weht ein Sturm in meinem Herzen,
Regen und Wind
in einer wunden Seele.
Es weht ein Sturm in deinem Herzen,
Regen und Wind
in einer wunden Seele.

Erst ist es ganz still,
dann kommt der Wind,
oh, dann kommt der Wind.
Dann kommt der Regen
oh, dann kommt der Regen.
Und der Sturm bricht los,
ein höllisches Tosen.

Hinter mir plingte Tronds Handy.

»Sehr gut, Emil«, sagte er einen Moment später.

»Findest du?«, fragte ich und drehte mich zu ihm um. Er saß vorgebeugt, die Ellbogen auf den Oberschenkeln, das Telefon in der Hand.

»Ja, echt gut«, sagte er.

»Danke«, sagte ich.

Kurz darauf klopfte es an der Tür, und ich ging sie aufmachen.

»Die Herzen mögen furzen!«, sagte Frode.

»Sehr witzig«, erwiderte ich.

»Du *hast* dich mit Mathilde gestritten«, sagte er und setzte sein breitestes Grinsen auf.

»Können wir damit etwas anfangen oder nicht?«, fragte ich, setzte mich und hob die Gitarre auf.

»Das können wir«, sagte er. »Aber der Reim brausen/rauschen ist vielleicht nicht so originell.«

»Da hast du natürlich recht«, sagte ich. »Aber ich singe die Stelle einfach ein bisschen genuschelt, dann hört es keiner. Michael Stipe-style.«

»Oder wir lassen es einfach weg«, meinte er. »Es würde keinen Unterschied machen.«

»Wie wäre es mit ›die Bäume des Herzens stürzen um‹«, sagte ich. »Und dann irgendetwas, das sich auf ›um‹ reimt?«

»Brumm!«, sagte Frode. »Der Bär des Herzens sagt brumm.«

Mir stiegen Tränen in die Augen, und ich drehte mich weg. Jetzt reicht es mir, dachte ich, blinzelte ein paar Mal zur Wand hin, schaltete den Verstärker aus, nahm das Band ab und legte die Gitarre in den Koffer.

»Was machst du denn da?«, sagte Frode. »Das war doch nur ein Witz! So habe ich das nicht gemeint!«

Ich nahm den Koffer in die Hand und ging zur Tür. Ich wusste, dass ich nichts sagen, sondern einfach gehen sollte, um ihnen Stoff zum Nachdenken zu geben.

»Mir reicht es mit dir«, sagte ich und sah Frode an. »Ich habe wirklich meine Seele in den Text gelegt.«

Er breitete die Arme aus.

»Aber mein Gott, Mann, ich mach doch nur Witze! Musst du dich so ernst nehmen?«

Ich knallte die Tür zu und ging langsam den leeren Flur hinunter. Blieb draußen auf dem Platz stehen, um ihnen die Chance zu geben, mir nachzugehen.

Es kam keiner.

Wahrscheinlich saßen sie jetzt drinnen und lachten mich aus.

Aber es war meine Band. Es waren meine Songs.

Ich ging den Hügel hinauf.

Ich hatte mich bis auf die Knochen blamiert. Mich unglaublich schwach gezeigt.

Aber ich konnte jetzt nicht zurückgehen. Das wäre noch schwächer.

Das Telefon klingelte.

Es war Frode.

Ich betrachtete seinen Namen im Display. Wenn ich mich nicht meldete, wäre es das mit der Band. Und es wäre mein Fehler.

Wollte ich das?

Ich sah die Überraschung in Mathildes Augen, wenn ich so früh vorbeikam, hörte meine Erklärung mit ihren Ohren. *Frode hat mich gemobbt, da bin ich gegangen.*

Es ist besser, mich vor ihnen zu demütigen als vor ihr, dachte ich und ging dran.

»Entschuldige, Emil«, sagte Frode. »Ich wollte dich nicht verletzen.«

»Ich bin nicht verletzt«, erwiderte ich. »Trotzdem danke.«

»Kommst du?«

»Ja«, sagte ich, legte auf und machte kehrt.

Weit draußen auf dem Fjord lag ein Schiff, das aussah, als würde es pissen. Ein breiter Strahl stieg in einem Bogen von ihm auf. Das Wasser glitzerte im Sonnenlicht. Ab und zu flirrte die Luft in den Farben des Regenbogens. Ich fühlte mich wie in einem Traum, die Demütigung, die ich empfand, war noch immer so groß, dass sie alles überstrahlte.

Ich verdrängte das Stimmengewirr aus dem Restaurant,

ging durch den leeren Flur zum Probenraum und versuchte, nichts zu fühlen.

Als ich eintrat, taten die anderen so, als wäre nichts gewesen, wofür ich ihnen dankbar war. Trotzdem konnte ich nicht so tun, als wäre es so. Dafür hatte ich mich zu sehr blamiert.

»Sorry, dass ich gegangen bin«, sagte ich. »Ich weiß nicht, was in mich gefahren ist.«

»Vergiss es«, sagte Frode. »Schreiben ist was Sensibles.«

»Darum geht es nicht«, sagte ich.

»Nein, darum geht es nicht«, erwiderte er. »Aber ich dachte, wir könnten so tun, um die Stimmung ein bisschen zu heben.«

»Scheiße, können wir jetzt endlich spielen?«, sagte Trond.

Nach der Probe tranken wir an der Theke des überfüllten Straßencafés ein paar Bier. Wir redeten über die Dinge, über die wir immer redeten, die Band und die Songs, außerdem darüber, wie wir unser Material aufnehmen könnten. Fredrik kam, in marineblauen Shorts, weißem Hemd und Segelschuhen, und hing höflichkeitshalber ein bisschen mit uns ab – schließlich ging es diesmal um viel Geld –, aber er war und blieb ein Außenseiter und ging bei der erstbesten Gelegenheit, die sich ihm bot, als ein fetter Kerl mit satten Schweißringen unter den Armen sich zwischen uns durchzwängte und an den Barkeeper gewandt zwei Finger hochreckte. Fredrik, der einen Schritt zur Seite machen musste, begegnete meinem Blick.

»Ich denke, ich hau dann mal ab«, sagte er. »Aber wir sehen uns ja am Wochenende.«

»Du kommst? Gut!«, sagte ich.

»Schwer zu glauben, dass ihr Brüder seid«, meinte Frode, als er gegangen war.

»Und dass er sich Geld von dir leihen muss und nicht umgekehrt«, sagte Trond.

Der Typ mit den Schweißringen nahm zwei Halblitergläser hoch und bahnte sich einen Weg an uns vorbei.

»Weißt du, wer das ist?«, fragte Frode leise und sah ihm nach.

Ich schüttelte den Kopf.

»Lindland. Der Typ, der damals Heksa interviewt hat.«

»Der war das?«

»Ja. Und dann haben sie ihn zum Kulturjournalisten degradiert.«

»In meiner Welt eine Beförderung«, sagte ich.

»Er ist ein ziemliches Arschloch.«

»Das ist Heksa auch«, sagte ich.

Frode schnaubte.

»Es gibt kein Wort dafür, was *der* ist.«

»Ich bin mit ihm in den Kindergarten gegangen«, sagte Kenneth.

Alle sahen ihn an.

»Mit *Heksa*?«, sagte Frode.

Kenneth nickte ruhig und trank einen Schluck Bier.

»Warum hast du uns das nie erzählt?«

Kenneth zuckte mit den Schultern.

»Hat mich keiner nach gefragt.«

»Natürlich haben wir dich nicht gefragt!«, sagte Frode. »Woher zum Teufel sollen wir auch wissen, dass wir dich danach fragen können?«

»Wie war er denn so?«, fragte ich.

Kenneth zuckte wieder mit den Schultern.

»Ganz normal. Ein bisschen blass vielleicht.«

Darüber lachten wir, und dann stießen wir an. Als ich eine halbe Stunde später ging, zusammen mit Trond, der den Bus nach Fantoft nehmen wollte, hatte ich ein gutes Gefühl in der Brust. Gott sei Dank war ich zurückgegangen. Wie idiotisch wäre es gewesen, die Band wegen ein paar kleiner verletzter Gefühle aufzugeben?

Mathilde sah von der Rezeption auf, als ich zur Tür hereinkam, und ihr Lächeln war garantiert kein Fake.

Ich freute mich, als ich es sah, lehnte mich über den Tresen und küsste sie, obwohl sie mich unzählige Male darum gebeten hatte, es nicht zu tun, wenn sie jobbte.

»In deiner Uniform siehst du unglaublich sexy aus«, sagte ich leise und küsste sie in die Halsgrube. Sie schob mich mit diesem Lächeln von sich, das man aufsetzt, wenn man einen ausgelassenen Hund wegschiebt.

»Gute Probe?«, fragte sie.

»Sehr gut«, sagte ich.

»Schön!«, sagte sie.

»Was ist mit dir?«, fragte ich.

Statt mir zu antworten, nickte sie zur Straße hin, wo in dem Moment zwei Busse hintereinander einparkten.

»Ich habe jetzt gleich alle Hände voll zu tun«, sagte sie. »Tut mir leid. Das wusste ich nicht.«

»Ist schon okay«, sagte ich. »Ich bin eh ziemlich müde.«

»Kannst du mich nicht anrufen, bevor du ins Bett gehst?«

»Klar«, sagte ich und küsste sie wieder.

»Ich vermisse dich jetzt schon«, sagte ich, als die ersten Touristen hereinkamen und ihr Lächeln ihnen galt und nicht mehr mir.

»Ciao, Emilio«, sagte sie und warf mir einen kurzen Lichtschimmer von einem Blick zu.

Auf der Straße, wo die Luft warm wie im Süden und von Dunkelheit erfüllt war, setzte ich den Kopfhörer auf und scrollte durch die Alben, die ich gespeichert hatte. Ich hasste Playlists – außer denen, die ich Mathilde schickte. Entschied mich für Bill Callahans *Apocalypse*. »Der hat aber eine tiefe Stimme«, hatten die Kinder gesagt, als ich ihnen Callahan vorgespielt hatte. Und die hatte er ja wirklich.

Liam, kleiner Liam, hoffentlich ist mit dir alles in Ordnung.

Als ich ankam, stand der Bus abfahrbereit hinter dem Einkaufszentrum. Ich wechselte zu David Crosbys Platte *If I Could Only Remember My Name* und hörte sie auf der ganzen Strecke zum Krankenhaus hinauf. Ich liebte die Wärme in den Produktionen der Siebziger, und die Leichtigkeit in ihrem Spiel, all das, was an kleinen Licks und Riffs einfach eingeworfen wurde, als würde sich keiner anstrengen, als wären sie nur an einem Nachmittag kurz im Studio und spielten ein bisschen, ehe sie an den Strand weiterzogen, Gras rauchten und im Abendlicht schwimmen gingen oder was immer sie damals so machten, und dann schlenderten sie zurück und nahmen noch ein paar Takes auf. Sie *konnten spielen*. Die Musik war *lebendig*. Wie *Menschen* lebendig waren.

Aber vor allem die Wärme des Sounds.

An der Bushaltestelle vor dem Krankenhaus beantwortete ich ein paar Nachrichten, ehe ich in den Narvesen-Kiosk ging und eine Rolle Pringles, eine Dose 7-up und ein paar Süßigkeiten kaufte. Trond würde sich aufregen, wenn er das sähe, dachte ich und grinste. Kein Heroin, sondern Saure Schnuller und Lakritzbonbons.

Ich machte ein Foto, schickte es ihm und schrieb, dass ich das dabei haben würde, sollten wir einmal in eine Razzia geraten, wenn wir irgendwann berühmt waren.

Jedenfalls besser als Möhren, antwortete er.

Und lieber Löcher in den Zähnen als Löcher in der Seele, schrieb ich zurück.

Er antwortete wieder, als ich auf der Straße war.

Da irrst du dich. Wie viele gute Songs über Zahnschmerzen kennst du?

Darüber hast du bestimmt laaange nachgedacht, schrieb ich und begann, mit dem Handy in der Hand aufwärts zu gehen, falls er noch einmal antworten sollte. Das tat er nicht, und nach einer Weile steckte ich es in die Tasche zurück. Der Himmel über mir war blauschwarz, und mit den pechschwarzen Bergen zu allen Seiten war es, als sähe ich die Sterne vom Grund eines Brunnens aus.

Ich nahm den Gitarrenkoffer in die andere Hand und bereute gerade, dass ich nicht gewartet hatte, um den langen Weg nach oben mit dem Bus zu fahren, als plötzlich die Vögel um mich herum anfingen zu singen.

Ich blieb stehen. Auf den Gipfeln der Berge über mir graute der Tag.

Das konnte nicht sein!

Ich drehte mich um. Über dem Bergkamm auf der anderen Seite stieg ein Licht am Himmel auf.

Es war nicht die Sonne. Es war nicht der Mond. Es war eine Art Stern.

Aber so groß!

Ich stellte den Gitarrenkoffer ab, zog das Handy heraus und rief Mathilde an. Die Vögel zwitscherten wild am Berghang. Ein schwaches, gespenstisches Licht glitt aufwärts.

»Hallo!«, sagte sie. »Gehst du schon ins Bett?«

»Ach was, ich bin noch gar nicht zu Hause«, antwortete ich. »Da ist was am Himmel. Hast du es gesehen?«

»Nein«, meinte sie.

»Ein gigantischer Stern oder so. Es ist echt unheimlich. Die

Vögel haben gerade angefangen zu singen. Ich bin auf der Straße, direkt unter dem Haus.

»Aha?«, sagte sie.

»Wenn du kannst, musst du unbedingt rausgehen und es dir ansehen«, sagte ich. »Es ist echt unglaublich.«

»Mach ich«, sagte sie.

»Okay«, sagte ich. »Ich ruf dich gleich wieder an.«

Ich ging das letzte Stück, drehte mich aber immer wieder zu dem Stern um, oder was immer es auch war, der beängstigend schnell am Himmel aufstieg.

Wir bewohnten die gesamte obere Etage sowie zwei Speicherzimmer eines Hauses, die Vermieterin war eine alte Frau, die allein lebte und kaum Geld dafür nahm. Als ich das Gartentor öffnete und hineinging, sah ich in ihrem Wohnzimmer das Licht des Fernsehers flackern. Für einen Moment überlegte ich, ob ich klingeln und ihr sagen sollte, dass sie nach draußen kommen und sich das ansehen müsse, aber sie würde vor Schreck einen Herzinfarkt kriegen, dachte ich und ging den gepflasterten Weg zu unserem Eingang an der höher gelegenen Seite des Hauses hinauf.

Als ich den Schlüssel ins Schloss steckte, raschelte es kräftig im Wald, der nur ein paar Meter oberhalb des Hauses begann.

Vielleicht ein Reh, dachte ich.

Etwas kam krachend herunter.

Ich drehte mich um und sah eine Gestalt, die hinten am Zaun auf den Rasen lief. Es war ein Mann, und er blieb neben dem Apfelbaum stehen, beugte sich keuchend vor und sah zurück.

»Hallo?«, sagte ich. »Was tun Sie da?«

Er sah mich an. Selbst aus dieser Entfernung erkannte ich, dass er panische Angst hatte. Seine Augen waren weit aufgerissen.

Wortlos rannte er durch den Garten zur Straße hinab.

Ich stand vollkommen still, bis das Geräusch seiner Schritte verklungen war.

Dann schloss ich auf, holte die Gitarre aus dem Koffer und stellte sie in den Ständer im Wohnzimmer, öffnete die 7-up, rief Mathilde an und starrte dabei die leuchtende Kugel auf der anderen Seite des Tals an.

ISELIN

Die uralte Dame kam vorbei an den Regalen mit Süßigkeiten und Schokolade und mit dem Einkaufsnetz über dem Arm näher. Sie hatte einen beigen Mantel an, obwohl es draußen mehr als dreißig Grad waren.

»Hallo«, sagte ich, als sie an der Kasse stehen blieb und das Netz öffnete, in dem sie die Waren hatte.

Sie war ziemlich klein und sehr dünn, und sie hatte ein paar weiße, strohige Haare am Kinn. Das war eklig, und ich konnte nicht fassen, dass sie die nicht wegmachte, es gab doch echt keinen Grund, nicht mehr auf sein Äußeres zu achten, nur weil man alt war?

»Hallo, hallo«, sagte sie und begann, die Waren nacheinander auf das Band zu legen.

»Unglaublich heiß heute«, sagte ich und sah sie an, während ich scannte.

Sie sagte nichts, war damit beschäftigt, ihr Portemonnaie herauszusuchen.

Ihre Augen waren irgendwie trüb oder verschwommen. Der Hals war faltig. Da muss man hingucken, um das Alter von Leuten zu sehen, die eine Schönheitsoperation hinter sich haben. Auf den Hals und auf die Hände. Nicht, dass ich ihr *das* zugetraut hätte!

Sie war gar nicht langsam, sah ich jetzt, warum hatte ich das immer gedacht? Ihre Finger hantierten blitzschnell mit dem Portemonnaie, um die Karte zu finden und herauszuziehen.

»Das macht einhundertsechsundsiebzig Kronen«, sagte ich.

Ohne mich anzusehen oder etwas zu sagen, führte sie die Karte zum Terminal.

Obwohl wir uns ungefähr drei Mal in der Woche begegneten, wusste sie nicht, dass es mich gab. Es heißt ja, dass die Alten verschwinden und unsichtbar werden, und dass sie einem leidtun können, aber sie sind auch nicht besser. Man denkt so leicht, dass die Alten gut sind, dass sie nett sind, aber sie sind natürlich genauso arschig wie andere Leute auch, jedenfalls die von ihnen, die schon als Junge arschig waren.

Sie steckte die Karte ins Portemonnaie zurück, legte das Portemonnaie ins Einkaufsnetz und ging an das Ende der kleinen Kasseninsel, wo sie die Waren ins Netz sammelte. Als sie fertig war, drehte sie sich zu mir um.

»Ich nehme noch eine Schachtel leichte Zigaretten«, sagte sie.

Damit hatte ich nicht gerechnet. Hatte die Alte angefangen zu rauchen?

»Dann müssen Sie an der Maschine da hinten einen Zettel ziehen«, sagte ich. »Und danach bei mir bezahlen. Dann können Sie sich die Schachtel an dem Apparat am Eingang holen.«

»Warum das denn?«, sagte sie. »Warum ist das so kompliziert?«

»So ist es einfach«, sagte ich und amüsierte mich ein bisschen.

Ich musterte meine Fingernägel, während sie herauszufinden versuchte, wie der Apparat funktionierte. Wenn sie Hilfe brauchte, konnte sie ja fragen. Ich hatte mir gerade die Nägel machen lassen, und die Frau im Nagelstudio hatte einen blassrosa Farbton vorgeschlagen, der mir gefiel und jetzt eine kleine Freudenblase in meinem Bauch platzen ließ. Rote Nägel, die ich bisher immer gehabt hatte, ließen meine Finger klein und fleischig aussehen. Das waren sie auch, aber die rote Farbe lenkte die Aufmerksamkeit irgendwie noch extra darauf. Mit knallrotem Lippenstift war es dasselbe, da wurde der Mund noch kleiner und das Gesicht noch fülliger und runder.

»Könnten Sie mir bitte kurz helfen?«, fragte sie und sah zu mir hinüber.

»Okay«, sagte ich und ging zu ihr. »Welche Marke möchten Sie denn haben?«

»Leicht«, antwortete sie.

»Es gibt viele leichte«, sagte ich. »Prince. Marlboro. Pet-terøes. Pall Mall. Camel. Fast alle Marken gibt es auch in einer Light-Variante.«

Drei Mädchen kamen in einer Wolke aus Gelächter und Parfüm zur Tür herein.

»Prince«, sagte sie.

Ich drückte auf das Prince-Logo, und die Wahlmöglichkeiten wurden angezeigt.

»Eine Schachtel?«

»Ja.«

Als der Zettel herauskam, ging ich damit zur Kasse und scannte ihn. Sie bezahlte, und ich begleitete sie zum Zigarettenautomaten, scannte den Zettel noch einmal und gab ihr die Schachtel, die in die Luke fiel.

»Danke«, sagte sie kurz, legte die Schachtel in die Tasche und ging hinaus, während gleichzeitig ein großgewachsener Mann um die fünfzig hereinkam und ich total in Panik geriet und es gerade noch schaffte, mich umzudrehen, bevor er mich sah.

Mist.

Was machte *er* hier?

Bald würde er an der Kasse stehen und seine Einkäufe aufs Band legen, und außer mir war keiner da, um zu kassieren.

Helene hatte Pause. Dagfinn saß in seinem Büro, Trude pendelte zwischen Lager und Geschäft.

Denn das war Ommundsen, soviel stand fest, ich hatte ihn sofort erkannt, obwohl es drei Jahre her war, seit ich die Schule verlassen hatte.

Es war das letzte Gespräch der Welt, das ich jetzt führen wollte.

An der Supermarktkasse.

»Bist du das, Iselin? Arbeitest du hier?«

Und ich nicke und lächele und winde mich auf meinem Stuhl und senke den Blick.

»Es ist nicht verkehrt, nebenbei zu jobben!«, würde er vielleicht sagen. »Aber was macht das Studium?«

»Es läuft gut«, würde ich dann sagen müssen.

»Und was studierst du? Wofür hast du dich entschieden? Psychologie?«

Und ich würde nicken.

»Schön, dich zu sehen! Ich habe viel an dich gedacht, nachdem du die Schule verlassen hast. Das kann ich nicht von jedem meiner Schüler behaupten, muss ich sagen.«

Vielleicht würde er sie sogar zu einer Tasse Kaffee einladen.

Die drei Mädchen blieben vor der Kasse stehen. Drei Dosen Red Bull und drei Schachteln Zigaretten. Sie waren fünfzehn oder vierzehn, aber ich bat sie nicht, sich auszuweisen, ich wollte sie nur schnell loswerden. Sie drehten und wanden sich und schafften es kaum, nicht zu kichern, als sie kapierten, dass ich sie nicht kontrollieren würde.

Ommundsen war jetzt bestimmt am anderen Ende des Geschäfts. Ich stand auf und ging so schnell ich konnte den Gang hinunter zu der Tür, die ins Lager führte, denn jetzt strömten auf einmal Leute herein, so dass die Kasse nicht unbesetzt bleiben konnte.

Er bog um die Ecke, und ich senkte den Kopf so tief wie möglich und hielt mich ganz nah an der Wand, als ich an ihm vorbeikam.

Es nützte nichts.

»Iselin?«, sagte er.

Ich tat so, als hätte ich ihn nicht gehört oder als wäre ich gar nicht Iselin, lief einfach weiter, öffnete die Tür zum Lager und ging auf der Rückseite hinaus, wo Helene an die Wand gelehnt dasaß und die Augen zur Sonne hin geschlossen hatte.

»Kannst du bitte zehn Minuten die Kasse übernehmen? Ich muss mal dringend aufs Klo«, sagte ich.

Sie öffnete die Augen und drehte sich zu mir um.

»Kannst du nicht mal zehn verdammte Minuten durchhalten? Das ist meine Pause.«

»Du kannst nachher meine halbe Pause haben. Bitte.«

Sie seufzte und stand auf.

»Du kommst in zehn Minuten wieder rein«, sagte sie. Von Nahem sah man die Narben in ihrem Gesicht, und es tröstete mich immer, wenn sie es auf mich abgesehen hatte, dass sie so beschissen aussah.

Ich ging durchs Lager und in die winzige, stinkende Toilette, verriegelte die Tür hinter mir, setzte mich auf den Klodeckel, zählte bis einhundertzwanzig und atmete dabei durch den Mund.

Dann kehrten die Kopfschmerzen zurück. Als würde ein Metalldraht durchs Gehirn gezogen. In den Sekunden, die es anhielt, konnte ich nicht denken, konnte ich nichts tun, es gab nur das Eine, diesen schneidenden Schmerz.

Dann verschwand er so plötzlich, wie er gekommen war. Für den Fall, dass jemand vor der Tür stand, zog ich an der Schnur, wusch mir die Hände, rollte etwas Toilettenpapier herunter und trocknete meine Hände damit ab, warf es in die

Toilettenschüssel, wartete, bis der Spülkasten wieder voll war, zog noch einmal ab.

Jetzt musste er nun wirklich draußen sein.

Aber als ich die Tür zum Geschäft öffnete, stand er wartend davor.

»Iselin«, sagte er. »Das ist ja toll!«

Sonnengebräunte Haut, leuchtend weiße Zähne, kreideweißes Hemd.

»Hallo«, sagte ich. »Sie sind das.«

»Ich bin nur übers Wochenende mit einer Kollegin hier. Wir haben gestern *Orpheus* gesehen.«

»Wie schön«, sagte ich.

»Wie geht es Ihnen? Sie arbeiten hier? Ich habe Sie eben gesehen und die Frau an der Kasse gefragt, ob Sie es wirklich sind.«

»Ja«, sagte ich.

Er sah mich an.

»Mir geht es gut«, sagte ich. »In jeder Hinsicht eigentlich.«

»Sind Sie bald fertig mit dem Studium?«

»Das dauert noch ein bisschen«, antwortete ich. »Aber jetzt muss ich weitermachen.«

»Das verstehe ich«, sagte er. »Wann haben Sie denn heute Abend Feierabend? Wollen wir uns auf ein Glas treffen? Oder fänden Sie das seltsam?«

»Nein, nein, warum sollte das seltsam sein«, sagte ich.

Er sah mich an.

»Schön! Wollen wir uns im ›Opera‹ treffen?«

»In Ordnung«, sagte ich und ging den Gang hinunter. »Dann sehen wir uns da!«

Er folgte mir mit der Einkaufstüte in der Hand.

»Sie haben mir noch nicht gesagt, wann Sie frei haben?«

»Um acht«, sagte ich.

»Dann treffen wir uns um halb neun?«

Ich nickte.

»Sie dürfen nicht denken, dass ich oft mit ehemaligen Schülern einen trinken gehe«, sagte er. »Aber ich fände es schön, mit Ihnen zu reden.«

»Fände ich auch«, sagte ich.

Helene starrte mich böse an.

»Dann bis später!«, sagte ich zu Ommundsen, der auf dem Weg nach draußen die Hand zum Gruß hob, als ich ihren Platz an der Kasse übernahm.

»Das kostet dich wohl eher deine ganze Pause, meine Liebe«, sagte sie.

»Okay«, sagte ich.

Am liebsten hätte ich geheult. Er war so nett gewesen, und er hatte so an mich geglaubt.

Jedenfalls würde ich mich ganz sicher nicht mit ihm im *Opera* treffen.

Ich hatte den ganzen Tag noch nichts gegessen, deshalb setzte ich mich nach Ladenschluss mit einer Tüte Erdnüsse und einer Cola Light auf einen der Hocker im Hinterhof. Unter dem T-Shirt war meine Haut feucht und eklig. Die Sonne stand immer tiefer, aber die Luft über dem Asphalt flirrte noch vor Wärme. Aus dem Container weiter hinten roch es nach faulem Obst. Ich steckte die Earplugs ins Handy und sah mir das alte Ariana Grande-Video an, das sie selbst gedreht hatte und in dem sie eine Stimme singt und sie laufen lässt, während sie die zweite Stimme singt, und dann spielt sie beide, während sie eine dritte singt, und auf die Art macht sie mit einer Stimme nach der anderen immer weiter, Harmonie auf Harmonie, bis in ihrem Zimmer ein ganzer verdammter Chor singt. Das Video ist absolut irre. Wenn hier jemand ein Genie ist, dann sie. Die Leute haben ja keine Ahnung, wie schwer das ist, was sie da macht. Im Grunde ist es unmöglich.

Ich sah es mir immer in der Pause an, es war meine Belohnung. Das oder alles von Billie Eilish.

Ich ließ *bad guy* laufen, lehnte mich an die Wand. Bei der Musik, so unglaublich cool, bekam ich Lust auszugehen. Einfach auf alles zu scheißen und zu trinken und zu tanzen.

Helene stand ans Tor gelehnt und rauchte. Als sie sah, dass ich sie ansah, öffnete sie den Mund und tat so, als würde sie etwas sagen.

Ha ha, mimte ich.

Dann sagte sie wirklich etwas.

Ich zog den einen Kopfhörer heraus und sah sie fragend an.

»Wer war der Typ, der heute nach dir gefragt hat?«, sagte sie.

»Niemand Besonderes«, sagte ich und steckte ihn wieder hinein.

Sie sagte wieder etwas.

»Was?«, sagte ich.

»Das sah aber anders aus«, sagte sie. »Wer war er?«

»Einer meiner Lehrer.«

»Hast du mit ihm geschlafen?«

»Großer Gott«, sagte ich, steckte ihn wieder hinein und stellte lauter, schüttete die letzten Reste aus der Tüte in meine Hand und warf sie mir in den Mund.

Es war ätzend, dass sie da herumhing. Wenn ich ausgehen wollte, musste ich mich schminken, aber das wollte ich nicht tun, wenn sie zusah. Und das Klo war zu eklig.

Ich schaltete die Musik aus und rief Jonas an, überlegte es mir aber nach einem Klingelton anders, beendete die Verbindung und schrieb ihm stattdessen.

Hast du heute was vor?

Dann stand ich auf, holte meinen Rucksack und ging in die Toilette.

Bin schon unterwegs. Und du?, antwortete er.

Hätte er mich dabeihaben wollen, hätte er mir gesagt, wo er war. Also schrieb ich nur, dass ich lange gearbeitet und überlegt hätte, unterwegs bei ihm vorbeizuschauen, aber dass wir uns auch später in der Woche sehen könnten.

Ich legte goldfarbigen Schatten und etwas Glitzer auf die Lider, schwärzte die Wimpern und zog von den Augenwinkeln aus eine etwa einen Zentimeter lange Linie. Mein Gesicht bekam dadurch etwas Orientalisches, was mir gefiel, etwas Starkes und Leidenschaftliches. Ein blasserer Lippenstift als sonst, und dann einen Hauch von Farbe auf die Wangen, um sie schmaler zu machen.

Mir war schon klar, dass er nicht wollte, dass ich mit ihm und seinen Freunden abhing. Selbst wenn ich ihn nicht irgendwie blamierte, war es an sich schon peinlich, seine große Schwester dabei zu haben.

Es tat trotzdem weh.

Ich erinnerte mich noch daran, als er ein Baby war.

Die Farbe auf den Augenlidern reicht vielleicht, dachte ich und entfernte die schwarzen Striche. Wollte auch nicht zu schrill aussehen.

So.

Ich packte die Schminksachen weg, streifte mir ein weitgeschnittenes schwarzes T-Shirt über, setzte den Rucksack auf und trat hinaus.

Helene war zum Glück gegangen.

Die Straße war voller Menschen. Offenbar hatte eins von diesen gigantischen Kreuzfahrtschiffen angelegt. Alte Männer in Shorts und Hemden, Frauen, die sich sommerlich fein gemacht hatten, zwischen den Einheimischen, die in der Stadt unterwegs waren. Stimmen und Rufe und Lachen hingen in der superheißen Sommerluft, und aus einem der Cafés drang karibische Musik.

Ich wischte mir im Gehen mit dem Handrücken den Schweiß aus der Stirn.

Es war unglaublich heiß.

Die Luft glühte förmlich.

Mir war es lieber, wenn es regnete und stürmte. Dann konnte ich mit gutem Gewissen in meinem Zimmer liegen und Filme sehen oder lesen oder schlafen. Die Sonne stellte Forderungen. Es wurde von einem erwartet, dass man ausging, mit Freunden zusammen war, fröhlich war. Blieb ich dann in meinem Zimmer, war das falsch und ich lag daneben, obwohl ich genau das Gleiche tat wie sonst auch, und obwohl ich natürlich selbst über mein Leben bestimmte.

Ich machte, was ich wollte. Wenn ich also nicht in Straßencafés sitzen und mich betrinken wollte, warum hatte ich dann ein schlechtes Gewissen.

Scheiß drauf. Scheiß auf alles.

Ich blieb stehen und steckte die Kopfhörer ein, schaltete *Sheer Heart Attack* an, nahm die Gasse nach Vågsbunnen hinunter und zupfte am T-Shirt, damit es nicht festklebte.

Ich hatte immer noch Hunger. Und der Burger King lag nur ein paar hundert Meter weiter. Das war wenigstens billig. Und ich entschied selbst, was ich tun wollte.

In den Etagen über mir standen sämtliche Fenster weit offen, und die kleinen Restaurants, die in den Hinterhöfen Tische im Freien hatten, waren alle voll.

Aber was war das?

Ein Tier lief an der Wand entlang. Die Leute vor mir blieben stehen. Eine Ratte! Sie überquerte im Zickzack zwischen allen Menschen flitzend die Gasse und verschwand auf der anderen Seite in einem Hauseingang.

Eine Frau kreischte. Die Leute sahen sich an. Sekundenlang hörte man erregte Stimmen. Dann setzten sich wieder alle in Bewegung, und alles war wie immer.

Es heißt, dass immer sechs andere Ratten in der Nähe sind, wenn man eine sieht, dachte ich und schaute mich um, während ich weiterging. Ratten hatte ich in dieser Stadt schon oft gesehen, vor allem auf dem Hinterhof des Supermarkts, aber nur abends und nachts. Niemals tagsüber.

Ich hatte nie verstanden, warum Ratten irgendwie so eklig sein sollten. Sie waren nicht besonders hübsch, nicht so wie Luchse oder Eulen, aber sie waren jetzt auch nicht besonders hässlich. Sie hatten ein kurzes und dichtes Fell, ihr Schwanz ähnelte einer kleinen Peitsche, und die Vorderpfoten sahen aus wie kleine Hände mit Fingern, wenn sie etwas hielten.

Über den Inseln stand die Sonne jetzt so tief, dass ich die Augen zusammenkneifen musste, um etwas sehen zu können, als ich aus der Gasse kam. In Bryggen und am Fischmarkt wimmelte es nur so von Leuten. Auch auf dieser Seite der Straße war alles voll. Ich bahnte mir meinen Weg zwischen ihnen hindurch, war froh über die Musik, die mich in eine andere Welt versetzte, alle Gesichter fern und bedeutungslos machte.

Die Leute waren so gleich. Sie jaulten, wenn sie eine Ratte sahen, sie gingen in die Stadt, wenn die Sonne schien, sie heirateten und bekamen Kinder und machten Karriere, und dann starben sie. Was brachte das denn? Zum Abteilungsleiter befördert zu werden oder Partner in einer Anwaltskanzlei zu werden oder was immer sie trieben? Wofür sie so hart arbeiteten, um es zu schaffen?

Und dann lagen sie tief unten in der Erde.

Wer interessierte sich dann noch für ihre tollen Jobs?

Ich ging zur anderen Seite des Torgallmenningen hinüber, in die Strandgate und zum Burger King, in dem zum Glück kaum jemand saß und die Luft angenehm kühl war.

Ich schwankte zwischen einem Bacon King und einem Double Steakhouse. Ich hatte den ganzen Tag nichts gegessen und entschied mich deshalb am Ende für einen Double Steakhouse mit einer Extraportion Pommes und einer Cola Light.

Mir lief das Wasser im Mund zusammen, als ich das Tablett zu einem der hintersten Tische trug und mich setzte.

Obwohl ich den Mund so weit aufriss, wie ich nur konnte, gelang es mir nicht, den ganzen Burger hineinzubekommen, etwas vom Brot scheuerte über die Oberlippe, als der Fleischsaft die Mundhöhle füllte und sich alles mit allem vermischte, Speck, Rindfleisch, Burger-Brötchen, Zwiebeln, Tomaten, Salat, Ketchup.

Die Fritten hob ich mir immer bis zum Schluss auf, der Unterschied zwischen den beiden Gerichten war so groß, dass ich es hasste, sie zu vermischen. Das eine saftig und offen, das andere hart und trocken, und darin eingebettet das Gute, Weiche. Der Burger war schnell gegessen, die Pommes dauerten länger, denn ich tunkte sie einzeln in Ketchup, bevor ich eine nach der anderen aß.

Trotzdem war ich viel zu schnell fertig.

Ich wischte mir mit der Serviette den Mund ab und fragte mich, was ich jetzt tun sollte. Ein Mann hatte sich an einen Tisch an der Wand gesetzt. Er war angezogen, als würde er an der Universität arbeiten, blaue Jeans, weißes Hemd, braunes Jackett, braune Schuhe. Seine Lippen waren schief und einnehmend, sein Gesicht sah aus wie das eines Achtzehnjährigen, während alles andere an ihm auf die Dreißiger oder Vierziger hindeutete.

Er saß da, schaute nachdenklich aus dem Fenster und sah mich nicht.

Eigentlich war ich satt, aber ich hatte Lust auf mehr. Die naheliegende Wahl wäre ein Milchshake als Nachtisch gewesen, so machte man das ja. Aber das waren so viele Kalorien, dass ich genauso gut einen zweiten Burger nehmen konnte, vielleicht den Bacon King, den ich eben fast bestellt hätte.

Hatte ich wirklich Lust darauf?

Ja.

Warum sollte ich es dann nicht tun? Wenn ich Lust darauf hatte? Wer oder was in mir sagte Nein?

Die Vernunft. Das schlechte Gewissen.

Ich sollte etwas Willensstärke zeigen und gehen.

Situationen wie diese waren entscheidend.

Ich zog das Handy heraus und googelte »Orpheus«. Ein Wikipediaartikel über einen griechischen Sänger wurde angezeigt. Es musste der Name eines Theaterstücks oder einer Oper sein. So wie ich ihn kannte, der einer Oper.

Ich suchte nach »Orpheus Oper«.

Glucks *Orpheus und Eurydike* musste es sein.

Ohne weiter darüber nachzudenken oder auf den Preis zu achten, bestellte ich eine Karte für Mittwoch.

Dann trug ich das Tablett zur Müllsortierung, leerte den Rest der Cola aus, steckte den Becher in das Loch, warf die restlichen Verpackungen weg, ging zur Verkaufstheke und bestellte einen Bacon King und eine Cola Light.

Als ich das Tablett vor mir auf dem Tisch abstellte und mich setzte, sah der Mann mich an.

»Du isst zu viel«, sagte er.

Ich traute meinen Ohren nicht.

Hatte er das wirklich gesagt?

Mit rotem Kopf sah ich ihn kurz an.

Er lächelte nur.

Was sollte ich jetzt tun?

Ich musste irgendetwas sagen. Konnte nicht nur dasitzen.

Ich brannte vor Scham.

Ich griff nach dem Burger und hob ihn an den Mund, überlegte es mir anders und ließ ihn sinken.

»Was zum Teufel geht dich das an«, sagte ich. Aber meine Stimme war schwach, und meine Augen trauten sich nicht, den seinen zu begegnen.

Er lächelte.

»Ich bin der Herrgott«, sagte er.

Ah, ein Verrückter, dachte ich, und jegliche Scham verschwand.

»Lass mich in Ruhe, oder ich hole jemanden vom Personal«, meinte ich.

Er stand auf und kam zu mir, strich mir mit der Hand durchs Haar und ging nach draußen.

Ich blieb regungslos und mit offenem Mund sitzen und sah ihm hinterher, als er auf der Straße verschwand.

Was war da gerade passiert?

Die Berührung war so gut gewesen.

Sie war so gut gewesen.

Etwas Weiches und Warmes hatte sich in meinem Körper ausgebreitet. Als wäre er mit Öl gefüllt worden.

Ich hätte wütend werden müssen, ich hätte ihn anzeigen sollen, er war ein Irrer, und er hatte nicht das Recht, mich anzufassen.

Mein Gott, was für eine Idiotin ich doch war.

Seit Monaten hatte mich niemand mehr angefasst. Natürlich fühlte es sich gut an, wenn mir jemand durchs Haar strich.

Du isst zu viel, echt jetzt.

Ich hatte keinen Hunger mehr, aber auch kein gutes Gefühl dabei, alles wegzuwerfen, so dass ich den halben Burger und ein paar Pommes aß, ehe ich die Reste wegwarf.

Auf der Straße blieb ich stehen und überlegte, wohin ich gehen sollte. Ich wohnte in einer kleinen Dachmansarde in einem Haus direkt unterhalb des Krankenhauses, sie hatte Dachschrägen und war früher vom Hausmädchen genutzt worden. Wenn im Sommer die Sonne schien, wie an diesem Tag, wurde es da oben unerträglich heiß, es half nichts, das Fenster aufzumachen, am Nachmittag war das Dach fast glühend heiß, so dass es nicht sonderlich verlockend war, dorthin zu gehen. Andererseits konnte ich mir jetzt auch nicht mehr vorstellen auszugehen.

Ich schlenderte stadteinwärts in Richtung Torgallmenningen. Alleine durch die Stadt zu laufen, war kein Problem, es war nichts Auffälliges daran, wenn man es recht bedachte, war es eigentlich sogar ungewöhnlicher, mit jemandem zusammen zu gehen. Komplizierter war es, in der Stadt zu sitzen. Die Stühle und Bänke, sie waren mehr als vier Beine, eine Sitzfläche und eine Rückenlehne. Sobald ich mich irgendwo setzte, wurde etwas sichtbar. Vielleicht dachte außer mir keiner daran. Aber das Gefühl war so stark, mir schien, als würde ich leuchten und alles, was ich tat, in diesem Licht leuchten. Las ich ein Buch, trank ich einen Schluck Bier oder Wein, schaute ich mich um, geschah das alles mit besonderer Aufmerksamkeit, als sähe ich mich selbst gleichzeitig von außen wie von innen. Ich sitze hier allein, sie sitzt dort allein. Praktisch sofort schwirrten diese düsteren Gedanken, es war unerträglich, und wenn ich bleiben wollte, musste ich dagegen ankämpfen, unablässig dagegen ankämpfen, gegen das Licht, das aus mir strömte, die zusätzliche Person in mir, die alles, was ich tat, so genau beobachtete.

Wenn ich in meinem Zimmer auf dem Bett saß, war es natürlich nicht so. Aber dann ging es um andere Dinge, dass ich eigentlich draußen sein müsste und nicht drinnen, egal, wie entspannend und schön es dort war mit Tee und Schokolade und einem neuen Film auf Netflix.

Sobald ich aufhörte zu gehen, durchfuhr mich irgendwie ein Erdrutsch aus Verwirrung und Hilflosigkeit. Deshalb konnte ich nicht stehen bleiben, konnte ich nicht sitzen, konnte ich nur immer weiter gehen oder in meinem Zimmer sein.

An der Uni war dadurch alles unmöglich geworden. Ich saß im Lesesaal und brannte, ich saß brennend in der Mensa, ich saß brennend in den Vorlesungen.

Gott sei Dank gab es den Job, musste ich sagen. Dort konnte ich für jeden sichtbar dasitzen, ohne dass es mir irgendetwas ausmachte. Solange ich tat, was ich tun sollte, interessierte es niemanden, wer ich war.

Das Gras rund um den See war überall voller Menschen. Wie es aussah, meist kleine Gruppen, die zusammensaßen und tranken. Der Himmel über den Bergen war dramatisch rot, als die Sonne auf der anderen Seite im Meer unterging. Das Wasser lag spiegelblank. Die Luft war heiß und stand.

Was hatte ich auf dem Klo gedacht, als ich mich schminkte?

Dass ich mit goldenem Lidschatten exotisch aussah. Im Stil von Tausendundeine Nacht. Leidenschaftlich, stark.

Auf dem Weg zu einem Rendezvous.

Geschäftsfrau.

Libanon. Beirut. Jordan.

Selbstsicher. Sexy. Geheimnisvoll. Ein langer Tag, ein entspannender Drink in der Hotellounge.

All diese blassen, westlichen Menschen mit ihren oberflächlichen und kommerziellen Leben um mich herum. Die Frauen waren wie Männer und die Männer wie Frauen.

Der Mann, mit dem ich mich treffen würde, war verloren. Er hatte einen Schluck aus der Quelle getrunken, und nun war er bereit, alles aufzugeben, um mehr zu bekommen.

Wenn ich es wollte, konnte ich sie verrückt machen.

Sie vergaßen alles außer mir und dem, was ich ihnen gab.

Es war ein eigenartiges Land, in das mich das Schicksal verschlagen hatte. Die Berge waren so hoch und so grün, die Menschen so kalt.

Ich ging an einem Café mit einer Terrasse vorbei. In dem Moment stand ein Paar auf, und ich ging ohne Eile hinüber, fragte, ob der Tisch frei sei, der Mann nickte, und ich setzte mich.

Das Feuer am Himmel erlosch nach und nach.

Ich winkte dem Kellner.

Er kam.

»Haben Sie libanesischen Wein?«, fragte ich.

»Nein, den haben wir nun gerade nicht«, antwortete er. »Wir haben australischen, chilenischen und kalifornischen Wein. Darüber hinaus natürlich französischen und spanischen und italienischen. Und deutschen Weißwein. Hatten Sie an eine bestimmte Traubensorte gedacht?«

Ich machte mit dem Arm eine halb resignierte, halb gleichgültige Geste.

»Ich nehme ein Glas von Ihrem roten Hauswein«, sagte ich. »Und wenn Sie haben, ein paar Oliven.«

»Das ist alles?«, sagte er.

»Ja, danke«, sagte ich.

Er ging. Alle, die am Wasser vorbeigingen, ließen sich viel Zeit. Ich sah drei junge Typen, bestimmt Studenten, der eine schob ein Fahrrad, alle trugen Rucksäcke. Gebräunt vom Sommer, schlanke, nonchalante Körper, denen es nichts ausmachte, gesehen zu werden. Ich sah einen Vater und eine Mutter, die einen leeren Kinderwagen schoben, und das Mädchen, das vor ihnen torkelte, kaum in der Lage zu gehen.

Eine Flut aus Sehnsucht stieg in mir auf.

Wenn mich doch nur jemand berühren könnte.

Man brauchte lediglich spätabends in eine Hotelbar zu gehen. Dort gab es mit Sicherheit immer jemanden, der es nicht so genau nahm und mir einen Drink spendieren und mich schließlich bitten würde, ihn auf sein Zimmer zu begleiten. Oder in Galeien, wenn die Nachtclubs zumachten, da musste man auch nur warten. Dort waren sie jünger, aber auch betrunkener, und wenn ich selbst nicht sehr betrunken war, würde es eklig sein.

Der Kellner kam mit dem Wein und den Oliven. Ich trank einen kleinen Schluck und versuchte, zu dem Ort in meinen Gedanken zurückzufinden, an dem ich eben noch gewesen war.

Da stach es wieder in meinem Kopf. Der Metallstrang glitt durchs Gehirn wie ein Eierschneider. Ich schloss die Augen, und im Schwarzen war alles voller leuchtender Punkte.

Aaaaa, sagte ich leise zwischen den Zähnen hindurch. Aaaaa.

Dann ging es vorüber.

Nichts in der Welt war besser als der Moment, wenn der Schmerz verschwand. Da war alles gut.

Einmal hatte er fast eine Stunde angehalten. Zum Glück war ich damals zu Hause gewesen, denn ich hatte mich übergeben müssen. Aber meistens blieb er nur für ein paar Sekunden.

Ich trank noch einen Schluck Wein. Ein Penner ging langsam vorüber, er schob einen Einkaufswagen voller Tüten und Decken vor sich her. Zwei schlanke Mädchen gingen an ihm vorbei, die eine in einem weißen, kurzen Sommerkleid, die andere in einem blauen, geblümten.

Libanon.

Sinnlich und stark und geheimnisvoll.

Den ganzen Tag Termine, nun ein wohlverdientes Glas Wein.

Wenn mich doch nur jemand berühren könnte.

Was war das für ein Typ gewesen? Warum hatte er das getan?

Ich bin der Herr, echt jetzt.

Aber er hatte gar nicht wie ein Verrückter ausgesehen.

Wer weiß schon, was in den Menschen vorgeht.

Ich jedenfalls nicht.

Zum Beispiel Ommundsen.

Ein paar Monate hatte ich geglaubt, dass er sich wirklich für mich interessierte. Es war peinlich, jetzt daran zu denken. Dass er irgendwie etwas für eine fette Sechzehnjährige empfunden haben sollte. Aber er hatte mich in den Schulstunden oft mit seinem warmen Blick angesehen. Und er hatte mir so sehr geholfen.

Ich erinnerte mich noch gut an das erste Mal. Nach einer Stunde war er zu mir gekommen, als ich meine Sachen zusammenpackte.

»Hallo, Iselin«, hatte er gesagt.

»Hallo«, hatte ich gesagt, ohne ihn anzusehen.

»Sie haben in letzter Zeit ziemlich oft gefehlt.«

»Ich weiß«, sagte ich. »Viele Erkältungen. Tut mir leid.«

»Ich habe mich gefragt, ob Sie im Moment vielleicht Probleme haben. Haben Sie welche?«

»Nein, nein«, antwortete ich. »Alles bestens.«

Er lächelte.

»Warum meinen Sie, dass Sie das sagen müssen?«

Ich zuckte mit den Schultern.

»Weil es die Wahrheit ist?«, sagte ich und stand auf. »Aber ich werde darauf achten, dass ich nicht mehr so oft fehle.«

Ohne mich zu verabschieden, lief ich zur Bushaltestelle auf der anderen Seite der Schule. Ich war wütend und traurig. Was ging ihn das überhaupt an?

Gleichzeitig hatte es mir gefallen, dass er sich kümmerte.

Außer ihm tat es ja keiner. Mutter war unter der Woche in Oslo, wo sie eine Weiterbildung machte, Vater war ausgezogen und hatte eine neue Familie, und Jonas wohnte in dem Jahr bei Großmutter.

Ich war sechzehn und damit alt genug, um alleine klarzukommen. Das sagte nicht nur Mutter, das sagte ich mir selbst. Und es war wirklich herrlich, Mutter so selten zu sehen.

Das Problem war also nicht, dass ich die Woche über alleine wohnte. Das Problem war, dass ich in meiner neuen Klasse keine Freunde fand. Die meisten der Mädchen kamen von derselben Schule und hatten sich schon vorher gekannt. Ihre Cliquen standen mir nicht offen, sie waren irgendwie schon fertig. Außerdem war es uncool, sich mit jemandem in der Klasse zusammenzutun. Alle hatten ihre Cliquen außerhalb der Schule.

Es gab zwei andere Mädchen, die auch außen vor blieben, aber sie schienen sich nichts daraus zu machen. Agnete, die in der Reihe am Fenster saß und strickte und zu allem, was um sie herum vorging, leise lächelte, und Sara, die einer christlichen Sekte angehörte und immer ein Kleid anhatte und ihre langen Haare als Zopf trug. Sie war sehr hübsch, aber so anders, dass sich keiner für sie interessierte, und sie selbst war auch nicht sonderlich an anderen interessiert. Sie tat viel für die Fächer und bekam gute Noten, aber sie warf ihr Leben weg, daran bestand kein Zweifel. Wäre ich so hübsch und schlank gewesen, hätte ich mich ohne zu zögern ins Leben gestürzt.

Am schlimmsten waren die Montage, wegen der ersten Stunde, wenn alle einander fragten, was sie am Wochenende so gemacht hatten. Es gab hier eine Fete und da eine Fete und Filmabende mit der Clique. Manchmal fragte jemand auch mich, vor allem Jacob, der immer großen Wert darauf legte, dass alle mit einbezogen wurden. Er saß im Schülerrat und wählte rot und wollte seinen Idealismus zeigen, wo immer er konnte. Wirre Haare und Pickel, nicht unbedingt hübsch vielleicht, aber voller Energie und Lärm und Lachen. Ich hatte nichts gegen ihn, ehrlich gesagt mochte ich ihn sogar ganz gern, aber nicht, wenn er mich in etwas mit einbeziehen wollte. Er kapierte einfach nicht, dass er damit das Gegenteil erreichte. Von ihm nach etwas gefragt zu werden, war so, als bekäme man ein Mal auf die Stirn gedrückt.

»Und was hast *du* am Wochenende gemacht, Iselin?«, fragte er von seinem Platz in der vordersten Reihe aus.

Ich, die in der hintersten Reihe saß und wusste, dass alle seine laute Stimme gehört hatten, zuckte mit den Schultern und sah ihn nur flüchtig an, mit etwas anderem beschäftigt.

»Nichts Besonderes«, sagte ich.

Aber das konnte ich nur ein paar Mal sagen, ohne dass es seltsam wirkte, und deshalb fing ich an zu lügen und sagte, ich sei auf einer Fete gewesen oder mit meinen Freunden im Peppes, und wenn er Genaueres über die Fete wissen wollte, zum Beispiel, wo sie stattgefunden hatte, nannte ich nur den Namen von irgendwem in meiner alten Klasse. Das konnte ohnehin keiner überprüfen.

Vater meinte immer, alle Probleme ließen sich lösen. Ließen sie sich nicht lösen, tja, dann wären es keine Probleme.

Was war mein Problem?

Dass ich in der Schule keine Freunde fand.

Dass ich nicht zu Feten eingeladen wurde.

Es gab einen einfachen Weg, beide Probleme zu lösen. Ich konnte die Mädchen aus meiner Klasse zu einer Fete bei mir einladen. Aber das war riskant, denn was passierte, wenn sie Nein sagten? Das würde mein Problem nur noch vergrößern.

Ich hätte mir gewünscht, mit Vater darüber sprechen zu können, auf die halb scherzhafte, halb ernsthafte Art, in der wir uns früher oft unterhalten hatten. Er hatte gesagt, ich könnte bei ihnen wohnen, aber das wollte ich nicht. Mit seiner neuen schwedischen Frau und dem neuen Kind hatte er sich verändert. Früher kam er immer in mein Zimmer und redete mit mir, das war all die Jahre unser Ding gewesen, aber als er dann bei ihr einzog, hatte er dafür keine »Zeit« mehr. Sie bestimmte über ihn, er tat, was sie wollte, und für mich war dann kein Platz mehr.

Er war immer noch nett, und ich wusste schon, dass ich ihm wichtig war, aber bei den Essen, zu denen sie mich einluden, durchschaute ich ihn, ich sah, dass er die ganze Zeit darauf bedacht war, dass es nicht zu viel um mich ging, sondern genauso viel oder am besten mehr um sie und um ihr gemeinsames Kind.

»Klassenfeten«, das war etwas, was wir in der Gesamtschule gehabt hatten. Die gab es nicht mehr. Deshalb konnte ich keine Einladungen schreiben und an alle verteilen. Genauso wenig konnte ich ein paar von ihnen fragen, ob sie Lust hatten, am Freitag zu mir zu kommen, denn warum sollten sie das tun wollen? Ich kannte sie doch gar nicht.

Aber wenn ich ohnehin eine Fete plante und sie nur ganz beiläufig dazu einlud, würde es ihnen nicht seltsam vorkommen. Und dann machte es auch nichts, wenn sie Nein sagten.

Also tat ich das.

Anfangs kam Mutter immer freitagnachmittags aus Oslo zurück und war am späten Abend zu Hause, aber mit der Zeit fuhr sie stattdessen erst am Samstagmorgen los, was gut war, denn so konnten wir freitags feiern, und ich würde genügend Zeit zum Aufräumen haben, bis sie Samstagnachmittag zu Hause war.

Ich kam aus einer Gegend, in der die Jungs in Autos durch die Gegend fuhren und ihre Freundinnen mitnahmen, mit deren Freundinnen auf der Rückbank, und der Ort war so klein, dass jeder jeden kannte. Ich sagte ein paar Mädchen aus meiner alten Klasse, dass ich eine Fete feiern würde und sie einladen könnten, wen sie wollten, nur nicht zu viele. Dann sagte ich den Mädchen in der neuen Klasse, dass ich eine Fete feiern würde und dass sie gerne vorbeikommen könnten, wenn sie Lust hätten.

Das erste Auto fuhr gegen sechs den Hügel zu unserem Haus hinauf. Es waren Signe und ihr Typ und drei von seinen Kumpeln. Der Typ hieß Arild und war ziemlich klein und hatte einen dünnen Bart und einen Schlüsselbund, der an seiner Gürtelschlaufe hing. Er war ein Angeber, der so tat, als würde er alle und jeden kennen. Aber er war achtzehn und hatte ein Auto, deshalb war sie mit ihm zusammen. Seine Kumpel kannte ich nicht, aber ich wusste, dass sie in der Fußballmannschaft waren.

»*Hallo*, Iselin«, schleimte Signe und umarmte mich.

»Wie *schön*, dass du *gekommen* bist!«, sagte ich genauso einschleimend.

Arild öffnete den Kofferraum, und sie hoben zwei Kästen Bier heraus.

Ich erschrak, konnte jetzt aber nichts sagen.

»Wo sollen wir die hinstellen?«, fragte er.

»In die Küche«, meinte ich.

Ein weiteres Auto fuhr heran, diesmal waren es Ada und Maja und ihre Typen. Sie hatten zwei Flaschen Absolut und Orangensaft dabei. Auf die Art ging es weiter. Gegen acht war der Hof vor dem Haus voller Autos, und in der Auffahrt parkten Autos bis zur Straße hinunter. Wir waren ungefähr fünfzig. Alle machten, was sie wollten. Die Stereoanlage im Wohnzimmer lief auf voller Lautstärke, und einige hatten die Anlagen in ihren Autos aufgedreht. Überall waren Leute, in allen Zimmern, und es kamen immer mehr. Ich kannte nicht einmal die Hälfte von ihnen.

Anfangs versuchte ich noch, auf alles achtzugeben. Räumte alle zerbrechlichen Gegenstände im Wohnzimmer in den Schrank, und das waren nicht wenige, denn Mutter dekorierte gern. Scheuchte die zwei hinaus, die in Jonas' Zimmer auf dem Fußboden saßen und Gras rauchten, und schloss die Tür ab. Versuchte, die persönlichen Dinge zu verbergen, die in meinem Zimmer lagen, was mir allerdings nicht gelang, denn auf meinem Bett saßen drei trinkende fremde Jungs in einer Reihe, als ich hereinkam, ein anderer saß wippend auf meinem Stuhl und noch einer auf meinem Schreibtisch. Da gab ich auf und dachte, dann läuft es eben, wie es läuft.

Das Ganze war so schrecklich, dass ich die Mädchen aus meiner neuen Klasse völlig vergessen hatte. Vier von ihnen standen auf einmal im Wohnzimmer und schauten sich um. Es waren Lea, Hanne, Selma und Astrid.

»Ihr seid gekommen!«, sagte ich und ging zu ihnen.

»Du hast aber viele Freunde, Iselin!«, sagte Selma.

Die drei anderen kicherten.

Sie sahen aus wie Wesen aus einer anderen Welt. Alles, was sie anhatten, war so niedlich und hübsch und perfekt, Hanne in ihrem weißen, knielangen Baumwollkleid und der hellblauen

Jeansjacke, Astrid in ihrer hellblauen Jeans und einem blauen Top mit weißem Blumenmuster und einer dünnen weißen Strickjacke, Lea in ihrem weiten, schwarzen Led Zeppelin-T-Shirt und dem schwarzen Rock und einer richtig schicken Lederjacke.

»Habt ihr den Bus genommen?«, fragte ich.

Lea nickte.

»Was ist hier eigentlich so angesagt?«, fragte Selma. »Was macht man hier draußen auf Feten?«

»Wollen wir uns nicht einfach nur betrinken und durch die Gegend laufen und herumgrölen?«, sagte Astrid.

Sie lachten. Ich lachte auch kurz.

Selma legte eine Hand auf meine Schulter.

»Schön, dich zu sehen, Iselin«, sagte sie.

»Gleichfalls«, sagte ich.

»Ihr habt ein schönes Haus«, sagte Lea.

»Danke«, sagte ich.

»Können wir uns ein paar Weingläser holen?«, fragte Astrid.

»Ja, klar«, sagte ich. »Wartet kurz, ich gehe welche holen.«

»Und einen Korkenzieher, wenn du einen hast«, rief Selma hinter mir.

Wenn du einen hast, dachte ich, wie meinte sie das? Wer hatte denn keinen Korkenzieher im Haus? In der Küche waren jede Menge Leute, und die Luft hing voller Rauch. Ein Junge, den ich noch nie gesehen hatte, schwankte und machte sich rauchend ein Brot mit Leberwurst, ein anderer schlug mit einem Messer zur Musik den Takt gegen die Tischkante. Es war kein Buttermesser, sondern ein richtig scharfes Küchenmesser. Jeder Schlag musste eine Kerbe hinterlassen. Ich legte meine Hand leicht auf seinen Oberarm.

»Tu das bitte nicht, das gibt Kerben im Tisch«, sagte ich.

Er sah mich lange mit trüben Augen an, während er weiter mit dem Messer gegen den Tisch schlug.

Zwei Jungen saßen neben ihm, jeder von ihnen hatte sein Mädchen auf dem Schoß. Sie hatte ich auch noch nie gesehen.

»Hast du gehört, Tarjei, das gibt Kerben im Tisch!«, sagte der eine von ihnen.

Sie lachten, aber er stand glücklicherweise auf und ging und ließ das Messer liegen. Ich nahm es und legte es in die Schublade zurück. Dann holte ich vier Weingläser aus dem Schrank und ging zu den Mädchen zurück. Es kam mir vor, als stünden sie in einer kleinen Blase, die sie von allem um sie herum trennte.

»Wann gehen die Busse zurück?«, fragte Astrid.

»Ihr seid doch gerade erst gekommen«, sagte ich und bereute es sofort. Es klang, als würde ich sie anbetteln zu bleiben.

»Ja, aber die fahren vielleicht nicht so oft«, sagte sie.

Selma schraubte den Öffner in den Korken der Flasche, die sie in ihrem kleinen Rucksack aufbewahrt hatte, und zog ihn mit einem Plopp heraus. Die anderen hielten ihr die Gläser hin, und sie schenkte ein.

»Möchtest du auch, Iselin?«, fragte Selma.

»Nein danke«, antwortete ich, obwohl ich gern etwas getrunken hätte.

Sie standen eine Weile herum und nippten an ihren Gläsern, ohne etwas zu sagen, dicht beieinander, um nicht ständig angestoßen zu werden. Wegen ihnen hatte ich die Fete gemacht, aber jetzt wünschte ich mir, sie wären nicht gekommen. Sie fühlten sich so unwohl, und ich konnte nichts dagegen tun. Sollte ich ihnen etwa mein Zimmer zeigen?

Signe stürzte auf uns zu.

»Eine super Fete!«, rief sie.

Die fantastischen Vier wechselten Blicke und grinsten ein wenig.

»Wer sind die?«, sagte Signe und fiel mir um den Hals.

»Ein paar aus meiner Klasse«, sagte ich.

»Iselin ist ja so *klug*!«, rief sie ihnen zu.

Dann lachte sie theatralisch und torkelte weiter.

»Sie ist aus meiner alten Klasse«, sagte ich. »Es war eine Klasse voller Bauern.«

»Hab ich schon kapiert«, sagte Astrid. »Das ist hier eine Art Bauernfest, oder nicht?«

Ich drehte mich um und suchte nach einem Platz, wo sie sitzen konnten, aber überall waren Leute.

»Deine Lederjacke ist echt schön«, sagte ich zu Lea.

»Danke«, erwiderte sie und betrachtete sie.

»Wo hast du die her?«, fragte ich.

»Die habe ich in London gekauft«, sagte sie.

»Aha«, sagte ich. »Und was ist das für eine Marke?«

»APC«, sagte sie. »Das ist eine französische Marke.«

»Weiß ich doch«, sagte ich.

»Willst du sie mal anprobieren?«

»Ich glaube, dafür bin ich ein bisschen zu mollig«, sagte ich.

Lea wurde feuerrot.

»Daran habe ich nicht gedacht«, sagte sie. »Entschuldige.«

Es wurde still zwischen uns. Sie sahen sich rastlos um. Prahlende, betrunkene Jungs, kreischende Mädchen, Rufe und Lachen. Keiner tanzte, keiner saß einfach da und unterhielt sich.

»Der Bus geht bis zwölf immer um zehn nach«, sagte ich.

»Dann kriegen wir den um zehn nach zehn noch«, sagte Astrid. »Aber dann müssen wir jetzt los.«

»Es dauert ja fast eine Stunde bis in die Stadt«, sagte Selma. »Dann sind wir um elf da. Und ich bin ziemlich müde.«

»Ich auch«, sagte Hanne.

»Es ist unglaublich nett gewesen, dass ihr gekommen seid«, sagte ich. »Vielen Dank. Es ist ja so weit bis hier draußen.«

»Wir haben zu danken«, sagte Selma.

»Ja, danke«, sagte Hanne.

»Klasse, dass du uns eingeladen hast«, sagte Astrid.

Selma drehte den Korken in den Flaschenhals und steckte die Flasche in den Rucksack zurück.

»Sollen wir die Gläser in die Küche stellen?«, fragte sie.

»Stellt sie einfach auf die Fensterbank«, sagte ich. »Und gute Heimfahrt!«

»Dann bis Montag, Iselin«, sagte Hanne.

Sie umarmten mich nacheinander, dann zogen sie los. Ich ging ins Bad, um zu pinkeln und mich zu sammeln. Irgendjemand hatte alles, was in den Schubladen und dem Schrank unter dem Waschbecken lag, auf den Fußboden geleert. Binden und Tampons, alte Flaschen mit Läusemitteln, Mutters Antibabypillen, haufenweise Paracetamolblister, Rasierer, Deos. Das war übel, aber schlimmer war, dass Mutters Schachtel mit Antidepressiva, die sie nicht mehr nahm, dort leer herumlag.

Ich zog die Hose herunter und setzte mich aufs Klo. Blieb mit den Händen vor dem Gesicht noch lange sitzen, nachdem ich fertig war.

Ich hatte alles kaputtgemacht. Für mich gab es auf dem Gymnasium keine Zukunft mehr.

Und Mutter würde wütend werden. Unfassbar wütend.

Jemand klopfte an die Tür und trat dagegen.

»Jetzt komm mal zu Potte da drinnen!«

Ich wischte mich ab, zog die Hose hoch und zog ab.

»Das wurde aber auch Zeit!«, nuschelte Arvid, als ich herauskam. »Ich muss echt pissen!«

Im Flur saß Ada auf dem Fußboden und weinte, während Maja, die ihr über den Rücken strich, zu mir hochsah und die Augen verdrehte, als ich vorbeiging. Als er noch bei uns wohnte, hatte Vater unter der Scheune eine kleine Wohnung eingerichtet, ein Wohnraum, ein Schlafzimmer und ein Bad, zu der ich jetzt ging, um mich ein bisschen hinzusetzen. Auch der Hof war voller Leute. Ein Typ stand auf dem Dach eines Autos, hüpfte auf und ab und brüllte herum. Ein anderer pinkelte gegen die Hauswand. Mehrere Paare knutschten heftig. Niemand beachtete mich, und ich zog den Schlüssel unter dem Stein vor der Tür heraus und schloss auf.

Ich wusste, dass ich sie nicht dazu bringen konnte abzuhauen. Ich konnte nichts anderes tun, als zu warten, bis sie von selbst gingen.

Ich schloss die Tür von innen ab, damit keiner hereinkonnte, ging zu Vaters Plattensammlung und blätterte sie durch, bis ich etwas fand, was ich hören wollte. *Happy Mondays*, *Black Grapes* und die *Stone Roses* waren seine Lieblingsbands gewesen, als er jung war, und ich legte die Platte mit dem Titel *Pills 'n' Thrills and Bellyaches* auf.

Ich stellte mir vor, ich säße in meiner eigenen Wohnung und der Nachbar würde eine Fete feiern, die mich geweckt hätte. Ich war vierundzwanzig, und mein Freund schlief im Bett in unserem Schlafzimmer. Er schlief jede Nacht wie ein Stein. Ich zog die Beine auf der Couch unter mich und strich mit der Handfläche über ihre Armlehne. Aber nichts konnte das Schreckliche verdrängen, das ich in Gang gesetzt hatte.

Was war ich nur für ein Idiot gewesen.

Sollte ich Mutter schreiben und sie vorbereiten?

Mama? Ich habe eine Fete gefeiert, weil ich sturmfreie Bude hatte, und die ist leider außer Kontrolle geraten. Werd bitte nicht böse!

Sie würde vor Wut der Schlag treffen.

Und Vater konnte ich auch nicht anrufen, der lag längst mit dem Baby der beiden, das um fünf Uhr wach wurde, im Bett.

Ich legte Aretha Franklin auf, aber nur ein paar Minuten später nahm ich den Tonarm wieder ab und ging nach draußen. Über den Hof, in den Flur. Einer, der wie Martin aussah, lag schlafend an der Wand, er hatte sich mit Mutters hellblauem Mantel zugedeckt.

Ich bückte mich und rüttelte ihn.

»Verdammt, du kannst hier nicht pennen!«, rief ich.

Er öffnete verwirrt die Augen.

»Steh auf!«, rief ich.

Dann ging ich in die Küche und schaltete die Deckenlampe an.

»Alle raus hier!«, rief ich. »Raus mit euch!«

Ich ging ins Wohnzimmer und schaltete die Anlage aus.

»He, lass den Scheiß!«, rief jemand.

»Raus mit euch allen!«, rief ich. »Und zwar sofort! Raus! Raus! Raus!«

Auch dort machte ich die Deckenlampe an.

Genau wie in allen Zimmern in der oberen Etage. Ich machte das Licht an und rief, dass sie verdammt nochmal zusehen sollten, dass sie nach Hause kamen.

Und es funktionierte, vielleicht vor allem das mit den Lampen, dachte ich hinterher vor dem Einschlafen. Der Suff verwandelte sie in Nachtgeschöpfe, die kein Licht vertrugen, da hauten sie ab.

Eine halbe Stunde, nachdem ich angefangen hatte, war das Haus leer. Ein paar Mädchen aus meiner alten Klasse hatten mir geholfen und die letzten widerspenstigen Jungen zur Tür hinausgeschoben.

Aber mein Gott, es sah grauenvoll aus im Haus. Überall

Flaschen und Gläser, auch in Mutters Schlafzimmer, Dinge waren herumgeworfen worden, als wäre ein wildes Tier in den Zimmern gewesen, Kerben im Küchentisch, natürlich, aber das Schlimmste war, dass jemand oben ein *Loch* in die Badezimmertür getreten hatte und dass jemand auf die Couch gepinkelt hatte. Erst dachte ich, es wäre Bier, aber es roch nach Pisse, und dann musste es wohl auch welche sein. Auch auf dem Hof sah es furchtbar aus, auch dort lagen überall Flaschen herum, und an manchen Stellen war der Rasen aufgerissen.

Selbst wenn ich bis Weihnachten putzte und aufräumte, würde sie es merken.

Außerdem liebte sie das Haus doch so. Sie verbrachte mehr Zeit damit, es schön einzurichten, als sie mit mir verbrachte.

In dem Durcheinander in meinem Zimmer konnte ich nicht schlafen, so dass ich aufräumte und sogar den Boden putzte, bevor ich ins Bett ging. Das muss ich nur im ganzen Haus tun, dachte ich, mir Zimmer für Zimmer vornehmen, sie perfekt herrichten, dann würde es vielleicht doch gehen. Ein Problem waren allerdings die Kerben im Tisch und das Loch in der Tür. Und natürlich die Reifenspuren auf dem Rasen.

Mein letzter Gedanke vor dem Einschlafen war, dass ich sagen könnte, es hätte so ausgesehen, als ich nach Hause gekommen war, und dass ich keine Ahnung hätte, was passiert war. Einbrecher vielleicht?

Ich stand früh auf, damit ich fertig wurde, bis Mutter kam. Bei Tageslicht sah das Haus noch schlimmer aus, nicht nur, weil das Chaos so überaus deutlich war, sondern auch, weil die Verbindung zur Nacht fehlte. Was mir da noch logisch erschienen war, eine Menge Leute kamen zu meiner Fete und machten, was sie wollten, wirkte jetzt völlig absurd. Der Inhalt des

Badezimmerschranks, warum war er auf dem Fußboden verteilt? Warum lagen in der Badewanne leere Bierflaschen? Die Zigarettenkippen in den Blumentöpfen und auf den Fensterbänken und den Fußböden, die ganzen Gläser überall, die Erdflecken auf den Teppichen, das benutzte Kondom in Mutters Bett, das alles wirkte vollkommen absurd. Während ich aufräumte und putzte, hatte ich den ganzen Morgen Bauchschmerzen. Wenn es wenigstens etwas gebracht hätte, dachte ich, aber das hatte es ja nicht. Im Gegenteil, jetzt würden sie niemals meine Freundinnen werden. Außerdem war es so leicht zu durchschauen gewesen, was ich gemacht hatte. Diese Iselin tut wirklich alles, um Freunde zu finden, würden sie sagen. Armes Mädchen.

Ich ging mit einem vollgestopften, schwarzen Müllsack auf dem Rücken zum Müllcontainer an der Straße und sah mich selbst und was ich getan hatte, von außen und brannte vor Scham. Ich war schon von Herbstfarben umgeben, das Gras auf der Wiese war wässrig gelb, und der Fluss führte viel Wasser, die niedrigsten Teile der Felder waren überschwemmt. Mich überkam eine intensive Sehnsucht nach meiner Kindheit. Als Vater hier gewohnt hatte und ich nur ein ganz normales Mädchen gewesen war, das Ballettstunden nahm und Pferde und Hunde mochte und gern zeichnete und malte und sich darauf freute, zur Schule zu gehen.

Die vielen Flaschen im Müllsack klirrten, als ich ihn in den Müllcontainer warf. Vor der Haustür warteten noch zwei. Als ich sie weggebracht hatte, gab es nichts mehr zu tun.

Ich setzte mich an den Wohnzimmertisch und begann, Hausaufgaben zu machen. Ein Referat in Englisch über die Schwestern Brontë, das ich am Mittwoch halten sollte, und ein Aufsatz über den Kalten Krieg, den ich am Freitag abgeben musste. Im Wohnzimmer konnte ich die wenigen Autos im

Auge behalten, die auf der Straße weiter unten vorbeifuhren, so dass Mutter mich nicht überraschen würde.

Sie kam um eins. Ich packte auf die Schnelle meine Sachen zusammen und ging nach oben in mein Zimmer. Hörte das Auto draußen halten und dann die Tür, wie sie geöffnet wurde.

»Iselin?«, rief sie. »Woher kommen die ganzen Reifenabdrücke auf dem Rasen?«

Here we go, sagte ich zu mir selbst und seufzte.

»Es waren ein paar da, die ich nicht eingeladen hatte«, rief ich, während ich aus dem Zimmer trat.

»Wie meinst du das?«, fragte sie und sah zu mir hoch, während ich die Treppe herunterkam.

»Ich hatte nur ein paar Freunde aus meiner Klasse eingeladen«, sagte ich. »Aber dann sind eine Menge Leute in Autos gekommen, die ich nicht kannte.«

Sie hatte sich die Haare kurz schneiden lassen, zu einer Bobfrisur. Tasche über der Schulter, Autoschlüssel in der Hand, blaue Augen, die mich direkt ansahen.

»Du hast eine *Fete* gefeiert?«

Ich nickte.

»Oh Iselin, wie kannst du nur so dumm sein. Ich habe mich auf dich verlassen.«

»Ich weiß«, sagte ich. »Es tut mir leid.«

»Ist es schlimm?«, fragte sie.

»Es *war* ziemlich schlimm«, antwortete ich. »Aber ich habe aufgeräumt und geputzt und wieder alles auf Vordermann gebracht.«

Ohne Tasche oder Autoschlüssel abzulegen, drehte sie eine Runde durch das Haus. Sie gab einige tiefe Seufzer und ein kurzes, verzweifeltes Stöhnen von sich. »Mein Gott«, hörte ich sie sagen. »Oh nein …«

Mutter hatte immer alles gesehen, es war nie möglich gewesen, etwas vor ihr zu verbergen. Wenn etwas kaputtgegangen oder irgendwo ein Fleck hingekommen war, war es das erste, was sie sah, wenn sie ins Zimmer kam.

Sie ging die Treppe hoch, ohne mich anzusehen.

»Iselin!«, rief sie im nächsten Moment. »Komm sofort her!«

Ich begriff, dass sie die Badezimmertür gesehen hatte, und ging langsam zu ihr hoch.

Richtig geraten.

Als ich kam, sagte sie erst nichts, zeigte nur auf die Tür.

»Ich will dich heute nicht mehr sehen«, sagte sie. »Geh in dein Zimmer.«

»Was?«, sagte ich.

»Du hast gehört, was ich gesagt habe. Ich will dich nicht mehr sehen, und ich will deine Ausreden nicht hören.«

»Aber Mama, ich bin sechzehn Jahre alt.«

»So benimmst du dich beim besten Willen nicht. Geh.«

Ich hasse sie, dachte ich, als ich in meinem Zimmer war und hörte, wie sie am Telefon irgendwem erzählte, was passiert war.

Ich setzte mich aufs Bett.

Wenn das so ist, dachte ich, stand auf und packte eine Tasche mit Kleidern und den Ranzen mit Schulsachen und ging aus dem Haus, zur Straße hinunter.

Mutter musste die Tür gehört haben, denn sie kam nach draußen und rief mir hinterher.

»Iselin! Wo willst du hin? Komm zurück!«

Wenn sie mich zurückhaben wollte, hätte sie mir hinterherlaufen oder mit dem Auto nachfahren können. Aber das würde sie niemals tun. Sie war einfach nur froh, dass ich abhaute.

An der Bushaltestelle rief ich Vater an.

»Hallo, Iselin!«, sagte er. »Schön, dass du anrufst!«

»Kann ich diese Nacht bei euch schlafen?«, fragte ich.

Er blieb einige Sekunden still.

»Darüber haben wir doch schon gesprochen, Iselin«, sagte er. »Du kannst zu uns kommen, wann immer du willst. Aber du musst uns vorher Bescheid sagen. Weißt du, es passt nicht immer so gut. Du kannst dich nicht einfach kurz vorher melden und dann kommen.«

»Ich bin schon auf dem Weg«, sagte ich. »Ich sitze im Bus.«

Er seufzte.

»Dieses eine Mal wird es schon gehen. Lass mich nur noch kurz mit Ulrika sprechen.«

»Wenn du nicht willst, dass ich komme, dann komme ich nicht«, sagte ich.

»Natürlich will ich!«, sagte er. »Ich rufe dich zurück.«

Sie wohnten in einer Siedlung am anderen Ende der Stadt, so dass ich am Busbahnhof im Zentrum umsteigen musste. Ich hatte nicht gefrühstückt und kaufte mir im Narvesen-Kiosk eine Tüte Chips und eine Cola. Der Gedanke, im Bus zu essen, so dass die Leute es sehen konnten, gefiel mir nicht, sie wussten ja nicht, dass ich nicht gefrühstückt hatte, und glaubten dann bestimmt, dass ich von morgens bis abends Chips und Süßigkeiten mampfte. Aber abgesehen von einer alten Frau und einer Mutter mit zwei Kindern war der Bus leer, es war also kein Problem.

Vater rief nicht an, stattdessen schrieb er.

Komm einfach!, stand da.

Dann ist sie wohl gut gelaunt, dachte ich.

Als ich ankam, saßen sie auf der Veranda. Vater stand auf und beugte sich über den Gartenzaun.

»Es ist offen«, sagte er. »Stell deine Sachen einfach ins Gästezimmer. Wenn du möchtest, kannst du danach zu uns rauskommen und Emil begrüßen.«

Ich tat, was er gesagt hatte, stellte die Tasche und den Ranzen in ihrem Gästezimmer ab, das voller Sachen stand, die sie nicht täglich benutzten, ging die breite Treppe hinauf und durch die Verandatür am Ende des Wohnzimmers nach draußen.

»Hallo, Iselin, schön, dich zu sehen!«, sagte Ulrika und setzte ihre Sonnenbrille ab. »Wie geht es dir?«

»Mir geht es gut«, sagte ich. »Und wie geht es dir?«

»Sehr gut, ehrlich gesagt«, antwortete sie.

»Und hier ist dein Bruder«, sagte Vater und hob Emil hoch. Er strampelte ein bisschen mit den Beinen und versuchte, Vaters Arm wegzubekommen.

»Hallo, kleiner Mann«, sagte ich.

Er sah mich an und lächelte.

»Er mag dich!«, sagte Ulrika, die ihre Sonnenbrille wieder aufgesetzt hatte.

»Ist doch klar, dass er seine große Schwester mag!«, sagte Vater. »Möchtest du ihn mal halten?«

Ich zuckte mit den Schultern.

»Warum nicht«, sagte ich.

»Setz dich auf den Stuhl da und nimm ihn auf den Schoß«, sagte Ulrika.

Ich fühlte mich verschwitzt und eklig und wollte eigentlich nicht, aber Vater reichte mir das Baby, und ich setzte es auf meinen Schoß und legte die Arme um seinen Bauch, damit es nicht herunterfiel. Emil lehnte den Kopf weit zurück und musterte mich von Kopf bis Fuß.

»Ngnnn«, sagte er und wedelte mit einem Arm.

»Magst du ihm ein Stückchen Apfel geben?«, fragte Vater und griff nach einer Plastikdose, die auf dem Tisch stand.

»Er hat gerade eben eins bekommen«, sagte Ulrika.

»Nicht von Iselin«, sagte Vater und stellte die Dose ab und

griff nach einer Sonnenbrille, die auch auf dem Tisch lag und setzte sie auf.

»Okay, er kann ruhig noch eins haben«, sagte Ulrika.

Vater lehnte sich vor, öffnete die Dose und gab mir ein Apfelstück. Ich hielt es dem Baby hin. Emil nahm es und warf es auf den Boden. Ulrika seufzte und hob es auf, bevor Vater, der auch Anstalten machte, es aufzuheben, dazu kam.

»Und, wie läuft es auf dem Gymnasium?«, fragte sie, als sie sich wieder hingesetzt hatte.

»Gut«, sagte ich.

Emil lehnte sich vor und wollte herunter.

»Schon gut, ich nehme ihn«, sagte Vater. Er hob ihn hoch und setzte ihn auf den Boden. »Er ist sehr unternehmungslustig«, sagte er. »Er will immer etwas tun.«

Vater sah mich an und lächelte.

»Das wolltest du auch, als du in seinem Alter warst!«

Ich erwiderte sein Lächeln. Ich hatte Durst, wollte aber nicht nach etwas zu trinken fragen.

»Was ist dein Lieblingsfach?«, fragte Ulrika. »Lass mich raten. Norwegisch?«

»Kann sein«, sagte ich. »Keine Ahnung.«

Ich strich mir die Haare aus dem Gesicht und sah über die Straße hinüber zum Nachbarhaus. Aus den Augenwinkeln nahm ich wahr, dass Ulrika und Vater einen Blick wechselten.

»Kann ich duschen?«, fragte ich.

»Ja, klar«, sagte Vater. »Im Schrank liegen saubere Handtücher.«

Nachdem ich geduscht hatte, wischte ich alles gut ab und hängte das Handtuch ordentlich über die Stange an der Wand, ehe ich mich im Zimmer aufs Bett legte. Es wäre besser gewesen, zu ihnen nach draußen zu gehen und ihnen zu sagen, dass ich ein bisschen im Zimmer bleiben würde, denn wenn ich bei ihnen war, wollten sie immer, dass ich ihnen sagte, was ich machte und wo ich war, vielleicht, weil ich nicht bei ihnen wohnte, aber in dem Moment konnte ich mich nicht dazu aufraffen. Außerdem gab es in ihrem Haus nicht gerade viele Orte, an denen ich sein konnte.

Ich sah auf dem Handy gerade eine Folge *Modern Family*, als Vater im Türrahmen erschien. Ich nahm den Kopfhörer ab und setzte mich auf.

»Was guckst du?«, fragte er.

»Nur eine Serie«, sagte ich.

Er kam herein und setzte sich aufs Bett.

»Wo ist Ulrika?«, fragte ich.

»Sie legt Emil hin«, antwortete er. »Sag mal, wie geht es dir eigentlich? Jetzt sag bloß nicht ›gut‹.«

»Warum fragst du?«, sagte ich.

Er zuckte mit den Schultern. Er sah mir überhaupt nicht ähnlich, sein Gesicht war lang und schmal, nicht rund wie meins, und seine Lippen waren breit und voll, nicht schmal wie meine.

»Du bist meine Tochter«, sagte er. »Und du wohnst nicht bei mir, deshalb habe ich das Gefühl, dass ich immer weniger weiß, wie es dir geht.«

Er strich mir durchs Haar.

»Mir geht es ganz okay«, sagte ich.

»Ja? Hast du auf dem Gymnasium neue Freunde gefunden?«

Ich nickte.

»Und wen?«

»Du weißt doch sowieso nicht, wer die sind«, sagte ich.

»Namen, bitte«, sagte er und lächelte.

»Astrid, Ada, Selma und Hanne«, sagte ich. »Sie gehen in meine Klasse.«

»Und was machen sie so?«

»Alles Mögliche«, sagte ich. »Ganz normale Sachen.«

»Waren sie auch auf der Fete gestern?«

Er sagte es auf die gleiche, ruhige Art, die so typisch für ihn war, und er sah mich dabei nicht an.

Alles Blut wich aus meinem Gesicht.

»Ja, waren sie«, sagte ich und steckte mir die Kopfhörer wieder in die Ohren, drückte auf Play.

»Können wir darüber reden?«, fragte er, und ich merkte, dass er mich ansah, obwohl ich auf den Bildschirm starrte.

Ich schüttelte den Kopf.

»Es ist super, dass du eine Fete feierst«, sagte er. »Aber du musst vorher um Erlaubnis bitten. Verstehst du? Erst recht, wenn du die Woche über alleine bist.«

»Papa, ich bin nicht total verblödet«, sagte ich.

»Das habe ich auch nicht gesagt«, sagte er und stand auf. »Wir essen in einer Stunde, okay?«

Ich nickte, und er ging wieder zu ihr zurück.

Als ich am Montag in die Schule kam, wussten natürlich schon alle von der Fete. Mehrere sahen mich an, als ich ins Klassenzimmer kam. Ich ließ mir nichts anmerken. An ihrem Verhältnis zu mir konnte ich nichts ändern, also musste ich mein Verhältnis zu ihnen verändern. Sie bedeuteten mir nichts, beschloss ich. Und es funktionierte. Wenn ich nichts auf sie gab, kamen sie nicht an mich heran. Für die Schule galt das Gleiche. Ich *musste* nicht jeden Tag den Bus zur Schule nehmen, ich konnte auch im Bett bleiben und faulenzen, mir etwas Leckeres zu essen kochen, es mir in meinem Zimmer gemütlich machen und singen und das Ganze aufnehmen. Das war echt wichtiger als Mathe und Erdkunde. Meistens sang ich bekannte Lieder, aber ich schrieb auch selbst ein paar.

Das wusste keiner.

Ab und zu ging ich in der Mittagspause auch ins Stadtzentrum, wo ich manchmal einfach blieb, in Cafés herumsaß und Musik hörte oder Filme schaute.

Nach zwei Monaten dieser Art war Ommundsen zu mir gekommen und hatte mich gefragt, ob ich im Moment Probleme hätte. Aber die hatte ich ja gar nicht, in Wahrheit ging es mir so gut wie lange nicht mehr, seit ich nichts mehr darauf geben musste, was alle anderen von mir hielten.

Wir hatten Ommundsen in Norwegisch, Gesellschaftskunde und Geschichte. Außerdem hatte ich ihn zusätzlich im Wahlfach Musik. In einer Musikstunde kurze Zeit später sagte er, die Schule werde *Cats* aufführen und es solle eine Zusammenarbeit zwischen den Musik- und Theaterklassen werden. Er wollte, dass wir alle einzeln in der Klasse vorsangen, damit er einen Überblick bekam, bevor die Rollen verteilt wurden, und damit wir uns daran gewöhnten, alleine vor anderen zu singen.

»Iselin?«, sagte er, als ich an der Reihe war.

»Ich will nicht«, sagte ich.

»Sie haben eine schöne Stimme, das weiß ich!«, sagte er am Klavier sitzend und lächelnd, wobei er auf die kleine Klasse schaute.

»Ich will jetzt nicht singen, und ich will auch nicht bei einem Musical mitmachen.«

»Aber meine Liebe«, sagte er. »Hier sind doch nur Ihre Klassenkameraden!«

»Ich habe gesagt, ich will nicht!«, sagte ich.

Plötzlich war es unerträglich, dort zu sitzen und mit Tränen in den Augen auf den Tisch zu starren, während mich alle anderen ansahen. Ich stand auf, nahm meinen Ranzen und verließ das Klassenzimmer. Erst ging ich in die Bibliothek, wo ich es aber auch nicht aushielt, so dass ich Schulgebäude und Schulgelände verließ und in die Stadt ging. Es war November, kalt und bedeckt, und es lagen Streifen aus schmutzigem Schnee in den Straßen. Ich bereute es wirklich, dass ich Musik genommen hatte, denn die beiden Dinge, das Singen und die Schule, durften sich nicht vermischen, wie ich jetzt begriff. Vielleicht begriff Ommundsen das auch. Jedenfalls schickte er mir in der Pause eine Mail und bat mich um Entschuldigung. Außerdem schlug er vor, dass ich nur vor ihm singen könne. Aus der Konditorei, in der ich saß, schrieb ich ihm zurück und sagte, dass ich auch das nicht wolle. Er antwortete sofort und sagte, er respektiere meine Entscheidung, aber ich müsse zur nächsten Stunde kommen. Das tat ich, obwohl ich auch dort zum Paria geworden war, nachdem ich aus der Klasse marschiert war.

»Kann ich Sie kurz sprechen, Iselin?«, sagte Ommundsen, als es geklingelt hatte und wir unsere Sachen einpackten.

Ich nickte.

»Es tut mir leid, dass ich Sie unter Druck gesetzt habe«, sagte er. »Das hätte ich nicht tun sollen.«

»Ist schon okay«, sagte ich, ohne ihn anzusehen.

»Aber wissen Sie, ich muss Sie und die anderen benoten. Und eine der Leistungen, die in die Note einfließen, besteht darin, dass die Schüler vorsingen müssen. Sie können entweder etwas aufnehmen und mir schicken, oder wir erledigen das jetzt. Dann haben Sie es hinter sich.«

»*Jetzt* jetzt?«, fragte ich.

Er nickte und lächelte.

»Okay«, sagte ich.

Und dann stand ich da, mit ihm am Klavier im leeren Musikraum.

»Was möchten Sie singen?«, fragte er.

»Können Sie ›Paradise‹?«, sagte ich.

»Von ›Coldplay‹? Das müsste gehen«, sagte er und lud die Akkorde auf sein Telefon herunter. »Das ist ein toller Song. Sie mögen ihn?«

»Mm«, sagte ich.

»Sind Sie bereit?«

»Mm.«

Er spielte ein kleines Intro und nickte mir zu, als es losging.

When she was just a girl she expected the world
But it flew away from her reach and the bullets catch in her teeth
Life goes on, it gets so heavy
The wheel breaks the butterfly every tear a waterfall
In the night the stormy night she'll close her eyes
In the night the stormy night away she'd fly

And dream of para-para-paradise
Para-para-paradise
Para-para-paradise
La-la-la-la-la-la-la
La-la-la-la-la-la-la-la-la-la

Als ich fertig und der letzte Akkord verklungen war, entdeckte ich, dass er Tränen in den Augen hatte. Ich drehte mich weg, ging zu meinem Pult und nahm meine Tasche.

»Iselin«, sagte er und stand auf.

»Ja?«, sagte ich.

»Das war fantastisch. Sie singen einmalig gut. Sie haben eine *fantastische* Stimme. Die dürfen sie nicht verstecken!«

Genau das waren seine Worte. Ich freute mich unglaublich über sie.

Damals taten sie mir gut. Aber jetzt, fünf Jahre später, bedeuteten sie mir nichts mehr. Abgesehen davon, dass sie mich daran erinnerten, dass ich mit allem gescheitert war, worauf ich damals gehofft hatte. Und verdammt, davon brauchte Ommundsen echt nichts zu wissen.

Ich sah zu den Bergen hinauf. Das Sonnenlicht war verschwunden, und die Farben des Himmels wurden immer dunkler. Ich trank einen Schluck Wein und checkte mein Handy, um zu sehen, ob Jonas mir vielleicht von mir unbemerkt geschrieben hatte, aber das war nicht der Fall. Als ich wieder aufsah, begegnete ich dem Blick einer der Frauen, die am Nebentisch saßen. Sie sah sofort nach unten, als wäre sie auf frischer Tat ertappt worden.

Warum hatte sie mich angesehen?

In mir stieg das Gefühl auf, eine Art Freak zu sein.

Mein Körper begann irgendwie zu brennen.

Gab es hier noch mehr, die mich ansahen?

Ich ließ den Blick umherschweifen, als würde ich mich nach einem Bekannten umsehen.

Alle waren mit sich beschäftigt.

War es vielleicht Unsere Herrgöttin gewesen, die mich so angesehen hatte?

Weil es im Burger King Unser Herrgott gewesen war?

Ich sah eine Art graugoldenen Nebel vor mir. Das tat ich immer, wenn ich an Gott dachte, schon als ich klein war. Es passierte ganz automatisch. Erst als Jugendliche begriff ich, dass die Vorstellung aus der Ähnlichkeit zwischen den Worten entstanden war. Gold und Gott. Aber obwohl ich das wusste, sah ich weiter diesen goldenen Nebel vor mir.

Ich betete damals nie zu Gott, nur zu Jesus. Es funktionierte ja nicht, zu einem Nebel zu beten.

Ich erinnerte mich, dass der Kirchendiener bei meiner Konfirmation gelispelt hatte.

Jethuth Krithtuth hatte er gesagt.

Er hatte mir damals so leidgetan. Alle lachten über ihn und äfften ihn nach.

Kinder können so grausam sein.

Ich checkte noch einmal mein Handy. Nichts.

Ich musste Jonas nicht finden und mit ihnen abhängen. Ich musste mich nicht in eine Bar setzen und warten, bis ich von einem ekligen Typen angebaggert wurde, der es nicht so genau nahm.

Ich konnte mit mir allein sein. Durch die Stadt nach Hause gehen, duschen, auf dem Bett liegen und einen Film sehen und mich dann selbst verwöhnen.

Links von mir bewegte sich etwas auf der Erde, und ich sah nach unten.

Drei Ratten liefen an einem Blumenkübel vorbei und danach noch drei.

Angst schoss durch meinen Körper, bis in die Fingerspitzen hinein.

Aber sie waren nicht gefährlich.

Wahrscheinlich war es ihnen nur zu heiß. Deshalb kamen sie ins Freie. Anscheinend hatte kein anderer sie gesehen, jedenfalls waren um mich herum keine jähen Stimmen oder spitzen Schreie zu hören.

Ich leerte mein Weinglas und setzte es ab.

Dann waren sechsunddreißig Ratten in der Nähe.

Schweißtropfen rannen mir aus den Achselhöhlen, und ich legte die Hand auf das T-Shirt und drückte es an die Haut. Dann senkte ich den Kopf wie zufällig zur Schulter, um zu überprüfen, ob ich roch.

Der Schweißgeruch hatte sich mit dem des Deos und des Parfüms vermischt, er lag streng unter den Blütendüften.

Ich wollte einen Mann in mir haben. Ich wollte auf dem

Rücken liegen und die Beine spreizen und ihn auf mir haben, ihn in mir haben. Ich wollte lange und wild mit ihm ficken.

Deine Möse ist so wunderbar, würde er sagen, und dann würde er stöhnen, nein, schreien, wenn er kam.

Und hinterher würde sein Kopf auf meiner Brust liegen und er mit geschlossenen Augen zur Ruhe kommen, und dann würde er mich küssen und sich an mich schmiegen und sagen, dass ich so schön sei.

Wieder schaute ich mich vorsichtig um.

Keiner sah mich an.

Doch, der Kellner, er begegnete meinem Blick.

Er kam zu mir.

»Noch ein Glas?«, fragte er.

Ich legte die Arme an, um möglichst wenig zu riechen, und schüttelte den Kopf.

»Nein, danke«, sagte ich. »Kann ich bitte zahlen?«

»Natürlich«, sagte er und ging den Beleg holen.

Keiner wusste, was ich dachte.

Vielleicht dachten einige andere hier das Gleiche.

Zum Beispiel der kleine Mann mit lockigem Haar und Bart. Vielleicht stellte er sich in diesem Moment vor, eine der Frauen an seinem Tisch zu vögeln.

Oder mich.

Plötzlich hörte man von irgendwo über mir das Klirren von Glas. Ich sah hoch. Aus einem Fenster in der obersten Etage schossen Flammen. Innerhalb von Sekunden schlugen sie immer höher. Es knisterte und knackte.

Keiner schien es zu bemerken.

Das Feuer griff auf das Dach über. Es schlug lodernd in immer höheren Flammen in den dunklen Himmel hinauf. Ein leises Grollen ertönte. Bald würde der ganze Dachstuhl in Flammen stehen.

Alle saßen noch da wie zuvor.

»Es brennt!«, rief ich.

Alle sahen mich an. Ich stand auf und zeigte hinauf.

»Da oben! Es brennt!«

Sie sahen hoch, blieben aber sitzen.

Was ging hier vor? Es brannte doch!

»Es brennt!«, rief ich. »Jemand muss die Feuerwehr rufen!«

Der Kellner eilte im Laufschritt zu mir.

»Hören Sie, beruhigen Sie sich bitte«, sagte er.

»Mich beruhigen? Sind Sie nicht mehr ganz dicht?«, sagte ich. »Es brennt doch!«

»Hier brennt nichts«, sagte er.

»Da oben!«, rief ich und zeigte zum Hausdach.

Aber da war kein Feuer.

Alles war wie immer.

Das Fenster heil, die Wand heil.

Kein Feuer.

Er sah mich an.

»Aber …«, sagte ich. »Es hat doch gerade noch gebrannt?«

»Das hat es nicht«, sagte er.

»Aber ich habe es doch gesehen!«, sagte ich.

Er legte eine Hand auf meine Schulter.

»Da ist kein Feuer gewesen, verstehen Sie. Alles in Ordnung? Haben Sie etwas genommen? Möchten Sie, dass ich jemanden für sie anrufe?«

Ich schob seine Hand weg und schüttelte den Kopf.

Alle um mich herum sahen mich an.

Was war passiert?

Was hatte ich getan?

Ich zog einen Hunderter aus der Hosentasche und legte ihn auf den Tisch und setzte den Rucksack auf und ging auf die Straße, während meine Wangen vor Scham glühten.

Das war ja so unglaublich peinlich gewesen.

Aber ich hatte es doch gesehen!

Ich blieb am Ufer des Sees stehen und wischte mit dem Zeigefinger die Tränen weg. Die Schminke war bestimmt verlaufen. Aber das war noch mein kleinstes Problem. Es war, als wären sie in einer anderen Welt gewesen. Als wäre ich nicht in derselben Welt gewesen wie sie, sondern in einer anderen.

Gleichzeitig saßen sie dort und sahen mich an.

Ich überquerte die Straße vor dem Busbahnhof und ging in die Lyder Sagens gate.

Selbst dort waren viele Leute unterwegs.

Es war, als gehörte ich nicht zu ihnen.

Es war fast so, als wäre ich tot und als wären sie lebendig. Oder als wären sie tot und ich wäre lebendig.

Wie peinlich. Oh, wie peinlich.

Ich hatte herumgeschrien. In ihrer Gegenwart. Und dann war da gar nichts.

Aber was war es dann gewesen?

Ich hatte es doch *gesehen*.

Ich bog links in die Nygårdsgaten und folgte ihr stadtauswärts, wie ich es immer tat. Es war so heiß wie mitten am Tag. Mein T-Shirt war feucht, unter den Armen regelrecht nass. In allen Mietshäusern standen die Fenster offen, von vielen Seiten kam Musik, hier und da hörte man die Stimmen feiernder Menschen. In den Straßen um mich herum stieg Dunkelheit auf.

Es war eine Halluzination gewesen.

Aber ich hatte nichts genommen.

Und ich war auch nicht verrückt.

Ich musste mit irgendwem darüber reden, sonst *würde* ich verrückt werden, das stand fest.

Ich könnte morgen Jonas anrufen.

Vielleicht bei ihm vorbeischauen?

Es war immer nett, am Tag danach mit ihm abzuhängen.

Die Tankstelle war noch offen, und ich ging hinein und kaufte mir eine Wurst und eine Cola, stand ganz schamlos in der Eingangstür und aß sie und kämpfte dabei mit dem Gedanken, mich zu verstecken. Ein Paar in meinem Alter ging hinein, sie hielten Händchen, aber nur mit den äußersten Fingergliedern, als wären sie nur lose verbunden. Und vielleicht sind sie das ja auch, dachte ich. Sie trug geblümte Leggins und ein weißes Top und Sandalen, er hatte lange Haare und tarnfarbengrüne Shorts und ein Paar abgewetzte Converse an, die früher vermutlich gelb gewesen waren.

Was *war* da passiert?

Ich wischte mir den Mund mit der Serviette ab und leckte Ketchup und Senf von den Fingern, ehe ich auch sie abwischte. Ich warf die Serviette in den Mülleimer neben den Zapfsäulen, trank einen großen Schluck Cola und ging mit der Flasche in der Hand weiter.

Aber der Gedanke an die kleine, brühend heiße Dachmansarde gefiel mir nicht.

Vielleicht saß Ommundsen ja noch im Opera.

Es würde guttun, mit ihm zu reden.

Nicht, um ihm zu sagen, wie es war, denn das ging ihn nichts an.

Konnten zur Abwechslung ja mal über *ihn* sprechen.

Ich konnte *ihn* ausfragen.

Ich machte kehrt und ging in Richtung Stadtzentrum. Sollte er nicht dort sein, tat es zumindest gut herumzulaufen.

Schon bald war ich überall von Menschen umgeben. Das Netz aus Gedanken schnürte sich wieder zu. Wie hatte ich das so schnell vergessen können? Ich stank nach Schweiß und war eklig.

Aber jetzt war ich schon in Vaskerelven, und es wäre idiotisch gewesen, jetzt von Neuem kehrtzumachen.

Ich setzte die Kopfhörer auf, obwohl ich nur noch ein paar Minuten entfernt war, und wählte *Blue Lights* von Jorja Smith. Das veränderte alles um mich herum. Schlagartig wurden alle zu Nebenfiguren in *meinem* Leben.

In einer Gasse, an der ich vorbeikam, stand ein Mädchen mit zur Hauswand gesenktem Kopf. Drei andere Mädchen standen ein paar Meter entfernt und warteten mit hohen Absätzen und in kurzen Röcken, ohne sie anzusehen.

Ich war nie zuvor im *Opera* gewesen, nur daran vorbeigegangen. Es gab keine Warteschlange, an einem Abend wie diesem wollten die Leute wahrscheinlich lieber draußen sitzen, und ich blieb kurz stehen und nahm die Kopfhörer heraus und wickelte das Kabel um die kleinen Lautsprecher, um Mut zu schöpfen.

Vielleicht stimmte etwas nicht mit mir. Ich hatte das Feuer *gesehen*. Nicht fantasiert oder geträumt. Aber was bedeutete das? Wer halluziniert hellwach, ohne unter Drogen zu stehen oder total betrunken zu sein?

Dann ging ich hinein. Im Erdgeschoss war Ommundsen nicht, und ich stieg in die obere Etage.

Da oben sah ich ihn sofort. Er saß auf einem Stuhl unter einem Fenster, zusammen mit einer Frau, die beiden saßen eng zusammen, und er hielt ihre Hände in seinen.

Es war Emilie, meine Englischlehrerin.

Aber sie war verheiratet und hatte Kinder. Und er war verheiratet und hatte Kinder.

Hatten die beiden eine Affäre?

Im selben Moment fiel Ommundsens Blick auf mich, und er stand auf.

»Iselin!«, sagte er laut. »Sie sind doch noch gekommen. Wie nett!«

Ich ging zu ihnen, konnte nicht anders.

»Ja, ihr beide kennt euch ja«, sagte er.

»Ja, natürlich«, sagte Emilie. »Schön, Sie zu sehen, Iselin!«

»Gleichfalls«, sagte ich.

»Darf ich Sie zu einem Drink einladen?«, sagte Ommundsen. »Sie sind ja keine Schülerin mehr. Und über zwanzig!«

»Danke«, sagte ich.

»Was möchten Sie trinken?«

»Nur eine Cola Light bitte«, sagte ich.

»Wird gemacht«, sagte er und sah Emilie an. »Nehmen wir noch eine Flasche?«

»Ja!«, sagte sie, und sie lachten beide.

Ommundsens Gesicht, braungebrannt und frisch rasiert, glühte vor Glück, als er zur Bar ging.

Ihr Gesicht glühte auch, nur milder.

»Martin hat mir erzählt, wie begabt Sie sind«, sagte sie und sah mich lächelnd und warmherzig an.

»Ich bin leider überhaupt nicht begabt«, sagte ich.

»Martin sagt, das sind Sie! Singen Sie noch?«

Ich schüttelte den Kopf.

»Sie waren seine Lieblingsschülerin. Wussten Sie das?«

Ich schüttelte wieder den Kopf.

Sie nickte mehrmals vielsagend, als hätte ich gerade etwas Bedeutsames gesagt.

»Sie beide sind ein Paar?«, fragte ich.

Sie lächelte.

»Ja, das sind wir.«

»Dann haben Sie sich scheiden lassen, und er hat sich scheiden lassen?«

»Ja, genau«, sagte sie.

Ommundsen kam zurück und stellte ein Glas Cola Light und eine Flasche Weißwein auf den Tisch.

»Bitte sehr!«, sagte er und setzte sich. »Und, Iselin, wie geht es Ihnen?«

»Gut«, sagte ich.

»Das Studium macht Ihnen Spaß?«

»Ja, klar.«

»Sie studieren Psychologie?«, sagte Emilie.

»Mm!«, sagte ich.

Ommundsen legte die Hand auf ihren Oberschenkel, kurz über dem Knie, und sah mich freudestrahlend an. Er schien eine Menge auf dem Herzen zu haben, aber es kam nichts, nur dieser freudestrahlende Blick.

»Worauf wollen Sie sich spezialisieren?«, fragte Emilie.

»Das weiß ich noch nicht«, sagte ich.

»Singen Sie noch irgendwo? In einem Chor? Einer Band?«

Ich schüttelte den Kopf.

Dann stand ich auf.

»Ich muss leider gehen«, sagte ich.

»Aber Sie sind doch gerade erst gekommen!«, sagte Ommundsen. »Bleiben Sie doch noch etwas und reden mit uns. Trinken Sie wenigstens Ihre Cola!«

»Ich bin eigentlich nur gekommen, um mich bei Ihnen zu bedanken«, sagte ich. »Dafür, dass Sie mir damals geholfen haben. Ich hatte nie die Gelegenheit, Ihnen zu danken. Es war damals sehr wichtig für mich, dass Sie an mich geglaubt haben.«

»Nichts zu danken«, sagte er. »Wissen Sie, ich glaube immer noch an Sie!«

Ich sagte tschüss, und sie sagten tschüss, und ich ging die Treppe hinunter und in den warmen Sommerabend hinaus, wütend auf mich selbst, weil ich so dumm gewesen war hinzugehen. Aber ich habe mich immerhin bei ihm bedankt, dachte ich und setzte den Kopfhörer auf und hörte weiter Jorja Smith, während ich durch das Stadtzentrum und auf der anderen Seite wieder hinausging. Ich kam wieder an der Tankstelle vorbei, dem weißen Pflegeheim, dem Hochtechnologiezentrum, und landete auf der kleinen Brücke, die unter der großen verlief.

Das Wasser im Fjord war ganz still und ganz schwarz, es glänzte wie Öl.

Dann brannte es wieder.

Oben auf dem Berg.

Ich blieb stehen.

Nein, das war kein Feuer. Etwas stieg am Himmel auf.

Ein Stern.

Ein Megastern.

Gab es ihn? War er real? Oder bildete ich mir auch das nur ein?

Er stieg immer höher, und das Licht verbreitete sich am Himmel und glitzerte auf der Wasserfläche.

Ein Paar, das auf der anderen Seite näher kam, hatte ihn auch gesehen, sie standen da, hatten die Arme umeinander geschlungen und starrten zu ihm hoch, er mit offenem Mund.

Auf der Brücke über mir blieben einige Autos stehen, und die Leute öffneten die Türen und stiegen aus.

Es war das Schönste was ich jemals gesehen hatte.

Ein Megastern.

Und es gab ihn wirklich.

Ich ging weiter den Hügel hinauf. Die Leute an der Bushaltestelle vor dem alten Kino am Danmarksplass starrten in den Himmel. Auch vor dem Restaurant dahinter standen Leute, den Kopf in den Nacken gelegt und den Blick auf den Stern gerichtet.

Ich wählte *Sheer Heart Attack* aus und folgte der Ibsens gate aufwärts. In einigen der kleinen Kästen, die an den Häusern hingen, an denen ich vorbeikam, und die sie Verandas nannten, standen Leute und schauten hoch oder unterhielten sich. Ihre Stimmen klangen anders, intensiver. Fast ängstlich.

Angst hatte ich jedenfalls keine. Sollte der Tag des Jüngsten Gerichts kommen, freute ich mich darauf.

Ich blieb stehen und sah wieder zu dem Stern hoch. Es fiel mir schwer, die Augen von ihm abzuwenden. Er war so groß, dass er tatsächlich die Dunkelheit hier unten erhellte. Es schimmerte schwach in den Baumwipfeln, auf den Häuserdächern, den Rasenflächen ringsum.

Er war schon auf Instagram aufgetaucht. Bilder des Sterns über dem Eiffelturm, des Sterns über Hydra. Alle fragten sich, was das wohl war.

Morgen früh würde es bestimmt eine wissenschaftliche Erklärung dafür geben.

There's only one bullet, so don't delay, sang ich vor mich hin, als ich weiter nach oben ging. Ich hatte das Album nach dem Queen-Film entdeckt. Es war eigentlich nicht meine Musik, aber ich liebte die Platte. Sie war wie eine ganz eigene Welt. Außerdem sangen sie verdammt gut.

Ich nahm die Abkürzung vom Krankenhaus nach unten, und als ich die Treppen hinunter war und in die schmale Straße bog, in der das Haus lag, sah ich, dass ich vergessen hatte, im Treppenhaus das Licht auszuschalten; alle drei Fenster leuchteten in der Augustdunkelheit, die dort, an einer steilen Böschung, auf der ein paar große Laubbäume mit dichten Kronen wuchsen, besonders dicht war.

Meine Vermieter, Anne und Jens, waren vor drei Wochen nach Mosambik abgereist, wo sie beide für Norad in der Entwicklungshilfe arbeiten würden. Sie hatten das Haus nicht vermietet, und ein paar Mal hatte ich der Versuchung nachgegeben und in ihrem Wohnzimmer ferngesehen und Essen in ihrer Mikrowelle erhitzt. Aber nicht an diesem Abend.

Ich schloss auf und ging in mein Zimmer in der zweiten Etage hinauf, in dem es so heiß war wie in einer Sauna. Ich schlug das Fenster auf, zog mich aus, ging ins Bad auf der anderen Seite des Flurs und duschte. Hinterher zog ich ein T-Shirt und bequeme Shorts an und legte mich mit dem iPad aufs Bett und schaute *Chicago Med*.

Es dauerte nur ein paar Minuten, bis meine Haut wieder schweißnass war und die ersten Tropfen an Kinn und Hals und unter den Armen herabliefen.

Ich konnte mich nicht erinnern, jemals eine wärmere Nacht erlebt zu haben, selbst im Süden nicht.

Ich holte ein Handtuch, um mir die Stirn abzuwischen.

Nach und nach bekam die Handlung kleine Lücken, die allmählich immer größer wurden, bis sie endgültig verschwand.

Ich erwachte von einem heftigen Klopfen. Setzte mich im Bett auf. Neben mir leuchtete das iPad in der Dunkelheit. *Lass mich rein!*, rief jemand von der Straße. *Lass mich rein!*

Ich ging zum Fenster und sah nach unten. Dort stand ein Mann und hämmerte mit geballten Fäusten gegen die Haustür.

Lass mich rein!, rief er wieder.

Wer war das? Was wollte er?

Er war ja völlig außer sich.

Für den Fall, dass er auf die Idee kommen würde hochzusehen, wich ich einen Schritt zurück.

Mama!, rief er. *Mama, lass mich rein!*

Es war der Sohn der beiden.

Sollte ich ihm aufmachen? Musste ich das nicht?

Ich lehnte mich aus dem Fenster.

»Wer ist da?«, fragte ich.

Er schaute hoch. Seine Augen waren groß und irre. Vor lauter Drogen hatte er den Verstand verloren.

»Lass mich rein!« rief er. »Ich muss rein!«

SOLVEIG

Bist *du* das?«, sagte der neue Patient, als ich das Zimmer betrat. Er saß aufrecht im Bett, bekleidet mit dem blauen Hemd des Krankenhauses.

Ich sah ihn fragend an.

Sein Gesicht war braungebrannt und seine Augen voller Wärme, der Blick wach.

»Wir sind in der Grundschule in dieselbe Klasse gegangen. Erinnerst du dich nicht mehr an mich?«

Ich nickte zögernd.

Er lächelte.

»Du erinnerst dich nicht an mich«, sagte er. »Aber das ist ja auch kein Wunder. Wir sind in der vierten Klasse umgezogen.«

»Ich habe eine vage Ahnung«, sagte ich. »Aber sie ist wirklich sehr vage!«

Er roch schwach nach Rasierwasser, und seine Wangen waren vollkommen glatt, offenbar hatte er sich kurz vor seiner Aufnahme rasiert. Aus irgendeinem Grund fand ich das rührend.

»Das ist jetzt fünfunddreißig Jahre her«, sagte er.

»Du hast nicht viel Aufhebens um dich gemacht, stimmt's?«, meinte ich, denn es tauchte eine vage Erinnerung an einen stillen Jungen mit blonden Haaren auf, der er gewesen sein könnte.

»Das stimmt schon. Ich habe die meiste Zeit gezeichnet. Jedenfalls habe ich es so in Erinnerung.«

»Und wann bist du wieder hierhergezogen?«, fragte ich.

»Vor zwei Jahren.«

»Genau wie ich«, sagte ich.

»Warum bist du zurückgekommen?«, fragte er und richtete den Blick auf mich, als wollte er es wirklich wissen.

»Meine Mutter bekam Parkinson und wohnte allein«, sagte ich. »Ihr Zustand hat sich ziemlich schnell verschlechtert.«

Er nickte.

»Ich habe auch lange darüber nachgedacht«, sagte er.

Als sich unsere Blicke begegneten, spürte ich, wie ich rot wurde.

Ich ging zum Fenster und zog die Jalousien hoch.

Die Sonne brannte hoch über der Stadt. Ihr Licht glänzte auf den Autodächern und Kühlerhauben auf dem Parkplatz. Der Fluss dahinter floss glatt und still das letzte Stück zum Fjord.

Ich drehte mich wieder zu ihm um. Er hatte die Hände vor der Brust gefaltet.

»Das Seltsame ist, dass ich mich überhaupt nicht krank fühle«, sagte er. »Kein bisschen. Ich habe versucht, sie zu überreden, mich zu Fuß auf die Station gehen zu lassen, aber das kam überhaupt nicht in Frage, ich musste im Bett bleiben und geschoben werden.«

»Tut mir leid«, sagte ich und lächelte. »Aber sie müssen sich an die Regeln halten.«

Als ich das nächste Mal ein paar Minuten Luft hatte, las ich mir seine Krankenakte gründlicher durch. Er hieß Inge, als ich den Namen sah, erinnerte ich mich wieder. Er hatte eine Geschwulst im Gehirn, die erst spät entdeckt worden war. Er hatte geglaubt, die Kopfschmerzen, die er seit ein paar Jahren hatte, wären Migräne, und sein Arzt hatte das auch geglaubt. Selbst als er anfing, Dinge zu sehen, die nicht existierten oder nicht sein konnten, schöpfte er keinen Verdacht und behielt es für sich. Im Frühjahr hatte er dann allerdings einen epileptischen Anfall gehabt und war in die Röhre gekommen, woraufhin man die Geschwulst entdeckt hatte. Sie lag am Sehzentrum, daher die Halluzinationen.

Ich fragte mich, wie seine Halluzinationen aussahen, was er gesehen hatte.

Wenn sich die Gelegenheit dazu ergab, könnte ich ihn morgen danach fragen, dachte ich und sah zu der Leuchttafel über der Tür, auf der es jetzt blinkte. Nummer zwei, Ramsviks Zimmer. Ich stand auf, um zu ihm zu gehen, gleichzeitig vibrierte das Handy in meiner Tasche. Es war Line.

Sie rief sonst nie um diese Uhrzeit an, also ging ich dran, obwohl ich eigentlich keine Zeit hatte.

»Hallo, Line!«, sagte ich.

Vor mir ging Ellen zur Kaffeekanne und stellte eine Tasse unter die Pumpe.

»Hallo, Mama«, sagte Line.

Ein gurgelnder Laut ertönte; es kam fast nichts heraus. Ellen wandte mir ihr junges, rötliches, fülliges Gesicht zu.

»Ist alles in Ordnung?«, fragte ich und deutete gleichzeitig auf die Kaffeemaschine in der Ecke.

Ellen lächelte mich flüchtig an und holte die Glaskanne, um die Thermoskanne aufzufüllen.

»Ja, klar«, sagte Line.

»Ja?«

»Ja. Aber ich habe mir überlegt, dass ich zu euch rauskomme, wenn das okay ist?«

»Natürlich ist das okay! Und wann?«

»Heute Abend?«

»Heute Abend? Du meinst jetzt, heute Abend?«

»Ja?«

»Ja, selbstverständlich!«

»Ehrlich gesagt sitze ich schon im Bus. Das heißt, dass ich so gegen sechs da bin.«

»Das ist ja ein Ding. Ich freue mich«, sagte ich und schüttelte den Kopf, als Ellen fragend eine Tasse hochhielt.

»Okay«, sagte Line. »Du musst bestimmt arbeiten. Aber wir sehen uns ja dann später.«

»Das tun wir. Bis dann!«

Ich steckte das Handy in die Tasche.

»Gab es hier nicht irgendwo auch noch Kekse?«, fragte Ellen.

»Ich glaube, seit heute Morgen nicht mehr«, sagte ich und ging in den Flur hinaus.

Die Sonne schien zu dem Fenster an dessen Ende herein, der Linoleumboden glänzte und sah dort, wo ihn die Strahlen trafen, beinahe flüssig aus.

Was konnte Line dazu bewegt haben, uns praktisch ohne Vorankündigung zu besuchen? Das sah ihr gar nicht ähnlich.

Und was sollte ich kochen?

Sollte ich eine Flasche Wein besorgen?

Nein, das Vinmonopol würde schon zu sein. Außerdem war es sicher besser, nicht zu übertreiben. Wenn ich zu üppig auftischte, würde sie wissen, wie sehr ich sie vermisst habe, dachte ich und klopfte an Ramsviks Tür, oder die »des Konsuls«, wie ich ihn insgeheim nannte.

Er lag auf dem Rücken, den Kopf zur Seite gedreht, und schaute ins Zimmer, als ich eintrat.

»Hallo«, sagte ich. »Wie geht es Ihnen?«

Er sah mich an, ohne den Kopf zu bewegen.

»Gut …«, sagte er zögernd, mit langgezogenem Vokal, als begriffe er, noch während er es sagte, dass es nicht stimmte, und als könnte er trotzdem nichts anderes sagen.

»Haben Sie Schmerzen?«

»Ja«, sagte er. »Schmerzen.«

»Im Kopf?«

»Im Kopf.«

»Möchten Sie mehr gegen die Schmerzen haben?«

»Ja. Ja.«

Als er es sagte, lag so etwas wie Resignation in seinem Blick.

»Meinen Sie eigentlich Nein?«, fragte ich.

»Ja«, sagte er.

Ramsvik war Politiker, und als er eingeliefert wurde, wusste ich sehr wohl, wer er war, denn er stand oft in den Lokalzeitungen, manchmal auch in den überregionalen Blättern. Er hatte Autorität und Charisma ausgestrahlt, er war daran gewöhnt, im Mittelpunkt zu stehen und dass die Menschen sich ihm unterordneten. Er konnte herrisch sein, hatte aber auch immer einen Scherz auf den Lippen. Die Leute mochten ihn. Mit seinem Bart und seiner förmlichen Art, sich zu kleiden, wirkte er wie eine Gestalt aus dem neunzehnten Jahrhundert, es fehlte nur noch eine Lorgnette und er hätte ein Großhändler oder Konsul in einem Roman von Alexander Kielland sein können.

Jetzt war alles Grandiose an ihm verschwunden, es war abgeflossen wie Wasser. Geblieben war nur sein Körper, der noch umfangreich, aber schwach war. Er hatte zu Hause beim Frühstück plötzlich einen Gehirnschlag erlitten. Eine hellwache Ehefrau hatte dafür gesorgt, dass er auf der Stelle ins Krankenhaus geflogen worden war. Die Operation war gut verlaufen, und die Verletzungen waren weniger umfassend gewesen, als man zunächst befürchtet hatte. Eine Körperhälfte war teilweise gelähmt, und er hatte Wortfindungsprobleme. Das war ein kleiner Preis für das Leben, das er beinahe verloren hätte. Aber nichtsdestoweniger natürlich ein Schock.

Ich hatte ihn gesehen, als seine Kinder ihn besuchten, ein Junge von zehn und ein Mädchen von etwa zwölf Jahren. Sie waren außerhalb seiner Reichweite gewesen, er hatte nicht zu ihnen vordringen, sie nicht umarmen, nicht mit ihnen reden können. Jegliche Kommunikation war ihre Aufgabe gewesen. Sie hatten Angst gehabt, aber diese Angst würde verschwinden. Die Distanz dagegen, dachte ich, ist auch schon vorher dagewesen. Wenn die Fähigkeit zu kommunizieren geschwächt wurde, traf einen das härter als das meiste andere, aber manchmal entstand daraus auch etwas Gutes. Wenn er es richtig anging und nicht wütend und frustriert auf die vielen kleinen Schritte reagierte, die er machen musste, und auf die Abhängigkeit von anderen, die ihm aufgezwungen wurde, sondern es schaffte, es in etwas Positives umzuwandeln. Eine neue Nähe.

»Live und die Kinder kommen Sie morgen abholen, nicht wahr?«, sagte ich.

»Ja«, sagte er.

»Ich habe heute mit Sunnaas gesprochen«, sagte ich. »Das Zimmer in der Reha steht für Sie bereit.«

»Danke«, sagte er.

»Melden Sie sich, wenn Sie etwas brauchen«, sagte ich. »Und später kommt jemand zu Ihnen, um Ihnen etwas gegen die Schmerzen zu geben. Wir sehen uns dann morgen, bevor Sie fahren.«

Als ich mich umdrehte, um zu gehen, glitt sein Blick von mir in das leere Zimmer.

Nach meiner Mittagspause teilte man mir mit, dass Inges Frau auf der Station saß und wartete, und ich ging zu ihr, um mit ihr zu reden.

Als ich kam, stand sie auf. Sie hieß Unni und war in meinem

Alter, blond und schlank mit recht hübschen, aber weichen und etwas fülligen Gesichtszügen.

»Ah, Sie sind die Frau, die in Inges Klasse gegangen ist!«, sagte sie, nachdem ich mich vorgestellt hatte.

»Ja«, sagte ich. »Vor mehr als dreißig Jahren.«

»Wie lustig«, sagte sie und lächelte.

Ich erwiderte ihr Lächeln.

»Haben Sie etwas zu essen oder zu trinken bekommen?«, fragte ich.

Sie schüttelte den Kopf und hob die flache Hand, als wolle sie mich daran hindern, ihr etwas zu bringen.

»Was denken Sie, wie lange wird es noch dauern?«, sagte sie.

»Das lässt sich unmöglich genau sagen«, antwortete ich. »Aber ich denke, noch zwei Stunden.«

»Und wann kann ich mit ihm sprechen?«

»Der Anästhesist wird ihn nach der Operation relativ schnell aufwecken, und ich denke, wenn alles in Ordnung ist, können Sie zu ihm. Es dürfte eigentlich nichts dagegensprechen. Aber er wird erschöpft sein.«

Sie nickte zu allem, was ich sagte.

»Wir haben drei Töchter«, sagte sie. »Es ist doch kein Problem, wenn Sie ihn heute nach der Schule besuchen kommen?«

»Nein, nein, natürlich dürfen sie kommen«, sagte ich. »Die Besuchszeit endet um acht.«

Ich sah sie an.

»Wie alt sind sie?«

»Dreizehn, fünfzehn und siebzehn«, sagte sie.

Im selben Moment begegnete ich Ellens Blick, die aus einem Zimmer trat und mir bedeutete, dass ich zu ihr kommen solle. Ich entschuldigte mich und ging zu ihr.

»Kann ich dich kurz sprechen?«, fragte sie.

»Ja, klar«, sagte ich.

Wir gingen ins Stationszimmer. Es stellte sich heraus, dass sie sich Sorgen um eine Frau machte, die an diesem Morgen aufgenommen worden war, oder besser gesagt um ihr Kind, ein elfjähriges Mädchen, das im Moment noch in der Schule war, aber später in ein leeres Zuhause zurückkehren würde.

»Sie sagt, dass es okay ist und dass ihre Tochter daran gewöhnt ist, nach der Schule alleine klarzukommen. Aber sie ist … na ja, ein bisschen verlebt.«

»Und es ist sonst keiner da?«

»Sie sagt, dass morgen ihre Schwester kommt.«

»Was hältst du selbst für das Beste?«, fragte ich.

Sie zögerte.

»Ich könnte das Jugendamt anrufen und fragen, ob sie helfen können«, sagte sie.

»Das ist doch eine gute Idee«, sagte ich.

»Ist das nicht ein bisschen drastisch?«, sagte sie.

»Nein«, antwortete ich. »Es geht nur darum, sie zu unterstützen. Sprich noch einmal mit ihr, sag ihr, dass du ihr nur helfen willst. Dann kannst du das Jugendamt anrufen und ihnen die Situation schildern, und sie übernehmen alles Weitere.«

Als ich wieder hinauskam, tippte Unni auf ihr Handy. Sie wusste, dass die Operation wahrscheinlich gut verlaufen würde und dass die Ärzte die Geschwulst fast vollständig würden entfernen können. Aber sie wusste mit Sicherheit auch, dass diese wiederkommen würde. In fast allen Fällen wuchs sie früher oder später von Neuem, und dann würde sie tödlich sein.

Das konnte in zehn Monaten passieren, das konnte in zehn Jahren passieren.

Dann ist jeder Tag ein Geschenk, dachte ich und sah am

Ende des Flurs aus dem Fenster, auf all die hellen Häuser da unten, die wie hingeworfen an beiden Ufern des Flusses standen, und auf den grünen Berghang, der dahinter steil nach oben stieg, fast schwarz in den Schatten an seinem Fuß, leuchtend im Sonnenlicht, das über die Kante ganz oben strömte.

Es vergingen fast drei Stunden, bis Inges Operation vorbei war und der Hol- und Bringdienst mit seinem Bett aus dem Aufzug kam. Ich sah sie durch das Fenster meines Büros, stand auf und trat in den Flur, folgte ihnen in sein Zimmer.

»Da wären wir«, sagte der eine Mann, und schon waren sie wieder weg.

Das Gesicht war von der Narkose schwer und unzugänglich. Gleichzeitig veränderte der Verband um den Kopf sein Gesicht, machte es nackter, es drang sozusagen durch alle Kabel und Maschinen hindurch, die ihn umgaben.

Ich wollte ihm helfen, wollte seiner Frau helfen, ihren drei Töchtern helfen.

Ich strich mit der Hand behutsam über seine Wange und ging, um Bescheid zu geben, dass er geweckt werden konnte, und um Unni mitzuteilen, dass die Operation vorbei war.

Den ganzen Tag brannte die Sonne am Himmel. Es war kein Wölkchen zu sehen, nur ein tiefer, blauer Raum und eine brennende Kugel, die langsam ihrem Lauf folgte.

Trotzdem fror ich. Die Klimaanlage lief auf Hochtouren, und vor allen Fenstern, auf denen die Sonne stand, waren die Jalousien heruntergelassen worden.

Ich sah die drei Töchter von Inge und Unni, als sie aus dem Aufzug kamen, und erkannte sofort, dass sie es sein mussten. Sie waren alle drei groß und sahen sich sehr ähnlich, hatten die gleiche Gesichtsform.

Still und verlegen gingen sie eng nebeneinander den Flur entlang in sein Zimmer.

Ich hatte das Gefühl, etwas allzu Intimes gesehen zu haben. Aber daran war ich gewöhnt – die Grenzen zwischen dem Privaten und dem Öffentlichen verschoben sich in einem Krankenhaus ständig, das gehörte zum Wesen des Krankenhauses und war etwas, womit sich alle, die dort arbeiteten, auseinandersetzen mussten – und ich schüttelte das Gefühl ab.

Kurz bevor ich Feierabend machte, ging ich noch einmal zu ihm.

Er saß im Bett und sah mit unsteten Augen ins Zimmer.

»Wie geht es dir?«, fragte ich.

»Ich habe ein bisschen Kopfschmerzen«, sagte er und lächelte schwach.

»Das wundert mich nicht«, sagte ich und erwiderte sein Lächeln. »Du bekommst etwas mehr Morphium. Aber ansonsten geht es dir gut?«

»Ja.«

»Du hast keinen Durst?«

»Doch, ein bisschen.«

Ich goss Wasser in ein Glas und hielt es ihm hin. Er bewegte seine Hand langsam durch die Luft, als wäre es lange her, dass er so etwas getan hätte, weshalb er es jetzt fast vergessen hatte, schloss die Finger um das Glas, führte es an die Lippen.

Etwas Wasser lief an seinem Kinn hinab.

Er ließ das Glas sinken, und ich nahm es ihm ab und stellte es auf den Tisch.

»Danke«, sagte er. »Du bist ein Engel.«

Er legte den Kopf auf das Kissen zurück, sein Gesicht war blass und matt. Der Rand des Verbands war blutig.

»Du brauchst jetzt Ruhe«, sagte ich und stand auf. »Das

Morphium wird bald wirken, die Schmerzen sollten jetzt also verschwinden.«

»Ja, ich glaube, ich möchte schlafen«, sagte er.

Auf dem Weg aus der Stadt an diesem Nachmittag stand ich vor beiden Kreisverkehren im Stau, aber sobald ich ins Tal kam, löste er sich auf, und ich konnte schneller fahren. Unter dem meerblauen Himmel leuchtete die Landschaft in allen erdenklichen Varianten von Grün. Gruppen von Kühen lagen dösend unter Bäumen. Kinder badeten im Fluss, Fahrräder blinkten zwischen den Baumstämmen, kleine Kleiderhaufen schimmerten auf den Felsen; Köpfe, Schultern und Arme ragten hier und da aus dem sachte gleitenden, sonnenbeschienenen Wasser.

Ich sang.

In der Kurve zum Wasser hinunter geriet die Straße in den Schatten der großen Laubbäume, die zu beiden Seiten standen. Als das Auto ins Zwielicht rollte, fror ich am Rücken, es lag irgendwie an der plötzlichen Veränderung, vom grellen Licht zum schwachen und dunklen.

Dass es Schatten gab.

Dann dachte ich an Inge. Er hatte eine so sorglose Ausstrahlung gehabt, eine Art ungelenke, unbesonnene Freude.

War er wirklich derselbe Junge wie der stille und unauffällige, an den ich mich kaum noch erinnern konnte?

Hatte das Leben ihm geschenkt, was er heute hatte?

Dann hatte das Leben es gut mit ihm gemeint, dachte ich.

Ich griff nach dem Telefon und wählte Mariannes Nummer. Die Klingeltöne füllten den ganzen Wagen, und ich stellte den Ton etwas leiser.

»Hallo, Solveig!«, sagte sie. »Du kannst heute nicht?«

»Woher weißt du das?«

»Warum solltest du mich sonst anrufen. Alles andere hättest du mir auch bei unserem Spaziergang sagen können.«

»Das stimmt, Sherlock«, erwiderte ich und lachte. »Line kommt heute Abend, können wir vielleicht morgen spazieren gehen?«

»Natürlich können wir das«, sagte sie. »Wie nett, dass Line kommt!«

»Ja, ich freue mich.«

»Ich habe sie nicht mehr gesehen, seit… ja, wann war das? Vor zwei Jahren? Drei?«

»Könnte sein, dass sie eine Weile bleibt«, sagte ich. »Dann triffst du sie bestimmt.«

Wir redeten noch ein paar Minuten über dies und das, ehe wir das Gespräch beendeten und ich eine der alten CDs, die im Handschuhfach lagen, einlegte, ohne hinzusehen, welche es war. Ich mochte es, den Zufall bestimmen zu lassen, jedenfalls im Kleinen, er schenkte mir oft Freude.

Oh, das war sehr bekannt.

Aber was war es?

Als ich das Ende des Tals erreichte und der Anstieg den Berghang hinauf begann, drehte ich lauter.

Albinoni. Das *Adagio*.

Auf der anderen Seite wieder hinunter, vorbei an dem See mit dem Wasserfall, weiß im Grün, durch die Schneise und danach ein neuer steiler, schmaler Anstieg.

Ich war so glücklich, dass ich nicht wusste, wohin mit mir. Ich hätte ebenso gut weinen wie lachen können. Ich sang mit der Musik mit, die wie die Landschaft ringsum anstieg und absank. Aber die Musik kam nicht aus der Landschaft, sie kam aus dem Himmel. Oder aus dem Inneren.

Aus jemandes Inneren.

Aus dem Inneren aller.

Meinem Inneren.

Ich fuhr an einigen Almen vorbei und sah Leute draußen sitzen, dann führte die Straße erneut abwärts. Dort, wo sie um den Felsvorsprung herumführte, bremste ich für den Fall, dass mir von unten ein Auto entgegenkommen sollte.

Auf der anderen Seite des Felsens stand am Waldrand ein Hirsch.

Hirsche hatte ich hier schon öfter gesehen, aber noch nie so nahe.

Ich hielt an, schaltete die Musik aus und öffnete das Fenster.

Er blieb weiter regungslos stehen, wandte mir den Kopf zu.

Wie schlank und graziös er war.

Lange sah er mich an. Dann schritt er davon, ganz ohne Hast, verschwand zwischen den Bäumen.

Das ferne Rauschen des Wasserfalls verlor sich im Wind, der durch das Tal aufstieg und durch alle Bäume raschelte. Ich folgte weiter der Straße durch das Tal, von der ich bald darauf das blaue Leuchten des Fjords weit draußen sehen konnte und die steile Felswand, die aus dieser Richtung einem liegenden Pferd glich.

Zu Hause legte ich den Autoschlüssel auf das alte Telefontischchen im Flur und öffnete die Tür zum Wohnzimmer.

Mutter saß auf dem Stuhl am Fenster. Das hagere Greisengesicht war halb abgewendet, ihr Mund stand offen, der Atem ging leicht und lautlos.

Direkt hinter ihr, auf der anderen Seite des Fensters, hoben sich im Landwind lautlos die Äste der großen Birke.

Seltsam, wie wenig Platz sie einnimmt, wenn sie schläft, dachte ich und schloss vorsichtig die Tür und ging in die Küche. Der Anblick des Hirsches hallte noch in mir nach, eine schwach leuchtende Freude. Ich stellte die Tüte auf die Arbeitsplatte, räumte die Einkäufe in Schrank und Kühlschrank und legte die leere Tüte in die unterste Schublade.

Der Flickenteppich, der vor der Platte auf dem Boden lag, war ziemlich schmutzig, so dass ich ihn ins Bad mitnahm und in die Waschmaschine packte, ein paar Handtücher aus dem Wäschekorb dazustopfte und die Maschine anstellte.

Als ich zurückkam, hörte ich aus dem Wohnzimmer ein leises Summen. Es war ihr Stuhl, den sie mit einer Fernbedienung erhöhen konnte, damit ihr das Aufstehen leichter fiel.

»Hallo, Mutter«, sagte ich im Türrahmen stehend.

Als sie meinem Blick begegnete, waren ihre Augen rasend vor Wut.

Vor Angst war ich fast gelähmt. Es kam mir vor, als packte eine Hand mein Herz und drückte zu.

Aber sie kann mich nicht erreichen, dachte ich. Sie kann mich nicht erreichen.

»Stimmt etwas nicht?«, fragte ich und ging langsam zu ihr. Meine Beine waren schwach, mein Körper war schwach.

Sie versuchte, etwas zu sagen, war aber zu aufgeregt, es kam nur ein Zischen heraus.

Ihre Wut hatte ein anderes Tempo als ihr Körper, als hätte sie nicht dasselbe Alter wie er.

»Hätte ich früher kommen sollen?«, fragte ich und nahm ihren Arm und zog sie etwas nach vorn, damit sie den Rollator greifen und alleine aufstehen konnte. »Aber ich konnte nicht früher weg«, sagte ich. »Meine Arbeit ist wichtig, das weißt du.«

Sie setzte sich mit kurzen, langsamen Schritten in Bewegung, fast ohne die Füße vom Boden zu heben. All ihre Kraft setzte sie für dieses Eine ein, durch das Zimmer zur Kommode an der Wand zu kommen.

Ging es wieder um die Uhr?

Sie versuchte, die Schublade zu öffnen.

Ich half ihr.

»Wonach suchst du, Mutter?«, fragte ich. »Worum machst du dir solche Sorgen?«

Sie begann, in der Schublade zu wühlen.

Dann hielt sie inne und flüsterte etwas.

Ich lehnte mich zu ihr vor.

Die Brosche, schien sie zu sagen.

»Die Brosche?«, sagte ich.

»Ja«, flüsterte sie.

»Ist sie nicht da?«

Ich legte alles, was sich in der Schublade befand, auf die Kommode.

Sie hatte recht, die Brosche war nicht da.

Sie hatte ihrer Urgroßmutter gehört, meiner Ururgroßmutter. Mutter hatte sie zu ihrer Hochzeit geschenkt bekommen und hatte sie mir geschenkt, als ich geheiratet hatte.

»Sie liegt sicher woanders«, sagte ich. »Wir finden sie bestimmt.«

Sie sah mich an. Sie wusste genauso gut wie ich, dass ich sie nicht mehr getragen hatte, seit ich wieder zurück nach Hause gezogen war, und dass der einzige Ort, an dem sie liegen konnte, diese Kommodenschublade war.

Jemand musste sie an sich genommen haben.

Es konnte unmöglich Anita gewesen sein, ich weigerte mich, das zu glauben. Aber außer ihr kam keiner zu uns.

Hatte ich die Brosche selbst woanders hingelegt und es dann vergessen?

»Wir finden sie, Mutter«, sagte ich. »Da bin ich mir ganz sicher. Ich suche später nach ihr. Aber jetzt muss ich kochen. Line kommt heute Abend.«

»Line?«, flüsterte sie.

»Ja«, sagte ich. »Sie hat heute Vormittag angerufen und gesagt, dass sie uns besuchen kommt. Ich hole sie in einer Stunde in Vågen ab. Komm, ich helfe dir beim Umziehen.«

Ich nahm ihren Arm und ging neben ihr her langsam ins Badezimmer. Dort zog ich ihre Unterhose herunter, hob das Kleid an und half ihr auf die Toilette.

Ihre Beine, so dünn und weiß, zitterten, sobald ihr Körpergewicht sie nicht mehr auf den Boden drückte.

Ich wartete draußen ein paar Minuten, ehe ich wieder hineinging, sie abwischte, die Unterhose wechselte und ihr half, sich die Hände zu waschen.

Sie hatte sich beruhigt und nickte, als ich fragte, ob sie ein wenig draußen in der Sonne sitzen wolle.

Ich trug einen Stuhl hinaus und holte eine Decke, die ich ihr über die Beine legte, während sie dort mit Aussicht auf die Welt saß, in der sie ihr ganzes Leben verbracht hatte und die sie liebte. Die Wiesen, der Fjord, die Berge.

Die Sonne stand hoch über der Fjordmündung im Westen, und die Wasserfläche davor glitzerte und zitterte im Licht.

Als der Bus vor der Genossenschaft hielt, stieg ich aus dem Wagen und stellte mich daneben.

Line stieg als Letzte aus. Sie hatte eine grüne, militärisch anmutende Jacke an und trug auf dem Rücken einen großen, gelben Rucksack.

Hieß das, sie beabsichtigte, länger zu bleiben?

Ein Strom warmer Freude durchfuhr mich, als ich die Hand hob und ihr zuwinkte.

Sie winkte zurück und sah in beide Richtungen, ehe sie die Straße überquerte.

»Hallo«, sagte sie.

»Hallo, meine Schöne«, sagte ich und drückte sie an mich.

»Das war aber heftig«, meinte sie und setzte den Rucksack ab. »Kannst du den bitte in den Kofferraum legen?«

»Ja klar«, sagte ich. »Hui, ist der schwer! Was hast du denn dabei?«

»Bücher«, sagte sie und stieg ein.

Ich machte den Kofferraum zu und setzte mich neben sie.

»Brauchst du noch etwas aus dem Geschäft, bevor wir fahren?«, fragte ich.

Sie schüttelte den Kopf.

Sie war ungeschminkt und hatte die Haare zu einem schlichten Pferdeschwanz gebunden. In Kombination mit ihrer deutlich zu großen Jacke brachte mich das auf den Gedanken, dass sie sich verstecken oder zumindest nicht auffallen wollte.

Das war kein guter Gedanke.

Aber ihr Gesicht hat jedenfalls Farbe, dachte ich und fuhr auf die Straße, während Line eine Sonnenbrille aus der Jackentasche zog und aufsetzte.

»Ich habe eine Lasagne im Ofen«, sagte ich. »Wenn wir zu Hause sind, müsste sie fertig sein.«

»Das hört sich gut an«, sagte sie.

»Du bist so braun«, sagte ich. »Bist du diesen Sommer viel draußen gewesen?«

»Ich war letztes Wochenende in einem Sommerhaus am Meer.«

»Mit wem?«

Sie warf mir einen Blick zu. Dann klappte sie die Sonnenblende auf ihrer Seite herunter.

»Mit ein paar Freunden«, sagte sie.

Das Licht der tiefstehenden Sonne, auf die wir geradewegs zufuhren, wurde von der Windschutzscheibe so gebrochen, dass man kaum etwas sehen konnte, und ich fuhr langsamer. Hier draußen war nicht viel Verkehr, aber die Straße war schmal, und nicht selten tauchten Traktoren auf, erst recht um diese Jahreszeit.

»Und was für Bücher hast du dabei?«, fragte ich.

»Für das Philosophie-Examen«, sagte sie. »Ich dachte, dass ich hier ein paar Tage in Ruhe lesen kann.«

»Wann ist die Prüfung nochmal?«, fragte ich und lächelte, es gefiel mir, dass ihr Ehrgeiz zurückgekehrt war.

»In drei Monaten«, sagte sie.

Wir fuhren über die kleine Brücke, im Schatten der Eichen, die dort wuchsen, und ich warf einen Blick zum Flussbett hinab. Es war kaum noch Wasser darin, außer in dem einen oder anderen Kolk.

Gab es ihr das Gefühl, hart zu arbeiten, wenn sie ihr Äußeres vernachlässigte?

So war es bei mir gewesen. Überall Blätter und Bücher, volle Aschenbecher, ungepflegte Haare, bequeme Kleidung.

Sie konnte sich bestimmt nicht vorstellen, dass auch ich einmal – und vor gar nicht so langer Zeit – studiert und in einem Wohnheim gewohnt und das gleiche Leben geführt hatte, das sie jetzt führte.

»Großmutter freut sich sehr, dass du kommst«, sagte ich.

»Mhm«, sagte Line, betrachtete sich in dem kleinen Spiegel auf der Innenseite der Sonnenblende und rückte die Lippen irgendwie zurecht, so wie man es sonst nur tat, wenn man allein war.

Während Line sich in ihrem Zimmer einrichtete, wischte ich schnell den Tisch im Garten ab, bevor ich ihn deckte. Der Tisch stand zwischen Apfelbäumen, und die Strahlen der Sonne, die im Westen inzwischen tief am Himmel stand, fielen noch darauf.

Über der Wiese unten hing ein Habicht hoch in der Luft.

Dass er seine ausgebreiteten Flügel nicht bewegte, nur schwebte, ließ ihn aussehen wie einen Drachen.

Mutter saß da und betrachtete mich, während ich zwischen Küche und Garten hin und her ging. Wir hatten in diesem Jahr noch gar nicht draußen gegessen, es kam einem aus irgendeinem Grund ein bisschen zu extravagant vor, wenn nur sie und ich da waren.

Als alles an Ort und Stelle war, rief ich Line und half Mutter zum Tisch.

Es ging ihr immerhin so gut, dass sie alleine essen konnte, wenn ich ihr das Essen kleinschnitt. Es fiel ihr zwar schwer, und es ging langsam, aber es war wichtig, dass sie es schaffte, wenn Line da war. Ihre Hilflosigkeit quälte sie dann immer besonders stark, das wusste ich, sie wollte nicht, dass es *das* war, woran ihr Enkelkind sich erinnern würde, wenn sie an ihre Großmutter dachte.

Line aß mit gesenktem Kopf, versunken in ihrer eigenen Welt, und Mutter warf ihr, über den Teller gebeugt, kurze Blicke zu, während ihre zitternde Hand auf dem Weg zum Mund oder zum Teller war.

Sie flüsterte etwas, und ich lehnte mich vor, um es zu verstehen.

Thomas, hatte sie geflüstert.

»Thomas«, wiederholte ich. »Fragst du Line, wie es ihm geht?«

»Ja«, flüsterte sie.

»Dem geht es gut, Großmutter«, sagte Line laut. »Er überlegt, eine Schule zu besuchen.«

»Hat er gesagt, was für eine Schule?«, fragte ich.

»Die Polizeischule«, sagte sie. »Aber es gibt natürlich eine Aufnahmeprüfung.«

Die Brise vom Fjord setzte sachte alle Äste um uns herum in

Bewegung, brachte alle Blätter zum Rascheln. Wenn der Wind stärker wurde, war es manchmal, als spannten die Bäume sich an, als gingen sie auf die Zehenspitzen, ehe sie sich wieder entspannten und in sich zusammensanken.

»Hast du Großmutter schon erzählt, was du studieren willst?«, fragte ich.

»Nein«, sagte sie. »Aber das hast du bestimmt getan.«

Sie schaute zu mir hoch, als wolle sie prüfen, wie ich das aufnahm, ehe sie wieder den Blick senkte.

Ich hielt das Wasserglas an Mutters Lippen, aber sie schaffte es nicht, alles zu schlucken, ein bisschen lief am Kinn hinab, und ich riss ein Blatt Küchenpapier ab und trocknete es schnell, sozusagen nebenher, ab.

»Psychologie«, flüsterte Mutter.

»Großmutter sagt ›Psychologie‹«, sagte ich. »Anscheinend haben wir wirklich darüber gesprochen! Freust du dich?«

Line nickte enthusiastisch und lächelte sie an. Ich sah, dass ihr Enthusiasmus gespielt war, aber was immer sie quälte, es war gut, dass sie sich etwas Mühe gab, um ihrer Großmutter eine Freude zu machen.

Nach dem Essen verschwand Line in ihrem Zimmer, und ich begleitete Mutter ins Wohnzimmer, wo ich den Fernseher für sie einschaltete, ehe ich mich mit einer Tasse Kaffee nach draußen setzte, um die letzten Sonnenstrahlen zu genießen.

Über mir flogen ein paar Saatkrähen landeinwärts. Weitere Vögel folgten, und bald war der Himmel schwarz von Vögeln. Es ist wie ein Teppich aus Fleisch, dachte ich, mit schönen, veränderlichen Mustern in Schwarz und Blau, die sich im nächsten Moment auflösten, als die ersten Krähen begannen, sich in der Allee zum Friedhof niederzulassen, wo sie ihre Nester hatten.

In der oberen Etage wurde ein Fenster geöffnet. Lines Stimme ertönte, weich und sanft im Gegensatz zum harten Krächzen der Krähen in der Allee.

Mit wem redete sie?

Bestimmt nicht mit Thomas, denn auch wenn sie einander geschwisterlich vertraut waren, hatten sie ansonsten nicht viel gemeinsam. Niemals würde sie ihn einfach so von hier aus anrufen, nur um zu reden.

Also mit einer Freundin.

Oder mit einem Freund, von dem sie noch nicht erzählt hatte?

Sie lehnte sich halb aus dem Fenster, stützte einen Arm auf die Fensterbank, hielt das Telefon in der anderen. Ich begegnete ihrem Blick und lächelte. Sie erwiderte das Lächeln flüchtig, ehe sie den Kopf drehte und in die Ferne sah.

Ich hoffte, dass sie die Aussicht schön fand. Der steil ansteigende Berg, das stille Wasser, der langsam dunkler werdende Himmel, und am anderen Ufer die Baumwipfel, die im letzten Sonnenlicht rötlich leuchteten.

In der Küche funktionierte die Spülmaschine plötzlich nicht mehr, sie blieb immer beim gleichen Programmschritt hängen, und als ich sie öffnete, war sie voller Wasser. Wahrscheinlich ist der Schlauch, durch den es abgepumpt wird, verstopft, vielleicht verkalkt, dachte ich. Ich würde am nächsten Tag jemanden anrufen müssen.

Ich räumte sie aus und begann, alles von Hand zu spülen.

Das leise Klopfen, wenn die Gläser oder Teller gegen den Boden der Spüle schlugen, gedämpft und doch irgendwie vollmundig, beruhigte mich. Genauso wie die Wärme, die meine Hände umschloss, und die Netze aus winzigen Seifenblasen, die am Porzellan herabglitten, wenn ich es anhob, um es über dem Ausguss daneben abzuspülen.

Schon als Kind hatte ich diese leise rumpelnden Unterwasserlaute in Gestalten verwandelt. In eine Art große, aber kurze Schlangen, grau und ohne Augen.

Das gehört zu den Dingen, von denen ich niemandem erzählen kann, dachte ich und lächelte.

Seltsamerweise sah ich Inges Gesicht vor mir, als ich das dachte.

Hatte er einen so großen Eindruck auf mich gemacht?

Ich bin nur überspannt, dachte ich und sah hoch. Der Himmel über den Bergen auf der anderen Seite des Fjords war noch blau, während die Details des senkrechten Berghangs, der sich mehrere Kilometer weit erstreckte, in der wachsenden Dämmerung ausgewischt wurden.

Ich versuchte mir vorzustellen, wie es wäre, etwas zu sehen, was nicht da war. Und daran zu glauben. Dass es den Berg auf der anderen Seite des Fjords eigentlich gar nicht gab, nur in meinem Kopf. Dass plötzlich ein Mann in der Küche stand und mich ansah.

Wenn ich mich jetzt umdrehte, stand er da.

Ich lächelte wieder und legte ein Küchenhandtuch auf die Arbeitsplatte, um den sauberen Topf darauf zu legen, statt auf den überfüllten Geschirrständer.

Über mir knirschte die Decke.

Was quälte sie?

Ihre Schritte waren auf der Treppe, dann stand sie im Türrahmen.

»Ich gehe eine Runde spazieren«, sagte sie.

»Tu das«, sagte ich. »Wo willst du hin?«

»Vielleicht zum Wasserfall hoch.«

Kurz darauf ging sie am Fenster vorbei und zog sich währenddessen eine Jacke an. Alles an ihr war vor dem dunkler werdenden Hintergrund eigentümlich deutlich und scharf.

Mit ihren hohen Wangenknochen und den etwas länglichen Augen war sie schön.

Aber auch negativ. Ein Mensch, der nahm und verlangte und nicht gab.

Ein negativer Mensch.

Wie war es dazu gekommen?

Nein, so *war* es nicht. So war es *jetzt*. Sie war jung, sie verteidigte sich gegen die Welt, aber irgendwann würde sie offen sein für die Welt und sie annehmen, das heißt, geben können.

Ich hörte innerlich ihre Stimme, wie sie sagte. »Mama, du bist so naiv«, sagte sie. »Mama, das glaubst du doch selbst nicht, oder?«

Ich nahm ein sauberes Küchenhandtuch aus der Schublade und trocknete mir die Hände ab, hängte es über den Handgriff des Ofens und ging zu Mutter hinein. Sie schlief, aber nicht tief; als ich mich auf den Puff vor ihr setzte, öffnete sie die Augen.

»Soll ich dir die Füße massieren?«, fragte ich.

»Ja«, flüsterte sie.

Ich legte mir ihre Beine in den Schoß und begann, sie langsam zu beugen und zu strecken. Ihre Muskeln waren oft völlig verspannt, mehrmals täglich hatte sie Krämpfe, die sehr schmerzvoll sein konnten. Massage half ein wenig, und Gehen half.

Ich rieb ihre Waden.

Ihre Arme, am Ellbogengelenk steif gebeugt, zitterten die ganze Zeit. Auch ihr Kopf zitterte, der Unterkiefer bebte.

Es tat so weh, sie so zu sehen.

Aber ihre Augen waren klar.

Sie flüsterte etwas.

»Was hast du gesagt?«, fragte ich und lehnte mich zu ihr vor.

»Line«, flüsterte sie.

»Du fragst, wie es Line geht?«, sagte ich.

»Ja«, flüsterte sie.

»Ich weiß es nicht«, sagte ich. »Es scheint, als würde sie etwas quälen. Aber sie hat nichts gesagt.«

»Fragen?«, flüsterte sie.

»Das kann ich natürlich machen«, sagte ich. »Aber eigentlich wäre es mir lieber, sie würde von sich aus reden. Deshalb ist sie doch bestimmt gekommen, meinst du nicht?«

»Doch«, flüsterte sie.

Ich nahm ihre Füße in meine Hände und begann, sie zu drücken und zu reiben.

»Weißt du noch, wie es war, wenn ich in ihrem Alter nach Hause kam?«, sagte ich.

»Ja«, flüsterte sie.

»Ich habe dir alles erzählt, erinnerst du dich?«

»Ja.«

»Aber du hast mir nie etwas über dich erzählt?«

»Nein«, sagte sie.

Ihre Augen lächelten.

Ich drehte ihren Fuß vorsichtig in einem Bogen.

Sie versuchte sich an einem längeren Satz.

Ich hörte *du*, ich hörte *tust*, ich hörte *nicht*.

»Du sagst, dass ich Line auch nichts über mich erzähle?«, sagte ich.

Sie nickte.

»Da hast du wohl recht«, sagte ich. »Aber das liegt daran, dass sie sich nicht dafür interessiert.«

Ich wechselte den Fuß und begann, ihn langsam kreisen zu lassen.

»Das tat ich wohl auch nicht, wenn ich es recht bedenke«, sagte ich. »Damals. Ich nahm euch als selbstverständlich hin, dich und Vater.«

Aber die Abende waren damals hell und offen gewesen und es war ein guter Ort gewesen, um dort von allem zu erzählen, was ich draußen in der Welt erlebt hatte.

Behutsam setzte ich ihre Füße wieder auf den Boden.

»Möchtest du, dass ich dir beim Duschen helfe?«, fragte ich.

Sie nickte.

»Haare«, flüsterte sie.

Ich duschte sie, zog ihr für die Nacht eine Windel und ein Nachthemd an und hatte gerade angefangen, ihre frisch gewaschenen Haare zu föhnen, als Line zurückkam.

»Mama!«, rief sie im Flur.

Ich schaltete den Föhn aus.

»Wir sind hier drinnen«, sagte ich laut.

Sie kam zu uns herein, ihr Gesicht war irgendwie entflammt, nachdem sie draußen gewesen war, war noch zu groß für die kleinen Zimmer im Haus.

»Hast du die Jungvögel über dem Tor gesehen?«, fragte sie.

Ich nickte.

»Sind sie nicht schön?«, sagte ich.

»Doch. Aber warum hast du mir nicht von ihnen erzählt?«

»Es hat sich nicht ergeben«, antwortete ich.

»Was sind das für Vögel? Ich habe nur die Jungen gesehen.«

»Ein Paar Hohltauben hat da ihr Nest«, sagte ich.

Sie öffnete den Mund und wollte etwas sagen, aber ich schnitt ihr das Wort ab.

»Hast du Hunger, wollen wir noch etwas zu Abend essen, bevor wir ins Bett gehen?«

Sie begriff, dass ich nicht über die Jungvögel sprechen wollte, denn ihre Augen drückten Verwunderung aus, aber zum Glück beharrte sie nicht darauf, sondern schüttelte nur den Kopf.

»Wir sind gleich fertig«, sagte ich und schaltete den Föhn wieder an.

Die Tauben kehrten jedes Jahr zurück, jedes Mal bauten sie ihr Nest an derselben Stelle, legten Eier, brüteten die Eier aus, und die Küken wuchsen heran – aber kurz bevor sie flügge waren, oft nur ein, zwei Tage vorher, kam der Hühnerhabicht, immer derselbe, und fraß die Jungen.

Das war jetzt vier Jahre hintereinander so gegangen. Und ich konnte nichts dagegen machen, denn sie ließen es einfach nicht zu, dass ich das Nest an eine andere Stelle brachte, und so blieb mir Jahr für Jahr nichts anderes übrig, als zu warten und zu hoffen.

Line davon zu erzählen, wäre mir niemals in den Sinn gekommen. Wenn sie von den Plänen des Hühnerhabichts erführe, oder noch schlimmer, Zeugin würde, wie er sie in die Tat umsetzte, wäre sie am Boden zerstört. Sie hatte immer schon ein großes Herz für alle Arten von Tieren gehabt – schon als sie ganz klein war, hatte sie ihre Taschen mit Würmern und Spinnen und allem möglichen anderen Getier gefüllt, das sie mit nach Hause nehmen wollte, und selbst im Gymnasium hatte sie noch Tierärztin werden wollen.

Es war einer der Gründe, warum es ihr hier als Kind so gut gefallen hatte. Damals hatte es auf dem Hof Tiere gegeben – nicht viele, nur zwei Kühe, oft ein Kalb, ein Pferd und ein paar Hühner –, aber für sie war das ein unfassbarer Reichtum gewesen.

Auch für mich. Ich weiß noch, wie ich dachte, dass sie wenigstens *das* in ihrer Kindheit erlebt hatte, die Sommer hier, wenn schon vieles andere schwierig gewesen war.

Ich begleitete Mutter ins Wohnzimmer und sah mit ihr eine Stunde fern, bis sie im Nebenzimmer schlafen ging, dem früheren Esszimmer, das nun aber als Schlafzimmer diente.

Als ich die Schiebetür hinter mir geschlossen hatte, stieg ich zu Lines Zimmer hoch und klopfte an.

»Ja?«, sagte sie.

Sie saß im Dunkeln auf dem Fenstersims und sah mich an, als ich die Tür öffnete.

Der Koffer lag offen auf dem Fußboden, die Kleider waren verstreut, das Bett nicht gemacht.

»Ist dir das nicht zu kühl?«, fragte ich und setzte mich auf die Bettkante.

Sie schüttelte den Kopf.

»Wie geht es dir eigentlich?«, sagte ich.

»Gut«, antwortete sie.

»Bist du sicher?«

»Ja, klar. Wieso?«

»Du wirkst ein bisschen verschlossen.«

»Das ist ja wohl kein Verbrechen, oder?«, sagte sie.

Ich seufzte.

»Wir können uns doch unterhalten«, sagte ich. »Ernsthaft.«

»Und worüber möchtest du dich unterhalten?«

»Über dich, vielleicht?«

»Das möchte ich aber nicht.«

Es entstand eine Pause.

»Das ist natürlich völlig in Ordnung«, sagte ich nach einer Weile und stand auf.

»Gut«, sagte sie.

»Anita vom Pflegedienst kommt morgen früh«, sagte ich. »Und am Mittag. Wenn du mit Großmutter lieber allein sein willst und dich selbst um sie kümmern möchtest, musst du es nur sagen. Dann gebe ich Anita Bescheid.«

»Ich bin hergekommen, um zu lesen«, sagte sie. »Nicht, um Großmutter zu pflegen.«

»Okay«, sagte ich. »Dann weiß ich Bescheid. Gute Nacht!«

Statt mich schlafen zu legen, zog ich eine Jacke an und ging hinaus. Der Himmel war noch hell, aber verschleiert, als wären die Farben irgendwie herausgezogen, so wie er hier in den Sommernächten immer aussah.

Alles war still. Der Fjord lag still in seiner Vertiefung, der Berg brütete still am anderen Ufer, und hinter mir, auf dem Bergkamm im Norden, standen die Bäume genauso still.

Meine Schritte in dem weichen Gras waren fast das einzige Geräusch. Und manchmal ein schwaches Rauschen aus dem Wald, als atme er langsam aus, nachdem er lange die Luft angehalten hatte.

Ich ging zu dem alten Grundstück am Waldrand am Ende der Wiese, setzte mich auf das, was von den Grundmauern noch übrig geblieben war, und sah zu dem Haus zurück, von dem ich gerade gekommen war.

Hier hatte ich auch früher gerne gesessen. Manchmal war es befreiend gewesen, das Haus von fern zu sehen; es machte die Menschen darin kleiner. Es war ein Gedanke, den ich als Jugendliche gehabt hatte. Mutter und Vater hielten sich darin auf, dort herrschten sie, aber nur dort, denn die Welt außerhalb von ihnen war riesig. Wen interessierte es, was in den engen Zimmern in dem kleinen Haus da hinten geschah?

Heute wohnte ich ja selbst in diesem Haus, aber der Gedanke funktionierte immer noch, mit dem einzigen Unterschied, dass es nun ich und mein Leben waren, was von außen gesehen und kleiner gemacht wurde. Dass es nicht alles war.

Am Himmel über mir war das Licht einiger weniger Sterne schwach durchgedrungen. Als wollten sie am liebsten nicht gesehen werden, könnten es aber nicht verhindern, und als wollten sie schüchtern möglichst wenig Aufmerksamkeit erregen. Nicht viel anders als damals Line, dachte ich lächelnd, als sie in diesem Theaterstück auf dem Sommerfest der Schule mitspielte und zu Boden sah, während sie ihren Text so leise murmelte, dass ihn keiner hören konnte.

Dann nahm ich etwas wahr, das am Rand meines Blickfelds geschah, und drehte den Kopf.

Über den Baumwipfeln auf dem Höhenkamm im Westen brach Licht durch. Es schien, als würden die Bäume brennen.

Lange saß ich einfach nur da und starrte.

Das Licht stieg und wurde größer, bis es nur Sekunden später vom Bergkamm abhob. Es glich einem Stern, aber das Licht war viel stärker. Es musste ein Planet sein. Aber was für ein Planet zog um diese Zeit des Jahres vorbei?

So etwas hatte ich noch nie gesehen.

Es gibt sicher eine Erklärung dafür, dachte ich. Und davon abgesehen war es schön, dieses helle Licht an dem blassen Himmel direkt über dem dunklen, bewaldeten Bergkamm.

Ich stand auf und folgte dem Zaun am Wald entlang. Bald darauf konnte ich das Dorf sehen, das wie gekrümmt an der Bucht lag, unter dem Höhenzug, der verhinderte, dass man das Meer weiter draußen sah.

Der Stern stand jetzt höher.

Wie schnell er aufging!

Ich ging an dem Tümpel vorbei, schwarz am Waldrand, und zu den alten Nerzställen hinauf, die mein Großvater gebaut und ein paar Jahre genutzt hatte, und später hatte sich dann keiner die Mühe gemacht, sie abzureißen, da sie am Rand des Hofgeländes und auf Felsgrund standen.

War Inge jemand, der wusste, wie die Sterne hießen und wie weit sie entfernt waren?

Warum sollte er das sein, dachte ich und schnaubte über mich selbst und meine dummen Gedanken. Trotzdem sah ich ihn vor mir, im Krankenhaus, wie er am Fenster stand und zu demselben Stern hochschaute, den ich in diesem Moment betrachtete.

Was für ein Unsinn.

Ich ging zu der Scheune, die auf der anderen Seite der Wiese stand, und warf dabei immer wieder Blicke zu dem Stern hinauf.

Konnte es eine Supernova sein? Ein Stern, der expandierte, während er verglühte?

Er hatte etwas Unwirkliches. Oder vielleicht kam es einem auch nur so vor, weil er alles andere unwirklich machte.

Ich blieb vor der Tür zum Kuhstall stehen. Aus meiner Kindheit erinnerte ich mich noch sehr gut an die Wärme und den gleichzeitig sanften und stechenden Geruch der Kühe, und mochte es nicht, heute das Kalte und Kahle an den leeren Verschlägen zu sehen, die Reste von Kuhfladen und Heu, alles vertrocknet und leblos, die Wände fast baufällig. Trotzdem hob ich den alten Haken an und schob die Tür auf, die sich verzogen hatte und über den Steinboden scharrte. Drinnen drückte ich auf den Stromschalter, und im nächsten Moment lag der Raum in grelles Licht getaucht.

In der hintersten Box bewegte sich etwas.

Ich stand vollkommen still.

Ein Tier tauchte auf, es lief über den Boden an der Öffnung zum Mistkeller und sah mich an.

Es war ein Fuchs.

Seine Augen waren gelb und schienen mich zu mustern.

Völlig furchtlos stand er dort. Dann senkte er den Kopf, drehte sich um und trottete durch die Luke zum Scheunenteil.

Während die Badewanne sich langsam füllte, zog ich mich aus, faltete die Kleider zusammen und legte sie auf den Wäschekorb. Nackt im Raum stehend musterte ich mich im Spiegel.

Das tat ich sonst nur selten, aber jetzt wollte ich sehen, wie ich in den Augen anderer aussah.

Die Oberschenkel waren weiß und rund, die Hüften breit. Der Bauch war weich und legte sich in ziemlich große Falten, wenn ich mich vorbeugte.

Ich strich mit den Händen über die Hüften, was ungelenk aussah, es war, als fühlte ich mich plötzlich mit mir selbst nicht mehr wohl.

Die Zeit zwischen zwanzig und vierzig hatte ich gebraucht, um meinen Körper zu akzeptieren. Jetzt hatte sich alles, was ich akzeptiert hatte, verändert, so dass ich offenbar wieder von vorn anfangen musste.

Uff.

Es war so viel besser, nichts für irgendeinen Mann zu sein. Dann verschwanden all diese Gedanken.

Ich drehte das Wasser ab und setzte einen Fuß in die Wanne. Das Wasser war brühend heiß, aber ich ließ ihn dort, obwohl es stach, und setzte mich.

Sekundenlang brannte es so, dass ich meine ganze Willenskraft einsetzen musste, um sitzen zu bleiben. Dann wurde es schön.

Ich legte mich zurück, und das heiße Wasser brannte am Oberkörper, aber im nächsten Moment war auch das ein schönes Gefühl, und ich schloss die Augen.

Nach dem Plätschern aus dem Wasserhahn war es jetzt ganz still. Ich hörte schwach die Geräusche des Fernsehers im Wohnzimmer und das leise Rauschen des Wasserfalls im Tal.

Das Tröpfeln, wenn das Wasser sich im Hahn sammelte und sich ein Tropfen nach dem anderen löste.

Ich strich mir mit der Hand über die Stirn und durch die feuchten Haare und wollte gerade nach der Seife greifen, als mein Handy klingelte.

Der Ton drang schmerzhaft in die Stille ein, und ich beugte mich über den Rand der Wanne, zog an der daneben liegenden Hose, fischte das Telefon heraus und sah, dass es ein Anruf aus dem Krankenhaus war.

Es geht um Inge, dachte ich, er hat eine Blutung erlitten.

Aber es ging nicht um Inge, sondern um Ramsvik, wie sich herausstellte, er lag im Sterben, und aus Oslo war ein Organspendeteam unterwegs.

Ich trocknete mich schnell ab, zog die frischen Kleider an, die ich herausgelegt hatte, und ging ins Wohnzimmer.

Als ich vor ihrem Bett stehen blieb, schlug Mutter die Augen auf.

»Schläfst du nicht?«, fragte ich. »Stimmt etwas nicht?«

»Nein«, flüsterte sie.

»Schön«, sagte ich. »Ich muss leider wieder zur Arbeit. Ist das in Ordnung?«

»Ja«, flüsterte sie.

»Möchtest du ein paar Brote?«

»Nein«, flüsterte sie. »Line …«

»Ich sage ihr Bescheid«, sagte ich. »Sie kommt schon klar. Scheu dich nicht, sie um Hilfe zu bitten!«

Als ich die Tür hinter mir schloss und zum Auto ging, herrschte Stille. Der Fjord leicht und glatt, der Berg schwer und still, der Himmel klar.

Gott sei Dank hatte es nicht Inge getroffen!

Den ganzen Tag hatte ich immer wieder daran gedacht, dass er plötzlich mit großen, schwarzen, toten Pupillen und einem Gehirn voller Blut im Bett liegen könnte.

Das passierte manchmal.

Ich setzte auf der Schotterstraße zurück, schnallte mich an, legte den Gang ein und fuhr, schneller als sonst, hinunter.

Vor dem Tor stand mitten auf der Straße ein Tier. Erst dachte ich, es wäre ein Hund, aber als ich näher kam, sah ich, dass es ein Fuchs war. Wahrscheinlich derselbe, dachte ich. Ich ging nicht vom Gas, war mir sicher, dass er zur Seite springen und davonlaufen würde. Aber das tat er nicht.

Kurz bevor ich ihn erreichte, bremste ich ab.

Er sah mich an.

Ich hupte, ließ den Motor aufheulen, er stand weiter still.

Erst als ich die Tür öffnete und aussteigen wollte, bewegte er sich und trottete auf die Wiese, wo er im nächsten Moment im Gras verschwand.

Anscheinend füttert ihn jemand regelmäßig, dachte ich, als ich weiterfuhr. Er war ja fast schon handzahm. Es war eine Schande, was dachten die Leute sich bloß? Wilde Tiere mussten wild bleiben.

Es waren kaum Autos unterwegs, und ich fuhr, so schnell ich mich traute, die schmalen Straßen hinab. Auf der anderen Seite des Bergs, als die Straße zur Stadt hin nach Westen schwenkte und die Landschaft ebener wurde, sah ich wieder den Stern, er leuchtete knapp über den Berggipfeln. Es war, als hätte ich mich schon an ihn gewöhnt, und diese Schönheit erfreute mich. Die nächtlich stille, bläuliche Landschaft, der Stern, der so hell und klar an dem ansonsten leeren Himmel über ihm schien.

Als ich in Oslo wohnte, arbeitete ich als OP-Schwester in der Universitätsklinik. Ich liebte meine Arbeit, aber sie forderte einen auf eine intensive und anstrengende Art, die zu meinem Leben hier nicht passen würde, hatte ich damals gedacht, als ich beschloss, hierher zurückzuziehen, so dass ich stattdessen eine Stelle als Stationsschwester angenommen hatte. Bei größeren Operationen baten sie mich jedoch manchmal zu assistieren. Ich hatte nichts dagegen, es war gutes Geld, und bei meiner regulären Stelle ging es manchmal etwas zu viel um Verwaltung. Im Operationssaal drehte sich alles um Leben und Tod. Und jeder, der einmal dort gewesen war, wollte wieder dorthin zurück.

Selbst jetzt, dachte ich, als ich durch das nächtlich stille Tal fuhr, ging es um Leben und Tod. Der Patient war tot, aber seine Organe lebten und würden in einem anderen Patienten weiterleben.

Um mich vor dem nächsten Gedanken zu schützen, dass es nicht nur irgendein Patient war, sondern Ramsvik, ließ ich die CD aus dem Player gleiten und schob eine neue hinein.

Die *Eurythmics*, *Here Comes the Rain Again.*

Was hatte ich diesen Song geliebt.

Ich könnte in Inges Zimmer vorbeischauen, fiel mir ein, es würde nicht seltsam wirken, er war ein Patient auf meiner Station. Wenn ich Glück hatte, würde er sogar wach sein.

Here comes the rain again, sang ich.
Falling on my head like a memory
Falling on my head like a new emotion
I want to walk in the open wind
I want to talk like lovers do
I want to dive into your ocean
It is raining with you

Um mich herum wurden die Höfe fast unmerklich von Einfamilienhäusern ersetzt, die immer dichter standen, bis sie die Stadt bildeten, die schließlich leuchtend unter mir lag. Als ich durch die Ebene fuhr, nachdem ich den Fluss überquert hatte, sah ich einen Hubschrauber in niedriger Höhe heranfliegen. Das ist bestimmt das Team aus Oslo, dachte ich, und parkte vor dem Krankenhaus, als der Hubschrauber gleichzeitig auf dem Landeplatz dahinter aufsetzte. Der Gedanke an Ramsvik, der lange wie eine Art Schatten im Bewusstsein gewesen war, schlug mit voller Wucht ein, als ich den Parkplatz überquerte und in den Keller hinunterging. Seine beiden Kinder hatten heute Abend ihren Vater verloren.

Ich atmete mehrmals tief durch. Der Tod gehörte zum Leben. Der Tod war natürlich. Er kam ständig und holte Menschen. Diesmal war es Ramsvik. Das war ganz natürlich. Auch dass die Kinder ihren Vater verloren, auch das war ganz natürlich.

Mit diesen Gedanken im Kopf, die ich immer dachte, wenn ich in der Nähe des Todes war, zog ich mich möglichst schnell um und nahm den Aufzug zu den Operationssälen hinauf. Ramsvik lag an ein Beatmungsgerät angeschlossen mitten in dem hell erleuchteten Raum, umhüllt von Schläuchen und umstellt von Bildschirmen. Fünf Ärzte waren im Raum. Henriksen, von unserem Krankenhaus, stand neben dem OP-Tisch und unterhielt sich mit dem Leiter des Herzteams, wie ich vermutete.

Als ich hereinkam, brachte Camilla mich auf den neuesten Stand. Ramsvik hatte am Abend eine weitere Blutung erlitten, die so massiv gewesen war, dass man nichts mehr hatte tun können, die Gehirnschäden waren zu groß. Er war sofort an ein Beatmungsgerät angeschlossen worden und wurde am Leben erhalten, damit die Organe nicht geschädigt wurden.

Es war völlig unbegreifbar, dass er tot war. Seine Brust hob und senkte sich, und das Herz schlug. Er sah aus wie jeder andere Patient in Narkose.

Ich hatte ihn gemocht. Er war ein ungewöhnlicher Mann gewesen.

»Schön, dich zu sehen, Solveig«, sagte Henriksen. »Geht es dir gut?«

Seine Augen über der Maske lächelten.

»Mhm«, sagte ich.

»Ich denke, wir fangen an.«

»Okay«, sagte ich.

Die Prozedur sah vor, dass Henriksen die Operation leitete, bis das Beatmungsgerät entfernt wurde und das Herz stehenblieb, und dass die Ärzte aus Oslo anschließend übernahmen. Sobald das Herz entnommen war, würde erneut Henriksens Team weitermachen und die Bauchorgane entnehmen.

Normalerweise hätte er jetzt seine Musik angemacht. Seine Playlist enthielt Songs aus den fünfziger Jahren, Elvis, Jerry Lee Lewis, Bo Diddley, aber auch Frank Sinatra und andere Crooner. Ich fand sie ein bisschen langweilig, aber Elvis hatte ich immer gemocht. Vor allem *Blue Moon*.

An diesem Abend würde aus Respekt vor dem Verstorbenen jedoch alles in Stille ablaufen.

Ich ging zu Ramsvik. Seine Wangen hatten jetzt eine gesündere Farbe als vor einigen Stunden. Ich bereitete mich vor, legte die Kanülen bereit, die benutzt werden sollten, wenn der Brustkorb geöffnet war, Zangen, Skalpelle, Katheter, Säge, während Camilla die Maschine vorbereitete, die den Blutkreislauf übernehmen würde. Die fremden Ärzte standen hinter uns, hielten die Arme vor der Brust verschränkt und unterhielten sich.

Ich warf einen Blick zu den Monitoren. Alle Funktionen arbeiteten normal. Das Herz schlug gleichmäßig und zuverlässig.

Henriksen beugte sich über Ramsvik, sah zu Kyvik auf, der die Versorgung mit Medikamenten stoppte. Henriksen griff nach Ramsviks Zeigefinger und drückte fest auf den Nagel. Ich betrachtete Ramsviks Gesicht, das absolut regungslos blieb. Er war nicht in Narkose, aber sein Gehirn registrierte den Schmerz nicht, das Gesicht blieb völlig leblos.

»Man kann nie vorsichtig genug sein!«, sagte Henriksen und lachte kurz, ehe er sich aufrichtete. »Also schön! Dann schalten wir das Beatmungsgerät ab.«

Er tat es selbst, während ich den Tubus aus dem Mund zog.

Alle schauten auf die Bildschirme. Manchmal dauerte es Stunden, bis die Atmung aussetzte und das Herz stehenblieb. Vergingen mehr als neunzig Minuten, konnten die Organe nicht mehr verwendet werden. Das kam allerdings nur ganz selten vor.

Auch jetzt nicht. Der Blutdruck fiel konstant, gleichzeitig wurden die Atemzüge immer schwächer. Nach etwa einer Minute hörten sie ganz auf.

Die Herzkurve auf dem Monitor wurde allmählich flacher, bis das Herz aufhörte zu schlagen und auf dem Bildschirm nur noch ein Strich zu sehen war. Ein Alarmsignal ertönte.

Auf dem Ultraschallbild war das Herz vollkommen regungslos.

»Fünf Minuten«, sagte Henriksen. »Ab jetzt.«

Er verließ den Raum. Einer der Assistenzärzte folgte ihm.

Ich betrachtete den leblosen Körper, der nur Sekunden zuvor lebendig gewesen war. Plötzlich stieg das tief gestimmte Klimpern der Gitarre, die *Blue Moon* einleitete, in mir auf. Als würde der Song in meinem Inneren gespielt, so dass er dort wirklich erklang und nicht bloß eine Erinnerung war.

Ich sah die anderen im Raum an, und eine Welle von Gefühlen durchlief mich.

Blue Moon
You saw me standing alone
Without a dream in my heart
Without a love on my own
Blue Moon

Ich blinzelte, um die Tränen loszuwerden, achtete darauf, keinen Blicken zu begegnen, während ich mit der Transplantationsschwester anfing, den letzten Teil der Operation vorzubereiten, den umfassendsten. Der Brustkorb sollte geöffnet, und die verschiedenen Organe würden entnommen werden, es war eine minutiöse und zeitraubende Arbeit, bei der man keine Fehler machen durfte, alles musste schnell und präzise ablaufen.

Blue Moon
You knew just what I was there for
You heard me saying a prayer for
Someone I really could care for
And then there suddenly appeared before me
Blue Moon

»Sie haben das schon einmal gemacht?«, fragte einer der Pfleger, der Anfang dreißig zu sein schien. Er sah nicht gesund aus, hatte Tränensäcke unter den Augen, aber in dem grellen Licht galt das wahrscheinlich für uns alle.

»Bis vor einem Jahr habe ich in Oslo in der Universitätsklinik gearbeitet«, sagte ich.

»Als OP-Schwester?«

»Ja.«

»Und dann sind Sie hier oben gelandet?«

»Ich komme von hier«, sagte ich. »Ich wollte nach Hause.«

»Haben Sie ihn gekannt?«, fragte er und nickte zu Ramsvik hin.

»Er war einer meiner Patienten.«

Er schüttelte mitfühlend den Kopf. Hinter uns kehrte Henriksen zurück.

»Die fünf Minuten sind vorbei«, sagte er. »Keine Lebenszeichen?«

»Nein.«

»Dann legen wir los«, sagte er. »Bitte.«

Ich wusch Brust, Bauch und Leisten steril. Kyvik verabreichte dem Toten Heparin, bevor Henriksen die Schläuche zur Herz-Lungen-Maschine in die Leiste legte. In den einen führte er einen Ballon ein, der unterhalb des Gehirns aufgeblasen wurde, um jede eventuelle Blutzufuhr zu diesem zu blockieren. Dann schaltete Henriksen die Maschine ein, die das Blut durch den Körper pumpte und ihm Sauerstoff zuführte.

Mir war das schon immer unheimlich gewesen, denn nun lebte sein Unterkörper, während der Oberkörper tot war. Kopf, Hals und die Brust über dem Herzen wurden kalt und mit der Zeit blau, während der restliche Körper warm und gesund war.

Um mich herum herrschte fieberhafte Aktivität. Ich zog die Platte mit Skalpellen, Scheren und Klammern zu mir, ordnete sie ein letztes Mal, bevor der Arzt begann. Ramsviks massiger Körper lag regungslos auf dem Tisch; sein Gesicht war ganz weiß, blutleer, mit einem schwachen Hauch von Blau.

Bis auf Brust und Bauch wurde der gesamte Körper abgedeckt. Ich reichte dem Arzt das Skalpell, und er machte einen langen Schnitt vom Hals bis zum Schambein. Frisches, rotes Blut sickerte heraus. Als das getan war, bekam ich das Skalpell zurück, und nachdem ich es in den Becher gestellt hatte, reichte ich ihm die Säge. Als er sie anließ, sah ich zu Ramsviks Kopf.

Die Augen standen offen.

»Der Patient ist wach!«, rief ich.

»Reden Sie keinen Unsinn«, sagte der Transplantationsarzt und schaltete die Säge aus. »Das ist unmöglich.«

Aber auch er sah, dass die Augen offen standen.

»*Das* habe ich wirklich noch nie gesehen«, sagte er. »Aber

ich hatte einmal einen, der rief, nachdem er gestorben war. *Das* war vielleicht unheimlich!«

Er ließ die Säge wieder an.

Aber das waren keine toten Augen, die dort offen standen. Es war Leben in ihnen, ich sah es. Als blicke er von einem fernen, fernen Ort auf die Welt.

Doch das Herz schlug nicht. Und das Gehirn war schon so lange ohne Blut gewesen.

Trotzdem. In diesen Augen war Leben.

»Ist es *sicher*, dass er tot ist?«, fragte ich. »Kann mit dem Ballon etwas schiefgelaufen sein?«

Der Arzt aus Oslo und Henriksen sahen mich gereizt an.

»Das ist nur ein Reflex«, sagte der Arzt aus Oslo. »Er *ist* hirntot. Sein Herz hat seit einer kleinen Ewigkeit nicht mehr geschlagen. Es ist *unmöglich*, dass noch Leben in ihm ist.«

»Sieh dir das Röntgenbild an, Solveig«, sagte Henriksen. »Und den Blutdruck. Der Ballon funktioniert.«

»Er ist so tot wie ein toter Fisch«, sagte der Arzt aus Oslo. »Lasst uns weitermachen.«

Er beugte sich vor und presste die kreischende Säge gegen das Brustbein. Feiner Staub verbreitete sich in der Luft, als er sie durch den Knochen presste, und als er sie langsam nach unten zog, sickerte frisches, rotes Blut heraus.

Ramsvik öffnete den Mund.

»Stopp!«, rief ich.

Der Arzt schaltete die Säge wieder aus.

»Aaaaaaaaaaa«, kam es leise, fast unhörbar aus dem Körper auf dem Tisch.

»Was zum Teufel ist hier los?«, sagte der Arzt. »Das kann nicht sein! Das ist unmöglich!«

Ich sah auf den Monitor. Das Herz schlug wieder. Die Kurve war flach, aber es war eine Kurve.

»Sein Herz schlägt!«, sagte ich.

Er lebte.

Im Raum machte sich eine Art Panik breit. In den Augen über den Masken zeigte sich Angst, sie schauten sich nach etwas um, an dem sie sich festhalten konnten.

»Die Definition des Todes lautet, dass er irreversibel ist«, sagte Henriksen. »Es ist unmöglich, aus dem Tod zurückzukehren. Also ist er nicht tot und ist es auch nicht gewesen.«

»Großer Gott«, sagte der Krankenpfleger.

»Was machen wir jetzt?«, fragte der Transplantationsarzt.

»Wir nähen ihn zu und scannen anschließend sein Gehirn«, sagte Henriksen.

»Mit anderen Worten, keine Organe heute Abend«, sagte der Arzt.

»Nein«, sagte Henriksen.

»Wie ist das nur *möglich*?«, sagte der Transplantationsarzt und schüttelte den Kopf. »Eine volle halbe Stunde ist sein Gehirn nicht durchblutet worden. Das Herz hat nicht geschlagen. Und der Ballon hat funktioniert, oder?«

»So hat es ausgesehen«, sagte Henriksen. »Aber es ist und bleibt eine Tatsache, dass er lebt.«

»Was passiert jetzt mit ihm?«, fragte ich.

»Wir werden nichts unternehmen«, sagte Henriksen. »Ihn nicht ernähren. Dann wird er ruhig und friedlich sterben. Das wird für alle das Beste sein.«

Er erhob die Stimme.

»Über das, was hier passiert ist, dringt kein Wort aus diesem Raum, verstanden? Kein Wort in Oslo, kein Wort hier.«

Ich zog Haube, Maske und Kittel aus, warf sie in den Eimer und holte mir eine Tasse Kaffee. Henriksen, der sich die Hände wusch, drehte sich zu mir um.

»Es kann bis zu einem Tag dauern, bis das Herz eines hirntoten Patienten nicht mehr schlägt«, sagte er.

»Aber das Herz ist doch nach ein paar Sekunden stehengeblieben«, sagte ich.

»Ja, ja, ja«, sagte er. »Es ist nicht das erste Mal, dass so etwas passiert. In Schweden ist vor vielen Jahren einmal etwas Ähnliches vorgekommen. Der Patient war für hirntot erklärt worden und seine Organe sollten entnommen werden, als er plötzlich die Augen aufschlug.«

»Davon habe ich gehört«, sagte ich. »Aber sie müssen sich geirrt haben. Der Patient kann ja nicht hirntot gewesen sein.«

»Nein«, sagte Henriksen.

»Aber Ramsvik war tot«, sagte ich. »Wir haben es doch alle gesehen.«

»Logisch betrachtet kann er nicht tot gewesen sein«, sagte Henriksen. »Es muss irgendwie an dem Ballon gelegen haben. Vielleicht hat er nicht funktioniert. Weißt du, auch das kommt vor. Nichts und niemand ist unfehlbar.«

Er lächelte.

»Es ist noch früh. Wir könnten noch einen trinken gehen. Kommst du mit?«

Er zwinkerte mir zu.

»Nein, danke«, sagte ich.

»Okay«, sagte er. »Dann ein anderes Mal.«

Er zog eine kleine Spraydose heraus, öffnete den Mund und sprayte drei Mal hinein, wischte sich über die Lippen und steckte die Spraydose in die Tasche zurück.

»Nikotin«, sagte er. »Bis bald, Solveig!«

Ich wartete ein paar Minuten, ehe ich den Aufzug zur Station nahm. Als ich aus dem Aufzug trat, kam Jorunn aus dem Stationszimmer, offenbar hatte sie ihn gehört.

»Hallo, Jorunn«, sagte ich. »Wie geht's? Ich will nur kurz etwas holen.«

»Du warst bei der Organ-OP dabei?«, fragte sie.

»Ja«, sagte ich.

»Der arme Mann«, sagte sie.

»Das kann man wohl sagen«, sagte ich und ging in mein Büro, steckte einen unbenutzten Aktenordner in eine Plastiktüte und ging wieder hinaus und zu Inges Zimmer.

Ich klopfte vorsichtig an und öffnete die Tür.

Er saß von Kissen gestützt aufrecht im Bett und drehte den Kopf zu mir, als ich eintrat. Sein Gesicht war blass, er hatte dunkle Ringe unter den Augen, und auf Wangen und Kinn lag ein schwacher Schatten von Bartstoppeln. Seine Augen glühten.

»Du arbeitest noch?«, fragte er. Seine Stimme war leise, aber klar.

Ich nickte.

»Ich habe bei einer Operation assistiert. Aber jetzt fahre ich nach Hause.«

»Ich muss schon sagen«, sagte er.

»Wie geht es dir?«, fragte ich.

»Ich lebe«, sagte er. »Das ist wohl das Wichtigste. Jedenfalls für mich!«

»Dann hast du immer noch Kopfschmerzen?«

Er nickte, irgendwie widerwillig.

»Aber das ist ja auch kein Wunder. Immerhin haben sie stundenlang darin herumgewühlt.«

Ich lächelte.

Er lächelte auch.

»Melde dich einfach, wenn die Schmerzen zu stark werden«, sagte ich.

»Das mache ich«, sagte er.

Es wurde kurz still.

Dann setzten wir gleichzeitig an, etwas zu sagen.

»Glaubst du, du kannst …«, sagte er.

»Hast du gesehen …«, sagte ich.

Wir lächelten wieder.

»Was wolltest du sagen?«, fragte ich.

»Du zuerst«, sagte er.

»Nein, du«, sagte ich.

»Es war nichts Besonderes«, meinte er. »Aber ich habe mich gefragt, ob du mir einen Gefallen tun und die Jalousien hochziehen kannst? Ich kann nicht schlafen, und es ist schön, hier zu liegen und nach draußen zu sehen.«

»Na klar«, erwiderte ich und ging zum Fenster.

Der neue Stern stand hoch über der Stadt und leuchtete.

»Was glaubst du, was das ist?«, fragte ich.

»Der neue Stern?«

»Ja«, sagte ich und sah zu ihm hin.

»Es ist ein neuer Stern«, sagte er.

»Der neue Stern ist ein neuer Stern?«, sagte ich.

»Das muss es ja auch mal geben«, erklärte er. »Dass im Universum neue Sterne entstehen.«

»Ja«, sagte ich.

»Was wolltest du sagen?«, fragte er.

»Nichts Wichtiges«, sagte ich. »Du musst schlafen oder dich zumindest ausruhen. Ich werde dich nicht länger stören. Ich wollte nur kurz sehen, wie es dir geht.«

»Mir geht es gut«, sagte er. »Arbeitest du morgen?«

Ich duschte schnell in der Umkleide im Keller, zog mich an, ich war alleine da unten, öffnete die Tür und trat in die warme Nachtluft hinaus. Es war schwül, und ich dachte, dass es sicher bald ein Gewitter geben würde.

Ich war gleichzeitig froh und beunruhigt. Als ich den Wagen anließ, ging die Musik an, sie war laut und gehörte zu einer anderen Stimmung, weshalb ich sie ausschaltete, das Fenster herunterließ und auf die Straße und über den Fluss fuhr. Die Ampel war rot, und ich sah zu dem barackenähnlichen Lokal namens *Riverside* hinunter, das am Flussufer lag. Auf dem Parkplatz davor standen ungefähr zwanzig Jugendliche, manche saßen auf den Kühlerhauben, die meisten hielten eine Flasche oder ein Glas in der Hand. Wie so oft, wenn auf der Arbeit etwas Intensives passiert war, schoss mir durch den Kopf, wie anders die Welt da draußen war. Keiner der jungen Leute da unten verschwendete einen Gedanken daran, was Tag und Nacht im Krankenhaus vor sich ging. Natürlich nicht, warum sollten sie auch? Der Tod ist immer woanders. Bis er in ihre Nähe kam, und das tat er immer, und für eine Weile alles überschattete und das Leben, das sie führten, ferner erscheinen ließ.

Die Ampel schaltete auf Grün um, und ich bog mit dem neuen Stern im Rücken auf die leere Hauptstraße und fuhr aus der Stadt hinaus und ins Tal. Die Tiere der großen Rinderherde, die man ein, zwei Jahre zuvor für die Fleischproduktion importiert hatte, lagen auf der Weide und glichen im Licht der grauen Spätsommernacht Findlingen. Sie waren das ganze Jahr über auf der Weide, und ich sah sie jeden Tag. Im Winter hatte ich morgens einmal eines der Tiere tot auf der Erde liegen sehen, aber als ich am Nachmittag wieder nach Hause fuhr, hatte man es bereits weggeschafft, und im Frühjahr bekam ich einmal den Moment mit, in dem ein neugeborenes Kalb zum ersten Mal aufstand, die zitternden Beine und die Mutter, die den Kopf zu dem kleinen Körper senkte und es ableckte.

Es waren schöne Geschöpfe, und sie schienen ein harmonisches Leben zu führen, selbst wenn sie im Winter bei Wind und Schnee mit gesenkten Köpfen dastanden.

Ich sah Ramsvik vor mir, wie er mit offenen Augen auf dem OP-Tisch lag. Der leise, gequälte Laut, der von ihm gekommen war.

Zum Glück war es nicht meine Aufgabe, den OP-Bericht zu schreiben.

Was wohl darin stehen würde?

Das Herz war stehengeblieben, als das Beatmungsgerät abgeschaltet worden war. Sein Gehirn war nicht mehr durchblutet worden. Also musste er tot gewesen sein. Dass sein Herz eine Zeitlang nicht geschlagen hatte, war nicht unbedingt entscheidend, viele hatten nach relativ langem Herzstillstand das Bewusstsein wiedererlangt. Entscheidend war die Gehirnaktivität.

Was hatte Henriksen gesagt? Der Tod ist irreversibel. Es ist nicht möglich, aus ihm zurückzukehren. Als Ramsvik dies tat, hieß das lediglich, dass er gar nicht tot gewesen war.

Die weißen Hofgebäude, die um mich herum verstreut in der Landschaft standen, schimmerten matt, aber dennoch intensiv in dem gräulichen Licht. Die meisten Fenster waren dunkel. Ich sah auf die Uhr auf dem Armaturenbrett: kurz vor zwei.

Als ich nach Hause kam, waren im Erdgeschoss alle Lampen an. Ich seufzte vor mich hin, Line dachte nie an andere, fühlte sich nie für etwas verantwortlich.

So oder so war es jetzt zu spät, sie zu erziehen.

Ich konnte mich vor Müdigkeit kaum noch auf den Beinen halten. Trotzdem machte ich mir eine Tasse Tee und ein Brot, das ich am Fenster stehend aß, bevor ich zu Mutter hineinging, um nach ihr zu schauen.

Sie schlief tief und fest, und ich schaltete alle Lampen aus, goss noch etwas Milch in den Tee, damit ich die Tasse in einem großen Schluck leeren konnte, ging ins Schlafzimmer hinauf, zog mich aus, faltete die Kleider zusammen, zog die Decke zur Seite und legte mich hin, auf die Seite, die Handflächen unter der Wange, wie ich es schon als Kind getan hatte.

Ich lag lange wach, zu aufgedreht, um schlafen zu können.

Mein Schlafzimmer lag direkt über dem von Mutter, und als sie nach unten umgezogen war, hatte ich es als Vorteil betrachtet, dass ich so hören konnte, wenn etwas nicht stimmte, aber in Wahrheit war ich nun ständig in Sorge, denn von unten drang nie ein Laut zu mir herauf, und so bildete ich mir häufig ein, sie würde nicht mehr atmen und läge da unten tot in ihrem Bett.

So war es mir auch gegangen, als Line geboren wurde.

Als wäre das Atmen etwas irgendwie Widernatürliches, als wäre es der natürliche Zustand für den Säugling und die alte Frau, nicht zu atmen, als bildete der atmungslose Zustand das Equilibrium, das an ihnen zerrte.

Eine meiner damaligen Freundinnen aus der Krabbelgruppe hatte es erlebt, sie war in einem Aufzug gewesen und das Kind hatte im Kinderwagen gelegen und aufgehört zu atmen. Glücklicherweise hatte sie es genau in dem Moment angesehen, und ohne groß nachzudenken, so erzählte sie mir, habe sie das Kind herausgehoben, es an den Füßen gehalten und geschüttelt.

Es begann wieder zu atmen.

Wir lachten, als sie es erzählte, es war eine komische Vorstellung, dass sie das Baby an den Beinen gehalten und geschüttelt hatte, aber alle, die damals dabei waren, kannten diese Furcht.

Es war so lange her.

Einundzwanzig Jahre.

Und das Letzte, wovor ich heute Angst hatte, wenn es um Line ging, war, dass sie aufhören könnte zu atmen. Sie war mitten im Reich des Atmens.

Mutter dagegen, sie war an den Grenzen angekommen.

Ich hob den Kopf, zog den Vorhang zur Seite und sah zum Nachbarhof hinunter, wo die Lampen am Dach über der Veranda gelb leuchteten. Meine Augen folgten der unterhalb verlaufenden Straße zu der Stelle, wo sie in den Wald führte und verschwand, verborgen von regungslosen, nächtlich dunklen Fichten. Dort rauschte der Wasserfall. Ich legte mich zurück und schloss die Augen. Das Letzte, woran ich mich erinnere, war, dass eine Eule in der Ferne dreimal schuhute. Aber das kann auch ein Traum gewesen sein.

KATHRINE

Vielleicht bin ich im Flughafen ja seinem Zwillingsbruder begegnet, dachte ich, als ich aus der Kirche kam und über den Vorplatz zu meinem Büro zurückging. Der nach Bergen gefahren war, weil er an der Beerdigung teilnehmen wollte. Sehr wahrscheinlich war das natürlich nicht, aber durchaus möglich.

Er hatte genau gleich ausgesehen.

Aber wie gut erinnerte ich mich eigentlich an das Gesicht?

Es könnte einfach jemand sein, der ihm ähnelte.

So musste es sein.

Ich lächelte Karin zu und schloss die Tür hinter mir, setzte mich an den Schreibtisch und begann, die E-Mails zu beantworten, die sich so schnell anhäuften. Aber ich schaffte es nicht, mich zu konzentrieren, ging hinaus, holte mir ein Glas Wasser und nahm aus der Schüssel im Besprechungsraum einen Apfel mit, saß da und sah aus dem Fenster, während ich ihn aß. Der Rasen draußen war gelb und versengt, wo er an den Kies auf dem Parkplatz stieß, fast vollkommen weiß. Über der Mauer zum dahinter liegenden Friedhof sah ich Wasser, das durch die Luft geschleudert wurde, und hörte ganz schwach das rhythmische Tick-tick-tick des Rasensprengers, aber so leise, dass ich mir das möglicherweise auch nur einbildete.

Ich betrachtete das Bild von Gaute und den Kindern, es war aus dem letzten Sommer, sie saßen auf einem Uferfelsen und sahen in die Kamera, Marie war auf Gautes Schoß, Peter dicht neben ihm.

Meine Gang.

Vielleicht sollte ich Peter ein Handy kaufen, dachte ich. Dann könnten wir uns tagsüber schreiben. Das würde ihm zusätzliche Sicherheit geben.

Peter war eigen, anders als die übrigen Jungen, und die anderen Kinder in seiner Klasse hatten angefangen, ihm die kalte Schulter zu zeigen. Er begriff nicht, warum, und versuchte, sich mit den Mitteln zu behaupten, die ihm zur Verfügung standen. Er glaubte, es würde ihm helfen, dass er mehr wusste als sie. Als wollten sie mit ihm zusammen sein, sobald sie erst einmal begriffen hatten, wie schlau er war und wie viel er konnte.

Im Frühjahr hatte mich eines Tages sein Lehrer angerufen. Es hatte einen Vorfall mit Peter und einem stotternden Schüler gegeben. Peter hatte ihn vor den anderen nachgeahmt und versucht, ihn dazu zu bringen, schwierige Wörter zu sagen. Als er nach Hause kam, sprach ich ihn nicht darauf an, ich hoffte, er würde es vielleicht von sich aus erzählen. Als er das nicht tat, ging ich am Abend, vor dem Einschlafen, in sein Zimmer. Mit der Wange auf dem Kissen sah er mich fragend an, als ich eintrat. Er hatte gerade gebadet und war sauber und schön. Der Blick, mit dem er mich ansah, war unschuldig, aber dann tauchte plötzlich Furcht darin auf: Er begriff.

Ich setzte mich auf die Bettkante.

»Dein Lehrer hat mich heute angerufen«, sagte ich.

Er sagte nichts, starrte nur vor sich hin, sein Blick plötzlich vollkommen leer.

»Er sagt, dass du einen Jungen gequält hast, der stottert. Stimmt das?«

»Ich habe das nicht gewollt«, sagte er leise.

»Und was hast du getan?«, fragte ich.

Er antwortete nicht.

»Peter, was hast du getan?«

»Ich war das nicht alleine«, sagte er. »Die anderen haben es auch getan.«

»Das ist keine Entschuldigung«, sagte ich. »Du hast ihn gemobbt. Hast du mal darüber nachgedacht, wie es ihm dabei ergangen ist? Hast du das?«

Ihm traten Tränen in die Augen.

»Ich habe nicht gewusst, dass es falsch war«, flüsterte er.

»Natürlich hast du das gewusst«, sagte ich.

»Nein!«, schrie er fast und fing an zu weinen.

Es sah aus, als ergriffe etwas Besitz von ihm. Sein Körper wand sich unter der Decke, er schluchzte laut, die Tränen liefen.

»Peter«, sagte ich.

»Ich – habe – das – nicht – gewusst!«, sagte er schluchzend.

»Du musst das wieder in Ordnung bringen«, sagte ich. »Du musst dich bei ihm entschuldigen. Und du darfst so etwas nie wieder tun.«

»Ich – habe – das – nicht – gewusst!«, sagte er und krümmte sich, der Blick wirr vor Verzweiflung.

»Peter, beruhige dich«, sagte ich und strich ihm übers Haar.

Jammernde Laute kamen von ihm. Er warf sich hin und her.

Er war hysterisch.

»Peter!«, sagte ich und versuchte ihn festzuhalten. »Jetzt ist es genug.«

»Aaaaaaaahh«, drang aus ihm heraus. »Aaaaaaahh, aaaaahhhh.«

»Jetzt ist es genug, Peter«, sagte ich wieder und stand auf. »Du bittest ihn morgen in der Schule um Entschuldigung, und damit hat sich die Sache erledigt.«

Ich legte die Hand auf seine Schulter, beugte mich über ihn.

»Gute Nacht«, sagte ich.

Er sah zu mir hoch.

Ich schaltete das Licht aus, schloss die Tür hinter mir und ging die Treppe zum Wohnzimmer hinunter, wo der Fernseher eingeschaltet war, aber das eingefrorene Bild eines Mannes zeigte, der irgendwo in England auf dem Land aus einem Auto stieg.

»Gaute?«, sagte ich.

»Ich bin hier«, meldete er sich aus der Küche.

Er saß auf dem hohen Barhocker an der Kücheninsel und aß, das Handy vor sich, Reste des Abendessens. Er saß im Halbdunkel, nur die Lampe über dem Herd war an.

»Wie ist es gelaufen?«, fragte er.

»Gut ist es gelaufen«, sagte ich und holte ein Glas aus dem Schrank, füllte es mit Wasser, trank es und stützte mich dabei mit einer Hand auf der Arbeitsplatte ab.

»Ich habe gehört, dass er geweint hat?«

»Ja, er hatte ein furchtbar schlechtes Gewissen.«

»Und wie geht es ihm jetzt?«

»Ich glaube, er weint immer noch.«

»Du bist einfach gegangen?«

Er sah mich an.

»Er muss lernen, mit seinen Gefühlen klarzukommen«, sagte ich. »Und das kann er nur alleine.«

Gaute begegnete kurz meinem Blick. Dann sah er nach unten.

Das bedeutete, dass ihm nicht gefiel, was ich gesagt hatte.

Es bedeutete, dass wir unterschiedlicher Meinung waren.

»Geh bitte nicht zu ihm hoch, okay?«, bat ich.

»Er schläft bestimmt bald«, sagte er und warf mir noch einen kurzen Blick zu, ehe er ihn wieder senkte. Die Lammfleischscheiben auf seinem Teller, nur eine Stunde zuvor saftig und weich, waren jetzt fest und weiß von erstarrtem Fett. Er aß sie mit den Fingern.

»Was schaust du im Wohnzimmer?«, fragte ich und stellte das Glas in die Spülmaschine neben ihm.

»›Inspektor Morse‹«, sagte er. »Oder warte, heißt die Serie jetzt nicht ›Lewis‹? Seit sein Assistent übernommen hat?«

»Doch«, sagte ich. »›Inspektor Lewis‹, vielleicht?«

Ich drehte mich um und sah aus dem Fenster. Die Lichter in den Häusern, die den sanften Hang hinunter standen, waren weich, jedenfalls im Vergleich zu den grell leuchtenden Industriegebäuden, die an der Straße lagen. Auf der anderen Seite standen neue Häuserreihen, ehe dunkel und bewaldet der Berg zum grauschwarzen Himmel aufstieg.

»Wollen wir den Rest der Folge zusammen schauen?«, fragte ich.

»Klar«, sagte er. »Aber ich bin schon in der Mitte.«

»Ich mag sowieso keine Krimis«, sagte ich.

Er lächelte und öffnete die Kühlschranktür, schob die ungegessenen Lammstücke von seinem Teller in die Plastikdose mit den anderen Essensresten.

»Ob wir die wirklich essen?«, sagte ich. »Ich werfe ständig Reste aus dem Kühlschrank weg.«

»Wir könnten Spaghetti Bolognese mit Lammfleisch statt Hackfleisch machen«, sagte er. »Das schmeckt ehrlich gesagt ziemlich gut.«

»Okay«, sagte ich und ging ins Wohnzimmer. Vor der Couch blieb ich stehen und lauschte. Oben war alles still. In der Küche lief Wasser aus dem Hahn, wahrscheinlich wusch Gaute sich die Hände.

Ich setzte mich, zog mein Handy heraus und ging auf die Seite der Lokalzeitung, überflog die Schlagzeilen. Ich wusste, dass er zu ihm gehen würde.

»Mach ruhig schon an, wenn du willst«, sagte er hinter mir. »Ich muss nur noch kurz auf die Toilette.«

»Ich warte.«

Er würde zunächst zu Peter hineingehen, vermutete ich, als ich seine Schritte auf der Treppe hörte. Sich auf die Bettkante setzen und ihn einen Moment trösten, ehe er ins Bad schlich und abzog, damit ich es hörte und glaubte, er wäre die ganze Zeit dort gewesen und nun fertig.

Damit würde er untergraben, was ich gesagt hatte. Deshalb ging vielleicht nicht gleich die Welt unter. Schlimmer war, dass er es heimlich machte. Dass er sich nicht traute, sich dem kleinen Konflikt mit mir zu stellen. Bei den wenigen Minuten mit Peter, zu denen er sich nach oben gestohlen hatte, ging es nicht um Peter, auch wenn er das eventuell glaubte, es ging um ihn. Er konnte seine Gefühle nicht aushalten. Das hatte er noch nie gekonnt.

Plötzlich wurde mir klar, dass mein wachsender Ärger, der sich immer öfter regte und den ich nicht immer hinunterschlucken konnte, und der manchmal in regelrechte Wut umschlug, möglicherweise ein Weg war, um mich selbst zu rechtfertigen.

Dass etwas in mir ihm die Schuld gab, damit etwas anderes in mir ungeschoren davonkam.

Schließlich hatte er nichts falsch gemacht. Er hatte sich auch nicht verändert.

Es rauschte in den Leitungen in der oberen Etage.

Ich atmete tief durch.

Mein Bedürfnis, allein zu sein, war so groß, dass ich fast in Panik geriet.

Aber ich hatte es im Griff, schaltete den Fernseher mit der Fernbedienung ein und drehte mich lächelnd zu ihm um, als er die Treppe herunterkam.

»Du hast schon angemacht«, sagte er.

»Vor fünf Sekunden«, meinte ich.

Er setzte sich neben mich.

»Möchtest du etwas trinken?«, fragte er. »Einen Kaffee oder Tee?«

»Ich glaube, dafür ist es ein bisschen zu spät«, sagte ich.

»Einen Drink?«, fragte er.

»Nein, danke«, sagte ich.

Er legte die Beine auf den Tisch, den Arm auf die Lehne hinter mir.

»Aber du kannst ruhig etwas trinken«, sagte ich.

»Muss nicht sein«, erwiderte er.

Schweigend sahen wir die Folge. Als sie vorbei war, schaltete ich aus und stand auf, ging in die Küche und begann, die Spülmaschine auszuräumen. Er folgte mir.

»Stimmt etwas nicht?«, fragte er.

Ich schüttelte den Kopf, stellte immer zwei Gläser und Tassen auf einmal in den Schrank.

»Na schön«, sagte er. »Ich gehe schon mal ins Bett. Kommst du mit?«

»Gleich«, sagte ich und lächelte. »Ich will nur vorher noch etwas durchsehen.«

»Okay«, meinte er.

Ich ging in mein Büro und begann zu arbeiten. In der ersten Etage rieselte Wasser in der Dusche, und ich seufzte. Gaute duschte abends nur, wenn er mit mir schlafen wollte.

Es wundert mich nicht, dass er glaubt, ich hätte ihn betrogen, dachte ich, als ich am Schreibtisch saß und mit dem Apfelgehäuse in der Hand geistesabwesend aus dem Fenster sah. Obwohl es schön war, wenn wir erst einmal miteinander schliefen, wuchs meine Abneigung gegen Sex, als müsse eine Distanz überbrückt werden und als würde diese immer größer. War sie dann einmal überbrückt, gewann etwas anderes die Oberhand, und daraufhin verschwanden der Widerstand und die Zweifel manchmal völlig, daran lag es also nicht. Es war etwas anderes, was mir im Weg stand.

Mir machte das nicht so viel aus, das Problem war eher, dass ich ihm gegenüber ein schlechtes Gewissen bekam. Aber ich konnte ja wohl kaum mit ihm schlafen, nur weil ich ein schlechtes Gewissen hatte, das wäre eine Form von Prostitution.

Das Thema beschäftigte ihn natürlich. Er begriff, dass etwas nicht stimmte. Und dann war ich gestern Nacht nicht nach Hause gekommen, und er hatte eins und eins zusammengezählt.

Ich verstand die Logik.

Aber ich verstand nicht, dass er so schlecht von mir dachte.

Kannte er mich wirklich nicht besser?

Ich stand auf und warf das Apfelgehäuse in den Papierkorb. Bis zum Beginn der Beerdigung blieb nur noch eine Viertelstunde. Ich ging auf die Toilette, und als ich in mein Büro zurückkam, setzte ich mich, schloss die Augen und ging in Gedanken die gesamte Liturgie durch, um mich auf das zu konzentrieren, was vor mir lag, und um möglichst wenig von meinem eigenen Leben hineinzutragen.

Ein paar Minuten später überquerte ich den offenen Platz zur Kapelle. Die Sonne hatte so viel Kraft, dass sie auf meinem Gesicht brannte. Draußen waren es bestimmt über dreißig Grad. Außerdem regte sich kein Lüftchen. Über mir hingen die Blätter an den Bäumen ganz still.

In der Kapelle, hinter den alten, dicken Steinwänden, war es dagegen kühl.

Als die ersten Glockenschläge erklangen, zog ich den Talar an und betrat den Kirchenraum. Der Organist, Erik, begann das Präludium zu spielen. Die beiden Männer vom Beerdigungsinstitut saßen nebeneinander mit gesenkten Köpfen in der ersten Bankreihe. Der Sarg war schwarz, was nicht mehr so häufig vorkam, und ich fragte mich, warum sie sich ausgerechnet für Schwarz entschieden hatten, wenn es nicht explizit gewünscht worden war.

Ich begann zu singen. Die beiden Männer hoben den Kopf und sangen mit ihren routinierten und furchtlosen Stimmen mit.

Abend wird es wieder:
über Wald und Feld
säuselt Frieden nieder,
und es ruht die Welt.

Nur der Bach ergießet
sich am Felsen dort,
und er braust und fließet
immer, immer fort.

Und kein Abend bringet
Frieden ihm und Ruh,
keine Glocke klinget
ihm ein Rastlied zu.

So in deinem Streben
bist, mein Herz, auch du:
Gott nur kann dir geben
wahre Abendruh.

Es war ein seltsames Gefühl, nur mit den beiden zu singen, dadurch wurde es so offensichtlich zu einem Schauspiel, zu etwas, das wir ohne Verbindung zur Situation und zu dem Verstorbenen taten, aber es erschien mir auch schön und richtig, als sei der Gesang besonders wichtig, gerade weil niemand da war, der ihn gekannt hatte und Abschied nehmen wollte.

»Die Gnade und der Frieden Gottes, unseres Vaters und des Herrn, Jesus Christus, sei mit euch«, sagte ich an die leeren Sitzreihen gewandt. »Wir haben uns heute hier versammelt, um Abschied zu nehmen von Kristian Hadeland. Gemeinsam wollen wir ihn in Gottes Hand geben und ihn zu seiner letzten Ruhestätte begleiten. Denn so sehr hat Gott die Welt geliebt, dass er seinen eingeborenen Sohn hingab, damit niemand, der an ihn glaubt, verloren gehe, sondern ewiges Leben erhalte.«

Ich sah auf den Sarg. Ein Kranz, auf dem *Ruhe in Frieden* stand, lag darauf, unterzeichnet mit »Deine Freunde«, die gängige Formel, wenn es keinen Absender gab.

Der Mann, den ich gesehen habe, kann kein Zwillingsbruder gewesen sein, dachte ich, sonst wäre er jetzt hier. Dass der Verstorbene einen Zwillingsbruder hatte, der nicht zu seiner Beerdigung kam, wäre schon seltsam genug, noch seltsamer, dass er im Flughafen ausgerechnet mit mir in Kontakt getreten war, der Pfarrerin, die seinen Bruder beisetzen sollte.

Solche Zufälle gab es einfach nicht.

Aber wer war er dann, wenn er nicht der Zwillingsbruder war?

Konnte ich mich wirklich so getäuscht haben?

Ich hob die Arme ein wenig, die Handflächen nach außen gedreht.

»Jesus spricht: ›Kommt her zu mir, alle, die ihr mühselig und beladen seid; ich will euch erquicken‹.«

Die beiden Männer starrten vor sich hin. Ihre Gesichter verrieten keine Gefühle; sie waren auf der Arbeit.

»Lasset uns beten«, sagte ich.

Ich faltete die Hände und senkte den Kopf.

»Herr, du bist in Generation auf Generation unsere Heimstatt gewesen. Bevor die Berge geboren wurden, bevor die Erde und die Welt entstanden, von Ewigkeit zu Ewigkeit bist du, Gott. Du lässt den Menschen wieder zu Staub werden und sprichst: ›Menschenkind, kehre zurück!‹ Denn tausend Jahre sind für dich wie der gestrige Tag, der vorbeifloss, oder wie eine Nachtwache. Lehre uns, unsere Tage zu zählen, damit wir Weisheit im Herzen erlangen!«

Ich sah wieder auf. Das scharfe Licht draußen ließ die Farben in den Kirchenfenstern rot und grün und blau leuchten, und die sonst dunklen Wände in der Kirche schimmerten schwach. Alles betonte die Leere im Raum. Als ich zur Kanzel ging, sah ich sein rundes Gesicht vor mir. Den Blick, der zunächst nur freundlich gewesen war, auf eine leicht aufdringliche Art vielleicht, dann aber spöttisch geworden war. Als wüsste er etwas über mich, dachte ich. Als wüsste er, wer ich bin.

Wenn er es gewesen war, lag darin eine gewisse Ironie, denn ich würde ihn zu Grabe tragen, und ich wusste nichts über ihn.

Aber er *konnte* es doch gar nicht gewesen sein.

Ich musste endlich damit aufhören.

Ich sah zu Erik hinüber. Er lächelte und hob den Daumen, der Idiot. In diesem Raum war die Würde alles, ganz gleich, wie viele Male man sich im Laufe eines Tages darin aufhielt.

Ich holte Luft.

»Kristian Hadeland wurde am sechsten Juni 1956 im Haukeland Krankenhaus in dieser Stadt geboren«, sagte ich. »Und er starb in dieser Stadt am dreiundzwanzigsten August im Alter von siebenundsechzig Jahren. Wir haben uns hier versammelt, um Abschied von Kristian zu nehmen, und um uns an ihn zu erinnern. Normalerweise sprechen die Angehörigen mit mir über das Leben des Verstorbenen, über Schulzeit, Beruf und Familie, über kleine und große Ereignisse in seinem

Leben. Entweder erzählen sie davon, oder ich tue es für sie. Heute, am Sarg von Kristian Hadeland, ist das anders. Es ist niemand hier, der sich an ihn erinnern kann. Alles, was wir von dir wissen, Kristian, ist, dass du siebenundsechzig Jahre auf dieser Erde gelebt hast. Du warst ein Säugling, unschuldig und geliebt, und dann warst du ein Kind, das in die Welt hineinwuchs. Du sahst die Sonne und den Mond, du sahst die Bäume und Blumen, du sahst die Häuser und Autos, du sahst das Meer und den Himmel. Du warst ein Jugendlicher voller Gefühle und voller Leben, und dann warst du ein Mann und folgtest deinem Lebenslauf, ob du nun das Gefühl hattest, dass er von dir selbst oder von anderen bestimmt wurde. Das Leben ist heilig, und es ist der Tod, der es heiligt, und der Sinn des Lebens ist Gott.«

Der jüngere Angestellte des Beerdigungsinstituts, der bis dahin die Liturgie über sich hatte ergehen lassen, ohne ihr etwas entgegenzusetzen, als wäre sie eine Art Wind, sah mich plötzlich mit einem Blick an, der erstaunt wirkte. Aber als ich Erik zunickte und er anfing, die ersten Töne von *Schön ist die Erde* zu spielen, sangen sie beide mit.

Schön ist die Erde,
prächtig ist Gottes Himmel,
schön ist der Seele Pilgergang.
Durch die lieblichen
Reiche auf Erden
gehn zum Paradies wir mit Gesang.

Zeiten werden kommen,
Zeiten werden gehen,
Geschlecht auf Geschlecht folgen.
Niemals verstummet

der Ton aus dem Himmel
im frohen Pilgerlied der Seelen.

Die Engel sangen es,
zuerst den Hirten auf Erden;
schön erklang es von Seele zu Seele.
Friede auf Erden,
Freut euch ihr Menschen.
Ein ew'ger Erlöser ward euch geboren.

Die Musik verklang. Ich wusste nicht einmal, ob er Christ gewesen war. Ob er an Gott geglaubt hatte. Wahrscheinlich nicht, das tat heute ja praktisch niemand mehr.

Tat ich es?

Keine solchen Gedanken hier. Niemals solche Gedanken hier.

»Lasset uns hören, was das Wort Gottes über Leben und Tod, über das Gericht und unsere Hoffnung in Jesus Christus bezeugt«, sagte ich.

Ich schlug die Bibel auf, die vor mir lag, und begann zu lesen.

»›Und ich sah einen neuen Himmel und eine neue Erde; denn der erste Himmel und die erste Erde sind vergangen, und das Meer ist nicht mehr. Und ich sah die heilige Stadt, das neue Jerusalem, von Gott aus dem Himmel herabgekommen, bereitet wie eine geschmückte Braut für ihren Mann. Und ich hörte eine große Stimme von dem Thron her, die sprach: ›Siehe da, die Hütte Gottes bei den Menschen! Und er wird bei ihnen wohnen, und sie werden seine Völker sein, und er selbst, Gott mit ihnen, wird ihr Gott sein; und Gott wird abwischen alle Tränen von ihren Augen, und der Tod wird nicht mehr sein, noch Leid noch Geschrei noch Schmerz wird mehr sein; denn das Erste ist vergangen.‹ Und der auf dem Thron saß, sprach: ›Siehe, ich mache alles neu!‹

So lauten die Worte des Herrn.«

Ich schloss das Buch.

»Diese Bibelstelle aus der Offenbarung des Johannes gehört zu denen, die bei Beerdigungen am häufigsten gelesen werden«, sagte ich. »Das liegt daran, dass sie einem Hoffnung schenkt, dass es in ihr um die Hoffnung geht, um eine Befreiung von allem, was schmerzhaft ist im Leben, aber noch mehr von dem, was schmerzhaft ist, wenn jemand, der uns nahesteht, stirbt. Es soll kein Leid, kein Geschrei, keinen Schmerz mehr geben – ›denn das Erste ist vergangen‹. Es fällt leicht, dies als den Wunschtraum eines geplagten Menschen abzutun, dass eine neue Welt kommen wird, in der alles, was an dieser verkehrt ist, nicht mehr existiert. Aber wenn wir bedenken, dass Johannes in seiner Offenbarung das Reich Gottes beschreibt, und wenn wir dann daran denken, was Gott ist, erschließt sich uns der Sinn. Gott ist nicht Leid und Schmerz, Gott ist Freude. Gott ist nicht tot, Gott ist das Leben. Und nicht zuletzt: Gott ist ewig. Und all das gibt es jetzt, an diesem Ort. Die Freude, das Leben und die Ewigkeit existieren. Wir haben teil an der Freude, wir haben teil am Leben, wir haben teil an der Ewigkeit. Aber wir *sind* nicht die Freude, wir *sind* nicht das Leben, wir *sind* nicht die Ewigkeit. Das alles ist Gott. Wir sind in einem bestimmten Sinn ein Teil Gottes, so wie die Minute ein Teil der Ewigkeit ist, obgleich sie endlich ist, und dies gilt auch für uns, selbst wenn wir vor Trauer, Sehnsucht oder Schmerz darnieder liegen. Wir sind immer ein Teil Gottes. Und der Menschensohn hat uns gezeigt, dass Gott ein Teil von uns ist. ›Siehe da, die Hütte Gottes bei den Menschen!‹, lesen wir in der Offenbarung des Johannes. Das bedeutet, dass wir niemals allein sind. Dass wir uns manchmal allein fühlen, ist etwas anderes. Dann haben wir Gott vielleicht ausgeschlossen, und uns selbst eingeschlossen in unserer Trauer und unserem Schmerz. Ja, so können wir uns ein Leben vorstellen, eingeschlossen in etwas Dunkles, während draußen das Licht scheint. Wie lautet die Wahrheit über das Leben? Dass es letztlich dunkel ist? Oder dass es sich vom Licht abgewendet hat? Öffnen wir uns für Gott, durch Jesus Christus, der das Licht ist, öffnen wir uns für die Freude, das Leben und die Ewigkeit. Für all das, was selbst in der Finsternis, selbst in der Einsamkeit, selbst im Schmerz da ist.

Wir sind niemals allein.

Nein, wir sind niemals allein.«

Ich ging zum Sarg, senkte den Kopf, faltete die Hände.

»Lasset uns beten.

Ewiger Gott, himmlischer Vater, du hast uns in deinem Sohn Jesus Christus den Sieg über den Tod geschenkt. Wir bitten dich, führe uns durch den Heiligen Geist, auf dass wir nie von dir getrennt werden, sondern unser Leben im Glauben an deinen Sohn leben und dereinst zum ewigen Leben in deinem Reich gelangen, bei Jesus Christus, unserem Herrn.

In deine Hände befehle ich meinen Geist.

Du hast mich erlöst, Herr, du treuer Gott.

In deine Hände befehle ich meinen Geist.

Ehre sei dem Herrn und dem Sohn und dem Heiligen Geist.

In deine Hände befehle ich meinen Geist.«

Ich nickte Erik zu, der begann, das Postludium zu spielen, während die beiden Bestatter aufstanden und den Katafalk den Mittelgang hinabrollten. Ich ging hinter dem Sarg, wie ich es viele Male zuvor getan hatte, aber diesmal war ich den Tränen nahe. Das passierte mir sonst eigentlich nie. Vielleicht weil die Aufmerksamkeit normalerweise auf die Hinterbliebenen und ihre Trauer gerichtet war, sie war es gewöhnlich, die das Kirchenschiff füllte, so gut wie nie allein der Tote wie jetzt. Es war so leer um ihn. Und daraufhin trat die Kraft der Liturgie in den Vordergrund. Keine trauernden Gesichter lenkten davon ab. Denn es ging nicht nur um diese Menschen, was ein naheliegender Gedanke war, wenn sie überall in Tränen ausbrachen, es ging um uns alle.

Als wir ins grelle Sonnenlicht hinaustraten, blinzelte ich. Wie unglaublich heiß es war.

Und still.

Wie hielten sie es nur aus, in dieser Hitze schwarze Anzüge zu tragen?

Wenn ich es recht bedachte, war der Talar auch nicht viel besser.

Sie zogen den Sarg einen der Kieswege hinab, an dem gelblich weißen, verdorrten Gras vorbei, das weiter draußen, unter den großen schattigen Laubbäumen grüner war, vorbei an dem Gewimmel aus Grabsteinen.

Das frische Grab lag ganz hinten an der Mauer in einer Ecke des Friedhofs. Die braunen Wände und die braune Erde wirkten in dem vielen Grün wie eine Wunde. Und die Bretter, die dort lagen, und der Kran, der dort stand, ließen den Ort wie eine Baustelle erscheinen. Dieses Provisorische hatte mir immer missfallen, die Grablegung wurde dadurch so nüchtern und mechanisch. Gleichzeitig war die Welt ja so, unfertig und in einem ständigen Wandel begriffen. Es wäre genauso falsch, die Augen davor zu verschließen.

Die beiden Bestatter hoben den Sarg auf die Platte, die an dem Kran hing. Er war schwer, und sie schoben ihn eher, als dass sie ihn hoben. Er landete mit einem dumpfen Knall.

»Wir singen Lied 570«, sagte ich.

Tiefe, stille, starke, milde
Worte aus dem Himmelsgefilde
rufen, beten, führen Seelen
zu des guten Hirten Armen,
zeugen von dem, was uns gegeben:
Jesus ist unser Weg zum Leben.

Geliebter Erlöser, dank sei dir
für deine Gnade zu unsrer Erde!
Zeit verrinnt, die Welt entschwindet,
ewig aber währen deine Worte,
mit deinem Wort die Gnade bleibet,
schützt uns vor jeglicher Gefahr.

Zieh die vielen bangen Seelen,
zu dir mit deinem Heil'gen Geist!
Überall der Tod muss weichen
deiner starken Erlöserhand!
Führ uns auf unsren Lebenswegen,
führ uns zu des Lebens Land!

Als wir dort so zusammenstanden und sangen, sah ich uns von außen. Drei Menschen, die von Gras und Bäumen umringt an einem offenen Grab in der Ecke eines Friedhofs sangen, während auf der Straße Autos vorbeifuhren und am blauen Himmel Flugzeuge vorüberzogen. Die Stimmen, die in die Luft aufstiegen und verschwanden, so zart und zerbrechlich. Und der Sarg mit dem leblosen Körper über dem Grab, die Sonne, die den schwarzen Lack glänzen ließ.

Ich öffnete die Bibel und schlug die Stelle auf, die ich lesen wollte. Das Sonnenlicht glühte fast auf dem weißen Papier.

Ich war schwanger.

Deshalb war mir schlecht gewesen.

Ich erwartete ein Kind.

Oh nein.

Das war der Grund.

Ich konnte es nicht bekommen.

Nicht mit Gaute.

Ich hob den Blick und sah zu den beiden Bestattern hinüber, die mit den Händen auf dem Rücken neben dem Grab standen und warteten.

»Jesus Christus spricht: ›Fürchte dich nicht! Ich bin der Erste und der Letzte und der Lebendige. Ich war tot, und siehe, ich bin lebendig von Ewigkeit zu Ewigkeit und habe die Schlüssel des Todes und der Hölle.‹

Lasset uns beten.

Herr Jesus Christus, lasse Kristian Hadeland unter dem Zeichen des Kreuzes in Frieden ruhen bis zum Tage seiner Auferstehung. Hilf uns im Leben und im Tod, unsere Hoffnung in dich zu setzen.«

Der jüngere Bestatter schaltete den Motor ein, während der andere mit gesenktem Kopf und den Händen auf dem Rücken daneben stand. Langsam wurde der Sarg in das Grab gesenkt, das oben trocken war, wo die Sonne daraufgeschienen hatte, am Grund jedoch feucht und glänzend und dunkel.

Ich beugte mich vor und griff nach der kleinen Schaufel, die sie bereitgelegt hatten.

»Im Namen des Vaters und des Sohnes und des Heiligem Geistes«, sagte ich, stach die Schaufel in den kleinen Erdhaufen und warf Erde in das Grab. Ein kurzer, rieselnder, ein wenig harter Laut ertönte, als die Erde auf das Holz schlug.

»Von Erde bist du genommen«, sagte ich.

Warf nochmals Erde hinab.

»Zur Erde musst du werden.«

Und noch einmal.

»Aus der Erde wirst du dereinst wieder auferstehen.«

Ich beugte mich vor, legte die Schaufel ab, richtete mich wieder auf.

»Unser Herr Jesus Christus spricht: ›Ich bin die Auferstehung und das Leben.

Wer an mich glaubt, der wird leben, ob er gleich stürbe.

Und wer da lebt und glaubt an mich,

der wird nimmermehr sterben.«

Ich drehte mich zu den Bestattern um.

»Empfangt den Segen Gottes«, sagte ich.

»Der Herr segne und behüte dich.

Der Herr lasse sein Angesicht leuchten über dir und sei dir gnädig.

Der Herr erhebe sein Angesicht über dich und gebe dir Frieden.«

Dann trat ich zu ihnen und gab ihnen die Hand, als wären sie echte Trauernde. Damit war der offizielle Teil beendet. Als wir über den Friedhof zurückgingen, sah man es ihrer Körpersprache deutlich an, plötzlich gingen sie anders, lässiger und entspannter, der Jüngere summte leise ein Lied, das ich nach ein paar Sekunden als *Wonderwall* erkannte, der andere zog im Gehen sein Jackett aus und warf es sich mit dem Zeigefinger in der kleinen Schlaufe auf den Rücken.

»Ist es in Ordnung, wenn ich eine rauche?«, fragte der Jüngere.

»Natürlich«, sagte ich. »Aber Sie brauchen mich nicht um Erlaubnis zu fragen!«

»Doch, aus Höflichkeit«, sagte er und zog eine Schachtel

Marlboro aus der Innentasche, zündete die Zigarette, die er sich zwischen die Lippen steckte, mit einem Feuerzeug an, das er aus der Hosentasche zog.

»Schöne Predigt«, sagte er. »Wirklich.«

»Danke«, sagte ich.

»Aber was Sie da gesagt haben, dass der Tod das Leben heiligt, woher haben Sie das? Das ist doch keine Bibelstelle, oder?«

»Komisch, dass Sie gerade das erwähnen«, sagte ich. »Ich weiß es nämlich nicht. Ich habe es einfach gesagt. Es kam mir in den Sinn, ohne dass ich vorher darüber nachgedacht hätte.«

»Dann war es vielleicht ein Glück, dass sonst keiner da war?«, fragte er.

»Wie meinen Sie das?«, sagte ich.

»Widerspricht das nicht eigentlich allem, worum es in der Liturgie geht? Der Tod soll doch überwunden werden und nicht das sein, was das Leben heiligt? In der Sache haben Sie ja völlig recht, davon bin ich fest überzeugt, aber theologisch oder liturgisch nicht. Ist das nicht fast schon Gotteslästerung?«

Ich sah ihn an, während wir vor ihrem Auto stehen blieben. Er lächelte und breitete die Arme aus.

»Haben Sie Theologie studiert?«, fragte ich.

»Nein, Theologie nicht«, sagte er. »Aber ich habe Philosophie studiert. Vor vielen Jahren.«

»Dann wissen Sie mit anderen Worten also gar nicht, wovon Sie reden«, sagte ich und merkte, dass ich die Stimme erhoben hatte.

Er lächelte unsicher.

»Trotzdem beschuldigen Sie mich der Gotteslästerung. Ich bin eine Pfarrerin der norwegischen Kirche. Ich habe gerade einen Menschen beigesetzt. Finden Sie das angemessen? Mit welchem Recht kritisieren Sie mich?«

»Beruhigen Sie sich«, murmelte er. »So habe ich das doch gar nicht gemeint.«

»Ich weiß sehr wohl, wie Sie das gemeint haben«, erklärte ich, drehte mich um und ging in die Kapelle.

Unmittelbar darauf hörte ich ihr Auto wegfahren.

Er hat wirklich eine rote Linie überschritten, dachte ich, immer noch wütend, als ich mich im Hinterzimmer umzog.

Ich hängte das weiße Messhemd in den Schrank, zog meinen Rock an, steckte die Arme in die Bluse und knöpfte sie zu, setzte mich auf den Stuhl und schloss die Riemen der Sandalen.

Ich fühlte mich vollkommen leer.

Aber so ging es mir immer nach einer Beerdigung, es war nicht weiter ungewöhnlich.

Und ich war mit Fug und Recht wütend geworden. Seine Kritik war unangemessen und dumm gewesen. Und unsensibel. Dachte er, Geistliche blieben völlig unbeeindruckt von dem, was sie erlebten?

Ich stand auf und bürstete meine Haare vor dem Spiegel, bündelte sie und steckte sie im Nacken hoch und legte etwas Lippenstift auf.

Die Schatten unter den Augen, die immer da waren, hatten sich noch vertieft.

Die weiße Bluse machte es auch nicht gerade besser.

Was hatte ich eigentlich in meinem Schrank im Büro hängen? Vor allem Winterkleider.

Es war lange her, dass ich mir etwas Neues gekauft hatte. Vielleicht kam ich ja heute dazu.

Das wäre schön, dachte ich, steckte den Lippenstift in das kleine Täschchen mit Schminkutensilien, das ich dort verwahrte, und warf im Spiegel einen letzten Blick auf mich.

Legte die Hände auf meinen Bauch.

Konnte ich wirklich schwanger sein?

JOSTEIN

Vor den Fenstern, hinter denen ich arbeitete, schien die Sonne, und der Himmel war leer und blau. Ich hatte so eine Ahnung, dass sämtliche Biergärten sich jetzt so langsam füllten, deshalb gab ich den Artikel, an dem ich gearbeitet hatte, um kurz vor drei ab, obwohl er bestimmt noch besser hätte werden können. Das interessierte ja doch keinen, am allerwenigsten mich. Es war ein Interview mit einer Künstlerin, die am Abend, draußen in der Abildsø Galerie, ihre erste Einzelausstellung haben würde. Sie hatte mich am Vormittag herumgeführt. Blass und dunkelhaarig, in einem viel zu großen Pullover und einer weiten, handwerkerartigen Hose mit einer Menge Taschen wartete sie draußen, als der Fotograf und ich ankamen. Es war traurig zu sehen, wie sehr sie sich darüber freute, in die Zeitung zu kommen. Ich wollte es hinter mich bringen und schlug deshalb sofort vor, dass wir reingehen und uns die Gemälde zusammen ansehen könnten. Alle stellten Wolken dar, weiß vor blauem Hintergrund. Warum haben Sie gerade Wolken gemalt, fragte ich. Keine Ahnung, antwortete sie. Sie hatte die Hände in die Hosentaschen gesteckt, die Schultern hochgeschoben, sah viel nach unten, begegnete nur selten meinem Blick. Vielleicht weil Wolken ständig ihre Form verändern, aber auch immer gleich bleiben, sagte sie. Und das ist eine Herausforderung für eine Künstlerin. Und warum, fragte ich. Es geht darum, was passiert, wenn etwas, das in ständiger Veränderung begriffen ist – nun ja, in eine feste Form eingeschlossen wird, sagte sie. Ich sah sie wortlos an. Schließlich sagte ich: Ja, was passiert dann? Darauf fand sie lange keine Antwort, und wir gingen langsam und schweigend an weiteren Bildern vorbei. Aber dann fiel ihr doch noch etwas ein, und zwar die Zeit. Die Zeit, sagte sie, wird im Gemälde angehalten. Aber außerhalb des Gemäldes hält sie nicht an. Nein, das tut sie natürlich nicht, sagte ich. Aber was hat das mit Wolken zu tun? Sehr viel, sagte sie. Das hat sehr viel mit Wolken zu tun. Okay, sagte ich und versuchte es aus einer anderen Richtung. Würden Sie sagen, Ihre Gemälde leisten einen Beitrag zu einer neuen Sichtweise auf Wolken? Sie lachte und meinte, dass hoffe sie nicht. Aber falls das nicht übertrieben ambitioniert klinge, hoffe sie vielleicht, dass die Bilder manch einem einen neuen Blick auf die Malerei vermitteln könnten. Was für ein Blick denn, fragte ich. Wie meinen Sie das, sagte sie. Na ja, Sie haben gesagt, dass Sie hoffen, die Bilder würden den Leuten einen neuen Blick auf die Malerei vermitteln. Was ist das für ein neuer Blick? Das habe ich doch nur zum Spaß gesagt, meinte sie. Okay, sagte ich. Welche Bedeutung hat diese Ausstellung in Bergen für Sie als Künstlerin?

Ich habe im Grunde nichts gegen Künstler, wohl aber gegen Leute, die glauben, sie wären Künstler, diese grenzenlos egozentrischen und prätentiösen Gestalten, die alle denken, dass sie etwas wissen, was wir nicht wissen, und dass sie etwas sehen, was wir nicht sehen, und die uns darüber belehren wollen. Die Wahrheit ist, dass sie weniger wissen und dass sie weniger sehen, und dass verflucht nochmal wir sie belehren sollten. Aber ich machte meinen Job, und die Fragen, die ich ihr stellte, waren durchaus respektvoll. Trotzdem muss in unserem Gespräch deutlich geworden sein, was ich von ihr und ihrer Kunst hielt, denn ein paar Stunden später rief der Galerist an und beschwerte sich bei Ellingsen, dem Kulturredakteur. Der kam zu meinem Schreibtisch und referierte, was der Typ gesagt hatte. Ich sagte, er könne den Artikel von mir aus gerne lesen, um zu sehen, ob er darin etwas Respektloses oder Herablassendes finde. Das tat er nicht, und damit war die Sache erledigt. Ich merkte, dass er mir gern gesagt hätte, dass ich mich besser benehmen musste, aber ich merkte auch, dass er sich das nicht traute.

Idiot.

Bevor ich Feierabend machte, ging ich in die Mails und sah, dass Erlend, der Fotograf, die Bilder geschickt hatte. Ich schrieb ihm, sie sähen gut aus, zog mein Jackett an und ließ das grauenvolle Großraumbüro hinter mir, leider nicht für immer, aber für diesmal. Keiner sah auf, als ich ging, alle hatten die Köpfe gesenkt und starrten auf ihre Bildschirme. Wenn sie nicht schrieben, zählten sie bestimmt, wie oft ihre Artikel angeklickt wurden. Das war für sie das Tollste überhaupt.

Eigentlich musste ich pissen, aber es war mir wichtiger, aus dem Haus zu kommen. Außerdem pisste ich nicht gern neben den neuen Kollegen. Ich hätte natürlich eine Kabine nehmen können, aber dann würden sie glauben, ich wäre nicht in der Lage, zusammen mit anderen zu pissen. Man kann mir ja vieles nachsagen, aber ich will nicht, dass sie denken, dass ich neurotisch bin.

Draußen auf dem Bürgersteig blieb ich stehen und zündete mir eine Fluppe an. Die Sonne funkelte in der Glasfassade hinter mir. Es war heiß und die Straße voller Autos und Menschen, es war fast wie im Süden. Aber das war meine Stadt, daran bestand kein Zweifel: Über mir, auf dem Sydneshaugen, brütete die Johannes-Kirche, unterhalb erstreckte sich der Torgalmenningen, Fløyen wiederum lag dahinter, und nicht zu sehen, aber nicht zu vergessen, Ulriken.

Wohin sollte ich gehen?

Es war schön, an der Werft zu sitzen, wenn die Sonne unterging, aber bis da draußen war es verflucht weit. *Wesselstuen* reichte völlig an einem Montagabend.

Unterwegs rief ich Turid an.

»Ja?«, sagte sie.

»Wie wäre es mit Hallo?«, sagte ich.

»Hallo«, sagte sie. »Was ist?«

»Nichts ist«, sagte ich. »Bist du zu Hause?«

»Ja.«

»Ich habe Schluss gemacht. Geh auf ein Bier ins ›Wessel‹. Bin so gegen sieben zu Hause, denke ich.«

»Okay«, sagte sie.

»Bist du müde?«, fragte ich.

»Nein? Nicht besonders. Wieso?«

»Du hörst dich ein bisschen müde an. Wann musst du nochmal zur Arbeit?«

»Um acht.«

»Dann sehen wir uns immerhin eine Stunde. Hast du was gekocht?«

»Das Essen steht im Ofen.«

»Ist Ole zu Hause?«

»Was du plötzlich alles fragst!«

»Das ist der Journalist in mir«, sagte ich.

Sie lachte.

»Er ist in seinem Zimmer«, sagte sie.

»Geht er heute Abend aus?«

»Weiß ich nicht. Ich denke eher nicht. Ruf ihn an und frag ihn selbst.«

»Er sagt mir nichts.«

»Du darfst nicht aufgeben.«

»Du, ich bin jetzt da. Bis nachher.«

Ich beendete das Gespräch und bog um die Ecke und ging den Hang zum *Hotel Norge* hinunter. Ein kleiner, schwarzhaariger Osteuropäer hockte mit einer Mütze in der Hand auf dem Bürgersteig. An der Stelle wird er bestimmt nicht viel hereinholen, dachte ich, es war nur irgendeine Stelle, an der man vorbeikam, und wenn man schon betteln wollte, sollte man es irgendwo tun, wo die Leute ganz von alleine stehenblieben, oder an einem Ort, an dem sie Geld ausgaben und ein schlechtes Gewissen bekamen. Am besten vor Supermärkten, die Leute kamen mit ihren Einkaufswagen voller Lebensmittel heraus und sahen den armen Schlucker, den sie für hungrig hielten, war doch klar, dass sie ihm dann was gaben.

Er blinzelte zu mir hoch, als ich vorbeiging. Ich sah keine Augen, nur zwei schmale, runzelige Hautfalten.

Jetzt senkte er tatsächlich den Kopf zur Erde.

Solche Gesten hatte man in dieser Stadt seit hundert Jahren nicht mehr gesehen, da war ich mir sicher.

Es war mir unangenehm, und ich sah weg.

Warum wollten sie sich unbedingt selbst erniedrigen, wenn sie erst einmal hier waren?

Ich war kein Anhänger des Kommunismus, aber die Konstruktion mit zwei Blöcken, einem guten und einem schlechten, einem, in dem der Kapitalismus herrschte, und einem, in dem der Staat alles war, und dann Trauben armer Länder am Rand, in denen der wirkliche Kampf ausgefochten wurde, war zumindest stabil gewesen.

Ich erinnerte mich an die Demonstrationen früher, die Züge von Menschen, die auf den Torgallmenningen strömten, der voller Flaggen und Transparente war. Gegen die USA, gegen den Krieg in Vietnam, gegen die Nato, gegen Atomwaffen. Sie demonstrierten gegen sich selbst, das kapierte ich damals schon, obwohl ich gerade erst ein Teenager war.

Aber heute geht ja kein Mensch mehr demonstrieren, dachte ich und sah auf den Platz hinaus, der voller Menschen war.

Eine Gruppe Jugendlicher saß auf dem blauen Stein, auf den Treppen dahinter saßen noch mehr, der ganze Platz wimmelte von Leuten, die kamen und gingen.

Doch, Moment, sie demonstrierten für das Klima und gegen die Apokalypse. Aber das war ja so, als wäre man für das Leben und gegen den Tod.

Torgallmenningen, Trauerplatz, hatte ich ihn einmal in einem Artikel genannt.

Hatte mir viele positive Rückmeldungen eingebracht.

Ich ging die wenigen Meter zur Außenterrasse hinauf und suchte die Tische mit den vielen großen, leuchtenden Bieren ab, um zu sehen, ob ein Bekannter da war. Das war nicht der Fall.

Ich hatte nichts dagegen, alleine zu sitzen, aber es schien nicht einen einzigen freien Tisch zu geben.

Scheiße, war das heiß!

Zum Glück hatte ich das Jackett an. Die großen Schweißringe unter meinen Armen ließen mich ungesund aussehen. Und ich konnte den Leuten ja schlecht sagen, dass ich eigentlich ganz gut in Form war.

Das *Ole Bull* vielleicht?

Ich sah hinauf. Ja, da oben schien es nicht ganz so voll zu sein.

Im selben Moment standen vier von einem Tisch auf. Ich überlegte es mir nicht zwei Mal, denn zwei junge Frauen, die an der Theke gestanden hatten, waren schon unterwegs, weshalb ich mir einen Weg zwischen den Tischen hindurch bahnte und nur Sekunden, bevor die beiden ihn erreichten, die Hand auf den Stuhlrücken legte und sagte, ist hier noch etwas frei?

»Ja«, sagte einer von denen, die dort zusammensaßen. »Setzen Sie sich einfach.«

»Danke«, sagte ich und breitete bedauernd die Hände in Richtung der Mädchen aus, ehe ich mich setzte.

»Könnten wir uns den Tisch vielleicht mit Ihnen teilen?«, fragte die eine.

Ich schüttelte den Kopf.

»Gleich kommen noch ein paar«, sagte ich. »Tut mir leid.«

Sie drehten sich um und kehrten zur Theke zurück. Es waren mit Sicherheit Studentinnen, ihren Kleidern nach zu urteilen an der philosophischen Fakultät, schätzte ich.

Groß und schlank, beide.

Hätte ich sie auffordern sollen, sich zu mir zu setzen, überlegte ich, zündete mir eine Zigarette an und sah dabei zu den beiden hinüber, die wieder ihre früheren Positionen eingenommen hatten, ein Glas Weißwein in der einen Hand, der andere Arm mit dem Ellbogen auf der Theke, sich ringelnde Ohrringe, feste Blicke.

Wenn ich ihnen gesagt hätte, dass ich Kulturjournalist bin, wären sie bestimmt neugierig geworden und hätten sich gern mit mir unterhalten.

Aber erstens hätte ich jede Menge Mist durchkauen müssen, um an sie heranzukommen, zweitens waren die zwei gerade einmal Anfang zwanzig, und um eine von ihnen vögeln zu dürfen, hätte ich sie schon unglaublich beeindrucken müssen.

So ehrlich musste ich sein.

Ich senkte die Stirn zum Arm und wischte den Schweiß mit dem Ärmel des Jacketts ab. Als ich die Zigarette wieder in den Mund steckte, begegnete ich dem Blick einer Frau, die mir flüchtig zunickte und halbherzig lächelte, während sie mir mit einer angedeuteten Handbewegung zuwinkte. Sie hatte dunkle, lockige Haare und war über fünfzig, hielt eine Tasche vor der Brust, obwohl sie saß. Ich wusste, wer sie war, erinnerte mich aber nicht, nickte ihr dennoch kurz zu, und dann fiel es mir wieder ein, sie war eine frühere Arbeitskollegin von Turid.

Alle an dem Tisch waren frühere Kollegen von Turid, erkannte ich daraufhin.

Wäre seltsam, wenn ich nicht zu ihnen ginge.

Aber dann würde ich das Jackett ausziehen müssen, um den Platz freizuhalten.

Im selben Moment blieb einer der Kellner an meinem Tisch stehen. Er war gekleidet wie ein stilvoller Ober mit weißem Hemd und schwarzer Hose, aber seinem Gesicht fehlte jede Form von Würde. Ein Jugendlicher mit leeren Augen und großen Lippen, und offensichtlich unfähig, sie zu schließen.

»Ein Pils«, sagte ich.

»Hansa vom Fass?«, fragte er.

»Natürlich«, sagte ich. »Was glaubst du denn?«

Ich lächelte. Er erwiderte mein Lächeln nicht.

Während ich auf das Bier wartete, zog ich mein Handy heraus und checkte, was in der Zeitung los war. Die Topnews war eine Explosion in Arna, ein Toter und ein Verletzter. Das war eigentlich nicht einmal eine Notiz wert, aber es war gerade erst passiert, deshalb stand es ganz oben. Als Nächstes folgte das Geständnis Stadtrat Rafaelsens, dass er Reisekostenabrechnungen gefälscht hatte.

Wer nicht?

Erst als Drittes ging es um die Vermissten. *Suche nach den vier Jugendlichen intensiviert*, lautete die Schlagzeile. Also gab es nichts Neues.

Es kribbelte mir in den Fingern, mich auf die Sache zu stürzen, das musste ich zugeben. Es waren nämlich nicht vier »Jugendliche«, es waren vier Mitglieder einer Death Metal-Band. Sie posierten mit Hakenkreuzen – und behaupteten, das sei ein uraltes indisches Symbol –, und bei ihren Konzerten benutzten sie Schweineblut, aber sie waren so durchgeknallt, dass sie gleichzeitig auch Odin und alles Altnordische verehrten.

Im Grunde waren sie nur eine Gang von hageren, pickeligen Jungen voller Komplexe, die Angst vor Frauen hatten, aber dieser Schwarze-Messen-Unsinn, den sie trieben, und die ganzen Gewalt- und Todessymbole, mit denen sie sich umgaben, zeigten Wirkung, die Leute hielten sie für hart und taff und böse.

Seit mittlerweile vier Tagen waren sie verschwunden. Ich nahm an, dass sie kollektiv Selbstmord begangen hatten und irgendwo im Wald lagen. Die Zeitung hatte einige der Eltern interviewt, ganz normale Menschen aus der Mittelschicht, draußen in Åsane, die natürlich völlig verzweifelt waren, und ich musste ein wenig lachen, als ich das sah, denn wenn die vier noch lebten, hatten ihre Eltern mit dieser Reportage alles zunichtegemacht, was sie sich aufgebaut hatten. Komm nach Hause, Helge!

Vor mir wurde, golden und schön, das große Bier auf den Tisch gestellt.

»Bezahlen Sie gleich?«, fragte der Grünschnabel und hielt das leere Tablett mit dem Oberarm an den Körper geklemmt, immer noch mit offenem Mund.

»Ich nehme bestimmt noch ein, zwei«, sagte ich und legte das Handy in die Tasche zurück.

»Aber, sagen Sie, kann ich Sie etwas fragen?«

»Ja?«, meinte er.

»Sie sind von hier, oder?«

»Ja, aus Loddefjord.«

»Kennen Sie die Typen von der Band ›Kvitekrist‹?

»Die verschwunden sind?«

»Ja, genau.«

Er schüttelte den Kopf.

»Ich weiß, wer sie sind. Aber ich kenne sie nicht.«

»Kennen Sie vielleicht jemanden, der sie kennt?«

»Warum fragen Sie danach?«

»Ich bin Journalist«, sagte ich.

»Aha«, sagte er. »Ich kenne einen, der den Bruder von einem kennt.«

»Von wem?«

»Von Jesper. Dem Schlagzeuger.«

»Könnten Sie an seine Telefonnummer herankommen?«

Er schüttelte den Kopf und schaute sich ein wenig verlegen um.

»Ich glaube nicht«, sagte er.

»Glauben Sie nicht, dass Sie das hinbekommen könnten, oder sagen Sie das, weil Sie mir nicht trauen?«

»Ich habe mit der ganzen Sache nichts zu tun«, sagte er. »Ich verstehe nicht, warum Sie mich fragen.«

Er drehte sich um und ging zur Theke zurück. Ich trank einen großen Schluck, wischte mir den Schaum von den Lippen und steckte mir eine Fluppe an.

Verdammt, war das Bier lecker.

Ich hatte das Gefühl, dass es ein guter Abend werden würde. Es lag so viel Erwartung in der Luft, man hörte so viele Lacher und laute Stimmen an den Tischen ringsum, und auf der Straße gingen pausenlos Leute vorbei. Als wäre die ganze Stadt auf den Beinen.

Und immer noch stand die Sonne hoch am Himmel.

Hinter mir legte jemand eine Hand auf meine Schulter. Ich drehte den Kopf und sah zum lächelnden Gesicht Geir Jacobsens hinauf.

»Du bist das?«, sagte er und ließ sich auf den Stuhl neben mir sinken.

»Lange nicht gesehen«, sagte ich. »Das ist ja ein Ding. Wo hast du dich herumgetrieben?«

»Ich bin da, wo ich immer war«, sagte er. »Du bist es ja wohl eher, der verschwunden ist. Du arbeitest jetzt für den Kulturteil, habe ich gehört?«

»Ich fürchte, ja«, sagte ich und drückte die Fluppe aus, trank noch einen Schluck Bier. »Möchtest du eins? Ich will sowieso noch eins bestellen.«

»Nein danke«, sagte er. »Ich bin auf dem Weg zur Arbeit. Habe dich von der Straße aus gesehen und wollte nur kurz Guten Tag sagen.«

Er stand auf.

»Du hast noch dieselbe Nummer?«

»Ja«, sagte ich.

»Dann melde ich mich die Tage mal. Dann können wir ein Bier trinken gehen.«

»Okay«, sagte ich. »Schön, dich zu sehen.«

»Bis bald«, meinte er und glitt zwischen den Tischen hindurch auf die Straße.

Ich schaute zu einer der Kellnerinnen hinüber, und als sie meinem Blick begegnete, hielt ich den Zeigefinger hoch. Sie nickte kurz und kam bald darauf mit einem neuen Bier zu mir. Ich leerte das alte Glas und reichte es ihr.

Die kurze Begegnung mit Geir hatte in mir die Lust auf Gesellschaft geweckt, und ich rief John an, um zu hören, ob jemand von der Zeitung ausgehen wollte. Er wisse es nicht genau, sagte er. Er selbst fahre jetzt nach Hause, aber er glaube, einige andere wollten sich später noch treffen, allerdings wisse er nicht, wo.

»Soll ich für dich fragen?«, sagte er.

»Nein, nein, nicht nötig«, sagte ich. »War nur so eine Idee.«

Ich beendete das Gespräch.

Hätte nicht anrufen sollen.

Soll ich für dich fragen?

Was ging nur in seinem Kopf vor? Dachte er, ich wäre fünfzehn?

Ich sah zur Theke hinüber. Die beiden Mädels waren verschwunden. Ich schaute mich um, wollte sehen, ob sie doch noch einen Tisch ergattert hatten.

Anscheinend waren sie gegangen.

Morgen würde ich also einen Artikel über eine Frau in der Zeitung haben, die Wolken malte.

Was ein Mann wie Geir wohl davon halten würde? Wenn er die Kulturseiten überhaupt las.

Er war nicht dumm, der Mann, im Gegensatz zu vielen seiner Kollegen, deshalb würde er nur ein bisschen darüber grinsen, wie idiotisch das war, und gleichzeitig verstehen, in welcher Klemme ich steckte.

Nein, jetzt musste ich wirklich pissen gehen. Schaffte es nicht, dazusitzen und einzuhalten wie in jungen Jahren.

Ich stand auf und hängte das Jackett über den Stuhlrücken. Die Schweißringe unter den Armen waren so groß wie Schwimmreifen, und es fiel mir schwer, nicht daran zu denken, als ich zwischen den Tischen hindurch zur Toilette ging, gleichzeitig wuchs der Drang zu pissen, je näher ich ihr kam, und würde sich bald nicht mehr kontrollieren lassen. Sobald ich durch die Tür getreten war, erhöhte ich das Tempo, nur um festzustellen, dass vor den Pissoirs drei Mann Schlange standen und vor den Türen zu den Kabinen noch mehr.

Ein Tropfen drang heraus, aber er war klein und wurde von der Unterhose aufgefangen. Damit konnte ich leben. Aber beim nächsten Mal würde es nicht nur ein Tropfen, sondern ein kleiner Spritzer sein.

Ich verlagerte das Gewicht von einem Fuß auf den anderen.

Noch zwei vor mir.

Das ging nicht.

Als einer der Männer vor dem Pissoir seinen Schwanz schüttelte, den Reißverschluss zuzog, sich umdrehte und gehen wollte, presste ich mich an dem Mann vorbei, der eigentlich an der Reihe war, und stellte mich vor die weiße Porzellanschüssel.

»Was zum Teufel machen Sie denn da?«, sagte er. »Wir warten hier alle!«

Es tat so gut, dem Druck nachzugeben, dass ich am liebsten laut gesungen hätte.

Ich drehte mich zu ihm um, während die Pisse gegen das Porzellan plätscherte. Er hatte einen dünnen Bart und trug eine Brille, sah aus wie jemand, der bei einer kleinen Firma in der EDV war.

»Danke, dass Sie mich vorgelassen haben«, sagte ich.

»Vorgelassen? Sie haben sich vorgedrängelt!«

»Na, na«, sagte ich, drehte mich zurück und kam zum Ende. »So! Jetzt sind Sie an der Reihe.«

Er schüttelte den Kopf, als wolle er sagen, was für ein Idiot, aber das war natürlich nur eine ohnmächtige Geste und nichts, worauf man etwas geben musste.

Auf dem Rückweg ging ich am Tisch vorbei, an dem Turids frühere Arbeitskollegen saßen. Es wäre seltsam, wenn ich nicht mit ihnen redete, Turid würde sich mit Sicherheit darüber ärgern.

»Hallöchen«, sagte ich.

Die Gesichter, die sich mir zuwandten, leuchteten alle dümmlich vom Alkohol.

»Hallo«, sagte die Frau mit den lockigen Haaren, und im selben Moment erinnerte ich mich wieder, dass sie Jorunn hieß. »Du machst die Stadt unsicher?«

»Nein, ich trinke nur ein Feierabendbier«, sagte ich. »Aber ihr seht so aus, als wärt ihr bereit für eine lange Nacht!«

»Wir vermissen Turid«, sagte sie.

»Sie vermisst euch sicher auch«, sagte ich.

»Setz dich zu uns und trink ein Bier mit uns«, sagte einer namens Frank, ein kleiner, kompakter Mann mit Schnurrbart, dessen Visage mir noch nie gefallen hatte. »Wir sehen doch, dass du dahinten ganz alleine sitzt!«

»Danke, aber lieber nicht«, sagte ich. »Ich warte auf ein paar Leute. Wohin wollt ihr von hier aus?«

»Ins ›Zachen‹, vielleicht«, sagte Jorunn. »Mal sehen.«

»Okay«, sagte ich. »Bis bald!«

»Bestell Turid bitte schöne Grüße!«

»Mach ich«, sagte ich.

Da habe ich mir selbst eine kleine Falle gestellt, dachte ich, als ich mich wieder an meinen Tisch setzte. Denn wenn sie nicht bald gingen, würden sie sehen, dass keiner kam, und denken, dass »ein paar Leute« nur in meiner Fantasie existierten. Und warum sollte ich mir so etwas ausdenken? Nun, würden sie sich überlegen, er will nicht, dass man von ihm denkt, dass er alleine trinkt. Und warum nicht? Ist Turids Mann vielleicht einsam?

Ich kannte doch diese ganze verfickte Stadt. Hohe Tiere und kleine Leute. König Salomon und Jørgen Hutmacher.

Jetzt wollte ich also nach der Arbeit ein, zwei Bier trinken. Was sie dachten oder nicht dachten, ging mir sonstwo vorbei.

Aber es war ohnehin nicht verkehrt, das Revier zu wechseln. Vielleicht sollte ich ja doch zur Werft gehen. Der Sonnenuntergang da draußen war nicht zu verachten. Herrlich, wenn der Rausch steigt, während die Sonne sinkt.

Das hörte sich an wie eine Gedichtsammlung.

Wenn die Sonne sinkt und der Rausch steigt. Gedichte, Jostein Lindland.

Aber nichts gegen den guten alten.

Tage und So-Nächte. Gedichte. Jostein Lindland.

Oder würden die Leute die Anspielung auch ohne Bindestrich kapieren?

Tage und Sonächte.

Das war reiner. Besser.

Hemingway hatte immer tolle Titel gehabt. *Fiesta. Wem die Stunde schlägt. Der alte Mann und das Meer.*

Ich trank einen großen Schluck Bier, zündete mir eine Fluppe an. Jetzt war hier nicht eine Frau unter vierzig. Sie ähnelten Hühnern, wie sie da saßen und mit ihren Piepsestimmen gackerten. Und die Männer ähnelten Hähnen, wie sie ihre Brust herausdrückten und die Frauen beeindrucken wollten.

Wie dieser Knirps auf Turids Arbeit. Er hatte so viele Gewichte gestemmt, dass seine Arme seitlich abstanden, wenn er ging, als wären sie Äste und keine Arme. Aber wen interessierte es schon, wenn bei einem Zwerg Brustkorb und Bizeps anschwollen?

Nein, ich musste hier weg.

Ich zog das Telefon heraus und hielt es mir ans Ohr.

»Ja?«, sagte ich und legte eine kleine Pause ein. »Ich komme«, sagte ich dann, steckte das Telefon in die Innentasche zurück, griff nach der Zigarettenschachtel und stand auf, hob die Hand und lächelte zu dem Tisch mit Turids Kollegen hinüber, ehe ich zur Theke ging und darum bat, bezahlen zu dürfen.

Die Bäume auf der Straße warfen lange Schatten auf den Platz. Wenn ich es nicht besser wüsste, hätte man denken können, ich wäre in Paris, dachte ich. Breite Boulevards, Reihen von Laubbäumen, Straßencafés, überall Menschen. Und auch wenn die Maria-Kirche nicht gerade Notre Dame war, stammte sie doch aus derselben Zeit, oder nicht?

Das muss ich mal recherchieren, dachte ich und bog um die Ecke mit dem Musikgeschäft und überquerte die Straße zur Theaterseite.

Zwei Penner lagen auf der anderen Seite des Rasens an der Mauer in ihren Schlafsäcken. Neben dem einen stand ein Einkaufswagen voller Krempel, der andere hatte ein Fahrrad, an dem alle möglichen Taschen hingen. Vom Gesicht des einen war nur ein kleiner Zipfel zu sehen, es war braun wie eine Nuss und runzelig wie ein Hodensack.

Der Sommer war bestimmt auch für sie gut gewesen.

Es war gar nicht gesagt, dass es so schlimm war, oder? Alles aufzugeben, für nichts verantwortlich, absolut frei zu sein. Betteln, wenn es sein musste, stehlen, wenn es sein musste. Wenn man ohnehin aufgegeben hatte, spielte das ja auch keine Rolle mehr. Sich besaufen, wenn einem danach war, ja, ständig, wenn es sich so ergab.

Im Winter war es natürlich kalt.

Kein Spaß, dann draußen zu schlafen.

Aber manche von diesen modernen Schlafsäcken halten einen auch noch bei minus zwanzig Grad warm, mindestens. So einen klauen. Und dann eine Thermohose und eine Thermojacke und richtig schwere und warme Winterschuhe.

Es waren die Drogen, die sie fertigmachten, sonst nichts.

Am Fuß des sanften Hügels nach Nøstet hinab warf ich einen Blick zum alten Hallenbad, an dem ich wegen des Geruchs von Chlor, der aus der Belüftungsanlage strömte, immer gern vorbeigegangen war. No more Chlor. Inzwischen war es zu einem Kulturzentrum umgebaut worden. Das Ganze hatte fast eine Milliarde Kronen gekostet. Und für wen sollte es sein?

Für die experimentellen Theaterensembles der Stadt.

Oh verdammt, was für eine Scheiße.

Vor vielen Jahren war ich einmal so dämlich gewesen, Karten für eine Vorstellung bei einem ihrer Theaterfestivals zu kaufen. Eine französische Theatergruppe führte im alten Straßenbahndepot in Møhlenpris *Faust* auf. Es war das Schlimmste, was ich je gesehen hatte. Und ich hatte in all den Jahren jede Menge Mist gesehen. Vier, fünf Gestalten in schwarzen Umhängen und mit langen Vogelschnäbeln statt Nasen lümmelten auf der Bühne herum und murmelten vier Stunden lang vor sich hin. Das war alles, was sie zu bieten hatten. Sie waren aus dem fernen Frankreich nach Bergen gekommen, um uns *das* zu zeigen.

Kalt war es auch noch gewesen.

Aber am schlimmsten war eigentlich, dass kein Mensch etwas gesagt hatte. Hinterher nickten die Leute sich lächelnd zu und sagten, es sei »kraftvoll« oder »intensiv« oder »existentiell qualvoll« gewesen, um nur ein paar der Kommentare zu nennen, die ich hörte. Sie meinten kein Wort von dem, was sie sagten. Aber aus irgendeinem Grund bilden die Leute sich ein, dass ihnen gefallen *muss*, was ihnen nicht gefällt, dass es *eigentlich* gut ist, und auf die Art legitimieren sie diesen Mist natürlich, so dass mehr Mist entsteht, statt diese Kacke ein für alle Mal zu stoppen.

Eine Milliarde! Für eine Truppe von Säufern, die murmeln und schreien und glauben, sie würden etwas Wertvolles zu Stande bringen, aber eigentlich tun sie nur eins, nehmen. Sie nehmen unser Geld, sie nehmen unsere Zeit, und sie nehmen uns letzten Endes auch unsere Selbstachtung, denn die verlieren wir doch, wenn wir sehen, dass etwas, das nicht gut ist, oft gut genug ist.

Das Einzige, was sie uns geben, ist Mist.

Im Vergleich dazu waren diese Wolken eine regelrechte Wohltat gewesen, reinster Michelangelo.

Faust up my ass, aber ehrlich.

Ja, ja.

Der Geruch von Abgasen und Seewasser, der hier in Meeresnähe in der Luft hing, war auch nicht zu verachten.

Ich blieb stehen und zündete mir eine Fluppe an, ging dann den Murallmenningen hinauf und in die Skottegaten. Es war unglaublich, aber es war tatsächlich erst fünf.

Sollte ich Turid anrufen und sagen, dass ich ein bisschen später kommen würde?

Denn darauf lief es ja wohl hinaus. Ich hatte keinen Grund, mich selbst zu belügen.

Sie würde um Viertel vor acht fahren, und hinzu kam, dass sie mindestens eine Viertelstunde brauchte, um sich fertig zu machen. Und für diese halbe Stunde nach Hause zu hetzen, hatte keinen Sinn.

Ich konnte ihr kurz vor sieben schreiben, dass ich etwas später kommen würde. Wie viel ich mich verspätete, war dann meine Sache, sie war ja eh nicht da.

Und Ole würde es egal sein.

Oder nicht?

Weiß der Himmel, was er über mich dachte.

Eigentlich sollte ich ihn jetzt anrufen, für den Fall, dass ich mich in den nächsten Stunden volllaufen lassen würde.

Ich ließ die Zigarette auf den Bürgersteig fallen und trat sie aus, zog das Telefon aus der Tasche.

In dem Haus an der Ecke, im ersten Stock, hatte das erste Mädchen gewohnt, mit dem ich zusammen gewesen war. Agnes. Sie hatte sich die Wohnung mit einer Freundin geteilt. Wie hatte sie noch gleich geheißen? Mari? Nein. Marti? Nein, Margit hieß sie.

Agnes und Margit aus Sandnes.

Ich fand seine Nummer und wählte sie.

Während es klingelte, sah ich zu den Fenstern im ersten Stock hinauf und versuchte mich daran zu erinnern, wie es da oben ausgesehen hatte, was für Möbel sie gehabt hatten.

Einen hellgrauen Teppichboden, fiel mir ein.

Einen Kiefernholztisch?

Einen roten Sessel.

Oh, in dem hatte ich sie einmal genommen. Sie hatte nackt mit gespreizten Beinen und nasser Möse darin gesessen, und ich hatte mich über sie gebeugt und den Schwanz in sie gestoßen.

Es klingelte vier Mal, dann brach das Signal ab. Ole hatte mich weggedrückt. Vielleicht ganz gut so, denn von dem Gedanken an Agnes hatte ich einen Ständer bekommen.

Ich schob die Hände in die Taschen und ging weiter. Rieb beim Gehen mit einer Hand meinen Pimmel. Drückte ihn ein paar Mal fest. Oh ja, wenn ich da war, würde ich auf die Toilette gehen und es zu Ende bringen müssen. Bis dahin musste ich dafür sorgen, dass er steif blieb.

Agnes war vielleicht keine Schönheit gewesen, aber was hatte sie für einen Körper gehabt, große und feste Brüste, nichts tat ich lieber, als hinter ihr zu stehen und sie in die Hände zu nehmen. Geschmeidig und weich war sie gewesen.

Aus heutiger Sicht war es völlig unverständlich, dass ich sie irgendwann leid gewesen war und mit ihr Schluss gemacht hatte.

Was würde ich nicht alles dafür geben, jetzt an dieser Tür klingeln zu können?

Ich schaute auf die blaue Wasserfläche des Fjords, die über den Häuserdächern zu sehen war, während ich vor meinem inneren Auge sah, wie ihre Gestalt die Treppe herunterkam, wie ich ihr nach oben folgte, in ihr Zimmer, in ihr Bett …

Als weiter unten die alte Sardinenfabrik auftauchte, wurde mein Schwanz allmählich schlaffer, und obwohl ich ihn drückte und rieb, während ich weiterging, war er wieder völlig erschlafft, als ich um das Ende des Gebäudes bog und zum Biergarten kam.

Mit etwas Arbeit auf dem Klo würde das kein Problem sein, dachte ich, aber war es wirklich die Mühe wert, ihn von Null wieder hochzubringen? Natürlich nicht, also trat ich zwischen die Tische und setzte mich an einen freien ganz hinten.

Die Höhen draußen auf Askøy leuchteten grün auf der anderen Seite des Fjords, der ganz still und glatt vor mir lag, in einem etwas dunkleren Blau als der Himmel. Aus irgendeinem Grund war es weiter draußen diesig, eine Art Nebel aus Licht ließ die Farben dort verschwimmen.

Mitten auf dem Fjord lag etwas, das ein Rettungsschiff sein musste, denn ein gewaltiger Wasserstrahl erhob sich von dort und schoss in einem hohen Bogen durch die Luft, ehe er die Wasserfläche traf. Ein anderes Schiff umkreiste das erste, da draußen gab es also einiges zu sehen.

Ich holte mir gleich zwei Bier, um nicht ständig hin und her rennen zu müssen.

Ole.

Wollte ich jetzt an ihn denken?

Ich trank einen Schluck Bier, zündete mir eine Fluppe an, machte es mir auf meinem Stuhl bequem, spielte mit dem Bierdeckel auf dem Tisch vor mir und sah in die Ferne.

Es gab keinen Grund an ihn zu denken, denn da war nichts zu machen.

Turid hatte vor Kurzem vorgeschlagen, ich solle ihn auf eine Reise mitnehmen, nur wir zwei, eine Vater-und-Sohn-Aktion, die Idee dazu hatte sie mit Sicherheit aus irgendeinem Film.

»Und wohin sollen wir deiner Meinung nach reisen?«, hatte ich gefragt.

Sie hatte mit den Schultern gezuckt und die Arme ausgebreitet, wie sie es immer tat, wenn sie etwas mir überließ.

»Irgendwohin?«

»Denkst du an Skandinavien oder an Europa? Oder an einen anderen Kontinent? Meinst du, ich soll mit ihm nach Afrika fahren?«

»Du brauchst gar nicht ironisch zu werden«, sagte sie. »Was ist mit Kopenhagen? Stockholm?«

»Also nach Stockholm fahre ich ganz bestimmt nicht mit ihm«, sagte ich.

»Dann eben nach Kopenhagen.«

»Und was stellst du dir vor, was wir da tun sollen?«

Sie zuckte wieder mit den Schultern.

»Euch amüsieren.«

»Er interessiert sich nur für seine Spiele, sonst nichts. Ich kann mir schon denken, wie das laufen wird. Wir werden in einem Restaurant nach dem anderen sitzen und uns anschweigen. Weißt du eigentlich, wie unerträglich das ist?«

»Es ist doch gar nicht gesagt, dass es so kommt. Vielleicht hilft es ja gerade, dass ihr zu zweit und nicht zu Hause seid«, sagte sie.

Ich hatte keine Ahnung, wie sie auf die Idee gekommen war, dass irgendetwas helfen würde. Mutterliebe vielleicht. Die machte sie offenbar blind. Da wollte ich lieber nicht mit der Wahrheit herausrücken, die behielt ich lieber für mich. Aber die Wahrheit lautete, dass unser Sohn ein Loser war.

Das machte auch mich zu einem Loser.

Vor einem Jahr hatten wir ihn über die Hardangervidda nach Oslo gefahren, wo er studieren wollte. Biologie, hatte er sich überlegt. Dabei war er in seinem ganzen Leben kaum jemals in einem Wald gewesen. Ich warf ab und zu im Rückspiegel einen Blick auf ihn, er saß auf der Rückbank und stierte aus dem Fenster. Mürrisch und verschlossen, weit und breit kein Lächeln.

»Ein bisschen mehr Fröhlichkeit da hinten!«, sagte ich. »Jetzt bist du endlich frei!«

Er sah mich nur dämlich im Spiegel an.

Er hatte oben am See Sognsvann eine Studentenwohnung gefunden. Wir trugen die wenigen Sachen hinein, die er mitgenommen hatte, dann fuhren Turid und ich zum Hotel, während er die erste Nacht in seiner Wohnung verbrachte. Am nächsten Tag fuhr ich mit ihm zu IKEA. Turid wollte ihre Schwester und ihre Familie draußen in Nittedal besuchen, und auch wenn ein Abstecher zu IKEA zusammen mit Ole nicht gerade mein Traum war, freute ich mich doch, dass sie mir erspart blieben.

»Du brauchst eine Bratpfanne. Wie wäre es mit der hier?«

»Weiß nicht.«

»Wir nehmen sie.«

»Okay.«

So ging es weiter, während sich unser Einkaufswagen mit Gläsern und Tellern, Küchenutensilien, Teppichen und Pflanzen füllte. Ich ließ mich nicht unterkriegen und versuchte hinterher im Café ernsthaft, ein Gespräch in Gang zu bringen. Er saß mit gesenktem Kopf da und stocherte im Essen herum, murmelte gelegentlich ein Ja oder Nein.

Die Haare schnitt er sich immer selbst, dazu benutzte er eine Maschine, seine Haare sahen aus wie eine zentimeterdicke Matte. Er begegnete nie dem Blick anderer Leute, deshalb bekam man ihn einfach nicht zu packen, bei ihm war irgendwie alles ein Ausweichmanöver.

Aber wovor wich er aus?

Mit Turid sprach ich nur ungern über ihn, und ich konnte auch dieses Psychologengefasel nicht ausstehen, mit dem die Leute ankamen, wenn im Leben nicht alles wie am Schnürchen lief – was nützte es denn, einen Namen dafür zu finden? –, aber auf dem Rückweg über die Hochebene an jenem Sonntag vor einem Jahr, machte ich eine Ausnahme.

»Denkst du, der Junge ist depressiv?«, fragte ich. Ich schaute auf die Straße vor uns, die schnurgerade zwischen Sümpfen und Gebirgsfelsen verlief, nahm aus den Augenwinkeln jedoch wahr, dass Turid mich ansah.

Es blieb eine Weile still.

»Warum fragst du mich das?«, sagte sie.

»Er lächelt nie. Er sagt nichts. Er isst fast nichts. Es steckt keine Energie in ihm. Keine Kraft.«

Ich warf ihr einen kurzen Blick zu, ehe ich Gas gab und an einem Wohnmobil vorbeifuhr, das vor uns gerade von einem Rastplatz auf die Straße gefahren war.

»Er ist ja schon immer recht still gewesen«, sagte sie.

»Ja«, sagte ich und sah im Spiegel, dass das Wohnmobil schon weit hinter uns lag.

Wir schwiegen wieder.

Aber wenn ich wartete, würde mehr kommen.

»Er hat auch nie viel gegessen«, sagte sie nach einer Weile.

»Stimmt, das hat er nicht«, sagte ich.

»Warum glaubst du, dass er Depressionen hat?«, fragte sie.

»Ich weiß nicht, ob ich das glaube«, sagte ich. »Es war nur eine Frage.«

Wir fuhren mehrere Kilometer, ohne dass einer von uns etwas sagte. Ein See tauchte auf und verschwand, aufgewühlt vom kräftigen Wind, und wir kamen an zwei Radfahrern vorbei, die aus der Ferne aussahen wie zwei rote Bälle, offenbar hatte der Wind ihre Jacken aufgebläht.

Ich streckte die Hand zum Radio aus und schaltete es ein.

»Meinst du, er kommt allein zurecht?«, fragte Turid.

»Das muss er«, sagte ich.

Aber das tat er eben nicht. Er sagte, es laufe gut bei ihm, er sagte, er gehe zu den Vorlesungen, er sagte, er habe Freunde gefunden, aber nichts davon stimmte. Turid ahnte, dass nicht alles war, wie es sein sollte, und fuhr zu ihm, ohne ihm vorher Bescheid zu sagen, dass sie kommen würde. Obwohl ich ihr sagte, sie solle es lassen und dass es das absolut Dümmste wäre, was wir tun könnten, brachte sie ihn wieder nach Hause.

Und da war er nun noch immer.

Wenn ich nur daran dachte, wurde ich schon wütend.

Deshalb dachte ich möglichst wenig daran. Und es gibt ganz bestimmt keinen Grund, jetzt damit anzufangen, sagte ich mir auf meinem Platz am hintersten Tisch, direkt an der Kaikante der Werft an diesem letzten Sommertag, und sah nach Askøy hinüber, wobei ich nicht nur die Wärme der Sonne genoss, die im Westen allmählich sank, sondern auch den Rausch, den die beiden großen Gläser Bier erneut in Schwung gebracht hatten.

Die Tische um mich herum waren jetzt fast alle besetzt. Die Leute waren gut gelaunt, die Stimmen eifrig und laut, es wurde viel gelacht.

Studenten, Kulturschaffende, Universitätsangestellte, Journalisten, der eine oder andere Schauspieler. Krankenschwestern und Fernfahrer waren hier eher Mangelware.

Ich stand auf, um pissen zu gehen, und hängte mein Jackett über den Stuhl. Die ganze Problematik mit den Schweißringen war auf einmal unendlich weit weg.

Aus dem Café heraus fielen mir ein paar aus der Redaktion ins Auge, die direkt am Fenster vorbeigingen. Glück gehabt, dass ich nicht draußen gesessen hatte, als sie kamen, dachte ich und ging den Flur hinab, denn sonst hätten sie mich da alleine sitzen und trinken gesehen und hätten vor der Wahl gestanden, entweder an meinem leeren Tisch Platz zu nehmen oder mich zu ignorieren. Bei beidem hätten sie sich unwohl gefühlt. So konnte ich zu ihrem Tisch gehen, von nirgendwo und überall her, ein wenig plaudern und mich zu ihnen setzen, und würde für den Rest des Abends Gesellschaft haben.

Der Mann von nirgendwo und überall her. Roman, Jostein Lindland.

Auf dem Klo sitzend ging ich zuerst in meine Mails, schrieb anschließend Turid.

Bleibe noch was, sitze mit einem ganzen Haufen von der Arbeit zusammen, schrieb ich ihr.

Okay, antwortete sie in der nächsten Sekunde, als hätte sie bereit gesessen.

Dann schickte sie noch eine Nachricht.

Vergiss nur nicht, dass morgen auch noch ein Tag ist.

Ja, Massa, schrieb ich, während ich einen kleinen harten Klumpen herauspresste, der sich als pechschwarz herausstellte, als ich aufstand, um mir den Po abzuwischen, und gleichzeitig einen Blick in die Kloschüssel warf. Das Handy blinkte auf dem Waschbecken. Ich ließ das Papier fallen, drückte auf den Knopf und beobachtete, wie alles in die Unterwelt gewirbelt wurde, ehe ich mir ansah, was sie geschrieben hatte.

Wann sind wir beide das letzte Mal ausgegangen?

Großer Gott, jetzt wollte sie mir auch noch ein schlechtes Gewissen machen.

Du arbeitest doch nachts, schrieb ich.

Nicht jede Nacht.

Samstagabend essen gehen im Klosteret?, schrieb ich.

:), schrieb sie.

Nicht unbedingt etwas, wonach mir der Sinn stand, aber es würde mir zumindest für eine Weile Ruhe verschaffen.

Ich steckte das Handy in die Innentasche und kehrte in den Biergarten zurück. Die Kollegen aus der Redaktion saßen an zwei Tischen am Rand des Kais. Sie hatten schon bestellt, auf den Tischen standen überall Biergläser.

»Lindland«, sagte Gunnar, als ich vor ihnen stehen blieb.

»Du bist das«, sagte Erlend.

»Ist hier noch was frei?«, fragte ich.

»Wenn du dir einen Stuhl besorgst«, sagte Gunnar.

»Ein oder zwei Bier brauche ich auch noch«, sagte ich, ging zur Theke und stellte mich in die Schlange. Zündete mir eine Fluppe an, zog das Handy heraus, ging in die Mails. Nichts. Öffnete Erlends Mail, damit ich, wenn nötig, etwas über seine Fotos sagen konnte.

Die Künstlerin stand mitten in dem Betonraum, die Bilder undeutlich im Hintergrund, man sah von ihnen nur etwas Blaues und Weißes. Sie hatte die Hände in den Taschen vergraben und schaute mit leicht gesenktem Kopf in die Kamera, wodurch es wirkte, als sähe sie mit ihrem innersten Wesen in die Linse.

Viele dieser sogenannten Künstler und Schriftsteller verstanden es zu posieren.

Ich vergrößerte ihr Gesicht.

Wenn ich sie nicht reden hören musste, sah sie gar nicht mal so schlecht aus.

Schöne Augen.

Die Lippen vielleicht ein bisschen schmal.

Aber eine hübsche Gesichtsform.

Die Augen waren so hellblau, dass sie fast schon künstlich wirkten. Als wären sie aus Glas mit aufgemalter Farbe.

Das war mir gar nicht aufgefallen, als ich sie interviewt hatte. Aber da hatte sie die meiste Zeit ja auch nach unten gesehen.

Ich vergrößerte die Brust.

Der Pullover war zu weit, um erkennen zu können, was darunter war.

Durchaus möglich, dass sie nicht nur aus Haut und Knochen bestand, wie ich angenommen hatte. Durchaus möglich, dass sie unter ihren weiten Kleidern weich und schön war.

Ich zog lange an der Zigarette und tippte die Asche ab. Bekam Blickkontakt zum Barkeeper, hielt zwei Finger hoch. Er nickte und begann, die Biere zu zapfen.

Als ich zum Tisch zurückkam, setzte ich die beiden Gläser ab, holte mir einen Stuhl vom Nachbartisch und ließ mich zwischen Gunnar und Sverre nieder. Es war nicht wirklich Platz zwischen den beiden, so dass ich ein bisschen vom Tisch entfernt saß. Das kam mir falsch vor, ich war eindeutig der Erfahrenste von ihnen, Nestor der Kriminaljournalistik war ich einmal genannt worden, aber es ließ sich nicht ändern und lag ja auch nur daran, dass ich als Letzter dazugekommen war.

»Gibt's was Neues?«, fragte ich und lehnte mich zurück, einen Arm über die Stuhllehne gelegt, wodurch ich jedenfalls nicht so fräuleinhaft mit geschlossenen Knien dasaß, wie einige der anderen es taten.

»Nein, was sollte das sein?«, fragte Olav.

»Keine Ahnung«, sagte ich. »Aber hoffentlich werden die Jungs bald gefunden. Das ist eine gute Story.«

»Die hängen bestimmt nur irgendwo in einem Sommerhaus ab«, sagte Sverre. »Oder sie sind nach Oslo abgehauen, um jemanden abzustechen.«

Er begegnete meinem Blick und grinste. Die anderen lachten.

»Ich bin mir ziemlich sicher, dass sie irgendwo tot im Wald liegen«, sagte ich, ohne mich beirren zu lassen. »Sie haben einen Selbstmordpakt geschlossen. Sie sind die Typen für so was.«

Mein Telefon klingelte. Idiotischerweise hatte ich vergessen, es stummzuschalten.

Es war Ole.

Ich drückte das Gespräch weg und schaltete den Ton aus. Konnte jetzt nicht mit ihm reden. Wollte auch nicht aufstehen und mit dem Telefon am Ohr zwischen den Tischen herumlaufen, denn das signalisierte etwas Intimes, das ich ihnen nicht zeigen wollte.

Als ich das Telefon in die Innentasche gleiten ließ, hatte sich die Unterhaltung von den verschwundenen Jungen zu den Umzugsleuten bewegt, die Sverre in diesem Sommer beauftragt hatte. Als sie morgens zu seinem alten Haus gekommen waren, waren sie nüchtern gewesen, erzählte er, hatten sich im Laufe des Tages aber immer seltsamer benommen, bis ihm klar geworden war, dass sie tranken und gegen Abend schlicht und ergreifend sturzbetrunken waren.

»Und als ich am nächsten Tag die Kartons ausgepackt habe, konnte ich den Cognac nicht finden. Sie müssen ihn getrunken haben.«

»Und was hast du gemacht?«, fragte Olav.

»Was sollte ich schon tun? Ich konnte doch nichts beweisen.«

»Ich hatte mal ein paar Handwerker, die unser Bad total verdreckt haben«, sagte Gunnar. »Jeden Tag war Scheiße in der Kloschüssel, bis zur Klobrille hoch. Dagegen konnte ich auch nichts tun.«

»Woher kamen sie?«, fragte ich.

»Was hat das denn damit zu tun?«, sagte Gunnar.

Ich zuckte mit den Schultern und grinste.

»Polen?«, sagte ich.

»Das spielt keine Rolle«, sagte Gunnar. »Der Punkt ist doch, dass ich nichts dagegen tun konnte, und nicht, woher sie kamen.«

»Sie kamen also aus Polen«, sagte ich.

Er erwiderte nichts, und ich lachte kurz, ehe ich einen Schluck Bier trank und mir eine neue Zigarette anzündete.

Gunnar strahlte etwas Düsteres aus, das hatte ich immer schon gedacht. Es ging nicht darum, dass er nicht redete, denn das tat er, oder nicht lächelte oder lachte, denn auch das tat er. Aber er musste sich dazu zwingen, sein natürlicher Zustand war Düsterkeit. Düster durch die Flure gehend, düster vor dem Bildschirm auf seinem Schreibtisch sitzend.

Er stammte aus Kinsarvik, worauf kein Mensch gekommen wäre, denn er hatte dunkle Haare wie ein Spanier und einen so dichten Bartwuchs, dass Wangen und Hals schon gegen Mittag anfingen, dunkel zu werden.

Er arbeitete in der Leitartikelredaktion, und seine Kommentare hatten immer die meisten Leser, er war also durchaus scharfsinnig.

Trotzdem konnte ich sie nicht ausstehen. Sie waren wie ein Barometer dafür, welche Meinung gerade die korrekte war.

Er war der Typ, der den Finger hochhielt, um zu fühlen, woher der Wind wehte, ehe er zur Arbeit ging.

»In Polen geht jetzt ja auch alles den Bach runter«, sagte Olav. »Im Grunde ist es da genauso schlimm wie in Ungarn. Es ist wirklich merkwürdig. Nachdem die Nazis da waren und die Kommunisten da waren, entscheiden sie sich ausgerechnet für den Nationalismus.«

»Kein Wunder«, sagte ich. »Sie haben immer zwischen den Großmächten in der Klemme gesteckt. Ist doch klar, dass sie was Eigenes sein wollen, wenn sie endlich die Chance dazu haben. Und das ist Polen. Die polnische Nation.«

»Sie haben ein Gesetz verabschiedet, nach dem es strafbar ist, Polen mit den Vernichtungslagern der Nazis in Verbindung zu bringen«, sagte Sverre.

»Die Geschichte zu kontrollieren gehört nun einmal zur Nationenbildung dazu«, sagte ich. »Außerdem waren die Vernichtungslager streng genommen deutsche Lager, auch wenn sie in Polen waren.«

»Du verteidigst das?«, fragte Gunnar.

»Nicht doch«, sagte ich. »Ich will es nur erklären.«

Es wurde einige Sekunden still. Die anderen sahen nach unten oder weg, plötzlich mit dem grau werdenden Fjord beschäftigt. Ich leerte mein Bier, streckte mich vor und stellte das leere Glas auf den Tisch, griff nach dem zweiten und trank noch einen Schluck.

»Letzten Winter war ich in Warschau«, sagte Sverre, den manche diplomatisch, andere konfliktscheu nennen würden, der unabhängig davon aber alle und jeden kannte und den die meisten mochten. »Ich war in der Altstadt, es war kurz vor Weihnachten, deshalb war alles voller heimeliger Verkaufsstände. Alles sah so aus, wie man es sich damals im Mittelalter vorstellt. Aber irgendetwas stimmte nicht, es fühlte sich falsch an, es gab keine Aura. Im Hotel habe ich deshalb recherchiert und herausgefunden, dass die gesamte Altstadt im Krieg total zerstört worden ist und die Polen sie exakt so wiederaufgebaut haben, wie sie war.«

»In Dresden ist es genauso«, sagte Gunnar. »Bist du da schon einmal gewesen?«

Sverre schüttelte den Kopf.

Was für Penner, dachte ich und sah nach Askøy hinaus, wo die Sonne mittlerweile fast völlig hinter den Höhen verschwunden war.

Unmerklich stieg in dem Raum zwischen den Bergen zu beiden Seiten des Fjords die Dunkelheit auf.

Und ich fühlte mich pudelwohl und war besoffen. Daran gab es keinen Zweifel.

Ich sah Erlend an.

»Schöne Fotos hast du heute gemacht, Erlend«, sagte ich, als er meinem Blick begegnete.

»Danke«, sagte er. »Der Artikel ist auch gut.«

»Ist er schon drin?«

»Ja, klar. ›Braucht Bergen wirklich noch mehr Wolken?‹.«

Er lachte.

Ich hatte Lust nachzusehen, aber das konnte ich in ihrer Gegenwart natürlich nicht machen.

»Haben dir die Bilder gefallen?«, fragte Erlend.

»Die Gemälde?«

»Ja.«

Ich lächelte breit und lehnte mich auf dem Stuhl zurück.

»Das reicht mir als Antwort«, sagte er.

Im selben Moment sah ich einen einheimischen Schriftsteller mit einem kleinen Gefolge von jungen Menschen näher kommen. Das waren bestimmt Studenten der Schreibschule, dachte ich.

Als sie an unserem Tisch vorbeigingen, tippte er sich mit dem Zeigefinger in einer Art von militärischem Gruß an die Stirn.

»Lindland«, sagte er.

Aus seinem Mund hörte sich mein Name wie eine Beleidigung an, und ich sah ihn an, ohne eine Miene zu verziehen.

Sie setzten sich ein paar Tische weiter.

»Nun«, sagte Sverre, leerte sein Glas und stand auf. »Morgen ist auch noch ein Tag.«

Plötzlich standen alle auf.

Ich erstarrte.

Was sollte ich jetzt tun.

»Ich muss nur kurz aufs Klo«, sagte Gunnar.« Wartet ihr kurz, dann können wir uns ein Taxi teilen?«

»Ich muss auch mal«, sagte Olav. »Aber ihr müsst nach Fyllingsdalen, oder?«

»Ja, leider«, sagte Gunnar.

»Leider, weil ihr da wohnt, oder leider, weil ich mir kein Taxi mit euch teilen kann?«

»Sowohl als auch«, sagte Gunnar.

Olav sah mich an.

»Du wohnst draußen in Åsane, stimmt's?«

»Ja, Breistein«, sagte ich. »Aber ich gehe noch nicht nach Hause. Ich bin später noch im ›Bulls eye‹ verabredet.«

Olav zwinkerte mir zu.

»Dann werde ich wohl den Bus nehmen müssen«, sagte er und verschwand, gefolgt von Gunnar und Sverre, zwischen den Tischen.

»Was ist dein Plan?«, fragte ich Erlend, der sitzen geblieben war.

»Ich trink nur noch mein Glas aus, dann ist auch für mich Schluss«, sagte er. »Ich wohne hier ganz in der Nähe.«

»Wo denn?«, sagte ich.

»Unter Dragefjellet.«

»In Nøstet?«

»Sozusagen. Heggesmauet.«

»Habe ich noch nie gehört«, sagte ich und griff nach dem Bier, das Olav halb voll stehengelassen hatte, trank und ließ den Blick auf die andere Seite des Fjords schweifen, wo die Sonne jetzt verschwunden war und die Schatten ihre Dunkelheit über alle Höhen ausgebreitet hatten.

»Was ist das?«, fragte Erlend.

»Was ist was?«, sagte ich.

Er zeigte zur Laksevågseite. Auf den Kämmen der Anhöhen dort lag Licht, blass und schimmernd wie von einem Vollmond.

Aber der Mond hing weiter östlich bleich am Himmel.

Oh mein Gott.

Das Licht wurde stärker und stärker, und kurz darauf stand ein riesiger Stern über den Bäumen.

»Was zum Teufel ist das?«, fragte Erlend.

»Keine Ahnung«, sagte ich.

Um uns herum war es ganz still geworden. Alle starrten zu dem Licht hinauf. Einige waren aufgestanden. Dann, wie auf ein Signal, kehrten die Stimmen zurück. Ein Tohuwabohu aus Theorien und Vorschlägen, Angst und Aufregung brach um uns aus.

»Der Tag des Jüngsten Gerichts hat angefangen, das ist alles«, sagte ich und lachte. »Früher oder später musste es ja so weit sein.«

»Red keinen Unsinn«, sagte Erlend. »Das ist verdammt nochmal das Seltsamste, was ich jemals gesehen habe. Das ist eine Art Komet? Oder?«

Sein Gesicht war vollkommen ausdruckslos, als er mich ansah. Aber seine Augen waren voller Furcht.

»Kann sein. Jedenfalls wird es eine natürliche Erklärung dafür geben.«

»Scheiße, der ist ja direkt über uns!«, sagte Erlend.

Er tat mir leid.

»Das sieht nur so aus«, sagte ich. »Genieß den Anblick lieber.«

Es kam nicht oft vor, dass das Wort *schön* in meinen Gedanken auftauchte, aber jetzt tat es das. Schön und unheimlich.

Warum war es unheimlich?

Weil das Ding ganz still war. Es hing einfach nur völlig lautlos am Himmel.

Aber verdammt, das taten die Sonne und der Mond ja auch.

»Wollen wir zusammen in die Stadt gehen?«, fragte Erlend beiläufig.

Ich lächelte.

»Hast du Angst, alleine?«

»Ha, ha«, sagte er.

»Wie alt bist du nochmal?«, sagte ich.

»Ich dachte nur, es könnte nett sein«, sagte er. »Aber wir können es auch lassen.«

Ich lachte.

»Jetzt schmollst du auch noch! Nun, komm schon, ich ziehe dich doch nur ein bisschen auf. Klar gehen wir zusammen.«

Um uns herum starrten die Leute weiter nach oben zu dem Stern, aber niemand stand mehr. Erlend hängte seine Tasche über die Schulter, ich zündete mir eine Fluppe an, dachte, dass ich nicht vergessen durfte, im *Seven-Eleven* eine neue Schachtel zu kaufen, und folgte ihm aus dem Restaurantbereich auf die Straße, die an der Sardinenfabrik vorbeiführte.

»Da oben haben sie früher Menschen hingerichtet«, sagte ich und deutete nach links.

»Deshalb heißt der Hügel wohl auch Galgebakken, meinst du nicht?«, sagte er.

Er ging schnell, und ich geriet etwas außer Atem, konnte ihn aber natürlich schlecht bitten, langsamer zu machen.

Ab und zu warf er einen Blick zu dem Stern, der jetzt hoch stand und den Himmel dominierte. Ich sah, dass das Ding ihn quälte; einmal schüttelte er den Kopf, nachdem er zu ihm hinaufgesehen hatte.

Die Lichtsäule, die anfangs auf dem Puddefjord gelegen hatte, war inzwischen verschwunden. Stattdessen wurde auf der ganzen Wasserfläche schwaches, gespenstisches Licht reflektiert.

Wenn er nicht reden will, habe ich damit kein Problem, dachte ich. Aber muss er so verdammt schnell gehen? Denkt er, seine Wohnung würde ihn vor dem Jüngsten Gericht beschützen?

Wir verabschiedeten uns an der Kreuzung Nøstegaten, und ich lief alleine weiter in Richtung Stadtzentrum. Ich konnte natürlich nach Hause fahren, was sicherlich das Vernünftigste wäre, der nächste Tag würde einfacher sein und ohne genervte Gesichter. Aber im *Bulls Eye* konnte ich mich in aller Ruhe und ungestört betrinken, bis sie zumachten. Und danach wohlig und besoffen in einem Taxi durch die nächtlich stillen Straßen nach Hause gleiten – es gab kaum ein besseres Gefühl.

In einem Taxi auf dem Heimweg. Gedichte, Jostein Lindland.

Aber so konnte man natürlich auch tagsüber unterwegs sein. Das ganze Gefühl hing schließlich von der Dunkelheit vor den Autofenstern ab.

In einem Taxi auf dem Heimweg durch die Nacht. Gedichte, Jostein Lindland.

Nein, zu kompliziert.

Wie wäre es mit *Taxinächte*?

Gar nicht so dumm.

Taxinächte. Gedichte, Jostein Lindland.

Oder Moment.

Sekunde.

Der neue Stern. Gedichte, Jostein Lindland.

Scheiße, das war ja genial.

Ich kam am Theater vorbei und nahm den Markeveien zum Torgallmenningen hinunter, wo ich Zigaretten kaufte, ehe ich zum *Hotel Norge* weiterging. Überall waren Menschen, und viele schauten von Zeit zu Zeit zum Himmel, fiel mir auf, als wollten sie sicher gehen, dass der riesige Stern tatsächlich existierte und nicht bloß etwas war, was sie geträumt hatten.

Ich blieb stehen und zündete mir eine Fluppe an, schaute selbst hoch.

Seltsame Sache.

In dem Moment vibrierte das Handy an meiner Brust.

Es war Turid.

»Ja, hallo?«, sagte ich.

»Wo bist du?«, sagte sie.

»Warum fragst du?«, sagte ich.

»Ole geht nicht ans Telefon.«

Ich seufzte.

»Ich habe vorhin versucht, ihn anzurufen«, erklärte ich. »Er hat mich natürlich weggedrückt. Er will einfach nicht mit uns reden.«

»Dann bist du also nicht zu Hause.«

»Ehrlich gesagt bin ich gerade auf dem Weg zum Bus. Hast du den neuen Stern gesehen?«

»Wovon redest du?«

»Am Himmel ist ein großer Stern aufgetaucht.«

»Nein, den habe ich nicht gesehen.«

»Das musst du dir ansehen.«

»Ruf mich an, wenn du zu Hause bist«, sagte sie. »Ich mache mir Sorgen.«

»Beruhige dich, es gibt keinen Grund, sich Sorgen zu machen. Er spielt oder schläft.«

»Ich hoffe, du hast recht. Tschüss.«

Sie ist echt sauer, dachte ich und steckte das Handy in die Tasche zurück. Und sie dürfte noch saurer werden!

Als ich kam, saßen kaum Gäste im Pub. Wahrscheinlich war das Wetter zu gut. Mir konnte das nur recht sein. Ich bestellte einen Wodka mit Red Bull, einen Jägermeister und ein Bier, rutschte in eine der Sitznischen und kippte den Schnaps hinunter, ehe ich mir etwas langsamer das Bier vornahm.

Das Lokal war in den Ecken schummrig, so wie es sein sollte, denn es gab so viele hässliche Menschen, die hier tranken, und das Zwielicht verwischte ihre Gesichter und ließ sie zwar nicht unbedingt schön, aber doch alltäglich erscheinen. Dann noch ein paar Drinks, und sie konnten sich gegenseitig anbaggern wie Schönheiten.

Dunkelheit war gut fürs Geschäft.

Nicht, dass die Gäste daran dachten, aber es existierte mit Sicherheit in ihrem Unterbewusstsein, sie kamen hierher, ohne genau zu wissen, warum.

Die Bierpreise zogen sie jedenfalls nicht an.

Der neue Stern.

Wie sollte das erste Gedicht anfangen?

Ein Augusttag?

Ein Augusttag am Fjord?

Der Fjord, August?

Nein.

Ein Abend im August musste es heißen.

Das war gut.

Ein Abend im August
während die Sonne sank
und der Rausch stieg
sah ich den neuen Stern

Das saß! Beim ersten Versuch!

Ich tippte es ins Handy und schickte die Zeilen als SMS an mich selbst. Dann ging ich noch eine Runde bestellen. Wodka und Red Bull, zwei Jägermeister und ein Bier. Kippte mir die Schnäpse schnell hinter die Binde, bevor ich rausging, um eine zu rauchen.

Auf dem Weg durch den Raum wurde sekundenlang alles schwarz.

Ich konnte plötzlich nichts mehr sehen.

Oh Gott, bin ich etwa blind geworden, dachte ich, blieb stehen und stand ganz still, während das Herz in meiner Brust raste.

Dann ging es vorbei. Fünf Sekunden, vielleicht auch zehn hatte es gedauert.

Es musste am Blutdruck liegen. Zu niedriger Blutdruck.

In Kombination mit Alkohol.

Ich ging weiter zur Tür und ließ dabei diskret den Blick durch den Raum schweifen, um zu sehen, ob mich jemand anstarrte.

Meine Fresse, war das unangenehm, dachte ich, als ich die Zigarette anzündete und zum Lille Lungegårdsvannet schaute.

Jetzt fühlte ich mich wieder völlig normal.

Leute, die Methanol tranken, erblindeten.

Aber es hatte hier ja wohl keiner Methanol in den Wodka gemischt?

Nicht im *Hotel Norge*.

Von meinem Standort aus war der Stern nicht zu sehen, aber ein schwacher Lichtschein auf der Wasserfläche verriet mir, dass er noch immer am Himmel stand.

Mutter war mehrmals in Ohnmacht gefallen, ihr Blutdruck war zu niedrig gewesen, sie war aufgestanden und umgekippt. Wenn sie lange stehen musste, passierte es auch manchmal.

Das alte Wrack.

Wahrscheinlich ist mein Blutdruck zu niedrig.

Und dann noch der Alkohol.

Als ich aufstand.

Aber jetzt ging es mir wieder gut. Kein Grund zur Panik.

Ich drückte die Fluppe in dem hohen Aschenbecher aus, der an der Wand stand, und ging wieder hinein. Trank ein paar tüchtige Schlucke Bier und zog das Telefon heraus, um zu sehen, was sie in der Redaktion so trieben.

Das Wetter, natürlich.

Sommer satt!, lautete die Schlagzeile, die den Deppen eingefallen war.

Im nächsten Artikel ging es um einen Polizisten, der einem jungen Mädchen den Reportern zufolge »Sexnachrichten« geschickt hatte.

Das hätte er nicht tun sollen.

Wer das wohl gewesen sein könnte?

Und was er wohl geschrieben hatte?

Durfte nicht vergessen, Geir zu fragen, wenn ich ihn das nächste Mal sah.

Ich scrollte nach unten.

Mein Artikel war noch nicht online.

Aber hatte Erlend nicht gesagt, er wäre veröffentlicht?

Wahrscheinlich hatten sie ihn im Kulturteil gebracht. Ohne Hinweis auf der Startseite.

Ich konnte ihnen deswegen keinen Vorwurf machen, sie war ja eine Null.

Andererseits hatte ich ihn geschrieben.

Zählte das bei diesen Schleimscheißern gar nicht mehr?

Mir war die Lust vergangen, den Artikel zu lesen. Stattdessen vergrößerte ich lieber das Foto der Künstlerin, um zu sehen, ob ich vorhin völlig danebengelegen hatte.

Überhaupt nicht.

Sie sah definitiv gut aus.

Und sie war noch in der Stadt.

Wie viel Uhr war es eigentlich?

Ich wischte die Zeitungsseite weg. Ein paar Minuten nach neun.

Konnte das hinkommen?

Erst neun?

Aber dann war die Vernissage bestimmt noch nicht vorbei!

Ho, ho, ich konnte hingehen. Ich hatte über die Ausstellung berichtet, keiner konnte mir den Zutritt verwehren.

Nur noch ein paar Kurze, und dann: Bang! Lindland kommt. Wie Gulliver im Land der Liliputaner.

Einfach den ganzen Kulturquatsch abperlen lassen, es einfach ertragen und sie dann ins Bett bekommen.

Ihr die Kultur aus dem Leib ficken.

Ich stand vorsichtig auf, um nicht wieder zu erblinden, bestellte drei neue Jägermeister und ein Bier, trank alles schnell und guter Dinge. Plötzlich gab es so einiges, worüber ich mich freute. Den Titel, das erste Gedicht, das ein Volltreffer war, und dann noch der Gedanke daran, was sich unter ihrem weiten Pullover befand. Das wärmte mein Herz. Brachte sogar meinen Hals dazu, sich zusammenzuschnüren.

Zwanzig Minuten später war ich wieder auf dem Weg nach Engen. So gut in Form war ich schon lange nicht mehr gewesen. Als würde alles, was ich sah, von mir abperlen.

Ich war unschlagbar, das war ich.

Die Galerie lag auf einem Pier, groß und grau und aus Beton. Fackeln brannten davor, und zwei, drei Grüppchen von Kulturleuten standen mit Weingläsern in den Händen im Freien und rauchten, ausnahmslos alle hatten sich schick gemacht.

Drinnen war es brechend voll. Keiner sah sich noch die Bilder an, hier wurde ein Fest gefeiert, oder auch eine Abendgesellschaft gegeben, denn das Ganze lief in kultivierten Formen ab. Überall Geplauder und Lachen.

Wo war die Hauptperson?

Ich schaute mich um.

Da stand sie.

In einem dieser Hosenanzüge oder wie die hießen, die aussahen wie ein Kleid, aber eigentlich eine Hose waren, und die nur feine Damen gut fanden.

Ich ging zu einem Tresen in der Ecke, auf dem zur Selbstbedienung gefüllte Weingläser standen, und nahm mir ein Glas Weißwein, trank aber nicht, sondern hielt es vornehm am Stiel, begann, seeehr langsam von Bild zu Bild zu wandern und tat dabei so, als würde ich jedes einzelne ganz genau studieren.

Sie sah ich natürlich nicht an. Warf nicht einen Blick in ihre Richtung.

Als ich zur letzten Wand kam, gesellte sie sich zu mir.

»Was tun Sie hier?«, fragte sie.

Sie brachte nicht gerade freudige Überraschung zum Ausdruck. Es ging eher in Richtung Abscheu. Aber sie war gekommen.

»Ich wollte mir Ihre Bilder noch etwas genauer ansehen«, sagte ich. »Heute Vormittag war so wenig Zeit.«

»Sie erzählen mir jetzt nicht, dass Sie sich für Kunst interessieren«, sagte sie. »Dieses Interview war das schlimmste, das ich jemals gegeben habe. Und das will schon etwas heißen.«

Ich kommentierte das nicht, betrachtete nur weiter das Bild an der Wand vor uns.

»Wissen Sie, wie man Sie hier nennt?«

»Nein«, sagte ich. »Wie nennt man mich hier?«

»Den Idioten von der Lokalzeitung. Als ich erzählt habe, dass Sie mich interviewen würden, hat man mir das gesagt. Der Idiot von der Lokalzeitung soll dich interviewen?«

»Ich bin schon Schlimmeres genannt worden«, sagte ich. »Sie wissen vermutlich, dass Idiot griechisch ist und eigentlich ›ein gewöhnlicher Einwohner‹ bedeutet? Also ein gewöhnlicher Mann. Ich habe nichts dagegen, genau das zu sein.«

Sie sah mich sekundenlang an, drehte sich um und ging.

Ich beendete meinen Rundgang, leerte das Weinglas, holte mir ein neues und begab mich nach draußen, um zu rauchen.

Das mit der Bedeutung von Idiot war mir aus der Schule in Erinnerung geblieben. Unser Geschichtslehrer, ein alter, leicht nuschelnder Mann, belehrte uns regelmäßig darüber, sobald er das Wort hörte. Und das passierte ziemlich oft, denn wir nannten ihn natürlich *den Idioten.*

In der Gruppe, die vor der Tür rauchte, erkannte ich einen Journalisten vom staatlichen Rundfunk, dem ich ständig über den Weg lief, denn wir gingen auf dieselben Pressekonferenzen, hatten aber nie mehr als ein paar Worte miteinander gewechselt.

Normalerweise hätte ich mich von ihm ferngehalten, aber es war bestimmt nicht verkehrt, wenn sie mich zusammen mit Leuten sah, die sie respektierte, und ich ging davon aus, dass er sie tagsüber auf seine schleimscheißerisch kulturjournalistische Art interviewt hatte, so dass ich zu ihm schlenderte.

»Und, was halten Sie davon?«, fragte ich.

»Wovon?«, sagte er. Er hatte einen Bart und trug eine Brille und ein braunes Cordjackett und sah aus, als lebte er mitten in den siebziger Jahren, obwohl er damals noch gar nicht auf der Welt gewesen war.

»Von den Bildern« sagte ich.

»Sie sind schön«, sagte er. »Aber sie verblassen ein bisschen, wenn man sich das da ansieht. Verdammt.«

Er sah zu dem leuchtenden Stern, der hoch über der Stadt hing.

»Ja, ja«, sagte ich. »Aber das gilt ja für alles, wenn man sich die Sterne anschaut.«

»Darum geht es heute Abend ja wohl nicht«, sagte er. »Das ist doch total irre.«

»Ja, das stimmt natürlich«, sagte ich und hielt ihm die Schachtel Zigaretten hin. Er schüttelte den Kopf.

»Und was halten Sie davon?«, sagte er nach einer Pause.

»Von den Gemälden?«

»Ja.«

»Sie gefallen mir«, sagte ich.

Es entstand eine neue Pause. Er schaute sich um. Ich dachte, dass ich eigentlich ein bisschen üben könnte, und redete weiter, bevor er die Chance hatte zu sagen, dass er gehen müsse:

»Mir gefällt die Art, wie sie das Thema Zeit behandeln. Die Zeit ist uns und den Wolken ja gemeinsam, nicht wahr? Sie verändern sich ständig, über unsere Köpfe hinweg. Als malten sie den Augenblick. Und wenn sie gemalt werden, wird die Zeit angehalten, nicht wahr? Zack stopp. Aber die Bilder sind ja da drinnen«, sagte ich und zeigte auf die Tür hinter uns. »Also teilen auch sie die Zeit mit uns. Aber sie verändern sich nicht, und wenn sie Glück hat, unsere Künstlerin, gibt es sie noch, wenn wir tot sind. Sie haben also eine andere Zeit. Verstehen Sie?«

»Natürlich«, sagte er. »Aber jetzt muss ich dringend pinkeln.«

Er ging, und ich schaute zu den anderen, die in meiner Nähe standen. Eine Kulturpolitikerin in einem roten Kleid und schwarzen Blouson, wie hieß sie noch gleich? Jensen. Wie die Schlittschuhläuferin. Eva Jensen.

Hatte sie in Lake Placid Gold oder Bronze gewonnen?

Bronze, oder?

Bjørg Eva Jensen hieß sie.

Die hier hieß nur Eva.

Sie hatte ein fürchterliches Lachen, und das galt sowohl, wenn sie eigentlich gar nicht lachte, dann war es eine Art Gurgeln, als auch für das, was aus ihrem Mund kam, wenn sie etwas amüsant fand, langgezogene, zwitschernde Laute, die in hoher Stimmlage begannen, bevor sie fielen.

Es musste schrecklich sein, Politiker zu sein. Sie konnten sich niemals betrinken, jedenfalls nicht in Gesellschaft, und mussten sich immer gut überlegen, was sie sagten und wie sie aussahen.

Warum war sie Politikerin?

Begriff sie etwa mehr als andere? Konnte sie mehr als andere?

Oh, nein.

Sie kannte Leute, das war der Trick. Erst die Jugendorganisation der Arbeiterpartei, Kurse und Training und Sommerlager und eine Menge Kontakte. Mit Anfang zwanzig in den Stadtrat gewählt.

Ich sah sie überall. Wenn sie Zeit hatte, ging sie zu jeder Veranstaltung.

Ich würde es bestimmt schaffen, zu trinken und gleichzeitig Politiker zu sein. Man sah mir nie an, wie betrunken ich eigentlich war.

Das war vermutlich eines meiner nützlichsten Talente.

Ich sah ihr hinterher, als sie an mir vorbei zum Eingang ging. In der Türöffnung blieb sie stehen, um jemandem Platz zu machen, der nach draußen wollte.

Wenn das nicht die Künstlerin persönlich war?

Sie kam zusammen mit zwei anderen, einem Mann im Anzug und einer Frau im Anzug. Sie gingen um die Ecke und stellten sich auf den Rand des Piers.

Sie rauchte also. Das war gut. Dann hatten wir etwas gemeinsam.

Sinnlos, die Sache mit angezogener Handbremse anzugehen, dachte ich und gesellte mich zu ihnen.

Sie sah mich gereizt an.

»Was wollen Sie?«, fragte sie.

»Ich wollte Ihnen nur sagen, dass Ihre Bilder wirklich gut sind«, sagte ich.

»Wen interessiert schon Ihre Meinung?«, sagte sie.

»Ich weiß, dass das Interview ein bisschen schroff war«, sagte ich. »Ich komme ursprünglich aus der Nachrichtenredaktion. Vielleicht steckt noch etwas zu viel davon in mir. Aber du meine Güte, das spielt doch keine Rolle, wir sind erwachsene Menschen. Und Ihre Bilder hallen nach. Das wollte ich Ihnen nur sagen.«

Ich drehte mich um und ging.

Es gab keinen Grund, hier noch länger herumzuhängen, sie war ja voller Hass und Verbitterung, andererseits gab es auch keinen Grund, den ganzen Gratiswein stehen zu lassen, deshalb schlenderte ich in die Galerie zurück, nahm mir ein Glas und trank es an der Wand stehend, und danach noch eins.

Das musste reichen.

Morgen war schließlich auch noch ein Tag.

Ich stellte das Glas auf dem Tresen ab und wollte zum Ausgang, als plötzlich alles schwarz wurde. Als würde eine Welle aus Dunkelheit über das Gehirn hinwegbrausen, und als Letztes spürte ich, dass meine Beine plötzlich zu weich waren, um mich aufrecht zu halten.

Das Nächste, was passierte, war, dass ich mich in der Dunkelheit befand, an einem Ort außerhalb von allem. Dort versuchte ich fieberhaft darauf zu kommen, wer ich war und was ich dort machte.

Dort, in der Dunkelheit außerhalb von allem, sah ich plötzlich einen Raum. Ich war nicht in diesem Raum, ich war draußen, sah ihn aber dennoch von unten.

Gesichter starrten mich an, Münder öffneten sich und redeten.

Wer war ich?

Wo war ich?

Wer waren diese Menschen?

Wann waren sie?

Es kam mir vor, als stünden alle Zeiten und Orte gleichzeitig offen.

Aber ich war ausgerechnet hierhin gekommen.

»Er wacht auf«, sagte jemand.

Ich war Jostein.

Ich lag auf einem Fußboden.

Ich versuchte aufzustehen, fiel aber zurück.

Die Vernissage. Die Künstlerin.

War das die Frau hier? Auf den Knien?

»Hier. Trinken Sie.«

Ein Glas wurde an meine Lippen gesetzt. Ich trank.

»Was ist passiert?«, fragte ich.

»Sind Sie okay?«, sagte sie.

»Ja, jetzt ja«, antwortete ich. »Ich konnte nichts mehr sehen. Jetzt kann ich sehen.«

»Sie sind ohnmächtig geworden. Sie haben zu viel getrunken.«

Ich setzte mich auf. Jemand kam zu mir, packte meinen Arm und half mir auf.

»Sind Sie okay?«, fragte der Mann, der mir beim Aufstehen geholfen hatte.

»Ja, ja«, sagte ich.

»Sie haben ein bisschen zu viel getrunken«, sagte er. »Es wird Zeit, nach Hause zu gehen.«

»Ich rufe Ihnen ein Taxi«, sagte die Künstlerin.

»Es steht eins vor der Tür. Das könnte er doch nehmen. Oder?«

»Sicher«, sagte ich. »Ich bin okay. Machen Sie sich keine Sorgen. Ich kann alleine gehen.«

Und das konnte ich.

Mein Gott, was für ein Schlamassel. Die Leute starrten mich an, als ich durch den Raum und auf den Platz davor lief.

Ich öffnete die Tür des Taxis und setzte mich hinein.

»Sie haben ein Taxi bestellt?«, fragte der Fahrer, ohne sich umzudrehen.

»Irgendjemand hat eins bestellt«, sagte ich.

»Nach Sandviken?«

»Nein, nach Breistein«, sagte ich.

»Diese Fahrt soll nach Sandviken gehen«, sagte er.

»Ach, verdammt«, sagte ich und öffnete die Tür, um auszusteigen.

Der Typ, der den Wagen bestellt hatte, war mir offenbar gefolgt, denn er stand draußen und beugte sich vor, als die Tür geöffnet wurde.

»Ich hatte das Taxi nach Sandviken bestellt«, sagte er. »Aber die Pläne haben sich geändert.«

»Okay«, sagte der Fahrer, und ich schloss die Tür und lehnte mich auf dem Sitz zurück. »Also nach Breistein.«

Auf der Uhr am Armaturenbrett war es halb elf.

Das konnte niemals stimmen.

Es kam mir so vor, als wäre ich jahrelang unterwegs gewesen.

Halb elf?

Dann fuhren ja noch Busse. Ich musste nicht einmal einen der Nachtbusse nehmen.

»Ich habe es mir anders überlegt«, sagte ich. »Sie können mich am Torgallmenningen absetzen.«

»Im Ernst?«, fragte der Fahrer.

»Ja«, sagte ich.

Er kann von mir aus ruhig sauer sein, dachte ich, als wir an einer Bushaltestelle standen und er mir das Kartenterminal reichte. Aber ein Trinkgeld für eine Fahrt von ein paar hundert Metern bekam er von mir nicht.

Was war eigentlich passiert?

Ich sollte mich irgendwo hinsetzen und erholen, dachte ich. Aber nicht im *Bulls Eye*. Dieses Stadium hatte ich längst hinter mir gelassen.

Seltsam, aber ich fühlte mich leicht und gut, als hätte die Dunkelheit mich gereinigt.

Dieses Dunkel.

Das war keine gewöhnliche Ohnmacht gewesen.

Auch wenn ich noch nie ohnmächtig geworden war, konnte das nicht sein.

Zwischen dem *Narvesen* und dem *Dickens* blieb ich stehen.

Café Opera?

Henrik?

Nein, dort würde es zu voll sein. Und noch mehr Menschen ertrug ich jetzt nicht.

Vielleicht die Bar im *Hotel Norge*?

Da hatte man seine Ruhe.

Gedacht, getan. Nach einem kurzen Abstecher auf die Toilette, wo ich mir das Gesicht mit kaltem Wasser wusch und mit ein paar Papierhandtüchern abtrocknete, bestellte ich an der Bar ein Bier und setzte mich an einen der flachen Tische an der Wand.

Das Lokal war halb voll, aber trotzdem ruhig; viele saßen allein, manche hatten ein Laptop vor sich.

Das Bier schmeckte herrlich.

Genau das, was ich jetzt brauchte.

Was passiert war, gefiel mir ganz und gar nicht. Es waren zu viele bekannte Leute dabei gewesen. *Schon gehört, Lindland ist besoffen zusammengesackt.* Aber es hatte nicht am Suff gelegen. Es lag in der Familie. Mutter war oft ohnmächtig geworden.

Sie hatte nie erzählt, wie es war. Vielleicht, weil es für sie nichts Besonderes war.

Ich bezweifelte, dass sie in einer Dunkelheit außerhalb von allem aufgewacht war, wie ich es getan hatte. Der Raum voller Gesichter und Stimmen, die an einem anderen Ort als dem leuchteten, an dem ich mich befand.

Was war das nur gewesen?

Es hatte sich alles in meinem Kopf abgespielt.

Aber es hatte sich nicht so angefühlt.

Ich trank das Bier aus und holte mir ein neues. Als ich das Glas auf den Tisch stellte und mich setzen wollte, fiel mir eine Person ins Auge, die in die Lobby kam. Es war die Künstlerin.

Wohnte sie *hier*?

Offensichtlich.

Aber wie war es möglich, dass sie sich das leisten konnte?

Sicher, sie verstanden es, die Staatskasse anzuzapfen, aber große Summen strichen sie nicht ein, das wusste ich.

Sie sagte ein paar Worte zum Portier, der nickte und etwas in seinen PC eintippte.

Dann drehte sie sich um und nahm Kurs auf die Bar.

Was sollte ich jetzt tun?

Sie war zu hasserfüllt und verbittert gewesen, als dass ich mich jetzt getraut hätte, es noch einmal zu versuchen.

Aber verstecken wollte ich mich auch nicht.

Als ich ihr ins Auge fiel, wäre sie fast stehen geblieben, hatte sich in der nächsten Sekunde jedoch wieder im Griff und ging weiter, als wäre nichts. Sie bestellte sich an der Bar einen Drink, ohne sich umzuschauen. Nahm den Drink, allem Anschein nach ein Gin Tonic, zu einem der Tische auf der anderen Seite mit, wo sie mit dem Rücken zu mir Platz nahm.

Als ob mir das etwas ausmachen würde.

Kalt und spindeldürr war sie, und besonders prätentiös.

Ich zog das Telefon heraus und googelte »clouds in paintings«.

Zweiundvierzig Millionen Treffer. Von Originalität konnte hier beim besten Willen nicht die Rede sein.

Ich öffnete zwei Seiten. John Constable schien ein wichtiger Name zu sein.

Eine Stunde brauchte er, um ein Wolkenbild zu malen.

Wesentlich besser als ihre.

Es war Leben in ihnen. Es war, als sähe man die Wolken am Himmel. Grau und schmutzig.

Am Rand meines Blickfelds registrierte ich, dass sie aufstand. Ich sah hoch und schob gleichzeitig das Handy in die Innentasche. Sie kam auf mich zu. Blieb drei Meter vor dem Tisch stehen.

»Ich wollte Ihnen nur sagen, dass ich finde, Sie sollten jetzt nach Hause gehen«, sagte sie. »Alle, die gesehen haben, was vorhin passiert ist, haben sich Sorgen um Sie gemacht. Eigentlich sollten Sie zu einer Ambulanz.«

Ich schenkte ihr mein breitestes und überlegenstes Lächeln.

Es war immer noch unmöglich, ihre Brüste zu sehen, der Hosenanzug war zu weit geschnitten.

Oder hatte sie keine Brüste?

»Ich danke Ihnen für Ihre Fürsorglichkeit«, sagte ich. »Aber Sie sind nicht meine Mutter und auch nicht meine Frau. Was Sie finden, zählt schlicht und ergreifend nicht.«

»Gott sei Dank bin ich das nicht«, sagte sie. »Aber jetzt habe ich es zumindest gesagt.«

Sie kehrte zu ihrem Platz zurück.

Aber an ihrem Hintern war nichts auszusetzen. Er wölbte sich unter dem weichen, schwarzen Stoff.

Ich bekam einen Ständer.

Schlug das eine Bein über das andere, lehnte mich zurück, trank einen Schluck Bier.

Warum saß sie da eigentlich allein und trank?

War sie Alkoholikerin?

Sie sah eigentlich nicht so aus, sie war irgendwie nicht der Typ dafür.

Aber was das betraf, wusste man das ja nie so genau.

Sollte ich wichsen gehen?

Oder es lieber noch einmal versuchen.

Warum eigentlich nicht?

Schaden konnte es ja nicht.

Ich ging zur Bar und bestellte zwei Gin Tonic. Trank den einen im Stehen und nahm den zweiten zu dem Tisch mit, an dem sie saß.

Sie sah wortlos zu mir hoch. Ihr Blick war eher resigniert als genervt.

»Ich möchte mich nur dafür entschuldigen, was ich vorhin gesagt habe. Und mich dafür bedanken, dass Sie mir geholfen haben. Es ist nur so, dass ich nicht gerade stolz darauf bin, was da passiert ist, deshalb war es leichter, jede Hilfe abzulehnen.«

»Okay«, sagte sie. »Das ist schon in Ordnung.«

Sie schaute wieder weg und sah vor sich hin, als wäre ich schon gegangen.

»Nur eins noch«, sagte ich. »Ihre Bilder haben mich wirklich berührt. Es ist mir wichtig, dass Sie das verstehen, nach dem Interview.«

Sie warf einen kurzen Blick zu mir hoch.

»Und warum haben Sie das nicht geschrieben?«

»Ich habe die Bilder erst heute Abend richtig gesehen«, sagte ich. »Bei dem Interview war ich ja mehr mit Ihnen beschäftigt.«

»Sie meinen, damit, mich zu kritisieren«, sagte sie.

»Es ist mein Job, kritisch zu sein«, sagte ich. »Auch wenn das im Kulturjournalismus nicht so üblich ist, die meisten schmeicheln sich ein, aber ich finde das falsch. Es gibt keinen

Grund, Künstler oder Schriftsteller mit Samthandschuhen anzufassen.«

»Ich mag Sie nicht«, sagte sie.

»Also nicht«, sagte ich. »Fair enough. Aber warum ist es Ihnen so wichtig, das zu sagen?«

»Weil Sie mir den ganzen Abend schon über den Weg laufen. Außerdem ist es interessant, dass Sie sagen, meine Bilder hätten Sie berührt. Was kann ein Idiot wie Sie schon in ihnen sehen?«

»Was ist, wenn ich keine Worte dafür habe«, sagte ich. »So geht es Idioten ja oft.«

»Habe ich Sie verletzt?«, sagte sie und lachte. »Jetzt sagen Sie nicht, ich hätte Sie verletzt!«

»Aber ich könnte es versuchen«, sagte ich und setzte mich auf den Stuhl neben ihrem.

»Was tun Sie da?«, sagte sie.

»Ich möchte Ihnen nur erklären, was ich in Ihren Bildern gesehen habe«, sagte ich. »Dann gehe ich. Es wird sowieso Zeit, dass ich nach Hause komme.«

Sie sagte nichts, drehte ihr Glas.

»Sie sind bestimmt nicht meiner Meinung, aber ich habe Ihre Bilder als leer empfunden.«

»Aha«, sagte sie.

»Wenn Sie sich John Constables Bilder von Wolken ansehen, sind sie voller Leben, nicht? Verstehen Sie, was ich meine? Seine Wolken sind oft schmutzig. Aber Ihre Wolken sind ganz rein. Und leer. Und das ist eine *existentielle* Leere.«

»Was meinen Sie damit?«, fragte sie und sah mich an.

»Da ist nichts«, sagte ich.

»Meinen Sie das Nichts der Existenz?«, fragte sie.

»Ja«, sagte ich.

»Und warum berührt Sie das?«

»Weil ich sterben werde.«

»Was sagen Sie denn da?«

»Nein, nein, so meine ich das nicht«, sagte ich. »Irgendwann werde ich sterben, das habe ich gemeint. Und für Sie gilt das Gleiche. Haben Sie die Bilder deshalb gemalt?«

Sie nickte mehrmals, ohne etwas zu sagen.

Ich leerte den Drink und stand auf.

»Na, dann gute Heimfahrt«, sagte sie.

»Ich will erst noch eine rauchen«, sagte ich.

Sie blieb stumm und machte keine Anstalten, mir zu folgen, glitt in ihre eigene Welt zurück, so dass ich alleine nach draußen ging, mich neben das Fenster stellte und mir eine Zigarette anzündete.

Als ich wieder hereinkam, sah sie zu mir.

»Wollten Sie nicht gehen?«, fragte sie.

»Sicher«, sagte ich. »Ich muss nur vorher noch bezahlen.«

An der Bar drehte ich mich wieder zu ihr um. Sie kehrte mir den Rücken zu. Ich ging zu ihr.

»Möchten Sie noch etwas trinken?«, sagte ich. »Bevor ich den Geldhahn zudrehe?«

»Baggern Sie mich jetzt an?«, fragte sie.

»Und wenn es so wäre?«, sagte ich.

»Dann können Sie sich zum Teufel scheren.«

»Dann lasse ich es. Dann gebe ich Ihnen lieber in aller Freundschaft einen Drink aus. Ist das okay?«

Sie nickte.

Was ist nur los mit ihr, dachte ich, als ich zur Bar ging, um die Drinks zu bestellen. Von der Künstlerin, die verlegen zu Boden gesehen und nicht gewusst hatte, was sie sagen sollte, war nicht viel übrig geblieben.

»Sie trinken Gin Tonic?«, sagte ich und stellte das Glas vor ihr auf den Tisch.

»Stimmt«, sagte sie. »Danke.«

Sie trank einen großen Schluck.

»Ich habe mich in Ihnen getäuscht«, sagte sie. »Sie sind gar kein Idiot. Sie sind nur ein widerlicher Typ.«

Sie lachte, gewissermaßen für sich.

War sie psychisch labil?

Natürlich war sie das. Schließlich war sie Künstlerin.

»Ich weiß doch, dass Sie nur darauf aus sind, mich zu ficken«, sagte sie. »Wir brauchen uns nichts vorzumachen.«

Ich sagte nichts.

»Aber Sie sind für meinen Geschmack ein bisschen zu fett.«

»Okay«, sagte ich.

Sie lachte.

»Sie hätten Ihr Gesicht gerade sehen sollen. Nein, nein, Sie sind völlig okay. Wollen wir gehen?«

»Wohin?«, fragte ich, gleichzeitig schnürte sich mir der Hals zu.

Sie hob ironisch die Augenbrauen und stand auf.

Ich stand auch auf.

Die Sache gefiel mir nicht. Sie war viel zu labil.

Ich folgte ihr zum Aufzug, der offen stand. Die Türen schlossen sich, sie drückte auf den Knopf für die dritte Etage.

»Ich habe eine Regel«, sagte sie, als wir nach oben glitten. »Kein Kuss auf den Mund.«

»So etwas sagen Huren«, sagte ich.

»Ja, genau«, sagte sie und lachte.

Ich trat dicht an sie heran und legte eine Hand zwischen ihre Beine. Sie schob mich fort.

»Was wird Ihre Frau dazu sagen?«, fragte sie.

»Sie weiß nichts davon«, sagte ich und presste mich wieder an sie.

»Nicht so ungeduldig«, sagte sie.

Der Aufzug hielt, und sie stieg aus. Ich folgte ihr.

Nein, das gefiel mir nicht.

Andererseits hatte ich einen Mordsständer.

Sie blieb stehen, zog die Schlüsselkarte heraus, drückte sie gegen den Sensor, öffnete die Tür und ging hinein. Ehe ich es verhindern konnte, schlug sie mir die Tür vor der Nase zu.

Dieses verfluchte Luder.

Sie hatte mich reingelegt.

Oder spielte sie Spielchen mit mir?

Ich klopfte an, so fest ich konnte.

Keine Reaktion.

Sie hatte mich die ganze Zeit demütigen wollen.

Aber das würde ihr nicht gelingen.

Diese verdammte, verfickte Fotze.

Sie war ein Nichts, als Künstlerin eine Null.

Ich klopfte wieder an.

Nichts.

Also schön.

Wenn sie es so haben wollte, auch gut.

Ich ging den Flur hinab, als in mir etwas passierte. Plötzlich fühlte ich das Blut durch den Körper strömen, den leichten Druck aller Adern gleichzeitig, überall, auch im Kopf, der angesichts all dieser neuen Gefühle Funken sprühte. Gleichzeitig kehrte die schwarze Welle zurück, sie stieg schnell auf, dann breitete sich die Dunkelheit im Bewusstsein aus.

Wie lange ich dort war, weiß ich nicht. Aber als ich zu mir kam, geschah es draußen im Dunkeln. Direkt unter mir lag leuchtend der Raum, nicht größer als eine Postkarte. Der Körper, den ich vage auf dem Boden erkennen konnte, hatte irgendwie nichts mit mir zu tun, obwohl ich wusste, dass er mir gehörte. Ich konnte meine Gedanken nicht sammeln, sie hatten sich zerstreut, und das, was sich im Licht befand, war zu klein und eng, als dass die Gedanken etwas davon hätten erfassen können.

Und dann war ich, ohne Vorwarnung, im Inneren des Kleinen und Engen und sah den Flur, der sich mit all seinen Türen vor mir erstreckte.

Ein weiteres Mal hockte die Künstlerin neben mir.

Ich lag auf dem Bauch, mit der Wange auf dem Teppichboden.

»Hörst du mich?«, fragte sie.

»Lass mich«, sagte ich und setzte mich langsam auf.

»Du musst ins Krankenhaus«, sagte sie. »Ich kann dich begleiten.«

»Mir geht es gut. Geh weg.«

Ich stand auf und ging den Flur hinab.

Ahnte, dass sie mir folgte.

Wie vorhin kam es mir vor, als wäre mein Gehirn gereinigt worden. Ich sah alles um mich herum klarer und deutlicher. Aber meine Beine waren noch wackelig, sie zitterten leicht und mit jedem Schritt mehr. Auf halbem Weg zum Aufzug hatte ich das Gefühl, sie würden nachgeben, ging zur Wand und lehnte mich dagegen.

»Brauchst du Hilfe?«, fragte sie, zwei Meter hinter mir.

»Nein, verdammt«, sagte ich.

»Aber du gehst ins Krankenhaus?«

»Nein.«

»Aber das musst du. Damit ist nicht zu spaßen. Vielleicht hattest du einen leichten Schlag.«

»Du meinst, eine Blutung«, sagte ich.

»Ja.«

»Hör zu«, sagte ich und ging weiter. »Ich bin nur ohnmächtig geworden. Es liegt in der Familie. Ich fahre jetzt nach Hause und gehe schlafen. Und du bleibst mir vom Leib.«

Sie sagte nichts.

Ich erreichte den Aufzug und drückte auf den Knopf nach

unten. Als ich mich umdrehte, stand sie mitten im Flur, mit hängenden Armen.

»Ich meine es ernst, ich mache mir Sorgen um dich«, sagte sie. »Du kannst in diesem Zustand nicht alleine nach Hause gehen.«

Ich sah direkt auf die blanke Metalltür und hörte das Rauschen im Schacht dahinter anschwellen. Ich war so müde, dass ich nicht wusste, was ich tun sollte.

Wo hatte ich nur meinen Kopf?

Ich musste die Situation doch ausnutzen.

»Okay«, sagte ich.

Die Aufzugtüren öffneten sich. Drinnen stand ein älterer Mann. Er hatte ein bemerkenswertes Gesicht. Weich und rund wie bei einem jungen Mann, gleichzeitig faltig und zerfurcht wie bei einem Siebzigjährigen.

Er lächelte mich höflich an und wollte schon aussteigen, als er plötzlich innehielt.

»Das ist nicht die Rezeption?«, sagte er.

»Nein«, sagte ich.

»Wollen Sie mit nach unten?«, fragte er.

»Nein. Ich habe es mir anders überlegt«, sagte ich.

Die Aufzugtüren schlossen sich. Die Künstlerin sah mich an und lachte.

Scheiße, das Ganze war zu grenzwertig für mich.

»Entschuldige«, sagte sie. »Ich wollte mich nur rächen.«

Sie lachte wieder.

»*Nur* ist gut«, sagte ich.

»Ja, okay«, sagte sie und lief langsam neben mir her.

Warum waren meine Beine so schwer?

Hatte ich einen leichten Schlag gehabt?

Ich roch den Duft ihres Parfüms und bekam wieder einen Ständer.

Sie schloss die Tür auf, ich stand wartend daneben. Ich hatte die Hand in die Tasche gesteckt und streichelte diskret meinen harten Schwanz. Sie lächelte und sah nach unten.

Jetzt war sie also irgendwie verlegen.

»Diesmal darfst du reinkommen«, sagte sie.

»Weil ich ohnmächtig geworden bin«, sagte ich.

»Ja«, sagte sie. »Brauchst du noch einen Grund?«

»Nein«, sagte ich und trat ein. »Denn es gibt keinen.«

»Natürlich gibt es den«, sagte sie. »Glaubst du, ich hätte es so weit kommen lassen, wenn ich nicht ficken wollte?«

Was?

Ich sah sie an. Sie ging zu dem, was vermutlich das Badezimmer war.

Sie wollte sich zurechtmachen.

Wenn sie mich nicht wieder reinlegte.

Das Zimmer war klein. Ein Sessel, ein unglaublich schmaler Schreibtisch, ein Kleiderschrank und eine Minibar.

Ihr Koffer lag offen auf dem Fußboden, die Kleider schienen mit viel Schwung aus ihm herausgeschleudert worden zu sein, denn sie lagen überall verstreut.

Aber das Bett war groß.

Ich mochte es nicht, wenn Frauen ficken sagten. Sie sollten »sich lieben« oder schlimmstenfalls »vögeln« sagen.

Sollte ich einfach gehen.

Bei ihr war Ärger vorprogrammiert.

Aber ich konnte nicht einfach abhauen. Eine willige Frau in einem Hotelzimmer. Wie sähe das denn aus.

Es war ja nicht so, dass sie gefährlich war.

Ich öffnete die Minibar und holte einen Whisky und einen Wodka heraus. Wie lächerlich klein diese Hotelfläschchen waren.

»Möchtest du was trinken?«, fragte ich laut und setzte mich in den Sessel.

»Gleich!«, rief sie aus dem Bad.

Ich leerte den Whisky in einem Zug.

Ich dachte an den Stoff des Kleids, der über ihren herrlichen Arsch geglitten war. Daran, dass sie sich vorbeugte. Dass ich hinter ihr kniete und ihr Arschloch leckte.

Die Tür ging auf, und sie kam heraus. Noch angezogen.

Was hatte sie da drinnen gemacht?

»Du bist heute Abend zwei Mal umgekippt«, sagte sie. »Das kann nicht gut für dich sein.«

»Es fühlt sich gut an«, sagte ich. »Was möchtest du haben?«

»Ist noch Rotwein da?«, fragte sie und setzte sich auf die andere Seite des Betts. Jetzt war sie wieder irgendwie still und zurückhaltend.

Spielte sie mit mir?

Ich konnte mir einfach keinen Reim auf sie machen, ließ mir aber nichts anmerken, drehte mich um und griff nach der Rotweinflasche, die auf dem Regal hinter dem Stuhl stand, warf sie neben ihr aufs Bett.

Sie nahm sie und drehte den Verschluss ab, schaute sich um.

Ich nahm eines der Gläser, die neben der Flasche gestanden hatten, und warf es auf die gleiche Art.

»Danke«, sagte sie und lächelte.

Ich sah zu, wie sie den Wein ins Glas goss.

Sie saß halb abgewandt von mir und nippte daran. Lange Zeit sagte keiner von uns etwas.

»Was machen wir jetzt?«, fragte ich. Sie drehte den Kopf und sah mich über die Schulter hinweg an.

»Vielleicht sollten wir einfach schlafen«, sagte sie.

»Sonst nichts?«, sagte ich.

»Oder willst du, dass ich wie eine Hure bin?«

»Ich habe nicht vor, dich zu bezahlen«, sagte ich.

Sie lachte.

Ich stand auf.

Sie begegnete meinem Blick.

Ich trat zu ihr, presste mich an sie, umfasste ihre Pobacken mit beiden Händen.

»Oh je«, flüsterte sie. »Hast du da gesessen und an mich gedacht?«

»Ja«, sagte ich.

Ich versuchte sie zu küssen, aber sie drehte das Gesicht weg.

Es gab einen Reißverschluss am Rücken, ich bekam ihn zu fassen und zog ihn herunter, und streifte das Kleid über ihre Schultern und den Körper, gleichzeitig öffnete sie meinen Gürtel.

In Slip und BH auf dem Bett liegend sah sie zu mir hoch, während ich vor ihr stand und in Windeseile die Hose auszog.

Ich war zu schwer, um mich auf sie zu legen. Stattdessen legte ich mich neben sie und versuchte, ihr den Slip auszuziehen.

»Zieh dein Hemd aus«, sagte sie.

»Nicht nötig«, sagte ich und musste Kraft einsetzen, um den Slip über die Knie zu bekommen, die sie aus irgendeinem Grund zusammenpresste.

»Es geht auch so sehr gut.«

»Ich will dich sehen«, sagte sie.

»Nicht nötig«, grunzte ich und presste mich an sie.

»Entspann dich. Ich habe nichts gegen dicke Männer.«

Konnten wir es nicht einfach machen? Konnte ich nicht einfach nur meinen Schwanz in sie hineinstecken?

»Okay«, sagte ich, knöpfte das Hemd auf und streifte es mühsam ab.

Sie fuhr mir mit der einen Hand über den Bauch und nahm mit der anderen meinen Schwanz.

»Wie willst du mich haben?«, fragte sie.

Fantastisch, eine solche Frage gestellt zu bekommen.

»Auf allen vieren«, sagte ich.

»Okay«, sagte sie und stellte sich auf alle viere. Als ich hinter sie ging, sah ich unser Spiegelbild an der Wand über dem Bett. Großer Gott, bin ich das, dachte ich und rutschte auf den Knien ein wenig vor, um in die richtige Position zu kommen, ehe ich Supermann in sie hineinsteckte. Ich versuchte, nicht in den Spiegel zu sehen, aber mein Blick kehrte immer wieder dorthin zurück, während ich ihn rein und raus bewegte. Ich sah aus wie eine Art Tier, der Bauch wölbte sich vor, und die Wangen hingen, und auch sie sah aus wie ein Tier, wie sie dort auf allen vieren stand und mit gesenktem Kopf und herunterhängenden Haaren gefickt wurde, gleichzeitig war das so gut, oh, das tat wirklich so gut, dass der Mann und die Frau im Spiegel ein paar andere hätten sein können.

»Du bist so schön«, stöhnte ich. »Du bist so gut.«

Nur noch ein bisschen, dann peng.

»Du bist so schön«, sagte ich wieder. »Du bist so schön.«

Ohhh.

Ich spritzte relativ lange in ihr, ehe ich mich auf die Seite wälzte.

Sie legte sich auf den Rücken, die Wange auf dem Kissen und die Augen geschlossen.

»War das gut?«, fragte sie. »War ich gut?«

»Es war herrlich«, sagte ich.

Es wurde still.

»Damit hatte ich jetzt wirklich nicht gerechnet«, sagte sie nach einer Weile. »Du sagst es doch keinem?«

»Was?«, sagte ich.

»Du sagst das doch keinem?«

»Was denkst du denn?«, sagte ich. »Wem sollte ich es sagen?«

Sie richtete sich halb auf, nahm ein Handtuch vom Stuhl und schlang es um sich.

»Deinen Kumpels?«, sagte sie und ging ins Bad. Ich hörte, wie sie dort die Dusche andrehte. Ich zog die Unterhose an und war schon dabei, das Hemd zuzuknöpfen, als sie den Kopf zur Tür heraussteckte.

»Du willst jetzt doch nicht etwa gehen? Das kannst du nicht machen!«

»Es ist nicht einmal eins«, sagte ich. »Ich kann immer noch relativ früh zu Hause sein.«

»Ich kann jetzt nicht allein sein«, sagte sie. »Das kannst du mir nicht antun.«

Oh, mein Gott, jetzt fingen die Komplikationen an.

Andererseits, wenn ich blieb, konnte ich sie am Morgen ficken, bevor ich zur Arbeit ging. Das konnte ich nicht, wenn ich jetzt nach Hause ging.

»Wusste nicht, dass du das so siehst«, sagte ich. »Natürlich bleibe ich.«

»Danke«, sagte sie. Als sie die Tür geschlossen hatte, setzte ich mich in den Sessel und checkte mein Handy. Keine Nachrichten, keine Mails. Die Topnews in allen Zeitungen war der neue Stern oder was immer es war.

Den hatte ich über dem Ganzen völlig vergessen.

Ich ging zu dem Text, den ich an mich selbst geschickt hatte.

Der neue Stern

An einem Abend im August
während die Sonne sank
und der Rausch stieg
sah ich den neuen Stern

Es gefiel mir noch immer.

Es war gut.

Man kann nie wissen. Manchmal stellt sich die spontane Inspiration als totaler Müll heraus.

Ich legte das Handy auf das niedrige Regal hinter dem Bett, zog mein Hemd aus und legte mich unter die Decke. Vielleicht sollte ich auch duschen, mein Schwanz stank bestimmt nach Fotze, aber es war einfach zu schön, da zu liegen, und die ganze Müdigkeit glitt auf einmal heran wie ein Erdrutsch, der immer größer wurde und immer schneller abging und mich schließlich in die Dunkelheit fegte.

Als ich aufwachte, war es stockfinster im Zimmer. Auf dem Regal hinter meinem Kopf vibrierte das Telefon. Ich tastete danach.

»Was ist los?«, fragte die Künstlerin, die sich offenbar schlafen gelegt hatte, ohne mich zu wecken.

»Das Handy klingelt«, sagte ich und bekam es zu fassen.

Es war Geir.

Um halb vier Uhr morgens?

»Hallo?«, sagte ich.

»Ich habe hier was für dich«, sagte Geir. »Komm zum Svartediket, und zwar sofort.«

»Was? Worum geht's?«

»Wir haben die Jungs von der Band gefunden.«

»Ja?«

»Das heißt, drei von ihnen.«

»Sie sind tot?«

»Das kann man wohl sagen. Sie sind ermordet worden. Auf grausamste Art und Weise. So etwas Schreckliches habe ich noch nie gesehen. Es sieht nach einem Ritual aus. Sie sind förmlich geschlachtet worden.«

»Wie meinst du das?«, fragte ich und tastete mit der anderen

Hand den Fußboden ab, bis ich das Hemd fand. »Ein Ritual?«

»Sie sind gehäutet worden.«

»Dann haben wir also einen Serienmörder in Bergen?«

»Yep. Fahr sofort los.«

»Ich habe kein Auto.«

»Dann nimm ein Taxi. Du kannst sowieso nicht die ganze Strecke fahren. Steig am Wasserwerk aus und geh auf der rechten Seite am See entlang. Du wirst uns schon finden. Okay?«

»Warum tust du das für mich?«

»Du tust mir eben ein bisschen leid. Komm jetzt.«

Er legte auf. Ich stand auf, zog Hemd und Hose an, die Künstlerin sah mich an.

»Was ist los?«, sagte sie. »Wo willst du hin?«

»Es geht um die Arbeit. Und es ist dringend.«

»Bist du nicht Kulturjournalist?«

»Jetzt nicht mehr«, sagte ich, beugte mich vor und zog die Schuhe an, nahm mein Jackett und ging zur Tür hinaus.

TURID

Als es Viertel nach sieben war und ich zur Arbeit musste, war Jostein natürlich noch nicht zu Hause. Das ist sein Problem, nicht meins, dachte ich, wartete aber trotzdem so lange wie möglich, ehe ich den Ofen ausschaltete, ins Schlafzimmer ging und mich fertig machte. Dort war es so heiß wie in der Hölle, obwohl das Fenster sperrangelweit offen stand. Im Garten war es ganz still. Ich blieb stehen und betrachtete ihn einen Moment. Das Gras auf der Böschung war verbrannt, obwohl ich den ganzen Sommer so viel gegossen hatte, wie ich nur konnte. Es tat mir immer noch von Herzen weh, den Baumstumpf am Zaun zu sehen, wo der Kastanienbaum gestanden hatte. Im Frühjahr war er mit seinen weißen Blüten und dem dichten Laub immer so schön gewesen. Aber das war der Lauf der Dinge. Selbst Bäume wurden krank und starben. Dennoch geschieht so viel anderes Schönes, dachte ich und lehnte mich vor, um die Kletterrosen zu sehen, die vor zwei Wochen mit den weißen Blüten in Dolden gekommen waren.

Ich überlegte, ob ich das Fenster schließen sollte, weil ich gehen musste, aber Ole würde ja da sein und Jostein bald nach Hause kommen, und ein brüllend heißes Schlafzimmer würde ihm nicht gefallen.

Meine Atemzüge füllten den Raum, und es raschelte, als meine Füße durch die Beine der Jeans glitten. Aus Oles Zimmer hinter der Wand drang das leise, unermüdliche Klappern der Tastatur. Ich zog einen weißen BH und ein weißes T-Shirt an. Stand sekundenlang vor der Schranktür und überlegte, ob ich eine leichte Jacke überziehen sollte, weil es in der Nacht abkühlen könnte, entschied mich aber dagegen, ich würde ja ohnehin im Haus sein.

Ich warf einen Blick auf das Handy, um zu sehen, ob er eine seiner Entschuldigungen geschickt hatte, das hatte er nicht, und legte es zusammen mit Sonnenbrille und Inhalator in die Tasche. Dann klopfte ich an Oles Tür.

Er saß mit dem Rücken zu mir auf seinem schweren, ergonomischen Bürostuhl. Er hatte die grauen Shorts und das schwarze T-Shirt an, die er die ganze Woche getragen hatte.

»Bei dir alles in Ordnung, Olemann?«, fragte ich.

Er drehte den Stuhl halb herum und sah mich an.

Er war anders, ich sah es sofort. Er strahlte fast.

»Ja«, sagte er und lächelte. »Jetzt ist tatsächlich alles gut.«

War etwas passiert? Was war passiert?

»Wie schön«, sagte ich. Ich wusste nicht, was ich sonst sagen sollte. Normalerweise hätte er geseufzt und Ja klar, Mama, gesagt, oder mich genervt gefragt, warum ich das fragte, ohne sich überhaupt umzudrehen, so sehr war er an diese Frage gewöhnt.

»Ja«, sagte er. »Das ist schön.«

Hatte er jemanden kennengelernt?

Er war doch immer zu Hause gewesen.

Und kein Mädchen wollte jemanden haben, der in solchen weichen Shorts herumlief. Und so fettige Haare hatte.

»Toll, Ole«, sagte ich. »Ich gehe jetzt. Aber Papa kommt bald nach Hause.«

»Okay«, sagte er. »Dann viel Spaß bei der Arbeit.«

»Danke«, sagte ich. »Ruf an, wenn was ist.«

»Okay.«

Am Fuß der Treppe musste ich stehen bleiben, um wieder zu Atem zu kommen. Es war wirklich schlimm geworden; früher hatte sich mir die Kehle nur zugeschnürt, wenn ich die Treppe hochstieg.

Als würde ich durch einen Strohhalm atmen.

Und das veränderte auch meinen Kopf, er füllte sich mit allem, was ich nicht tun konnte. Als würde mir die Macht durch die Finger rieseln.

Nicht, dass ich Macht gehabt hätte. Aber alles, was ich gewöhnlich getan hatte.

Als ich draußen war, stand die Luft flirrend über dem Asphalt. Zwei Spatzen saßen im Apfelbaum und pickten in Äpfeln, ohne sich um die glänzenden, sonnenglitzernden Streifen zu scheren, die ich in die Äste gehängt hatte. Als ich mit den Armen fuchtelte, flogen sie auf. Ich wusste, dass es nichts brachte, sobald ich gefahren war, würden sie zurückkehren, aber es verschaffte mir trotzdem eine gewisse Genugtuung.

Ich blieb vor dem Auto stehen und tastete in der Tasche nach dem Schlüssel.

Wo war er?

Ich wühlte mit beiden Händen in der Tasche. Brillenetui, Brille, Halstuch, Hausschlüssel, Paracetamol, Kaugummis, Inhalator, alles Mögliche, nur kein Autoschlüssel.

Wohin hatte ich ihn gelegt?

Ich ging wieder hoch, ein bisschen zu schnell, musste oben auf der Treppe stehen bleiben, um wieder zu Atem zu kommen. Dann sah ich auf dem Tisch im Wohnzimmer nach, auf dem Tisch in der Küche, dem Nachttisch im Schlafzimmer. Kein Schlüssel zu sehen.

Es war schon halb acht. Noch hatte ich genügend Zeit, aber in den nächsten Minuten musste ich fahren.

»Ole?«, rief ich.

»Ja?«, antwortete er aus seinem Zimmer.

»Kommst du bitte mal kurz.«

Ich hörte, wie er die Tür öffnete.

»Wo bist du?«, fragte er.

»Hier drinnen«, sagte ich. »Kannst du mir bitte helfen? Ich finde meinen Autoschlüssel nicht.«

Er tauchte im Türrahmen auf. Ich setzte mich auf den Stuhl.

»Mama ist ein bisschen außer Atem«, sagte ich.

»Kann Mama den Autoschlüssel nicht finden?«, sagte er. »Ist Mama hilflos?«

»Hör auf«, sagte ich. »Ich weiß nicht, warum ich das so gesagt habe.«

»Wie, so?«

»Das mit ›Mama‹«, sagte ich.

»Ja, das war ein bisschen komisch«, sagte er. »Aber ich geh ihn suchen. Bleib sitzen.«

Er suchte an denselben Stellen, an denen ich auch schon nachgeschaut hatte, ohne dass ich ihn darauf hinwies, denn es war ja gut möglich, dass ich ihn übersehen hatte, außerdem tat es gut, einfach dazusitzen.

»Nope«, sagte er.

Warum war er plötzlich so heiter und beschwingt?

»Ist etwas passiert?«, fragte ich.

Er blieb stehen und sah mich an.

»Nein«, sagte er. »Was soll passiert sein?«

»Keine Ahnung«, sagte ich. »Du wirkst nur anders als sonst.«

»Fröhlicher?«

»Ja.«

Er sah in den Garten hinaus.

»Machst du dir Sorgen, wenn ich ein bisschen fröhlicher bin?«, fragte er.

»Red keinen Unsinn. Natürlich nicht.«

Es war seltsam, wie verschieden er und sein Vater waren. So scheu und so zart.

Auch seine Gesichtszüge waren anders, und die ganze Körperhaltung.

Jostein war ein schöner Mann gewesen. Ich konnte noch immer das Schöne in seinem Gesicht sehen, seine leuchtend blauen Augen. Der kompakte, untersetzte Körper war fett geworden, aber er war nicht schlaff, nicht wie Ole mit seinen gebeugten Schultern und seinem weichen Gesicht.

Als Baby war er unwiderstehlich gewesen.

Als Kind schüchtern und motorisch unbegabt.

Das Welpenhafte würde von ihm abfallen, wenn er nur nach draußen kam, sein Körper etwas Sonne abkriegte, wenn er Freunde fand, die ihn zwangen, sich zusammenzureißen, vielleicht zu trainieren, sich gut anzuziehen …

Es hing so viel von der Körperhaltung ab.

»Hier ist er!«, rief er aus dem Bad.

Ich stand auf.

»Wie gut«, sagte ich. »Vielen Dank. Umarmst du mich mal, bevor ich gehe?«

»Will Mama umarmt werden?«, sagte er und kam auf mich zu.

Ich lächelte.

»Ich habe dir doch gesagt, ich weiß nicht, warum ich das vorhin so gesagt habe. Das habe ich immer gesagt, als du klein warst.«

Er gab mir den Schlüssel.

»Danke«, sagte ich.

Wortlos schloss er die Arme um mich. Ich legte die Wange an seine Brust.

»Okay, Mama«, sagte er und machte sich frei. »Jetzt musst du gehen.«

»Schreib mir, wenn du ins Bett gehst«, sagte ich. »Dann kann ich dir eine gute Nacht wünschen.«

»Mach ich«, sagte er und ging zu seinem Zimmer, während ich zum Auto hinauslief, das ich schlauerweise im Schatten des Kirschbaums geparkt hatte, als ich am Nachmittag vom Supermarkt zurückgekommen war, so dass die Temperatur im Wageninneren erträglich war.

Es roch schwach nach gegrilltem Fleisch. Ich warf einen Blick über die Hecke, wo Jensen mit dem Rücken zu mir auf der Veranda stand und mit Grillhandschuhen an beiden Händen hantierte. Er war allein, und meine Augen suchten den Garten ab, bis ich seine Frau fand, die mit einer kleinen Schere in der Hand in roten Shorts vor einem ihrer vielen Beete hockte.

Was für eine Idylle.

Ich setzte mich ins Auto, ließ den Motor an und fuhr auf die Straße, vorbei an der Reihe von Häusern und Gärten und auf die Hauptstraße. Es war zwanzig vor, was bedeutete, dass ich zehn Minuten zu spät kommen würde. Dagegen konnte keiner etwas sagen.

Außer Berit.

Sie würde etwas dazu sagen. Sie sammelte die Verfehlungen anderer. Und hatte es auf mich abgesehen, die ganze Zeit schon.

Jemanden zurechtzuweisen heißt, sich über den anderen zu erheben, zu sagen, dass man selbst besser ist. Anders ließ sich das nicht sagen.

Als Abteilungsleiterin war das ihr gutes Recht. Aber für ein gutes Betriebsklima war es nicht unbedingt förderlich. Und ich hatte bedeutend mehr Berufserfahrung als sie.

Außerdem musste man nicht gerade ein Gehirnchirurg sein, um mit geistig Behinderten zu arbeiten.

Ich seufzte, was mir erst bewusst wurde, als ich das Geräusch hörte, das fast wie ein Stöhnen klang.

Wenn ich zu Hause war, gelang es mir, sämtliche Gedanken an die Arbeit abzuschalten, vielleicht nicht zu hundert, aber doch zu achtzig Prozent, aber wenn ich auf dem Weg dorthin im Auto saß, stürzten sie auf mich ein.

Jeden Tag graute es mir davor. Das war nicht immer so gewesen, aber jetzt war es so.

Und dann war da noch Ole.

Das mit Ole nahm anscheinend nie ein Ende.

Was hatte in seinem Blick gelegen?

Was hatte ich in seinem Blick gesehen?

Hatte er einen Entschluss gefasst? Und dann wurde alles besser, wenn der Entschluss einmal gefasst worden war? Ich hatte ihm mehr als einmal gesagt, dass er nicht um jeden Preis in Oslo studieren müsse. Vielleicht sei es klüger, hier zur Universität zu gehen. Dann könne er weiter zu Hause wohnen, wenn er wolle.

Aber genau das war ja sein eigentliches Problem. Er hatte nichts Eigenes. Sich etwas Eigenes zu erschaffen, schärft uns. Meißelt uns heraus. So bekommen wir eine Außenseite, nicht nur eine Innenseite.

Ich sah sein Gesicht vor mir. Seine lieben Augen.

Es war nichts Falsches an ihm. Er war nur gut.

Warum war das nicht gut genug?

Vor mir tauchte die Shell-Tankstelle auf. Mein Blick glitt unwillkürlich zur Tankanzeige. Er war noch mehr als drei Viertel voll.

Dann dachte ich an Zigaretten.

Es wäre fantastisch, diese Nacht auf der Veranda zu sitzen und zu rauchen.

Nur eine.

Aber dann wäre es gelaufen. Das wusste ich. Eine Zigarette würde reichen, und ich würde wieder anfangen damit.

Ich war ohnehin an der Tankstelle vorbei und bog auf die alte Landstraße ab, an der auf einmal einige kleine Höfe mit Schafen und Kühen auftauchten, bis die neuen Wohnsiedlungen sichtbar wurden, mit der neuen Kirche ohne Turm, die alle hassten, außer denen, die sie in Auftrag gegeben hatten und fantastisch fanden. So modern.

So kalt wie eine Gefriertruhe, wenn sie mich fragten.

Und Gott war ja wohl kaum modern.

Die verrückten Satanisten hatten die alte Kirche niedergebrannt. Noch während es passierte, wussten es alle. Die Nachricht verbreitete sich wie ein Lauffeuer. Die Kirche brennt, die Kirche brennt. Ich hatte bis dahin nie darüber nachgedacht, dass den Leuten tatsächlich etwas an ihrer Kirche lag. Und dass mir etwas an ihr lag. Es war doch nur ein Gebäude.

Jostein war es gelungen, ein Interview mit einem der Typen zu bekommen, die dahintersteckten, einem jungen Mann, der Heksa genannt wurde. Kurz darauf wurde er von der Polizei gefasst und kam ins Gefängnis. Jostein hatte immer erklärt, damit habe er nichts zu tun gehabt. Aber es gab Gerüchte, und kurz darauf war er in die Kulturredaktion versetzt worden. Umstrukturierung, lautete die Begründung.

Man konnte so manches über Jostein sagen, aber ein kompetenter Kriminaljournalist war er, vielleicht sogar einer der besten. Das hatten sie ihm weggenommen.

Und er klammerte sich an das, was er einmal gehabt hatte.

Um ehrlich zu sein, hatte ich geglaubt, es wäre mehr Stolz in ihm.

Jetzt suchte er auf andere Arten Spannung.

Er war wie ein Kind, er wollte Abenteuer erleben.

Nur nicht mit mir.

Ich fuhr durch die Kurve, an der die Landschaft auf einmal zum Fjord abfiel, und sah die Dächer der hohen, länglichen

Gebäude am hinteren Ende des Geländes inmitten von allem Grün rot leuchten.

Meine Brust schnürte sich zusammen.

Ich holte sachte Luft und stellte mir eine weite Wiese vor, über die der Wind wehte. Breit strömte die Luft durch meinen Hals, breit strömte die Luft in die Lunge.

Breit, breit.

Und dann wieder hinaus, ebenso breit und sachte.

Nach der Bushaltestelle bog ich in die schmale Straße, die sich zwischen den Bäumen durch das Gelände schlängelte. Zwei Pfleger, die ich nicht kannte, schoben je einen Bewohner im Rollstuhl. Hinter ihnen gingen zwei weitere Bewohner. Sie blieben stehen, als sie mein Auto sahen, das hatten sie gelernt, als sie klein waren, es hatte sich ihnen förmlich eingebrannt.

Ich grüßte, sie starrten mich mit offenen Mündern an.

Der Wald dahinter war in Licht getaucht. Die Sonne funkelte in den Fensterreihen der Gebäude, an denen ich vorbeikam. Die meisten standen leer; es gab nur noch vier Abteilungen.

Auf der Uhr über dem Eingang des Verwaltungsgebäudes war es genau acht.

Als ich vor A2 parkte und den Motor abstellte, ertönten aus dem Haus ferne Rufe, fast wie das Brüllen eines Ochsen. Ich nahm meine Tasche und öffnete die Tür. In dem Moment plingte das Telefon. Ich blieb mit den Füßen auf der Erde in der Tür sitzen und suchte es heraus. Es war Jostein.

Bleibe noch was, sitze mit einem ganzen Haufen von der Arbeit zusammen.

»Was du nicht sagst«, sagte ich ins Leere hinein. »Das ist ja mal eine Überraschung.«

Okay, schrieb ich zurück.

Er hatte bestimmt schon einen im Kahn. Und es war erst acht.

Vergiss nur nicht, dass morgen auch noch ein Tag ist, schrieb ich.

Ich bereute es sofort, ich war schließlich nicht seine Mutter.

Wie zu erwarten.

Ja, Massa, antwortete er.

Ich sah zu den Fenstern in der ersten Etage hinauf. Alle standen weit offen.

Genau wie die Verandatür zum Personalraum. Heute war es darin bestimmt glühend heiß gewesen.

Keine Gesichter zu sehen.

Ich bekam Lust, mit ihm zu reden. Am Nachmittag war er gut gelaunt gewesen, und ich wollte mit ihm auch über Ole sprechen. Aber aus zwei Minuten würden zehn werden. Und wenn er mit seinen Kollegen zusammensaß, würde er ohnehin nicht reden wollen, erst recht nicht, wenn er schon ein wenig betrunken war. Dann würde er schwafeln. Oder diskutieren. Nicht reden.

Wenn ich ihn für mich alleine hatte, war er anders.

Manchmal jedenfalls.

Wann sind wir beide das letzte Mal ausgegangen?, schrieb ich.

Du arbeitest doch nachts, kam sofort als Antwort.

Nicht jede Nacht, schrieb ich.

Es blieb einen Moment still.

Samstagabend essen gehen im Klosteret?, schrieb er daraufhin.

Ich schickte ihm ein Smiley, legte das Telefon in die Tasche zurück und ging langsam zum Eingang. Trotzdem spannte es in der Brust. Als läge dort eine Barriere und stoppte die Luft. Wenn das Herz dann auf Hochtouren arbeitete, schrie der Körper förmlich nach Luft, und alles schnürte sich zusammen. Aber es gelang mir nicht, tief einzuatmen, ich konnte die

Luft nicht in die Lunge strömen lassen und ihr geben, was sie haben wollte. Ich musste kurze, schnelle Atemzüge machen, die nichts brachten, und der ganze Körper schmerzte und schrie, bis das Tempo gesenkt wurde und das unbändige und absurde Verlangen nach mehr Luft verschwand.

Es kam folglich darauf an, langsam zu gehen, es kam darauf an, es ruhig angehen zu lassen.

Ich setzte die Sonnenbrille ab und blieb für einen Moment ganz still stehen, ehe ich den Zahlencode eingab und die summende Tür aufdrückte.

Der Flur lag leer und still. Sie sind bestimmt draußen, dachte ich und ging zu unserem Personalraum. Die Tür war zugesperrt, und ich schloss sie auf. Als ich die Tasche ablegte, flogen zwei Fliegen von der Couch auf. Summend schwirrten sie im Zimmer hin und her. Ich füllte eine Tasse mit Kaffee aus der großen Pumpkanne. Es stieg kein Dampf auf, und als ich einen Schluck trank, um zu kosten, war er bitter und lauwarm. Aber besser als nichts. Ich setzte mich auf die Couch, beobachtete eine Weile die Fliegen, die immer weiter im Kreis umherflogen, ehe ich durch die offene Tür zu dem Gebäude hinübersah, das auf der anderen Seite des Sportplatzes stand, und zu dem Wald dahinter.

Im Flur ertönten Schritte.

Berit betrat den Peronalraum, ohne mich anzusehen, ging zu dem Tisch in der Ecke und nahm sich das grüne Berichtsbuch.

»Hallo«, sagte ich.

»Oh, hallo«, sagte sie. »Du bist es?«

Sie ging wieder hinaus.

Diese Angeberin.

Diese verfluchte Angeberin.

Ich trank einen Schluck Kaffee, stellte die Tasse ab. Stand

auf. Aber das würde bedeuten, ihr zu demonstrieren, dass ich arbeitete, dachte ich und setzte mich wieder.

Wenn sie mich übersah, konnte ich sie auch übersehen.

Sie war Anfang dreißig. Aber sie führte sich auf wie eine alte Schreckschraube. Klein und mager und grau, mit spitzen Schneidezähnen, die sie aussehen ließen wie eine Maus.

Nagte an allem und allen.

Irgendwie so effektiv. So geschäftig.

Aber sie arbeitete hier. Besonders gut konnte sie also nicht sein, denn wer die Wahl hatte, arbeitete nicht hier.

Eine der Fliegen landete auf meinem Knie. Ich saß ganz still und sah sie umherspazieren. Als sie stehen blieb und die Vorderbeine zum Kopf hob, ähnlich wie eine Katze, die sich putzte, hob ich vorsichtig die Hand und bewegte sie möglichst langsam auf die Fliege zu. Vater hatte mir die Methode beigebracht, als ich ein Kind war. Die Bewegung war so sachte, dass die Fliege sie nicht wahrnahm. Als die Hand etwa zwanzig Zentimeter über ihr war, hielt ich sie einige Sekunden ganz still und schlug dann so fest zu, wie ich konnte.

Die zermatschte Fliege, aus der etwas Gelbes quoll, hob ich an einem ihrer dünnen Beinchen hoch und warf sie in den Mülleimer.

Vater hatte auch erzählt, die Fliegen seien die Toten. Dass es deshalb so viele von ihnen gebe und sie deshalb in unserer Nähe und unseren Häusern blieben. Sie seien die toten Seelen. Ich hatte nie gewusst, ob er das ernst meinte oder nicht. Aber seit er es zum ersten Mal gesagt hatte, konnte ich keine Fliege mehr sehen, ohne daran zu denken.

Nein.

Ich sollte wohl langsam anfangen, ein bisschen zu arbeiten.

Ich ging in die Abteilung. In den Gängen und Zimmern war

es vollkommen still. Hinter der Glaswand stand Berit in ihrem Büro und verteilte Medikamente in die Pillendosen.

Gott sei Dank hatte sie bald Feierabend.

Hauptsache, sie schloss diesmal nicht die Tür ab.

Aber warum sollte sie das tun, dachte ich, als ich in die Küche ging. Das hatte sie noch nie getan.

Dort schwirrten mehrere Fliegen herum, ich zählte mindestens fünf, und es gab bestimmt noch mehr, denn sie setzten sich ja häufig auf dunkle Oberflächen und waren dort schwer zu erkennen.

Es waren so viele, weil das Gebäude direkt am Waldrand lag.

Ich drehte mich um. Berit sah mich aus ihrem Büro auf der anderen Seite des Speisesaals an.

Ich wollte dieser Zicke nicht die Freude bereiten, mich zu tadeln, deshalb bückte ich mich und begann, die Spülmaschine auszuräumen, die nach dem Essen randvoll war.

»Siehst du vielleicht erst einmal nach den Bewohnern, ehe du mit dem Geschirr weitermachst?«, sagte Berit, die ihr Zimmer verlassen hatte und nun im Speisesaal stand.

Ich seufzte und schloss die Tür zur Maschine.

»Ist es nicht eigentlich so gedacht, dass nach dem Essen alles weggeräumt ist, bevor die Nachtwachen kommen?«, fragte ich.

»Dafür gibt es keine Regel«, sagte sie und ging wieder in ihr Büro.

Ich wollte schon sagen, dass ich glaubte, alle seien draußen, als mir das Jaulen einfiel. Georg war natürlich hier.

Ich klopfte an seine Tür und trat ein.

Er lag im Bett, starrte an die Decke und stieß leise Laute aus. Er hatte ein bisschen Spucke im Mundwinkel. Er drehte den Kopf, so dass er mich sehen konnte, und lächelte.

Es stank fürchterlich in seinem Zimmer. Männerschiit, wie sie in Nordnorwegen sagten, in einem sonnenwarmen Raum.

»Gaaaaa!«, sagte er.

»Hallo, Georg«, sagte ich. Ging zu ihm und wuschelte ihm durchs Haar. »Wollen wir deine Windel wechseln?«

»Gaaa, gaaa, gaaa.«

Als Erstes machte ich das Fenster auf. Die Luft war draußen genauso warm. Dann holte ich eine Windel und einen Stapel feuchter Tücher sowie ein Handtuch aus dem Schrank. Ihn an einem Tag wie diesem allein in seinem Zimmer liegen zu lassen, war unverantwortlich. Er war zwar nur für ein paar Wochen hier, bis er in seine Heimatkommune verlegt wurde, wo man eine Wohnung für ihn vorbereitete. Aber trotzdem. Sie hätten einen Platz für ihn finden sollen, an dem es mehr Leute wie ihn gab, damit er nicht liegen blieb, nur weil die Wächter, die hier arbeiteten, sich nicht die viele Mühe machen wollten, die erforderlich war, um ihn mitzunehmen.

Ich hob die Decke zur Seite und begann, durch den Mund zu atmen. Er trug grüne Shorts und ein weißes Unterhemd. Seine Beine waren rund und weich und fast so weiß wie das Laken. Sie waren vollkommen leblos, lagen nur da, als ich ihm die Shorts auszog, und waren so schwer wie Holzstämme.

Auf einem seiner Oberschenkel hatte er eine große Narbe, nachdem ihn jemand zu nahe an einen Heizofen gelegt hatte, hieß es. Er hatte einfach dagelegen und sich Verbrennungen zugezogen, ohne sich zu bewegen oder auch nur einen Mucks von sich zu geben.

Ich löste die Klebestreifen der Windel und öffnete sie. Der Kot war weich und lag auf seinem ganzen behaarten Po verschmiert. Ich schluckte und fing an, ihn abzuwischen. Auch der Hodensack hatte etwas abbekommen, und die Oberschenkel daneben.

Danach legte ich die feuchten Tücher in die Windel.

»Eigentlich müsstest du duschen«, sagte ich. »Aber das muss bis morgen warten. In Ordnung?«

Ich legte den Unterarm unter seine Oberschenkel und hob sie ein wenig an, um die neue Windel darunter schieben zu können.

Sein Geschlecht lag wie ein kleines, totes Tier zwischen den Beinen.

»Ich denke, es hat dir gutgetan, dass du eine neue Windel bekommen hast«, sagte ich. »Oder was meinst du, Georg?«

Während ich mit ihm beschäftigt war, hatte er nur dagelegen und an die Decke gestarrt.

Ich zog seine Shorts wieder hoch, schloss die alte Windel und nahm sie mit auf die Toilette, wo ich sie in den Mülleimer warf, ehe ich mir gründlich die Hände wusch.

Ich steckte den Kopf zu seiner Tür hinein, die offen stand, und sagte, dass es bald Abendbrot geben werde. Dann kehrte ich in die Küche zurück und räumte die Spülmaschine aus.

Während ich damit beschäftigt war, näherte sich auf der Straße ein weißer Minibus. Er bog um die Ecke und hielt. Aufgeregte Stimmen und Rufe drangen von draußen an mein Ohr, ein kurzes Rauschen, als die Autotür über die Schiene lief und zuschlug.

Es wurde kurz still, dann füllten die Geräusche den Flur.

Ich schloss das Gatter zur Küche, bevor ich weiterarbeitete. Die Bewohner wurden in ihre Zimmer begleitet, und der Lärm legte sich.

Ich hatte eine Hand voll mit ungeordnetem Besteck, das ich mit der anderen in die Schublade räumte, als ich die schlurfenden Laute Torgeirs hörte, der den Flur heraufkam. Er konnte seine Beine nicht gebrauchen, unterhalb der Knie waren sie dünn und verkümmert, und seine Füße zeigten nach hinten, so dass er sich im Haus fortbewegte, indem er sich einem Affen gleich mit den Armen über den Boden schwang.

Wusch, wusch, wusch.

Er stoppte vor dem Gatter und sah zu mir hoch.

»Hallo, Torgeir«, sagte ich.

Sein Gesicht war normal, es hätte jedem beliebigen Mann zwischen vierzig und fünfzig gehören können. Die Haut auf Stirn und Nase war von der Sonne gerötet, und ein Schatten von Bartstoppeln legte sich bereits auf seine Wangen, obwohl er am Morgen rasiert worden war.

Aber der Schein trog. Er konnte nicht sprechen, und sein Geist war primitiv. Ich konnte ihn nicht ausstehen.

Er konnte mich auch nicht ausstehen.

»Hattest du einen schönen Tag?«, fragte ich ihn.

Er atmete zischend und sah mich an.

Vielleicht weil er merkte, dass meine Fürsorge nicht von Herzen kam.

Hasste er mich?

Es kam mir beinahe so vor.

Er ließ mich nicht aus den Augen.

»Möchtest du einen Kaffee?«, fragte ich.

Sein Atem stoppte.

Ich holte eine Tasse aus dem Schrank und füllte sie halb mit Kaffee aus der Maschine, die ich gerade angestellt hatte.

Er begann wieder zu atmen.

Ich holte einen Milchkarton heraus und goss Milch in die Tasse, bis sie voll war.

»Hier, mein Freund«, sagte ich und reichte ihm die Tasse über das Gatter hinweg. Er streckte sich hoch und griff danach. Vor lauter Begierde hatte er die Augen geschlossen.

Er schien nie mehr als einen einzigen Gedanken gleichzeitig im Kopf zu haben.

Wenn da überhaupt Gedanken waren, und nicht nur Triebe.

Er leerte die Tasse in einem einzigen langen Schluck.

Hielt sie bittend zu mir hoch.

Auf der anderen Seite des Flurs stand Berit von ihrem Stuhl auf und schloss den Medikamentenschrank ab.

Ich nahm seine Tasse, bevor ich Nein sagte, damit er sie nicht an die Wand werfen konnte.

»Du darfst nicht noch eine bekommen«, sagte ich. »Das weißt du. Sonst kannst du nicht schlafen.«

Berit schloss die Bürotür hinter sich. Ich sah auf die Wanduhr. Nur noch eine halbe Stunde, dann würde sie gehen.

Torgeir blieb sitzen und sah zu, wie ich die letzten Teile aus der Spülmaschine räumte. Eine Fliege landete auf seinem Kopf. Sie stolzierte ein wenig herum, ohne dass er sich etwas anmerken ließ. Die Stirn hinab und auf die Wange unter seinem Auge. Dann wurde im Wohnzimmer der Fernseher eingeschaltet, und Torgeir warf sich jäh herum und nahm Kurs dorthin.

Ich schenkte mir selbst eine Tasse Kaffee ein. Ich war am liebsten in der Küche, hinter dem Gatter, jedenfalls, solange sie wach waren. Deshalb ließ ich mir dort immer viel Zeit.

Ich suchte das große Tablett heraus und begann, Brotbeläge bereitzustellen. Gouda, den ich in Scheiben geschnitten hatte, Zervelatwurst, Leberwurst, Salami und Schmierkäse mit Speck. Ich schnitt immer auch Gurken- und Tomatenscheiben auf, um es für sie ein bisschen schöner zu machen, aber die aßen sie nie. Samstagabends bekamen sie Pizza. Sonntagmorgens kochte ich Eier.

Drei von ihnen konnten sich ihre Brote nicht selbst machen, also tat ich es für sie. Es waren Torgeir, Olav und Kenneth, die alle gewalttätig werden konnten.

Olav hatte mich an einem meiner ersten Arbeitstage in der

Abteilung gebissen, ich rasierte ihn gerade, als er in der Badewanne saß, und hatte irgendetwas nicht richtig gemacht, und er heulte auf, packte meinen Arm und schlug die Zähne hinein, bis es blutete. Einer der Pfleger war herbeigelaufen und hatte sich um ihn gekümmert.

Es waren keine richtigen Krankenpfleger, die meisten von ihnen jobbten nebenher auch als Türsteher, und hier arbeiteten sie, weil sie muskulös und stark waren und gewalttätiges Verhalten in den Griff bekamen.

Ich hatte mir eine Tetanusspritze geben lassen müssen. Danach bat ich darum, den Nachtdienst übernehmen zu dürfen. Ich sagte nicht, dass ich Angst hatte, aber das begriffen sie sicher auch so.

Die Wächter hatten keine Angst. Sie scherzten mit ihnen, umarmten sie, waren streng, wenn es sein musste, lachten viel. Die Bewohner mochten sie, sie fühlten sich bei ihnen sicher, geborgen.

Selbst Kenneth. Er hatte nichts im Kopf. Er trottete durch die Abteilung und aß, was ihm ins Auge fiel. Wollmäuse stopfte er sich in den Mund, und als er noch Haare hatte, riss er sie sich büschelweise aus und aß sie. Mittlerweile war sein Schädel immer rasiert. Ich hatte gesehen, wie er eine rohe Zwiebel aß, als wäre sie ein Apfel, ich hatte vergessen, das Gatter zu schließen, und schon stand er vor dem Kühlschrank und verspeiste sie, während ihm die Tränen herabliefen. Er war schlank und athletisch gebaut und sah aus wie ein Sportler. Als man ihn einmal an einer Tankstelle vergessen hatte, war er mehrere Kilometer entfernt gefunden worden, durch tiefen Schnee über ein Feld stapfend, auf dem Weg in den Wald. Als ich meine Stelle antrat, meinten sie, dass er bis zum Umfallen weitergegangen wäre. Nicht weil er wegwollte, aber wenn er einmal ging, dann ging er.

Wenn er traurig war, hämmerte er seinen Kopf gegen die Wand. Einmal hatte er es geschafft, sich den Schädel zu brechen, ehe sie bei ihm waren. Und wenn er einen Wutanfall hatte, waren drei erwachsene Männer nötig, um ihn zu bändigen.

Am seltsamsten fand ich, dass er so schön war.

Er beachtete mich nicht weiter, aber ich hatte trotzdem Angst vor ihm.

Aber am meisten fürchtete ich mich vor Olav. Er guckte sich Leute aus, er konnte planen. Wenn er mich ansah, fletschte er ab und zu die Zähne.

Die Nächte waren kein Problem, sie bekamen Schlafmittel und tauchten erst wieder am Morgen auf, wenn der Frühdienst kam. So gesehen war es hier okay.

Ich stellte den Wasserkocher an und trug anschließend Teller, Tassen und Besteck zum Esstisch. Alles war aus Plastik und schon so lange in Gebrauch, dass die Farben verblichen und die Oberflächen zerkratzt waren.

Als ich die Kühlschranktür öffnete, um Milch und Saft herauszuholen, kam Karl Frode aus seinem Zimmer. Er sah müde aus, die lockigen Haare waren zerzaust und sein Pullover voller Flecken, und seine Socken schlenkerten halb abgestreift.

»Guten Abend, Turid«, sagte er mechanisch, als spräche er den Namen einer Formel aus, die er gelernt hatte. Er sah die Leute, mit denen er redete, niemals an, auch mich nicht.

»Guten Abend, Karl Frode«, sagte ich. »Hast du Hunger?«

»Ja, ich habe Hunger«, sagte er, zog den Stuhl an seinem Platz heraus und setzte sich.

Ich stellte die Getränkekartons mitten auf den Tisch.

»Hast du heute etwas Schönes gemacht?«, fragte ich.

»Ja«, sagte er.

»Was denn?«, fragte ich und kehrte in die Küche zurück, um die Platte mit Aufschnitt und Käse zu holen.

»Laber mich nicht voll«, sagte er.

»Nein«, sagte ich und trug die Platte hinüber. »Ich verspreche dir, dich nicht vollzulabern.«

»Schönes Wetter heute«, sagte er.

»Ja, heute war wirklich schönes Wetter«, sagte ich. »Bist du draußen gewesen?«

Er schlug mit der flachen Hand hart auf den Tisch.

»Du sollst mich doch nicht volllabern!«, sagte er, seine Stimme war auf einmal viel heller.

»Ich werde dich nicht volllabern«, sagte ich. »Ist es dir lieber, wenn wir alle still sind?«

»Ja«, sagte er.

»Okay«, sagte ich, schloss die Schublade auf, in der alle Messer lagen, die nicht aus Plastik waren, schnitt ein ganzes Brot auf und legte die Scheiben in den großen Brotkorb.

»Butter«, sagte er, als ich den Korb auf den Tisch stellte.

»Da hast du recht«, sagte ich. »Vielen Dank, Karl Frode.«

Er lächelte und sah weiter auf den Tisch.

»Butter!«, sagte er. »Butter! Butter!«

»Die Butter kommt«, sagte ich.

Auch er konnte gefährlich werden, und wenn er einen Wutanfall bekam, schmiss er auch schon einmal mit Möbeln um sich und zertrümmerte alles, was ihm in die Finger kam. Aber das tat er so gut wie nie. Seit ich dort arbeitete, hatte er es jedenfalls noch nie getan. Dass er sprechen konnte, ließ ihn außerdem in gewisser Weise weniger bedrohlich erscheinen.

Ein Student, der im Sommer ein paar Wochen bei uns gejobbt hatte, meinte einmal, Karl Frode sehe einem Philosophen ähnlich, einem gewissen Wittgenstein. Er hatte mir auf dem Handy ein Bild gezeigt, und die beiden glichen einander tatsächlich wie ein Ei dem anderen. Die gleichen gelockten

Haare, die gleichen runden, stechenden Augen, das gleiche längliche Gesicht und die Mundwinkel, die nach unten zeigten. Karl Frode hatte aufgedunsenere Wangen, aber abgesehen davon waren sie wie eineiige Zwillinge.

Er hatte fast sein ganzes Leben hier verbracht. Nach der Zeit, als sie nachts noch festgeschnallt wurden, hatte er sich angewöhnt, dass der Gürtel, der seine Hose hochhielt, immer so stramm geschlossen sein musste, wie es nur ging. Etwas anderes, was in ihm verquer war, betraf das Onanieren. Er konnte es nur tun, wenn er außerhalb des Gebäudes in den Sträuchern stand und zu den Fenstern hochsah. Und in den Fenstern mussten sich Wolken spiegeln. Wenn die Bedingungen günstig waren, gingen sie deshalb manchmal mit ihm nach draußen, warteten an der Ecke mit den Rücken zu ihm, während sie rauchten und er mit heruntergelassener Hose ein paar Meter weiter stand und wichste. Es war harmlos, aber trotzdem nichts, worüber man redete.

Ich stellte die Margarine vor ihm ab.

»Ha ha. Ha ha«, sagte er.

»Was ist?«, fragte ich.

»Das ist keine Butter, das ist Margarine«, sagte er.

»Ja, da hast du recht«, sagte ich. »Aber wir nennen hier ja beides Butter, nicht wahr?«

Er blieb reglos sitzen und sah auf den Tisch vor sich. Eine Fliege landete auf dem Rand der Margarine. Eine andere saß auf dem Käse, gut sichtbar auf seinem Gelb.

Ich wedelte sie weg. Karl Frode nahm die Bewegung nicht wahr, starrte nur vor sich hin. Wenn er gut gelaunt war, lehnte er sich oft zurück, legte einen Fuß über den anderen und redete und lachte, manchmal so eifrig, dass er durcheinanderkam und so stotterte, dass er spuckte.

Ich ging ins Wohnzimmer und sagte Bescheid, dass es Abendbrot gab. Kenneth saß auf dem Schoß eines Pflegers und rieb wie ein Kleinkind den Kopf an seiner Brust. Olav lag fast auf seinem Stuhl, die Hände hingen über den Armlehnen herab. Der zweite Pfleger, Gunnar, saß in einem Stuhl daneben und sah auf sein Handy.

Als sie aufstanden, ging ich zum Personalraum. Torgeir saß im Flur vor der offenen Tür und starrte hinein wie ein Hund, der auf sein Leckerli wartete.

»Es gibt Abendessen«, sagte ich zu Berit, die mit dem Berichtsbuch auf den Knien auf der Couch saß und schrieb.

»Mir ist aufgefallen, dass du heute wieder fünfzehn Minuten zu spät gekommen bist«, sagte sie und sah zu mir hoch.

»Ja, das stimmt«, sagte ich.

Keine zehn Pferde würden mich dazu bringen, mich dafür zu entschuldigen.

Sie stand auf.

»Sie waren ja ohnehin alle draußen«, sagte ich.

»Das wusstest du aber nicht«, sagte sie und ging an mir vorbei.

»Hilfst du mir bei Georg«, sagte Gunnar zu mir. Ich half ihm, Georg in den Rollstuhl zu verfrachten, den Gunnar anschließend hineinrollte und am Kopfende des Tischs abstellte. Ich band Kenneth ein Lätzchen um, während er grinste, man sah, dass er sich wohlfühlte.

Glücklicherweise aß sie nie mit uns zu Abend, wenn sie Spätdienst hatte. Nachdem sie ihnen die Medikamente gegeben hatte, holte sie ihre Tasche aus dem Büro, verabschiedete sich von den Bewohnern und Pflegern, die am Tisch saßen, und ging mit schnellen Schritten den Flur hinab. Kurz darauf ließ sie draußen ihr Auto an. Ein paar Sekunden später war auch dessen Motorengeräusch verklungen.

Die Bewohner aßen gierig ihre Brote, kippten Saft oder

Milch in sich hinein. Ich fütterte Georg, und Gunnar und Hans behielten träge die anderen im Auge.

Mich nahmen sie als gegeben hin. Ich hätte ebenso gut ein Stuhl oder ein Vorhang sein können.

»Wo seid ihr heute Nachmittag gewesen?«, fragte ich.

»Hellevangen«, sagte Hans. »Sie haben Würstchen und Eis bekommen. Der reinste Nationalfeiertag. Habe ich recht, Kenneth?«

Er legte seinen massigen Arm um Kenneth und rüttelte ihn ein paar Mal. Kenneth streckte die Hand nach einer neuen Scheibe Brot aus, schob sie sich halb in den Mund. Es kam einem vor, als wäre er in einem anderen Raum als wir.

»Das war bestimmt nett«, sagte ich.

»Tee«, sagte Karl Frode.

»Stimmt«, sagte ich. »Den habe ich vergessen.«

Ich ging in die Küche und stellte den Wasserkocher an.

Draußen senkte sich die Sonne. Die Bäume auf dem Kamm der Anhöhe glühten rötlich. Eine der Kiefern, die allein auf einem Felsen stand, schien regelrecht zu brennen. Der Himmel war noch blau, aber auf der Erde, über dem Gras und zwischen den Bäumen, verschwanden nach und nach alle Farben.

Die Luft, die zum offenen Fenster hereinzog, war warm und voller trockener Gerüche.

Als ich mich umdrehte, starrte Karl Frode mich an.

»Da draußen ist der Düwel«, sagte er.

Gunnar und Hans lachten.

»Du und dein Düwel«, sagte Gunnar.

Er sah die beiden nicht an, er sah mich an.

»Da draußen ist jetzt der Düwel«, sagte er und zeigte auf das Fenster.

Ich nahm vier Plastiktassen herunter und legte einen Teebeutel in jede. Als ich das kochende Wasser in sie goss, stand er auf.

»Mach das Fenster zu!«, rief er. »Mach das Fenster zu!«

»Beruhige dich, Karl Frode«, sagte Gunnar.

»Jetzt mach das Fenster zu, Mensch!«, schrie er fast, mit ausgestrecktem Arm und kam auf mich zu.

Mir schlug das Herz bis zum Hals.

Ich bekam plötzlich keine Luft mehr.

Gunnar stand auf.

»Bleib stehen, Karl Frode«, sagte er.

Als Karl Frode nicht stehen blieb, war er mit ein paar schnellen Schritten bei ihm, schlang die Arme um ihn und hielt ihn fest.

»Ruhig, ruhig«, sagte er. »Ganz ruhig, Karl Frode. Ruhig, ruhig.«

»Der Düwel kommt!«, rief Karl Frode und wand sich in seinem Griff.

Ich hielt mich mit beiden Händen am Rand der Arbeitsplatte fest und rang nach Luft.

Hinter ihnen warf Torgeir seinen Teller auf den Boden und danach die Tasse. Hans stand auf. Torgeir sprang auf den Boden, riss den Stuhl um und schwang sich blitzschnell in Richtung Wohnzimmer über den Boden. Hans lief ihm hinterher. Kenneth begann zu heulen. Olav starrte mich an. Er zeigte grinsend seine Zähne.

»Der Düwel ist da!«, rief Karl Frode und spuckte und fauchte, während er sich wand.

»Wie wäre es, wenn du das Fenster zumachen würdest«, sagte Gunnar zu mir. »Mach einfach das Fenster zu.« Ich drehte mich um. Das Fenster erschien mir unendlich weit weg. Und es war verschwommen.

»Jetzt!«, sagte Gunnar.

Ich machte ein paar kleine Schritte darauf zu und lehnte mich so früh vor, dass ich beinahe hingefallen wäre. Aber ich bekam es zu. Und schaffte es, tief durchzuatmen: Da war nichts, keine Barriere, keine Schlinge, die mir die Lunge zuschnürte.

»Siehst du, Karl Frode«, sagte Gunnar. »Jetzt ist das Fenster zu. Jetzt kann der Düwel nicht hereinkommen.«

Karl Frode beruhigte sich tatsächlich.

Gunnar schaute zu Olav und Kenneth hinüber.

»Ihr bleibt schön ruhig sitzen, Jungs, okay?«

Dann nahm er Karl Frode an der Hand und führte ihn in sein Zimmer.

Olav starrte mich immer noch an. Ich ging zum Gatter und schloss es. Im Wohnzimmer war die laute Stimme von Hans zu hören.

Wie grauenvoll hier doch alles war.

Ich sah auf die Uhr. In vierzig Minuten, wenn die zweite Nachtwache kam, würden die beiden gehen. Aber sie waren heute Abend so unruhig. Wenn das so weiterging, konnten wir zwei sie nicht allein im Zaum halten.

Sollte ich einen von ihnen bitten zu bleiben, bis sie eingeschlafen waren?

Oder eine zusätzliche Nachtwache anfordern?

Kenneth jaulte, leise und monoton, wie er es immer tat, wenn er mit etwas unzufrieden war.

Zum Glück kam Gunnar zurück.

»Vielleicht wird es Zeit, dass sie ihren Tee bekommen«, sagte er.

Ich hob die Teebeutel heraus und warf sie in den Mülleimer, füllte die Tassen mit Milch auf und ging mit zwei von ihnen zum Tisch. Setzte mich und fuhr fort, Georg zu füttern, an dem die Szene spurlos vorbeigegangen war.

Ich war völlig entspannt, mein Atem ging leicht und frei. Nur meine Beine waren noch wackelig.

»Was meinst du, Olav, eine Tasse Tee tut jetzt sicher gut, nicht?«, sagte er. »Um die Nerven ein bisschen zu beruhigen?«

Olav trank den lauwarmen Tee in einem Schluck. Kenneth starrte seine Tasse an. Er schlug sie mit der Hand weg, so dass sie umkippte und der Tee sich über den Tisch ergoss.

»Aber Kenneth«, sagte Gunnar. »Wenn du keinen Tee möchtest, dann lass ihn doch einfach stehen.«

Ich holte eine Rolle Küchenpapier und wischte den Tee auf, während Gunnar Olav und Kenneth ins Wohnzimmer mitnahm und Hans Georg in sein Zimmer schob. Ich begann abzuräumen, stellte die Lebensmittel in den Kühlschrank zurück und räumte Tassen und Teller in die Spülmaschine. Als ich in die Waschküche ging, sah ich Gunnar mit Kenneth in dessen Zimmer gehen.

Das bedeutete wohl, dass sich alle beruhigt hatten.

Und dass die Luft endlich rein war.

Ich ging durch den Flur zurück. Vor Berits Büro vergewisserte ich mich, dass mich keiner sah, ehe ich die Tür öffnete und eintrat. Der Medikamentenschrank war abgeschlossen, und den Schlüssel dazu verwahrte sie in der obersten Schreibtischschublade, aber den Schlüssel zu dieser, oder besser gesagt den Ersatzschlüssel, hatte sie auf das oberste Regalbrett gelegt, wo ihre Aktenordner standen.

Ich schloss die Schublade auf.

Der Schlüssel lag nicht darin.

Was?

Wie war das *möglich*?

Vorsichtig, um keine Spuren zu hinterlassen, hob ich für den Fall, dass der Schlüssel unter irgendetwas gerutscht war, alles darin an.

Nein.

Verdammt, verdammt, verdammt.

Schnell ging ich die anderen Schubladen durch.

Nichts.

Ich spürte, dass mein Blut im Hals pochte.

Ich sollte mich beeilen.

Ich schloss die Schublade ab, legte den Schlüssel ins Regal und trat genau in dem Moment in den Flur, als Gunnar aus Kenneths Zimmer kam.

»Hast du das Berichtsbuch gesehen?«, sagte ich, um der Frage zuvorzukommen, was ich dort getan hatte.

Aber er machte sich gar keine Gedanken darüber.

»Das ist bestimmt im Personalraum«, sagte er.

»Das hoffe ich«, sagte ich und ging an ihm vorbei.

»Vielleicht keine schlechte Idee, die anderen Fenster auch zuzumachen«, sagte er hinter mir. »Bevor unser Freund merkt, dass sie offen stehen.«

Und warum machst du das nicht, dachte ich, sagte aber nichts. Ich ging wieder in die Waschküche, leerte den Wäschetrockner und legte die trockenen Kleider in einen Korb, hob anschließend die nassen Kleider aus der Waschmaschine in den Trockner und stellte ihn an, ehe ich die Waschmaschine mit schmutziger Wäsche füllte, einen der neuen, weichen, plastikartigen Tabs hineinlegte und auch sie einschaltete.

Ich sah aus dem schmalen Fenster. Der Himmel über der Höhe war flammend rot und gelb. Die Bäume waren dunkel.

Jemand musste ihm als Kind mit Geschichten über den Teufel Angst eingejagt haben.

Oder über den Düwel.

Wohin konnte sie den Schlüssel gelegt haben?

Sie hatte ja wohl hoffentlich keinen Verdacht geschöpft? Und ihn deshalb mitgenommen?

Nein, dann hätte sie es gemeldet, und man hätte mich zur Rede gestellt.

Ich ging in den Personalraum und setzte mich auf die Couch, zog das Handy aus der Tasche. Nichts von Ole. Auch nichts von Jostein.

Ich schrieb Ole.

Hallo, mein Junge! Hoffe, zu Hause ist alles in Ordnung. Schreib mir oder ruf mich an, bevor du ins Bett gehst. Ich denke an dich. Mama.

Jetzt, da ich wusste, dass ich die Tabletten nicht bekommen würde, hatte ich das Gefühl, dass meine Unruhe noch schlimmer wurde. Es gelang mir nicht, an etwas anderes zu denken.

Die Tür am Ende des Flurs wurde geöffnet. Das musste Sølve sein.

Ich sah auf die Uhr.

Zehn Minuten zu früh, wie immer.

Vielleicht hatte sie den Schrank ja gar nicht abgeschlossen!

Schließlich hatte ich es gar nicht probiert.

Wenn es doch nur so wäre, dachte ich, als Sølve durch die Tür trat.

»Hallo«, sagte er und senkte den Kopf ein wenig, um die Tasche abzulegen, die schräg vor seiner Brust hing.

»Hallo«, sagte ich.

Er ließ die Tasche auf die Couch fallen und setzte sich, zog die Klammern von den Hosenbeinen ab, öffnete die Tasche und legte sie mit einem tiefen Seufzer hinein.

»Gibt's was Neues?«, fragte er und sah mich zum ersten Mal an.

»Beim Abendessen sind sie ein bisschen unruhig gewesen.«

»Aha?«

»Karl Frode dachte, der Teufel wäre im Wald.«

»Du meinst, der Düwel. Das ist nichts Neues. Aber jetzt haben sie sich wieder beruhigt?«

»Ich denke schon«, sagte ich.

Sølve war Anfang dreißig. Er hatte dunkle Haare und braune Augen, ein schmales Gesicht mit einem schütteren Bart. Er hätte attraktiv sein können, wenn er nicht so unglaublich wehleidig und streitsüchtig gewesen wäre. Schon bei unserem ersten gemeinsamen Dienst hatte er mir private Dinge über sich und seine Frau erzählt, Dinge, die ich überhaupt nicht wissen wollte. Und über Leute, mit denen er zusammengearbeitet hatte. Offenbar machten ihm alle das Leben schwer.

Dass er sich mir anvertraute, lag vermutlich daran, dass er mich harmlos fand. Ich hasste das, hasste sein Jammern, mir wurde regelrecht übel davon. Während er sicher glaubte, mir mit seinen Vertraulichkeiten ein Geschenk zu machen.

»Ich dreh mal eine Runde«, sagte ich und stand auf.

»Tu das«, sagte er. »Sind die Muskelprotze schon gegangen?«

Ich kehrte ihm bereits den Rücken zu und tat so, als hätte ich ihn nicht gehört.

Die Chance, dass sie vergessen hatte, den Schrank abzuschließen, war verschwindend gering, aber solange es sie gab, konnte ich es nicht unversucht lassen.

Der Gedanke wärmte mein Herz.

Als ich die Tür zu ihrem Büro öffnete und hineinging, war von den beiden Pflegern nichts zu sehen.

Der Schrank war natürlich abgeschlossen. Natürlich war er das.

Sie hatte ihn bestimmt nur irgendwohin gelegt, ohne sich weiter Gedanken darüber zu machen.

Ich blieb mitten im Raum stehen und schaute mich um.

Nichts.

Vielleicht hatte er auf einem Umschlag oder etwas gelegen, das sie weggeworfen hatte, dachte ich und durchwühlte hastig den Papierkorb.

Nein.

Diese Schlampe hatte den Schlüssel mitgenommen.

Vor dem Fenster tauchte Sølve auf. Er ging in die Küche, ohne mich zu sehen. Ich verließ das Büro und schloss die Tür hinter mir, als wäre daran nichts Ungewöhnliches.

»In der Thermoskanne ist frischer Kaffee«, sagte ich.

»Ah, danke«, sagte er.

Im Personalraum saß Gunnar über das Berichtsbuch gebeugt und schrieb, während Hans von uns abgewandt auf der Veranda stand und in die Ferne sah. Die weiße Rinde der Birken im Wald schimmerte schwach im Zwielicht der Dämmerung.

»So«, sagte Gunnar und stand auf. »Ich wünsche dir eine ruhige Nacht.«

»Danke«, sagte ich.

Er zog seine Lederjacke an und nahm den Helm, der auf dem Tisch in der Ecke lag.

»Siehst du den Düwel da draußen?«, fragte er.

Hans drehte sich um.

»Nein«, sagte er und lachte. »Aber wenn Karl Frode es sagt, muss er da ja irgendwo sein!«

Gemeinsam gingen sie hinaus. Kurz darauf hörte ich, wie Gunnar sein Motorrad anließ. Der Abend war so still, dass das Motorengeräusch erst verebbte, als er irgendwo auf der Hauptstraße war.

Ich warf einen Blick auf mein Handy. Kein Wort von Ole.

Ich rief ihn an.

Warum ging er nicht dran?

Vielleicht hat er sich schon hingelegt, dachte ich. Oder der Akku ist leer.

Ich legte das Handy in die Tasche zurück und ging in die Abteilung. Alle Bewohner waren in ihren Zimmern. Wenn ich nachschaute, ob sie schliefen, wachten sie unter Umständen auf, deshalb ließ ich es meistens.

Sølve saß mit einer Tasse, die auf der Armlehne balancierte, im Wohnzimmer und sah fern.

Ich hatte eine trockene Kehle, ging in die Küche und trank am Fenster stehend ein Glas Wasser.

Die Haut der Oberarme klebte an der Haut am Körper, und ich hob die Ellbogen so, dass sie sich trennten und etwas Luft an sie herankam.

Auch meine Stirn war feucht.

Draußen war die Sonne endgültig untergegangen. Die Kiefer, die auf der Kuppe der Anhöhe vorhin noch in Flammen gestanden hatte, war in der Dunkelheit verschwunden.

Ich benetzte meine Hand unter dem Wasserhahn und strich mit ihr über Stirn und Wangen. Trocknete mir das Gesicht mit einem Papierhandtuch ab.

Irgendwo da oben rief eine Eule.

Wo lag nur dieser verdammte Schlüssel?

Eine einzige Oxazepam war alles, worum ich bat.

Ich ging noch einmal ins Büro. Es gab eine winzige Chance, dass der Medikamentenschrank gar nicht abgeschlossen war und sich nur verhakt hatte, deshalb steckte ich den Nagel des Zeigefingers in den Spalt zwischen Tür und Schrank und versuchte, ihn aufzubiegen.

Als das nicht ging, suchte ich an weniger logischen Stellen nach dem Schlüssel. In Ordnern, unter Papierstapeln.

Ich war kurz davor zu heulen.

Ich bat doch nur um so wenig. So wenig.

Auf dem Weg zum Personalraum fiel mir ein, dass es auch im Erdgeschoss einen Medikamentenschrank gab. Weiß der

Himmel, welche Abläufe sie da unten haben, dachte ich. Soweit ich wusste, stand er offen. Oder der Schlüssel lag in der Schublade.

Es musste nur etwas geben, was ich dort zu erledigen hatte.

Es brauchte gar nichts Großes zu sein. Waschpulver, Milch, Kaffee.

Plötzlich sah alles viel freundlicher aus.

Sølve saß immer noch mit der Tasse auf der Armlehne auf dem Stuhl.

War er eingeschlafen?

Wenn es so war, würde ich ihn nicht wecken.

Im Personalraum schaltete ich das Licht aus, trat auf die Veranda hinaus und setzte mich auf einen der beiden Stühle.

Die Dunkelheit zwischen den Baumstämmen im Wald war undurchdringlich. Aber über die Baumwipfel schob sich ein schwacher Lichtstrahl.

Auf der anderen Seite scheint anscheinend der Mond, dachte ich.

Es war ganz still.

Wenn ich die Nachtwache unten nach Waschpulver fragte, würde sie es nur holen. Also musste ich hineingehen, ohne Bescheid zu sagen, und hoffen, dass sie mich nicht bemerkten. Wenn sie mich sahen, musste ich ihnen erklären, warum ich dort war. Es würde seltsam wirken, einfach hineinzugehen, ohne mich bei ihnen zu melden, aber war es wirklich verdächtig?

Ich atmete tief und langsam.

Eine Bewegung am Himmel ließ mich den Kopf drehen.

Ein riesiger Vogel glitt über dem Wald heran. In der Dunkelheit war er kaum zu erkennen.

Was mochte das sein?

Ein Reiher?

Er verschwand in der Dunkelheit knapp über den Bäumen.

Ein zweiter schwebte heran. Er war näher. Er schlug mit den Flügeln, und ich hörte das Geräusch ihrer Schläge, das irgendwie lederartig und knarrend klang. Als er in das schwache Licht kam, drehte der Vogel den Kopf.

Angst durchschauderte mich.

Das war ein kleiner Mensch.

Ein kleines Kindergesicht sah mich an.

Dann, als er in die Dunkelheit glitt und wie der andere verschwand, wurde mir klar, dass es natürlich nur durch das Spiel von Licht und Schatten so gewirkt hatte.

Aber brr, hatte das hässlich ausgesehen!

Der Kopf war menschlich erschienen, aber er hatte Flügel und Federn und lange, dünne Beine gehabt.

Wie groß konnten Reiher eigentlich werden? Oder Störche?

Es waren große Vögel.

Ich sah in den Himmel, aber es tauchten keine mehr auf.

Wenn man jetzt doch nur eine Kippe hätte, dachte ich.

Und als Nächstes dachte ich an Ole.

Ging es ihm gerade schlecht?

Ich stand auf und holte das Handy.

Nichts.

Ich wählte seine Nummer und setzte mich wieder.

Jetzt geh schon ans Telefon, mein Junge.

Ich ließ es klingeln, bis sich die automatische Stimme meldete. Ich rief noch einmal an und noch einmal.

Eine Zeitlang blieb ich sitzen und sah in die Dunkelheit hinein.

Da stimmte etwas nicht. Das wusste ich. Ich war seine Mutter.

Der Akku seines Handys war mit Sicherheit nicht leer. Jedenfalls nicht zu Hause.

Und abschalten würde er es doch auch nie?

Vielleicht doch.

Aber warum?

Ich wählte Josteins Nummer.

»Ja, hallo?«, sagte er.

Er war betrunken.

»Wo bist du?«, fragte ich.

»Warum fragst du?«, sagte er.

Es vergingen einige Sekunden, bis ich antwortete. Ich wusste natürlich, dass er es abtun würde.

»Ole geht nicht ans Telefon«, sagte ich dann.

Er seufzte.

»Ich habe vorhin versucht, ihn anzurufen«, sagte er. »Er hat mich natürlich weggedrückt. Er will einfach nicht mit uns reden.«

»Dann bist du also nicht zu Hause«, sagte ich.

»Ehrlich gesagt bin ich gerade auf dem Weg zum Bus. Hast du den neuen Stern gesehen?«

»Wovon redest du?«

»Am Himmel ist ein großer Stern aufgetaucht.«

»Nein, das habe ich nicht gesehen.«

»Das musst du dir ansehen.«

»Ruf mich an, wenn du zu Hause bist«, sagte ich. »Ich mache mir Sorgen.«

»Beruhige dich, es gibt keinen Grund, sich Sorgen zu machen. Er spielt oder schläft.«

»Ich hoffe, du hast recht. Tschüss.«

Ich stand auf, legte das Handy in die Tasche und ging in die Abteilung. Ich musste mir diese Tablette besorgen.

Aber vorher noch kurz nachsehen, ob sie schliefen.

Vorsichtig öffnete ich die Tür zu Olavs Zimmer. Er lag auf dem Rücken im Bett und schlief mit offenem Mund, wie jeder andere Mann mittleren Alters auch. An der Wand hing ein Bild von ihm als Kind zusammen mit seinen Eltern. Ich wusste, dass er sie seit zwanzig Jahren nicht mehr gesehen hatte.

Kenneth schlief von mir abgewandt, die Wange auf dem Arm, die Narben am Kopf gut sichtbar vor dem weißen Bettzeug.

Auch Karl Frode schlief tief und fest, er lag auf dem Rücken und schnarchte friedlich mit schlaffen Wangen.

Als ich die Tür zu seinem Zimmer schloss, kam Sølve aus dem Aufenthaltsraum.

»Ist alles in Ordnung?«, fragte er.

Ich nickte.

»Ich schau nur mal nach ihnen«, sagte ich.

»Ich fange gleich an zu putzen«, sagte er. »Muss nur vorher noch einen Kaffee trinken. Möchtest du auch einen?«

»Nein, danke«, sagte ich und ging an ihm vorbei zu dem Zimmer am Ende des Flurs, in dem Torgeir wohnte. Er hatte nichts darin, keine Möbel, keine Bilder, keine Schmuckgegenstände, nur eine blaue Matratze auf dem Fußboden. Nicht einmal Bettlaken durfte er haben; er schlief in seinen Kleidern direkt auf der Matratze unter einer Decke.

So lebte er, weil er alles zerschlug oder zerfetzte.

Sein Zimmer hatte auch keine Tür, weil er sie nicht aufmachen konnte, deshalb hatte man eine abschirmende Halbwand eingebaut, um ihm etwas Privatsphäre zu ermöglichen.

Ich hörte seine keuchenden Atemzüge. Er hyperventilierte oft, aber nicht, wenn er schlief.

»Torgeir?«, sagte ich. »Schläfst du?«

Als ich eintrat, hockte er in der Ecke und wichste. Er war nackt. Sein Geschlecht, das enorm war, stand zwischen seinen Beinen schräg nach oben. Seine Hand fuhr auf und ab.

Er sah mich mit seinen bösen Augen an, grinste und atmete keuchend.

Ich drehte mich schnell weg.

»Du musst jetzt schlafen, Torgeir«, sagte ich auf dem Weg nach draußen.

Sølve sah mich von der Türöffnung zum Personalraum aus an.

»Schläft er?«, fragte er.

Ich schüttelte den Kopf.

»Er ist mit sich selbst beschäftigt«, sagte ich.

»So, so«, sagte Sølve und schmunzelte.

Ich schmunzelte nicht. Zog das Telefon heraus, drückte auf Oles Nummer und hob es ans Ohr, während ich zur Waschküche lief.

Er ging nicht dran. Er schlief bestimmt.

Ole schlief nicht wie andere, sondern von Zeit zu Zeit ein, zwei Stunden.

Daran lag es vielleicht. Dann hatte er nur vergessen, dass er mir versprochen hatte zu schreiben.

Der Anblick Torgeirs hatte mich erschüttert, und als ich die Waschmaschinentabs in eine Tüte leerte, die ich zuband und in den Mülleimer warf, sah ich ihn vor mir, obwohl ich es nicht wollte. Seine Füße, die in die falsche Richtung zeigten, das große Geschlecht, das zwischen den dünnen Beinen aufragte, der kräftige Oberkörper. Sein Grinsen.

Woran er wohl dachte?

Mein Gott, reiß dich zusammen, Mädchen.

Ich holte die trockenen Kleider aus dem Trockner, legte die feuchten hinein und füllte die Waschmaschine mit neuer schmutziger Wäsche, ließ ihre Tür aber offen stehen. Dann trug ich die sauberen Kleider ins Wohnzimmer, faltete sie zusammen und legte sie in Stapeln auf den Tisch.

Als das erledigt war, ging ich in den Personalraum, wo Sølve untätig auf der Couch saß.

»Ich fange jetzt an«, sagte er.

»Wir haben kein Waschmittel mehr«, sagte ich. »Ich geh mal kurz runter zur B und leih mir ein paar Tabs.«

»Ich kann auch gehen«, sagte er und stand auf. »Ich habe heute Abend noch nicht viel gemacht.«

»Nein, schon gut«, sagte ich. »Bleib sitzen. Ich kenne die Nachtwache da unten und dachte, ich besuche sie bei der Gelegenheit.«

»Okay«, sagte er.

Irgendwo im Wald stieg ein langgezogener Laut auf. Es klang wie eine Mischung aus einem Vogel und etwas Anderem, Echsenartigem.

Mir lief ein Schauer über den Rücken.

Sølve drehte den Kopf und sah in die Dunkelheit hinter der offenen Tür hinaus.

»Hast du das gehört?«, fragte er. »Was war das?«

»Keine Ahnung«, sagte ich. »Könnte es ein Reiher gewesen sein?«

»Du sagst es«, meinte er. »Gut möglich. Hast du schon einmal einen Reiher gehört?«

Ich nickte.

»Reiher hören sich total prähistorisch an«, sagte er.

Er stand auf und trat auf die Veranda hinaus. Ich warf einen Blick auf mein Handy. Nichts. Trotzdem flammte so etwas wie Freude in mir auf. Ich brauchte einige Sekunden, bis ich begriff, woran es lag. Der Medikamentenschrank im Erdgeschoss. Als ich den Flur hinabging, begann in meinen Schläfen das Blut zu pochen. Wurde ich erwischt, würde ich meinen Job verlieren. Soviel stand fest.

Aber man würde mich nicht erwischen.

Außerdem war es ohnehin ein Scheißjob.

Ich öffnete die Tür am Ende des Flurs und stieg die Treppe

zum dunklen Eingangsflur hinab. Dabei geriet ich ein wenig außer Atem und blieb an ihrem Fuß stehen, damit der Puls sich beruhigte und meine Augen sich an die Dunkelheit gewöhnten.

Wenn ich hineinging, als wäre es das Natürlichste auf der Welt, würde niemand Verdacht schöpfen.

Ein Geräusch über mir ließ mich den Kopf drehen.

Es war nur die Tür, die zuschlug.

Die Ausgangstür musste auch von innen mit einem Schlüssel geöffnet werden, und ich zog den Schlüsselbund heraus und ging gleichzeitig langsam durch den Raum, fand den richtigen Schlüssel, es war der einzige mit Kappe, und nach etwas Herumtasten gelang es mir, ihn hineinzustecken und zu drehen.

Die Luft draußen war so warm wie im Süden.

In der Dunkelheit hinter mir kam plötzlich jemand angerannt. Ich drehte mich um und wurde zur Seite gestoßen, als eine Gestalt an mir vorbeistürmte.

Im Licht der Laternen auf dem Parkplatz sah ich, dass es Kenneth war.

Er lief um die Hausecke und verschwand.

Er war splitternackt.

Oh, verflucht.

Was hatte ich jetzt bloß angestellt.

Ich eilte ihm hinterher, rannte so schnell ich konnte um die Ecke zur Rückseite des Gebäudes.

Er war nicht da.

Er war in den Wald gelaufen.

Meine Brust schmerzte, und ich lehnte mich an die Wand und versuchte, wieder zu Atem zu kommen.

Was sollte ich tun?

Ich musste Alarm schlagen. Dass einer der Bewohner ausriss, war eine ernste Angelegenheit. Noch dazu nackt in den

Wald. Sie würden die Polizei rufen. Man würde Suchtrupps bilden. Hubschrauber, vielleicht.

Alles wegen mir.

Oh nein.

Ich sah Berits Reaktion vor mir.

Sie würde mit Sicherheit dafür sorgen, dass ich gefeuert wurde.

Das stand fest.

Aber niemand wusste, *wann* er verschwunden war.

Und wenn ich versuchte, ihn selbst zu finden? Vielleicht saß er nur ein paar Meter weiter auf einem Baumstumpf.

Und wenn ich ihn nicht fand, konnte ich immer noch sagen, dass er gerade erst verschwunden war.

Hoffentlich fand ich ihn! Konnte ich nicht auch mal ein bisschen Glück haben?

Ich wollte schon seinen Namen rufen, aber dann fiel mir ein, dass die Verandatür über mir offen stand. Sølve saß bestimmt noch da oben.

Langsam ging ich über den schmalen Rasenstreifen und trat zwischen die Bäume. Das bleiche Licht der Fenster schwand nach wenigen Metern, und die Dunkelheit umschloss mich.

ARNE

Ich wachte mit einem Schmerz auf, der so akut war, dass ich sekundenlang nicht wusste, wo ich mich befand oder was passiert war. Es gab nichts als den glühenden Schmerz im Gesicht und das intensive Pochen im Kopf.

Ich hob die Hand zu meiner Nase. Die Fingerkuppen wurden feucht von Blut, und ein heftiger Stich schoss durch die Stirn.

Ich saß im Auto, und ich hatte einen Unfall gehabt.

Die Scheinwerfer waren noch an, ihr Licht fiel direkt auf einige Baumstämme.

Ich strich mir mit der Zunge über die Oberlippe, die blutig war. Der Geschmack von Salz und Metall brachte mich fast so weit, mich zu übergeben.

Ich öffnete die Tür und stieg aus.

Das Auto stand neben einem Baum am Waldrand, ein paar Meter von der Straße entfernt. Die rechte Seite hatte den Baum getroffen. Das Glas des Scheinwerfers war zerbrochen und die Front verbeult.

Es war vollkommen still. Nicht einmal ein schwaches Rauschen vom Meer war zu hören.

Und Gott sei Dank keine Autos. Keiner, der die Polizei rufen konnte.

Auch kein Haus in der Nähe.

Ich erinnerte mich an nichts von dem, was passiert sein musste. Aber offensichtlich war ich nicht besonders schnell gewesen.

Ich war betrunken Auto gefahren.

Wie bescheuert war das denn?

Ich griff mir wieder an die Nase, als müsste ich sie berühren und den anhaltenden dumpfen Schmerz zum Explodieren bringen, egal, wie weh es tat.

Oh, zum Teufel! Oh! Oh! Oh!

Langsam wurde es wieder besser. Nur der gleichmäßig ziehende Schmerz blieb.

Offenbar war ich noch immer ein wenig betrunken, denn als ich auf die Straße trat, um herauszufinden, wo ich mich ungefähr befand, verlor ich halb das Gleichgewicht und musste mich an einem Baum abstützen. Außerdem war es, als läge eine Haut zwischen mir und allem, was ich sah.

Ich blieb auf der Straße stehen. Es war so warm wie mitten am Tag. Die Luft war ganz trocken und lag irgendwie leicht brennend auf der Haut.

Wie seltsam.

Zwischen den Bäumen auf der anderen Seite des Fjords sah ich den Mond, der sich ein ganzes Stück weit darunter auf der Meeresoberfläche spiegelte, und weiter draußen, etwas mehr rechts, gab es einen Kreis aus vielen kleinen Lichtern, die nur zu den Häusern auf Værøya gehören konnten.

Also war ich mindestens zwölf Kilometer von zu Hause entfernt.

Wie sollte ich aus dieser Sache wieder herauskommen?

Ein guter Anfang wäre vielleicht, den Motor auszuschalten, damit das Auto hier nicht direkt neben der Straße leuchtete, dachte ich.

Ich öffnete die Tür, setzte mich hinein und drehte den Schlüssel.

Konnte ich die Kennzeichen abschrauben und das Auto einfach stehen lassen? Und nach Hause gehen?

Dann würde es mit Sicherheit ein Fall für die Polizei werden.

Tove?

Sie war zu weit abgedriftet, um mir jetzt helfen zu können.

Hatte ich hier nicht irgendwo eine Schachtel Zigaretten?

Ich beugte mich über den Beifahrersitz, und ein neuer Schmerzblitz durchzuckte meinen Kopf, wahrscheinlich weil sich der Druck erhöhte.

Sie lagen auf dem Boden. Eine leuchtend rotweiße Schachtel Marlboro-Zigaretten. Und daneben das Handy.

Ich zündete mir eine an.

Mir lief ein wenig Blut über die Lippen. Ich leckte es auf. Diesmal ohne dass sich ein Brechreiz einstellte.

Ich öffnete das Handschuhfach und fand darin ein Päckchen Taschentücher, öffnete es und presste das weiche Papier vorsichtig auf mein Gesicht.

Dann rief ich Egil an.

Er meldete sich sofort.

»Arne?«, sagte er.

»Hallo, Egil«, sagte ich. »Wie geht's?«

»Mir geht es gut«, sagte er. »Wie geht es dir? Du rufst mich eigentlich nicht oft an. Und erst recht nicht spätabends.«

»Das ist genau der Punkt«, sagte ich. »Ich stecke ein wenig in der Klemme.«

»Aha?«

»Ja. Ich bin mit dem Auto gegen einen Baum gefahren.«

»Aha?«

»Meinst du, du könntest herkommen? Ich bin ein bisschen betrunken, verstehst du.«

»Das habe ich schon kapiert«, sagte er. »Wo bist du?«

»Auf der Straße kurz vor Vågsøya. Wenn du vom Geschäft weiterfährst, siehst du mich nach ungefähr vier Kilometern.«

»Fährt dein Wagen noch?«

»Das weiß ich nicht. Denke schon. Doch, das tut er.«

»Okay.«

»Du kommst?«

»Ja. Ich nehme das Boot, dann kann ich dich und dein Auto nach Hause fahren.«

»Fantastisch.«

»Sag das nicht. Eines Tages musst du vielleicht auch etwas für mich tun.«

»Mit Vergnügen«, sagte ich.

»Ich meine etwas, das du nicht tun willst«, sagte er. »Bis gleich.«

Dann legte er auf.

Ich warf die glühende Zigarettenkippe auf die Straße und zündete mir eine neue an. Die Flasche hatte nichts abbekommen, sah ich, sie stand stabil im Halter.

Sollte jemand vorbeikommen, würde es nicht gut aussehen, wenn ich im Auto saß und trank, deshalb nahm ich die Flasche mit und trottete über die Fahrbahn und in den Wald auf der anderen Straßenseite.

Erst da fiel mir wieder der merkwürdige Stern ein. Und die Krebse, die über die Straße gelaufen waren.

Dann ist das gar kein Mondschein, dachte ich und blickte zum Himmel hinter mir hoch.

Da oben leuchtete er.

Kleiner jetzt, und weiter entfernt.

Vielleicht hatte er aber auch nur größer und näher gewirkt, weil ich vorhin betrunkener gewesen war.

Ging die Wärme von ihm aus?

Unsinn.

Die Sterne waren am anderen Ende eines endlosen Meers aus Kälte und Dunkelheit. Das galt auch für diesen, obwohl er näher zu sein schien.

Der Waldboden war kahl und trocken und von gelben Nadeln bedeckt. Am oberen Ende standen die Bäume rank und hoch, mit Ästen, die sich erst ab etwa fünf Meter Höhe verzweigten, aber schon bald wurden sie niedriger und wuchsen krummer, weil dort der Wind vom Meer stärker wehte, so dass ich immer öfter kleine Umwege machen musste, bis ich endlich auf das Geröllufer hinauskam.

Nur ein paar Meter unterhalb der letzten Baumreihe lag ein Stamm auf den Steinen. Er schien lange im Meer gelegen zu haben, war ganz glatt, aber nicht morsch, das spürte ich, als ich mit der Hand darüberstrich. Ich setzte mich, zündete mir eine Zigarette an und sah aufs Meer hinaus. Es lag vollkommen still und endete etwa einen Kilometer weit draußen an einer schwarzen Wand, die aufstieg und sich wie eine Glocke aus Dunkelheit über der Welt wölbte. Eine Dunkelheit voller kleiner Löcher, durch die das Licht dahinter schien. Jedenfalls wenn man dem verrückten Schweden Strindberg glaubt, dachte ich und trank einen Schluck Whisky.

Ich hatte mir die SMS noch nicht angesehen, die ich bekommen hatte. Wahrscheinlich waren sie von Ingvild. Aber ich konnte ihr von hier aus ohnehin nicht helfen, außerdem kam sie bestimmt sehr gut alleine zurecht.

Auf sie konnte man sich verlassen. Sie war so unglaublich anders als ihre Mutter.

Was für eine Misere.

Mutter manisch. Vater besoffen. Auto verbeult.

Wie war ich hier gelandet?

Und wie konnte ich Ingvild nur so viel Verantwortung aufbürden.

Sie war doch erst fünfzehn.

Ich trank noch einen Schluck.

Ahh.

Der Schnaps brannte nicht nur im Hals und lenkte von dem dumpfen Schmerz im Gesicht ab, ich bekam auch einen klaren Kopf davon. Ich konnte fast in Gedanken verfolgen, wie der Alkohol mit dem Blut im Gehirn verteilt wurde und sämtliche Schlacke entfernte. Ja, der Festsaal wurde aufgeräumt, schmutzige Teller und Gläser wurden hinausgetragen, neue Tischdecken aufgelegt, der Fußboden geputzt, die Kerzen ausgetauscht und angezündet. Leer und rein und glitzernd von Licht würde er bald sein.

Dann konnte ich tanzen.

Ich trank noch einen Schluck.

Vor mir lag regungslos das schwarze Meer. Abgesehen von einem behutsamen, fast unhörbaren Gluckern, wo das Wasser auf Geröll traf, war es vollkommen still.

Was für eine Nacht.

Ich hatte Lust, hinunter zu gehen und ins Wasser zu greifen. So heiß, wie es war, musste es auf jeden Fall über zwanzig Grad warm sein.

Der Gedanke, in die Hocke zu gehen, mich vorzubeugen und mir das Gesicht zu waschen, erfüllte mich mit plötzlicher Begierde. Das würde so guttun!

Ich stand auf und wurde mir des Telefons in meiner Hand bewusst, steckte es in die Gesäßtasche.

Es brachte ja doch nichts zu wissen, wie es ihnen zu Hause ging. Ich konnte so oder so nichts tun, bis ich dort war.

Einige der runden Steine, auf die ich trat, klackerten mit einem Geräusch aneinander, das hohl und scharf zugleich klang. Es kam mir vor, als müsste man es noch in hundert Meter Entfernung hören können.

Ich blieb stehen und lauschte in die Dunkelheit hinein. Bald sollte er hier sein.

Nichts.

Ich ging auf die drei Felsblöcke zu, die ein Stück entfernt lagen und die ich noch gut aus meiner Kindheit kannte. Wenn ich mit Mutter und Vater hier gewesen war, war ich immer auf ihnen herumgeklettert. Einer ähnelte einem Pfarrer mit dickem Bauch in einem schwarzen Umhang, nicht zuletzt, weil ihn dort, wo er an der Spitze schmal zulief, ein grauweißes Feld umschloss wie eine Halskrause.

Ich sollte die SMS zumindest *lesen*. Schrieb sie vielleicht nur, dass jetzt alles in Ordnung war?

Ich legte beide Hände auf den großen Stein. Er war warm, so warm, dass es mir vorkam, als wäre er wärmer als meine Haut.

Aber das konnte nicht sein.

Ich bückte mich und fasste einen der kleineren Steine an, die dort lagen.

Er war genauso warm.

Gab es hier im Erdreich eine Form von vulkanischer Aktivität? Von der die Steine erwärmt wurden?

Nicht hier. Auf Island vielleicht, aber Island war Tausende Kilometer entfernt.

Okay. Ich würde mir erst das Gesicht waschen, danach zu dem Baumstamm zurückgehen, mich setzen, mir eine Zigarette anzünden und ihre Nachrichten lesen.

Das war ein guter Plan.

Schwarz nahm die Wärme nicht nur in sich auf, es speicherte sie auch, und daraufhin stieg natürlich die Temperatur.

Erleichtert, eine Erklärung gefunden zu haben, ging ich die letzten Meter zum Ufer, hockte mich hin, formte meine Hände zu einer Schale, füllte sie mit Wasser und beugte gleichzeitig den Kopf vor.

Das Wasser war lauwarm und lindernd, ich wusch mir

mehrmals das Gesicht, bis das Salz, an das ich nicht gedacht hatte, anfing, in der Wunde zu brennen.

Aber auch das fühlte sich gut an, dass etwas an mir zerrte und zog.

Ich sah aufs Meer hinaus.

In dem Moment hörte ich ein fernes Motorengeräusch. Als zerrisse eine Art akustischer Reißverschluss die Stille.

Ich ging zu meinem Platz zurück, trank den restlichen Whisky und zündete mir eine Kippe an. Er war noch relativ weit weg, also sollte ich die Nachrichten checken, wie ich es mir selbst versprochen hatte.

Aber solange ich hier war, spielte es ja keine Rolle, was ich wusste oder nicht wusste.

So oder so schliefen sie jetzt sicher.

Ein weißlicher Streifen zeigte sich auf der See im Nordosten, gleichzeitig wurde das Motorengeräusch allmählich lauter.

Ich zog das Handy heraus und öffnete Ingvilds Nachrichten.

papa ich habe angst wann kommst du

Oh nein.

Worum es wohl ging?

Ich stand auf.

Vielleicht hatte ihr der neue Stern Angst eingejagt. Dass in dem Moment kein Erwachsener da war.

Aber Tove war doch da.

Sollte ich sie anrufen?

Sinnlos in dem Zustand, in dem sie jetzt war.

Ich ging erneut zum Ufer. Mittlerweile war der Rumpf deutlich sichtbar, als das Boot in einem langgestreckten Bogen aufs Land zuhielt.

Mir wurde klar, dass er nicht genau wusste, wo ich mich befand.

Das Boot wurde langsamer und das Motorengeräusch abrupt leiser.

Ein paar Sekunden später klingelte mein Telefon.

»Wo bist du?«, fragte er.

»Ich sehe dich«, sagte ich. »Ich stehe am Ufer.«

»Okay«, sagte er. »Ich vertäue das Boot hier in der Bucht. Wo am Ufer bist du?«

»In der Mitte. Kennst du den Felsen, der aussieht wie ein Pfarrer?«

»Ja.«

»Da können wir uns treffen.«

»Okay«, sagte er, und wir legten auf.

Ich zündete mir eine Zigarette an.

Rief ich Ingvild an, weckte ich sie vielleicht, und wenn ich nicht da war, würde das alles womöglich nur noch schlimmer machen.

Sollte ich ihr schreiben?

Wenn etwas Ernstes passiert wäre, hätte sie ja angerufen.

Oder?

Das Boot glitt in die Bucht und verschwand hinter den Bäumen.

Ich wählte ihre Nummer und hielt das Telefon ans Ohr, gleichzeitig sah ich zu den Sternen in der Dunkelheit über mir hoch.

Lieber Gott. Mach, dass nichts Schlimmes passiert ist. Lass alles gut sein.

»Papa, wo bist du?«, sagte Ingvild.

»Ich bin bei Egil«, antwortete ich. »Ich bin jetzt auf dem Heimweg. Ist etwas passiert?«

»Es geht um Mama«, sagte sie. »Sie läuft ins Haus und

wieder raus und im Garten herum. Man kann nicht mit ihr reden. Sie sagt immer nur ›Bist du sicher?‹, wenn ich etwas zu ihr sage. Oder sie sagt ›Entschuldige‹ oder ›Ich weiß es nicht‹. Du kannst dir nicht vorstellen, was für eine Angst die Zwillinge hatten.«

»Schlafen sie jetzt?«

»Ja. Ich habe mich zu ihnen gesetzt, und gerade eben sind sie eingeschlafen. Außerdem ist irgendwer im Erdgeschoss.«

»Was?«

»Von da unten kommen Geräusche. Ich trau mich nicht runter. Du musst nach Hause kommen. Bitte.«

»Ich komme sofort«, sagte ich. »Weißt du, das mit Mama ist nicht weiter schlimm. Sie schottet sich nur gerade von der Welt ab. Sie muss sich ein bisschen ausruhen, dann wird alles wieder gut.«

»Du meinst, sie muss ins Krankenhaus«, sagte Ingvild. »Sie sieht uns irgendwie gar nicht! Sie sieht mich direkt an und sieht mich nicht! Und dann geht sie immer weiter. Heming hat gefragt, ob du nicht kommen und sie festhalten kannst.«

»Ich komme, Ingvild. Wo ist Mama jetzt?«

»Ich weiß es nicht. Irgendwo draußen.«

»Okay. Das ist nicht schlimm«, sagte ich. »Okay?«

»Aber was ist mit diesen Geräuschen? Ich trau mich nicht runterzugehen. Es hört sich an wie ein Mensch.«

Zu meiner Linken trat eine Gestalt aus dem Wald auf das Geröllufer.

»Da ist bestimmt nichts. Vielleicht die Katze.«

»Das ist nicht die Katze, Papa. Das ist ein Mensch.«

»Das glaube ich nicht, Kleines. Hab keine Angst. Ich fahre jetzt los. Dann bin ich ungefähr in einer Viertelstunde da. Höchstens in einer halben Stunde. Okay?«

»Okay. Aber beeil dich.«

»Ich habe dich sehr lieb, Ingvild. Du bist heute Abend mutig und stark gewesen.«

Sie seufzte und legte auf.

Von tiefer Verzweiflung erfüllt, drehte ich mich zu der Gestalt um und hob eine Hand zum Gruß. Er sah mich jedoch nicht, sondern ging auf die drei großen Felsen zu.

»Egil!«, rief ich. »Hier oben!«

Es war alles so hoffnungslos.

Er sah sich einige Sekunden verwirrt um, ehe ich ihm ins Auge fiel.

»Ich dachte, du hättest beim Pfarrer gesagt!«, rief er.

Ich zündete mir noch eine Zigarette an, während ich ihn schwerfällig zu mir hochkommen sah.

Schwer atmend blieb er vor mir stehen.

»Du siehst vielleicht aus«, sagte er.

Ich hob automatisch die Hand zur Nase, stoppte die Bewegung aber im letzten Moment.

»Deine Nase ist schief«, sagte er. »Sieht aus, als wäre sie gebrochen. Ist sie das?«

»Keine Ahnung«, sagte ich. »Aber sie tut weh.«

»Das kann ich mir vorstellen«, sagte er. »Wo ist das Auto?«

Ich zeigte nach oben.

»Wir müssen uns ein bisschen beeilen«, sagte ich. »Tove geht es nicht gut, und die Kinder sind mit ihr allein.«

»Und du fährst betrunken Auto und baust einen Unfall.«

»Du brauchst es mir nicht auch noch unter die Nase zu reiben«, sagte ich und ging aufwärts. »Es scheint ernst zu sein. Es hört sich ganz so an, als wäre sie auf dem besten Weg in eine Psychose.«

»Ja, vorhin ging es ihr auch schon nicht gut.«

»Mag sein«, sagte ich. »Aber es ist immer schwer zu sagen, in welche Richtung es sich entwickelt.«

»Das sagst du immer«, meinte er.

Er ging keuchend neben mir den Hang hinauf. Groß, aufrecht, mit einem kleinen Schmerbauch und zerwühlten Haaren.

»Und was willst du jetzt tun?«, fragte er.

Ich duckte mich unter einem niedrigen Kiefernast hindurch, und der Schmerz pochte in der Nasenwurzel. Als ich darunter durch war, richtete ich mich wieder auf, aber zu früh, und der Ast scharrte hart über meinen Nacken.

»Verdammt«, sagte ich. »Ich hasse diesen verfluchten Wald.«

Er ging um mich herum und verschwand hinter einer Wand aus Kiefernnadeln.

»Was willst du jetzt tun?«, fragte er, als unsere Wege sich wieder vereinten.

»Ich weiß es nicht«, sagte ich. »Du meinst, mit Tove?«

»Ja.«

»Ich muss erst einmal sehen, in welcher Verfassung sie ist«, sagte ich.

»Hast du nicht gerade psychotisch gesagt?«

»Vielleicht. Ich weiß es nicht. Wenn das stimmt, muss ich sie ins Krankenhaus fahren.«

Als wir die Straße überquerten, sah Egil zu dem neuen Stern hoch, sagte aber nichts.

»Da habe ich geparkt«, sagte ich.

»Das scheint mir halb so wild zu sein«, meinte er. »Gibst du mir den Schlüssel, dann versuche ich zurückzusetzen.«

»Er steckt«, sagte ich.

Er öffnete die Tür und setzte sich hinein. Unmittelbar darauf sprang der Motor an, und einer der Scheinwerfer leuchtete auf. Er ließ den Motor mehrmals aufheulen, als wäre er ein verdammter Rennfahrer, ehe er den Gang einlegte und das Auto langsam und ruhig zurücksetzte, durch die Heide und die Büsche.

Als es auf der Straße stand, ging ich zu ihm und setzte mich hinein.

»Das hat ja gut geklappt«, sagte er.

»Vielen Dank, Egil«, sagte ich.

»Gern geschehen«, erwiderte er, fuhr in einem Bogen bis zum Straßenrand, drehte das Lenkrad, während er zurücksetzte, und fuhr anschließend wieder in einem Bogen vorwärts, der uns auf die richtige Fahrbahnseite brachte.

»Und wie geht es den Kindern?«

»Ingvild hat Angst«, sagte ich. »Die Zwillinge schlafen.«

»Okay«, sagte er.

Es entstand eine Pause.

»Ich verstehe nicht viel von Kindern«, sagte er. »Aber wenn du sie ins Krankenhaus bringst, könnte ich zumindest bei ihnen bleiben.«

Er sah mich an.

Dann lachte er.

»In deinem Zustand kannst du sie gar nicht ins Krankenhaus bringen«, sagte er. »Sonst behalten sie dich auch gleich da!«

»Hast du nicht gehört, dass ich gesagt habe, Ingvild hat Angst? Mit Psychosen ist nicht zu spaßen.«

»Du solltest nicht so empfindlich sein, wenn du dich so dumm verhältst, wie du es gerade getan hast. Ich fahre sie, und du bleibst bei deinen Kindern und kümmerst dich um sie.«

Ich antwortete nicht.

Warum musste er ausgerechnet jetzt moralisieren?

Und wer war *er* denn eigentlich? Fünfzig Jahre alt und wohnte allein in einem Sommerhaus und hatte keinen Job. Nicht unbedingt ein Leben, mit dem man sich brüsten konnte.

Wir fuhren aus dem Wald auf die hochgebirgsartige Ebene hinaus, auf der die Krebse die Straße überquert hatten. Jetzt waren keine mehr da, nur noch ein paar Schalen, die an manchen Stellen zerbrochen herumlagen.

Ich warf einen Blick auf Egil.

Er sah nach vorn und schaltete herunter, als wir zu der Kurve am hinteren Ende der Geraden kamen.

Ich hatte keine Lust, ihm von den Krebsen zu erzählen.

Stattdessen lehnte ich den Kopf zurück und schloss die Augen.

»Danke, dass du gekommen bist«, sagte ich.

»Gern geschehen«, sagte er.

»Hast du geschlafen, als ich anrief?«

Er antwortete nicht, aber ich ahnte, dass er den Kopf schüttelte.

»Ich habe gelesen«, sagte er.

»Was liest du?«, fragte ich.

»Ein Buch über den Löwenmenschen.«

Irgendetwas in seinem Tonfall sagte mir, dass er jetzt die Frage erwartete, wer der Löwenmensch war. Die würde ich ihm schon mal nicht stellen.

»Aha«, sagte ich nur und öffnete die Augen. Wir fuhren an der Straße zum Jachthafen vorbei. Es stimmte, was ich Ingvild gesagt hatte, dass es nicht schlimm war, was mit Tove geschah. Aber es war furchteinflößend. Einen anderen Menschen in seiner eigenen Welt verschwinden zu sehen, so dass man nicht mehr zu ihm durchdrang, war an sich schon beängstigend. Und hier ging es immerhin um ihre Mutter.

Als die Straße in nördliche Richtung schwenkte, stand am Himmel über uns der Stern.

Er war schön.

Schön, wie der Tod schön war.

»Wir haben noch gar nicht über den neuen Stern gesprochen«, sagte ich. »Der ist ein bisschen seltsam.«

»Mag sein«, sagte er. »Aber du hast jetzt genug anderes um die Ohren.«

»Ja«, sagte ich.

Es wurde still. Wir bogen in die nicht asphaltierte Straße ein, und Egil fuhr langsamer. Das Auto glitt fast wie ein Boot zwischen den leeren Häusern hindurch.

»Und was glaubst du, was das ist?«, fragte ich. »Ein Komet? Eine Supernova? Oder ein neuer Stern?«

Er zuckte mit den Schultern.

»Keine Ahnung. Wahrscheinlich ein neuer Stern. Das ist in der Geschichte schon vorgekommen.«

»Wirklich?«

»Ja, schon oft.«

Er sah mich an.

»Hast du mal vom Augsburger Wunderzeichenbuch gehört?«

»Nein«, sagte ich.

»Das ist ein deutsches illustriertes Manuskript aus dem sechzehnten Jahrhundert. Es ist noch gar nicht so lange her, dass es gefunden wurde. So, jetzt sind wir da«, sagte er und bog in die Auffahrt neben dem Haus. »Wir können später darüber sprechen.«

»Ja«, sagte ich.

Egil schaltete den Motor aus und zog die Handbremse an.

»Möchtest du, dass ich hier warte, während du nach den Kindern siehst?«

Ich schnallte mich ab.

»Ja, vielleicht«, sagte ich. »Du wärst nach wie vor bereit, sie in die Klinik zu fahren?«

»Ja, klar.«

»Okay. Dann warte hier kurz.«

Ich öffnete die Tür und stieg aus.

Warm legte sich die Luft auf meine Haut. Alle Außenlampen waren eingeschaltet, auch in Toves Atelier leuchteten alle vorhandenen Lampen, wodurch der Garten wie eine hell erleuchtete Insel in der Dunkelheit lag.

Die Zimmer dort wirkten leer, so dass ich dem Steinplattenweg am Haus entlang folgte. Und im Garten war auch niemand.

Die Haustür stand sperrangelweit offen.

Erst da fiel mir wieder ein, was Ingvild gesagt hatte, dass jemand im Erdgeschoss war.

Ich blieb in der Türöffnung stehen und sah hinein.

Alles wirkte wie immer.

Ich öffnete die Tür zur Küche.

Auch dort war alles wie immer.

»Bist du das, Papa?«, hörte ich Ingvilds Stimme aus der ersten Etage.

»Ja«, sagte ich und stieg die Treppe hinauf.

Sie stand ganz oben und lehnte sich mit einer Hand auf dem Geländer vor. Als unsere Blicke sich trafen, öffnete sich ihr Mund.

»Was ist passiert? Was hast du gemacht? Hast du dich verletzt?«

Im ersten Moment begriff ich nicht, wovon sie redete. Dann fiel es mir wieder ein.

»Das ist weiter nichts«, sagte ich. »Ich habe mir nur die Nase gestoßen. Ich spüre es gar nicht. Denk nicht daran. Wie sieht es hier aus? Wie geht es dir?«

Ich blieb vor ihr stehen und breitete die Arme aus.

Sie tat das Gegenteil, presste die Arme an den Körper und sah nach unten.

»Du bist betrunken Auto gefahren«, sagte sie.

»Es ist nicht so, wie du denkst«, sagte ich. »Jetzt beschäftigen wir uns erst einmal mit dem, was hier los ist. Magst du mich mal umarmen?«

Sie nickte, blieb aber stehen wie zuvor, irgendwie zusammengepresst. Ich legte die Arme um sie.

»Mein Mädchen«, sagte ich. »Du wirst sehen, es wird schon wieder. Alles wird gut.«

»Papa, du bist *betrunken Auto gefahren*«, sagte sie wieder und zog sich von mir zurück.

Dann sah sie mich plötzlich an.

»Bist du immer noch betrunken?«

»Jetzt setzen wir uns erst einmal, und dann erzählst du mir der Reihe nach, was passiert ist«, sagte ich. »Und dann bringen wir es in Ordnung. Die Zwillinge schlafen?«

Sie nickte.

Ich ging an ihr vorbei und in das Zimmer der Jungen. Sie lagen beide auf der Seite, mit der Wange auf dem Arm. Alles an ihnen war geschlossen, nicht nur die Münder und Augen, sondern in gewisser Weise auch ihre Körper, und ich dachte, dass das Leben etwas ist, was sich in unserem Inneren abspielt.

Ich drehte mich zu Ingvild um, die mich ansah.

»Du musst auch schlafen«, sagte ich. »Komm, lass uns in dein Zimmer gehen.«

»Kannst du nicht erst Mama suchen und dich um sie kümmern? Jetzt?«

»Es ist wichtiger, dass ich mich um dich kümmere.«

»Wie meinst du das?«, fragte sie und sah mich mit einer Portion Misstrauen im Blick an.

»Mama wird sich an nichts von all dem hier erinnern«, sagte ich. »Es ist, als würde sie träumen. Aber du wirst dich daran erinnern. Deshalb bist du wichtiger. Und Asle und Heming.«

»Geh sie jetzt suchen«, sagte sie.

Sie war moralisch im Recht, weil ich betrunken Auto gefahren und nicht für sie dagewesen war. Andererseits konnte ich mich auch nicht von ihr herumkommandieren lassen.

Plötzlich war von unten ein dumpfes Krachen zu hören, und danach das Geräusch von etwas, das zerbrach.

Ingvild zuckte zusammen.

»Hast du das gehört?«, sagte sie. »Da unten *ist* jemand.«

»Das hat sich angehört wie eine Katze, Ingvild«, sagte ich. »Kein Problem. Ich gehe nach unten und lasse sie raus.«

Sie blieb stehen und sah mir hinterher, als ich die Treppe hinabstieg.

Was konnte das sein.

Eine Katze würde niemals einen solchen Lärm veranstalten.

An der Haustür warf ich einen Blick hinaus, um zu sehen, ob dort Tove war, aber der Garten war noch genauso menschenleer wie zuvor. Anschließend öffnete ich vorsichtig die Tür zur Speisekammer und lugte hinein.

Nichts.

Ich schlich durch den Raum zu der Tür an seinem anderen Ende. Legte das Ohr daran.

Jemand polterte dahinter.

Vielleicht ein Hund?

Ich war versucht, es einfach dabei zu belassen. Schließlich war die Tür zu, was immer dahinter war, würde also nicht herauskommen können.

Es sei denn, es war doch ein Mensch.

So hörte es sich aber nicht an.

Behutsam drückte ich die Klinke herunter und schob die Tür auf.

Es war stockfinster in dem Zimmer. Und die Geräusche hatten aufgehört.

Ich tastete nach dem Lichtschalter an der Wand. Als ich ihn

drückte und das Licht das gesamte Zimmer hell erleuchtete, stand mitten im Raum ein Dachs und starrte mich an.

Er fauchte.

Ich schloss schnell wieder die Tür.

»Was ist es, Papa?«, fragte Ingvild im Flur. »Papa? Was ist es?«

»Da drinnen ist ein verdammter Dachs!«, sagte ich.

»Was?«

Sie kam zu mir.

»Wie ist er da reingekommen?«

»Keine Ahnung«, sagte ich. »Wir lassen ihn vorerst in Ruhe, ich gehe jetzt Mama suchen und verscheuche ihn hinterher.«

»Er soll da einfach bleiben? Sind Dachse nicht gefährlich?«

»Nein, sie sind nicht gefährlich«, sagte ich. »Außerdem kann er ja nirgendwo hin.«

Ich strich ihr über den Kopf.

»Geh ins Bett, mein Mädchen.«

Sie begann, leise zu weinen.

Ich legte die Arme um sie.

»Du bringst sie ins Krankenhaus?«, fragte sie nach einer Weile.

»Ja.«

»Sollen wir hier allein bleiben? Ich will hier nicht alleine sein.«

»Egil fährt Mama, und ich bleibe bei euch. Okay?«

Sie nickte.

»Versuch jetzt, ein bisschen zu schlafen«, sagte ich.

Sie nickte wieder.

Ich holte den Schlüssel zu der Tür aus der Schublade in der Küche und schloss sie ab. Dann ging ich zu Egil nach draußen, der in der Dunkelheit bei geöffneter Tür regungslos im Auto saß.

»Die Kinder sind okay«, sagte ich. »Tove ist nicht im Haus, ich gehe jetzt nach ihr suchen.«

»Soll ich dir helfen?«

»Von mir aus gern«, sagte ich. »Im Wohnzimmer ist übrigens ein Dachs. Hinter Schloss und Riegel.«

»Tatsächlich«, sagte er. »Ich wusste gar nicht, dass es in dieser Gegend Dachse gibt.«

»Anscheinend«, sagte ich. »Kommst du?«

Er richtete sich auf und stieg aus.

»Sie geht gern am Ufer spazieren«, sagte ich. »Vielleicht ist sie ja da unten. Eine andere Möglichkeit ist natürlich, dass sie die Straße hinuntergegangen ist.«

»Hast du im Atelier nachgesehen?«, fragte Egil.

»Nur von außen. Es sieht leer aus.«

»Es könnte vielleicht nicht schaden, genauer nachzusehen, bevor wir etwas anderes unternehmen«, meinte er.

»Vielleicht hast du recht«, sagte ich. »Warte hier.«

Ich ging zur Tür und öffnete sie.

Tove lag auf der Couch unter dem Fenster und schlief. Ihr Mund stand offen, und sie schnarchte. Sie lag auf dem Rücken, mit einer Hand auf der Brust, die Fußsohlen auf der Couch, die Knie angezogen, zu beiden Seiten gespreizt.

Dann ist es wohl vorbei, dachte ich. Jedenfalls für dieses Mal.

Ich griff nach einer Decke, die über der Armlehne hing, und wollte sie damit zudecken, als ich sah, dass an einer Hand Blut war. Sämig und rot war es, als hätte sie die Hand in einen Bottich mit Blut getaucht.

Was zum Teufel?

Behutsam hob ich ihren Arm ein wenig an und sah mir die Hand näher an. Sie schien nicht verletzt zu sein.

Ich stand ganz still und sah mich um.

Woher es wohl kam?

Ich betrat das Atelier im zweiten Zimmer. Und dort, auf dem großen Tisch, an dem sie immer arbeitete, lag der Kopf der Katze. Er war abgerissen worden; Fleischfetzen und Knochensplitter hingen aus dem blutigen Hals.

Die Augen standen weit offen, setzten sich leuchtend gelb vom schwarzen Fell ab und wirkten lebendig.

Daneben lag ein Stapel mit Zeichnungen des Kopfs.

Oh, verdammt.

Was treibst du denn da, Tove?

Ich schaltete das Licht aus, ging wieder zu der Couch, um mich zu vergewissern, dass sie immer noch schlief, und machte anschließend auch dort das Licht aus und ging zu Egil hinaus, der die Hände in die Taschen geschoben hatte und in Richtung des blinkenden Funkmasts schaute.

»Sie ist da«, sagte ich.

»Habe ich kapiert«, sagte er. »Schläft sie?«

»Ja.«

»Und was willst du jetzt tun?«

»Ich werde sie jedenfalls nicht wecken. Sie ist tagelang wach gewesen. Vielleicht geht es ihr besser, wenn sie aufwacht. So oder so kann man nur abwarten.«

»Dann brauchst du mich mit anderen Worten nicht mehr?«

»Nein. Oder vielleicht doch? Wenn es dir nicht zu viel wird. Denn da ist ja noch dieser Dachs.«

Er nickte.

»Er ist im Wohnzimmer«, sagte ich und ging mit Egil im Schlepptau ins Haus. Vor der Tür zog ich den Schlüssel heraus und schloss sie auf.

»Wie sollen wir die Sache angehen?«, fragte ich.

»Wollen wir nicht einfach die Tür aufmachen?«, sagte er. »Und weggehen? Dann findet er bestimmt alleine nach draußen.«

»Und wenn er zu den Kindern hochläuft?«

Er lachte.

»Ich glaube nicht, dass Dachse Treppen steigen. Du etwa?«

»Keine Ahnung«, sagte ich. »Aber ich sehe lieber zu, dass die Türen zu ihren Zimmern zu sind. Warte kurz.«

Ingvilds Tür war geschlossen, das sah ich. Die der Jungen auch.

»Okay«, sagte ich zu Egil. »Dann machen wir sie jetzt auf?«

Der Dachs schien gewusst zu haben, dass wir da waren, denn er stand still und sah uns an, als die Tür aufging.

Er fauchte und fletschte die Zähne.

»Oh, oh«, sagte Egil. »Er hat schlechte Laune. Am besten geben wir ihm etwas Zeit.«

Wir gingen in den Flur.

»Ich bleibe hier, bis er draußen ist, das ist schon okay«, sagte Egil. »Spendierst du mir ein Bier? Wir könnten uns in den Garten setzen und von dort aus beobachten, was passiert.«

»Gute Idee«, sagte ich, holte zwei Flaschen Pils und ging mit ihnen zu dem Tisch im Freien, wo wir die Stühle so stellten, dass wir die Tür im Auge behalten konnten.

Hatte sie die Katze umgebracht? Und ihr den Kopf abgeschnitten?

Ich weigerte mich, das zu glauben.

Aber der Kopf lag da drinnen.

»Na, dann Prost«, sagte Egil und hob mir zugewandt die Flasche.

»Prost«, sagte ich. »Und nochmal danke.«

Wir schwiegen eine Weile. Jenseits des Lichtkreises der Lampen hing die Augustdunkelheit schwarz über der Landschaft, und um uns herum war alles still.

Der Schmerz pochte gleichmäßig im Gesicht, und mir wurde klar, dass er das wohl schon die ganze Zeit getan hatte, was ich jedoch erst merkte, als ich mich setzte.

Hoch über uns schien der neue Stern.

Ich blieb sitzen und betrachtete ihn, während Egil leise vor sich hin summte und seine Nägel musterte, wie es so seine Art war.

»Gutes Bier«, sagte er nach einiger Zeit. »Was ist das?«

»Die Brauerei heißt ›Nackte Insel‹«, sagte ich. »Es schmeckt gut, ist aber verflucht teuer.«

Er nickte.

Am unteren Rand meines Blickfelds nahm ich flüchtig eine Bewegung wahr, und als ich zur Tür schaute, sah ich den Dachs, der die Schnauze herausstreckte.

»Da ist er ja«, sagte Egil.

»Pst«, sagte ich.

Der Dachs schaute einmal nach rechts und links und dann noch einmal nach rechts, als wäre er ein Schulkind, das eine Straße überqueren wollte. Dann huschte er hinaus und lief, nur ein paar Meter von uns entfernt, an der Wand entlang davon. Sein tiefer Körperschwerpunkt ließ es aussehen wie eine Art Wagen, der davonrollte.

»Es sind schöne Tiere«, sagte Egil.

»Ja«, sagte ich. »Seltsam, dass es sie hier gibt.«

»Wie meinst du das?«

»Er sieht aus wie etwas aus der Welt der Märchen. Oder wie etwas Exotisches aus einem fernen Land. Schwer zu begreifen, dass Dachse hierher gehören.«

»Und welche Tiere gehören deiner Meinung nach hierher?«

»Hunde und Katzen. Kühe und Schafe.«

Er sah mich schmunzelnd an. Wie so oft kam es mir vor, als wüsste er etwas über mich, wovon ich selbst nichts ahnte.

Ich leerte meine Flasche in einem langen Zug und stellte sie auf den Tisch.

»Möchtest du noch eins?«, fragte ich.

»Wäre nicht verkehrt«, sagte er.

»Gut möglich, dass ich dir zu viel versprochen habe«, sagte ich. »Ich weiß ehrlich gesagt gar nicht, ob noch Bier da ist.«

Ich stand auf und ging hinein, zunächst zu Ingvilds Zimmer, weil ich sehen wollte, ob sie schlief, überlegte es mir dann jedoch anders, denn wenn sie wach war, würde sie mir mit Sicherheit vorwerfen, dass ich wieder trank. Dass es nur Leichtbier war, dreieinhalb Prozent, würde sie nicht interessieren. Stattdessen ging ich ins Bad, um zu pissen.

Großer Gott.

Wie ich aussah.

Meine Nase war schief und geschwollen, an ihrem Rand war Blut. Die Augen waren rot unterlaufen und die Haare wirr.

Ich befeuchtete einen Lappen mit warmem Wasser und wusch vorsichtig das geronnene Blut ab.

Als ich fertig war, sah die Pisse im Klo dunkelgelb, fast braun aus. Es liegt wahrscheinlich daran, dass es so heiß ist, dachte ich. Ich hatte alle Flüssigkeit ausgeschwitzt.

Es war nur noch eine Flasche Bier im Kühlschrank, aber ganz hinten, von zwei Saftkartons verdeckt, stand eine Dose Hansa-Bier.

»Danke«, sagte Egil, als ich ihm die Flasche reichte.

»Alles ruhig?«, fragte ich und setzte mich.

Er nickte.

»Nach dem Bier gehe ich nach Hause. Es war ein langer Tag. Wann fahrt ihr zurück?«

»Geplant war übermorgen. Aber jetzt kommt es natürlich ein bisschen darauf an, wie es Tove geht.«

»Wann fängt die Schule an?«

»Am Mittwoch.«

Er nickte wieder, als wären die Schulzeiten meiner Kinder für ihn tatsächlich von Belang.

Konnte eine Psychose sie dazu verleiten, so etwas zu tun?

Jedenfalls durfte ich nicht vergessen, den Kopf zu entfernen, bevor die Kinder aufwachten.

Wir saßen eine Weile zusammen, ohne etwas zu sagen. Sein Gesicht glänzte im schwachen Licht der Außenlampen am Haus ein wenig von Schweiß. Auch meine Haut war feucht, das dünne Hemd klebte an Brust und Oberarmen. Zupfte ich daran, löste es sich nur kurz.

»Wie hieß dieses Buch, von dem du eben geredet hast? Duisburg-irgendwas?«

»Augsburg. Das Wunderzeichenbuch.«

»Ja?«

»Es ist eine Art illustrierter Katalog über alle Zeichen, die sich seit den Zeiten des Alten Testaments bis zur Herstellung des Buchs 1552 in der Welt gezeigt haben.«

»Und du hast es?«

Er lachte.

»So reich bin ich nicht, mein Lieber. Es existiert nur in einem einzigen Exemplar. Also nein – und ja: Es ist vor ein paar Jahren bei Taschen erschienen.«

»Und?«

»1103, am ersten Freitag in der Fastenzeit, tauchte ein neuer Stern am Himmel auf, heißt es darin. Er war fünfundzwanzig Tage sichtbar, immer um die gleiche Uhrzeit. Auch 1173 sah man einen neuen Stern am Himmel. Es geschah allerdings während einer Sonnenfinsternis, so dass er möglicherweise erst dadurch sichtbar wurde. Andererseits war er viel größer als die anderen Sterne. Und im Dezember 1545 tauchten zwei neue Sterne am Himmel auf. Auch sie waren größer als die anderen Sterne.«

»Du hast ein verdammt gutes Gedächtnis für Details«, sagte ich.

»Überhaupt nicht«, sagte er. »Aber ich erinnere mich an diese Details, weil sie so interessant sind. Das gilt übrigens auch für viele andere Zeichen darin. Blutregen, Kometen, Vögel, die tot vom Himmel fallen, Erdbeben, Sonnenfinsternisse, Schwerter am Himmel, you name it. Ein Fisch mit menschlichem Gesicht, der gefangen wurde, und ein Hahn mit vier Beinen.«

»Aha«, sagte ich. »Für einen Moment habe ich gedacht, es wäre eine Art wissenschaftliches Verzeichnis über Himmelsphänomene. Aber es enthält nur Unsinn und Aberglauben.«

»Ist der neue Stern über uns nur Unsinn?«

»Nein«, sagte ich. »Aber er ist auch kein Zeichen Gottes.«

Er lächelte.

»Seit wann bist du eine Autorität für Gott?«

»Ach, komm schon«, sagte ich. »Glaubst du jetzt etwa auch noch an Wunder?«

»Ich muss nicht glauben«, sagte er und hob den Blick zu dem Stern. »Mir reicht es zu sehen.«

»Er ist also ein Zeichen?«

»Alles sind Zeichen. Der Baum da hinten. Die Blätter. Zeichen.«

»Für was?«

»Das weiß ich nicht.«

»So, so. Aber Zeichen *von* was oder wem? Wer nimmt Kontakt mit uns auf?«

»Die Welt nimmt Kontakt mit uns auf. Es sind Zeichen von der Welt. Von dem, was ist.«

»Jetzt werde ich fast ein bisschen wütend«, sagte ich und schlug nach Zigaretten suchend auf die Hosentaschen.

»Sie liegen auf dem Tisch«, sagte er.

Ich nahm die Schachtel, schüttelte eine Zigarette heraus und zündete sie an.

»Wir belassen es dabei«, sagte ich.

»Finde ich auch«, sagte er. »Ich muss ohnehin zusehen, dass ich nach Hause komme.«

»Wie lange brauchst du zu Fuß?«

Er stand auf und trank den letzten Schluck im Stehen.

»Ungefähr eine halbe Stunde«, sagte er und stellte die Flasche auf den Tisch.

Im selben Moment ertönte irgendwoher ein langgezogener, piepsender Laut.

»Was war das?«, fragte ich und schaute mich um.

Wieder ertönte das Piepsen.

»Hört sich an, als käme es von dem Beet da drüben«, sagte Egil und nickte zu dem Beet an der Hauswand, das im Licht der Lampe darüber voller üppiger grüner Pflanzen war.

Ich stand auf und folgte ihm dorthin.

Er zog mit der Hand den Strauch zur Seite.

»Teufel«, sagte er.

»Was ist es?«

»Eine tote Katze. Und ein Kätzchen.«

Er tastete mit den Händen unter den Sträuchern. Dann drehte er sich mit dem Katzenjungen in den Händen zu mir um. Es piepste und jammerte.

Ich lehnte mich vor und sah die Katze, die dort blutig und ohne Kopf lag.

»Das muss der Dachs gewesen sein«, sagte er.

»Meinst du«, sagte ich und richtete mich wieder auf. »Sie reißen Katzen?«

»Das können sie, ja. Hier, um das kleine Kerlchen musst du dich kümmern.«

Er reichte mir das Kätzchen, das sich in seinem Griff wand. Warm und weich und in panischer Angst.

Es kämpfte, um sich zu befreien, und ich drückte es mit beiden Händen an meine Brust.

»Okay, mein Freund«, sagte Egil. »See you at the crossroads.«

»Tschüss, und nochmal danke«, sagte ich.

Ich blieb stehen, während er in Richtung Einfahrt davonging.

Er drehte sich um.

»Ach ja, was ist mit morgen?«, fragte er. »Wer bleibt bei den Kindern, wenn du Tove ins Krankenhaus fahren musst?«

»Dann rufe ich meine Mutter an«, sagte ich. »Du hast mir fürs Erste genug geholfen!«

Er hob die Hand an die Stirn und verschwand um die Ecke.

»Na, kleine Mieze«, sagte ich und strich dem Kätzchen mit der Hand über den Rücken. Zunächst dachte ich, dass es in Ingvilds Zimmer bleiben könnte, denn sie liebte Katzen, aber dann wurde mir klar, dass dies mit ein paar Fakten verbunden sein würde, für die ich sie lieber nicht mitten in der Nacht aufwecken sollte. Außerdem war ihr Tag auch so schon dramatisch genug gewesen.

»Dann bleibst du eben bei mir«, sagte ich und trottete hinein, streifte die Schuhe ab und ging mit dem Kätzchen an der Brust ins Schlafzimmer hinauf.

Ich schloss die Tür hinter mir und setzte es auf den Boden, damit ich die Hände frei hatte, um mich auszuziehen. Es flitzte sofort unters Bett.

Nur in Unterhose kniete ich mich hin und versuchte es zu greifen, aber es war außerhalb der Reichweite meiner Hände, und ich gab auf und legte mich stattdessen schlafen. Ich hatte es ins Bett mitnehmen wollen, damit es neben mir schlafen und ein wenig Gesellschaft bekommen konnte. Jetzt muss es mit seinem pochenden Herzen und seinen leuchtenden Augen unter mir auf dem Fußboden liegen, dachte ich oder sah es eher vor mir, denn Gedanken kommen ebenso als Bilder wie auch als Worte, ähnlich wie das Licht sowohl in Wellen wie auch in Partikeln kommt, könnte man sich vorstellen, und das hatte ich natürlich viele Male getan.

KATHRINE

Die Luft flirrte über dem Asphalt des Bürgersteigs, die ganze Straße schien in der Hitze leicht zu schaukeln, während die Schattenseiten an den Steinwänden der Häuser etwas traumähnlich Geneigtes bekommen hatten, dem Himmel entgegen, der so blau war, und den Sonnenstrahlen, die alles, was sie trafen, zum Funkeln und Glühen brachten. Auf dem Gras um Lille Lungegårdsvannet saßen die Leute dichtgedrängt. Im Einkaufszentrum, so angenehm und kühl, war dagegen kaum ein Mensch. Ich ging eine Weile durch die Regalreihen der Apotheke und nahm verschiedene Dinge heraus, die ich gut gebrauchen konnte, Kinderzahncreme, neue Zahnbürsten für Peter und Marie mit Piratenmotiven, zwei zuckerfreie Kaugummis, die sie mochten, Wattebäusche, Q-Tips, ein Deo und eine Schachtel Paracetamol, und hoffte, sie würden den Schwangerschaftstest darunter verschwinden lassen. Trotzdem schaute ich mich um, als ich ihn aus dem Regal nahm, und noch einmal, als ich das Ganze vor der Kassiererin auf die Verkaufstheke legte.

Sie sah zu mir hoch, bevor sie anfing, die Waren zu scannen.

War das ein forschender Blick gewesen?

Wusste sie, wer ich war?

Oder lag es nur daran, dass sie mich für zu alt befand, um schwanger zu werden?

Als ich die Tasche öffnete, um mein Portemonnaie herauszuholen, leuchtete auf ihrem Boden das Telefon auf, das nach der Besprechung noch stummgeschaltet war. Ich holte es heraus und sah, dass es Gaute war. Ich zögerte ein, zwei Sekunden, dann drückte ich das Gespräch weg und legte das Telefon in die Tasche zurück.

Musste mich erst sammeln.

»Möchten Sie eine Tüte?«, fragte die Kassiererin.

Ich schüttelte den Kopf.

»Dann macht es vierhundertzwanzig Kronen«, sagte sie, ohne mich anzusehen.

Sie war klein und rundlich und blond, trug eine Brille mit kräftiger schwarzer Fassung, den Quasi-Arztkittel der Apotheke, hinter dem sich ihre großen Brüste wölbten. Sie sah aus wie eine Frau, die viele Kinder gebären konnte. Aber das ist nur ein Vorurteil, dachte ich und hielt die Karte an das Terminal, denn es stimmte doch gar nicht, dass Frauen mit runden Formen fruchtbarer waren als schlankere Frauen.

Ich legte die Einkäufe in die Tasche und ging in die Einkaufspassage hinaus, nahm die Rolltreppe zum Café in der obersten Etage, das vollkommen leer war bis auf einen alten Mann, der am Fenster saß und mit zittrigen Händen und Kokosstreuseln auf den Lippen ein Puddingteilchen aß und dessen Krücken an den Nebenstuhl gelehnt standen.

Ich ging auf die Toilette und schrieb Gaute, dass ich ihn gleich zurückrufen würde, bevor ich die Packung mit dem Teststab öffnete, Rock und Slip herunterzog und mich auf die Toilette setzte.

Das war doch eigentlich idiotisch, fast schon hysterisch. Was war nur in mich gefahren? Ich war zweiundvierzig und nahm die Pille. Ich war natürlich nicht schwanger. Für meine Übelkeit gab es tausend andere Erklärungen. Sie war offenbar die Folge einer Art unterbewussten Autosuggestion gewesen.

Aber warum wollte mein Unterbewusstsein, dass ich schwanger wurde?

Die Tür ging auf, und es kam jemand herein. Die Klinke ging mehrmals auf und ab, obwohl die Frau gesehen haben musste, dass die Kabine besetzt war.

Ich stand auf, zog Slip und Rock hoch, legte den Schwangerschaftstest unbenutzt in die Tasche zurück, zog ab und trat hinaus. Eine junge Frau Anfang zwanzig wartete, den Blick auf den Boden gerichtet. Ihr Gesicht kam mir vage bekannt vor, aber ich konnte es nicht einordnen. Sie machte keine Anstalten, mich zu grüßen, sondern ging geradewegs in die Kabine, so dass ich mir das wohl nur eingebildet hatte, dachte ich und wusch mir die Hände.

Im Café kaufte ich eine Cola light und setzte mich an den Fenstertisch, der von dem des alten Mannes am weitesten entfernt stand, trank fast das ganze Glas in einem langen Zug, war viel durstiger, als mir bewusst gewesen war. Dann blieb ich sitzen und sah auf den Platz tief unter mir hinab, der voller Menschen und Vögel war.

War es vielleicht ein Zeichen, dass ich bleiben sollte? Dass mein Unterbewusstsein mein Leben mit Gaute und den Kindern positiv sah und daraufhin tat, was erforderlich war, damit ich es nicht verließ?

Mich mit einem weiteren Kind zu verankern.

Ich würde mich ja auch freuen. Noch ein Kind wäre fantastisch.

Nur eben nicht mit Gaute.

Konnte ich das ändern?

Ein Schritt zur Seite, und alles war gut.

Lieber Gott, lass mich diesen Schritt machen. Mach, dass mein Leben mit Gaute mich wieder mit Freude erfüllt.

Die Schatten dort unten wurden allmählich länger. Die Schreie der Möwen, so melancholisch, wenn sie der Leere entgegenfielen, drangen schwach durch die Fenster herein.

Seltsam, dieser Raubvogel gestern. Ich hatte noch nie von etwas Vergleichbarem gehört.

Warum war es unangenehm, daran zu denken?

Es war nicht, wie es sein sollte. Veränderung, wo alles unverändert bleiben sollte.

Die Tür zu den Toiletten ging auf, und die junge Frau kam heraus. Sie warf einen Blick auf mich, ehe sie die Rolltreppe nach unten nahm. Jetzt erkannte ich sie wieder, sie hatte an der Rezeption des Hotels gearbeitet.

Also war ich doch noch nicht völlig senil.

Ich zog das Telefon heraus und rief Gaute an.

»Hallo«, sagte ich. »Du hast angerufen? Ich war in einer Besprechung.«

»Ja«, sagte er. »Ich wollte mich nur entschuldigen.«

»Wofür?«

»Für meine Anschuldigungen gestern. Ich war einfach außer mir. Es tut mir leid.«

»Ich verstehe es«, sagte ich.

»Dass es mir leidtut?«

»Nein, dass du Verdacht geschöpft hast. Ich bin seit längerem nicht mehr ich selbst gewesen. Aber jetzt geht es mir besser.«

»Wirklich?«

»Ja.«

»Und was war nicht in Ordnung?«

»Ich habe keine Lust, am Telefon darüber zu sprechen. Können wir das nicht heute Abend machen? Ich könnte uns Wein und etwas Leckeres zu essen kaufen?«

»Was zum Grillen vielleicht«, sagte er. »Es ist so ein unglaublich schöner Tag.«

»Gute Idee«, sagte ich. »Wollen wir jemanden einladen?«

»Wollten wir zwei uns nicht unterhalten?«

»Das tun wir hinterher. Soll ich Sigrid und Martin fragen?«

Nachdem wir aufgelegt hatten, schrieb ich Sigrid und fragte, ob sie Lust hätten, zum Essen zu uns zu kommen. Ich kannte sie seit der Gesamtschule, und wir waren immer in Kontakt geblieben, auch als wir an verschiedenen Orten lebten, auch wenn wir uns nicht immer besonders oft gesehen hatten. Als sie vor ein paar Jahren in die Stadt zurückgezogen war, begannen wir, uns wieder regelmäßig zu treffen. Sie hatte eine idealistische Ader, ihre erste Stelle hatte sie typischerweise bei der Tageszeitung *Klassekampen* gehabt, und im Anschluss daran hatte sie fünf Jahre für eine Hilfsorganisation in Mosambik und danach für eine Stiftung in London gearbeitet, bis sie Kinder bekamen, Helene und Theo, und sie schließlich nach Hause gezogen war und seither für die Lokalzeitung schrieb. Sie konnte auch durchaus zynisch sein, und mir gefiel diese Mischung, dass sie illusionslos mit Illusionen arbeitete. Manchmal kam mir der Gedanke, dass ich das auch tat, aber *das* war eine Illusion, denn bei meiner Arbeit ging es um Gefühle und Beziehungen und darum, etwas nahe zu sein, worüber keiner etwas wusste, das aber alle, oder zumindest viele, erfahren hatten. Theologie war nicht die Lehre von Gott, sondern die Lehre davon, wie wir über Gott sprechen konnten, um uns auf diesem Weg dem Heiligen zu öffnen, das von selbst strömen musste. Sigrid verstand das, ihr Zynismus richtete sich gegen die Art, wie über Gott gesprochen wurde, vor allem von Geistlichen, die sie kleinkariertverrückt nannte. »Die falschen Menschen sprechen über Gott«, sagte sie einmal. »Kein Wunder, dass die Leute nicht mehr gläubig sind. Mit einem Mann, der Pfarrer werden *will*, stimmt von vornherein etwas nicht, und nur die werden natürlich Pfarrer.« »Und wer soll über Gott reden?«, fragte ich. »Die besten Köpfe, natürlich«, sagte sie. »Die größten Talente einer Generation.« Dann hatte sie gelacht und mich angesehen und gesagt, ihre Kritik gelte nicht für mich.

Ich mochte auch Martin, mit dem sie verheiratet war, obwohl ich mir nicht immer sicher war, dass er gut für sie war. Sie waren als Studenten zusammengekommen, und Martin war immer noch Student. Er hatte einen Doktortitel in Philosophie, aber danach hatte er die Richtung gewechselt, war Röntgenassistent geworden und hatte ein paar Jahre im Krankenhaus gearbeitet, und im Anschluss hatte er dann irgendetwas mit Computern studiert, ehe er nochmals umsattelte und Biologie studierte und mittlerweile dabei war, wieder zu promovieren. Wir hatten aufgehört, Witze darüber zu machen; es war nicht mehr einfach ein bisschen exzentrisch, sondern zu einem Schicksal geworden.

Sigrid antwortete direkt, sie würden gern vorbeikommen, und ich trank den letzten Schluck Cola, stand auf und nahm die Rolltreppe nach unten. Es ist zu heiß, um Fleisch zu essen, dachte ich, als ich auf die Straße hinauskam und mir die Hitze entgegenschlug. Garnelen und vielleicht ein paar Taschenkrebse, wenn sie welche hatten, passten besser. Und kalter Weißwein.

Ich ging zum Fischmarkt hinunter und stellte mich im Menschengewimmel an. Unter der Markise war das Licht rötlich, ähnlich, wie es das ist, wenn man mit geschlossenen Augen in die Sonne schaut, gleichzeitig glitzerte es überall auf großen und kleinen Flächen. Es tat gut, den Blick auf dem kühlen, grünlichen Wasser ruhen zu lassen. Und auf den Bewegungen und dem Aussehen der Fische, das hier oben an Land, umgeben von Touristen in Shorts, Häusern und Autos, so fremd wirkte.

»Ich hätte gern dreieinhalb Kilo«, sagte ich, als ich an der Reihe war, und nickte zu den Garnelen hin.

Der Verkäufer, korpulent mit einem schweren, kahlen Schädel und einer weißen Schürze über einem roten T-Shirt, fing an, Garnelen in eine Tüte zu schaufeln.

»Die sind nicht frisch, stimmt's?«, sagte ich. »Könnte ich sie etwas billiger bekommen?«

Man sah an den Fühlern, dass sie tiefgefroren gewesen waren, man sah es daran, dass so viele gebrochen waren. Das wusste ich, weil eine Freundin in meiner Jugend dort gearbeitet und mir erzählt hatte, dass sie oft zum Supermarkt liefen und gefrorene Garnelen kauften, wenn ihnen diese auszugehen drohten.

»Sie sind frisch«, sagte er, ohne mich anzusehen, als er die Tüten auf die Waage legte. »Das macht genau sechshundert Kronen.«

»Okay«, sagte ich. »Ich nehme an, es ist ohnehin kein großer Unterschied.«

Er warf mir einen kurzen Blick zu, während er die zwei Papiertüten in eine größere Plastiktüte legte, und die Träger verknotete. Schweißtropfen liefen seinen Hals hinab.

»Ich nehme auch noch Taschenkrebse«, sagte ich. »Vier Stück.«

Er nickte und lehnte sich vor und hob vier an, die auf einem Lager aus zerstoßenem Eis lagen.

»Sind das norwegische?«, fragte ich.

»Die Garnelen sind frisch und die Krebse aus Norwegen«, sagte er. »Das macht neunhundert.«

Ich zog die Karte heraus, und er reichte mir das Kartenterminal. In dem Moment klingelte mein Handy. Ich tippte den PIN ein, steckte die Hand in die Tasche und zog das Telefon heraus.

Es war Mutter.

»Hallo, Kathrine«, sagte sie. »Wie geht es dir?«

»Mir geht es gut«, sagte ich und klemmte das Handy zwischen Schulter und Wange, während ich mit der einen Hand die Karte und mit der anderen die Tüte mit den Schalentieren annahm. »Es hat mir gutgetan, gestern mit dir zu reden.«

Sie lachte trocken.

»Das hat es ganz sicher nicht. Aber ich höre deiner Stimme an, dass es dir jetzt besser geht. Hast du mit Gaute geredet?«

Ich steckte die Karte ins Portemonnaie, das Portemonnaie in die Tasche und ging.

»Noch nicht«, sagte ich. »Aber ich werde ihm ohnehin nichts sagen.«

»Warum nicht?«

»Es gibt nichts zu sagen.«

»Das leuchtet mir ein«, sagte sie. »Eine Beziehung verläuft in Wellen. Man muss lernen, nicht zu handeln, wenn sie in einem Wellental ist.«

»Die Zähne zusammenzubeißen?«

»Nein. Wir reden hier nicht von Folter. Sondern von Geduld.«

Es entstand eine Pause. Oft legte sie ziemlich abrupt auf, diesmal jedoch nicht.

»Und wie geht es dir?«, fragte ich. »Bist du noch auf der Arbeit?«

»Ja. Aber ich fahre hinterher zum Sommerhaus hinaus.«

»Hört sich gut an«, sagte ich.

»Ich fahre eigentlich nicht, weil ich Lust dazu habe«, sagte sie. »Aber ich kann Mikael nicht erreichen. Er geht nicht ans Telefon. Deshalb fahre ich lieber mal hin und sehe nach, ob er in der Hitze nicht vielleicht einen Herzinfarkt bekommen hat.«

»Machst du dir große Sorgen?«, fragte ich. »Geht er sonst immer ans Telefon?«

»Mikael? Nicht doch. Wenn es darum geht, Kontakt zu halten, ist er notorisch unzuverlässig. Aber mir war plötzlich so, als wäre etwas passiert.«

»Es ist bestimmt nichts passiert«, sagte ich und blieb an einer roten Ampel stehen.

»Du hast recht«, sagte sie. »Wahrscheinlich hat er beim Fischen das Telefon verloren. Und jetzt klingelt es auf dem Meeresgrund.«

»Das war ein hübsches Bild«, sagte ich.

»Für was?«

»Keine Ahnung«, sagte ich. »Du, ich muss jetzt los. Aber melde dich bitte, wenn du da bist, machst du das?«

»Ja, klar«, sagte sie. »Tschüss.«

Ein kleines, schmutziges und verbeultes Auto versperrte mir den Weg auf dem Parkplatz vor dem Supermarkt, eine alte Frau mit dünnen, weißen Haaren saß darin, sie warf mir mehrere nervöse Blicke zu, während von der anderen Seite kommend ein alter Mann auf das Auto zuging. Die beiden sind nicht nur alt, dachte ich, sie sehen auch in der Art von Alkoholikern und Drogensüchtigen verlebt aus. Ich hätte zurücksetzen und um sie herumfahren können, aber ich hatte es nicht eilig, und *so* lange würde es schon nicht dauern. Wahrscheinlich hätte ich es trotzdem tun sollen, denn die Frau fühlte sich schuldig, sie winkte dem näher kommenden Mann aggressiv zu, ehe sie mich mit ihren ängstlichen Augen erneut ansah.

Sie lehnte sich zur Seite und öffnete die Tür für ihn. Er war groß und hatte einen schmalen, klotzartigen Kopf mit einer Mähne aus grauweißem Haar, platt auf der einen Seite, braungebrannte Haut voller tiefer Falten. Er legte etwas in den Wagen, ehe er einzusteigen versuchte. Aber er war zu steif, er schaffte es nicht, in das enge Auto und auf den Sitz zu kommen, es sah fast aus, als stecke er fest und könne sich nicht rühren. Die Frau rief ihm etwas zu, erkannte ich an ihren Mundbewegungen.

Sie sah hastig zu mir hinüber, packte dann sein T-Shirt und riss mit aller Kraft daran. Das Auto hinter mir hupte, und sie streckte sich über ihn, als er endlich saß, und knallte die Tür zu.

Seltsam, dass sie so einen Blick für andere haben und gleichzeitig das Leben führen konnte, das sie so offenkundig lebt, dachte ich, als die beiden davonfuhren und ich das Auto in der Reihe direkt vor dem Supermarkt parkte.

Ich brauchte nicht viel. Ein paar Flaschen Bier, Zitronen, etwas Mayonnaise, ein gutes Weißbrot, Limonade für die Kinder. Und Eis, natürlich.

Und Butter. Ich durfte die Butter nicht vergessen.

Ich nahm einen roten Einkaufskorb von dem Stapel am Eingang und ging in die kühle, leuchtend helle Halle, die nicht aussah wie eine Halle, weil die zahlreichen Regale den Blick nach unten und auf sich zogen. Die vielen verschiedenen Farben, die vielen verschiedenen Logos, das ganze Wirrwarr von Oberflächen, ja, dieser ganze Sturm aus Zeichen, die alle unterschiedliche Bedeutungen hatten, hielten die Aufmerksamkeit irgendwie fest.

Ich dachte sonst nie daran, nur wenn ich von einer Beerdigung kam.

Das große Außerhalb.

Ich hatte in einigen Predigten darüber gesprochen, davon, den Blick zu heben, den großen Zusammenhang zu sehen, aber es nutzte ja nichts, es zu sagen, es musste erfahren werden. Aus dem Inneren kommen.

Aber am Rand des Grabs sehen alle das große Außerhalb, dachte ich und blieb in der Obstabteilung stehen, ließ den Blick über die glänzenden Apfelsorten, Orangen, Mandarinen, Bananen schweifen, nach den Zitronen suchend, die ganz hinten leuchtend gelb auf grünem Filz lagen.

Ich riss eine Plastiktüte ab und legte sechs hinein, ging zu den Backwaren, nahm zwei Stangenbrote und zwei Fladenbrote.

Sagte man eigentlich noch Stangenbrote?

Es waren nur wenige Kunden im Geschäft. Der Ansturm von Menschen, die von der Arbeit kamen, hatte offenbar noch nicht eingesetzt. Außerdem war ja so schönes Wetter. Die allerletzten Sommertage, ehe Regen und Wind und die Dunkelheit begannen.

Ich stand eine Weile vor dem Bierregal, zunächst, um mich für eine Sorte zu entscheiden, und danach, um zu überlegen, wie viele Flaschen ich eigentlich brauchte. Drei für jeden? Das wären zwölf. Aber wenn sie länger blieben, waren drei nicht viel, erst recht nicht bei dieser Hitze. Vier wären sechzehn. Da konnte ich genauso gut einen ganzen Kasten nehmen. Dann blieben eben ein paar übrig.

Das würde allerdings nicht so gut aussehen, eine Pfarrerin, die einen Kasten Bier durch den Laden trägt.

Oder Priesterin, wie Mutter mich manchmal nannte.

Ach egal.

Ich stellte den Einkaufskorb auf einen der Kästen, beugte mich vor, hob ihn an und trug ihn zur Kasse.

Als ich bezahlt hatte und meine Einkäufe in die Tüten legte, spürte ich, dass mich jemand ansah. Ich drehte mich um und begegnete dem Blick des Mannes vom Flughafen. Er stand am Zeitungskiosk und starrte mich an.

Ohne groß zu denken, ließ ich den Kasten stehen und ging auf ihn zu. Er schob sich zur Tür hinaus. Ich lief los.

Als ich auf den Parkplatz hinauskam, stand er etwa zwanzig Meter entfernt. Das alte, schäbige Auto von vorhin fuhr neben ihn. Er drehte sich zu mir um und hob die Hand zum Gruß. Er schien zu lächeln. Dann öffnete er die Tür, setzte sich hinein, und das Auto, das mit einem Satz beschleunigte, fuhr auf die Straße und verschwand.

Eine halbe Stunde später parkte ich auf dem Kies vor unserem Haus, öffnete den Kofferraum und holte die Einkaufstüten heraus. Den Kasten Bier ließ ich stehen, den konnte Gaute ins Haus tragen.

Die Küchenfenster standen offen, Musik drang ins Freie. Selbst im Schatten der großen Birke war die Luft fast glühend heiß.

Gaute öffnete die Haustür schon, während ich noch die Treppe hochstieg.

»Hallo!«, sagte er und umarmte mich. »Schön, dich zu sehen!«

Er küsste mich auf den Mund, was ich fast wie einen Überfall empfand, als ich dort stand, mit einer Tragetasche in jeder Hand.

»Es ist auch schön, dich zu sehen«, sagte ich und ging mit den Einkäufen in die Küche. »Wie war es auf der Arbeit?«

Die Musik kam aus dem Radio, das auf einen Jugendkanal eingestellt war. Zumindest, wenn wir 1995 hätten, dachte ich, als ich den Song aus meiner Studienzeit erkannte. *I'm building up my problems to the size of a cow*, sangen sie. *The size of a cow.*

»Wie immer«, sagte er. »Abgesehen davon, dass die Kinder ein bisschen manisch waren. Das liegt am Wetter.«

»Ja«, sagte ich und legte die Tüten mit den Krebsen und Garnelen in den Kühlschrank. »Es sterben immer mehr Menschen, wenn es zum ersten Mal richtig heiß wird. Und zum ersten Mal richtig kalt.«

Ich holte eine Schüssel aus dem Schrank und legte die Zitronen hinein. Gaute kam zu mir und umarmte mich von hinten.

Ich richtete mich auf und drehte den Kopf zu ihm, er küsste mich auf die Wange.

»Entschuldige«, sagte er leise.

Ich spürte, dass er steif war.

»Du hast keinen Grund, dich zu entschuldigen«, sagte ich und machte mich frei, nahm die Brote aus der Tüte und legte sie auf die Küchenplatte. »Es gibt kein Fleisch, sondern Krabben«, sagte ich. »Gebratenes Fleisch passt bei dieser Hitze irgendwie nicht.«

»Stimmt etwas nicht?«, fragte er, stand mit hängenden Armen vor mir und sah mich an.

Das feine Netz aus Fältchen in der Haut an den Augenwinkeln war in dem klaren Licht im Raum deutlich sichtbar, und plötzlich erkannte ich, wie er aussah, jetzt – die Mundwinkel begannen nach unten zu zeigen, und in der Stirn hatte er eine tiefe Furche, die nicht mehr verschwand. Die lockigen, leicht rötlichen Haare, die immer voll gewesen waren, ließen ihn jünger aussehen, und sein Engagement machte das Gesicht lebendig. Im Moment jedoch nicht.

Mein armer Mann, dachte ich und lächelte ihn an.

»Nein, nein«, sagte ich. »Ich hatte nur einen harten Tag. Ich habe einen Mann in einer leeren Kirche beerdigt. Das hat mich irgendwie mitgenommen. Ich weiß nicht, warum.«

»Natürlich nimmt dich das mit«, sagte er. »Ich begreife nicht, wie du jeden Tag so viel Trauer aushältst.«

»Es ist ja nicht meine Trauer«, sagte ich.

»Ja, aber du siehst sie. Du redest mit den Leuten, die trauern.«

»Du«, sagte ich. »Im Kofferraum steht ein Kasten Bier, kannst du ihn bitte holen?«

»Das ist ja ein Ding«, sagte er. »Du hast einen ganzen Kasten gekauft?«

»Kann nicht schaden, ein paar Flaschen im Haus zu haben«, sagte ich. »Vor allem bei dem Wetter.«

»Ich habe nichts dagegen«, sagte er und ging hinaus.

Ich schaltete das Radio aus und ging ins Wohnzimmer, öffnete das Fenster ganz hinten und setzte mich in den Sessel daneben. Dann stand ich wieder auf, stützte die Ellbogen auf die Fensterbank und sah hinaus. Nach dem, was im Geschäft passiert war, war ich immer noch völlig durcheinander. Es stand fest, dass ich nicht Kristian Hadeland gesehen haben konnte, obwohl ich es für einige wirre Minuten geglaubt hatte. Er war tot und begraben. Aber auch wenn er es nicht gewesen war, fand ich es unangenehm, denn warum tauchte dieser Mann erneut in meiner Nähe auf? Und was hatte er mit diesem verlebten alten Paar zu tun?

Sie hatte so ängstlich ausgesehen, als sie mich ansah.

Vielleicht hatte es ja gar nicht daran gelegen, dass sie es unangenehm fand zu warten, während sie die Zufahrt auf den Parkplatz blockierte, wie ich geglaubt hatte. Es konnte auch einen anderen Grund geben, der mit dem Mann vom Flughafen zusammenhing.

Sie starrt mich ängstlich an, und kurze Zeit später starrt er mich an, und dann fährt er mit ihnen weg. Flieht geradezu.

Warum lief er weg, als er mich sah?

Ich hörte, dass Gaute die Treppe heraufkam, und drehte mich um.

»Wäre es nicht besser, ihn in den Keller zu stellen?«, fragte ich, als er mit dem Kasten in den Händen auftauchte.

»Doch«, sagte er. »Ich will nur vorher ein paar Flaschen im Kühlschrank kaltlegen.«

»Wann kommen Peter und Marie?«, fragte ich.

Er blieb mitten im Raum stehen.

»Gegen sieben. Aber vielleicht können sie da auch übernachten, dann haben wir Martin und Sigrid ohne Kinder zu Gast?«

»Sie bringen aber ihre Kinder mit«, sagte ich.

»Okay«, sagte er und ging in die Küche.

Es ist nur eine Abfolge von Zufällen gewesen, dachte ich. Nichts, worauf man Zeit und Kraft verschwenden sollte. Ein Mann, dem ich zufällig begegnet war, ähnelte einem Toten, den ich bestattet hatte, und dann war ich ihm kurz darauf noch einmal begegnet. Das war alles.

Um Punkt halb acht bog Sigrids und Martins roter Passat in die Einfahrt. Sie trug eine kurze, weiße Bluse, die um die Taille geknotet war, und einen langen, bunten Baumwollrock. Die Haare hatte sie zu einem Pferdeschwanz gebunden, und sie hatte eine Sonnenbrille auf, sah ich, als sie ausstieg. Sonnengebräunte Haut, selbstsichere Körperhaltung.

Diese Frau hatte schon immer gut ausgesehen.

»Hallo!«, sagte sie. »Vielen Dank für die Einladung!«

Martin öffnete die hintere Tür und ließ die Kinder heraus. Er trug olivengrüne Shorts und ein schwarzes T-Shirt, das ein bisschen zu eng war, wodurch die Kugel am Bauch an seinem ansonsten schlanken Körper überdeutlich hervortrat. Seine Haut war kreideweiß, und mit seinen dunklen Haaren und der etwas unbeholfenen Art, sich zu geben, war er das genaue Gegenteil seiner Lebensgefährtin.

»Sollen wir hinten herum gehen oder hochkommen?«, fragte Sigrid, den Autoschlüssel noch in der Hand.

»Geht nach hinten«, sagte ich. »Gaute und die Kinder sind schon da.«

Die Sonne stand tief im Westen, und am Horizont lag ein Band aus rotorangem Licht. Durch das offene Fenster drangen Stimmen aus dem Nachbargarten zu mir herein, aufgekratzt und erwartungsvoll, dachte ich, als stünden sie vor einer großen Begebenheit.

Ich schob den Kopf ein wenig hinaus und sah fünf, sechs Personen, die mit Weingläsern in den Händen ein wenig von Vroldsen entfernt standen, dem Rektor von Gautes Schule, der Kohle auf den Grill schüttete. Schwach hörte ich auch Geräusche aus unserem Garten, es waren die Kinder, die lachten und riefen.

Ich holte zwei große Platten aus dem Schrank und die drei Tüten Garnelen aus dem Kühlschrank. Sie schabten aneinander, als ich sie ausschüttete, kunterbunt durcheinander in allen Schattierungen von hellem Rot.

Ich trug die Platten aufeinander gestapelt zur Rückseite des Hauses, wo die Erwachsenen auf Stühlen rund um den Tisch auf den Steinplatten saßen und die Kinder in der kleinen Hütte spielten, die Gautes Vater für sie gezimmert hatte.

»Garnelen, tolle Idee«, sagte Sigrid und stand auf. »Ehrlich gesagt sind das unsere ersten in diesem Sommer.«

Sie umarmte mich. Martin stand hinter ihr und wartete.

»Hallo«, sagte er und näherte seine Wange meiner und legte gleichzeitig eine Hand auf meinen Rücken, aber ohne die Bewegung zu vollenden, so dass sich unsere Wangen nicht berührten.

Außerdem vermied er es sorgsam, mich anzusehen.

Manchmal kam mir der Gedanke, dass er mich attraktiv fand und so auffällig ausweichend war, weil er nicht wollte, dass jemand Verdacht schöpfte.

»Hallo, Martin, wie geht's?«, sagte ich.

»Gut«, sagte er, setzte sich wieder und sah Sigrid an. »Oder geht es mir etwa nicht gut?«

»Doch, dir geht es richtig gut«, sagte Sigrid.

»Gibt es was Neues?«, fragte Gaute, der zurückgelehnt saß,

die unbehaarten Beine übereinandergelegt und den Kopf leicht arrogant zurückgeworfen.

»Neues verbinde ich jetzt nicht unbedingt mit Martin«, sagte Sigrid und lachte.

Hatten sie sich gestritten, bevor sie zu uns kamen? Sie mussten sich gestritten haben.

»Wein oder Bier, Kathrine?«, fragte Gaute.

»Vielleicht ein Bier«, sagte ich und setzte mich.

Der Tisch sah schön aus, gedeckt mit Meeresfrüchten, Zitronen, Brot, Butter, den blauen Glastellern und einer grün und schlank aufragenden Weinflasche, alles auf einer weißen Decke.

»Kommt essen, Kinder!«, sagte Gaute.

Die Kinder krabbelten aus ihrer Hütte, setzten sich an den kleinen Tisch neben dem großen und nahmen sich Würstchen und Brot.

»Wisst ihr, was ich heute gesehen habe?«, sagte Sigrid zu ihnen.

Sie schüttelten den Kopf und sahen sie an.

Dachten *sie*, dass Sigrid schön war?

Nein, das kam sicher erst später.

Tat Peter es vielleicht?

»Ich habe im Garten gesessen. Dann habe ich hinter dem Zaun ein Geräusch gehört. Und auf einmal ist ein Fuchs darauf gesprungen.«

»Ein Fuchs!«, sagte Marie.

»Ja!«, sagte Sigrid. »Er stand einfach da und hat mich angesehen. Und dann ist er wieder heruntergesprungen und in den Wald zurückgelaufen.«

»Sind Füchse gefährlich?«, fragte Marie.

»Nein, spinnst du«, sagte Peter.

»Eigenartig«, sagte Gaute.

Martin sagte nichts, obwohl er sich wahrscheinlich das eine oder andere dazu dachte. Er löste einen Teil der Innereien aus dem Schädel des Taschenkrebses und schmierte sie mit gebeugtem Rücken und auf den Tisch schauend auf eine Scheibe Brot.

»Und was habt ihr seit neulich so gemacht?«, fragte Sigrid.

»Kathrine war letztes Wochenende auf einem Seminar, und ich war mit den Kindern hier«, sagte Gaute. »Wir waren draußen in Nordnes und sind schwimmen gegangen, es war schön.«

»Im Meer?«

»Nein, nein, in dem Schwimmbad dort. Ansonsten haben wir die ganze Woche gearbeitet. Nichts Besonderes. Und ihr?«

»Auf der Arbeit ist nichts los«, sagte Sigrid. »Das Leben ist nach den Sommerferien noch nicht wieder richtig in Schwung gekommen.«

»Aber ein bisschen ist schon passiert, oder?«, sagte Gaute. »Zum Beispiel diese vier Jugendlichen, die verschwunden sind?«

»Das fällt nicht wirklich in mein Ressort«, sagte Sigrid. »Was Martins Arbeit angeht, hat er gerade eine interessante Wahl getroffen. Stimmt's Martin?«

Martin sah sie an, und in seinen Augen blitzte etwas auf wie Wut.

»Mag sein«, sagte er. »Aber ich bin mir sicher, dass es interessantere Gesprächsthemen gibt als das.«

»Ach, komm schon«, sagte Gaute. »Was hast du gemacht?«

»Er gibt das Thema für seine Doktorarbeit auf und fängt mit einem neuen noch einmal von vorne an«, sagte Sigrid.

»Bist du nicht fast fertig?«, sagte Gaute.

»Nicht wirklich«, sagte Martin. »Vor mir liegt noch mindestens ein halbes Jahr Arbeit.«

»Und was ist passiert?«, fragte ich.

Er zuckte mit den Schultern.

»Er will jetzt über die Gedanken von Bäumen schreiben«, sagte Sigrid und lachte.

Lach nicht über ihn, dachte ich.

Er sah sie an. Dann legte er seine Serviette auf den Tisch, und einen Moment lang dachte ich, er würde aufstehen und gehen.

»Ich finde, das klingt interessant!«, sagte ich.

»Das tut es nicht«, sagte Sigrid. »Wenn du mich fragst, klingt das *ziemlich* bescheuert.«

»Lasst uns hören, was der Mann selbst dazu meint«, sagte Gaute. »Worüber willst du schreiben?«

Martin seufzte.

»Ich habe mich noch nicht einmal entschieden«, sagte er.

»Doch, das hast du«, sagte Sigrid.

Wenn sie sich nicht gestritten hatten, bevor sie zu uns kamen, würden sie es hinterher tun, dachte ich.

»*Können* Bäume denken?«, fragte Gaute.

Als er das sagte, sackte ich innerlich zusammen. Manchmal war er einfach so ... ja, *dumm*.

Gleichzeitig rettete er die Situation, denn Martin biss an.

»Nein, wirklich denken können sie nicht«, sagte er. »Aber wenn ich es erklären soll, müssen wir woanders ansetzen. Jeder von uns weiß natürlich, was Gedanken sind. Aber im Grunde wissen wir nicht, was sie *sind.*«

»Sind es nicht nur chemische und elektrische Signale im Gehirn?«, fragte Gaute.

»Sicher, aber es ist ein Sprung von den biologischen Prozessen dazu, wirklich einen Gedanken zu *haben*. Was ist ein Gedanke?«

»Das wüsstest du gern!«, sagte Sigrid und lachte.

Martin lächelte zum Glück.

»Das Bewusstsein ist das größte Rätsel, das es gibt. Keiner weiß, was es ist. Keiner. Und genauso wenig, warum es existiert. Nietzsche meinte, dass wir jeder für sich genommen problemlos ohne es auskommen könnten.«

»Die ewige Wiederkunft«, sagte Gaute. Martin warf ihm einen kurzen Blick zu, ehe er weitersprach.

»Das Bewusstsein ist wie eine Art Ort, an dem wir für uns selbst sichtbar werden. Aber warum tun wir das? Wozu soll das gut sein? Wenn wir uns selbst sehen, sehen wir uns von außen – also exakt so, wie andere uns sehen. Und das war es, was Nietzsche begriff, dass es das Bewusstsein für die Gemeinschaft gibt. Es existiert für das, was zwischen den Menschen ist. Und das ist der Punkt, an dem manche denken, dass es auch noch andere Formen des Bewusstseins gibt. Andere Formen von Intelligenz. Nehmen wir den Wald. Der Punkt ist, dass dieses Bewusstsein oder diese Intelligenz uns so fremd ist, dass wir nicht einmal erkennen können, dass sie da ist.«

»Das ist sehr interessant«, sagte ich.

»Aber in einem halben Jahr wäre er fertig gewesen und hätte sich eine Arbeit suchen können«, sagte Sigrid.

»Das heißt, ein Baum kann nicht denken«, sagte Martin. »Aber die Bäume können. Das Ökosystem als Einheit ist dazu in der Lage. Dass das ausgerechnet jetzt hochkommt, hängt vielleicht damit zusammen, dass man versucht, künstliche Intelligenz zu erschaffen. Wir wissen auch nicht, wie die aussehen wird.«

»Wie was aussehen wird?«, fragte Gaute.

»Künstliche Intelligenz«, sagte ich. »Aber Martin, völlig neue Gedanken sind das doch eigentlich nicht?«

»Was meinst du?«

»Vor langer Zeit glaubten die Menschen, alles wäre lebendig, dass der Wald voller Geister wäre, ja sogar, dass der Wald ein Geschöpf wäre.«

»Aber das war doch nur Aberglaube«, sagte Martin. »Hier geht es um Wissenschaft.«

Nach Martins kleiner Vorlesung wurde es minutenlang still, bis das Gespräch wieder in Gang kam und wir zusammensaßen und aßen und tranken und über dieses und jenes sprachen. Die Sonne verschwand hinter den Baumwipfeln, das Blau des Himmels wurde dunkler und ging allmählich in Schwarz über. Seltsam war, dass die Luft nach Sonnenuntergang nicht kühler wurde, sondern heiß, fast brennend blieb.

Etwas später gingen Gaute und Martin mit den Kindern ins Haus, um sie ins Bett zu bringen. Sobald sie außer Sichtweite waren, zündete Sigrid sich eine Zigarette an und lehnte sich auf ihrem Stuhl zurück.

Ich holte die Lampe aus dem Schuppen, zündete den Docht an und stellte sie auf den Tisch.

»Möchtest du noch etwas Wein?«, sagte ich.

»Ja, bitte«, sagte Sigrid.

Ich schenkte erst ihr, dann mir ein.

»Prost«, sagte ich.

»Prost«, sagte sie. »Auf denkende Bäume!«

»Das ist doch nicht so schlimm«, sagte ich. »Ich meine, solange ihr finanziell klarkommt.«

»Es geht nicht ums Geld. Ich habe es nur so verdammt satt. Dass nie etwas daraus wird, dass er nie mit etwas fertig wird. Verstehst du? Keine Ergebnisse, nichts Konkretes, nicht einmal die Doktorarbeit ist fertig. Tagein, tagaus die gleiche Leier. Er soll doch ein Vorbild für die Kinder sein, nicht wahr, bei ihm sehen sie, was ein Mann ist. Und dann kommt er mit so was an.«

»Es *ist* wirklich interessant«, sagte ich.

Sie verdrehte die Augen und sah mich an. Dann zog sie an ihrer Zigarette und trank einen Schluck Wein.

Über dem Berg auf der anderen Seite des Tals wurde der Himmel heller. Das ist sicher der aufgehende Mond, dachte ich und drehte mich um, so dass ich das Kinderzimmer mit den beiden erleuchteten Fenster sehen konnte.

»Du bist ja Pfarrerin«, sagte Sigrid. »Wenn es um fantastische Theorien und unsichtbare Mächte geht, bist du befangen.«

»Es gibt vieles, was wir nicht wissen«, sagte ich.

»Das stimmt nicht. Es ist umgekehrt. Es gibt vieles, was wir wissen.«

Was in aller Welt war das?

»Sieh mal!«, sagte ich.

Sigrid drehte sich um.

»Ach du Scheiße«, sagte sie.

Ein riesiger Stern ging über dem Berg auf.

»Hallo!«, rief Gaute von der Veranda. »Habt ihr ihn auch gesehen?«

Er überstrahlte alles.

»Ja, er ist ja nicht zu übersehen«, rief Sigrid zurück.

Als würde er uns sehen, dachte ich.

Gaute und Martin gingen über den Rasen. Gaute mit aufgeregten Bewegungen.

»Was denkt ihr, was das ist?«, fragte er und blieb, den Blick zum Himmel gerichtet, stehen. »Ein UFO? Ha ha ha!«

»Das ist eine Supernova«, sagte Martin. »Ein Stern, der irgendwo in der Galaxis aufflammt, ehe er erlischt.«

»Aber er ist doch ganz nah«, sagte Sigrid.

»Oh nein, er ist weit weg«, sagte Martin. »Was wir jetzt sehen, ist in Wahrheit vor Hunderten von Jahren passiert.«

»Was glaubst du, Kathrine?«, sagte Gaute.

»Ich habe keine Ahnung«, antwortete ich. »Aber was du sagst, Martin, klingt für mich überzeugend.«

Eine Weile schauten wir alle zu ihm hoch. Der Anblick löste in mir eine Angst aus, die ich in Gedanken zu bekämpfen suchte, indem ich mir sagte, dass es ein Naturphänomen war, kein Zeichen, und dass ein Stern uns nicht sehen, nicht an uns denken, uns nicht verurteilen konnte.

Nach ein paar Minuten war es, als könnten wir ihn unmöglich weiter betrachten, als hätten wir alles gesehen, was es dort zu sehen gab. Gaute füllte die Gläser und setzte sich. Sigrid zündete sich eine neue Zigarette an, und ich überlegte, ob ich den Nachtisch holen sollte oder ob wir nur einen Kaffee trinken sollten. Aber der Stern verschwand nicht einfach aus dem Bewusstsein, alle sahen regelmäßig zum Himmel hinauf, auch ich, und selbst wenn ich es nicht tat, war mir seine Gegenwart dennoch bewusst.

Hatten die anderen Angst?

Es sah nicht so aus.

»Schlafen die Kinder?«, fragte Sigrid.

»Ach was«, sagte Gaute. »Aber das macht doch nichts, sie haben morgen ja keine Schule. Sie haben Spaß zusammen.«

»Das war schon immer so«, sagte Sigrid. »Peter ist Theos Held.«

»Immer noch?«, sagte Gaute.

»Ja, klar. Er redet ständig von ihm.«

»Und was machen sie jetzt?«, fragte ich.

»Sie wollen Theater spielen«, sagte Martin. »Peter und Helene schreiben etwas und führen Regie und spielen die Hauptrollen, Theo und Marie sind Statisten.«

»Toll, dass sie nicht über ihren Bildschirmen hängen«, sagte ich und stand auf. »Wer möchte einen Kaffee?«

Auf der Treppe fiel mir ein, dass Mutter gesagt hatte, sie

würde mich anrufen, sobald sie angekommen war. Ich stellte die Teller auf die Arbeitsplatte und checkte das Telefon. Nichts. Hinter mir trugen Martin und Gaute die restlichen Sachen herein, die noch auf dem Tisch gestanden hatten. Anscheinend hatte sie es vergessen. Obwohl ihr das eigentlich gar nicht ähnlich sah.

»Wo soll ich das hinstellen?«, fragte Martin.

»Stell es einfach auf die Arbeitsplatte«, sagte ich. »Danke.«

Ich leerte die Schalen in eine Tüte und band sie zu, ehe ich sie in den Mülleimer unter der Spüle legte. Als Gaute anfing, Teller und Gläser in die Spülmaschine zu räumen, ging ich in mein Arbeitszimmer, schloss die Tür, rief Mutter an und sah dabei zu dem Stern hinauf. Er stand jetzt höher am Himmel und war nicht mehr so beunruhigend.

Sie meldete sich nicht.

Ich rief noch einmal an. Hinter mir ging die Tür auf. Ich drehte mich um. Es war Gaute. Als er sah, dass ich am Telefon war, schloss er die Tür wieder.

Entweder es stimmte etwas nicht, oder sie hatte vergessen, den Akku aufzuladen.

Ist alles in Ordnung?, schrieb ich und kehrte in die Küche zurück. Gaute hatte die Kaffeemaschine angestellt, die Beeren auf eine Platte gelegt und holte gerade Tassen und Gläser heraus.

»Kann ich dir helfen?«, fragte ich.

»Du könntest dich vielleicht um unsere Gäste kümmern, wenn du nicht mehr telefonierst«, sagte er, ohne mich anzusehen.

»Die kommen auch ein paar Minuten ohne mich zurecht«, sagte ich. »Stimmt was nicht?«

»Nein, nein«, sagte er und öffnete die Kühlschranktür, zog die Schublade des Gefrierteils auf.

»Okay«, sagte ich. »Ich nehme schon mal mit, was ich tragen kann.«

Ich ging an ihm vorbei, als er sich mit einem Becher Eis in der Hand aufrichtete, nahm das große Tablett, das zwischen Wand und Mikrowelle steckte, und begann, Tassen, Teller und Eis darauf zu stellen.

»Wen hast du angerufen?«, fragte Gaute.

»Meine Mutter«, sagte ich.

»Um diese Uhrzeit?«

»Ja, sie hat gesagt, sie ruft an, sobald sie im Sommerhaus ist, aber das hat sie nicht getan, deshalb wollte ich mal nachhören.«

»Okay«, sagte er und vermied weiterhin meinen Blick.

In der Etage über uns ertönten auf einmal laute Kinderstimmen und Gelächter. Die Geräusche bewegten sich durch den Flur und erreichten die Treppe.

»Können wir euch das Theaterstück vorspielen?«, fragte Peter, als die kleine Schar unmittelbar darauf in die Küche polterte. »Bitte?«

»Ihr seid noch nicht im Bett?«, sagte ich. »Es ist schon spät!«

»Natürlich könnt ihr das«, sagte Gaute. »Ich bin gespannt, was ihr euch ausgedacht habt!«

Zehn Minuten später waren wir Zuschauer, bei der Uraufführung des Theaterstücks unserer Kinder. Peter war ein Schneemann, hatte sich ein weißes Laken um den Körper gewickelt und sich meine weiße Mütze geliehen.

»Ich gehe und gehe in einem fremden Land«, sagte er und stolzierte auf dem Rasen vor uns auf und ab. »Hui, ist das hier heiß! Oh nein, ich schmelze! Ich sterbe!«

Er ging auf die Knie.

Helene trat auf, sie hatte Maries Diadem auf dem Kopf und Flügel auf dem Rücken, und in der Hand hielt sie einen Zauberstab. Hinter ihr gingen Theo und Marie, sie hatten beide Kissen vor die Bäuche gebunden und Zipfelmützen auf den Köpfen, ohne dass klar wurde, was sie darstellten.

»Ich gehe und gehe in einem fremden Land«, sagte Helene und ging auf und ab, während die Kleinen dicht hinter ihr her trabten.

Plötzlich fiel ihr Blick auf den Schneemann.

»Wer bist du, und was tust du hier?«, fragte sie.

»Ich bin der Schneemann Sam«, sagte Peter. »Hilf mir, hilf mir, ich schmelze!«

»Ich kann dir nicht helfen, ich habe keine Macht über Wetter und Wind. Aber ich kenne jemanden, der dir vielleicht helfen kann«, sagte Helene. »Halt durch!«

»Beeil dich, beeil dich!«, sagte Peter und sank noch mehr in sich zusammen, während die drei anderen wieder hin und her gingen. Dann richtete Peter sich auf, zog Laken und Mütze aus, stand da und starrte mit finsterer Miene in den Himmel.

»Zauberer, Zauberer«, sagte Helene und ging zu ihm. »Kannst du über Wetter und Wind bestimmen?«

»Das kann ich«, sagte Peter. »Möchtest du es kälter oder wärmer haben?«

»Kälter, bitte. Ein Schneemann steht in der Wüste und schmilzt.«

»Ooh, Nordwind! Ooh, Schnee und Frost!«, sagte Peter und streckte die Arme hoch. »Kommt und macht das Wetter kälter!«

»Danke, lieber Zauberer«, sagte Helene und ging zusammen mit den beiden Kleinen zur Seite, während Peter erneut Laken und Mütze anzog. Diesmal legte er sich hin.

»Ich sterbe«, sagte er. »Aber was ist das! Es wird kälter! Ein Wunder ist geschehen!«

Langsam richtete er sich auf. Die drei anderen gingen zu ihm.

»Danke, gute Fee, dass du mich gerettet hast!«, sagte er. »Willst du meine Frau werden?«

»Ja, das will ich«, sagte Helene und nahm seine Hand.

Wir klatschten. Gaute rief Bravo. Peter wirkte verlegen.

»Sehr gut habt ihr das alle gemacht!«, sagte ich. »Aber jetzt geht es ins Bett.«

Ich stand auf und begleitete sie nach oben. Peter dicht neben mir.

»Hat es dir gefallen, Mama?«, fragte er.

»Ja, na klar«, sagte ich und strich ihm durchs Haar.

»Ich habe an das Klima gedacht«, sagte er.

»Das habe ich mir gedacht«, sagte ich. »Aber vielleicht kannst du die anderen beim nächsten Mal auch eine Hauptrolle spielen lassen?«

Er sah zu mir hoch.

»Ich habe mir alles ausgedacht«, sagte er. »Die anderen hatten gar keine Ideen.«

»Sieh mal, dann hast du noch einen guten Grund, sie mitmachen zu lassen«, sagte ich. »Komm jetzt, ab ins Bett.«

Plötzlich machte er Tempo. Lief die Treppe hoch und in den Flur. Als ich ins Zimmer kam, lag er mit dem Gesicht zur Wand im Bett. Die anderen lagen auf ihren Matratzen.

Ich setzte mich auf seine Bettkante.

»Was ist, Peter?«, fragte ich und strich ihm durchs Haar.

Er antwortete nicht. Blieb ganz starr und regungslos liegen.

»Du bist sehr gut gewesen«, sagte ich. »Es war ein ganz tolles Stück.«

Er antwortete nicht.

Ich stand auf.

»Schlaft gut«, sagte ich. »Mama und Papa holen euch zwei bald.«

»Gute Nacht, Mama«, sagte Marie.

Ich schaltete das Licht aus und ging.

Auf der Veranda blieb ich stehen und sah zu dem Stern hinauf. Als würde er den Himmel neu definieren. Jetzt zählte nur er allein.

Etwas Schreckliches würde geschehen.

Das sagte er.

Etwas Schreckliches würde geschehen.

Kurz nach Mitternacht trugen Sigrid und Martin ihre schlafenden Kinder zum Auto. Als sie sich für den Abend bedankt hatten und gefahren waren, gingen Gaute und ich in die Küche und begannen aufzuräumen und zu spülen. Das machten wir immer, wenn wir Besuch gehabt hatten; egal, wie verführerisch es erschien, sich direkt ins Bett fallen zu lassen, ging doch nichts über das Gefühl, nach einem langen Abend mit einer sauberen und aufgeräumten Küche aufzuwachen. Normalerweise unterhielten wir uns über die Gäste und was gesagt worden war, aber an diesem Abend wechselten wir kein Wort. Stumm und mürrisch ließ Gaute Wasser über Gläser und Teller laufen, während ich die Spülmaschine ausräumte, und als ich anfing, sie wieder zu füllen, ging er wortlos hinaus, wahrscheinlich, um die restlichen Sachen zu holen, die noch draußen auf dem Tisch standen.

Ich war müde, erschöpft und besorgt, denn Mutter hatte sich immer noch nicht gemeldet, und brachte nicht die Energie auf, für bessere Stimmung zu sorgen. Außerdem würde ihm das nur die Chance geben, einen Streit vom Zaun zu brechen.

Ich legte einen Tab in das kleine Fach der Spülmaschine, machte sie zu und stellte sie an. Ohne auf Gaute zu warten, ging ich ins Schlafzimmer, schminkte mich ab, wusch mir das Gesicht, putzte mir die Zähne und zog mich aus. Als ich zu meiner Seite des Betts kam, sah ich, dass die Schachtel mit dem Schwangerschaftstest auf dem Nachttisch lag.

Hatte ich sie dahin gelegt?

Daran konnte ich mich gar nicht erinnern.

Aber ich habe es ganz offensichtlich getan, dachte ich.

Ich nahm sie und steckte sie zwischen Bettpfosten und Wand, ehe ich die Decke zur Seite zog und mich ins Bett legte. Obwohl es viel zu warm für eine Decke war, konnte ich nicht ohne schlafen, es kam mir unnatürlich vor zu schlafen, ohne etwas über mir zu haben. Die Laken, die sie im Süden benutzten, waren auch nichts für mich, wenn wir dort Urlaub machten, durchwühlte ich auf der Suche nach richtigen Decken immer die Schränke. Es ging um das Gewicht und um die Geborgenheit, die sie mir schenkte, aber auch um die Gewohnheit.

Die Lösung bestand darin, mit einem Bein über und einem Bein unter der Decke auf der Seite zu liegen.

Was für ein Tag.

Und wie sensibel Peter war.

Manchmal war er deshalb fast unfähig zu funktionieren. Er musste lernen, härter zu werden, mehr auszuhalten.

Warum hatte Mutter nicht angerufen?

Sollte ich es noch einmal versuchen?

Ich setzte mich halb auf, legte mich dann aber wieder hin.

Konnte mich nicht dazu aufraffen.

Die Übelkeit war zum Glück verschwunden.

Das musste nichts heißen. Entscheidend war, wie es morgens aussah.

Ich war natürlich nicht schwanger.

Woher kamen diese ganzen Fantasien?

Der Doppelgänger. Die Schwangerschaft.

Hoffentlich war es nur Einbildung.

Ich war doch zu alt dafür. Die Gefahr eines Chromosomenfehlers stieg mit jedem Lebensjahr.

Würde ich es nicht annehmen?

Ein Geschenk Gottes?

Ein Kind?

Das musste ich doch.

Kannte Gott alle meine Gedanken?

Wie dumm du bist. Gott ist allmächtig, Gott ist allgegenwärtig, aber nicht persönlich.

Ich bin also auf der sicheren Seite.

Aber was für ein furchtbarer Gedanke das ist, dass jemand alles weiß, was du jemals gedacht hast. Um es dir dann, wenn das Leben vorbei ist, vorzuhalten.

So viele dumme Gedanken. So viele hässliche und böse. Und rechtfertigende.

Was war mit Gaute los?

Ich hasste es, wenn er so war. Es füllte alle Räume, unmöglich, sich dem zu entziehen.

Sollte einfach darüber lachen.

Lachen hatte er nichts entgegenzusetzen.

Aber das schaffte ich nicht.

Was für ein schrecklicher Gedanke die ewige Wiederkunft war.

Aber dass jemand absolut alle Gedanken kennt, die man jemals hatte, war noch schrecklicher.

Warum war das so?

Denn es *war* doch so?

Die Vorstellung von der ewigen Wiederkunft führte dazu,

dass man möglichst gut handeln musste, denn alles, was man tat, würde man ja wieder und wieder bis in alle Ewigkeit tun. Aber wenn jemand alles wusste, was man dachte, musste man so gut wie möglich denken. Und das war unerträglich.

Oh, diese Hitze.

Ich drehte mich auf die andere Seite, so dass die Decke auf der Haut für einen Moment kühl war.

Gaute kam die Treppe herauf, mit schweren Schritten.

Ich öffnete die Augen und sah ihn im Türrahmen stehen.

»Von wem bist du schwanger?«, fragte er.

Ich setzte mich auf.

»Wovon redest du?«

»Ich denke, ich habe ein Recht, das zu erfahren.«

»Aber Gaute«, sagte ich. »Lieber Gaute. Das glaubst du?«

»Warum hattest du einen Schwangerschaftstest in der Tasche? Und warum hast du ihn jetzt versteckt?«

»Du hast meine Tasche durchsucht?«

»Das tut jetzt nichts zur Sache. Beantworte meine Frage.«

»Mir ist ein paar Tage übel gewesen, da ist mir der Gedanke gekommen, dass ich schwanger sein könnte.«

»Von wem?«

»Von keinem. Ich bin nicht schwanger. Aber wenn ich schwanger wäre, dann natürlich von dir.«

»Wir schlafen doch gar nicht mehr miteinander«, sagte er.

»So lange ist es nun auch wieder nicht her«, sagte ich. »Aber das ist absurd. Ich kann unter diesen Voraussetzungen nicht mit dir reden.«

»Wen hast du vorhin angerufen, als du dich in deinem Zimmer versteckt hast?«

»Hör auf damit«, sagte ich. »Ich habe dir doch schon gesagt, dass ich meine Mutter angerufen habe.«

»Darf ich mal dein Telefon sehen.«

»Nie im Leben. Jetzt gehst du zu weit, Gaute. Ich lasse mir das nicht gefallen. Glaubst du wirklich, dass ich lüge?«

»Ja.«

Er drehte sich um und stieg die Treppe wieder hinunter.

Ich legte mich aufs Bett zurück und sah zur Decke. Mir war, als würde ich ersticken.

So ging es nicht weiter.

So konnte ich nicht leben.

Ich legte mich auf die Seite, mit dem Kopf auf dem Arm, und schloss die Augen.

Schwarz wurde das Blut durch meine Adern gepumpt.

Was für ein Tag.

Wie klein er war.

Ein kleiner Mensch, das war er.

Ich schlug die Augen wieder auf. Ein schwaches Schimmern, das mir bisher nicht aufgefallen war, lag auf dem Fußboden. Unbewusst hatte ich gedacht, es wäre Mondlicht. Aber es war der neue Stern.

Unten erklang Musik.

Das musste eine von Dylans Platten aus den Siebzigern sein.

Ich stand auf und ging zum offenen Fenster, sah zu dem Stern hinauf, der hoch am Himmel stand und strahlte. Mitten im Kalten, mitten im Schwarzen.

Warum sollte das nicht ein Zeichen für etwas Gutes sein?

Für eine neue Schöpfung, für neues Leben?

Auf dem Nachttisch hinter mir leuchtete das Handy auf.

Das musste Mutter sein.

Ich öffnete ihre Nachricht.

Hallo Kattis, tut mir leid, dass ich mich nicht schon früher gemeldet habe. Ich bin mit Mikael im Krankenhaus, er hatte eine leichte Gehirnblutung. Aber er ist bei Bewusstsein, und die Chancen stehen gut, dass er wieder ganz gesund wird. Ich bin in seinem Zimmer und kann nicht reden. Ich rufe morgen früh an. Alles Liebe, Mama.

ISELIN

Als ich die Treppe hinunterstieg, hämmerte er weiter gegen die Tür, schrie immer noch. Ich hatte Angst, er stand total neben sich, aber er hatte mich gesehen, und in gewisser Weise war es sein Haus, also zwang ich mich, ganz hinunter und zur Haustür zu gehen.

Sie erzitterte bei jedem Schlag, der sie traf.

Lass mich rein, verdammt, rief er.

Ich griff das Schloss mit den Fingern. Aber ich konnte mich nicht überwinden, es zu drehen. Stattdessen machte ich kehrt und ging, so leise ich konnte, wieder die Treppe hoch. Wenn er keinen Schlüssel hatte, war es nicht meine Aufgabe, ihn hereinzulassen.

Ich war nur eine Mieterin. Und er war vor lauter Drogen völlig weggetreten.

Er konnte gefährlich sein.

Ich blieb stehen.

Was machte das eigentlich?

Es passierte etwas. Etwas Wildes und Unvorhergesehenes.

Ich ging wieder nach unten, diesmal ohne zu schleichen.

Blieb vor der Tür stehen, gegen die er immer noch hämmerte.

Schloss auf.

Aber er merkte es nicht, klopfte einfach immer weiter an, so dass ich die Tür vorsichtig zu mir hin aufmachte.

Als er sah, dass sie aufging, stieß er sie hart auf und fiel fast ins Haus, so dass ich an die Wand gedrückt wurde.

Schließ ab! Schließ ab!, schrie er und lief gleichzeitig die Treppe hoch.

Im nächsten Moment hörte ich, dass oben die Tür zu einem der Zimmer zugeschlagen wurde.

Ich schloss die Haustür ab und ging zu meiner Bude hoch, schloss auch deren Tür ab und legte mich wieder ins Bett. Schaltete das iPad aus, wischte mir Gesicht und Hals mit dem Handtuch ab, schloss die Augen.

Unten ertönte ein lauter und durchdringender Schrei.

AAAAAAAAAA!, schrie er. AAAAAAAAAA!

Erschrocken setzte ich mich auf.

Ich hatte noch nie einen so furchtbaren Schrei gehört.

AAAAAAAAA!, schrie er wieder. AAAAAAAAAAAA!

Anscheinend hatte er etwas unglaublich Starkes genommen. Ketamin. Davon bekam man Halluzinationen. Oder LSD.

Der arme Teufel.

Ich musste ihm helfen, oder?

Vielleicht war er gefährlich. Vielleicht glaubte er, ich wäre hinter ihm her, und würde mich umbringen. Ein Messer in der Hand und no more me.

Er war ja total von der Rolle.

Ich stand auf. Blieb stehen, wusste nicht, was ich tun sollte. Dann schrie er wieder, und ich entschied mich. Nahm sicherheitshalber ein Messer aus der Schublade in der Kochnische, ging langsam die Treppe hinunter. Die Tür zu ihren Zimmern stand offen.

NEIN NEIN NEIN, schrie er dort irgendwo.

Ich betrat den Eingangsflur. Wusste nicht, wo er war, blieb stehen, wartete darauf, dass er wieder schreien würde. Aber jetzt war es plötzlich ganz still.

Aus irgendeinem Grund wusste ich auf einmal, dass es die hinterste Tür war. Das Kinderzimmer.

Ich öffnete sie vorsichtig.

Er kniete mit gefalteten Händen mitten im Zimmer. Es war keine Lampe an, aber draußen war es schon ziemlich hell, und ich sah, dass seine Augen zu waren.

»Hallo«, sagte ich leise.

Er riss die Augen auf, kam halb auf die Beine und warf sich gleichzeitig nach hinten, gegen die Wand.

»NEIN!«, rief er. »NEIN! NEIN!«

Er presste seinen Körper an die Wand, starrte mich mit völlig verängstigten Augen an. Weiß der Himmel, was er sah.

»Ich bin es nur«, sagte ich und packte das Messer hinter meinem Rücken fester. »Die Untermieterin. Es passiert nichts Schlimmes. Alles ist gut.«

Er hyperventilierte. Stand an die Wand gepresst wie ein Tier auf der Flucht. Ich rührte mich nicht, und er schien sich zu beruhigen.

»Was hast du da hinter deinem Rücken?«, fragte er.

»Nichts«, sagte ich. »Ich habe nichts hinter dem Rücken.«

»Zeig mir deine Hände«, sagte er.

Ich versuchte, möglichst freundlich zu lächeln.

»Ich habe da nichts«, sagte ich.

»ZEIG MIR DEINE HÄNDE!«, schrie er und kam plötzlich auf mich zu. Ich wich ein paar Schritte zurück, drehte mich um und lief aus dem Zimmer, die Treppe hinauf. Am oberen Ende drehte ich mich um. Er folgte mir nicht. Ich schloss die Tür hinter mir ab und legte mich aufs Bett, und mein Herz hämmerte in meiner Brust, und ich rang nach Luft.

Verdammte Scheiße.

Er war völlig irre, und er war im Haus.

Was sollte ich nur tun?

Ich hielt ein paar Sekunden die Luft an und lauschte.

Jetzt war es ganz still da unten.

Ich zog das Telefon heraus und ging zu den Kontakten.

Als mein Atem sich beruhigt hatte, rief ich die Vermieter an. Ich hatte beide Nummern, entschied mich aber für sie, für Anne.

Sie meldete sich sofort.

»Iselin«, sagte sie. »Stimmt etwas nicht?«

»Hallo«, sagte ich. »Vorhin war da jemand an der Tür. Ich glaube, es ist euer Sohn.«

»Jesper ist da?«

»Ja. Aber er steht völlig neben sich. Er heult und schreit. Ich habe versucht, mit ihm zu reden, aber er hat mich nach oben gejagt. Ich glaube, er hat etwas genommen. Es kommt mir vor, als hätte er Halluzinationen. Ich weiß nicht, was ich tun soll. Ihr könnt von dort aus bestimmt auch nichts tun. Aber ich dachte, dass ihr vielleicht jemanden wisst, den ich anrufen kann.«

»Hast du es nicht gehört?«, fragte sie. »Jesper war verschwunden. Wir sind jetzt in Amsterdam. Auf dem Heimweg, um uns auf die Suche nach ihm zu machen. Dann ist er also da! Bist du sicher, dass er es ist?«

»Ich denke schon. Er klopfte und rief nach seiner Mama. Was denkst du, was soll ich tun? Ich habe wirklich Angst.«

»Was tut er?«

»Er schreit. Er ist wie besessen. Man kann nicht mit ihm reden.«

»Wie furchtbar«, sagte sie. »Aber wir sind erst morgen Vormittag zu Hause. Hör zu. Ich rufe dich in ein paar Minuten zurück. Okay?«

»Okay«, sagte ich.

Mit dem Telefon in der Hand stand ich auf und ging zum Fenster, lehnte mich hinaus. Draußen stand die heiße Luft wie eine Wand.

Ein neuer Schrei drang von unten an mein Ohr. Er ging mir durch Mark und Bein.

Ich hatte das Gefühl, als hätte er etwas anderes gesehen, als er mich sah. Er schien sich in einer anderen Welt zu befinden, in der alles etwas anderes bedeutete.

Das Telefon klingelte.

»Iselin?«, sagte sie. »Bist du noch da?«

»Ja«, sagte ich.

»Wir haben die Polizei angerufen. Sie müssten eigentlich bald da sein. Was passiert gerade?«

»Keine Ahnung. Ich bin oben in meinem Zimmer. Aber er hat unten geschrien.«

»Danke, Iselin«, sagte sie wieder. »Es tut mir so leid, dass du das erleben musst. Aber es ist bald vorbei.«

Als ich die Verbindung beendete, war es unten ganz still. Ich legte mich wieder aufs Bett. Schweiß lief aus meinen Achselhöhlen und die Seiten hinab. Ich kratzte mich, wischte die Stirn mit dem Handtuch ab.

Jetzt war es die Stille, die beunruhigend war.

Hatte er sich umgebracht?

Dazu könnte er durchaus im Stande sein.

Er war ganz bestimmt nicht einfach eingeschlafen.

Ich stand auf und ging wieder zum Fenster. Das Haus lag in einer Sackgasse, die Polizei konnte also nur von unten kommen.

Noch nichts.

Ich sollte besser warten, bis sie da waren, aufschließen und ihnen die Situation erklären. Aber der Gedanke, dass er da unten tot oder verletzt lag, ließ mich einfach nicht los.

Ich schloss die Tür mit dem kleinen Schlüssel auf und ging so leise ich konnte die Treppe hinunter. Im Flur blieb ich stehen und lauschte.

Kein Mucks.

Ein Auto fuhr auf der Straße, und ich drehte mich um und sah aus dem Fenster. Es war die Polizei. Das Blaulicht war an, die Sirene nicht. Zwei Männer und eine Frau stiegen aus. Sie sprachen kurz miteinander und sahen dabei an dem Gebäude hoch.

Im Haus war es weiter still.

Einer von ihnen klopfte an, und es war, als würde ein Schauspieler in einem Film, den man sah, plötzlich an die Tür des Zimmers klopfen, in dem man saß.

Ich ging möglichst leise die letzten Treppenstufen hinunter und machte ihnen auf.

»Hallo«, sagte die Polizistin. »Sie sind Iselin?«

Ich nickte.

»Ist er da oben?«

»Ja. Aber jetzt ist er ganz still. Vielleicht schläft er. Vorhin war er echt total wirr.«

»Hat er Ihnen etwas getan?«

Ich schüttelte den Kopf.

»Er hat nur total abgefahren herumgeschrien. Und dann ist er auf mich zugekommen, aber da bin ich weggelaufen, und er ist mir nicht gefolgt.«

»Sie haben ein Zimmer unter dem Dach?«

»Ja.«

»Ist es okay, wenn Sie uns die Wohnung zeigen, in der er ist? Danach können Sie in Ihr Zimmer gehen und weiterschlafen. Wir kümmern uns um ihn.«

Sie folgten mir die Treppe hinauf.

»Da drinnen ist er«, sagte ich, und sie blieben vor der Tür stehen und klopften an, während ich zu meinem Zimmer hochging. Ich ließ die Tür aufstehen und blieb regungslos mitten im Raum stehen, um zu hören, was unten passierte.

Wenn sie ihn mitnehmen, machen sie es wirklich leise, dachte ich.

Kein Geschrei, kein Poltern, keine Gewalt.

Kurz darauf hörte ich Schritte auf der Treppe. Ich schob die Tür schnell zu, ohne sie abzuschließen, und legte mich aufs Bett.

Es klopfte.

Es war die Polizistin.

»Wir können ihn nicht finden«, sagte sie. »Es sieht nicht so aus, als wäre er noch hier.«

»Was?«, sagte ich. »Das kann nicht sein. Das Haus ist sehr hellhörig. Wenn er rausgegangen wäre, hätte ich es gehört.«

»Könnte er im Erdgeschoss sein? Da ist abgeschlossen. Ich nehme an, Sie haben keinen Schlüssel?«

Ich schüttelte den Kopf.

»Okay«, sagte sie. »Dann können wir hier nichts mehr tun. Sollte er zurückkommen, rufen Sie bitte diese Nummer an. Ich setze mich jetzt mit seiner Mutter in Verbindung.«

Sie gab mir eine Karte, die ich auf den Tisch legte.

»Danke für Ihre Hilfe«, sagte sie und ging wieder nach unten. Kurze Zeit später sprang der Wagen an und fuhr, diesmal ohne Blaulicht, langsam die Straße hinab.

Ich sperrte die Zimmertür ab, legte mich ins Bett und schloss die Augen. Ich war mir sicher, dass er irgendwo im Haus war. Ich hätte es gehört, wenn er gegangen wäre.

Wenn sich das Ganze nicht in meinem Kopf abgespielt hatte?

Ich setzte mich auf.

Wie das Feuer?

Das war nicht möglich. Das konnte nicht sein.

Alles war wirklich gewesen. Er hatte geklopft und gerufen, ich war hinuntergegangen und hatte aufgemacht, er hatte mich an die Wand gestoßen und war hochgelaufen, ich war zu ihm hineingegangen, er hatte sich gegen die Wand geworfen und panische Angst vor mir gehabt.

Es konnte echt nicht sein, dass mein Gehirn das alles zusammengesponnen hatte.

Aber wo war er dann hin?

Ich ging zum Fenster, stützte die Hände auf die Fensterbank und lehnte mich hinaus. Der Himmel über den Bergen war heller geworden, und die Sterne waren so verblasst, dass sie fast unsichtbar waren, aber nicht der neue, der weiter hell und klar leuchtete.

JOSTEIN

Ich war vielleicht nicht der glücklichste Mensch auf der Welt, als ich die Tür hinter mir schloss und im Laufschritt den Flur entlang zum Aufzug eilte, aber Scheiße, viel fehlte nicht. Ein Dreifachmord, so etwas sah man nicht alle Tage. Und wenn Geir sagte, dass es das Fürchterlichste war, was er jemals gesehen hatte, dann musste es schlimm sein. Ein Serienmörder lief frei herum, besser ging es ja gar nicht. Außerdem hatte ich plötzlich ein Alibi für Turid, sie konnte ja nicht wissen, wann ich dorthin gerufen worden war. Und die kleine Künstlerbraut im Hotelzimmer blieb, soweit ich wusste, vielleicht noch einen Tag. Wenn ich den Artikel geschrieben hatte, konnte ich auf einen Sprung bei ihr vorbeischauen und nachsehen.

Als ich in die Lobby kam, erwartete ich aus irgendeinem Grund, dass es Winter war, dass draußen der Schnee in Wällen an den Hauswänden liegen und der schwarze Himmel voller wehender Schneeflocken sein würde. Aber so war es definitiv nicht. Es war so sommerlich, wie es nur ging. Die Luft stand vor der Tür und war so heiß, dass man hätte meinen können, es wäre mitten am Tag.

An dem Taxistand am Hügel wartete kein einziger Wagen. Ich zündete mir eine Fluppe an und gab die Adresse in die Taxi-App ein. Als Fahrtziel schrieb ich zuerst Svartediket, löschte das aber wieder, kein Mensch würde mich mitten in der Nacht da rauffahren. Stattdessen ging ich auf Google Maps, um zu schauen, welche Straßen da hochführten. Die Kreuzung Svartediksveien und Stemmeveien sah gut aus.

Sechs Minuten war sie entfernt.

Ich stand da und sah, wie der schwarze Käfer auf der Map wendete und Kurs aufs Stadtzentrum nahm.

Vor mir lag leer und verlassen der Torgallmenningen. Aus einer Wohnung ganz oben erklang jäh Musik. Ich schaute hoch und sah drei Typen mit Flaschen in den Händen auf einen Balkon hinaustreten.

Sie waren geschlachtet worden, hatte er gesagt.

Mit einem Bolzenschussgerät? Oder einer guten alten Axt?

Und gehäutet?

Das war extrem.

Warum hatte er das getan?

Oder sie. Es waren vier junge Männer gewesen. Da war mehr als ein Mörder durchaus vorstellbar. Aber hatte er nicht gesagt, es seien nur drei getötet worden? Und wo war dann der vierte?

Wahrscheinlich hatte er die anderen drei umgebracht. Und sie hatten ihn nicht gefasst, also war er noch auf freiem Fuß. Vielleicht war er jetzt, während ich hier herumstand, in der Stadt.

Das Taxi war im Tunnel, und ich schnippte die Zigarette weg und ging zur Straße, wo es bald auftauchen würde.

In den Bäumen über mir zwitscherten schon die Vögel. Tirili tirila, wir sind schon alle da, tirili tirila, bald sind wir nicht mehr da, sangen sie wie üblich.

Da erst sah ich, dass auf der anderen Straßenseite ein Mann an der Wand lehnte und mich anstarrte. Oder doch nicht mich? Der Typ war bestimmt nur ein Besoffener, der ins Leere glotzte, während er Kraft für die letzten Meter nach Hause sammelte.

Ich sah die Straße hinauf, woher das Taxi kommen musste. Sie war leer, und ich öffnete die App, um nachzusehen. Auf ihr hatte der schwarze Käfer vor dem *Hotel Norge* gehalten.

Ich schaute mich um.

Die Apps arbeiteten nicht immer ganz genau.

Nirgendwo ein Taxi.

Konnte man die Taxis nicht seit Neuestem direkt anrufen?

Es gab jedenfalls ein Telefonsymbol. Ich drückte darauf und hob das Handy ans Ohr, ging ungeduldig auf und ab. Da oben waren sie jetzt mit den Leichen zugange, und es würde nicht lange dauern, bis andere Journalisten Wind von der Sache bekamen.

Es klingelte und klingelte.

Am Ende gab ich auf und kehrte ins Hotel zurück. An der Rezeption war keiner, und ich schlug mit der Hand fest auf die Klingel.

Ein langer Lulatsch in einem zerknitterten Anzug kam aus dem Hinterzimmer und betrachtete mich von oben herab, obwohl er ein Pferdegebiss und Pickelnarben auf den Wangen hatte.

»Womit kann ich Ihnen behilflich sein?«, fragte er.

»Können Sie mir bitte ein Taxi rufen?«, sagte ich. »Ich habe es versucht, aber es ist keins gekommen.«

»Sind Sie Hotelgast?«

Du kannst doch auch so einfach auf den Knopf drücken, du verdammter Idiot.

Ich schüttelte den Kopf.

»Aber ich habe einen Ihrer Gäste besucht«, sagte ich.

Einen Gast gevögelt, meinen Sie, dachte er bestimmt. Aber das war mir scheißegal, denn er nickte, drückte den Knopf und reichte mir im nächsten Moment einen Zettel mit der Buchungsnummer.

Hauptsache, das Taxi kam möglichst schnell. Es zog sich unerträglich, wenn man hier herumstehen musste und gleichzeitig wusste, was sich da draußen abspielte.

Ich zündete mir noch eine Fluppe an.

Wenn ich als Erster an der Sache dran war, konnte mir keiner etwas verweigern.

Drei Leichen im Wald, abgeschlachtet und gehäutet, und ein einziger Journalist.

Jetzt komm endlich!

»Sie müssen Geduld haben«, sagte eine Stimme hinter mir.

Was?

Ich drehte mich abrupt um. Es war der Typ, der mich angeglotzt hatte. Ich hatte ihn auf zwanzig bis dreißig geschätzt, sah jetzt aber, dass er mindestens vierzig war, wenn nicht sogar fünfzig.

»Reden Sie mit mir?«, sagte ich.

Er lächelte nur. Betrunken schien er jedenfalls nicht zu sein. Was wollte er dann von mir? War er schwul?

»Ja«, sagte er. »Hier ist ja kein anderer.«

»Sie könnten ein Irrer sein, der Selbstgespräche führt«, sagte ich. »Ehrlich gesagt sehen Sie ein bisschen so aus.«

Er legte die Hand auf meine Schulter.

»Was zum Teufel tun Sie da, Mann?«, sagte ich und drehte mich weg. Im selben Moment fuhr ein Taxi auf den Platz, und ich ging resolut darauf zu, öffnete die Tür und setzte mich kopfschüttelnd auf die Rückbank.

»Hatten Sie ein Taxi bestellt?«, fragte der Fahrer.

»Ja klar«, sagte ich und wedelte mit dem Zettel, den ich bekommen hatte.

»Svartediksveien?«

»Ja. Und ich habe es verdammt eilig. Können Sie ein bisschen Gas geben? Ich bezahle Ihnen auch mehr.«

Der Schwule stand immer noch da und sah lächelnd zu mir hin. Als der Fahrer wendete und wieder auf die Straße fuhr, hob er grüßend die Hand, als wären wir Freunde.

Was für ein Vollidiot.

Ich wollte ihm schon den Stinkefinger zeigen, dachte dann aber, dass das in der Schwulenszene etwas völlig anderes bedeuten könnte, und sah stattdessen weg.

»Wohnen Sie da draußen?«, fragte der Fahrer und sah mich im Rückspiegel an. Seine Stimme war hell und heiser und passte nicht richtig zu seinem alten Gesicht. Faltige Stirn, traurige Augen hinter einer Brille.

»Wieso?«, sagte ich so abweisend ich konnte, während ich die Gebäude und Bäume betrachtete, die am Fenster vorbeihuschten.

Er hatte sicher gesehen, dass der Typ mich angefasst hatte, und jetzt dachte er sich seinen Teil.

Eigentümliche Ruhe breitete sich in meinem Körper aus, langsam, als wäre sie fließend. Ich war doch wütend und wollte nichts von ihr wissen, aber sie ließ sich irgendwie nicht aufhalten.

Wenn das so weiterging, würde ich bald flennen, so fühlte es sich an.

»Da oben hat es diese Nacht einen großen Einsatz gegeben«, sagte der Fahrer.

»Aha?«, sagte ich. »Ein Feuer?«

»Nein, ein Fall für die Polizei, glaube ich. Sie wohnen also nicht da oben?«

Ich antwortete nicht.

Er ist bestimmt viel allein und raucht und trinkt, dachte ich, als wir in die Kong Oscars gate bogen. Keine Menschenseele unterwegs. Es kam nicht oft vor, dass ich die Stadt um diese Uhrzeit sah. Entweder war ich zu besoffen, um etwas zu sehen, oder ich schlief.

Wann hatte ich das letzte Mal geweint?

Da war ich noch ein Kind gewesen.

Ich zog das Taschenmesser heraus und klappte eine der Klingen auf, stach die Spitze in die Fingerkuppe und erhöhte langsam den Druck, bis Blut heraussickerte und der Schmerz, dünn wie eine Nadel, für Sekunden das Einzige in meinem Bewusstsein war.

»Aber Sie kommen von hier, das höre ich«, sagte der Fahrer.

»Da bin ich aber platt«, sagte ich und leckte den kleinen Blutstriemen auf. »Kümmern Sie sich um Ihren eigenen Kram, und fahren Sie bitte ein bisschen schneller, es ist doch kein Schwein auf der Straße.«

»Aye, aye«, sagte er.

Auf Höhe des Stadtteils Kalfaret trat er dann tatsächlich aufs Gas. Der See Svartediket lag nur ein paar Minuten vom Stadtzentrum entfernt, aber es war verflucht nochmal nicht zu fassen, wie gottverlassen die Gegend da oben war. Natürlich gut für diese Teufelsanbeter, da oben durften sie ungestört ihr Unwesen treiben.

Wie hatte er es nur geschafft, drei umzubringen? Hatten sie geschlafen?

Aber warum?

Bestimmt Drogen eingeschmissen und völlig weggetreten.

Oder die Teufelsanbetung war ihm zu Kopf gestiegen, so dass er die Dinge, die sie da trieben, tatsächlich ernst nahm und sie nicht nur etwas waren, was sie machten, um cool zu sein.

Es war ja so dermaßen bescheuert, das Böse anzubeten. Als würde man die Sonne anbeten. Sie ging doch jeden Tag auf und musste nicht angebetet werden, damit das passierte. Mit dem Bösen war es genauso. Das Böse war schon hier und kam ganz gut allein zurecht.

In der Innentasche meines Jacketts vibrierte das Handy.

Es war Turid.

Sie war noch auf der Arbeit und wollte wahrscheinlich feststellen, ob ich noch unterwegs war.

Ich drückte das Gespräch weg und schaltete das Handy ganz aus.

Der Fahrer bog vom Kalfarveien ab und nahm linkerhand eine kleinere Straße aufwärts. Einen Augenblick später fuhr er hinter einer Kreuzung rechts heran und hielt.

»Da wären wir«, sagte er.

Ich holte die Karte heraus und steckte sie in das Terminal, das er mir hinhielt. Tippte den PIN ein. Er war zu neugierig gewesen, als dass ich ihm ein Trinkgeld gegeben hätte.

Als ich ausstieg, war er so sauer, dass er nicht einmal Tschüss sagte.

Als wäre Trinkgeld etwas, was ihm zustand.

Ich steckte das Portemonnaie in die Gesäßtasche und ging die Straße hinauf, an den stillen Häusern vorbei und auf die große, graue Staumauer zu.

Hoffentlich ist der Spaß da draußen noch nicht vorbei, dachte ich und sah auf die Uhr, aber seit Geirs Anruf waren gerade einmal dreißig Minuten vergangen.

In der Zeit konnten sie noch nicht viel bewerkstelligt haben.

Er hatte am Wasserwerk rechts halten gesagt und nicht links?

Ja, das hatte er.

Ich bog rechts in eine Straße, die direkt unterhalb des Staudamms verlief, kam zunächst an einem kleinen Fußballplatz, danach an einem kleinen Basketballfeld vorbei, während das Geräusch rauschenden Wassers anschwoll.

Ich blieb stehen. Mindestens sieben Streifenwagen parkten am anderen Ufer des Flusses am Wald. Drei uniformierte Polizisten, alle jung, alle bewaffnet, standen zusammen und unterhielten sich, einer saß auf der Kühlerhaube.

Sie schienen mich nicht bemerkt zu haben, und ich wich ein paar Schritte zurück, wodurch ich hinter dem Hauptgebäude verborgen stand.

Was sollte ich tun?

Ich zündete mir eine Fluppe an und sah zu der massiven Staumauer hinauf. Ich könnte natürlich einfach zu ihnen gehen und ihnen erklären, wie die Dinge lagen, dass ich Journalist war und einen Tipp bekommen hatte und jetzt auf dem Weg zum Tatort war. Sie würden mich zwar bestimmt nicht erschießen, aber mit Sicherheit auslachen. Nie und nimmer würden sie jetzt einen Journalisten durchlassen.

Aber die Luft gehört allen, wie wir sagten, als wir noch Kinder waren.

Und das war eine Wohnsiedlung, sie konnten also nichts dagegen sagen, wenn ich über die Brücke und am anderen Ufer die Straße hinaufging. Von dort aus konnte ich dann den Berghang hinaufsteigen und sie von oberhalb im Wald umgehen.

Ein bisschen stressig vielleicht, aber das war die Sache mir wert.

Ich warf die Fluppe weg und ging die Straße hinunter. Alle drei Polizisten sahen mich an, als ich die kleine Brücke überquerte, und ich erwiderte neugierig ihre Blicke, da ich annahm, dass ein gewöhnlicher Passant das auch getan hätte.

Ich spürte ihre Blicke in meinem Rücken und kämpfte ein wenig darum, normal zu laufen, aber sobald ich durch die Kurve gekommen war und sie mich nicht mehr sehen konnten, entspannte ich mich und sah mich nach einer geeigneten Stelle um, an der ich den Berg hinaufsteigen konnte.

Entlang der gesamten Straße standen Häuser, ich würde also einen der Gärten durchqueren müssen. So früh am Morgen ist ohnehin noch kein Mensch auf den Beinen, dachte ich und öffnete das nächstgelegene Gartentor, stieg die Treppe hinauf und ging in den Garten, der steil zu einem roten Haus anstieg. Die Fenster waren dunkel, alles war still, und ich ging so schnell ich konnte hoch, schon außer Atem, noch ehe ich am Haus vorbei war, aber auf der Rückseite setzte ich meinen Weg durch den Garten fort und trat zwischen die Bäume, wo ich stehen blieb, die Hände auf die Knie stützte und durchatmete.

Es war immer noch dunkel und das Terrain unwegsam, die Bäume wuchsen dicht gedrängt, es würde mit anderen Worten kein Zuckerschlecken werden. Aber mit etwas Glück lagen die Leichen irgendwo in der Nähe. Das waren doch Schluffis, diese Satanisten, die hatten bestimmt keine Lust gehabt, sonderlich weit zu gehen.

Ich setzte mich in Bewegung. Zwischen den Bäumen sah ich die Lichter der unter mir stehenden Häuser und kurz darauf des Wasserwerks. Am besten blieb ich weiter oben, es war nicht ausgeschlossen, dass die Polizisten zwischen Autos und Tatort hin- und hergingen. Ich musste mich ständig unter Ästen hinwegducken, etwas weiter hochklettern, weil die Bäume zu dicht standen, wieder abwärtsgehen, weil es zu steil wurde, Gestrüpp schabte über die Beine, es gab flache Steinmauern, über die man klettern musste, und als ich mich an ein paar dicht gedrängt wachsenden Fichten vorbeipresste, statt sie zu umgehen, schürfte ich mir die Wange auf.

Wie sehr ich den Wald hasste.

Warum konnten sie sich nicht in einer Wohnung gegenseitig umbringen?

Zehn Minuten später blieb ich wieder stehen, mit wackeligen Beinen und so außer Atem, dass ich nicht weiter konnte. Schweiß lief mir über die Stirn und in die Augen, in denen das Salz brannte.

Wenigstens war ich jetzt oberhalb des Sees, konnte ihn weit unter mir schwarz zwischen den Bäumen sehen.

In der Ferne hörte man das Knattern eines Hubschraubers.

Wahrscheinlich wollte er zum Krankenhaus, es lag ja nur einen Kilometer vom Wasserwerk entfernt.

Ich wischte mir mit dem einen Ärmel den Schweiß aus der Stirn und rieb mir mit dem anderen über die Augen, ehe ich weiterging.

Vielleicht nicht verkehrt, ein bisschen näher ans Wasser zu kommen, dachte ich. Durchaus möglich, dass ich schon am Tatort vorbei war.

Ich ging bergab. Meine Beine waren weich wie Blumenstängel, ich hatte das Gefühl, dass nicht viel fehlte und ich das Gleichgewicht verlor.

Der Hubschrauber kam näher. Zum Krankenhaus will er also nicht, dachte ich. Dann gehört er wohl zur Polizei.

Er flog über den Bergrücken, und ich blieb stehen und schaute hoch. Im nächsten Moment sah ich ihn vorbeischießen, dunkel und hart vor dem grauschwarzen Himmel.

Ich ging weiter abwärts. Das Gelände war unwegsam und an manchen Stellen so steil, dass der nackte Fels herausragte.

Am Ende des Tals hörte ich den Hubschrauber wenden und zurückkehren. Er flog flach am Berghang entlang.

Was trieben sie da?

Ich hielt mich mit der Hand an einem Ast fest und starrte hoch.

Er flog jetzt langsamer.

Kaum war er an mir vorbei, als er auch schon wieder zurückkam. Diesmal stoppte er direkt über mir.

Sie konnten mich hier unten doch unmöglich sehen?

Sicherheitshalber hockte ich mich unter eine Fichte.

Ich sah den Hubschrauber nicht mehr, aber das Knattern hielt noch etwa eine halbe Minute an, ehe sich das Geräusch abrupt veränderte und schneller werdend entfernte.

Ich verließ mein Versteck und bewegte mich schräg bergab. Erst jetzt kam mir der Gedanke, dass der Mörder noch in der Nähe sein könnte. Dass er sich versteckte, bis sich die Lage beruhigt hatte.

Nein. Hier konnte er nicht bleiben, sie würden ihn mit Spürhunden suchen und jagen. Er war mit Sicherheit längst unten in der Stadt. Vielleicht hatte er es sogar schon mit dem Auto über die Hardangervidda geschafft. Wenn sie den Lappen hatten, diese Satanisten. Er würde ja wohl kaum so blöd sein, das Flugzeug oder den Zug zu nehmen.

Ich gelangte zu einem etwas flacheren Abschnitt und sah, dass ich nicht mehr weit vom Wasser entfernt war. Der Himmel war noch dunkel, und es war nach wie vor unmöglich, die Farben der Büsche zu bestimmen, die um mich wuchsen, aber ich sah zumindest, wohin ich meine Füße setzte.

»POLIZEI! HINLEGEN! SOFORT! RUNTER! ODER WIR SCHIESSEN!«

So schnell ich konnte ging ich auf die Knie und hob die Arme über den Kopf.

»JOURNALIST!«, rief ich. »NICHT SCHIESSEN!«

»GANZ RUNTER! AUF DEN BAUCH! JETZT!«

Ich warf mich nach vorn und presste das Gesicht auf die Erde. Sekunden später raschelte es in den Büschen um mich herum.

»ICH BIN JOURNALIST«, rief ich in den Boden. Aber das interessierte diese Idioten nicht. Sie kamen von allen Seiten angestolpert. Ein Knie wurde in meinen Rücken gerammt, eine Hand drückte meinen Kopf hinunter, während meine Arme hochgerissen und auf dem Rücken zusammengeführt wurden.

»Aua, verdammt!«, sagte ich. »Das hat wehgetan! Ich habe doch gesagt, dass ich Journalist bin!«

Handschellen rasteten ein, dann wurde ich hochgehievt.

Erst da sah ich sie. Drei Jungs vom Einsatzkommando in voller Montur.

»Was tun Sie hier oben?«, sagte einer von ihnen und versuchte, mich in Grund und Boden zu starren. Er trug einen Bart wie ein Wilder, mit Sicherheit, um ein paar Jahre älter zu wirken.

»Ich habe es jetzt drei Mal gesagt. Ich bin Journalist. Ich arbeite für meine Zeitung an einem Artikel. Könnten Sie mir jetzt bitte die Handschellen abnehmen? Das ist doch idiotisch.«

»Name?«

»Jostein Lindland. Wenn Sie wollen, können Sie mich googeln.«

Er sah mich weiter an. Ich wollte sein Spiel nicht mitspielen und schaute den Hang hinauf.

Er nickte kurz und hob gleichzeitig die Augenbrauen, und die beiden anderen packten mich an den Armen und führten mich bergab.

Sie hatten offenbar beschlossen, dass man das so machen musste, deshalb sagte ich nichts.

Als wir uns dem Wasser näherten, tauchte ein Weg auf, dem wir folgten. Nach einer Weile öffnete sich unterhalb einer Kluft im Berg eine Lichtung, und als wir auf sie gelangten, sah ich endlich den Ort, an dem die Morde begangen worden waren. Auf einer kleinen Wiese, nicht größer als zehn mal zehn Meter, unter kräftigen Scheinwerfern, wimmelte es von Polizisten. Geir fiel mir sofort ins Auge, er stand vor einem weißen Zelt, das man am hinteren Ende aufgestellt hatte und sprach mit einem kleinen Mann, der Gjertsen sein musste. Beide sahen auf, als wir kamen. Geir kam sofort herüber.

Es roch ein wenig verbrannt. Wie an einem eine Woche alten Brandherd. Und dann war da noch ein anderer, fremder Geruch. Oh, was war das? Es lag mir auf der Zunge…

»Lindland«, sagte Geir und blieb vor mir stehen. »Was machst du hier?«

»Meine Arbeit«, sagte ich. »Dann bin ich im Wald überfallen worden.«

Er grinste.

»Die machen auch nur ihre Arbeit.«

Er sah den Jungen mit dem Bart eines Wilden an.

»Die Dinger kannst du ihm abnehmen.«

Der Junge nickte und nahm mir die Handschellen ab.

Ich rieb mir erst das eine Handgelenk, dann das andere, verinnerlichte alles, was mich umgab, und versuchte gleichzeitig, nicht neugierig zu wirken.

Dieser Geruch, konnte das Schießpulver sein? Altmodisches Schießpulver?

Gjertsen, der bis dahin etwas in sein Handy geschrieben hatte, schaute wieder zu uns herüber, steckte das Telefon in die Tasche und trat näher.

»Ich dachte, du bist jetzt Kulturjournalist«, sagte er.

»Das bin ich auch«, sagte ich und fegte ein paar Tannennadeln von meinen Hosenbeinen. »Ich schreibe einen Artikel über eine Rockband. ›Kvitekrist‹. Die sollen hier sein.«

Geir und Gjertsen grinsten.

»Wie hast du das rausgefunden?«, fragte Gjertsen.

»Ich habe meine Quellen«, sagte ich.

»Was weißt du?«

Ich zuckte mit den Schultern.

Ein weißgekleideter Kriminaltechniker trat aus dem Zelt. Zwei andere gingen langsam nebeneinander am Waldrand entlang, die Köpfe gesenkt und die Blicke auf den Erdboden gerichtet. Ein paar Meter unterhalb von ihnen lag eine große Feuerstelle. Ich sah, dass die Holzscheite halb verbrannt waren. Rund um die Feuerstelle waren Steine ausgelegt, die ein größeres Muster zu bilden schienen. Es war schwer zu erkennen, aber es konnte ein Pentagramm sein.

»Hier kannst du nicht bleiben«, sagte Gjertsen. »Ich werde jemanden bitten, dich zurückzubegleiten.«

Er ging zu dem Techniker vor dem Zelt.

Ich sah Geir an.

»Sind sie noch hier?«, fragte ich.

»Wer?«

»Die Leichen.«

»Mm«, sagte er.

»Kann ich sie sehen?«

»Spinnst du? Natürlich nicht. Schlimm genug, dass du hier bist.«

»Hast du Bilder?«

»Du weißt genug, um deinen Artikel zu schreiben«, sagte er.

Ich brannte darauf, sie zu sehen. Teufelsanbeter, ritueller Dreifachmord, das Schlimmste, was er je gesehen hatte.

Oben am Waldrand bückte sich einer der Techniker und hob einen Gegenstand auf. Es sah aus wie ein Buch, schwarz oder verkohlt.

Der andere reichte ihm eine durchsichtige Plastiktüte, in die er es legte.

»Ist es der Schlagzeuger, der nicht hier ist?«, fragte ich.

Geir warf mir einen raschen Blick zu, ehe es ihm gelang, sein Interesse zu überspielen.

»Kein Kommentar«, sagte er.

»Danke«, sagte ich.

»Ich habe nichts gesagt«, meinte er.

»Okay«, sagte ich. »Aber wenn *er* es ist, kenne ich jemanden, der ihn gut kennt. Ehrlich gesagt habe ich gestern mit ihm gesprochen. Also vor dem Ganzen hier.«

»Wir kennen auch ein paar Leute, Lindland«, sagte Geir.

»Es ist nicht gesagt, dass ihr gerade ihn kennt. Und er weiß so einiges. Ich bezweifle, dass er nach dem Ganzen heute mit euch reden will.«

»Das kannst du nicht wissen«, sagte er.

»Du wirst sehen, ich finde ihn vor euch«, sagte ich und lachte.

Geir zog eine schwarze E-Zigarette aus der Gesäßtasche und schob sie sich in den Mund. Im nächsten Moment hing eine kleine Rauchwolke um seinen Kopf.

Er steckte sie in die Gesäßtasche zurück.

»Du willst sie nur sehen?«, fragte er. »Du wirst kein Wort darüber schreiben, was du siehst? Wenn du das tust, heißt es für immer Goodbye.«

»Geht klar«, sagte ich, und mein Herz machte einen Freudensprung.

Ich folgte Geir zu dem Zelt, wo wir vor Gjertsen stehen blieben.

»Lindland kommt mit rein«, sagte er.

»Ach was, Geir«, sagte Gjertsen. »Er kann da nicht rein. Sie werden dich ans Kreuz nageln.«

»Er kann uns vielleicht noch nützlich sein. Und er wird über das, was er sieht, nichts schreiben.«

»Können wir uns auf dich verlassen?«, fragte Gjertsen und betrachtete meine Stirn.

»Du hast mein Ehrenwort«, sagte ich.

»Ist das etwas wert?«

Was sollte das denn jetzt?

Dieser kleine Knirps?

Mir lag eine Bemerkung über Mikropenisse auf der Zunge, aber ich wurde nur geduldet, deshalb sparte ich mir den Kommentar und lächelte stattdessen freundlich.

»Ich habe noch nie ein Versprechen gebrochen, das ich euch

gegeben habe«, sagte ich. »Außerdem habt ihr durch mich Heksa geschnappt. Das hat mich meinen Job gekostet, wenn du dich erinnerst? Natürlich kannst du dich auf mich verlassen.«

»Okay, okay«, sagte Gjertsen. »Aber auf deine Verantwortung, Geir.«

Um das zu unterstreichen, entfernte er sich von uns.

»Mach dich auf etwas gefasst, wenn du da reingehst«, sagte Geir. »Es sieht beschissen grotesk aus. Hier wird nicht gekotzt oder so. Verstanden?«

»Ja, klar«, sagte ich.

»Und kein Wort über das, was du siehst, weder in der Zeitung noch woanders.«

»Ja, ja, ja«, sagte ich. »Gehen wir jetzt rein?«

Geir hob die Zeltbahn zur Seite, und ich folgte ihm hinein. Das Licht im Inneren war grell und fast weiß, es gab dem Gras eine eigentümlich künstliche Note. Mitten im Zelt lag das, was die Leichen sein mussten, sie waren mit einer ebenfalls weißen Plane abgedeckt. Ein Kriminaltechniker war dabei, akribisch den Erdboden abzusuchen, er kniete und sah nicht auf, als wir hereinkamen. Ein anderer, wahrscheinlich der Pathologe, saß auf einem Klappstuhl und schrieb, umgeben von einer Menge Taschen und Kästen, in sein Handy.

»Bist du bereit?«, fragte Geir, ging neben der Plane in die Hocke und sah mich dabei an.

Ich nickte, und er hob die Plane an und richtete sich gleichzeitig auf.

Oh, mein Gott.

Oh, was zum Teufel.

Die drei Jungen lagen auf dem Bauch, die Köpfe so gedreht, dass ihre Gesichter auf dem Rücken waren und Nase und Po in die gleiche Richtung zeigten. Die gesamte Haut war ihnen abgezogen worden, sie waren eine einzige blutige Masse aus Fleisch, und an manchen Stellen sah man Sehnen und Adern. Vom Hals aufwärts war die Haut dagegen noch da, so dass es aussah, als trügen sie Masken. Ihre Kehlen waren durchschnitten worden. An den Enden der sehnigen Finger saßen noch die Nägel. Und die Kopfschwarten waren abgeschnitten worden.

Sie sahen nicht aus wie Menschen.

Sie sahen aus, als hätte jemand versucht, Menschen zu fabrizieren, es aber nicht hinbekommen.

»Genug gesehen?«, fragte Geir.

Ich nickte, und er deckte die Leichen wieder zu.

»Verstehst du?«, sagte er, als wir wieder draußen waren.

»Wer kann das getan haben?«, sagte ich. »Ich meine, wie hat er das hingekriegt. Das muss doch Tage gedauert haben! Und er muss stark gewesen sein.«

Geir griff wieder nach seiner E-Zigarette.

»Ich verstehe nicht ganz, dass du so ruhig bleiben kannst«, sagte ich. »Du hast einen Dreifachmord am Hals, keinen Verdächtigen und einen wahnsinnigen Mörder auf freiem Fuß. Hier in der Stadt.«

»Wahnsinnig trifft es genau«, sagte er.

»Ich kann dir nur viel Glück wünschen«, sagte ich. »Und mich dafür bedanken, dass ich es sehen durfte.«

»Und was denkst du?«, fragte Geir.

Ich zuckte mit den Schultern.

»Das ist zum Glück nicht mein Job«, sagte ich. »Aber jemand muss etwas eingeschmissen haben, wovon er völlig durchgedreht ist. Und was ihm übermenschliche Kräfte verliehen hat.«

»Weil die Köpfe herumgedreht sind?«

»Ja.«

»Zu zweit kriegt man das hin«, sagte er. »Aber wir wissen nur von *einem*, der hier war.«

»Vielleicht solltest du im Milieu der Exilindianer ermitteln«, sagte ich. »Immerhin sind sie auch skalpiert worden!«

»Schreib das«, sagte er.

Die drei jungen Polizisten, die am Wasserwerk postiert waren, schien man benachrichtigt zu haben, dass ich unterwegs war, denn als ich aus dem Wald trat und an ihnen vorbeiging, nickten sie mir lediglich zu.

Hinter dem großen Verwaltungsgebäude blieb ich stehen, zündete mir eine Fluppe an und schaltete das Handy ein, um mir ein Taxi zu rufen.

Turid hatte siebenundvierzig Mal angerufen.

Siebenundvierzig Mal!

Es musste etwas passiert sein.

Hatte sie ihren Schlüssel vergessen und kam nicht ins Haus, weil Ole schlief?

Ich konnte ihr ohnehin nicht helfen, nicht jetzt, denn jetzt musste ich zur Zeitung und verdammt schnell meinen Artikel schreiben.

Ich hatte keine Lust, mich mit der App abzugeben, machte es stattdessen auf die altmodische Art, rief in der Zentrale an und bestellte ein Taxi, ehe ich das Handy wieder ausschaltete.

Eine Viertelstunde später saß ich auf der Rückbank des Taxis und sah zu den Einfamilienhäusern hinaus, die draußen vorbeihuschten, nun, da der Tag anbrach, war bei vielen Licht in den Fenstern. Es waren auch mehr Menschen auf den Straßen, nicht mehr auf dem Heimweg, sondern auf dem Weg zur Arbeit, Radfahrer mit Helmen und diesen hysterisch blinkenden Lichtern, Busse mit ihrer Fracht aus Arbeitskräften. Der Himmel war vollkommen klar und dunkelblau, die Sonne ging über dem Fanafjellet auf, und auf der anderen Seite, über Askøy, stand Scheiße noch mal immer noch dieser neue Stern.

Das war jetzt wirklich gut gelaufen.

Was für eine unglaubliche Sache ich da in die Finger bekommen hatte.

Eine ganze Rockband aus Satanisten auf grausamste Weise massakriert, ein Mörder auf freiem Fuß.

Und noch wusste kein Mensch davon!

Ich hätte gern an die Tür ihres Hotelzimmers geklopft und mich eine halbe Stunde amüsiert, aber jetzt war Zeit das Einzige, was ich nicht verlieren durfte.

Als das Taxi vor dem Zeitungsgebäude hielt, gönnte ich dem Fahrer sogar etwas Trinkgeld. Er hatte auf der ganzen Fahrt nichts gesagt, und das, das war mein Tag.

Endlich war er gekommen.

TURID

In der Dunkelheit zwischen den Bäumen sah ich erst nichts. Ich stand einen Moment still, um meine Augen daran zu gewöhnen, und um auf Kenneth zu horchen.

Es war ganz still.

Er musste weit vor mir sein.

Wie schaffte er es, hier zu laufen?

Ich hätte alles dafür gegeben, ihm hinterherzurennen, einfach durch den Wald zu brechen, mit ganzer Kraft, alles, um ihn einzuholen und zurückzubringen.

Aber ich konnte nur langsam gehen. Und selbst dabei spannte es in der Brust.

Ruhig, Turid Trudelu.

Ganz ruhig.

Geh ruhig.

Eigentlich ist alles gut.

Er wird nicht sterben, er wird wohlbehalten gefunden werden.

Atme ruhig.

Denk ruhig.

Der Waldboden war so trocken, dass es bei jedem meiner Schritte knisterte. Ich konnte schemenhaft die Baumstämme erkennen und ging sachte zwischen ihnen hindurch, eine Hand vor mir ausgestreckt, um Äste abzufangen, die jäh aus der Dunkelheit auftauchten.

Nach ungefähr zwanzig Metern wurde das Gelände steiler, und ich blieb stehen.

Es war hoffnungslos. Mittlerweile hatte er bestimmt mehrere hundert Meter Vorsprung. Außerdem hatte ich keine Ahnung, in welche Richtung er gelaufen war.

Aber ich konnte keinen Patienten verlieren.

Sie würden eine gigantische Suche in Gang setzen. Und das alles nur, weil ich mich so dumm angestellt hatte.

Was würde Berit dazu sagen?

Er *könnte* stehen geblieben sein und sich irgendwo hingesetzt haben.

Mir schien, als müssten meine Ohren sich genauso an die Stille gewöhnen wie die Augen an die Dunkelheit, denn jetzt war um mich herum auf einmal alles voller leiser, raschelnder Geräusche.

»Kenneth!«, sagte ich laut ins Dunkel hinein und hielt einen Moment die Luft an.

Nichts.

Ich beschloss, noch etwas weiterzugehen. Dann hatte ich zumindest alles getan, was in meiner Macht stand.

»KENNETH!«, rief ich.

Nichts.

Aber er hatte ja noch nie auf jemanden gehört, dazu war er zu dumm, dümmer als ein Hund war er, warum sollte er jetzt antworten?

Ein paar Meter weiter oben stieß ich auf einen Weg, der schräg aufwärts nach links führte und anschließend schräg aufwärts nach rechts, und dann wieder nach links. Hier, wo alles offener war, lag bleicher Mondschein auf der Erde, und es war einfach zu gehen, obwohl regelmäßig dicke Wurzeln vor mir auftauchten. Im Mondlicht sahen sie aus wie Schlangen.

Alle zwanzig Meter blieb ich stehen. Stützte mich manchmal auf einen Baumstamm. Horchte. Rascheln und Prasseln aus der Tiefe des Waldes, aber keine Schritte, kein rennender Geistesschwacher, kein Heulen.

Schließlich erreichte ich ein kleines, baumloses Plateau, auf dem ich mich umdrehte und in die Ferne sah, zu den leuchtenden Gebäuden unter mir und den kleinen Wegen, die zwischen ihnen verliefen. Der Wald dahinter war schwarz bis zu dem Gefängnis, das etwa einen Kilometer entfernt wie eine Insel aus Licht in der Dunkelheit lag.

Ich könnte ja einfach kündigen, schoss es mir durch den Kopf. Mir graute jeden Tag vor meinem Job, es gab also keinen Grund, sich an ihn zu klammern. Erst recht nicht nach dieser Nacht.

Als ich mich wieder in die andere Richtung drehte, sah ich, dass nicht der Mond über den Bäumen leuchtete, sondern ein Planet.

Als Kind hatte ich geglaubt, der Mond wäre der Stern von Bethlehem. Alle glaubten das.

Oh Gott, wenn ich doch wieder dort sein könnte. Bei Mutter und Vater und dem kleinen Tore.

Das Baby auf dem Teppich im Wohnzimmer, das lächelte, wenn ich mich über es beugte und Grimassen schnitt.

Seine wachen Augen. Die weiche Haut!

Ich weiß nicht, ob ich die Haut vor mir sah oder sie nur fühlte, als ich weiterging, aber die wenigen Sekunden, in denen das neue Baby von damals mir in Gedanken nahe war, erfüllten mich mit einem Strom aus etwas unendlich Gutem.

Jostein hatte einmal gesagt, das mache Heroin mit einem. Man bekomme das Gefühl, beschützt und umsorgt zu werden wie damals, als man klein war.

Mutter und Vater. Der Körper unter dem Federbett, die große Erwachsene, die aufsteht und lächelt und Gute Nacht sagt und das Licht löscht. Gut und warm und geborgen.

Ich sah wieder hoch zum Stern von Bethlehem und blieb stehen.

»Lieber Gott, der du bist im Himmel«, sagte ich. »Mach, dass es gut ausgeht. Lass mich Kenneth finden. Mach, dass Ole ein gutes Leben bekommt.«

Noch fünf Minuten, dachte ich. Dann gehe ich zurück und schlage Alarm.

Sølve würde sich sicher bald fragen, wo ich blieb.

Wenn er nicht schlief.

»KENNETH! KENNETH! KOMM!«, rief ich im Gehen.

In erster Linie wohl mir selbst zuliebe. Damit ich getan hatte, was ich konnte.

Am anderen Ende des Plateaus standen die Bäume wie eine Wand, aber direkt dahinter fiel das Gelände schräg ab, und die Bäume standen weit auseinander, und der Boden war von Heidekraut bedeckt. Es war kein Weg mehr zu erkennen, aber man konnte trotzdem problemlos gehen.

Plötzlich sah ich ein Licht. Zwischen den Bäumen, etwa hundert Meter entfernt.

Es schien von einem Lagerfeuer zu kommen.

Kenneth würde es dorthin ziehen. Wenn er es sah, würde er dorthin gehen.

Aber wer machte mitten im Wald ein Feuer?

Eine Gruppe von Leuten vielleicht, die hierhergekommen waren, um zu trinken.

Sie würden nichts auf das Feuerverbot geben.

Ich ging schräg den sanften Hügel hinab, das Heidekraut wischte um meine Füße. Ganz unten lagen zwei große umgestürzte Bäume, und ein paar Meter hinter ihnen wurde der Wald erneut dichter.

Das Lagerfeuer schien genauso weit entfernt zu sein. Vielleicht, weil ich es nicht mehr von oben sehe, dachte ich. Und dann geschah das Gegenteil: Nachdem ich im Zickzack zwischen den großen, dunklen Fichten hindurchgegangen war, tauchte das Licht des Feuers plötzlich viel näher auf, als ich erwartet hatte.

Es brannte am anderen Ende eines kleinen Gehölzes. Vielleicht war es auch ein kleiner Sumpf.

Ich sah nur sein Licht. Aber es kamen keine Geräusche von dort.

Im Wald ließ doch keiner ein Feuer allein?

Vielleicht schliefen sie.

Ja, das taten sie bestimmt.

Und natürlich war Kenneth nicht dort. Warum sollte er auch?

Es kam mir vor, als hätte ich in den letzten Minuten vergessen, warum ich eigentlich hier war. Wie verzweifelt die Situation war.

Und wie weit ich gegangen war!

Ich sah auf die Uhr.

Ich war seit gerade einmal zwanzig Minuten unterwegs.

Konnte also genauso gut hingehen und nachsehen.

Ich folgte dem Lauf eines kleinen und fast völlig ausgetrockneten Bachs, der an manchen Stellen vollständig unter den Ästen der Fichten verborgen lag, die zu beiden Seiten wuchsen.

Von irgendwo ganz in der Nähe kam ein Laut. Ich blieb stehen, und in der nächsten Sekunde endete auch das Geräusch.

Es hatte sich angehört wie Schritte.

»Hallo?«, sagte ich leise. »Ist da jemand?«

Ein unheimlicher, klackernder Laut schallte plötzlich durch den Wald.

Er wurde beantwortet, der gleiche klackernde Laut kam aus einer anderen Richtung.

Ich bekam solche Angst, dass ich unfähig war, mich zu rühren.

Dann, ebenso plötzlich, aber von oben, laut wie das Rufen eines Menschen, ein vogelartiger Schrei.

KRUUAAA!

Mein Herz hämmerte in der Brust. Denn als ich den Kopf in den Nacken legte und hochsah, stieß sich ein großer Schatten vom Baum ab, segelte durch die Luft über der Lichtung und verschwand hinten in der Dunkelheit.

Das Klackern ertönte wieder und war jetzt nur ein paar Meter entfernt.

Ich wollte schreien.

Aber dann würden sie kommen.

Regungslos, am ganzen Leib zitternd, stand ich da und sah in die Dunkelheit, aus der das Geräusch gekommen war.

Der Vogel, der große Vogel, er hatte Schuppen gehabt.

Ich sah nichts.

Nichts in dem Gehölz.

Und es war wieder still.

Keine Geräusche, keine Bewegungen.

Als wären für ein paar Sekunden riesige Wellen über mich geschwappt und hätten sich anschließend schlagartig zurückgezogen.

Ich musste hier weg.

Aber ich wagte es nicht, mich zu bewegen.

Vorsichtig drehte ich den Kopf und sah noch einmal zu dem Gehölz hinüber.

Das Feuer brannte allmählich aus. Die Flammen wurden kleiner, und der Kreis, den das Licht warf, schrumpfte zusammen.

Aus dem Wald kam Kenneth.

Er ging langsam, wie im Schlaf.

Vor ihm erstarb das Feuer.

Das Klackern kehrte gleichzeitig aus mehreren Richtungen zurück, diesmal jedoch leiser als beim ersten Mal.

kalikalikalikalik

Er blieb stehen, der nackte Körper schimmerte schwach im Himmelslicht.

Und dann kniete er nieder.

kalikalikalikalik

Direkt neben mir raschelte es im Unterholz. Ich sah einen Schatten, der sich vorbeibewegte. Sekunden später trat er auf die Lichtung. Es war ein Mann. Er ging schnell und irgendwie ruckartig, zugleich weich und steif. Sein Kopf war groß und schwer wie der eines Stiers. Drei lange Zöpfe hingen auf seinen nackten Rücken. Die Finger der einen Hand, die riesig wirkte, waren gespreizt. Die andere hielt ein Gefäß.

kalikalikalikalik

Er stand vor Kenneth.

Kenneth hob den Kopf und sah in den Himmel.

Mit zurückgelehntem Oberkörper und vorgebeugtem Kopf tauchte der Mann seine Hand in das Gefäß. Dann legte er die Handfläche auf Kenneths Stirn, und es lief eine Welle durch Kenneths Körper, und er fiel rücklings auf die Erde.

Dann drehte der Mann sich um und sah mich an.

Seine Augen waren gelb, und es war kein Mann. Es war kein Mann.

Zweiter Tag

EGIL

Der Morgen fing nicht gut an. Ich war erst um kurz vor vier ins Bett gekommen und hatte vergessen, das Rollo herunterzuziehen, bevor ich mich hinlegte, so dass ich geweckt wurde, als gegen halb sieben die ersten Sonnenstrahlen in mein Zimmer fielen. Ich wusste, dass ich es niemals schaffen würde, wieder einzuschlafen, versuchte es aber trotzdem, denn nur wenige Dinge sind schlimmer als die Unergiebigkeit der ersten Morgenstunden, wenn man nicht genug Schlaf bekommen hat, um sich auf etwas zu konzentrieren – und wie ich nicht mehr in der Lage war, einen Drink oder auch zwei zu nehmen, um mit Schwung in den Tag zu kommen.

Andererseits, dachte ich, als ich dort lag und mich in der Hitze im Bett wälzte, war das Verbot selbstauferlegt und konnte somit auch von mir selbst wieder aufgehoben werden.

Warum gab es zwei von mir? Einen, der Nein sagte, und einen, der verlockte, einen, der wollte, und einen, der nicht wollte? Wäre innere Einheit als Prinzip für den Menschen nicht unkomplizierter?

Dann stürzte alles, was am Abend und in der Nacht passiert war, auf mich ein.

Der neue Stern.

War er noch da?

Ich stand auf und ging auf die Terrasse hinaus.

Der Stern leuchtete weiter im Norden. Selbst jetzt, am Morgen, nach Sonnenaufgang.

Dann musste er sehr hell sein. Oder sehr nah.

Ein Morgenstern.

Ich bin der helle Morgenstern, hatte Jesus gesagt.

Aber bei Jesaja war der Morgenstern der Teufel.

War es nicht so?

Das musste ich nachsehen.

Ich stützte mich mit beiden Händen auf das Geländer und sah aufs Meer hinaus. Es war dunkelblau und so still, dass die Oberfläche nicht fließend, sondern aus festem Material zu sein schien. Eine Art blaues Glas, in dem die Sonne glitzerte und blinkte.

Über mir schwebten ein paar Möwen durch die Luft. Ich sah ihnen an, dass sie die Wärme und Stille genossen.

Selten war es hier so still.

Ich strich mir mit der Hand durchs Haar und fühlte, wie fettig es war.

Mir war nicht nach duschen, es war zu heiß dafür. Aber vielleicht ein kühles Bad?

Ich ging hinein und holte ein Handtuch aus dem Schrank im Schlafzimmer, zog eine Badehose und ein Hemd an, schob die Füße in die Sandalen und ging wieder hinaus, hielt an dem Tisch inne, auf dem die Schreibmaschine stand, zog das Blatt heraus, auf dem ich geschrieben hatte, als Arne anrief, und legte es auf den Stapel daneben, ohne es zu lesen.

Der Stern war eindeutig ein Zeichen.

Aber wofür?

Bald würde es sich zeigen.

Aber wo, und wem?

Ich nahm den Weg unterhalb der Terrasse zu den flachen Ufersteinen hinab. Seit meiner Kindheit hatte ich immer denselben Badeplatz genutzt, ein schwarzes, sanft abfallendes Stück Fels im Windschatten eines steilen Felsen mit einem meerwassergefüllten Gletschertopf an seinem Fuß. Der Ort gehörte irgendwie zum Sommerhaus, und ich war immer wütend, wenn sich andere dort aufhielten, wenngleich ich natürlich nie etwas sagte, die Felsen gehörten uns ja nicht.

Diesmal war ich allein.

Das Wasser sah mit seiner glatten, tiefblauen Oberfläche verführerisch aus, aber ich war keine zwölf mehr, ich wusste, dass die ersten Sekunden wie ein Kälteschock sein würden, egal, wie warm es war, deshalb zog ich Hemd und Sandalen aus und setzte mich, um zunächst etwas Mut zu schöpfen und Wärme zu speichern.

Der gestrige Abend hatte etwas Alptraumhaftes, dachte ich und blickte zum diesigen Horizont weit draußen. Arnes blutiges Gesicht am Ufer, das Auto, das zwischen den Bäumen stand, der riesige Stern am Himmel. Die Hitze in der Dunkelheit, der Dachs im Haus, die Katze, deren Kopf abgerissen war. Und dann Tove, die manisch war.

Alles sehr weit weg von dem, was mich jetzt umgab.

Sie hatten sich diese Situation geschaffen, aber man hatte das Gefühl, dass es einfach etwas war, was ihnen passierte und letztlich egal war.

Ich überlegte einen Moment, ob ich später bei ihnen vorbeischauen sollte, verwarf den Gedanken jedoch sofort. Ich unterhielt mich gern mit Arne, aber das hatte seinen Preis, und im Moment war ich nicht bereit, ihn zu zahlen. Es war unmöglich, dort zu sein, ohne davon gezeichnet zu werden, es war, als würde ich jedes Mal Bruchstücke ihres Chaos mitnehmen und mich hinterher abmühen, um sie wieder loszuwerden. Sie waren eine Familie von Bedürftigen, wussten aber nichts davon.

Es war ein Fehler gewesen, die Biere anzunehmen.

Musste mich *ganz* davon fernhalten.

Auch wenn es nur zwei Bier gewesen waren und ich davon

nicht betrunken wurde, führte es dazu, dass ich irgendwie in Kontakt damit stand. Dass es mir die ganze Zeit nahe war.

Warum war es nur so verflucht schwierig zu tun, was man sich vorgenommen hatte?

Ich stand auf und kletterte auf die Klippe, stellte mich an den Rand, hob die Arme über den Kopf und sprang hinein. Salzig und kühl schloss sich das Wasser um meine warme Haut. Als ich die Augen öffnete, war da ein Wirbel aus kleinen, rauschenden Blasen, und zwei Meter unter mir schimmerte grün der Grund. Ich tauchte ein paar Züge abwärts, ehe ich kehrtmachte und prustend die Oberfläche durchstieß.

Das musste reichen.

Ich kletterte auf die Uferfelsen, trocknete mich mit dem Handtuch ab, zog das Hemd an, ohne es zuzuknöpfen, schob die Füße in die Sandalen und kehrte zum Haus zurück.

Ich wolle nur das Sommerhaus haben, sonst nichts, hatte ich zu meinem Vater gesagt, als die Aufteilung des Erbes zur Sprache kam. Und wenn ich es nicht bekäme, sei mir der Rest auch egal, dann wolle ich *nichts*.

So war es gekommen. Abgesehen von einem großzügig bemessenen Betrag, der darüber hinaus Monat für Monat auf meinem Konto einging. Ich hatte nicht darum gebeten, das Geld aber auch nicht abgelehnt.

Das mit dem Geld war nicht okay. Wahrscheinlich verachtete er mich für meinen Mangel an Stolz, dass ich mit der einen Hand ablehnte, etwas anzunehmen, und mit der anderen nahm. Aber er hatte nie auch nur ein einziges Wort darüber verloren.

Und ich brauchte das Geld nun einmal.

Oben am Haus ging ich zur Kopfseite der Terrasse, die nach Westen hinaus lag, um nachzusehen, ob das Spinnennetz an diesem Morgen etwas gefangen hatte. Die Spinne, die ich innerlich König nannte, war riesengroß und seit mehreren Jahren hier. Sie zog herum, spann ihr Netz mal hier, mal da, einer Logik folgend, aus der ich nicht schlau wurde. An dieser Stelle war sie seit nunmehr zwei Monaten.

Eine Hummel baumelte im Netz. Sie schien tot zu sein, aber es war schwierig, das mit Gewissheit zu sagen. Ich lehnte mich vor und versuchte, unter den Balken zu schauen, wo der König sich meistens aufhielt.

Ja, da war er.

Vollkommen reglos, alle Beine einem Ring gleich um sich gesammelt, saß er im Dunkeln und hatte die komplizierte Konstruktion, die er gesponnen hatte, unter sich.

Nie und nimmer konnte die Evolution blind sein. Nie und nimmer konnte etwas so Ausgeklügeltes und gleichzeitig so Einfaches rein zufällig entstanden sein, egal, wie viele Millionen Jahre den Zufällen zur Verfügung gestanden hatten.

Vorsichtig tippte ich den Hummelkörper an, der ein paar Mal hin und her schaukelte.

Wie in aller Welt gelang es der Spinne nur, ihn zu fressen?

Ich ging auf die Terrasse, öffnete die große Schiebetür, holte eine Dose Pepsi Max aus dem Kühlschrank, nahm den Roman, den ich gerade las, die Zigaretten und einen Aschenbecher und setzte mich auf den Stuhl auf der Terrasse.

Nach wie vor war kein Wölkchen am Himmel, und wären die Felsen und die kleinen Inseln nicht gewesen, die im Sonnenschein nahezu weiß schimmerten, wäre die Welt von dort, wo ich saß, fast vollständig blau gewesen.

Ich öffnete die Dose und trank einen Schluck, zündete mir eine Zigarette an und versuchte, ein wenig zu lesen, *Islands in the stream* von Hemingway, aber der karibischen Welt, in der die Handlung spielte, gelang es nicht, sich in der sonnengetränkten, nordischen Küstenlandschaft zu behaupten, die mich umgab. Ich sah Fichtenwald, Sommerhäuser aus Holz und Geröllufer, wo Palmen und koloniale Backsteinhäuser hätten stehen sollen. Außerdem war ich etwas zu müde, um mich konzentrieren zu können. Und die Hitze war einfach nur unangenehm.

Ein strahlender Sommertag ist es eigentlich schon, dachte ich und legte das Buch auf den Tisch neben mir. Aber das traf es eben nicht ganz, denn damit meinte man ja etwas uneingeschränkt Gutes, die fantastischen Sommertage, die sich hier nach dem langen Winterhalbjahr manchmal wundersam öffneten, diese Hitze dagegen hatte etwas Krankes, so dass es einem schwerfiel, sie zu genießen.

Obwohl, der Anzahl von Kunststoffkähnen nach zu urteilen, die da draußen das Wasser durchpflügten, gab es genug Menschen, die genau das taten.

Im Schlafzimmer klingelte das Telefon. Ich drückte die Zigarette aus, ging hinein und beugte mich über das Handy, um in dem hellen Zimmer zu versuchen, die Nummer auf dem kleinen Bildschirm zu erkennen.

Es war Camilla.

Was wollte sie denn jetzt schon wieder?

Ich wartete, bis es aufhörte zu klingeln. Dann schaltete ich das Telefon stumm und steckte es in die Brusttasche meines Hemds, zog Shorts an, setzte einen Strohhut und eine Sonnenbrille auf, ging auf der anderen Seite aus dem Haus, setzte mich aufs Fahrrad und fuhr die schmale Schotterstraße hinunter, an den schwimmenden Bootsstegen in der Bucht vorbei und auf die Hauptstraße – die nicht viel breiter war als die Schotterpiste, aber asphaltiert.

Die heiße Luft stand in Säulen zwischen den Bäumen, und der Geruch von Wald, von Nadeln, trockenen Blättern, sonnengebackener Erde schlug mir in Wellen entgegen, als ich weiterfuhr.

Weidenröschen im Straßengraben und auf der Böschung zum Wasser hinab, Himbeersträucher an der Leitplanke.

Sie hatte gestern Abend angerufen. Da war ich dran gegangen. Fehler. Sie sagte, sie wolle nach Rom reisen und dass ich Viktor eine Woche nehmen müsse. Von einem Tag auf den anderen!

Ich sagte, das könne ich nicht, es sei für mich unmöglich, das mit so kurzem Vorlauf hinzubekommen.

Ich war freundlich und rational gewesen. Sie war wütend gewesen. Ja, außer sich vor Wut.

Das war doch gelinde gesagt absurd.

Warum hast du nicht früher Bescheid gesagt, hatte ich sie gefragt. Es wäre kein Problem gewesen.

Aber ich habe dir doch schon gesagt, dass ich es erst heute erfahren habe!, rief sie. Du nimmst ihn doch nie! Und das ist eine Chance für mich, ich kann das Angebot nicht ausschlagen!

Du brauchst nicht so zu schreien, sagte ich. Was ist mit deinen Eltern?

Die sind in fucking Thailand!

Und dein Bruder?

Aber *du* bist sein Vater. Verdammt, Egil!

Kannst du ihn nicht mitnehmen, fragte ich.

Sie hatte aufgelegt.

Ich vermisste den Jungen ja, darum ging es nicht. Aber er konnte nicht einfach so vorbeikommen. Ich musste mich vorbereiten, mich darauf einstellen. Denn wenn er hier war, ging es um nichts anderes. Er nahm allen Raum ein.

Der Anstieg zum Wald begann, und ich ging aus dem Sattel.

Heidelbeersträucher und Heidekraut und Moos auf dem Waldboden. Das weiße Schimmern der vielen Birken weiter hinten, wo der Sumpf begann.

Warum war das nicht gut genug? Warum war das für sich genommen nicht genug?

Im Wald war es wenn möglich noch heißer, und ich spürte, dass der Schweiß wie ein Gurt vom Nacken her auf dem Rücken des Hemds lag, als ich mich wieder setzte und die Straße hinabfuhr.

Ich bin hier, in diesem Augenblick.

Das ist genug.

Kein Smartphone, nur ein kleines Nokia, kein GPS, kein Motor, nur die Pedale, die Räder, die heiße Luft auf dem Körper, der Wald.

Die letzten Kilometer waren leicht, die Straße war entweder eben oder führte sanft abwärts, und nach einer Viertelstunde war ich an der Stelle, wo Arne letzte Nacht den Unfall gebaut hatte. Ich schob das Fahrrad den Weg zum Geröllufer hinunter, trug es dort über die Steine und in den Wald auf der anderen Seite, wo die Bucht lag, in der ich das Boot vertäut hatte. Es war anstrengend, denn dort wuchsen große Schlehendorn- und Hagebuttensträucher mit Dornen, über die ich das Fahrrad hinwegheben musste, ehe ich selbst ihm folgen konnte, und die niedrigen, windgepeitschten Fichten, die eher Sträuchern ähnelten, waren ebenfalls schwer zu umschiffen, wenn man ein Fahrrad trug. Alles nur wegen diesem Idioten Arne, dachte ich und setzte das Fahrrad ab, um eine kurze Pause zu machen.

Auf merkwürdige Weise sonnte er sich im Glanz von Toves Irrsinn. Er schien zu glauben, dass dieser ihn bedeutend machte.

Aber Angst, das ist die Hölle. Depression, Hölle, Psychose, Hölle.

Der Weg, auf dem ich stand, war aus trockener Erde, voller kleiner Zweige und gelber Tannennadeln, gesäumt von Steinen und Unterholz. Die Sonne schien direkt auf ihn herab und verlieh allem einen goldenen Schimmer, als hätte jedes kleine Ding einen eigenen Glorienschein. Ich zündete mir eine Zigarette an und sah weiter drinnen einen großen Ameisenhaufen auf einer winzigen Lichtung zwischen ein paar schiefgewachsenen, ziemlich niedrigen Kiefern.

Ich schob die Äste zur Seite und ging hin, hockte mich mit der Zigarette in der Hand davor. Der Haufen wimmelte nur so von Ameisen, die ganze Oberfläche bewegte sich, als wäre sie lebendig und gehörte zu einem Tier. Einen Augenblick später krabbelte die erste Ameise auf meinen Fuß. Braun und schwarz, mit ihren kleinen, perfekten Kugelgelenken, rannte sie furchtlos den Riemen der Sandale hinauf. Weitere folgten. Ich fragte mich, was sie wollten. Mich beißen, um mich zu verjagen? Oder glaubten sie, ich wäre eine Art Baum, auf den sie klettern konnten?

Ich fegte sie behutsam weg, richtete mich auf und wich ein paar Schritte zurück.

An dem Baumstamm neben mir lag im Sonnenlicht glänzend etwas Seltsames. Zunächst dachte ich, es wäre eine halb verrottete und unförmige Jacke, aber als ich mich darüber beugte, sah ich, dass es eine Art Haut sein musste. Sie war trocken und halb durchsichtig wie Schlangenhaut, die man im Frühjahr manchmal im Wald fand, aber es war keine Schlangenhaut, dafür war sie viel zu groß.

Vorsichtig nahm ich sie zwischen Daumen und Zeigefinger und zog sie heraus.

Du meine Güte.

Sie war ungefähr so lang wie ein Kind.

Zu welchem Tier sie wohl gehört hatte?

Dünn, trocken und schuppenartig war sie.

Ich richtete mich auf und sah mich um.

Es war ganz still, selbst das Meer gab keine Laute von sich.

Doch: ein Bootsmotor auf vollen Touren, er schoss im Westen in Richtung offenes Meer vorbei.

Bei solchen Gelegenheiten hätte ich gern ein Smartphone, dachte ich und ging wieder zu meinem Fahrrad. Dann hätte ich jetzt ein Bild von der Haut machen können, falls es denn eine war, um sie später vielleicht zu googeln. Mit dem Morgenstern, dieser seltsamen Doppelreferenz in der Bibel auf den Teufel und auf Jesus war es das Gleiche. So musste ich mich hinsetzen und blättern.

Aber das war ja eigentlich kein großes Opfer. Im Grunde war es sogar besser. So blieb Zeit zwischen Frage und Antwort, oder Raum: Eine Strecke musste zurückgelegt werden. Eine Arbeit musste verrichtet werden.

Das Wissen war gleich, aber die Anstrengung erhöhte seinen Wert.

War es nicht so?

Oder war das nur wieder so ein Gedanke aus den Achtzigern? Als Widerstand ein Zeichen für Qualität gewesen war? Lärm in der Musik, Unlesbarkeit in der Literatur?

Ich hob das Fahrrad an, legte mir den Rahmen auf die Schulter und ging das letzte Stück durch den Wald zum Boot, das genau dort lag, wo ich es vertäut hatte, und in dem Motor und alles an seinem Platz war. Ich löste die Leine und holte es ein, zog es ein wenig auf den kleinen Strand, legte das Fahrrad an Bord, schob es hinaus und watete hinterher, stieg ein, zog den Anker hoch, ließ den Motor an und fuhr langsam hinaus.

Es war zwar genauso brütend heiß, aber hier, im Offenen, kam die Hitze einem frischer vor.

Ich drehte mich um und sah die Wellen, die sich hinter mir in einem V ausbreiteten, die Landschaft, die dem Meer gleichsam entgegenkam, wenn sie sich mit immer niedrigerer Vegetation zur Wasserfläche senkte, bis sie schließlich hineinglitt und verschwand.

Ich zog das Telefon heraus, um zu sehen, ob Camilla mich per SMS heruntergeputzt hatte, wovon ich ausging. Es war so hell, dass ich mich darüber beugen und es zusätzlich mit der Hand abschirmen musste, damit genügend Schatten da war, um etwas zu sehen.

Ja genau, eine SMS von ihr.

Ich öffnete sie.

Viktor sitzt im Bus auf dem Weg zu dir. Du holst ihn um zwanzig vor zwölf am Busbahnhof ab. Camilla.

Was zum Teufel?

War sie verrückt geworden?

Das konnte sie nicht machen.

Wir hatten doch gar nichts abgesprochen!

Und wenn ich krank wäre?

Und ich hatte ihr doch gesagt, dass ich nicht konnte!

Ich kann doch nicht!

Und wer soll sich dann um ihn kümmern?

Denkt sie gar nicht daran, was für *ihn* das Beste ist?

Ich hatte große Lust, das Telefon ins Meer zu werfen, besann mich aber eines Besseren, legte es neben mir auf die Ducht und beschleunigte, bis das Boot mit angehobenem Bug dahinglitt.

Verfluchte blöde Kuh.

Halb zwölf?

Das war ja schon bald!

Ich griff erneut nach dem Telefon und schrieb ihr eine Nachricht, während ich gelegentlich hochschaute, um zu sehen, ob Boote meinen Kurs kreuzten.

Ich kann ihn nicht holen. Dann steht er eben alleine am Busbahnhof. Egil.

Sie ist nicht die Einzige, die Spielchen spielen kann, dachte ich und hielt das Telefon so in der Hand, dass ich es sehen konnte, wenn sie antwortete.

Ich ließ Værøya hinter mir und schwenkte in einem großen Bogen ostwärts. Bei diesem Tempo würde ich nur ein paar Minuten brauchen.

Als ich die Geschwindigkeit wieder drosselte, der Bug sich senkte und das Boot langsam auf den Steg zuglitt, hatte sie immer noch nicht geantwortet. Ich vertäute es, hob das Fahrrad an Land, nahm den Benzinkanister mit und ging zum Haus hinauf.

Es war kurz vor zehn.

Ich musste hin, daran führte kein Weg vorbei. Und danach würde ich ihn in den nächstbesten Bus nach Hause setzen.

Ich stellte den Kanister in den Schuppen, zündete mir eine Zigarette an und holte mir ein Bier aus dem Kühlschrank, öffnete den Sonnenschirm auf der Terrasse, setzte mich und legte die Beine auf das Geländer.

Ich trank einen großen Schluck. Dann rief ich sie an.

Sie meldete sich nicht.

Sie hat mit Sicherheit einen Plan B für den Fall, dass ich nicht hinfahre, dachte ich. Es sah ihr nicht ähnlich, so hoch zu pokern.

Aber sicher konnte ich da natürlich nicht sein.

Was würde passieren, wenn ihn keiner abholte?

Das Jugendamt.

Und das wäre dann ihr Problem, nicht meins. Sie hatte das Sorgerecht.

Aber wenn sie es verlor, würde es dann auf mich übergehen?

Ich *konnte* ihn nicht die ganze Zeit bei mir haben. Das war *völlig* undenkbar.

Hatte sie einen Plan B?

Ich rief wieder an.

Sie meldete sich nicht.

Ich leerte das Bier, ging in die Küche und stellte die Flasche in den Kasten, der neben dem Kühlschrank stand, blieb stehen und schaute ins Wohnzimmer, ohne wirklich etwas zu sehen.

Mein Handy zeigte eine neue Nachricht an.

Werde nicht ans Telefon gehen, wenn du anrufst. Kann nicht schaden, wenn du merkst, wie das ist. Das Boarding hat begonnen. Schöne Zeit mit Viktor!

Ihr triumphierender Ton erfüllte mich mit Abscheu. Ich sah ihren Blick vor mir, den sie immer aufsetzte, wenn sie sicher war, dass sie recht hatte und mich lächelnd ansah. Ihre Augen gleichzeitig spöttisch und eiskalt.

Zum Glück waren wir wenigstens nicht mehr zusammen.

Kann ihn leider nicht abholen, schrieb ich. *Hoffe für dich, dass irgendjemand es tut. Du hast das Sorgerecht.*

Das würde ihr zumindest zu denken geben.

Ich holte den Benzinkanister wieder aus dem Schuppen und ging zum Boot hinab.

Sie wusste, dass ich ihn am Ende abholen würde. Sie wusste, wie schwach ich war. Sie hatte gesehen, dass mir Tränen in den Augen standen, wenn wir uns stritten. Und auch wenn plötzlich etwas gut war, hatte sie Tränen in meinen Augen gesehen.

Das war für sie unbegreiflich. Dass man bei einem bisschen unvermittelter Güte feuchte Augen bekam.

Ich hätte nicht weiter mit ihr zusammen sein können.

Mit dem Kanister neben mir auf dem Steg, leuchtend rot vor allem Blau, zog ich das Boot heran, stieg hinein, löste die Leinen und drehte die Benzinleitung auf, setzte vorsichtig in einem Bogen einige Meter zurück, ehe ich schaltete und hinausfuhr.

Sollte ich jemals ein Liebesgedicht schreiben, würde es sich an die Schären richten. An das maritime Leben, in dem das Wasser die Straße ist und Boote die Verkehrsmittel sind. Es war mir nie gelungen, irgendwem dieses Gefühl zu vermitteln, das in mir aufstieg, wenn ich in der Stadt die Piere sah, an denen die Leute ihre Boote vertäuten, die Fähren, die zu den Inseln hinausfuhren, das Wasser, das gegen die Mauern des Bankgebäudes, des Hotels, der Lagerhäuser schlug, die an der Straße lagen, der Fischmarkt mit seinen Makrelen auf Eis in Styroporkisten, die Flaggen, die im Wind vom Meer her schlugen, und die klirrenden Stangen. Der Wald auf den großen Inseln, die grasbewachsenen Senken auf den kleinen Eilanden, der Leuchtturm am Rand des offenen Meers, die Fische in der Tiefe, die Krebse nachts auf den Seepocken. Ich hatte im Laufe der Zeit viele Male versucht, es zu erklären, meinen Freunden und Liebsten, und sie verstanden natürlich, was ich sagte, und nickten und stimmten mir zu, dass es hübsch war. Aber es war doch nicht hübsch! Wenn ich es sah, die Wasserstraßen und die Schiffe und die Häuser, die sich dem Meer zuwandten, und das Meer, das an Land stieß, ob es nun Felseneilande, Inseln, Buchten oder Städte waren, wenn ich das sah, traf mich dieses Fremde mit ungeheurer Wucht, es war so anders, fast schon der Beginn einer neuen Welt, einer Wasserwelt. Ja, wenn ich mit meinen Einkaufstüten den Platz überquerte und die Treppen zum Boot hinabstieg, das mitten in der Stadt vertäut lag, und kurz darauf langsam aus dem Kanal aufs Meer zufuhr, kam es mir vor, als befände ich mich in *Die unsichtbaren Städte* von Italo Calvino.

Das Gefühl nutzte sich niemals ab. Im Gegenteil, mit jedem Jahr, das ich hier wohnte, wurde es stärker.

Es ist nicht völlig undenkbar, dass Viktor die gleiche Beziehung zu dieser Landschaft aufbauen würde, aber sehr wahrscheinlich ist es auch nicht, dachte ich, als ich in den schmalen Sund zwischen den beiden Inseln einfuhr, wo die Häuser zu beiden Seiten dicht an dicht standen, rot oder weiß gestrichen, zwischendrin das eine oder andere ockergelbe, die Fenster im Sonnenlicht blinkend. Er war ein Stadtkind und Stubenhocker.

Aber vielleicht konnten wir uns ja trotzdem ein paar schöne Tage machen.

Fischen und schwimmen gehen und in die Stadt fahren und Eis essen.

Was konnte ein Zehnjähriger mehr verlangen?

Aber eine ganze Woche war lang. Ich sehnte mich jetzt schon danach zu lesen, danach, spazieren zu gehen, weiter zu lesen, wenn die Dunkelheit sich herabsenkte, und vielleicht auch etwas zu schreiben.

Ich fuhr in ruhigem Tempo zwischen den vielen Booten im Sund. Die Leute an Bord benahmen sich unverschämt, sie lagen auf Deck und sonnten sich oder aßen und tranken Bier und hörten Musik, als wären sie in ihren Häusern und bedachten nicht, dass sie sich in einem gemeinsamen Raum befanden.

Ich wünschte, sie wären nicht da. Dass in dem Sund keine Boote, auf den Inseln keine Menschen wären. Damit die Landschaft zum Vorschein kam, wie sie war. Oder besser gesagt, dass ich das Gefühl bekam, *hier* zu sein, genau hier, an einem Ort auf der Erde. Dass die Landschaft in mir heimisch geworden war, und ich in ihr.

So war es hier ja auch im Herbst und den ganzen Winter

und das halbe Frühjahr über. Ich konnte mich also nicht beschweren.

Und andere hatten selbstverständlich genauso das Recht, hier zu sein wie ich.

Aber sie waren in etwas anderem gefangen, wenn sie hier waren. Sie ließen Musik laufen, sie hörten Radio, sie redeten miteinander, sie waren mit ihren Telefonen beschäftigt. Sie brachten ihre eigene Welt mit, nahmen diese nicht in sich auf.

Ich fuhr in den breiten Sund und gab Gas. Es war schon Viertel nach elf, jetzt zählten nur die Zeit und der Weg.

Zwischen den grünen Bäumen, die auf den beiden Inseln wuchsen, drängten in einer Explosion aus Farben und Details Felsen und Häuser hervor. Am Ende des Sunds lag die Stadt, eigentümlich vibrierend unter dem blauen Himmel, mit weißen Häusern entlang der Hügel und dem alten Funkmast, der auf dem Gipfel thronte.

Jesus war ein Eigenbrötler gewesen, er wies alle dafür typischen Charakterzüge auf. Distanzierte sich von seiner Mutter und seinem Bruder, wollte nichts von ihnen wissen. Die Jünger, die er um sich versammelte, waren kein Ersatz für die Familie. Die Beziehung kannte nur eine Richtung: Jesus sprach, die Jünger lauschten, Jesus diktierte, die Jünger gehorchten. Wochen in der Wüste. Eindeutige Todessehnsucht.

Was hatte er in den dreißig Jahren getan, bevor er als Erlöser auftrat?

Erfand er sich damals neu, wurde er deshalb plötzlich sichtbar?

Aus welchem Dasein, aus welchem Leben?

Zu den Dingen, über die ich in diesem Sommer am meisten nachgedacht hatte, gehörte die Frage, ob die Religion – also das Christentum – in erster Linie ein soziales Phänomen war oder ob sie sich vor allem vom Sozialen wegbewegte. Die

Lehre Jesu war ja sozial, die andere Wange hinzuhalten und sich um Kranke und Schwache zu kümmern. Gleichwertigkeit war leicht zu behaupten, und viele behaupteten sie, aber ihre volle Bedeutung war fast schon unmenschlich. Jean Genet schrieb einmal einen Essay über Rembrandt, in dem er scheinbar unmotiviert eine Situation in einem Zugabteil skizzierte, wo auf der gegenüberliegenden Bank ein widerwärtiger Mann saß, und daraufhin gelangte Genet zu einer plötzlichen und erschütternden Erkenntnis durch die Frage, soll *er* genauso viel wert sein wie *ich*?

Die Idioten, Lügner, Mörder, Vergewaltiger, Pädophilen, genauso viel wert wie *ich*?

Ja und noch einmal ja.

Es war das Soziale am Christentum, worüber Nietzsche spottete und das er brutal entlarvte. Durch das Christentum fanden die Schwachen einen Weg, die Starken zu unterjochen. Das Schwache wurde das Starke, das Schlechte das Gute, das Kranke das Gesunde. Die Moral begrenzt, unterdrückt, hindert. Keine richtige Entfaltung, keine richtige Freiheit, keine richtige Größe ist in der Tyrannei der Schwachen möglich. Andererseits konnte man Nietzsche nicht lesen, ohne zu berücksichtigen, dass er selbst ein Verlierer war, schwach und einsam, und dass alles, was er über den Willen, über die Macht und über den Starken schrieb, eine Kompensation für seine eigene Unzulänglichkeit war. Das entwertete seine Gedanken nicht, denn Nietzsche war zweifellos einer der größten Denker seit der Antike, die Freiheit in seinen Gedanken und die Kraft darin waren unübertroffen – aber sie waren genau das, Gedanken. Jesu Gedanken veränderten die Welt. Nietzsches Gedanken veränderten nur die Gedanken. Und Jesus war nicht schwach; seine unerhörte Kraft schimmert in den Evangelien durch, obwohl sie so lange nach seinem Tod geschrieben wurden.

Aber es war nicht seine Botschaft der Mitmenschlichkeit gewesen, die mich bekehrt hatte. Im Gegenteil, hätte ich fast gesagt. Das Problem an unserer Zeit war doch, dass das Menschliche alles schluckte und es nichts mehr außerhalb davon gab. Egal, wohin man sich wandte, man begegnete Augen oder etwas, das Augen gesehen hatten. In gewisser Weise war ich dem Glauben so fern, wie man überhaupt nur kommen konnte. Seit ich mit sechzehn aus der Staatskirche ausgetreten war, hatte ich das Christentum immer nur mit Verachtung gestraft – und im Übrigen auch alle anderen Religionen –, aber ich interessierte mich weiter für den Glauben als Phänomen, dafür, was es eigentlich hieß zu glauben. Er gab dem Leben einen Sinn, nahm ich an, und Sinn interessierte mich. Aber zu glauben, schien mir zu bedeuten, ein System zu bejahen, eine Art Bündel von Vorstellungen und Werten, zusammengestellt von anderen, und der Preis für den Sinn, mit dem man daraufhin belohnt wurde, war die Freiheit. Glauben war etwas für die Einfältigen, die Unselbständigen, die Unterwürfigen, für alle, die sich frohgemut führen ließen. Ich las Kierkegaards *Furcht und Zittern* und begriff, dass es eine andere Art zu glauben gab, und ein anderes Christentum als das von Nietzsche angegriffene – eines, das aus dem Sozialen hinausführte. In dem Buch gab es ein paar seltsame kurze Abschnitte, in denen es um das Kind ging, das von seiner Mutter abgestillt wurde, es war die erste Beziehung, die das Kind hatte, die Symbiose, die Wärme, die Geborgenheit, Dinge, die ihm plötzlich verweigert wurden, und man konnte die Begierde nach dem, was nicht mehr da war, förmlich sehen, und die Hinwendung zu all dem anderen, das noch nichts war. Das waren die Welt der anderen, das Soziale, die Gesellschaft. Der Glaube war dann die Abwendung vom Sozialen, wiederum hin zu etwas, das noch nichts war. Dorthin ging

Abraham, als er den Berg bestieg, um Gott seinen Sohn zu opfern. Er war von Vaterliebe erfüllt, und sein Glaube führte ihn an einen Abgrund. Vielleicht erwartete ihn dort nur Leere, das grauenvolle Nichts. Sein Glaube besiegte die Furcht, und das machte diesen Glauben unmenschlich, denn welcher Mensch kann absichtlich seinen Sohn töten und das Menschliche verlassen, um sich dem Ungewissen zuzuwenden, das vielleicht das grauenvolle Nichts ist? Ich fand den Gedanken faszinierend, aber er bedeutete mir nichts, er hatte keine Konsequenzen, ich konnte ihn einfach nicht in mein Leben integrieren.

Dennoch war offenbar etwas geschehen, im Verborgenen schien eine innere Arbeit stattgefunden zu haben, denn im Winter wurde ich bekehrt. In einem unbeschreiblichen Augenblick des Glücks fügte sich alles zusammen. Die Erkenntnis, denn eine solche war es, war seither verblasst, und ich versuchte unablässig, mich ihr von Neuem zu nähern. Selbst wenn die Tage finster waren, leuchtete dieses Licht immer irgendwo, im Wald oder draußen auf dem Meer in der Welt meiner Seele, es kam nur darauf an, dorthin zu gelangen.

Ich hatte in diesem Winter fast schon vor mich hin vegetiert, hatte lange geschlafen, das Telefon ausgeschaltet, nicht darauf geachtet, mich zu waschen oder saubere Kleider anzuziehen. Ich versuchte, im Laufe des Tages einmal aus dem Haus zu gehen, ansonsten hing ich die meiste Zeit auf der Couch herum. Wenn es dunkel wurde, begann ich zu trinken. In den Jahren zuvor hatte ich oft daran gedacht, wie fantastisch es sein musste, allein im Sommerhaus zu wohnen, und nach Camilla hatte ich es in die Tat umgesetzt. Jetzt war es nicht mehr so fantastisch. Mir war natürlich bewusst, dass es nicht an dem Haus lag, nicht an der Landschaft, nicht an meinem Einsiedlerdasein, sondern an mir selbst. Mir gefiel meine eigene Gesellschaft nicht. Es war eine Ironie des Schicksals, in all diesen Jahren, in meinen unterschiedlichen Beziehungen, hatte ich mich immer danach gesehnt, allein zu sein, und als ich dann endlich die Konsequenzen aus dieser Sehnsucht zog, sehnte ich mich nur weiter. Aber wohin? Ich war mein ganzes Leben weggelaufen, man musste kein Psychoanalytiker sein, um das zu begreifen. Ich glaubte, vor den anderen weggelaufen zu sein – vor meinem Vater und den Brüdern und Torill und dem ganzen Kram, vor Heimatstadt und Heimatland, vor dem Ausbildungseinerlei, vor Therese und Helene und Hanne und all den Frauen, mit denen ich dazwischen zusammen gewesen war, als ich der König der Stadt war –, dabei war es so unübersehbar ich selbst gewesen, vor dem ich davongelaufen war.

Es war eine peinliche Erkenntnis, weil sie so offensichtlich war. Die Menschen in meinem Umfeld hatten das mit Sicherheit schon immer gesehen.

War alles, was man tat, der seelischen Disposition geschuldet?

Ich weigerte mich, dem zuzustimmen, aber als ich mit diesem Schlüssel in der Hand auf der Couch lag, öffneten sich nun einmal alle Türen.

Ich war feige, konfliktscheu, arbeitsscheu, menschenscheu. Ich vermied alle Forderungen, suchte den Weg des geringsten Widerstands, trank zu viel, dachte nur an mich.

Das hatte mich hierhergeführt.

In den ersten Tagen des neuen Jahres begann es zu schneien, dicht und still. Es war um die null Grad, Nebel hing schwer über dem Meer und im Wald. Wenn ich meinen Spaziergang machte, meistens nachmittags, kurz vor Einsetzen der Dämmerung, immer die gleiche Strecke, über die Uferfelsen, über das Geröllufer und zurück durch den Wald, war die Stille so mit Händen zu greifen, dass sie mir unheilverkündend erschien. Der Nebel dämpfte sämtliche Geräusche, packte die Landschaft in Feuchtigkeit ein, außerdem war hier draußen um diese Jahreszeit kein anderer Mensch, und bis zur nächsten befahrenen Straße waren es mehrere Kilometer.

Nur die Geräusche meiner eigenen Schritte, meiner eigenen Gedanken.

Es wurde kälter, eine dünne Eisschicht legte sich auf die Felsen, der Nebel verschwand, nicht aber die Wolken, die wie eine schwarze Wand am Horizont standen. Es wurde stürmisch, gleichzeitig schneite es, die Luft war voller kleiner, harter Körner, die mit dem Wind flogen, in breiten Schichten wirbelnd. Selbst der kurze Weg zum Schuppen, um Brennholz zu holen, wurde zu einer Expedition mit Schal, Mütze und Handschuhen. Als ich wieder hereinkam, legte ich drei der Scheite aus meinen Armen in den offenen Kamin, ließ den Rest in den Kasten daneben fallen, zog die Jacke aus und legte mich auf die Couch. Es war erst elf, aber so dunkel draußen, dass sich ein schwacher Widerschein des Feuers im Fenster zeigte. Leises Dröhnen ertönte unten vom Meer.

Dann: Kirchenglocken.

Besser gesagt, anfangs konnte ich das Geräusch nicht einordnen, es behauptete sich nur schwach im Sturm, verschwand fast völlig im Rauschen der Bäume, dem schwer flatternden Wind, der die Felsen heraufschoss, dem leisen Donnern des Meers.

Ding, ding, ding, erklang es, so schwach und so anders als die übrigen Geräusche hier draußen, dass es sich anhörte, als käme das Läuten aus einem Land jenseits von diesem.

Ich hatte nicht einmal gewusst, dass Sonntag war.

Ich gehe hin, dachte ich und stand auf. Könnte schön sein, mal etwas anderes zu hören als meine eigenen Gedanken.

Und sollte es sich als unerträglich herausstellen, gab es dort immerhin etwas zu sehen.

Ich zog einen dicken Pullover an, Anorak, Mütze und Handschuhe, schlang einen Schal um das Gesicht und trat hinaus. Es schneite nicht mehr, was man jedoch nicht angenommen hätte, denn die Luft war voller Schneekörner, die der Wind von der Erde aufwirbelte und nach Gutdünken umherwarf.

Die Kirche lag auf einem Höhenzug über dem Meer und war von weither zu sehen, wenn man sich mit dem Boot näherte, dagegen fast vollständig verborgen, wenn man die Straße auf der anderen Seite nahm, wie es heute die meisten machten. Eine Wand war aus Stein und stammte aus dem zwölften Jahrhundert, als an der Stelle die erste Kirche errichtet worden war, während der Rest des Gebäudes aus Holz und dem achtzehnten Jahrhundert war.

Ich war auf meinen Spaziergängen einige Male zu dieser Kirche gegangen, man brauchte nicht mehr als zwanzig Minuten dorthin, und ich mochte es, aus dem Wald zu kommen und sie oben auf dem Höhenzug stehen zu sehen: ein Gotteshaus mitten in der Natur in unserer modernen Zeit hatte etwas faszinierend Archaisches. Aber betreten hatte ich sie nie.

Als ich an diesem Vormittag die Tür öffnete, hatte der Gottesdienst bereits begonnen, und die wenigen Menschen, die in der Kirche saßen – es waren sicher nicht mehr als sechs, sieben, höchstens acht, und alle waren alt –, drehten sich bei meinem Eintreten um. Ich zog Mütze und Fäustlinge aus und nickte zurückhaltend, setzte mich an den Rand einer der hintersten Bänke, während ich den Schal abwickelte und den Reißverschluss der Jacke öffnete. Mein Gesicht war durch den schnellen Fußmarsch innerlich erhitzt, außen jedoch kalt vom eisigen Wind. Ich rieb meine Wangen mehrmals mit den Händen und sah dabei zum Pfarrer. Auch er war alt, mit hängenden Wangen und einer Brille, die so dicke Gläser und eine so massive Fassung hatte, dass sie seine Erscheinung vollständig dominierte. Selbst der weiße Talar verschwand beinahe.

Sie waren bis zum Sündenbekenntnis gekommen. Er sah zu Boden, während er es sprach.

Heiliger Gott, unser Schöpfer,
schenke uns deine Gnade.
Wir haben gegen dich gesündigt
und deine Gebote gebrochen.
Vergib uns Jesu Christi zuliebe.
Gib uns die Freiheit, dir zu dienen,
und deine Schöpfung zu bewahren
und unserem Nächsten mit Liebe zu begegnen.

Wäre ich gläubig, dachte ich, würden seine Worte mich sicher trösten. Aber da ich nicht glaubte, hatten die Worte keine Kraft, sie waren mit nichts verbunden. Da war niemand, der Gnade schenkte, niemand, der vergab, niemand, der mir die Freiheit gab.

Ich sah zur Decke hinauf. Sie war grün und mit weißen Wolken bemalt. Die grüne Farbe war schön, aber unerwartet: warum nicht Himmelblau? Die Farbe war wie das Meer über einer tiefen Sandbank an einem Sommertag. Die Wolken waren stilisiert und sahen alle gleich aus. Von diesem Himmel hing ein großes Modell eines Segelschiffs herab. Was für ein Christentum war das? Rokokowolken an einem Himmel des achtzehnten Jahrhunderts in einer maritimen Welt?

Am Ende der Bankreihen stand eine Art Portal, links und rechts eingerahmt von großen, stilisierten Löwen. Hier und da Gemälde mit Motiven aus der Bibel, die früher noch fremder gewirkt haben mussten als heute, weil es damals keine Fotos oder Filme gab, und niemand von denen, die dort saßen, jemals nach Israel hätte fahren können, um den See von Genezareth oder Jerusalem, Betlehem oder Nazareth mit eigenen Augen zu sehen.

Für sie war es ein Märchenland gewesen.

Wie das maritime achtzehnte Jahrhundert mit seinem Wald aus Schiffsmasten im Hafen für uns ein Märchenland war.

Es war eigenartig, in einem Raum zu sein, der so vollgepackt mit Sinn war, hier im Wald am Meer, aber noch eigenartiger ist, dachte ich, dass nichts von diesem Sinn noch gültig ist. Die Erkenntnisse, die sich in all diesen Symbolen niederschlugen, in einer Art Ablagerung von Bedeutung, waren nicht mehr relevant.

Nur ein paar alte, halb schlafende Trauergestalten machten sich noch die Mühe, hierher zu kommen. Die Kirche war für sie eine Art spiritueller Rollator. Als sie gemeinsam mit dem Pfarrer die Lieder sangen, waren ihre Stimmen brüchig und zittrig. Eine Frau sang zwar mit Nachdruck, und vielleicht hörte sie sich selbst dabei als Zwanzigjährige, aber ihre Stimme hatte das Leben hinter sich, nicht vor sich.

Gegen Ende sprach der Pfarrer das Glaubensbekenntnis, und ich spitzte die Ohren.

Ich glaube an Gott, den Vater, den Allmächtigen,
den Schöpfer des Himmels und der Erde.
Und an Jesus Christus,
seinen eingeborenen Sohn, unseren Herrn,
empfangen durch den Heiligen Geist,
geboren von der Jungfrau Maria,
gelitten unter Pontius Pilatus,
gekreuzigt, gestorben und begraben,
hinabgestiegen in das Reich des Todes,

am dritten Tage auferstanden von den Toten,
aufgefahren in den Himmel;
er sitzt zur Rechten Gottes, des allmächtigen Vaters;
von dort wird er kommen,
zu richten die Lebenden und die Toten.

Ich glaube an den Heiligen Geist,
die heilige christliche Kirche,
Gemeinschaft der Heiligen,
Vergebung der Sünden,
Auferstehung der Toten
und das ewige Leben.
Amen.

Das war auch ein Märchen. Geboren von einer Jungfrau, gleichwohl Sohn eines Königs. Und »am dritten Tag«, warum nicht am zweiten oder vierten?

Dann folgte ein weiteres Sündenbekenntnis, ehe der Gottesdienst mit einem Gebet beendet wurde, und der Küster, ein schielender Mann jenseits der sechzig mit wirren, weißen Haaren, der sich ständig die Lippen leckte, die Runde machte und Geld einsammelte. Ich fand ein paar zerknüllte Fünfhunderter in der Hosentasche, die ich ihm gab, in erster Linie, weil sie mir so leidtaten, es lag nur eine Handvoll Münzen auf dem Boden des kleinen Strohkorbs, den er mir hinhielt.

Draußen: der Wind, das gewaltige Meer, der schwarze Himmel.

Die Autos, die nacheinander auf dem Parkplatz wendeten und im Schneegestöber auf die Straße fuhren.

Der Küster, der die großen Türen von innen abschloss, die Lampen im Kircheninneren, die ausgeschaltet wurden.

Ich nahm den alten Feldweg durch den Wald, in dem der

Wind sich an den Stämmen vorbeipresste und Schnee an ihnen anhäufte, und gelangte auf den großen, offenen Platz hinaus, der vor einigen Jahrzehnten als Schießplatz genutzt worden war, und davor, im Krieg, den Deutschen als Flugplatz gedient hatte, und für den es nunmehr keine Verwendung mehr gab, außer im Sommer, als Parkplatz für die Badegäste. Einige alte deutsche Festungsbauten aus Beton lagen am Rand, dem Meer zugewandt, von dem jetzt der Wind heraufbrauste. Es kann natürlich sein, dachte ich, während ich mit gesenktem Kopf über den Platz ging, dass ihre Art zu glauben archaisch ist, vergangenen Zeiten angehört, während das, woran sie glauben, unveränderlich ist, immer da gewesen ist und immer da sein wird, und dass der Glaube neue Wege dorthin zu finden vermag – und vielleicht auch immer gefunden hat –, von den unterschiedlichen Orten ausgehend, an denen die Kulturen sich befanden?

Das Problem war Jesus. Nichts an ihm war zeitlos, nichts unveränderlich. Er lebte an einem bestimmten Ort zu einer bestimmten Zeit, umgeben von Menschen, die gleichzeitig mit ihm existierten, viele von ihnen bekannte historische Persönlichkeiten. Augustus, Herodes, Pontius Pilatus. Und was mit ihm geschah, geschah nur ein einziges Mal und wurde niemals wiederholt, so wie es sich mit unser aller Leben verhält, die wir unter den Bedingungen der Zeit und der Erde leben.

Die Anbetung Jesu war eine Heiligerklärung von uns selbst, oder nicht? Dass Gott einer von uns wurde?

War das der Beginn der totalen Vermenschlichung des Daseins, in der wir heute lebten?

Ich erreichte das Ende des Platzes und folgte dem Pfad in den Wald hinein. Die gesamte Landschaft um mich herum brodelte. Die Bäume rauschten und knackten, die Wellen dröhnten und fauchten, der Wind heulte. Ich fühlte mich erquickt, eher von dem Interieur als vom Ritual, es hatte gutgetan, in einem Raum zu sein, der so voller Sinn war, auch wenn dieser Sinn für mich nicht relevant war.

Was glaubten sie, die glaubten?

Das hatte ich nie wirklich verstanden.

Weit unten türmten sich wie eine Art Ungeheuer große Wellen auf und warfen sich gegen das Land. Weiter draußen schäumte die See weiß; über ihr hing grauschwarz und tief der Himmel. Als der Weg nach Norden schwenkte, verschwand die See aus meinem Blickfeld, aber ihre Geräusche verschwanden nicht, sie blieben zwischen den Bäumen, wie abgeschnitten von ihrem Ursprung.

Ich wollte Sinn in meinem Leben haben. Aber ich konnte nicht an etwas glauben, an das ich nicht glaubte. Ich konnte mich nicht hinauswerfen und hoffen, dass mich da draußen irgendetwas auffangen würde, einfach weil ich nicht glaubte, dass da draußen etwas *war.*

Ich blieb stehen und sah in den Wald hinein. Die schlanken Kiefern schwankten wie Schiffsmasten im Wind. Weiter hinten wuchs ein dichter Gürtel aus Fichten, ihre Äste wippten auf und ab und wiegten sich, doch sie selbst standen fast regungslos. Es war eine andere Schwere und eine andere Dunkelheit in ihnen.

»Gott, gib mir ein Zeichen!«, sagte ich ins Leere.

Habe ich das wirklich gesagt, dachte ich im nächsten Moment.

Stand ich, ein erwachsener Mann, tatsächlich im Wald und bat um ein Zeichen von einem Gott?

Verlegen und beschämt eilte ich weiter, das halbe Gesicht in dem breiten, dicken Schal verborgen und die Mütze bis zu den Augen heruntergezogen. Plötzlich sehnte ich mich nach der Couch, dem Bett, dem Schlaf, der Dunkelheit.

Über mir bewegte sich etwas, und ich sah hoch.

Ein vollkommen schwarzer und recht großer Vogel flog im Sturm heran. Er taumelte vor und zurück und stand in einem Windstoß plötzlich einen Augenblick still, obwohl er mit den Flügeln schlug. Er landete auf einem Ast in dem Baum direkt über mir.

Es war ein Rabe, und er schaute schräg auf mich herab.

Ich wusste nicht, was ich glauben sollte.

Er öffnete den Schnabel, hob den Kopf nach hinten und rief drei Mal.

Krroaa! Krrooa! Krrroa!

Dann schlug er mit den Flügeln und flog über die Baumwipfel und verschwand.

Aufgewühlt ging ich weiter. Ich hatte um ein Zeichen gebeten, und ein Vogel war gekommen. Das war natürlich purer Zufall gewesen! Wenn es einen Gott gäbe, eine Allmacht, würde es ihn ganz sicher nicht interessieren, was ich machte oder sagte!

Andererseits: Ein Vogel war gekommen. Er hatte mich direkt angesehen. Und er hatte drei Mal gerufen. Nicht zwei Mal, nicht vier Mal.

Nachdem ich an Jesu drei Tage im Totenreich gedacht hatte, an das Märchenhafte daran.

Der Weg führte um eine kleine Anhöhe herum und danach erneut zum Meer hinab. Dort lag gähnend eine alte Sandgrube. Kein Mensch zu sehen. Auch kein Tier, schon gar kein Vogel.

Als ich mit sechzehn Jahren nach Norwegen zog und ins Gymnasium kam, hatte ich in jenem ersten Herbst mit einem Mädchen aus meiner Klasse über Religion diskutiert, sie hieß Kathrine, war gläubige Christin und verteidigte ihren Glauben mit Zähnen und Klauen. Meine Ansichten waren mir gar nicht so wichtig gewesen, ich sagte das alles vor allem, um sie zu ärgern und um ihr aufzufallen. Ja, einige Monate dachte ich an kaum etwas anderes als sie. Eines Tages hatte sie ein Bild in die Schule mitgebracht, um es mir zu zeigen. Es zeigte eine Säule aus Licht, die eine dichte Wolkendecke durchbrach. Du sagst, dass es keinen Gott gibt, meinte sie, und dass er nur etwas ist, was die Menschen erfunden haben. Aber kein Mensch hat das erfunden, sagte sie und hielt mir das Bild hin. Aber das ist doch nur die Sonne, sagte ich daraufhin. Betest du die Sonne an? Ich war ehrlich überrascht über ihre Naivität. Sie war natürlich traurig. Und nun sah ich auf einmal ein Zeichen für Gottes Gegenwart, nicht in der Sonne, sondern in einem Vogel, und nicht als eine unerfahrene Sechzehnjährige, sondern als ein erwachsener Mann mittleren Alters.

Als ich die Haustür öffnete, hatte ich genügend Distanz zu dem Vorfall gewonnen, um über meine eigene Dummheit schmunzeln zu können. Ich trat auf der Türschwelle den Schnee von den Schuhen ab, zog Jacke, Schal, Mütze und Handschuhe aus und hängte alles über zwei Stühle, die ich vor den Kamin stellte, ehe ich drei Scheite in die Glut legte, auf die Knie ging und blies, bis die Flammen sie umspielten. Dann ging ich ins Schlafzimmer, schaltete das Licht ein und stellte mich vor das Bücherregal. Als ich damals *Furcht und Zittern* las, war ich so begeistert von Kierkegaards Gedanken und Stil gewesen, dass ich beim Verlag in Dänemark unverzüglich seine gesammelten Werke bestellt hatte. Es waren über fünfzig Bände, und ich hatte, wie ich zu meiner Schande gestehen muss, keinen von ihnen jemals geöffnet, da sich meine Begeisterung für den Ritter des Glaubens und die Sphäre der unendlichen Resignation und all die anderen Dinge, über die Kierkegaard schrieb, im Laufe der zwei Monate, die es gedauert hatte, bis die Bücherpakete ankamen, in Luft aufgelöst hatte.

Jetzt ließ ich den Blick über die blauen Buchrücken schweifen. Ein Band hatte *Vogel* im Titel, und ich zog ihn heraus. *Die Lilie auf dem Felde und der Vogel unter dem Himmel.* Nachdem ich ein wenig darin geblättert hatte, erkannte ich, dass es eine Predigt war. Die Deutung einer Textstelle aus dem Neuen Testament. Ich nahm das Buch zum Schreibtisch im Wohnzimmer mit, setzte mich und begann zu lesen.

Als ich zum Ende kam, war es draußen dunkel und der Wind hatte sich gelegt.

Ich war von einem so großen Gefühl erfüllt, dass ich nicht wusste, was ich mit ihm anfangen sollte. Die Gedanken waren plötzlich nichts, nada, nothing.

Ich schlug das Buch zu und ging erneut vor dem Kamin in die Hocke, zerknüllte etwas Zeitungspapier, legte Rinde, kleine Zweige und kleinere Holzstücke darauf, stützte darauf wiederum drei Holzscheite gegeneinander wie ein kleines Tipi, zündete an und blieb sitzen und sah das Feuer gelb auflodern, wobei sich ein schwarzer Kreis auf dem Papier ausbreitete, das gleichzeitig zerknitterte und rasch immer kleiner wurde.

Das Reich Gottes war hier.

Ich drehte mich um und fasste die Kleider an, die über dem Stuhlrücken hingen. Mittlerweile waren sie trocken. Ich zog sie an, setzte mich auf den Schemel an der Tür und schnürte die Stiefel zu. Der Schnee vom Vormittag war in kleinen Pfützen geschmolzen, die noch auf dem Fußboden lagen, sich über den lackierten Dielen leicht wölbten. Im Kamin standen die Flammen fast senkrecht. Abgesehen vom Zischen und Knistern des Holzes war es vollkommen still im Raum.

Das Reich Gottes war hier.

Ich stand auf, öffnete die Tür und trat hinaus. Regungslos lag die schneebedeckte Landschaft zum Meer hinab vor mir. Die Sterne am klaren, schwarzen Himmel zitterten. Die Temperatur war kräftig gefallen; es mussten mindestens fünf Grad unter null sein, vielleicht sogar zehn. An der Tür zum Holzschuppen lag eine Schneewehe. Könnte nicht schaden, sie wegzuschippen, dachte ich und ging um das Haus herum und in den kleinen Anbau, wo früher Vaters Auto gestanden hatte, holte den Spaten, kehrte zurück, begann zu schaufeln.

Im Laufe ihres Lebens haben wohl alle einmal oder mehrmals Sehnsucht nach Freiheit empfunden. Die Sehnsucht nach Freiheit ist wie eine Feder, sie wird zusammengepresst, fester und fester, bis sie einen Punkt erreicht, an dem die komprimierten Kräfte freigesetzt werden und die Feder springt. Zum ersten Mal geschieht dies häufig im Alter von siebzehn, achtzehn Jahren, wenn die Kinder das Elternhaus verlassen, und dann wieder mit vierzig, wenn die neue Familie aus Sehnsucht gesprengt wird. Aber nicht nur das Bedürfnis nach Freiheit verändert sich durch das Leben, sondern auch, was man unter ihr versteht. Ich stelle mir die Gesellschaft mit Vorliebe so vor, dass ein Schlüsselbegriff wie Freiheit von verschiedenen Gruppen völlig unterschiedlich verstanden wird, und dass die Kraft, die an den Bruchstellen entsteht, in den Reibereien zwischen den Unterschieden, das ist, was die Gesellschaft vorantreibt – oder zurückwirft, wenn sie diesen Weg einschlägt, oder im Kreis gehen lässt. Die Sehnsucht nach Freiheit führt, wenn sie akut wird, zu einem Aufbruch und dadurch zu etwas Neuem. Ausbrechen, Aufbrechen. Dass dieses Neue oft das Gleiche ist wie das Alte, führt zu Gegeneinsichten, die ebenfalls in der Gesellschaft leben, parallel zur Freiheitssehnsucht, zum Aufbruchsbedürfnis und zum Zukunftsglauben, auch dieser abgestuft, von der milden zur bodenlosen Resignation, von zarten Bewahrungswünschen zu brutalem Stagnationsverlangen.

Hans Jonas, der jüdische Philosoph, der das Standardwerk

über die Gnosis schrieb und ein Schüler Heideggers war und sich wie die anderen bedeutenden Schüler Heideggers von seiner Philosophie distanzierte, in erster Linie nicht, indem sie diese verdammten – wenngleich er auch das tat –, sondern indem sie diese erweiterten, skizzierte gegen Ende seines Lebens einen Vorschlag für eine ökologische Philosophie, und darin verfolgte er einen so ethisch aufgeladenen Begriff wie Freiheit bis weit vor das Entstehen der Menschheit zurück; bis zu den allerersten Formen von Leben zurück dachte er seinen Ursprung. Und die Wirklichkeit: Materie in der Gewalt materieller Kräfte, willenlos, gefangen in mechanischen Handlungsmustern. Strömende Lava, die abkühlt und zu Gestein wird, Meer, das in der Sonne verdampft und so zu Wolken wird, Druckabfälle in der Atmosphäre, die zu Winden führen, Winde, die das Meer stürmen lassen, Wasser, das den Berg erodieren lässt, Sand, der mit dem Wind weht. Elektrische Entladungen, die in Lichtblitzen schräg durch den Himmel zur Erde laufen. Ja, die Sonne, die brennt, die Sterne, die funkeln, der Mond, der in seiner Bahn um die Erde kreist, die wiederum in ihrer Bahn um die Sonne kreist in einer scheibenförmigen Galaxie, die durch das Universum schwebt. Das Leben, selbst das allererste, ungeheuer primitive Leben, befreit sich aus der Materie und der Mechanik dieser Materie. Das Leben ist selbst Materie, und das ist das Wunder, dass die Materie sich von der Materie befreit und, mehr oder weniger unabhängig von den Systemen, tun kann, was sie will. Dass dieser Wille in den ersten hundert Millionen Jahren begrenzt ist und der Handlungsspielraum minimal erscheint, ist bedeutungslos im Verhältnis zum gigantischen und unfassbaren Sprung aus der Materie heraus, den das Entstehen von Leben bedeutet. Aber die Freiheit ist nicht bedingungslos, denn wenn die Materie freigesetzt wird, entsteht gleichzeitig eine Abhängigkeit, die ebenfalls neu und unerhört ist. Das Leben macht eine ständige Zufuhr von Nahrung erforderlich, ob diese nun von der Sonne, dem Wasser, der Erde oder anderem Leben kommt, denn wenn diese abbricht, kehrt die lebende Materie zurück zur nicht lebenden Materie, und die Freiheit endet. Die Dynamik zwischen Freiheit und Abhängigkeit ist mit anderen Worten für Einzeller und Bakterien grundsätzlich die gleiche wie für uns.

Mit sechzehn sah ich nur die eine Seite der Freiheit. Sie war für mich das höchste Gut, und ich bezeichnete mich als Anarchisten. Was mir in Gedanken vorschwebte, war eine Art absolute Freiheit: *Keiner* sollte über mich bestimmen können, ich würde *haargenau* das machen, was ich wollte, und das sollte für *alle* gelten. Es sollte keine Behörden geben, keine übergeordnete Gesellschaftsstruktur, keine Landesgrenzen. In den Diskussionen, an denen ich mich damals beteiligte, begegnete man meinem Standpunkt natürlich mit heftigem Widerspruch und Kopfschütteln. Ohne irgendeine Form von Hierarchie werde die Gesellschaft kollabieren und Kriminalität florieren. Was sei denn, wenn man Lust habe, jemanden zu töten, stünde einem auch das frei? Da keiner über andere bestimmen könne und alles erlaubt sei? Ja, natürlich, erwiderte ich daraufhin, wenn du jemanden umbringen willst, go ahead, feel free. Aber du *wirst* niemanden töten, nicht wahr, selbst wenn du es könntest? Ist da nicht etwas, das dich daran hindert? Das ist deine eigene Moral. *Sie* soll die Grenzen setzen, sonst nichts. Die Menschen bringen sich auch heute um – obwohl wir Gesetze und Gefängnisse und Polizei haben und es eines der größten Tabus überhaupt ist –, tun sie das nicht? Es wird immer ein paar geben, die andere umbringen, auch in einer anarchistischen Gesellschaft. Aber ich denke, es werden weniger sein. Denn nicht nur Gesetze und Regeln kommen von außen, sondern auch ein riesiger Druck, die Anforderungen zu erfüllen und sich einzugliedern, etwas zu leisten, Geld zu verdienen, Dinge und Statussymbole zu erwerben, und diejenigen, die durch das Raster fallen, finden ihre Freiheit im Kriminellen. Verstehst du? In einer Gesellschaft ohne diesen Druck, in der alle frei sind, wird zwar nicht jegliche Kriminalität wegfallen, aber große Teile von ihr. Oh, was bist du naiv, sagten sie daraufhin selbstverständlich. Ihr seid naiv, konterte ich genauso selbstverständlich. Der Mensch allein ist grundsätzlich gut, es ist die Gesellschaft, die ihn böse werden lässt. Hast du jemals ein böses Baby gesehen?

Es war nicht sonderlich schwer zu erkennen, warum diese Ansichten in mir entstanden waren. Vater hatte die Reederei von seinem Vater übernommen, und von mir als seinem ältesten Sohn wurde erwartet, dass ich es ihm gleichtun würde. Vater sprach das niemals offen aus, und als ich mich in eine andere Richtung entwickelte, die gelinde gesagt nicht zu einer Karriere im Business passte, ließ er sich keine Enttäuschung anmerken. Ich begriff, dass er mich schon vor langer Zeit abgeschrieben hatte. Aber *ich* spürte den Druck, *ich* spürte, dass ich ihn enttäuscht hatte.

In meiner Kindheit war Vater immer auf der Arbeit und kam meistens erst nach Hause, wenn ich schon im Bett lag, und obwohl er niemals Hand an mich legte und mir gegenüber kaum jemals die Stimme erhob, gab es etwas in seinem Wesen, ganz gleich, wie gelassen und milde er wirkte, das mir sagte, dass er mich nicht mochte. Ich war als Kind dick, das stieß ihn mit Sicherheit ab, außerdem war ich so schüchtern, dass ich unfähig war, unseren Gästen in die Augen zu sehen oder etwas Vernünftiges oder zumindest Verständliches zu sagen. Er tolerierte es, solange wir unter uns waren, aber wenn wir Gäste hatten, sah ich, dass es ihn quälte, obwohl er es mit Scherzen überspielte. Am liebsten blieb ich allein, bis ich zwölf wurde, war mein Zimmer voller Figuren, und es war mir auch nicht fremd, mit Puppen zu spielen. Meine Brüder waren ganz anders, vor allem Harald, der nur ein Jahr jünger war und meine Schwächen in unserer Kindheit ausnutzte, so gut er konnte. Mächtig ist, wem wir Macht verleihen, schrieb Nietzsche, aber das wusste ich damals natürlich nicht und fand mich damit ab, drangsaliert zu werden, damit ich einfach meine Ruhe hatte. Wenn ich nach einer Auseinandersetzung mit Harald weinte, wurde nicht mit Harald geschimpft, sondern mit mir, weil ich älter war und derjenige sein sollte, der meinen Bruder quälte, und nicht der, der von ihm gequält wurde.

Als Erwachsener entwickelte ich ein gutes Verhältnis zu ihnen, und im Grunde war an meiner Kindheit auch gar nichts auszusetzen; wir lebten einfach in verschiedenen Welten. Als Vater sechzig wurde, zog er sich zurück, und Harald, der an der London School of Economics studiert und danach in derselben Stadt einige erfolgreiche Jahre für Goldman Sachs gearbeitet hatte, übernahm. Gunnar, der drei Jahre jünger war als ich, hatte einen ähnlichen Weg eingeschlagen und war mittlerweile Leiter eines Pharmaunternehmens, in das er während dessen Gründungsphase eingestiegen war und das derzeit mit Hilfe eines neuen Medikaments gegen Depressionen, das eigentlich ein Halluzinogen war, rasant wuchs. Alle drei lebten nach wie vor in London. Vater hatte das Haus in Hampstead verkauft und wohnte dauerhaft in einem Hotel im Zentrum. Wenn ich recht sah, ging es ihm gut, er widmete sich seinem Hobby, dem Sammeln von Kunst, und ging zu allem, was es an Ausstellungen und Vernissagen und Essen in der Kunstwelt gab. Sein Spezialgebiet war der Konstruktivismus. Ich hätte ihm zu diesem Thema gern das eine oder andere gesagt, hatte aber nicht das Herz dazu. In der Geschäftswelt hatte er im

Mittelpunkt gestanden, hatte er alles unter Kontrolle gehabt und besser gewusst als die meisten anderen, wie alles funktionierte. Nun schien er zu glauben, dass es sich in der Welt der Kunst genauso verhielt, nicht zuletzt, weil er überall willkommen war. Aber willkommen war er wegen seines Geldes, und die Leute, also die Künstler oder Galeristen oder Kuratoren, die ihm zuhörten, wenn er sich über seine geliebten russischen Konstruktivisten oder amerikanischen Pop-Art-Künstler ausließ, von denen er auch viele gekauft hatte, taten es aus Nachsicht, nicht aus Interesse, und er langweilte sie sicher nicht zu knapp. Vater war ein relativ kleiner Mann, selbstsicher, ohne selbstverliebt zu sein, gepflegt und penibel gekleidet mit seinen weißen Hemden, blauen Jacketts, braunen Schuhen, Krawatten und Manschettenknöpfen und freundlichen Augen, die kalt werden konnten, sobald der wahrscheinlich nicht angeborene, aber jahrelang eingeübte Zynismus durchschlug. Er verstand sich gut darauf, andere Menschen einzuschätzen, aber vieles andere ging leider völlig an ihm vorbei, weil es keine Tiefe in ihm gab.

Torill lernte er in der Norwegischen Gesellschaft kennen, als sie als Au-pair in London arbeitete, sie war eine skandinavische Schönheit, und als die beiden ein Paar wurden, bekam sie ein Leben, dass sie sicher nicht für möglich gehalten hatte. Sie war einigermaßen neurotisch und liebte mich mehr als jeden anderen. Torill hatte Tiefe, aber sie war auch unreflektiert, ihre Gefühle waren völlig ungeordnet, für sie war alles intensiv. Schon als ich noch ziemlich klein war, ging sie mit mir ins Kino, und noch ehe ich dreizehn, vierzehn war, hatte ich mich zu einem wahren Cineasten entwickelt. Filme waren der Ort, an dem ihre Gefühle freigesetzt wurden, wo sie sich nicht nach innen kehrten, sondern nach außen, und das muss herrlich für sie gewesen sein.

Sie ließen sich in dem Sommer scheiden, als ich sechzehn wurde, und wir Jungen zogen mit ihr zurück nach Norwegen. Torill verstand es meisterhaft, mir Schuldgefühle und ein schlechtes Gewissen einzuflößen, flocht unaufhörlich kleine Bänder, mit denen sie mich an sich fesselte. Sie war damals erst vierzig und noch attraktiv, aber für sie war etwas zusammengebrochen, vielleicht auch, weil sie sich im Grunde nie etwas Eigenes aufgebaut hatte, und da half es ihr auch nicht, dass ihre Familie in derselben Stadt lebte, im Gegenteil, es infantilisierte sie ein wenig.

In dem Jahr vor unserem Umzug war ich in die Höhe geschossen und nicht mehr dick, als ich ins Gymnasium ging. Ich sah recht gut aus, aber das nützte mir nichts, genauso wenig, dass ich aus London kam, obwohl ich gedacht hatte, das würde mich automatisch beliebt machen. Ich galt als sonderbar, was vermutlich daran lag, dass ich so schüchtern war und anderen Menschen gegenüber niemals die Initiative ergriff, sondern davontrottete, und dass ich in manchen Schulstunden mit Feuereifer bei der Sache war. Torill fragte mich nach den Mädchen in der Schule aus, und ich antwortete so ehrlich ich konnte, aber Kathrine erwähnte ich nie, auch wenn ich deshalb das Gefühl hatte, Torill zu betrügen. Es war nichts zwischen uns, aber sie war mir heilig, ein Ort in meinem Herzen, den ich abschirmte, wenn ich in meinem Zimmer auf dem Bett lag und las und davon träumte, aufzustehen und aus dem Zimmer zu gehen, um niemals zurückzukehren.

Ich entdeckte Bjørneboes Bücher und identifizierte mich sehr mit ihm: Auch er war der Sohn eines Schiffsreeders und ein Anarchist gewesen. Ich las Kaj Skagens *Bazarovs Kinder* und Erling Gjelsviks *Totes Rennen*, was mich zu Hemingway führte, von dem der Weg kurz war zu Turgenjew und von diesem noch kürzer zu Dostojewski.

Ich fantasierte darüber, jemanden umzubringen, nicht Torill, obwohl das mein Leben fantastisch gemacht hätte, sondern irgendeinen beliebigen Menschen. Ich wusste, dass die Gefahr, überführt zu werden, verschwindend gering war, wenn es zwischen Mörder und Opfer keine Verbindung gab. Aber da ich mich so schnell schuldig fühlte – ich konnte keiner Fliege etwas zuleide tun, ohne dass es mich quälte –, ahnte ich, dass ich danach untergehen würde. Torill zu verlassen, würde ich auch nicht schaffen. Vater zu widersprechen? Nicht ohne Tränen in den Augen.

Im Sommer nach meinem Abitur reiste ich fort von allem, und als ich an Deck der Fähre nach Dänemark stand und Norwegen außer Sichtweite verschwinden sah, war ich von einem unbändigen Glücksgefühl erfüllt. Ich würde ein Jahr weg sein, nur auf dem Kontinent umherreisen und hier und da arbeiten, um an Geld zu kommen: In meinem Rucksack lag ein Buch mit dem Titel *Vagabund in Europa*, in dem verschiedene Jobs aufgelistet waren, an die man leicht herankommen konnte, als Orangenpflücker in Spanien zum Beispiel, oder als Tagelöhner in französischen Häfen. Völlig frei war ich jedoch nicht, denn Torill hatte mich inständig gebeten, täglich anzurufen, und ich hatte es nicht geschafft, mich zu weigern. Anfangs, auf der Reise nach München, von wo aus ich über die Alpen fahren wollte, versuchte ich ein paar Mal, sie nicht anzurufen. Aber dann war sie so verzweifelt, hatte sie solche Angst um mich, wie sie sagte, so dass ich nicht das Herz hatte, es wieder zu tun.

Ich reiste kreuz und quer durch Italien und nahm in Brindisi die Fähre nach Griechenland und fuhr zu einer der Inseln, ehe ich wieder Kurs nach Norden nahm und Ende September in Zürich ankam. Dort erlitt ich eine Art Zusammenbruch, ich bekam am Abend plötzlich wahnsinnige Angst, ich fürchtete mich vor dem Leben, fürchtete mich vor allem, was passieren würde und war am nächsten Morgen unfähig aufzustehen. Ich lag den ganzen Tag im Bett, versuchte zu schlafen, um zu entkommen, was mir nur teilweise gelang, und als es dunkel wurde, war ich so in Panik, dass ich am ganzen Leib zitterte. Ich hatte Hunger, aber keine Möglichkeit, mir etwas zu essen zu beschaffen. Und die Angst verdoppelte sich, denn ich hatte auch Angst davor, dass ich solche Angst hatte. Und weil ich ganz allein in einer fremden Stadt war. Torill konnte ich nicht anrufen, das wusste ich trotz meines fragilen Zustands immerhin. Vater genauso wenig, die Niederlage wäre zu groß gewesen. Am Ende tat ich es dann doch. Setzte mich zitternd mit dem Telefon auf den Fußboden, hörte das Freizeichen und wählte seine Nummer.

»Stray?«, sagte er am anderen Ende.

»Ich bin's, Egil«, flüsterte ich.

»Was?«, sagte er. »Wer ist da?«

»Egil«, sagte ich.

»Egil!«, sagte er. »Wo in aller Welt bist du?«

Ich begann zu weinen.

»Stimmt etwas nicht?«, fragte er. »Was stimmt nicht? Ist etwas passiert?«

Ich war unfähig zu sprechen, ich weinte und weinte nur pausenlos, dann legte ich auf. Ich war nicht einmal in der Lage, ins Bett zu gehen, blieb auf dem Fußboden liegen. Das Telefon klingelte. Ich hob den Hörer ab und hielt ihn ans Ohr.

»Egil?«, sagte Vater. »Ich weiß, in welchem Hotel du bist. Wenn du mir jetzt nicht klar und deutlich widersprichst, schicke ich einen guten Freund vorbei, der dir hilft.«

»Ja«, flüsterte ich.

»Ich weiß nicht, was passiert ist«, sagte er. »Aber wir kriegen das schon wieder hin. Das ist kein Problem.«

Ich weinte so, dass ich schluchzte, wollte nicht, dass er es hörte, und legte auf. Eine Stunde später klopfte es an der Tür. Ich lag im Bett und brachte kein Wort heraus. Ein Mann zwischen vierzig und fünfzig, in einem Anzug, trat ein. Er trug eine viereckige Brille mit schmaler Fassung, sein Gesicht war ebenmäßig und nicht sonderlich ausdrucksvoll, wären da nicht seine Lippen gewesen, die voll und ein wenig schief waren.

»Guten Tag, junger Mann«, sagte er auf Deutsch. »Es läuft nicht so gut, habe ich gehört?«

Ich sah ihn nur an. Bebte innerlich.

»Ich heiße Dieter. Ich bin ein Freund deines Vaters. Ich bin gekommen, um dir zu helfen.«

Er lächelte. Seine Haare waren schütter und sandfarben. Die Augen blau.

»Als Erstes müssen wir dich hier wegschaffen«, sagte er. »Bist du in der Lage, dich anzuziehen?«

Ich sagte nichts.

»Immer mit der Ruhe«, sagte er. »Ich helfe dir.«

Er öffnete meinen Rucksack und holte ein paar Kleidungsstücke heraus, hielt das blaugrüne Paisley-Hemd vor mir hoch.

»Ist das okay?«

Ich antwortete nicht, schaffte es nicht, und er lächelte wieder, suchte eine Hose heraus und setzte sich auf die Bettkante, zog die Decke zur Seite und begann, mir die Hose anzuziehen. Dann legte er die Handfläche unter meinen Rücken und drückte mich hoch und zog mir das Hemd an, nahm sich alle Zeit der Welt, knöpfte sorgsam sämtliche Knöpfe zu.

Schuhe. Jacke.

Er packte den Rucksack, warf ihn sich auf den Rücken, nahm meine Hand und zog mich hoch. Er legte den Arm um mich, und so verließen wir das Hotelzimmer. Er habe schon bezahlt, sagte er. Jetzt würden wir zu ihm fahren, dort könne ich diese Nacht schlafen, ehe ich das Flugzeug nach London nähme, wo mein Vater mich abholen würde. Ob sich das gut anhöre? Ob sich das wie ein guter Plan anhöre?

Ich weinte.

Er habe zwei Kinder, erzählte er mir, während wir aus der Stadt hinausfuhren. Sie seien sechs und acht Jahre alt und ziemliche Rabauken, aber ich solle sie gar nicht beachten.

»Hast du Hunger?«

Ich nickte.

Er parkte vor einer Villa, ging um den Wagen herum und öffnete mir die Tür, als ich einfach sitzen blieb. Seine Frau, die ein sanftes Gesicht mit Sommersprossen auf der Nase ganz oben und weitere auf den Wangen und recht schmale Augen mit Lachfältchen hatte, stand in der Küche und wusch Gemüse in der Spüle, als wir eintraten.

»Das ist Egil«, sagte Dieter. »Egil, das ist meine Frau Annika. Egil fühlt sich nicht richtig fit, deshalb gehen wir ins Gästezimmer. Haben wir etwas zu essen für ihn?«

»Ja, sicher«, sagte Annika.

Wie ich den Abend und die Nacht überstand, weiß ich nicht mehr. Wahrscheinlich schlief ich. Am nächsten Morgen kam eine Krankenschwester zum Haus, die mich nach London begleitete. Dieter fuhr uns zum Flughafen. Er verabschiedete sich herzlich von mir und umarmte mich, als wären wir alte Freunde. In Heathrow wartete Vater auf mich, er war freundlich, aber reserviert. Es gebe bei ihm daheim niemanden, der sich um mich kümmern könne, sagte er, deshalb habe er mir einen Platz in einer kleinen, privaten Klinik in der Nähe besorgt, wo ich bleiben könne, bis ich mich erholt hätte.

Er hatte sich vermutlich eine Woche, vielleicht auch zwei vorgestellt. Ich blieb sechs Monate. Ich erinnere mich an kaum etwas aus dieser Zeit, alles ist verschwommen. Ich weiß, dass ich nicht lesen, kein Radio hören, nicht einmal Musik hören konnte. Es lag nicht daran, dass ich nicht fähig war, mich zu konzentrieren, wenngleich mir auch das schwerfiel, es ging vielmehr darum, dass für etwas, das von außen kam, kein Platz war, und dass alles von außen schmerzte. Es schmerzte sogar, einen Blumentopf oder Vorhang anzusehen. Es war schrecklich. Aber am schrecklichsten war vielleicht, dass es keinen Ausweg gab. Ich musste die ganze Zeit im Schwarzen, Schmerzhaften verweilen. Ich sprach mit keinem, öffnete den Mund sechs Monate lang nur, um zu essen.

Als ich entlassen wurde, war es Frühling. *Daran* erinnere ich mich. Vater holte mich am Vormittag ab, ich hatte gepackt und alles vorbereitet. Torill wollte auch kommen, aber ich hatte erklärt, das gehe nicht. Sie wohnte in einem Hotel und wartete darauf, mich treffen zu dürfen. Aber nicht deshalb erinnere ich mich so gut, jedenfalls nicht nur. Denn als ich Vater zur Tür hinaus und zum Auto folgte, unter einem weißen und milden Frühlingshimmel, empfand ich sehr intensiv, dass die Welt mir nicht wohlgesonnen war. Dass mein Leben zu nichts Gutem führen würde.

Das Ganze war einigermaßen ironisch. Auf einer der griechischen Inseln hatte ich eine Art Vision gehabt. Nicht auf Patmos, von dieser Insel wusste ich damals nichts, auch nicht auf Hydra, sondern auf einer völlig unbekannten, kleinen und unbedeutenden Insel, auf der ich eine Woche gewohnt hatte. Es war keine große Vision gewesen, sie war zu klein, um sie jemandem anvertrauen zu können, für mich selbst war sie dennoch groß. Morgens watete ich zu einer Insel hinaus, die ein Stück vom Strand entfernt lag, mit Essen und Handtuch und Kleidern und Büchern in einem Rucksack, den ich mir über den Kopf hielt, und verbrachte dort den ganzen Tag allein, las und ging schwimmen und sonnte mich, und an den Abenden aß ich in einem der Restaurants, trank ein paar Bier und beobachtete die Leute. Auf der Insel war ich nervös und ein wenig ängstlich und wollte im Grunde vielleicht gar nicht dort sein, es war, als sehnte ich mich nach etwas, ohne recht zu wissen, wonach. Nicht nach Leuten, denn in dem kleinen Dorf war ich Abend für Abend von Menschen umgeben, und ich wollte auch von dort weg – vor allem, wenn jemand anfing, mit mir zu reden –, aber wieder nicht auf eine intensive oder brachiale Art. An einem der Abende beschloss ich, einen Spaziergang zu machen. Ich ging durch die schmalen Gassen bergaufwärts und kam zu dem Punkt, wo das Dorf endete und der kahle Berg begann, und stieg weiter hinauf, plötzlich wollte ich zum Gipfel. Dort stand ein hoher Funkmast, der im Dunkeln rot blinkte. Ich setzte mich und zündete mir eine Zigarette an, schaute aufs Meer hinaus, das vollkommen schwarz war mit kleinen Lichtpunkten von den Schiffen weit draußen, und zum Himmel, der auch schwarz war, aber in einem ebenmäßigeren Schwarz als dem, an das ich vom Nachthimmel daheim gewöhnt war. Ab und zu blinkten auch an ihm die Lichter der Flugzeuge, die zum Flughafen von Athen oder von ihm fort flogen.

Ist es denkbar, ein Mensch ohne Namen zu sein, dachte ich auf einmal.

Ohne Identität?

Ist es denkbar, ein Mensch ganz ohne Verbindungen zu irgendetwas zu sein?

Nicht zur Vergangenheit oder Geschichte, nicht zur Familie oder Gesellschaft?

Ist es denkbar, nichts als *ein Mensch auf Erden* zu sein? Der gehen konnte, wohin er wollte, ohne irgendetwas von dem, was er sah, in ein System einzuordnen, sondern völlig frei dachte, das heißt, der das, was er sah, einfach immer wie zum ersten Mal sah? War es denkbar, ein Mensch zu sein, der nur existierte? Der keine Ambitionen hatte, keine Pläne, keine Theorien? Dass ich nicht Egil Stray, sondern nur jemand, irgendwer, niemand war. Dass ich ein Ort war, durch den die Welt strömte, ohne haften zu bleiben, und der seinerseits durch die Welt strömte, ohne an ihr haften zu bleiben.

Oder anders ausgedrückt: War es denkbar, *vollkommen* frei zu sein?

Das war die Vision. Ein Mensch ohne Namen, ohne Geschichte zu sein. *Nur ein Mensch zu sein.*

Die Vision war so klein, dass sie für andere sinnlos war. Jedenfalls ahnte ich, dass diejenigen, mit denen ich später darüber sprach, es nicht so verstanden, wie ich es verstand. Schließlich war es ein so simpler Gedanke, dass er kaum Gedanke genannt werden konnte. Ja, natürlich. Ja, keinen Namen zu haben. Keine Identität zu haben. Interessant. Du meinst also, ein bisschen so wie ein Tier?

Für mich war der Gedanke mit Fleisch und Blut und bebenden Nerven erfüllt. Ich wusste durchaus, dass er nicht durchführbar war, dachte aber, dass ich ihn als etwas betrachten konnte, wonach sich streben ließe, als eine Art Lebensideal.

Aber wie wurde man ungebunden?

Ich konnte mir beispielsweise eine größere Segeljacht kaufen und zu einer Weltumseglung aufbrechen, allein in meinem Boot, segeln, wohin ich wollte, an Land gehen, wo ich wollte; Vater würde mir das sicher ermöglichen, wenn ich ihn fragte, und selbst wenn es ihm nicht gefiel, sah er ja, in welche Richtung ich mich bewegte, und hatte mich bestimmt längst abgeschrieben. Doch schon damals ahnte ich, dass die Bindungen eine Variable im Inneren sind, weshalb es nicht hilft, das Äußere zu entfernen.

Dennoch bedeutete der Gedanke mir in den folgenden Wochen viel, und ich nahm an, dass es für den Rest meines Lebens so bleiben würde. Doch als ich zusammenbrach, veränderte sich alles, mein ganzes Leben veränderte sich auf einen Schlag, denn danach ging es immer nur darum, dass ich nicht wieder dort landen durfte, an diesem schrecklichen Ort, der in meinem Inneren war. Die Ärzte sprachen von festen Strukturen, festen Zusammenhängen, Übersichtlichkeit und Regelmäßigkeit. Das war natürlich das Gegenteil von dem, nur ein Mensch zu sein.

All das, ja, im Grunde alles in meinem Leben, stand an jenem Wintertag im Sommerhaus auf dem Spiel und fand so plötzlich und unerwartet seinen Platz in der Bekehrung.

Wie soll ich es erklären?

Das kann ich nicht.

Als ich *Die Lilie auf dem Felde und der Vogel unter dem Himmel* später noch einmal las, fiel es mir schwer zu verstehen, was mich damals so beeindruckt hatte. Ich konnte die großen Gefühle nicht auf einen bestimmten Satz oder Abschnitt zurückführen, obwohl viele von ihnen, in offenkundiger innerer Erregung, unterstrichen waren. Aber das ist ein Fehler, den wir ständig machen – zu glauben, dass Gedanken isolierte Einheiten sind, nicht nur getrennt von den Gefühlen, sondern auch von den Umgebungen, in denen sie gedacht werden. Aus diesem Grund dürften Philosophen seit jeher das Bedürfnis verspürt haben, Systeme zu errichten, denn in einem System haben die Gedanken ihren festen Platz, ganz unabhängig von dem, was außerhalb ihrer geschieht, sie sind in gewisser Weise geschützt vor der Welt und erscheinen wie Gedanken, die für sich stehen, so rein und unpersönlich, dass jeder sie immer wieder denken kann, überall und jederzeit. Aber der Punkt ist, dass die Gedanken nicht allein überleben. Als Nietzsche der Gedanke von der ewigen Wiederkunft kam, der den Höhepunkt seines Denkens bildete, schien er so von Gefühlen überschwemmt zu werden, dass er sie kaum bewältigen konnte, die Briefe, die er über seine große Entdeckung schrieb, waren in ihrer Begeisterung manisch, und gleichzeitig verriet er mit keinem Wort, *was* er gedacht hatte und alles verändern würde. Und genau damit kämpfte er, als er den Gedanken und was sich aus ihm ergab, zu Papier bringen wollte, dass der Gedanke an sich, nackt und ohne Gefühle, eben nicht groß und fantastisch war, sondern eigentlich, als er schwarz auf weiß auf der Seite stand, in Wahrheit ziemlich banal klang. Die Größe lag in dem Sturm, den er in seinem Inneren entfacht hatte, und diesen Sturm wollte er vermitteln, nicht den Gedanken an sich. Der Gedanke musste von den umliegenden Gedanken aufgebaut, gestützt, erhoben werden, damit er so staunenswert war und die Ehrfurcht erweckte, die er Nietzsches Ansicht nach verdient hatte.

So verschieden sie sonst auch sein mochten, hatte Kierkegaard mit Nietzsche doch gemeinsam, dass seine Art zu schreiben so persönlich war, was es fast unmöglich machte, seine Gedanken zu nehmen und sich anzueignen, jedenfalls nicht, ohne dass sie deformiert wurden. Aber wenn er schrieb

> Dass du in der Stille dich selbst vergessen musst, wie du heißt, deinen eigenen Namen, deinen berühmten Namen, den elenden Namen, den unbedeutenden Namen, um in Stille zu Gott zu beten: »Geheiligt werde *dein* Name!« Dass du in Stille dich selbst vergessen musst, deine Pläne, die großen, allumfassenden Pläne, oder die einschränkenden Pläne bezüglich deines Lebens und dessen Zukunft, um in Stille zu Gott zu beten: »Dein Reich komme!« Dass du in der Stille deinen Willen, deinen Eigensinn vergessen musst, um im Stillen zu Gott zu beten: »*Dein* Wille geschehe!«

waren das keine fremden Gedanken für mich, wenn man einmal davon absah, dass ich Gott niemals in diese Gleichung eingesetzt hatte. Sich dem Göttlichen hinzugeben, sich selbst aufzugeben, das kannte man ja aus allen Religionen, und es gab Systeme, um das zu tun, mit Hilfe von Gebeten und Liturgien und Meditationen, und das alles hatte mich niemals interessiert, es war mir wie eine simple Suggestion, wie ein freikirchlicher Trick erschienen. Aber Kierkegaards Hingabe war anders. Die Stille, in der du dich selbst vergessen solltest, war wie die Stille der Lilie und des Vogels, sie würden unsere Lehrmeister sein, aber auch die Stille im Wald und die Stille auf dem Meer. Selbst wenn das Meer rast und tost, ist es still, schrieb er, gleichzeitig raste und lärmte das Meer nahe dem Ort, an dem ich saß und las. Selbst wenn der Wald rauscht, ist er still, schrieb er, und ich hörte den Wald rauschen und die Stille im Rauschen, und ich kannte diese Stille; vor ihr wurde mein innerer Lärm so deutlich. Wenn ich mit anderen zusammen war, hörte ich ihn nicht, denn dann war der Lärm überall, erzeugt vom Willen aller, von allen Plänen, allen Ambitionen, aller Suche nach Genuss, aber wenn ich mich hier draußen bewegte, in dieser Stille, hörte ich ihn.

Was ich las, fiel auf eigentümliche Weise mit dem zusammen, was ich war. Ich las vom Lärm des Meers im Lärm des Meers, ich las über das Rauschen des Waldes im Rauschen des Waldes, und als ich las, zu beten heiße, nicht zu sprechen, sondern zu schweigen, weil das Reich Gottes nur in der Stille kommen könne, kam das Reich Gottes. Das Reich Gottes war der Augenblick. Die Bäume, der Wald, das Meer, die Lilien, die Vögel, sie waren immer im Augenblick. Für sie gab es keine Zukunft und keine Vergangenheit. Auch keine Furcht oder Angst.

Das war die erste Wende. Die zweite kam, als ich folgenden Satz las: *Was dem Vogel widerfährt, geht ihn nichts an.*

Es war der revolutionärste Gedanke, den ich jemals gedacht hatte. Er würde mich von allem Schmerz, von allem Leiden befreien. *Was mir geschieht, geht mich nichts an.*

Das erforderte absolutes Vertrauen zu und absolute Hingabe an Gott. Das hatten die Lilie auf dem Felde und der Vogel unter dem Himmel. Selbst in der größten Trauer und in Erwartung des furchtbarsten Morgens war der Vogel voller Freude. Die Trauer und der morgige Tag gingen ihn nichts an. All das hatte er auf Gott übertragen.

Gehorsam zu sein wie das Gras heißt, gehorsam, wenn der Wind es beugt, dachte ich und sah auf: Vor dem Fenster hatte der Sturm sich gelegt, alles war dunkel und still, das schwache Mondlicht, das der Schnee reflektierte, ließ es aussehen, als schwebten die Uferfelsen.

Das Reich Gottes war hier.

Und ich war hier für Gott.

In dem halben Jahr, das seit jenem Abend verstrichen war, waren diese Gedanken wie ein Ort gewesen, zu dem ich gehen konnte. Als müsste man die Einsichten laufend erneuern, damit sie erhalten blieben; ich fiel so leicht in das Alte zurück. Ich las ziemlich viel in den Evangelien und sah alles in einem neuen Licht. Dem Licht der Freiheit und des Ungebundenen, und dem Licht des Reichs Gottes. Wenn Jesus sagte: »Wenn jemand zu mir kommt und hasst nicht seinen Vater, Mutter Frau, Kinder, Brüder, Schwestern, dazu auch sein eigenes Leben, der kann nicht mein Jünger sein«, verstand ich, was er meinte, es war die Botschaft der totalen Freiheit, die er verkündete, das Losreißen von allen Beziehungen. Und wenn er sagte: »Die Füchse haben Gruben und die Vögel unter dem Himmel haben Nester; aber der Menschensohn hat nichts, wo er sein Haupt hinlege«, sprach er über das Losreißen von allen Orten. Jesus lebte im Offenen, oder strebte danach, im Offenen zu leben. Alle Verbindungen zu anderen Menschen, zu seiner eigenen Geschichte und zu allen Orten zu kappen, mag ichbezogen und egoistisch klingen, aber es ist das Gegenteil, denn nur dadurch, nur als Nur-ein-Mensch haben alle Menschen den gleichen Wert, nur dann können alle als das gesehen werden, was sie sind, Nur-ein-Mensch-Menschen. Und die folgende kurze Passage bei Lukas unterstreicht die Radikalität in Jesu Botschaft und verstärkt die Bedeutung der Freiheit für das Kommen des Reichs Gottes: »Und er sprach zu einem andern: Folge mir nach! Der sprach aber: Herr, erlaube mir, dass ich zuvor hingehe und meinen Vater begrabe. Er aber sprach zu ihm: Lass die Toten ihre Toten begraben; du aber geh hin und verkündige das Reich Gottes! Und ein anderer sprach: Herr, ich will dir nachfolgen; aber erlaube mir zuvor, dass ich Abschied nehme von denen, die in meinem Hause sind. Jesus aber sprach zu ihm: Wer die Hand an den Pflug legt und sieht zurück, der ist nicht geschickt für das Reich Gottes.« Keine Vergangenheit, keine Zukunft, nur ein gewaltiges Jetzt, in dessen Licht Gott Gestalt annahm.

Dieses Licht sah ich an jenem Abend im Sommerhaus.

Nicht die Schöpfung an sich, nicht die schiefgewachsenen Kiefern mit ihren baumelnden Büscheln aus Nadeln, nicht das klar brennende Feuer und die knisternden Scheite, die zu Asche und Kohle wurden, nicht die Sterne, die am nachtschwarzen und vollkommen stillen Himmel vibrierten, nicht die vereisten Uferfelsen. Auch nicht die Füchse im Wald mit ihren dichten Fellen und listigen Gesichtern, oder die großen Möwen, die über Land und See segelten mit ihren weißen und grauen Federkleidern, gelben Schnäbeln und schwarzen Augen, oder die Dorsche, die regungslos über den seichten Sandbänken vor den felsigen Schären standen, gelbbraun und weiß und vollkommen still. Auch nicht der Tang, der unter Wasser wuchs oder die Dolden blauer und schwarzer Muscheln, die im Zug der Wellen gegen den Felsen klackerten. Nichts von all dem, was es gab, sondern die *Konsequenz* davon: In ihr entstand Gott.

All das hatte ich in dem Sommer gedacht, und darüber gelesen, natürlich ohne den Ehrgeiz, abschließend fertig damit zu werden, denn Gott war ein Ereignis, nichts, was feststand und sich greifen ließ. Aber, so dachte ich, als ich das Boot stehend in den Sund steuerte, mit der Stadt vor mir, ich wusste immerhin, wonach ich Ausschau halten und in welche Richtung ich sehen sollte. Im Sozialen war nur das Soziale sichtbar, dort war das Menschliche alles, selbst Tiere und Bäume verschwanden, und aus diesem Grund wandte sich die wahre Religion vom Sozialen ab. Die Menschen sind nicht *nach* dem Bilde Gottes geschaffen, sondern *für* das Bild Gottes, wie Hans Jonas schrieb. Und nur, wer Vater und Mutter und Ehefrau und seine Kinder und Brüder und Schwestern und sein eigenes Leben hasst, wird das sehen können.

Selbst im Fahrtwind war es in dem Sund noch heiß wie in einem Backofen, kein Wunder also, dass überall am Ufer Schwimmer waren, kleine helle Köpfe, die wie Robben im Wasser dümpelten, oder dünne weiße Körper, die herausstiegen oder hineingingen.

Die vielen bunten Handtücher, die überall ausgebreitet lagen.

Vor mir tauchten mehr und mehr Details der Stadt auf, ich sah Menschen in den Straßencafés und Straßen, ihre sonnenschimmernden Einkaufstüten, und sogar die stecknadelkopfkleinen, weißen Eiscremes, die manche in den Händen hielten.

Noch zehn Minuten bis zur Ankunft des Busses. Ich werde

es gerade so schaffen, dachte ich und senkte die Geschwindigkeit, als die kleine Fähre vom Pier kommend herantuckerte, unterwegs zu einer der weiter draußen gelegenen Inseln. Als sie vorbei war, gab ich wieder Gas, bis ich zwei Minuten später erneut abbremsen musste, als ich in den breiten Kanal kam, der zum Hafen führte.

Ich fand ganz innen einen freien Anlegeplatz, vertäute das Boot und ging in die Stadt. Zwischen den Häuserzeilen stand die Luft. Alle Fahnen und Wimpel hingen schlaff herab.

Sollte ich ein Bier trinken, wenn er sein Eis aß?

Ein einziges Bier hatte noch keinem geschadet.

Ich warf einen Blick zum Kirchenbasar auf der anderen Straßenseite, sah an dem Kirchengebäude mit seinen roten Backsteinwänden und dem grünen Kupferdach und Kupfertürmen hinauf und erkannte schlagartig, dass ich nie zuvor an sie gedacht hatte, sie immer als selbstverständlich hingenommen hatte. Ich war nie drinnen gewesen.

Aber davon träumte der Junge ganz sicher nicht, es musste also warten.

Auf der Turmuhr waren es acht Minuten nach halb, sah ich, überquerte die Straße und beeilte mich auf den letzten Metern zum Busbahnhof. Im selben Moment kam ein großer und stattlicher Bus, weiß mit roter und blauer Schrift auf den Seiten an. Musste er das nicht sein?

Der Bus parkte, die Türen gingen auf, und die Fahrgäste stiegen aus, die meisten von ihnen blieben auf der Seite stehen, wo sich das Gepäck befand, ein paar begaben sich als freie Männer und Frauen in die Stadt.

Viktor war nicht zu sehen.

Als der Busfahrer die große Luke öffnete und anfing, das Gepäck herauszuholen, ging ich zu der Menschenansammlung.

»Entschuldigen Sie, bitte«, sagte ich. »Kommen Sie aus Oslo?«

Er antwortete nicht, hing mit dem halben Oberkörper im Gepäckraum und versuchte, einen Kinderwagen loszuruckeln. Sein weißes Hemd war am ganzen Rücken schweißnass.

»Ja, das ist der Bus aus Oslo«, sagte ein junger Mann.

»Vielen Dank«, sagte ich und ging zur Tür, die Treppe hinauf und in den Bus, um nach ihm zu schauen. Nach dem grellen Licht im Freien sah ich im ersten Moment nichts. Ein seltsamer Geschmack füllte meinen Mund, es war eine ganz bestimmte Apfelsorte, und er verschwand so schnell, wie er gekommen war, gleichzeitig hatten sich meine Augen an das Zwielicht gewöhnt, und ich ging den Mittelgang hinauf.

Viktor saß ganz hinten, die Knie angezogen und gegen den Rücken des Vordersitzes gedrückt. Als ich bei ihm war, sah er mich nicht an, sondern starrte aus dem Fenster.

»Hallo, Viktor, schön dich zu sehen!«, sagte ich.

Er erwiderte nichts, sah mich nicht an.

»Wie war die Fahrt?«

Keine Reaktion.

Ein leichtes Zittern um die Mundwinkel verriet mir, dass er nicht völlig unberührt war.

»Komm«, sagte ich. »Lass uns gehen.«

Ich legte die Hand auf seine Schulter.

»Dein Gepäck ist draußen? Das müssen wir holen gehen. Dann fahren wir mit dem Boot zum Sommerhaus hinaus. Das macht Spaß. Was hältst du außerdem von einem Eis?«

»Ich will kein Eis«, sagte er und warf blitzschnell einen Blick zu mir hoch.

»In Ordnung«, sagte ich. »Aber weißt du, jetzt musst du wirklich mitkommen.«

»Ich will aber nicht mitkommen«, sagte er. »Ich will nach Hause.«

»Du bleibst ja nur für ein paar Tage«, sagte ich. »Dann fährst du wieder nach Hause.«

»Ich will jetzt nach Hause.«

»Das geht leider nicht, mein Junge.«

»Ich bin nicht dein Junge.«

»Also nicht«, sagte ich. »In Ordnung. Aber du kannst hier nicht sitzen bleiben, verstehst du? Alle anderen sind schon ausgestiegen.«

»Das ist mir scheißegal«, sagte er.

»Benutz solche Wörter nicht, Viktor«, sagte ich. »Das darfst du nicht. Das ist hässlich.«

»Du kannst mich mal«, sagte er. »Du Arschloch.«

»Nenn mich bitte nicht so«, sagte ich. »Ich bin dein Vater.«

»Du bist ein Fotzenvater«, sagte er.

»Viktor«, sagte ich. »Nenn mich nicht so.«

»Fotzenvater«, sagte er. »Verdammter Pimmelvater.«

»Das reicht jetzt«, sagte ich.

Er senkte den Blick und grinste kurz. Dann sah er wieder in die Ferne.

Ich traute meinen Augen nicht.

War er *boshaft*?

Ich hatte gedacht, dass er traurig war, weil seine Mutter verreist war und ihn zu Hause gelassen hatte. Aber dann hätte er doch nicht so gegrinst.

»Komm jetzt«, sagte ich.

»Nein«, sagte er.

Draußen richtete sich der Fahrer auf. Jetzt lagen nur noch ein paar Koffer und Taschen vor ihm.

»Wir *müssen* gehen«, sagte ich. »Verstehst du das nicht. Du kannst hier nicht sitzen bleiben.«

Er sagte nichts. Saß nur regungslos da und schaute hinaus. Ich packte behutsam seinen Arm und zog sanft daran.

»Komm jetzt, Viktor«, sagte ich.

Er sah auf meine Hände herab.

»Verfickte Fotze«, sagte er.

Plötzlich packte mich die Wut.

»Jetzt HÖRST DU AUF!«, sagte ich. »Und kommst SOFORT mit!«

Ich zog ihn an mich. Er hielt sich am Vordersitz fest und klammerte sich daran.

»HILFE!«, rief er. »HILFE!«

Im selben Moment stieg der Busfahrer die Treppe am vorderen Ende des Busses hoch. Ich ließ Viktor los.

»Was geht hier vor?«, fragte der Fahrer und kam auf uns zu.

»Eigentlich nichts«, sagte ich. »Mein Sohn will nur nicht mit mir mitkommen. Alles okay.«

»Viktor, nicht wahr?«, sagte er. »Du weißt, dass ich deiner Mutter versprochen habe, auf dich aufzupassen? Du musst jetzt mit deinem Vater gehen.«

»Er ist nicht mein Vater«, sagte Viktor.

»Hast du gehört, was ich gesagt habe?«, fragte der Fahrer. »Ich habe deiner Mutter versprochen, auf dich aufzupassen. Jetzt gehst du mit deinem Vater und holst den Koffer, der da draußen steht, bevor er noch geklaut wird.«

»Ja, okay«, sagte Viktor und stand auf, ohne mich eines Blickes zu würdigen.

Ich folgte ihm hinaus und zu seinem Gepäck. Ein kleiner Koffer und ein kleiner Rucksack.

»Nimmst du den Rucksack, dann nehme ich den Koffer?«, fragte ich.

»Du kannst beides nehmen«, sagte er.

»Kann ich machen«, sagte ich und setzte den Rucksack auf und nahm den Koffer in die Hand.

Wie ist es nur möglich, dass er auf den Busfahrer hört, aber nicht auf mich, dachte ich, als wir losgingen, Viktor ein, zwei Meter vor mir. Wahrscheinlich, weil er es an mir auslassen konnte, da ich sein Vater war, jemand, der ihm nahestand, während der Fahrer ein Fremder war. Außerdem ähnelten die schwarze Hose und das weiße Hemd ein bisschen einer Uniform. Das verlieh ihm automatisch Autorität.

Ich hätte ihn an der Hand nehmen sollen, er war ja erst zehn, aber ich ertrug es nicht, seine Hand auf die Gefahr hin zu nehmen, von ihm zurückgewiesen zu werden.

»Was ist jetzt mit einem Eis?«, fragte ich. »Es ist doch so heiß!«

»Ich habe dir schon gesagt, dass ich keins will«, sagte er. »Bist du taub?«

»Dann gehen wir direkt zum Boot«, sagte ich.

Er hatte grüne Shorts aus einem Stoff an, den sonst Erwachsene trugen, und ein gelbes T-Shirt mit einem Surfer auf der Brust. Seine Haut war kreideweiß, und die Farben, die seine Mutter für ihn ausgewählt hatte, machen die Sache auch nicht besser, dachte ich. Arme und Beine waren dünn, der Kopf klein, die Augen schmal wie zwei Striche, auch seine Lippen waren schmal und gespannt. Er begegnete niemals dem Blick anderer Menschen, und als ich noch mit seiner Mutter zusammengelebt hatte, hatte ich einmal vorgeschlagen, dass wir mit ihm vielleicht zu einem Arzt gehen sollten, schließlich sei das ein Anzeichen für Autismus.

Sie war außer sich gewesen, und so war nichts daraus geworden.

Aber irgendetwas war mit ihm.

Er ging und sah zu Boden, die Hände in den Hosentaschen.

Als wir zur Kreuzung kamen, warf er mir einen kurzen Blick zu, und ich war erleichtert zu sehen, dass er trotz allem ein wenig unsicher war.

»Wir gehen da lang«, sagte ich.

Ich überquerte die Straße einen Meter hinter ihm. Damit ihm erspart blieb, mir noch einmal seine Unsicherheit zeigen zu müssen, sagte ich:

»Und dann gehen wir nach links zu dem Kai da hinten, siehst du ihn?«

Auf dem Platz vor dem alten Postamt kam uns eine bekannte Gestalt entgegen. Es war Tore. Als er mich sah, hob er die Hand zum Gruß. Bekleidet mit einer schwarzen Hose und einem schwarzen T-Shirt in dieser Hitze. Schultertasche. Große, schwarze Sonnenbrille.

»Du bist es«, sagte er.

»Lange nicht gesehen«, sagte ich. »Wie geht's?«

Ich sah mein Spiegelbild in seiner Sonnenbrille und wünschte mir, er würde sie absetzen.

»Man schlägt sich so durch«, sagte er. »Und dir?«

»Mir geht es gut«, sagte ich.

Viktor war stehen geblieben, stand ein wenig abseits und tat so, als hätte er nichts mit uns zu tun.

»Wohnst du noch da draußen?«, sagte Tore.

»Ja, klar«, sagte ich. »Ich bin nur hier, um meinen Sohn abzuholen.«

»Du hast einen Sohn?«, fragte Tore. Seine Stimme klang erstaunt, aber solange ich seine Augen nicht sehen konnte, war es schwer zu sagen, ob er einen Witz machte oder nicht.

»Allerdings«, sagte ich. »Er ist jetzt zehn.«

»Das ist ja ein Ding«, sagte er. »Das hast du mir nie erzählt.«

»Nicht?«, sagte ich. »Er ist die meiste Zeit bei seiner Mutter. Er ist nicht besonders oft hier.«

Ich sah zu Viktor hinüber.

»He, Viktor, komm her und begrüß einen meiner Freunde!«

Er blieb stehen, als hätte er nichts gehört.

»Er ist ein bisschen schüchtern«, sagte ich. »Aber was ist mit dir? Was tut sich?«

»Nicht viel. Ich arbeite an der Oper.«

»Stimmt ja!«, sagte ich. »Und, ist sie bald fertig?«

Er nickte.

»Und die Chancen stehen gut, dass sie nächstes Jahr im Frühling im Kulturzentrum aufgeführt wird.«

»Wow«, sagte ich. »Darauf freue ich mich schon. Aber jetzt müssen wir weiter. Bis bald!«

»Ja, bis bald«, sagte er und schlenderte weiter stadteinwärts, während ich zu Viktor ging.

»Wer war das?«, fragte er.

»Er heißt Tore«, sagte ich und lächelte ihn an, erleichtert darüber, dass er etwas aus eigener Initiative gesagt hatte. »Er ist ein alter Freund von mir.«

»Warum hast du ihm nicht erzählt, dass du mich hast?«, fragte er.

Er sah zu mir hoch.

Ein eisiges Gefühl breitete sich in meiner Brust aus.

»Natürlich habe ich ihm das erzählt«, sagte ich und ging los. »Das war nur ein Witz. Er hat dich nur noch nie gesehen. Das hat er gemeint.«

»Es hat sich aber nicht so angehört, als wolle er einen Witz machen«, sagte Viktor.

»Das hat er aber«, sagte ich. »Komm jetzt, das Boot liegt da drüben.«

Gab es gar nichts, womit ich ihn ablenken konnte?

Er wollte kein Eis haben.

Limonade?

Dafür würden wir uns hinsetzen müssen, und er würde alle Zeit der Welt haben, nachzudenken und zu spekulieren und noch mehr Fragen zu stellen.

Nein, das Boot war gut.

Vor meinem inneren Auge sah ich plötzlich mich selbst mit einer Einkaufstüte den Anlegesteg hinabgehen, mich hinabbeugen und sie ins Boot stellen.

Ich hatte völlig vergessen einzukaufen. Es gab da draußen doch gar nichts zu essen für ihn.

»Er und ich reden immer so miteinander«, sagte ich. »Wir stellen uns dümmer, als wir sind. Es ist ein bisschen schwierig zu erklären. Man nennt es Ironie.«

Er drehte sich nicht einmal um.

Er hatte keinen Grund, mir nicht zu glauben. Und in gewisser Weise entsprach es ja auch der Wahrheit; Tore hatte möglicherweise vergessen, dass ich es ihm erzählt hatte, oder er hatte einen Witz gemacht. Das sähe ihm ähnlich.

Wir gingen die Treppe hinunter und betraten den Steg. Viktor blieb vor meinem Boot stehen, ohne sich zu mir umzudrehen.

»Jetzt bin ich aber beeindruckt«, sagte ich. »Du hast dir tatsächlich gemerkt, welches Boot es ist.«

Im selben Augenblick wurde mir klar, dass ich damit sein Verhältnis zu mir untergrub. Natürlich erinnerte er sich an mein Boot.

»Hier liegen ja so unglaublich viele Boote«, sagte ich. »Die sich auch noch ziemlich ähnlich sehen.«

Ich stellte das Gepäck ab, zog das Boot heran und stieg ein.

»Gibst du mir bitte den Koffer?«, sagte ich.

Er nahm ihn und reichte ihn mir an.

»Und den Rucksack?«

Er gab mir auch diesen, ehe er selbst ins Boot stieg. Sein

Gesicht war ernst, fast verbissen. Wenigstens weigerte er sich nicht mehr, mich zu begleiten. Immerhin etwas, dachte ich und begann, die Leinen zu lösen.

»Ich will eine Schwimmweste haben«, sagte Viktor.

»Ich habe keine«, sagte ich. »Das tut mir wirklich leid, aber ich fahre auch ganz vorsichtig. Es kann nichts passieren. Du kannst doch schwimmen?«

»Es ist verboten, keine Schwimmweste zu tragen«, sagte er.

»Richtig verboten ist es eigentlich nicht«, sagte ich. »Es ist nicht wirklich toll, aber wenn wir uns beim Rausfahren Zeit lassen, wird alles gutgehen. Morgen kaufen wir dir eine. Okay?«

Er antwortete nicht, und ich ließ den Motor an und setzte ein paar Meter zurück, ehe ich drehte und hinausfuhr. Die gleißende Sonne stand mitten am Himmel. Kein Wölkchen weit und breit. Es blinkte und glitzerte auf Fenstern, Autos, Fahrrädern, Außenbordmotoren, Geländern, Bänken und Tischen, und die Meeresoberfläche im Hafenbecken reflektierte das Licht in kleinen, wabernden Flecken, während es weiter draußen, am Horizont, in breiten Flüssen strömte.

Viktor saß mit dem Rücken zum Bug und schaute zur Stadt, die allmählich immer kleiner wurde, als ich beschleunigte und der Bug sich hob.

Konnte er sich auch mal zu einem Lächeln herablassen?

Der salzige Wind, der an den Haaren zerrte, die heiße Luft und die blaue, blaue Welt, die sich um uns schloss.

Ich hatte es als Kind auch nicht leicht gehabt, so dick und hässlich, wie ich gewesen war. Aber ich konnte mich nicht erinnern, dass ich jemals aggressiv gewesen wäre. Ich war gern allein, und ich war schüchtern. Das war ich natürlich. Aber nicht wütend. Nicht frech. Selbst wenn ich es gewollt hätte, wäre ich nicht fähig gewesen, jemanden zu verletzen.

Ich musste freundlich sein und Geduld mit ihm haben.

Er war erst zehn.

Ich sah zu dem neuen Stern hinauf. Jetzt, in dem gewaltigen Tageslicht, wirkte er ferner, schien aber weiter hell und klar.

Ich zeigte auf ihn.

»Hast du den neuen Stern gesehen?«, rief ich.

Er sah zu ihm hoch, verzog aber keine Miene, als er den Kopf zurückdrehte und weiter die Landschaft betrachtete, die wir hinter uns ließen.

Zwanzig Minuten später legte ich im Jachthafen an.

»Kommst du mit rein?«, fragte ich.

Er schüttelte den Kopf.

»Ist es okay, wenn du hier allein sitzt?«

»Ja«, sagte er.

»Okay. Hier kann ja auch nichts passieren«, sagte ich und stieg an Land, vertäute das Boot und ging ins Geschäft, in dem es eiskalt war und sich kein Kunde aufhielt. Ich versuchte, mit möglichst wenig auszukommen, und kaufte in der Regel nur Kartoffeln und Gemüse zu den Fischen, die ich angelte, und natürlich Knäckebrot und Käse und Zigaretten. Aber das war ja alles nichts für ihn.

Was er wohl gerne aß?

Ich stellte den Einkaufskorb ab und ging zu ihm hinaus. Er hatte den Arm auf das Dollbord gelegt und ließ die Wange darauf ruhen. Als er mich sah, richtete er sich auf.

»Gibt es was Bestimmtes, was ich für dich kaufen soll?«, fragte ich.

»Nein«, sagte er.

»Was isst du gern?«

»Weiß nicht.«

»Chips? Schokolade? Pizza? Verstehst du, du entscheidest.«

»Weiß nicht.«

»Es spielt keine Rolle?«

»Ist mir egal.«

»In Ordnung«, sagte ich. »Dann werde ich mal zusehen, dass ich was Leckeres finde.«

Wieder im Geschäft versuchte ich mich zu erinnern, was ich in seinem Alter gern gegessen hatte. Ich legte eine Tüte Paprikachips in den Korb und eine mit Meersalz sowie eine Tüte Erdnüsse und eine Tüte Popcorn. Ein paar Flaschen Limonade für ihn, ein paar Flaschen Bier für mich. Zwei Scheiben Entrecôte. Sauce béarnaise. Schokolade, Schokoladenpudding, Himbeergelee, Vanillesauce. Und sechs Rosinenbrötchen.

Als ich schon an der Kasse stand und anfing, die Waren aufs Band zu legen, fiel mir ein, dass ich vielleicht ein paar Pizzen kaufen sollte. Ich setzte den Korb ab und holte vier verschiedene Pizzen aus der Tiefkühltruhe.

»Zigaretten?«, fragte der Kassierer, ein Junge von achtzehn Jahren mit blasser Haut und dunklen Haaren und einem großen, roten Pickel auf der Wange, der an der Spitze gelb war. Ich meinte mich zu erinnern, dass er Simon hieß.

»Gute Idee«, sagte ich. »Danke, dass Sie mich daran erinnert haben.«

»Danken Sie mir lieber nicht«, sagte er und zeigte sein scheues Lächeln. »Immerhin verkürzt jede Zigarette Ihr Leben um zwei Minuten, stimmt doch, oder?«

»Ja, das stimmt«, sagte ich und begann, die Einkäufe in die Tüte zu räumen. »Aber sie sagen einem nicht, um welche Minuten. Es könnten ja auch alle furchtbaren sein.«

Er lächelte wieder, diesmal etwas unsicherer, und öffnete den Zigarettenschrank hinter sich.

»Wie viele, drei wie immer?«

»Ja, das passt«, sagte ich. »Vielen Dank.«

Hinter mir ging die Tür auf, und eine kleine Frau um die

sechzig trat ein, setzte ihre Sonnenbrille ab und legte sie in die Tasche, die über ihrem Arm hing.

»Hallo, mein Junge«, sagte sie. »Wie läuft es denn so?«

Ihre Stimme war heiser und die Haut ein wenig matt; offenbar eine starke Raucherin.

Simon, wenn er denn so hieß, schob mir das Kartenterminal zu.

»Es läuft gut«, sagte er. »Wenig los.«

»Ja, bei dem Wetter geht kein Mensch einkaufen«, sagte sie.

»Jedenfalls nicht mitten am Tag«, sagte er.

Ich schob die Karte hinein und tippte den PIN ein. Ich wunderte mich über den vertraulichen Ton zwischen ihnen, sie musste seine Mutter sein, und wenn es so war, hätte ich vielleicht erwartet, dass er im Beisein anderer Leute verlegen sein würde, aber das war er nicht.

»Danke«, sagte er, als die Zahlung erfolgt war, und ich nahm die beiden Tüten.

»Ich habe zu danken«, sagte ich. »Bis bald.«

Die Hitze im Freien war ein Schock, obwohl ich auf sie gefasst gewesen war. An manchen Stellen flirrte die Luft über dem leeren Parkplatz. Der Wald, der bis zum Ufer hinab wuchs, war grün und trocken. Aber es roch nach Salz, nicht nach Wald, und dieser Geruch wurde noch intensiver, als ich um die Ecke ging und der Bootssteg in das stille, glitzernde Wasser hineinragte.

Viktor hatte sich auf die Stegkante gesetzt, warf Steinchen ins Wasser. Als ich kam, stand er wortlos auf und stieg wieder ins Boot. Ich machte mit einer Tüte in jeder Hand einen Satz an ihm vorbei, und als das Boot unter meinem Gewicht stärker schaukelte, als ich erwartet hatte, ging ich in die Hocke und stellte sie ab. Die Tüte voller Flaschen klirrte, und Viktor sah mit schmalen, blinzelnden Augen von ihr zu mir.

»Wie viele Flaschen Bier hast du gekauft?«, fragte er.

»Nur ein paar«, sagte ich. »Zum Essen. Und Limonade für dich.«

»Mama sagt, dass du ein erbärmlicher Alki bist«, sagte er.

Eine neue eisige Welle breitete sich in mir aus.

Ich mobilisierte meine gesamte Willenskraft, um ruhig eine Tüte auf jeder Seite zu platzieren, ruckelte ein wenig an ihnen, um mich zu vergewissern, dass sie halbwegs stabil standen, setzte mich auf die Achterducht.

Viktor starrte mich an.

»Das hat sie zu *dir* gesagt?«, fragte ich.

Er schüttelte den Kopf.

»Das hat sie zu Milo gesagt. Sie hat nicht gewusst, dass ich zuhöre.«

»Wer ist Milo?«, fragte ich.

»Mamas Freund«, sagte er.

»Sie hat einen *Freund*?«, sagte ich.

»Ja«, sagte er. »Milo.«

»Und sie hat ihm gesagt, ich wäre Alkoholiker?«

»Nein. Sie hat gesagt, dass du ein erbärmlicher Alki bist.«

»Das bin ich nicht, Viktor. Es ist wichtig, dass du das verstehst. Das ist nicht wahr.«

Er sagte nichts. Beugte den Oberkörper über die Reling, streckte die Hand zur Wasserfläche hinab.

»Ich trinke manchmal ein Bier zum Essen«, sagte ich. »Deshalb bin ich aber noch lange kein Alkoholiker.«

Nichts deutete darauf hin, dass er mir zuhörte. Ich ließ den Motor an und setzte zurück. Das Boot stoppte mit einem Ruck.

Ich hatte vergessen, die Leinen loszumachen.

Ich schaltete in den Leerlauf und ging nach vorn, kniete neben Viktor und holte uns ein, löste den Knoten, stieß uns ab, setzte mich wieder nach hinten und gab Vollgas. Das Tempolimit im Hafen konnte mir gestohlen bleiben. Ich wollte möglichst schnell nach Hause.

Und kurze Zeit später waren wir dann tatsächlich zu Hause. Auch wenn Jesus keinen Ort hatte, an dem er sein Haupt betten konnte, wie es im Evangelium stand, weil er vollkommen frei und nur ein Mensch sein wollte, an niemanden und nichts gebunden, was ich vollkommen verstand, konnte *ich* nicht darauf verzichten. Ich liebte den Anblick des Bootshauses, gestrichen mit dicker, roter Farbe, das in der kleinen Bucht stand, den Geruch von Teer und Salz darin, so wie ich das Sommerhaus selbst liebte, ockergelb, flach und langgestreckt oben am Waldrand, und natürlich den Wald, die Uferfelsen, den Bootssteg. Die Terrasse, das Wohnzimmer mit dem offenen Kamin, die kleine Küche.

Ohne dieses Refugium wäre ich verloren gewesen. Ich war nicht stark genug, um mich herumzutreiben, obwohl es das war, was ich eigentlich tun wollte. Aber die Welt hatte sich dennoch für mich geöffnet, und das hatte sie hier getan.

Mit einer Einkaufstüte in jeder Hand ging ich hinter Viktors schmalem Rücken den Weg zum Haus hinauf. Er stieg nicht gerade schnell und sicher hoch, hatte unübersehbar Probleme mit dem unwegsamen Gelände, es war etwas Ungelenkes an seiner ganzen Gestalt, er hatte X-Beine, und seine Arme waren irgendwie nie völlig unter Kontrolle.

Es tat mir von Herzen weh, das zu sehen.

Als ich die Einkäufe in der Küche abgestellt hatte, ging ich wieder hinunter und holte Koffer und Rucksack, während Viktor auf der Veranda stand und so tat, als wäre ich Luft.

»Möchtest du dich nicht setzen?«, fragte ich, als ich näher kam und sah, dass er immer noch in der Ecke stand.

Er schüttelte den Kopf.

Er wird mit der Zeit schon noch auftauen, dachte ich und ließ ihn in Ruhe. Stellte seine Sachen in das kleinste Schlafzimmer. Hob die Decke an und roch an ihr. Sie war sauber, aber das Bettzeug hatte dort schon Monate, vielleicht sogar ein halbes Jahr gelegen, so dass es trotzdem nicht besonders gut roch.

Aber das interessierte Kinder nicht, und letztlich zählte nur, dass es sauber war. Sollte er sich beschweren, lagen auf dem Schlafboden in der Garage mehr als genug Schlafsäcke.

Ich zog die Vorhänge zur Seite und sah zum Wald hinaus. Das Sonnenlicht fiel schräg zwischen die Bäume, von Ast zu Ast, wie Wasser von Absatz zu Absatz an einem Berghang herabfloss. Bis ganz unten, zum Boden, kamen nur wenige Schächte, wo das Licht deshalb besonders stark leuchtete im Kontrast zu allem Finsteren und Dunklen.

Man konnte sicher vieles über mich sagen, aber ein Alkoholiker war ich nicht.

Warum hatte sie das gesagt?

Um sich in den Augen des Neuen als Opfer darzustellen?

Milo? Hieß so nicht ein Waschpulver?

Ich richtete mich auf. Das ging mich nichts an. Nichts davon.

Ich war, wer ich war.

Versuch, es zu vergessen, akzeptiere, dass es so ist. Sträub dich nicht dagegen.

Ich ging auf die Veranda hinaus und zündete mir eine Zigarette an. Viktor war auf die Felsen am Ufer hinuntergegangen, saß da draußen und stocherte in etwas auf der Erde vor ihm herum.

Weit oben am blauen Himmel über ihm flogen drei Möwen. Sie waren hierher gesandt worden, zu diesem Augenblick.

Sie überbrachten keine andere Botschaft als ihre eigene Gegenwart.

Das war an sich schon mystisch.

Ich drehte mich und betrachtete den Stern.

Was war seine Botschaft?

In der Bibel war der Morgenstern wichtig. Aber auf widersprüchliche Art.

Jetzt war er wichtig in der Welt.

Wenn Viktor schlief, musste ich nachsehen, was in der Bibel stand.

Oder vielleicht auch jetzt, wenn er sich doch nur mit irgendetwas beschäftigen würde.

Ich ging in die Küche und holte ein Rosinenbrötchen, es war sicher gut, ihm etwas anbieten zu können, wenn ich zu ihm ging. Vielleicht auch eine Limonade?

Nein, dann würde er sich da draußen auf den Felsen bedienen lassen. Als hätte ich mich ihm völlig untergeordnet und würde ihm alles, was er wollte, dorthin bringen, wo er es haben wollte.

Ein Brötchen war gut.

Als ich auf die Veranda hinaustrat, sah er zu mir hoch. Als ich mich auf den Weg zu ihm hinunter machte, senkte er den Blick wieder.

»Hallo, Viktor!«, sagte ich und ging neben ihm in die Hocke. »Ich habe ein Rosinenbrötchen für dich. Die magst du doch, oder?«

»Hab keinen Hunger«, sagte er.

»Ach, nun komm schon«, sagte ich. »Du musst doch was essen. Und wenn du schon mal hier bist, kannst du dich genauso gut amüsieren. Es bringt nichts zu schmollen. Das führt zu nichts.«

Ich legte das Brötchen neben ihn und richtete mich auf.

»Das ist der vielleicht schönste Tag des Jahres bisher«, sagte ich. »Hast du Lust, schwimmen zu gehen? Oder Krebse zu angeln? Wenn du willst, können wir auch einen Ausflug mit dem Boot machen. Zu einer der kleinen Inseln rausfahren. Zum Leuchtturm!«

»Ich will nach Hause«, sagte er.

»Das hier ist zu Hause«, sagte ich. »Aber okay, wenn du hier herumsitzen und schmollen willst, auch gut.«

Er sah zu mir auf und lächelte mit seinen schmalen Augen. War es das, was er wollte, dass ich wütend wurde? Reizte er mich absichtlich?

Dann würde ich ihn enttäuschen müssen, denn ich hatte nicht die Absicht, wütend auf ihn zu werden, egal, worum es ging.

Oben auf der Terrasse kam mir eine Idee. Arnes Zwillinge waren doch im selben Alter wie Viktor. Ich konnte mit ihm zu ihnen fahren. Sie könnten zusammen spielen. Vielleicht konnte er dort sogar übernachten. Arne schuldete mir mehr als einen Gefallen.

Ich wählte seine Nummer, lehnte mich an den Zaun und sah aufs Meer hinaus.

»Hallo, Egil«, sagte er. »Ich sitze im Auto und höre dich über Lautsprecher. Tove ist auch hier.«

»Okay«, sagte ich. »Wie geht es denn so?«

»Wir sind auf dem Weg ins Krankenhaus.«

»Okay. Was denkst du, wann du zurück bist?«

»Schwer zu sagen. Wieso?«

»Viktor ist hier«, sagte ich. »Er ist überraschend zu Besuch gekommen.«

»Viktor, das ist dein Sohn, oder?«

»Ja. Ich dachte, dass er sich vielleicht mit den Zwillingen treffen könnte?«

»Von mir aus gern«, sagte Arne. »Soweit ich weiß, sind sie zu Hause. Meine Mutter ist da und passt auf sie auf.«

»Verstehe«, sagte ich. »Vielleicht passt es dann besser morgen.«

»Wie du willst«, sagte er. »Meine Mutter freut sich bestimmt, wenn sie Besuch bekommt.«

»Mal sehen«, sagte ich. »Trotzdem danke. Bis bald.«

Ich überlegte einige Sekunden, ob ich mir einen Drink mixen sollte, ein eiskalter Gin Tonic wäre jetzt nicht das Schlechteste, aber ich ging ins Haus und nahm mir stattdessen eine Pepsi Max, legte Eiswürfel in ein Glas, schnitt eine Zitronenscheibe ab und legte sie auf das Eis, ehe ich das Glas mit Limonade auffüllte und damit auf die Veranda hinausging.

»Hallo, Viktor!«, rief ich. »Komm, hol dir eine Limonade!«

Ich hatte nicht erwartet, dass er reagieren würde, aber das tat er, er stand auf und kam zum Haus.

»Was möchtest du trinken?«, fragte ich, als er auf die Terrasse trat. »Wir haben Villa Farris, Solo und Cola.«

»Solo«, sagte er.

»Die ganze Flasche oder nur ein Glas?«

»Flasche«, sagte er.

Ich öffnete ihm eine Flasche in der Küche. Er trank einen großen Schluck. Dann ging er mit der Flasche in der Hand wieder hinunter und setzte sich an die exakt gleiche Stelle.

Wollte er da die ganze Woche sitzen bleiben?

Ich ließ mich mit der großen Bibel im Arm auf der Terrasse auf einem Stuhl nieder und überflog Jesaja, bis ich das Zitat fand, nach dem ich suchte.

Die Bibel hatte Großvater gehört, sie war so schwer wie ein kleines Kind und fantastisch gestaltet, aber jetzt gehörte sie mir, und ich hatte nach Lust und Laune in ihr kommentiert und unterstrichen.

Es stellte sich heraus, dass ich die Passage über den Morgenstern bereits unterstrichen hatte.

Wie bist du vom Himmel gefallen, du schöner
Morgenstern! Wie wurdest du zu Boden geschlagen,
du Bezwinger der Völker!
Du aber gedachtest in deinem Herzen:
»Ich will in den Himmel steigen und meinen
Thron über die Sterne Gottes erhöhen, ich will
mich setzen auf den Berg der Versammlung im
fernsten Norden. Ich will auffahren über die
hohen Wolken und gleich sein dem Allerhöchsten.«
Doch hinunter ins Totenreich fährst du,
in die tiefste Grube.

Morgenstern hieß auf Latein Luzifer, was Lichtträger bedeutete. Hier war Luzifer der Sohn der Morgenröte, und die Morgenröte konnte ja wohl kaum etwas anderes sein als Gott, der Schöpfer des Universums. Luzifer versuchte, ihm ebenbürtig zu werden, wurde aber aus dem Himmel ins Totenreich gestürzt, dessen Herrscher er laut traditioneller Überlieferung wurde.

Ging man von dieser Bibelstelle aus, mochte es so aussehen, als wäre Luzifer Gottes Sohn. Aber in den ältesten Teilen der Bibel waren die Beziehungen zwischen den verschiedenen Gestalten ziemlich unklar, vor allem die Engel wirkten unerklärlich, so stand an einer Stelle etwa, dass die Engel Kinder mit den Menschen zeugten, die eine Weile als Riesen auf der Erde wandelten, und an mehr als einer Stelle war der Übergang zwischen Gott und den Engeln fließend, so dass es schwierig zu entscheiden war, wo der eine endete und der andere begann. Außerdem, dachte ich, könnte man »Sohn« natürlich auch im Sinne von »erschaffen von« verstehen. Trotzdem war es frappierend, dass Jesus, der Gottes Sohn *war*, in der Bibel ebenfalls Morgenstern genannt wurde, also Luzifer.

Der Engel Luzifer, Morgenstern, war aus dem Himmel auf

die Erde hinabgestürzt worden. Jetzt leuchtete der Morgenstern wieder am Himmel. Was hatte das zu bedeuten?

Ich glaubte natürlich nicht, dass der Stern Luzifer oder Christus *war*. Ein Stern war ein Stern. Aber dass er ein *Zeichen* für etwas war, bezweifelte ich nicht.

Ich trank einen Schluck Limonade. Sie war von den Eiswürfeln verwässert, die bereits geschmolzen waren.

Man braucht ihn nur anzusehen, dachte ich und sah zum Himmel hinter dem Haus hinauf. Der Stern war voller Sinn, das spürte jeder, der ihn sah. Er verströmte etwas Stilles und Intensives. Es war fast wie ein Wille, etwas Unbändiges, das die Seele umschließen, aber nicht ändern oder prägen konnte.

Das Gefühl, dass uns jemand beobachtete.

Auf den Felsen ertönte das Geräusch von etwas, das zersprang. Ich blickte auf. Viktor stand aufrecht und sah hinunter. Ich begriff, dass er die Flasche weggeworfen hatte, legte die Bibel auf den Boden, drückte die Zigarette aus, stand auf und beeilte mich, zu ihm zu kommen.

»Hast du die Flasche *weggeworfen*?«, sagte ich.

Er nickte und lächelte.

»Aber Viktor, das kannst du doch nicht machen. Jetzt liegen hier überall Scherben, an denen sich andere schneiden können. Auch Tiere. Und das wollen wir doch nicht, oder?«

»Hier ist es so langweilig«, sagte er.

»Ich kann ja verstehen, dass du das denkst«, sagte ich. »Aber man kann hier eine ganze Menge machen. Wir könnten schwimmen gehen, hast du Lust? Das Wasser ist bestimmt fünfundzwanzig Grad warm. Wie am Mittelmeer.«

»Ich habe keine Lust«, sagte er.

»Okay«, sagte ich. »Wollen wir gleich was essen? Du musst doch einen Bärenhunger haben. Ich habe Pizza gekauft.«

Er sagte nichts.

»Schön!«, sagte ich. »Aber vorher müssen wir die Glasscherben aufheben. Komm!«

»Das kannst du tun«, sagte er.

Einen Moment lang wusste ich nicht, wie ich reagieren sollte. Eigentlich hätte ich darauf bestehen, ihn vielleicht sogar dazu zwingen sollen, denn die Natur zu vermüllen, war das Schlimmste überhaupt, und das musste er lernen. Gleichzeitig ahnte ich, dass er völlig auf stur schalten und es mir niemals gelingen würde, ihn dazu zu bringen, mir zu helfen, und selbst wenn ich es schaffte, würde es den ganzen restlichen Tag und Abend prägen.

Ich ging neben ihm in die Hocke.

»Weißt du, Viktor«, sagte ich. »Jemand könnte sich an dem Glas verletzen. Ein völlig unschuldiges Tier könnte sich schneiden und deshalb vielleicht keine Nahrung mehr finden. Und du willst doch nicht, dass ein unschuldiges Tier wegen etwas stirbt, das du getan hast?«

»Das ist doch kein big deal«, sagte er. »Das sind nur ein paar Glasscherben. Wenn dir das so wichtig ist, kannst du sie ja aufheben.«

»Okay«, sagte ich und richtete mich auf. »Aber wenn du das nochmal machst, werde ich sauer.«

Ich ging ins Haus und holte eine Plastiktüte, um die Bruchstücke hineinzulegen. Sie lagen über eine ziemlich große Fläche verteilt, und ich fand mit Sicherheit nicht alle, aber die größten konnte ich immerhin einsammeln.

Ab und zu sah ich zu Viktor hoch, der, schmächtig und verbissen, allein auf dem Felsen saß. Es war kaum zu glauben, dass er etwas mit mir zu tun haben sollte.

Ich kippte die Scherben in die Glastonne auf der Vorderseite des Hauses, warf einen Blick in die Garage, um zu sehen, ob es dort etwas gab, womit Viktor spielen konnte, und fand eine alte Zielscheibe und ein paar Pfeile, die ich auf die Terrasse mitnahm und für später in die Ecke legte, ehe ich begann, das Essen für uns zuzubereiten.

Wenn ich allein war, nahm ich es natürlich nicht so genau damit, den Tisch zu decken und alles schön herzurichten, aber jetzt holte ich zwei Teller vom besten Service heraus, das Vater zufolge aus der Mitte des neunzehnten Jahrhunderts stammte, und zwei Weingläser, obwohl es nur Tiefkühlpizzen und Limonade geben würde.

Als ich ihn rief, kam Viktor sofort, nahm ein Stück Pizza und schob es sich in den Mund, noch ehe er sich hingesetzt hatte. Seit damals, als ich mit Torill zusammengelebt und sie einen dieser Tage gehabt hatte, an denen sie nur im Schlafzimmer lag, hatte ich keine Fertigpizza mehr gegessen.

Sie schmeckte damals wie Pappe, und sie schmeckte heute wie Pappe.

»Haben wir Ketchup?«, fragte Viktor, ohne mich anzusehen.

Die Freude darüber, dass er »wir« gesagt hatte, wurde augenblicklich von dem Gedanken gedämpft, ihn enttäuschen zu müssen.

»Leider nein«, sagte ich. »Habe ich vergessen.«

Er nahm sich ein neues Stück, matschte mit den Fingern auf Käse und Tomatensauce herum, stopfte es sich in den Mund.

»Bist du sicher, dass du nicht schwimmen gehen willst?«, fragte ich. »Es ist doch so schönes Wetter.«

Er schüttelte den Kopf.

»Gehst du nicht gern schwimmen?«, fragte ich. »Glaub mir, das Wasser ist nicht kalt.«

Er stand auf und trat hinter seinen Stuhl, und ehe ich reagieren oder begreifen konnte, was geschah, hob er den Stuhl über den Kopf und schlug ihn mit aller Kraft auf den Tisch, so dass die Gläser und Teller zerbrachen.

Dann ließ er den Stuhl los, drehte sich um und ging.

Mein Herz hämmerte in der Brust.

Ich blieb einen Moment sitzen, um mich zu sammeln, und sah, dass er sich draußen an dieselbe Stelle setzte wie zuvor.

Mit ihm stimmte wirklich etwas nicht.

Ich ging in die Küche und holte einen schwarzen Müllsack, Handfeger und Schaufel und begann aufzuräumen. Ich warf alles, Pizzastücke, zerbrochene Teller und Glasscherben in den Mülleimer draußen. Als es im Haus wieder halbwegs ordentlich aussah, trat ich auf die Terrasse hinaus und zündete mir eine Zigarette an. Ich zitterte immer noch am ganzen Leib.

Er tat das, um Aufmerksamkeit zu bekommen. Oder um bestraft zu werden.

Ich wollte ihn nicht bestrafen. Und ich wollte all dem Negativen, das er machte, keine Beachtung schenken.

Am besten ließ ich die Sache auf sich beruhen.

Das würde ihm zu denken geben.

Wieder sehnte ich mich intensiv nach einem Gin Tonic, der Geschmack in einer solchen Hitze und das Gefühl von kaltem Glas an meiner Handfläche hatten etwas. Wenn die Hand das Glas ganz sachte rüttelt und die durchsichtige Flüssigkeit langsam rotiert und die kleinen, glänzenden Eisberge klirrend aneinanderstoßen. Die grüne Limettenscheibe mitten in diesem Gesang des Glänzenden und Durchsichtigen.

Warum war er nur so wütend?

So furchtbar war es hier draußen doch gar nicht, selbst für einen Zehnjährigen nicht.

Er war mehr als wütend. Es kam einem vor, als wäre die Wut tief in ihm verwurzelt. Als reichte sie bis ins Mark hinein.

Woran mochte er jetzt denken?

War er zufrieden mit dem, was er getan hatte?

Oder dachte er gar nicht mehr daran?

Ich wusste nicht mehr, was ich in seinem Alter gedacht hatte, keine Chance.

Zu heiß für Kaffee.

Aber vielleicht einen Espresso? Nur drei Schlückchen.

Vom Ufer her wehte ein schwacher Wind. Ich sah, wie er die Wasserfläche kräuselte. Und der Wimpel neben dem Haus hob sich leicht wie ein Tier nach langem Winterschlaf.

Ich hatte die Seebrise seit jeher verabscheut, schon als Kind. Es ging darum, dass die Welt, so still und glatt, auf einmal anfing, unruhig zu werden. Die Meeresoberfläche wurde unruhig, die Blumen und Sträucher wurden unruhig, die Bäume wurden unruhig, und dann klirrten die Fahnenstangen, das schlimmste Geräusch meiner Kindheit.

Warum wurde die Welt unruhig? Was quälte sie, woran dachte sie?

Ich ging in die Küche, füllte Wasser in das Unterteil der Espressokanne, gab Kaffeepulver in den kleinen Metallzylinder, schraubte das obere Teil auf und stellte die Kanne auf die Herdplatte, die sofort knisterte.

Seltsam, dass ich diesen Apfelgeschmack wahrgenommen habe, als ich in den Bus gestiegen bin, dachte ich und sah gleichzeitig vor mir, wie ich draußen neben Viktor saß, den Arm um ihn legte und ihn an mich drückte.

Er hätte sich weggedreht, wäre vielleicht aufgestanden und gegangen.

War es trotzdem das, was er sich wünschte?

Jedes Kind wollte gedrückt und umarmt werden.

Ich beschloss, hinterher hinauszugehen und es zu tun. Dann musste er eben weglaufen, wenn er es unbedingt wollte.

Das Wasser in der Kanne begann zu zischen. Der Apfelgeschmack war so deutlich gewesen, er war mit einer Erinnerung verbunden, aber ich bekam sie nicht zu fassen, sie war wie ein Traum, den man festzuhalten versucht, wenn er sich gerade auflöst.

Ich ging ins Wohnzimmer und sah hinaus.

Viktor war nicht mehr da.

Schritte und Aktivitäten auf der Terrasse.

Ich ging hinaus. Er versuchte, die Zielscheibe auf die Fensterbank zu stellen, begriff aber, dass das keine gute Idee war, und blieb mit ihr in den Händen stehen.

Ich war nicht wütend auf ihn, erkannte ich, als ich ihn dort stehen sah, dünn und irgendwie windschief, sein Gesicht, das mit den schmalen Augen und den markanten Wangenknochen so häufig aussah wie eine Grimasse. Aber ich empfand auch keine Wärme für ihn.

»Wir können sie irgendwo festnageln«, sagte ich.

Er nickte.

»An einem Baum vielleicht?«, sagte er.

»Nein. Bäume leben ja. Keine gute Idee, Nägel in sie zu schlagen. Aber vor dem Haus, an die Garage. An die Garagenwand. Okay?«

Er nickte wieder.

»Ich muss nur noch kurz etwas in der Küche erledigen«, sagte ich. »Wartest du hier? Oder gehst du schon mal vor?«

Er zuckte mit den Schultern.

Da war ich wohl etwas zu eifrig, dachte ich und ging in die Küche. Das Wasser in der Kanne rauschte inzwischen lauter, kochte aber noch nicht.

Sollte ich darauf warten oder die Platte abdrehen und gehen?

Wenn er warten musste, würde er vielleicht wieder die Lust verlieren.

Aber es dauerte nur einen Moment, bis der Kaffee fertig war. Wenn ich den Herd ausstellte, würde ich einen neuen aufsetzen müssen, oder?

Ich presste die Kanne auf die Platte. Das Rauschen wurde etwas lauter. Ich nahm eine Tasse aus dem Regal über dem Herd und stellte sie auf den Küchentisch, zog das Handy aus der Hemdtasche, um zu sehen, ob jemand angerufen hatte.

Johan. Noch dazu drei Mal.

Das sieht ihm überhaupt nicht ähnlich, dachte ich und hörte, wie der Kaffee fauchend und blubbernd in den oberen Teil der Kanne stieg, und beschloss, ihn später zurückzurufen. Ich hob die Kanne von der Platte, schaltete den Herd aus und sah aus dem Fenster, während ich darauf wartete, dass sie zur Ruhe kam.

In der Bucht am Bootshaus legte soeben ein Segelboot an. Der Motor lief. Ein Frau stand am Ruder, ein Mann mit einem Anker in der Hand achtern. Zwei Kinder saßen im Bug und sahen vor sich nach unten, mit Sicherheit auf ihre Telefone.

Das war mein Grundstück.

Ich hatte nie ein Schild aufgestellt, ich glaubte nicht in diesem Sinne an das Besitzrecht und hatte im Grunde auch nichts dagegen, wenn sie nur für ein paar Stunden blieben, aber irgendetwas sagte mir, dass sie vorhatten, dort für die Nacht vor Anker zu gehen.

Ich goss den Kaffee in die Tasse und ging mit ihr in der Hand zur Vorderseite des Hauses. Dort stand Viktor und warf Pfeile auf die Garagenwand, und ich sah, dass er sich abmühte, damit sie stecken blieben.

»Das ist eine gute Stelle«, sagte ich. »Warte, ich hole Hammer und Nagel.«

Ich leerte die Kaffeetasse in einem langen Schluck, stellte sie neben dem Fahrrad auf die Erde und ging in die Garage, wo in einer Ecke Vaters Werkzeugkasten stand. Auf seinem Boden lagen jede Menge Nägel, und einen kleinen Hammer fand ich auch.

»Hier?«, fragte ich und hielt die Zielscheibe etwa eineinhalb Meter hoch.

Viktor nickte, und ich schlug den Nagel ins Holz.

»So«, sagte ich. »Jetzt kannst du werfen.«

Ich nahm die Tasse und wollte schon hineingehen, sehnte mich danach, mich mit der Bibel im Schoß ins Licht zu setzen und erneut aufs Meer hinauszuschauen, aber dann wurde mir bewusst, dass dies eine Chance war, ihm näherzukommen, und stellte die Tasse wieder ab.

»Wolltest du nicht reingehen?«, fragte er und bewegte den Pfeil in seiner Hand mehrmals vor und zurück, bevor er warf.

Der Pfeil traf die Scheibe mit der flachen Seite und fiel zur Erde.

»Niete«, sagte ich.

Ein Schwarm Kriebelmücken hing direkt vor der Wand sirrend in der Luft, die einzelnen Mücken wechselten ständig die Plätze, ohne dass seine Form als Ganzes sich veränderte.

Der Apfelbaum draußen im Wald. Daher kam der Geschmack. Die Wildäpfel, die ich als Kind gegessen hatte. Das Abenteuerliche an einem Baum, der niemandem gehörte, der im Frühjahr als einziger blühte, völlig anders als die Bäume um ihn herum, und der im Spätsommer kiloweise Früchte trug.

»Probier's mal, wenn du glaubst, dass es so leicht ist«, sagte Viktor und hielt mir einen Pfeil hin.

Ich warf ihn, ohne weiter nachzudenken, und eine jähe Welle der Reue durchrollte mich, als der Pfeil nur einen Zentimeter außerhalb des roten Ziels zitterte.

»Das war bestimmt nur Glück«, sagte ich. »Du bist dran.«

Er machte die gleiche Bewegung mit dem Pfeil, bevor er warf. Die Flugkurve war zu kurz, und der Pfeil klatschte unter der Scheibe gegen die Wand, ehe er zu Boden fiel.

»Okay«, sagte ich. Diesmal war ich vorbereitet, als er mir den Pfeil gab, und warf ihn so, dass er die Wand über der Scheibe traf, wo er zitternd stecken blieb.

»Siehst du«, sagte ich.

»Was sehe ich?«, fragte er.

»Dass mein erster Wurf ein Glückstreffer war.«

Das Sonnenlicht kam von schräg oben und wurde von den vielen kleinen Flächen auf den Bäumen am Hang blinkend zurückgeworfen, vor allem den Birken, die in der schwachen Brise zitternd glitzerten.

Die Erde neben der Schotterstraße schien schon stauben zu wollen, wenn man sie nur ansah.

Viktor konzentrierte sich wieder.

Könnten wir zu dem Baum gehen und nachsehen, ob er Äpfel trug?

Er hob ein Bein und lehnte sich vor, als er warf. Diesmal traf der Pfeil die Scheibe, aber ohne stecken zu bleiben.

Er drehte sich um und ging.

»He, warum gehst du?«, fragte ich.

»Das ist langweilig«, sagte er.

»Ich kann dir beibringen, wie es geht«, sagte ich.

»Du, du bist nichts Besseres«, sagte er und verschwand um die Ecke.

Ich ging hin, hob die Pfeile auf und warf sie rasch hintereinander. Sie standen wie ein Strauß in der Mitte. Ich fühlte mich verlogen und drehte mich um, wollte sehen, ob Viktor wider Erwarten zurückgekommen war, ehe ich die Pfeile herauszog, sie an die Wand legte, zum Telefon griff, Johans Nummer wählte und wieder ins Haus ging.

»Sieh einer an, hallo, mein Alter!«, sagte er, als hätte er mich nicht zuerst angerufen.

»Hallo, Johan«, sagte ich. »Wie geht's?«

»Ich würde sagen, ziemlich großartig. Wie geht es dir? Immer noch in der ›Sommerfrische‹? Ha ha ha!«

»Mir geht es gut«, sagte ich, stützte mich mit einer Hand auf das Fensterbrett und sah zur Bucht hinunter. »Du hast angerufen?«

»Ja, habe ich. Hast du heute schon mal Nachrichten gesehen oder gehört?«

»Nein, hier draußen nicht, nein.«

Sie hatten da unten ein Zelt aufgeschlagen. Aber sie selbst waren nicht zu sehen. Vielleicht in der Kajüte.

»Dann hast du das von ›Kvitekrist‹ also nicht gehört?«

»Doch, natürlich. Dass sie angeblich vermisst werden? Ich glaube eher, sie sind untergetaucht.«

»Na ja, weißt du, das sind sie nicht. Sie sind allesamt auf bestialische Art ermordet worden. Die Nachricht hat es heute sogar bis zu mir nach Schweden geschafft. Es sieht ganz nach einem Ritualmord aus. Die Stadt da oben steht Kopf.«

»Was sagst du da?«, sagte ich. »Alle?«

»Drei von vier. Den Vierten haben sie in Verdacht. Den Schlagzeuger.«

»Jesper? Nie im Leben. Wo ist es passiert? Und wann?«

»Oben am Svartediket. Ja, du bist ja da gewesen.«

Ich setzte mich auf die Bank an der Wand. Mir war schlecht.

»Was hast du mit deinem ganzen Filmmaterial vor? Jeder Fernsehsender auf der Welt wird es kaufen wollen. CNN, Fox, you name it. Bitte, sag jetzt nicht, dass du es für dich behalten willst!«

»Was willst du damit sagen?«, fragte ich. »Warum sollte ich es verkaufen?«

Er seufzte am anderen Ende der Leitung.

»Dann stell wenigstens den Film fertig, Mensch! Wenn du willst, lasse ich dafür alles andere stehen und liegen.«

»Darüber muss ich erst einmal nachdenken«, sagte ich. »Was hast du gesagt, wann ist es passiert?«

»Man hat sie gestern gefunden.«

»Und sie sind ermordet worden?«

»Drei von ihnen. Ermordet und geschändet.«

»Großer Gott«, sagte ich. »Das waren doch nur kleine Jungs.«

»Jetzt nicht mehr«, sagte er. »Du, ruf mich einfach an, wenn du mit dem Material weiterarbeiten willst. Ich bin hier. Bitte, mach jetzt diesen Film!«

Nachdem ich aufgelegt hatte, zündete ich mir eine Zigarette an und ging auf die Terrasse hinaus. Als ich Viktor da draußen sitzen sah, drückte ich die Zigarette aus und ging zu ihm.

»Lass uns mal überlegen, was wir jetzt machen wollen, Viktor«, sagte ich. »Ich gebe dir ja recht, dass es ein bisschen langweilig ist, Pfeile zu werfen. Aber wir können hier nicht nur herumsitzen und *nichts* tun.«

Er blieb stumm.

»Willst du mit deiner Mama telefonieren?«

Er schüttelte den Kopf.

»Wollen wir in die Garage gehen und schauen, ob wir da was finden? Sie ist voller alter Sachen, zum Beispiel Fahrräder. Wollen wir irgendwohin fahren? Oder das Boot nehmen? Wenn du willst, darfst du es steuern.«

»Hast du ein iPad?«, fragte er.

»Nein. Ich habe hier gar kein Internet. Nicht einmal fürs Handy. Aber weißt du was, ich kenne einen Apfelbaum mitten im Wald. Wollen wir nachsehen gehen, ob er Äpfel trägt?«

»Wer sind die da?«, sagte er und zeigte auf das Boot in der Bucht und die vier Gestalten, die über die Uferfelsen gingen.

»Keine Ahnung«, sagte ich und stand auf. »Nur ein paar Touristen.«

»Was willst du tun?«, fragte er.

»Nichts Besonderes«, sagte ich. »Ein bisschen lesen vielleicht. Und ich habe Lust, später schwimmen zu gehen. Es ist so ziemlich das Schönste, was es gibt, abends im Meer zu baden. Hast du das schon mal gemacht?«

»Ich kann nicht schwimmen«, sagte er leise.

»Du kannst nicht *schwimmen?*«, sagte ich und begriff im selben Moment, wie falsch das klang. »Aber das lernst du hier draußen doch im Handumdrehen«, beeilte ich mich zu sagen. »Ich helfe dir.«

Das Meer war in der letzten Stunde dunkler geworden, lag tiefblau und ruhig vor uns. Die Uferfelsen glühten im immer tiefer stehenden Licht. Kein Wind mehr.

Ich konnte es nicht glauben, dass sie tot waren. Alle?

Was war da nur passiert?

Jesper lebte. Ich musste ihn anrufen. Aber wenn er im Verdacht stand dahinterzustecken, saß er bestimmt im Gefängnis.

Weinte er?

»He, Viktor, was ist denn?«, sagte ich und setzte mich neben ihn.

»Ich will hier nicht sein«, sagte er. »Und ich hasse dich.«

»Okay«, sagte ich. »Hass ist ein sehr starkes Wort. Was habe ich denn getan, dass du mich hasst?«

Er stand auf und ging.

Ich ließ ihn gehen, sah ihm nicht einmal hinterher, um zu erfahren, wohin er ging. Was hatte sie eigentlich mit dem Jungen gemacht? Mich einen Alki genannt und ihn gegen mich aufgehetzt. Erst wenn er erwachsen war, würde er verstehen, wer ich wirklich war. Ihm das jetzt zu sagen, brachte natürlich nichts. Glaub deiner Mutter nicht. Ich bin kein Alki. Und ich bin ehrlich gesagt ein ganz guter Mensch.

Aber bei ihm stimmte noch einiges mehr nicht, Camilla war sicher nicht an allem schuld.

Die Familie hatte ihr Boot verlassen und ging unterhalb von mir, nur zwanzig Meter entfernt, vorbei. Hier draußen verletzten sie damit meine Privatsphäre, und ich sah zu, dass ich auf die Beine kam, und kehrte zum Haus zurück. Ich warf einen Blick ins Wohnzimmer, wo Viktor auf der Couch lag. Ich schüttete eine Tüte Chips in eine Schüssel, öffnete eine neue Flasche Limonade, setzte beides mit einer Schale und einem Löffel, einer Packung Schokoladenpudding und einer mit Vanillesauce auf ein Tablett, das ich ins Wohnzimmer trug.

»Falls du Lust auf etwas Leckeres bekommst, stelle ich dir das hier auf den Tisch«, sagte ich. Dann ging ich auf die Veranda hinaus, zündete mir eine Zigarette an und setzte mich gemütlich auf den Stuhl, die Beine aufs Geländer gelegt. Wählte Jespers Nummer, die ich noch in meinen Kontakten hatte, erreichte aber nur eine Stimme, die mir mitteilte, dass der Teilnehmer derzeit nicht erreichbar sei.

Was war da bloß passiert?

Es konnte kein Zufall sein, sie konnten keine zufälligen Opfer gewesen sein. Dafür war ihr Leben zu voll von Gewalt und Gewaltsymbolen.

Steckte eine der anderen Bands dahinter?

Ich schrieb ihm eine SMS.

Höre, dass die Hölle los ist und du Ärger hast. Ruf an,
wenn du Hilfe brauchst oder mit jemandem reden willst,
der außerhalb von allem steht / Skallgrim

Ich betrachtete sie eine Weile, löschte Skallgrim und schrieb stattdessen Egil, ehe ich sie abschickte. Skallgrim war der Spitzname, den sie mir gegeben hatten – natürlich nach Egil Skallagrimson –, aber wenn ich ihn selbst benutzte, sah es so aus, als würde ich mich mit ihnen identifizieren, und das tat ich definitiv nicht. War ich fasziniert von ihnen, ja; interessiert an ihnen, ja. Eine Zeitlang sogar sehr. Aber die Faszination und das Interesse rührten gerade daher, dass ich mich nicht mit ihnen identifizieren konnte. Ich verstand sie nicht, es war für mich unvorstellbar, dass ich wie sie hätte werden können, wenn ich mit zwanzig Jahren Menschen wie ihnen begegnet wäre. Sie waren naiv, und bei den Symbolen und Gesten, mit denen sie sich umgaben, ging es in erster Linie darum zu posieren, sie wollten einfach nur cool wirken – trotzdem hatte sie das bewusst oder unbewusst, in etwas anderes, etwas extrem Radikales geführt. Der Teufel stand für das Brechen aller Gesetze, aller Regeln, aller Gedanken zu Mitmenschlichkeit und Solidarität, für einen Egoismus, der so groß war, dass sie beispielsweise einen anderen Menschen umbringen könnten, ohne dass es für sie von Bedeutung wäre. Wie einer von ihnen einmal gesagt hatte, jede Sekunde stirbt ein Mensch, es gibt also keinen Grund, um einen simplen Mord so einen Aufstand zu machen. Der das gesagt hatte, saß mittlerweile im Gefängnis, hatte einen willkürlich ausgewählten Mann in einem Park getötet und wäre vielleicht sogar davongekommen, wenn er nicht damit angegeben hätte.

Nach ein paar Wochen mit ihnen begriff ich entsetzt, dass es bei dem, was sie machten, um Freiheit ging. Und dass Freiheit und Gewalt für sie untrennbar miteinander verbunden waren. Sie bejahten den Tod, sie huldigten ihm, und, dachte ich daraufhin, erst wenn der Tod nichts mehr ist, wovor man sich fürchtet, nichts, was man meidet, ob er nun andere oder einen selbst trifft, ist man frei.

Dann muss man keine Rücksicht mehr nehmen, und das Rücksichtslose ist die Grundbedingung der Freiheit.

Nietzsche und Bataille waren die Philosophen der Freiheit, und keinem der beiden war die Rücksichtslosigkeit fremd gewesen, aber ihre Gedanken waren nur Gedanken, ihre Worte nur Worte gewesen. Bataille hatte mit dem Gedanken gespielt, einen Menschen, in der Geheimgesellschaft Acéphale, durch Enthauptung zu opfern, und sie hatten sogar schon jemanden ausgewählt, aber dabei war es dann auch geblieben – während diese Jungs ihre Gedanken und Worte in die Tat umsetzten –, selbstverständlich ohne Nietzsche oder Bataille zu kennen, wenngleich der charismatischste von ihnen, Skjalg, oder Heksa genannt, behauptete, *Zarathustra* gelesen zu haben – und sie zur Wirklichkeit machten. Und genau deswegen hatte ich Kontakt zu ihnen aufgenommen.

Zwei der Musiker, die ich interviewte und eine Zeitlang begleitete, hatten sich das Leben genommen. Der eine in der Zeit, als ich drehte, der andere ein Jahr später. Das Ganze war so brisant, dass ich am Ende einen Rückzieher machte und beschloss, alles einfach liegen zu lassen, die Arbeit an dem Film zu stoppen, der den Arbeitstitel *Der Dala-Teufel* trug.

Wenn Viktor im Bett war, würde ich das Material durchsehen. Viele Stunden Film, alles ungeschnitten. Einiges hatte ich mir niemals angesehen.

Vielleicht aber auch nicht, dachte ich im nächsten Moment und griff nach der Schachtel Zigaretten. Vielleicht ließ ich es einfach. Sie waren jetzt tot. Und daran konnte niemand etwas ändern.

Weit im Osten schien sich der Himmel zu verfinstern, er war eher schwarz als blau und stand wie eine Wand über dem Meer. Kein Wunder angesichts der herrschenden Temperaturen, dachte ich, hob die Bibel auf meinen Schoß, blätterte durch die Evangelien, um zu sehen, wo geschrieben stand, dass Jesus der Morgenstern war, aber solange ich nicht die geringste Ahnung hatte, wo es stehen könnte, war das sinnlos, und so legte ich sie wieder weg, zog lange an meiner Zigarette, sah aufs Meer.

Die Familie hatte sich an meiner Stelle niedergelassen, die Erwachsenen saßen auf dem Felsen, die beiden Kinder schwammen ruhig davor. Mir wurde die Stille bewusst, die Abendstille, und ich lehnte mich auf dem Stuhl zurück und schloss die Augen.

Als ich aufwachte, dämmerte es.

Ein seltsamer Laut stieg aus dem Wald hinter dem Haus auf. Eine Art röchelndes Klackern.

kalikalikalikalik

Augenblicklich kam aus der Ferne eine Antwort.

kalikalikalikalik

Was konnte das sein?

Irgendein Tier, aber was für eins, dachte ich und stand auf. Erst da sah ich, dass unten in der Bucht ein Lagerfeuer brannte. Die Flammen scharf und deutlich in der leichten Dunkelheit.

Ein Vogel?

Reiher stießen einen uralten Laut aus. Aber das waren keine Reiher gewesen.

Ich ging ins Haus. Viktor schlief auf der Couch. Er lag mit offenem Mund auf dem Rücken, und seine Augen standen einen Spaltbreit offen, so dass ich das Weiß in ihnen sehen konnte.

Der arme kleine Junge.

Ich hob ihn hoch und trug ihn ins Schlafzimmer. Sein Kopf fiel in meinem Griff nach hinten, und er öffnete die Augen. Sie waren irgendwie ganz leer, als hätte seine Seele ihn verlassen.

»Ich leg dich nur ins Bett«, sagte ich.

»Mmm«, sagte er. »Mmmmm.«

Als er unter der Decke lag, kauerte er sich wie ein Fötus zusammen. Ich konnte nicht feststellen, ob er schlief oder nicht.

»Na dann gute Nacht, mein Junge«, sagte ich, ging hinaus

und ließ die Tür für den Fall offen, dass er aufwachte und in Panik geriet, weil er das Zimmer nicht erkannte.

Ich öffnete eine Flasche Delamain, schenkte mir ein Glas ein und trank es im Stehen auf der Terrasse. Meiner Ansicht nach gab es nichts Besseres. Der Geschmack war so mächtig, dass nur ein paar Tropfen auf der Zunge nötig waren, damit er in der Mundhöhle explodierte, und gleichzeitig war er schlank. Zwei Mal im Jahr bestellte ich je sechs Flaschen, seitdem ich ihn vor ein paar Jahren bei Vater gekostet hatte.

Die Luft war immer noch heiß, nun aber, in der Dämmerung, feuchter, fast dampfend.

Was für ein Tier es auch gewesen sein mochte, jetzt war es verstummt.

Nachdem ich so lange im Sitzen geschlafen hatte, war mein Körper ganz steif. Außerdem war mir trotz der Hitze tatsächlich ein wenig kühl.

Ich ging ins Schlafzimmer und zog das Hemd aus, wischte den Schweiß mit einem Handtuch ab, zog ein neues Hemd an, eine leichte Baumwollhose, weiße Socken, setzte mich auf den Schemel vor der Schiebetür und band die Joggingschuhe zu. Lugte durch die Tür zu Viktors Zimmer, um zu sehen, ob er schlief. Das tat er. Allem Anschein nach tief und fest.

Dann ging ich auf die Terrasse hinaus und den Hang hinab, dem ich ein Stück oberhalb des Wegs folgte, damit ich den Touristen in der Bucht aus dem Weg ging.

Ein Streifen rötliches Licht lag hinter mir über dem Horizont, hell genug, dass noch Farben in der Landschaft waren, wenngleich nur schwach: Die Grasnelken waren grau, nicht lila, das Gras, das auf den kleinen Böschungen wuchs, grau, nicht gelbverbrannt, aber der Fels selbst war gelbbraun und das Meer darunter noch blau.

Es tat gut zu gehen. Und es tat gut zu sehen, wie das Licht

langsam von der Erde aufgesogen und durch die schleierartige Dunkelheit ersetzt wurde, die sich in diesen letzten Tagen im August so schnell verdichtete. Wenn ich mich beeilte, würde ich den Baum finden können, ehe es zu dunkel wurde. Über das Geröllufer und auf der anderen Seite in den Wald hinauf, wo er nach ungefähr hundert Metern auf einer kleinen Lichtung stand. An einem Bach?

Ja, dort floss ein Bach.

Ein Blitz durchschnitt die schwarze Wand am Horizont. Der anschließende Donner klang fern und schwach. Merkwürdig, dieser Himmel im Westen, der ganz klar war, und der Himmel im Osten, der von der gewaltigen Unwetterwolke versiegelt wurde.

Bis der Regen hier war, würde es noch mindestens eine Stunde dauern.

Ich ging so schnell ich konnte über die Steine schräg zum Wald hinauf, folgte einem Pfad zwischen Schlehdornsträuchern und Heckenrosen hindurch, die ganz oben wie eine Stacheldrahtabsperrung wuchsen, und gelangte zwischen die Bäume, die anfangs nicht viel größer waren als ich, sich nach und nach jedoch höher streckten, bis sie zu allen Seiten wie zehn oder zwanzig Meter hohe Wachtürme standen.

Der erste Teil des Waldes breitete sich wie ein etwa zweihundert Meter tiefer Gürtel aus, dahinter folgte die Straße, und unterhalb der Straße lagen ein paar Felder, hinter denen der Wald weiterging. In ihm lag ein großer See, und als Junge war ich dort schwimmen gegangen, aber inzwischen war er von so dicken Algenschichten zugewachsen, dass es aussah, als könnte man auf ihm gehen.

Ich folgte einem Kiesweg über die Felder und anschließend einem Pfad, der die Hügel auf der anderen Seite hinaufführte. Es wurde schneller dunkel, als ich gedacht hatte, und ich bereute allmählich, dass ich so weit gegangen war. Aber wenn ich spazierte, hatte ich gerne ein Ziel. Die Lichtung war nur noch wenige Minuten entfernt, und Viktor schlief so fest, dass er erst am nächsten Morgen aufwachen würde.

Im Wald neben mir raschelte etwas.

Mein erster Gedanke war, dass es ein Toter war, der keinen Frieden fand.

Aber die Toten geben doch keine Geräusche von sich, dachte ich und schmunzelte.

Ich hatte gerade über eine Tote geschrieben, die ich gesehen hatte, wahrscheinlich war mir das durch den Kopf gegangen. Deshalb war ich unterbewusst auf dieser Wellenlänge. Aber ich hatte das nur ein einziges Mal gesehen und wusste nicht, ob das, was ich gesehen hatte, wirklich war oder nicht, ob es in meinem Inneren oder außerhalb von mir geschehen war. Und das werde ich wohl auch nie erfahren, dachte ich und sah im selben Moment etwas, das sich auf dem Pfad vor mir über die Erde bewegte.

Ich hielt inne, blieb einen Moment vollkommen reglos stehen und starrte hin, aber was immer es war, es war im Unterholz verschwunden.

Wahrscheinlich eine Schlange, dachte ich, und als ich weiterging, trat ich bei jedem Schritt fest auf, damit sie mich bemerkte. Sie hatte sich ohnehin von mir fortbewegt. Nur wenn sie überrascht wurden, griffen sie an. Wenn es eine Kreuzotter war. Es hätte auch eine Ringelnatter gewesen sein können.

Seit dem Frühjahr, als sich einige auf dem Geröllufer gesonnt hatten, kalt und langsam nach dem Winter, hatte ich keine Schlange mehr gesehen.

Eine neuerliche Bewegung vor mir. Diesmal sah ich sie ganz deutlich, als sie sich über den Pfad und in die Büsche schlängelte, den flachen Kopf leicht angehoben.

Es war eine Kreuzotter.

Aber zwei am selben Ort um diese Zeit? Oder vielleicht sogar drei?

Es kribbelte in Fingerkuppen und Zehen. Rational betrachtet hatte ich keine Angst vor ihnen, sie waren ja nicht gefährlich, jedenfalls nicht, wenn man sich in Acht nahm, aber etwas an diesem Geschöpf erfüllte mich mit Grauen. Einem Grauen, das so lange auf der Erde existiert hatte wie die Schlange selbst.

War es nicht irgendwo hier?

Doch, in dem kleinen Tal da vorn.

Ich ging ein Stück an dem flachen, nackten Felshang entlang. Nach etwa fünfzig Metern öffnete sich der Wald zu einer Lichtung.

Wie erwartet floss am anderen Ende ein Bach.

Und der Apfelbaum stand nur ein paar Meter entfernt, etwas abseits der anderen Bäume.

Ich ging zu ihm. Die Äste waren schwer von Früchten. Es ist ein guter Sommer gewesen, dachte ich und streckte die Hand hoch, griff nach einem Apfel, pflückte ihn ab und biss hinein.

Mmmm.

Der süßsäuerliche Geschmack war exakt wie in meiner Erinnerung. Ein schwacher Hauch von etwas Bitterem, wie man ihn bei Äpfeln aus dem Supermarkt niemals fand, etwas leicht Schiefes und Einmaliges.

Die alte Welt.

Mein Onkel hatte mich damals zum ersten Mal hierher mitgenommen. Vaters jüngerer Bruder Håkon.

Geistesabwesend, brüsk, streng.

Aber zu mir war er immer nett gewesen. Er hatte mir Dinge über Vater erzählt, die Vater nie erwähnte. Das machte ihm wahrscheinlich Spaß, dachte ich und pflückte ein paar

Äpfel, damit Viktor sie probieren konnte, stopfte sie mir in die Hosentaschen und wollte mich schon auf den Rückweg machen, als ich ein, zwei Meter entfernt im hohen Gras eine Bewegung sah.

Es war noch eine Kreuzotter.

Sie hielt inne, hob den Kopf, ließ die Zunge spielen.

Es sah aus, als würde sie mich betrachten. Aber Schlangen können kaum etwas sehen.

Ich stampfte mehrmals fest mit dem Fuß auf. Sie schob den Kopf vor, und die Bewegung pflanzte sich durch ihren Körper fort, während sie begann, von mir weg zu den Bäumen auf der anderen Seite zu kriechen.

Ich schaute mich um, wollte sehen, ob noch mehr in der Nähe waren.

So viele in so kurzer Zeit waren ungewöhnlich. War eine Art Paarung im Gang? Oder gab es hier für sie etwas zu fressen?

Alles war friedlich und still. Die Wiese im Zwielicht grau, zwischen den Bäumen dunkler. Die höchsten standen schwarz vor dem Himmel.

Ich ging zu der Anhöhe, die gerade noch so anstieg, dass ich hinaufsteigen konnte, ohne die Hände benutzen zu müssen.

Hinter mir ertönte der Ruf von vorhin.

kalikalikalikalik

Ich drehte mich um und spähte. Das Geräusch war nah gewesen, es hatte sich angehört, als käme es aus dem Wald am hinteren Ende der Wiese.

Wenn es ein Vogel war, musste er jedenfalls groß sein.

Soweit ich wusste, gab es in dieser Landschaft keine großen Vögel.

Ich trat auf den höchsten Punkt der Heide und begann den Abstieg zur anderen Seite, als mir etwas ins Auge fiel, das offenbar ein Lagerfeuer zwischen den Bäumen unweit des Sees war.

Irgendwo dahinten lag eine Lichtung, auch sie an einem Felshang, der zum Wasser hin schräg abfiel. Als Kind war ich dort häufig gewesen. In einem Sommer hatte ich eine tote Kuh gefunden, sie hatte in einem Bach gelegen, und ich hatte mit einem Stock auf ihren Bauch gedrückt, der daraufhin aufplatzte. Der Gestank war unbeschreiblich gewesen.

Dass noch jemand zeltet, hätte ich nicht geglaubt, dachte ich und beschloss hinzugehen und nachzusehen. Ich musste mich ja nicht zu erkennen geben.

Der See lag still zwischen den Schilfrohren. Das Ufer, das ich lehmig und feucht in Erinnerung hatte, war trocken und rissig. Dennoch kehrten die Erinnerungen zurück; unmittelbar bevor ich sie sah, fielen mir die Details der Landschaft wieder ein, ähnlich wie beim Lesen eines Buchs, das ich vor langer Zeit einmal gelesen hatte, so dass ich glaubte, alles vergessen zu haben.

Ich blieb am Fuß der schmalen, sanft ansteigenden Böschung stehen. Das Feuer brannte an ihrem höchsten Punkt, am Waldrand.

Ich konnte niemanden sehen.

Aber sie mussten in der Nähe sein. In einer Dürreperiode wie dieser ließ man im Wald doch kein Feuer allein?

Ich ging langsam hinauf.

Niemand zu sehen.

Ich blieb vor dem Feuer stehen, das in der Spätsommerdunkelheit fröhlich vor sich hin brannte.

»Hallo?«, sagte ich. »Ist da jemand?«

Alles still.

Ich schaute mich um, versuchte, in das Dunkel zwischen den Bäumen zu spähen.

Was in aller Welt war das?

Auf der anderen Seite, in dem Winkel zwischen Waldrand und Felshang, stand eine Art Mast.

Ich hatte ihn nie zuvor gesehen.

»Hallo!«, rief ich wieder.

Als ich keine Antwort bekam, ging ich zu dem Mast.

Seltsam.

Im Schutz der steilen Felswand ragte er etwa fünfzehn Meter hoch. An seinem Fuß liefen zwei Rampen aufwärts, sie waren aus Holz, und von ihnen ausgehend streckte sich der Mast, dünn und schmal, gefertigt aus einer Art Metalldrahtgeflecht, in die Höhe.

Es war kein Funk- oder Telefonmast, er schien mir eher Marke Eigenbau zu sein.

Eine Studentenarbeit oder so etwas?

Gebaut hatten ihn mit Sicherheit die Leute, die das Feuer entzündet hatten.

Vielleicht waren sie ja zu ihrem Auto gegangen, um etwas zu holen. Die Straße führte ganz in der Nähe vorbei.

Eigentlich könnte ich jetzt diesen Weg nehmen, dachte ich. Von hier aus war das kürzer.

Ich nahm den Pfad zwischen den Bäumen hindurch, der verwaist lag, und auf dem Parkplatz an der Straße standen keine Autos. Die Leute, die das Lagerfeuer entfacht hatten, machten vermutlich einen Spaziergang, vielleicht um den See herum, und waren sich sicher gewesen, dass sich das Feuer nicht ausbreiten würde.

Es war ein sorgsam aufgeschichtetes Lagerfeuer gewesen.

Ich folgte der Straße, bis ich zu den Feldern und dem Kiesweg gelangte, der zum Geröllufer hinabführte, von dem aus ich bald darauf in der Ferne das Licht vom Haus sehen konnte, das im Dunkeln zu schweben schien.

Als ich die Felsen erreichte, die vom Ufer steil anstiegen, ging ich rechts davon nach oben und folgte eine Weile dem Waldrand, bis ich dort, wo die Felsen flacher wurden, wieder abwärts ging.

Das Feuer war erloschen.

Draußen auf dem Meer sah man die Lichter einiger Boote, davon abgesehen war alles dunkel und schwarz.

Augustnacht.

Ich blieb stehen und zündete mir eine Zigarette an. Setzte mich auf den noch warmen Felsen. Die Wolkendecke war inzwischen so dicht, dass selbst der neue Stern nicht mehr zu sehen war.

In der Ferne rollte Donner über den Himmel.

Unruhe im Land dahinter, dachte ich und zog das Handy heraus, um nachzusehen, ob Jesper mir geantwortet hatte. Das hatte er nicht getan. Aber Camilla hatte eine SMS geschickt.

Geht es euch gut? / C

Ganz gut, antwortete ich. *Und dir?*

Fantastisch, kam sofort zurück.

Drunter ging's nicht?, schrieb ich.

Sie antwortete mit einem Smiley. Saß wahrscheinlich mit diesem Milo in einem Restaurant in Rom.

Wen interessierte das schon.

Draußen flammte ein Blitz auf.

Zehn Sekunden später folgte der Donner.

Diesmal lauter.

Ich stand auf und begann, das letzte Stück zum Haus hinaufzulaufen. Blieb über der Bucht stehen und sah zu dem Segelboot hinunter, das weiß und regungslos in der Finsternis lag. Von den Touristen war nichts zu sehen. Sie lagen jetzt bestimmt in der Kajüte. Seltsamer Gedanke, dass dort Menschen schliefen, in dieser dünnen Hülle treibend, letztlich hilflos. Schließlich konnte wirklich jeder einfach an Bord gehen.

Ein weiterer Blitz erhellte den Himmel. Ich zählte die Sekunden. Sieben, bis es donnerte.

Plötzlich ertönte ein Schrei.

Ich drehte mich um.

Es kam aus dem Haus. Es kam von Viktor.

Ich rannte los.

Ein zweiter Schrei, länger und durchdringender.

Ich erreichte die Terrasse, zog die Tür auf und lief ins Wohnzimmer.

Viktor stand an der Wand und starrte mich an. Sein Gesicht war angstverzerrt.

»Was ist los, Viktor?«, fragte ich. »Ist jemand hier? Was ist passiert?«

Er zeigte auf die Schlafzimmertür. Sie war geschlossen.

Ich lief hin und öffnete sie. Das Zimmer war leer.

Ich drehte mich zu Viktor um.

»Da ist keiner«, sagte ich und ging zu ihm.

Er weinte, und ich legte die Arme um ihn.

»Was ist los? Was ist passiert?«, fragte ich.

»Ein Mann«, schluchzte er.

»Ein Mann war hier?«, sagte ich und dachte an den Mann vom Segelboot, meinte er ihn?

Viktor nickte.

»Am … am … am …«, schluchzte er. »Am Fen … ster.«

»Ein Mann am Fenster? Draußen?«

»Ja … a … a«, sagte er.

Die Sache gefiel mir nicht, aber das durfte ich ihn nicht spüren lassen.

Ich ging in die Hocke.

»Das ist nicht schlimm, verstehst du. Das war bestimmt nur jemand, der vorbeigekommen ist und reingeschaut hat.«

»Nein, nein, nein«, sagte Viktor.

Ich strich ihm durchs Haar.

»Wahrscheinlich war es so«, sagte ich. »Du bist wach geworden und hast jemanden am Fenster gesehen, und dann warst du hier ganz allein. Kein Wunder, dass du Angst bekommen hast. Aber das ist nicht schlimm, verstehst du.«

»Doch«, sagte er und presste sich an mich.

»In unserem Haus sind wir sicher. Und hier drinnen ist keiner gewesen. Das war nur irgendein neugieriger Spaziergänger. Das gehört sich zwar nicht, aber so sind die Leute eben. Das ist mir auch schon passiert, mindestens zwei Mal.«

»Aber … er … sah … nicht aus wie …«

»Wie?«

»Ein M … M … Mensch …«, schluchzte er.

Nicht wie ein Mensch?

War es ein Toter gewesen?

Hatten die Tore der Hölle sich geöffnet?

»Bleib hier, Viktor, ich gehe mal nachsehen.«

»Nein!«, schrie er.

Oh, der arme Kerl.

»Natürlich war das ein Mensch«, sagte ich. »Aber weißt du, draußen ist es dunkel. Da sieht manchmal alles komisch und seltsam aus. Selbst ganz gewöhnliche Dinge.«

»Nein, Papa«, sagte er. »Das war … kein … Mensch …«

»Glaubst du, es war ein Tier?«

Er schüttelte den Kopf, Tränen liefen ihm über die Wangen.

»Okay«, sagte ich. »Ich gehe jetzt in dein Zimmer und

mache das Fenster auf und sehe hinaus. Es ist keiner da, aber ich möchte, dass du das ganz sicher weißt. Okay?«

»Okay«, sagte er.

Ich ging in sein Zimmer, drehte mich um und hob den Daumen, bevor ich das Fenster öffnete. Die Bäume schwankten in der Dunkelheit im Wind, der jetzt vom Meer heranströmte. Überall da draußen knarrte und rauschte es.

»Ist da jemand?«, rief ich.

Natürlich keine Antwort. Ich kam mir dumm vor. Aber ich tat es Viktor zuliebe, nicht um meinetwillen.

Ich schloss das Fenster und kehrte zu ihm zurück.

»Da ist keiner«, sagte ich. »Könntest du dir eingebildet haben, dass da jemand war?«

Er schüttelte verbissen den Kopf.

»Dann war es bestimmt nur ein neugieriger Spaziergänger«, sagte ich. »Hör mal. Wollen wir es uns ein bisschen gemütlich machen?«

Er sah mich an und schwieg.

Was könnte er gemütlich finden?

»Möchtest du vielleicht einen Schokoladenpudding?«

Er schüttelte den Kopf.

»Sollen wir da draußen eine Kerze anzünden und uns ein bisschen hinsetzen? Möchtest du das?«

Er schüttelte wieder den Kopf.

Er war völlig verängstigt. Es konnte nicht nur daran liegen, dass er allein aufgewacht war und Angst bekommen hatte. Er musste etwas gesehen haben.

Und es musste eine verborgene Angst in ihm geben.

Ich legte die Arme um ihn. Er war gespannt wie eine Feder.

»Es wird alles gut, Viktor«, sagte ich. »Es gibt hier nichts, wovor du Angst haben musst. Komm, wir setzen uns raus.«

Behutsam lotste ich ihn zur Tür. Er ließ sich führen, und

kurz darauf saßen wir nebeneinander auf der Terrasse. Der Himmel über dem Meer wurde jetzt regelmäßig von Blitzen erhellt. Er sah mit ausdruckslosem Gesicht in die Ferne.

Ich machte mir Sorgen.

Irgendetwas stimmte offensichtlich nicht.

Der neue Stern. Die große Haut. Die Krebse auf der Straße.

Das tote Mädchen, über das ich geschrieben hatte.

Und dass Viktor etwas gesehen hatte, was nicht menschlich war.

Aber wer wusste schon, was für Filme er sah und welche Computerspiele er spielte.

»Ich habe vorhin eine SMS von deiner Mama bekommen«, sagte ich. »Ihr geht es gut in Rom.«

»Mhm«, sagte er.

»Versteht ihr euch gut, Mama und du?«

Er sah mich an. Dann drehte er den Kopf und schaute wieder hinaus.

Es war ihm nicht anzusehen, was er dachte.

»Wie wäre es mit ein paar Chips?«, sagte ich nach einer Weile.

»Gern«, sagte er.

Ich stand auf, holte das Tablett auf dem Wohnzimmertisch und den Kerzenständer.

Er lehnte sich vor und nahm sich eine Handvoll Chips, während ich die vier Kerzen anzündete.

»Hast du noch Angst?«, fragte ich und setzte mich.

»Ein bisschen«, sagte er.

»Du weißt, dass das nicht weiter schlimm war, was du gesehen hast?«

Er zuckte mit den Schultern.

Ich goss Limonade in sein Glas. Er leerte es in einem langen Zug.

»Das ist hier fast wie im Kino!«, sagte ich.

Denn die Blitze in der Dunkelheit vor uns waren wirklich grandios.

Viktor nahm sich noch eine Handvoll Chips, öffnete den Mund und stopfte alles hinein, so dass Stücke und Krümel auf seine Brust gestreut wurden.

Manieren hatte ihm anscheinend keiner beigebracht.

Aber er schien sich beruhigt zu haben.

Ich lehnte mich vor und griff nach der Zigarettenschachtel, klopfte eine heraus und zündete sie an.

Von einer Stelle hinter dem Haus ertönte plötzlich wieder das Geräusch.

kalikalikalikalik

Was *war* das bloß?

Ich stand auf.

»Ich will nur kurz etwas aus der Garage holen«, sagte ich. »Bin gleich zurück.«

»Geh nicht weg!«, sagte Viktor.

Konnte ihn nicht mitnehmen. Konnte ihn nicht allein lassen.

Ich setzte mich wieder. Vom Meer her ertönte ein leises, vibrierendes Geräusch. Es war der Regen, der endlich fiel. Nur Augenblicke später trafen die ersten Tropfen die Felsen unter uns, und danach fielen sie überall, und wir befanden uns plötzlich in einer Kuppel aus Rauschen und Klatschen.

Wir blieben lange sitzen, ohne etwas zu sagen.

»Gibt es noch etwas, wovor du dich fürchtest?«, fragte ich nach einer Weile. »Ich verstehe, dass du Angst bekommen hast, als du im Fenster ein Gesicht gesehen hast. Und du allein im Haus warst. Aber abgesehen davon?«

»Nein«, sagte er.

Er nahm die Flasche und trank einen Schluck.

»Das ist gut«, sagte ich. »Es gibt nichts, wovor du Angst haben musst, verstehst du.«

»Weiß ich«, sagte er.

»Hör mal«, sagte ich. »Es ist schon spät. Was hältst du davon, wenn du langsam ins Bett gehst?«

Er schüttelte den Kopf.

»Hast du Angst, allein im Zimmer zu sein?«

»Nein.«

»Wenn du willst, kannst du in meinem Bett schlafen.«

»Und du?«

»Ich kann mich auf eine Matratze auf dem Fußboden legen.«

»Okay«, sagte er.

Ich folgte ihm ins Haus. Er zog Shorts und T-Shirt aus und legte sich mit seinem schmächtigen und bleichen Körper unter die Decke.

Ich saß auf der Bettkante und wollte ihm durchs Haar fahren, aber er drehte den Kopf weg.

Ich stand auf.

»Wo willst du hin?«, fragte er.

»Nur auf die Terrasse«, sagte ich. »Weißt du, es ist noch ein bisschen zu früh für mich, um ins Bett zu gehen.«

Er setzte sich auf, hob die Shorts vom Boden auf und zog sie an.

»Du musst schlafen, Viktor«, sagte ich. »Möchtest du, dass ich die ganze Zeit bei dir bleibe?«

Als ich das sagte, zog er die Shorts aus und legte sich wieder hin.

»Geh nicht weg, wenn ich eingeschlafen bin«, sagte er.

»Das tue ich nicht«, sagte ich.

»Versprichst du es?«

»Ich verspreche es.«

Er schloss die Augen, und ich setzte mich auf den Fußboden und lehnte mich an die Wand. Er atmete ruhig und gleichmäßig, und ich saß minutenlang da, ohne mich zu rühren, nahm aber dennoch wahr, dass er nicht schlief.

»Papa?«, sagte er plötzlich.

»Ich bin hier.«

»Ich *habe* Angst.«

»Und wovor hast du Angst?«

Er blieb lange still.

Ich sah zu ihm hinüber. Er lag vollkommen regungslos und sah zur Decke.

»Ich habe Angst vor dem Tod«, sagte er leise.

Ich wusste nicht, was ich sagen sollte. Aber er erwartete eine Antwort.

Vielleicht hatte er das noch nie jemandem gesagt.

Wenn es etwas gibt, wovor ich keine Angst habe, dann zu sterben, dachte ich. Ich würde erleichtert sein, geholt zu werden. All das Nagende, all das Schmerzhafte, all das Kleinliche, alle, die wollten, alle, die nahmen und nahmen und nahmen, würden mir dann erspart bleiben.

»So geht es jedem von uns manchmal«, sagte ich nach einer Weile. »Auch den Erwachsenen.«

Er sagte nichts. Ich hatte das Gefühl, *hören* zu können, dass er dachte.

»Du wirst ein langes Leben führen«, sagte ich. »Es gibt nichts, wovor du Angst haben musst. Okay?«

Er antwortete nicht.

Zwanzig Minuten später schlief er tief und fest.

Ich schlich mich hinaus und setzte mich auf die Terrasse. Überall im Dunkeln tropfte und rieselte es. Ich fragte mich, ob der Regen warm war und ob ich losgehen und nach dem suchen sollte, was diese Laute von sich gab, verwarf den Gedanken jedoch, legte stattdessen die Beine auf das Geländer und zündete mir eine Zigarette an.

kalikalikalikalik, ertönte es aus dem Wald hinter dem Haus.

kalikalikalikalik, kam die Antwort von der anderen Seite.

SOLVEIG

Als ich am nächsten Morgen in den Garten ging, erklang von überall her Vogelgesang. Lange Phrasen von Zwitschern liefen durch die Luft, ein Netzwerk aus schwankenden Tönen, manche sehnsüchtig, andere fröhlich, hier und da unterstützt vom heiseren, stoßweisen Gurren einer Taube, alles vor dem Hintergrund des Krächzens Hunderter Saatkrähen, die gerade in ihren weiter entfernt stehenden Bäumen in den Tag starteten.

Ich stellte die Schale mit Joghurt und meine Kaffeetasse auf den kleinen Tisch an der Hauswand und setzte mich mit dem Gesicht zur Sonne, die gerade über die Fichten auf der Kuppe des Höhenzugs im Osten gestiegen war.

Die Müdigkeit war wie ein Schmerz im Körper. Aber mit etwas Essen und Kaffee würde es schon werden. Das tat es immer. Müdigkeit war nicht schlimm, sie war bloß etwas, das man aushalten musste, und sie hatte ihre unterschiedlichen Phasen, in manchen spürte man sie im Grunde kaum.

Als ich schluckte, strich ich mir mit dem Handrücken über den Mund und griff nach dem Kaffee. Die ganze Mundhöhle kribbelte von dem säuerlichen Joghurt.

Eine der Tauben kam vom Wald auf das Haus zugeflogen und als ich den Kopf zu ihr drehte, sah ich, dass der Stern immer noch am Himmel stand.

Ich zog das Handy heraus, um zu lesen, was die Zeitungen dazu schrieben. Über mir wurde das Fenster geöffnet. Ich legte den Kopf in den Nacken und schaute hoch, sah aber niemanden. Wahrscheinlich hatte sie sich gleich wieder hingelegt.

Zahlreiche Experten hatten sich geäußert. Die meisten meinten, es handele sich offenbar um eine Supernova. Ein zwar seltenes, aber kein ungewöhnliches Phänomen. Verwirrend fanden sie allerdings, dass sie den Stern nicht identifizieren konnten.

Inges Theorie, dass es ein neuer Stern war, vertrat keiner.

Ich lächelte und legte das Handy auf den Tisch. Während ich den restlichen Joghurt aß, kam am Zaun zum Nachbarhof ein Kalb angetrottet. Es drehte den Kopf mehrmals hin und her, wurde bestimmt von Fliegen oder Bremsen gequält, ehe es sich hinabbeugte und graste. Hinter dem Hügel tauchten zwei Kühe auf, sie gingen ruhig und bedächtig zu dem Kalb und begannen ebenfalls zu grasen.

Es war doch nicht undenkbar, dass etwas völlig Neues passierte? Etwas, das nie zuvor passiert war?

Ich kratzte mich am Bein und schloss die Augen gegen die Sonne. Als ich sie wieder öffnete, sah ich einen kleinen Spatzen aus der hohen Birke durch die Luft zu einem Ast des Apfelbaums gleiten. Er flog einen kleinen zusätzlichen Bogen, ehe er landete, als würde ihm das Spaß machen.

Ich wäre gern noch etwas sitzen geblieben, aber Mutter war vielleicht schon wach, und ich wollte nicht, dass sie hilflos im Bett lag, deshalb trank ich schnell ein paar Schlucke, stand auf und ging in die Küche, spülte Schale und Tasse aus und stellte sie ins Spülbecken, bevor ich die Tür zum Wohnzimmer öffnete.

Sie schlief in derselben Stellung, in der ich sie zuletzt gesehen hatte.

Ich legte eine Hand auf ihre Schulter.

»Mama«, sagte ich. »Du musst aufwachen. Ich gehe bald zur Arbeit.«

Sie öffnete die Augen und sah mich an.

Als sie ihre Augen aufschlug, waren sie sofort klar, sie zweifelte nicht daran, wo sie war oder wer ich war.

Es tat gut, das zu sehen.

»Anita kommt jeden Moment«, sagte ich. »Möchtest du, dass ich dich aufsetze oder willst du noch etwas liegen bleiben?«

Ihre Lippen formten deutlich das Wort »auf«, und ich zog die Fernbedienung unter dem Kissen hervor und drückte auf den Knopf, woraufhin das Bettende sich langsam und summend hob.

»Ich mach mich schnell zurecht«, sagte ich. »Brauchst du etwas? Ein Glas Wasser?«

Sie schüttelte den Kopf.

»Radio?«

Sie öffnete den Mund zu einem geflüsterten, fast unhörbaren Nein.

Ich zog die Vorhänge auf, lächelte ihr zu und ging in den Flur, wo ich Kleider heraussuchte, die ich mit ins Bad nahm. Ich duschte kurz, föhnte die Haare, schminkte mich und zog mich an, als ich etwas hörte. Es musste Anitas Auto sein, das die Straße heraufkam.

Der Wagen parkte vor dem Haus, die Tür wurde geöffnet und wieder zugeschlagen, man hörte Schritte auf dem Kies und dann aus dem Flur ein lautes und herzliches *Guten Morgen!*

Als ich ins Wohnzimmer kam, stand sie neben Mutter, die mit den Füßen auf dem Fußboden dasaß und langsam ihre zitternden Hände zu dem Rollator bewegte, den Anita vor ihr platziert hatte.

»Hallo, Anita«, sagte ich.

»Hallo«, sagte sie. »Wie es aussieht, ist es eine gute Nacht gewesen?«

»Ja, ich denke schon«, sagte ich.

Ich mochte Anita, ihre Fröhlichkeit tat Mutter gut. Es gab nur eins, womit ich ein wenig haderte, dass sie häufig über Mutters Kopf hinwegredete, als wäre sie gar nicht da.

Mutter wandte mir sachte den Kopf zu und suchte meinen Blick. Als ich ihm begegnete, öffnete sie den Mund, um etwas zu sagen.

Ich trat näher und senkte den Kopf zu ihr, legte meine Hand auf ihre, die warm war.

Line, schien sie zu flüstern.

»Line schläft noch«, sagte ich. »Sie bleibt bestimmt lange liegen. Aber sie ist den ganzen Tag hier.«

Mutter flüsterte etwas.

»Was hast du gesagt?«, fragte ich.

Sie flüsterte es wieder.

Sie sah, dass ich sie auch jetzt nicht verstand, was sie aufregte, beide Arme zitterten heftig. Ihr Blick war wütend.

Ich strich über ihren Oberarm.

»Woran denkst du, Mama?«, fragte ich und ging mit dem Kopf ganz dicht an ihren Mund heran.

Jetzt waren da nur Atemzüge, keine Stimme.

Und ihr konnte alles Mögliche durch den Kopf gehen. Dass es etwas zum Essen geben sollte, was Line gern aß, oder dass ich Line ausrichten sollte, sie müsse keine Rücksicht auf ihre Großmutter nehmen, sondern könne tun, wozu sie Lust hatte.

Das Zittern erfasste ihren ganzen Körper.

»Denkst du daran, was Line heute vorhat?«

Sie sah mich mit einem Schleier aus Protest in den Augen an. Das war es also nicht.

»Aber woran denkst du dann?«, fragte ich.

Sie flüsterte wieder etwas, aber es gelang mir immer noch nicht zu verstehen, was sie sagte.

Es war zum Verzweifeln, denn ich war schon spät dran.

»Ich helfe dir beim Aufstehen«, sagte ich, nahm ihren Arm und hob sie zusammen mit Anita an, bis sie stand.

»Ich habe im Bad Kleider für dich rausgelegt«, sagte ich. »Ich muss jetzt gehen. Wir sehen uns heute Nachmittag. Dann können wir weiterreden. Mach dir einen schönen Tag mit Line!«

Mutter stand mit offenem Mund und zitternden Armen da und sah mir hinterher, als ich die Tür schloss.

Während ich zum Auto ging, machte ich mir Sorgen, ich hatte das Gefühl, dass etwas Ernstes vorgefallen war. Es half nicht, wenn ich mir einredete, dass nichts dahintersteckte, dass Mutter es bloß nicht geschafft hatte, sich verständlich zu machen.

Aber sie wurde in solchen Situationen so klein, wegen der Bedeutung, die sie manchmal Lappalien beimaß. Ich wusste ja, dass sie wahrscheinlich so dachte und fühlte wie früher, aber davon drang nur wenig nach außen; sie war unfähig, über komplizierte Dinge zu sprechen.

Was war ihr zu Line durch den Kopf gegangen?

Ich blieb vor der Haustür stehen und warf einen Blick zu dem Nest hinauf, das zwischen Kletterpflanzen verborgen lag. Erst als ich einen Schritt zur Seite trat, fiel mein Blick auf die Jungen, die eng zusammensaßen und ihre kleinen, gelborangen Schnäbel in die Luft reckten.

Als ich dort stand, kehrte über das Hausdach heranfliegend eine der Tauben zurück. Ohne mich zu beachten, landete sie auf dem Rand des Nests, beugte sich vor und begann, die Jungvögel zu füttern. Ihre Bewegungen waren flink, irgendwie abrupt, als würde sie sich ständig entscheiden und umentscheiden.

Ich ging ums Haus und setzte mich ins Auto, das offen war,

weil ich am Vorabend aus irgendeinem Grund vergessen hatte, es abzuschließen. Wahrscheinlich, weil Line da ist, dachte ich und legte die Tasche auf die Rückbank, ließ den Motor an und drehte mich halb um, bevor ich auf die Straße zurücksetzte. Weil das Ungewöhnliche stärker war als das Gewöhnliche.

Und dann war da auch noch Ramsvik gewesen.

Ein unheimliches Gefühl ergriff Besitz von mir.

Er war tot gewesen. Auf dem Tisch hatte eine Leiche gelegen, und dann hatte er die Augen geöffnet und leise geschrien. Während der Arzt seine Brust aufsägte.

Ich fuhr die sanfte Kieshangböschung hinunter und bog auf die Straße, die am Fjord entlangführte. Im Westen war der Himmel noch diesig, und die Berge am Fjord waren verschleiert.

Es gibt für alles eine natürliche Erklärung, auch dafür, dachte ich. Er war eben nicht tot gewesen. Die Maschinen hatten sich geirrt.

Ich fuhr an der Genossenschaft vorbei, wo so früh am Morgen noch kein Mensch zu sehen war, abgesehen von einem Mann, der davor auf einer Bank saß. Er saß dort immer, mit ihm stimmte irgendetwas nicht. Es war nicht viel, aber genug, dass er seine Tage auf dieser Bank verbrachte, wo er Leute kommen und gehen sah und manchmal ein paar Worte mit ihnen wechselte.

Die Boote in der Bucht lagen ruhig im Wasser, es schien fast, als hingen sie in der Luft.

Dann führte die Straße ins Tal und ließ die gelben Wiesen, die weißen Häuser und die rotschimmernden Scheunen hinter sich. Links und rechts von der Straße standen die Bäume dicht zusammen. Lichtflecken spielten in den grünen Schatten. Ein kleiner Fluss strömte dort; hier und da blitzte er zwischen den Stämmen auf. An anderen Stellen floss er ins Offene, sozusagen aus dem hellen Sandgrund gehoben.

Ich ertappte mich dabei zu singen.

Would I lie to you
Would I lie to you honey?
Now would I say something that wasn't true?
I'm asking you sugar
Would I lie to you?

Woher kommt das jetzt wieder, dachte ich und sah etwas weiter weg den Wasserfall zwischen den Bäumen, wo die Straße einen Bogen beschrieb und zum Aufstieg den Berg hoch ansetzte.

Die Eurythmics im Auto gestern Abend.

Natürlich.

Wie hatte die Platte nochmal geheißen? Als sie herauskam, hatte ich sie den ganzen Sommer gehört, war völlig vernarrt in sie gewesen.

Be yourself tonight.

Wie ironisch das doch war!

Sverre, dem ich ins Auge fiel, als ich zusammen mit Therese und Marit und Anna vom Kai kommend auf dem Weg zum Bürgerzentrum war. Schon ein bisschen angetrunken und mit nassen Haaren und einem weißen Kleid im Sommerregen, die Regenjacke unter dem einen Arm, die Flasche Liebfrauenmilch in der anderen Hand.

Be yourself tonight: Mit ihm verlor ich mich selbst, und das für so viele Jahre.

Would I lie to you: Zu den ersten Dingen, die er mir erzählte, als wir uns ernst und vertraulich unterhielten, gehörte, dass er Krebs gehabt hätte und beinahe gestorben wäre.

Ich hatte keinen Grund, ihm das nicht zu glauben. Wer würde sich schon so etwas ausdenken?

Ich war sehenden Auges in eine Katastrophe gelaufen.

Aber das war vorbei! Ich war frei. Und zu Hause, dachte ich und sah das Sumpfland, das sich nach dem langen Sommer gelb und trocken ausbreitete, und sah die sanften Hügel voller Heidelbeerkraut, und dann tauchte das Wasser in meinem Blickfeld auf, das die grünen Berghänge spiegelte.

Als ich eine halbe Stunde später über den Parkplatz vor dem Krankenhaus ging, tauchte zwischen den Bergen, ein bisschen wie eine Libelle, ein Hubschrauber auf.

Es ist eigenartig, dass der Lärm des Fluggefährts den Himmel auf die Art dominieren kann, dachte ich. Und wie unheilverkündend er einem stets vorkam.

Ich ging zu den Umkleiden hinunter und zog mich um, und während der Hubschrauber draußen donnernd landete, holte ich mir eine Tasse Kaffee, nahm den Aufzug zur Station und kam gerade noch pünktlich zur Morgenbesprechung.

Bei meinem Rundgang hinterher ging ich als Erstes in Ramsviks Zimmer. Sein Zustand sei unverändert, hatte Renate gesagt. Sein Herz schlug aus eigener Kraft, und das CT hatte Gehirnaktivitäten angezeigt, er lebte also definitiv. Aber nicht genug für ein würdevolles Leben: Die Ärzte hatten entschieden, ihn nicht intravenös zu ernähren, deshalb waren seine Tage gezählt. Wie lange es dauern würde, hing von seiner Stärke und seinem Willen ab. Seine Frau hatte man über die Entscheidung informiert, und sie war einverstanden. Als ich anklopfte, wusste ich, dass sie im Zimmer war. Und dass seine Kinder am Nachmittag kommen würden, um Abschied zu nehmen.

Sie saß auf einem Stuhl neben dem Bett und hielt seine Hand, sah zu mir auf und lächelte.

Sie war relativ klein, hatte runde Wangen, sanfte Augen und

schmale Fältchen, die von den Augenwinkeln und den Mundwinkeln ausgingen.

»Hallo«, sagte ich und schloss behutsam die Tür hinter mir.

»Hallo«, sagte sie.

»Es tut mir sehr leid«, sagte ich.

Sie hob die Augenbrauen und presste die Lippen in einem Ausdruck von Hoffnungslosigkeit zusammen. Wir können es nicht ändern, sagte ihr Gesicht.

»Es ist schnell und ohne Schmerzen passiert«, sagte ich. »Vielleicht hilft es Ihnen ja, daran zu denken.«

»Er ist noch nicht tot«, sagte sie.

»Ja«, sagte ich.

»Wird es nicht furchtbar wehtun, wenn er keine Nahrung mehr bekommt? Er wird doch verhungern, ist es nicht so?«

»Ihm ist nichts bewusst«, sagte ich. »Ich denke, das gilt auch für Schmerzen.«

Wie er dort mit geschlossenen Augen lag, sah es aus, als würde er schlafen. Ohne die Brille war sein Gesicht nackt. Der Bart nach wie vor adrett. Ich wusste, dass seine Brust unter der Pyjamajacke bandagiert war, aber das wusste sie vermutlich nicht?

»Was ist gestern eigentlich passiert?«, fragte sie.

»Er hat am Abend zwei schwere Schlaganfälle erlitten«, sagte ich.

»Das weiß ich«, sagte sie. »Sie haben mich angerufen und es mir gesagt, und dass ich kommen müsse. Dann haben sie gesagt, er sei hirntot. Und dass seine Organe gespendet werden sollten. Anscheinend hatte er das irgendwann unterschrieben. Aber als ich heute Morgen hergekommen bin, war er dann doch nicht hirntot.«

Mit einer kurzen Geste zeigte sie auf ihn.

»Und seine Organe sind nicht gespendet worden. Was bedeutet das? Wissen Sie das? Was ist passiert? Jetzt sagt der Arzt, dass es zwar Gehirnaktivitäten gibt, aber dass er nie wieder aufwachen wird.«

»Ich glaube, sie haben gestern Abend ein CT gemacht. Es zeigte an, dass es keine Gehirnaktivitäten mehr gab. Daraufhin muss man sie angerufen haben. Aber der Scan war fehlerhaft. Ich weiß leider nicht, wie das passieren konnte. Aber als sie heute in der Frühe noch eins gemacht haben, sind Gehirnaktivitäten festgestellt worden. Mehr weiß ich auch nicht.«

Sie wandte sich ihm zu. Hielt seine Hand in ihrer, strich ihm mit der anderen über den Handrücken.

Ich stand auf.

»Sagen Sie Bescheid, wenn Sie etwas brauchen. Oder wenn Sie noch Fragen haben. Am besten sprechen Sie mit seinem Arzt, Henriksen. Ich werde ihn bitten, heute bei Ihnen vorbeizuschauen.«

»Vielen Dank«, sagte sie und lächelte.

Ich lächelte auch und ging zur Tür.

»Gibt es denn wirklich gar keine Chance, dass er wieder aufwacht? Nicht die geringste?«

»Das glaube ich leider nicht«, sagte ich. »Es war eine wirklich massive Blutung.«

»Eigentlich weiß ich das ja auch«, sagte sie. »Es ist nur, dass er so lebendig aussieht.«

Sie strich ihm über die Wange, als ich die Tür hinter mir zuzog und in den Flur ging.

Ich verstand nur zu gut, was sie meinte. Er sah aus, als könnte er jeden Moment aufwachen. Dass sein Gehirn ohne Leben sein sollte, kam einem deshalb eher wie eine Behauptung vor, wie eine Theorie der Ärzte.

Sie muss ihre Kinder spät bekommen haben, dachte ich. Sie schien mindestens fünfzig zu sein. Sie würden eine alte Mutter und keinen Vater haben. Aber sie wirkte wie eine Frau, die alles bewältigte.

Ich lächelte Ellen zu, die mir entgegenkam.

»Wie ist es gestern mit dem kleinen Mädchen gelaufen?«, fragte ich. »Hat sich jemand um sie gekümmert? Geht es ihr gut?«

»Das hat sich geklärt«, sagte Ellen. »Sie konnte bei einer Klassenkameradin übernachten. Und heute kommt die Schwester, um sich um sie zu kümmern.«

»Schön, Ellen!«, sagte ich. »Und die Mutter?«

»Da sieht es nicht so gut aus. Sie hat Entzugserscheinungen. Aber sie wird morgen trotzdem entlassen.«

»Daran können wir nichts ändern«, sagte ich. »Jedenfalls weiß das Jugendamt jetzt Bescheid. Wollen wir hoffen, dass sie helfen können.«

»Das Jugendamt nimmt den Eltern ihre Kinder weg«, sagte sie.

»Nicht immer. Und manchmal ist es ja auch die bessere Alternative«, sagte ich.

»Nicht in diesem Fall«, sagte sie.

»Du musst loslassen und das Beste hoffen«, sagte ich und ging in mein Büro, wo ich die Datei zu einem neuen Patienten überflog, der am Abend eingeliefert worden war. Er hieß Mikael Larsen, war siebzig und hatte einen leichten Gehirnschlag erlitten, er war nach ein paar Stunden von seiner Frau gefunden worden und konnte nicht sprechen, war linksseitig gelähmt. Er sollte im Laufe des Tages operiert werden, es gab eine Blutansammlung zwischen Gehirnhaut und Schädeldecke, die abgesaugt werden musste.

Er lag im selben Zimmer wie Inge, der an diesem Morgen verlegt worden war.

Ich schloss das Dokument, massierte mit der flachen Hand

meine Stirn und betrachtete dabei das Foto von Line und Thomas, auf dem sie drei und zwei Jahre alt waren und Hand in Hand auf der Straße standen und in die Kamera sahen, Line mit einem breiten Lächeln, Thomas ernst. Es war die Zeit gewesen, als sie umherstapften, kleine Minimenschen, die ich hochheben, tragen und halten konnte.

Wie viel Liebe sie einem gaben, ohne es zu wissen. Wie herrlich es war, wenn sie den Kopf an meine Brust lehnten. Ihre Gesichter nur Wangen und Augen.

Die Trauer darüber, dass diese gemeinsame Zeit vorbei war, flackerte sekundenlang in mir auf, ein Schatten von Verlust. Aber es ist ein Schatten, dachte ich, und es war das Licht, das ihn erschuf. Sie waren ja nicht tot!

Ich stand auf, ging auf die Personaltoilette und wusch mir das Gesicht mit kaltem Wasser, trocknete es sorgfältig ab und betrat das Zimmer, um nach dem neuen Patienten zu sehen. Inges Bett war hinter einem Vorhang verborgen. Er hörte leise Radio, registrierte ich, als ich vor dem anderen Bett im Raum stehen blieb. Der Patient war wach und sah mich an. Eine Frau Anfang sechzig, die bei meinem Eintreten lesend auf einem Stuhl neben ihm gesessen hatte, legte ihr Buch zur Seite und stand auf.

»Hanne«, sagte sie und gab mir die Hand. »Und das ist Mikael.«

»Ich heiße Solveig«, sagte ich. »Ich bin die Stationsschwester. Setzen Sie sich!«

Sie blieb stehen. Sie hatte ein hageres, blasses Gesicht mit scharfen Zügen. Rote Haare, grüne Augen.

»Wie geht es Ihnen?«, fragte ich und sah Mikael an, der jünger wirkte als seine siebzig Jahre. Seine Haare, halblang und schwarz, waren zurückgekämmt, nur ein paar Locken fielen nach vorn. Er glich einem alternden Filmstar aus den fünfziger Jahren.

Ein Mundwinkel hing herab.

»Oh ... khey«, sagte er.

»Es fällt ihm schwer, Worte zu finden«, sagte sie. »Er weiß, was er sagen will, aber nicht, wie. Stimmt's, Mikael?«

»Ja«, sagte er.

»Sie haben mit Mattson gesprochen, dem Arzt?«

»Ja, natürlich«, sagte sie.

»Das ist gut. Dann wissen Sie also, dass er heute Nachmittag operiert werden soll.«

»Ja, das hat er gesagt«, sagte sie.

»Es gibt hier eine Cafeteria, in der Sie warten können, wenn Sie möchten.«

Sie nickte ungeduldig.

Sie hielt offenbar nicht viel von mir, in ihren Augen war ich nur eine Krankenschwester, also war sie selbst bestimmt irgendein hohes Tier. Oder sie kämpfte gegen ihre Angst an.

Ich legte meine Hand auf ihren Arm.

»Wenn etwas ist, können Sie sich jederzeit bei mir melden«, sagte ich. »Falls Sie Fragen haben oder etwas brauchen.«

»Danke«, sagte sie und setzte sich wieder. »Im Moment haben wir alles, was wir brauchen. Stimmt's?«

Sie sah ihren Mann an.

»Ja«, sagte er.

»Das hört sich doch gut an«, sagte ich und ging zu Inges Teil des Zimmers. In Ermangelung einer Tür klopfte ich mit dem Zeigefingerknöchel gegen den Ständer, der den Vorhang hochhielt.

»Herein«, sagte er dahinter ironisch.

Ich zog den Vorhang ein wenig zur Seite und trat ein.

Er saß mit bandagiertem Kopf und blauem Krankenhaushemd im Bett und lächelte.

»Habe gehört, dass du deine Runde machst«, sagte er.

»Wie geht es dir?«, fragte ich.

»Danke, ganz gut«, sagte er. »Ziemliche Kopfschmerzen, aber ich nehme an, das ist normal. Sie haben lange darin herumgewühlt. Und den Zylinderkopf haben sie abgesägt. Das hat bisher noch keiner gemacht.«

»Das will ich hoffen«, sagte ich. »Ansonsten hast du nichts Ungewöhnliches bemerkt?«

»Nein«, sagte er. »Keine epileptischen Anfälle und keine Halluzinationen. Nur trister Krankenhausalltag.«

»Das ist sehr gut«, sagte ich und lächelte, obwohl ich es nicht wollte.

»Ja«, sagte er. »Solange es so bleibt.«

Es entstand eine kleine Pause.

»Was hast du eigentlich gesehen?«, fragte ich.

»Du meinst, wenn ich Halluzinationen hatte?«

»Ja?«

»Einmal habe ich neben der Straße zwei schwebende Bäume gesehen. Ich war auf dem Weg zur Arbeit, es war also am frühen Morgen, die Sonne schien, und über den Feldern schwebten diese Bäume, sie hingen mit Wurzeln und allem in der Luft. Aber das Seltsame war«, sagte er und sah zu mir hoch, »das Seltsame war, dass ich es nicht als Halluzination empfunden habe. Ich habe es ja gesehen! Es war doch wirklich!«

Er schüttelte den Kopf.

»Ein anderes Mal habe ich ein brennendes Auto gesehen. Da schien auch die Sonne, und es lag Schnee. Das Auto stand mitten auf der Straße und brannte lichterloh. Ich habe eine Vollbremsung gemacht und bin ausgestiegen, und dann war da gar kein Auto. Ich dachte, ich wäre verrückt geworden. Denn ich hatte es doch gesehen! Das hatte ich mir nicht eingebildet, es war vor mir gewesen. Am Ende wusste ich nicht mehr, was ich glauben und was ich nicht glauben konnte.«

»Das muss schrecklich gewesen sein«, sagte ich.

»Ja, das war es«, sagte er.

Es entstand eine neue Pause.

»Du wirst morgen schon entlassen«, sagte ich. »Ist dir das klar?«

»Irgendwie schon«, sagte er. »Es wird guttun, nach Hause zu kommen.«

Auf dem kleinen Tisch stand neben dem Radio ein gerahmtes Foto. Nicht von seiner Frau oder den Kindern, sondern von einer Eule mit ausgebreiteten Flügeln, unmittelbar vor der Landung. Da die Flügel den Flug abbremsten und ihn nicht beförderten, sah es aus, als hinge der Vogel widernatürlich in der Luft.

Es war ein heftiges Bild.

»Gefällt es dir?«, fragte er.

Ich nickte.

»Hast du es gemacht?«

»Schön wär's! Nein, ein Fotograf. Er hat auf einer freien Fläche einen Pfahl aufgestellt und daneben eine Kamera mit Selbstauslöser installiert. Er wolle die Vögel aus dem Himmel herunterziehen, hat er gesagt. Und das hat er getan. Das da ist eine Eule. Ist sie nicht fantastisch?«

»Doch«, sagte ich.

Ich fragte mich, ob ihm bewusst war, dass die Menschen Eulen früher mit dem Tod verbunden hatten. Hörte man in der Nähe des Hauses den Ruf einer Eule, würde bald jemand darin sterben. Eulen sind im Grenzland unterwegs, zwischen Tag und Nacht, Leben und Tod.

Wenn er das nicht wusste, wollte ich ganz bestimmt nicht diejenige sein, die es ihm erzählte.

Als ich ins Stationszimmer kam, standen Renate, Ellen und Mia zusammen und redeten und lachten. Renate dosierte Medikamente. Ellen saß am PC, und Mia hielt eine Tasse Kaffee in der einen Hand und fummelte mit der anderen mit einer Zigarette herum.

»Ruhig heute«, sagte ich und goss mir einen Kaffee ein.

»Die Ruhe vor dem Sturm«, meinte Renate.

»Ich war gerade bei Mikael Larsen«, sagte ich. »Seine Frau war ziemlich reserviert. Weiß jemand, was sie macht?«

»Ich habe keinen Schimmer«, sagte Renate. »Jedenfalls wohnen sie nicht hier. Sie haben draußen in Hellevika ein Sommerhaus. Auf einer der Inseln im Fjord. Ich glaube ehrlich gesagt, die Insel gehört ihnen. Sie müssen also Geld haben.«

»Das würde es erklären«, sagte ich und trank einen Schluck Kaffee, schaute zu der Leuchttafel über der Tür hoch, auf der es blinkte. Zimmer 2. Dort lag Ramsvik.

Ich stellte die Tasse ab und ging. Hinter mir lief jemand über den Flur. Ich drehte mich um. Es war Henriksen.

»Solveig«, sagte er. »Es hat einen schweren Unfall gegeben. Auto gegen Bus. Ich weiß nicht, wie viele Verletzte oder Tote es gibt. Aber da kommt viel Arbeit auf uns zu. Ich brauche deine Hilfe. Der Hubschrauber ist unterwegs. Und Krankenwagen. Kann hier jemand für dich übernehmen?«

»Ich denke, das lässt sich machen«, sagte ich. »Gib mir zehn Minuten.«

Ich ging hinein und erklärte Renate die Situation. Sie würde eine zusätzliche Pflegekraft anfordern und die geplanten Operationen absagen. Statt des Aufzugs nahm ich die Treppe zu den OP-Sälen hinauf, damit ich auf dem Weg Line anrufen und ihr sagen konnte, dass es spät werden würde. Sie meldete sich nicht, und ich schrieb ihr stattdessen, ehe ich das Handy ausschaltete und die letzten Etagen hochging.

Als ich mich umzog und vorbereitete, herrschte um mich herum fieberhafte Aktivität. Alle erinnerten sich an das Busunglück vor ein paar Jahren mit vierzig Schulkindern im Bus und siebzehn Todesopfern. Ich war damals nicht dabei gewesen, aber mehrere meiner Kollegen, und für viele von ihnen war es noch immer eine traumatische Erfahrung. Sie hatten Bilder im Kopf, die sie nie mehr loswerden würden.

Die Trage mit dem ersten Patienten kam eine Minute später aus dem Aufzug. Es war eines der Kinder, die in dem Auto gesessen hatten. Ein Mädchen von fünf, sechs Jahren. Große lebensbedrohliche Verletzungen an Kopf und Brust. Das Gesicht war hinter dem Beatmungsgerät verborgen, aber die Haare waren blutig, und es sah aus, als läge der halbe Schädel offen. Sie hatten ihr im Hubschrauber eine Braunüle gesetzt und Morphium gegeben, sie atmete, das Herz schlug, und der Blutverlust war unter Kontrolle, aber Henriksen schüttelte nur den Kopf, als er sich über sie beugte, während ich ihre Kleider aufschnitt.

Hinter uns wurde ein weiterer Patient hereingerollt, und noch einer.

»Sie ist im Prinzip tot«, sagte Henriksen hinter seiner Maske. »Ich begreife nicht, dass ihr Herz noch schlägt.«

»Ich schon«, sagte ich. »Sie kämpft.«

»Blutungen im Gehirn, Blutungen in der Brusthöhle, wahrscheinlich ein Pneumothorax. Vermutlich weitere innere Blutungen.«

Sie trug ein kleines Schmuckstück um den Hals, das sie wahrscheinlich selbst gebastelt hatte, Plastikperlen in verschiedenen Farben mit kleinen, viereckigen Buchstabenklötzchen in der Mitte, auf denen ALICE stand.

Er nahm ihre Hand in seine und presste den Daumen auf einen der Nägel. Ihre Augen blieben geschlossen. Dann drückte er Daumen und Zeigefinger gegen ihr Schulterblatt. Sie drehte den Arm weg und öffnete gleichzeitig den Mund. Der Laut, der herauskam, war leise und gleichmäßig und schien nicht zu ihr zu gehören.

Sie wurde zu einem CT gerollt, und Henriksen beugte sich über ihre Schwester, die etwa zehn und ebenfalls schwer verletzt war, und auch im Koma lag.

»Großer Gott, was für ein Schlamassel«, sagte er. »Hier ist ja nichts mehr da. Nur Blut und Knochen.«

Er pflückte mit den Händen kleine Knochenstücke aus der Gehirnmasse.

Als ich den OP verließ, war es Abend. Alle Familienmitglieder lebten noch und waren stabil. Das eine Mädchen hatte so massive Gehirnschäden erlitten, dass sie nie wieder ein normales Leben würde führen können, falls sie die nächsten Tage überhaupt überlebte. Für den Vater galt das Gleiche. Die Mutter und die beiden älteren Kinder hatten keine Kopfverletzungen erlitten, aber der Zustand aller war weiterhin kritisch.

Niemand sollte Verletzungen wie diese überleben können. Aber sie hatten es getan. Vorerst jedenfalls.

Ich stand lange unter der Dusche, war unfähig, meine Umgebung wahrzunehmen, ich hatte das Gefühl, noch immer im OP-Saal zu sein, und die Kabine mit ihren weißen Bodenfliesen war nur etwas, was ich mir vorstellte. Sie waren auf dem Heimweg aus dem Urlaub gewesen. Ein paar Sekunden Unachtsamkeit des Busfahrers in der Kurve, und sie hatten alles verloren.

Die kleinen Augenblicke, die sie für selbstverständlich gehalten, die sie wahrscheinlich nicht einmal bewusst wahrgenommen hatten, würden niemals zurückkehren. Zum Beispiel das Frühstück vor der Schule, wenn die Jüngste mit baumelnden Beinen auf der Stuhlkante saß und Cornflakes aß und die beiden älteren sich in der oberen Etage über Kleider stritten, während die Kaffeemaschine lief und die Töne des Morgenprogramms im Radio den Raum füllten.

Wie unschuldig unsere Leben waren.

Ich drehte das Wasser ab und nahm das Handtuch vom Haken und presste es lange auf mein Gesicht. Plötzlich kehrte die Müdigkeit zurück. Und das mit ungeheurer Wucht.

Ich legte mir das Handtuch wie einen Mantel über die Schultern, ging in die Umkleide und setzte mich auf die Bank.

Schon der Gedanke, mich anzuziehen, überforderte mich.

Ein bisschen konnte ich noch sitzen bleiben.

Dann musste ich mich zusammenreißen. Mutter und Line brauchten mich zu Hause.

Ich war nicht einmal fähig zu stehen, zog mich stattdessen im Sitzen an.

Konnte auch das Handy nicht einschalten.

Aber das sollte ich doch wohl tun, dachte ich.

Es half mir ein wenig, als ich aus dem Gebäude trat und die Welt sich um mich weitete. Das Wetter war umgeschlagen, der Himmel war bedeckt, es lag Regen in der Luft. Selbst der neue Stern war nicht mehr zu sehen.

Ein weißer Ü-Wagen des Fernsehens brütete auf dem Parkplatz. Ich warf einen Blick zum Eingang, dort standen etwa zehn Personen, einige mit Kameras.

Plötzlich wurde mir bewusst, wie absurd es war, dass alle von diesen Unglücken, die sich ereigneten, erfahren würden und dies auch wollten, selbst Menschen in weiter, weiter Ferne.

Ich suchte den Schlüssel aus der Tasche heraus, drückte auf ihn und sah die Scheinwerfer des Autos aufleuchten und dass die Spiegel sich langsam öffneten wie die Ohren eines Tiers, das etwas wahrnahm.

Ich setzte mich in den Wagen, legte die Tasche auf den Beifahrersitz und schaltete das Handy ein.

Vier Nachrichten von Line.

Geht es um den Unfall in den Nachrichten?

Mache Waffeln für Oma!

Wo ist das Waffeleisen?

Gefunden!

Unbändige Freude entfaltete sich in mir, als ich ihr antwortete.

Wie schön! Komme jetzt nach Hause. Bis gleich!

Ich legte das Handy in die Tasche zurück, ließ den Wagen an, schaltete und verließ den Parkplatz.

Das war das Letzte, was ich erwartet hatte.

Es schien ihr gutzutun, zu Hause zu sein, obwohl sie nicht dort aufgewachsen war. Und obwohl ich heute nicht da gewesen war, um mich mit ihr zu beschäftigen.

Weil das Haus selbst sie fürsorglich behandelte.

Und weil Mutter dort war.

Ich öffnete das Fenster, um etwas frische Luft hereinzulassen, damit ich nicht am Steuer einschlief. Es war nicht viel Verkehr auf den Straßen, und es gab kaum etwas auf der Strecke, das mich wach halten konnte, jedenfalls sobald ich die Stadt hinter mir ließ und auf die Landstraße kam, eine Strecke, die ich im Schlaf beherrschte.

Ich hatte einmal Thomas und drei seiner Mannschaftskameraden nach der Arbeit zu einem Fußballspiel gefahren und war so müde gewesen, dass ich einschlief, zwar nur für Sekunden, aber lange genug, um das Auto in Richtung einer Felswand zu lenken. Einer der Jungen hatte »Pass auf!« gerufen, und ich war gerade noch rechtzeitig aufgewacht, um den Wagen wieder gerade zu ziehen.

Zum Glück hatte keiner von ihnen den Ernst der Lage begriffen, aber die Sache hatte mir einen gehörigen Schrecken eingejagt. Ich war meiner Verantwortung für drei Kinder und meinen eigenen Sohn nicht gerecht geworden und hätte sie beinahe umgebracht.

Ein paar schwere Tropfen fielen auf die Windschutzscheibe. Ich schloss das Fenster und schaltete das Radio ein, drehte es aber sofort wieder aus. Ich hatte gerade keinen Platz für irgendetwas.

Der Fluss strömte dunkel zwischen den Bäumen. Kein Mensch zu sehen.

Wie gut es tun würde, mich hinzulegen.

Konnte uns etwas Unkompliziertes kochen. Eier und Frikadellen vielleicht. Mutter massieren und duschen und danach ins Bett gehen.

Die großen Eichen standen wie schwarze Türme auf der Ebene verteilt. Die Kühe hatten sich wegen des Regens darunter versammelt. Nicht der schlaueste Aufenthaltsort, wenn es anfing zu gewittern.

Warum sind sie nicht gestorben, dachte ich, als es anfing zu schütten und ich den Takt der Scheibenwischer erhöhte. Irgendetwas hatte sie hier gehalten. Fast so, als hätten ihre Herzen eigenmächtig gehandelt, als würden sie aus eigenem freiem Willen schlagen, jenseits der Kontrolle durch das Gehirn.

Das arme Mädchen.

Alice.

Auch mehrere Businsassen waren schwer verletzt worden. Aber niemand war umgekommen, zumindest vorerst nicht. Es war unglaublich.

Das Wunder von Sædalen.

Das würde für Schlagzeilen sorgen.

Ohne die Augen von der Straße zu nehmen, öffnete ich das Handschuhfach, nahm eine der alten CDs heraus und schob sie in die Anlage.

Es war Beethovens siebte Symphonie. Ich übersprang den ersten Satz und drehte lauter.

Bam baa ba, baam ba ba!, sang ich, während der Regen unter dem finsteren Himmel über der Landschaft, die sich kontinuierlich veränderte, auf die Scheibe trommelte.

Ich fragte mich, welche Musik Inge wohl hörte.

Ich wusste so gut wie nichts über ihn. Aber ich war mir sicher, dass diese ihm gefallen würde.

Der Gedanke, zusammen mit ihm in einem Auto zu sitzen und Musik zu hören, ließ mein Herz schneller schlagen.

Wie dumm ich war.

Morgen würde er entlassen werden und für immer aus meinem Leben verschwinden.

Aus meinem Herzen.

Schluss jetzt, dachte ich.

Ich kannte ihn nicht einmal. Hatte nur kurz mit ihm gesprochen.

Und ich war keine sechzehn mehr.

Auf der anderen Seite des Bergs lag der Nebel wie ein Deckel über dem Tal. Als ich in ihn hineinglitt, betrug die Sicht nur noch ein paar Meter, und ich musste langsamer fahren. Unterhalb des großen Felsblocks, wo ich am Vortag den Hirsch gesehen hatte, gab ich einer spontanen Eingebung nach und fuhr rechts heran. Ein paar Minuten früher oder später spielen für die beiden daheim keine Rolle, dachte ich, schaltete den Motor aus und öffnete das Fenster.

Das Rauschen des Wasserfalls hallte gegen die Berghänge. Ich sah, dass mehr Wasser im Fluss war als gestern, heute bedeckte es etwas mehr als die Hälfte des Steinbetts. Die Lichtstrahlen der Scheinwerfer lösten sich im Nebel auf und ließen ihn glitzern.

Ein Teil von mir hatte erwartet, dass der Hirsch wieder auftauchen würde. Das tat er natürlich nicht, aber es war trotzdem schön, hier zu sitzen. Es war ein guter Ort, mit dem Wasserfall, dem Kolk darunter, dem schmalen Fluss, der an Sonnentagen durch die gelbweißen Steine und den Sand am Grund golden war. Der riesige Felsblock, von dem es hieß, ein Riese auf der anderen Seite des Bergs habe ihn dorthin geworfen, weil ihn die Kirchenglocken aus der Bucht so fürchterlich geärgert hätten.

Ich schaute zu den Bäumen, die am anderen Ufer des Flusses wuchsen. Wegen der Straße wirkte es, als würde dort der Wald beginnen. Was natürlich nicht stimmte, in Wahrheit befand ich mich mitten in ihm.

War das der Hirsch?

Tatsächlich!

Da stand er zwischen den Stämmen und sah in meine Richtung.

Wahrscheinlich hatte das Auto seine Aufmerksamkeit erregt. Vielleicht das Licht der Scheinwerfer. Mich sah er ganz sicher nicht.

Ich rührte mich nicht.

Er hob den Kopf und witterte, lange. Dann machte er ein paar Schritte nach vorn. In dem spärlichen Licht war sein Fell dunkel, bis auf die Beine, die auf der Rückseite weiß waren.

Er ging in den Fluss.

Wollte er trinken?

Nein. Er durchquerte ihn.

Nur drei Meter von meinem Auto entfernt blieb er wieder stehen.

Jetzt gab es keinen Zweifel mehr. Er sah mich an.

Große, dunkle Augen.

Ich lehnte mich vorsichtig vor.

»Hallo, du schönes Geschöpf«, flüsterte ich. »Was denkst du?«

Er machte noch ein paar Schritte, und sein Kopf war nur einen halben Meter vom Auto entfernt.

So behutsam ich konnte lehnte ich mich hinaus und streckte ihm die Hand entgegen. Er senkte den Kopf und schnupperte daran. Ich spürte den warmen Atem auf meiner Handfläche.

»Hallo, du«, flüsterte ich wieder.

Er sah mich an. Sein Blick war warm und offen, aber auch fragend.

In den Sekunden, die es dauerte, ehe er den Kopf anhob und weiterging, wurde mir klar, dass er mich auf die gleiche Art ansah wie ich ihn.

Als er verschwunden war, blieb ich noch eine Weile sitzen, um mich zu sammeln, ehe ich weiterfuhr. Das Grollen des Motors klang nach der Begegnung mit dem feingliedrigen Tier wie ein kleines Inferno. Es waren keine Autos auf der Straße, und so konnte ich wenige Minuten später auf dem Hof vor unserem Haus parken.

Eine neue Welle der Müdigkeit überrollte mich. Ich schaffte es kaum, die Autotür zu öffnen und auszusteigen. Ich erinnerte mich nicht, jemals so erschöpft gewesen zu sein. Müde war ich oft, aber das hier war etwas anderes. Dass ich meine gesamte Willenskraft aufbringen musste, um vom Auto zum Haus zu gehen, war übel. Aber morgen ist ein neuer Tag, dachte ich, als ich in den Flur kam und die Tasche auf dem Stuhl ablegte. Alles, was ich jetzt brauchte, war Schlaf.

Mutter schlief bestimmt schon, und Line war anscheinend oben in ihrem Zimmer, denn es war vollkommen still im Haus.

Aber Licht in allen Zimmern.

Würde sie es jemals lernen?

Ich öffnete die Tür zum Wohnzimmer und sah hinein.

Es war keiner im Bett. Der Stuhl war auch leer.

»Mama?«, sagte ich.

Niemand antwortete.

Wo konnte sie sein?

Ich ging in die Küche. Dort war auch niemand, aber auf der Arbeitsplatte standen das Waffeleisen, eine Schüssel, in der Teig gewesen war, und zwei Teller.

»Line?«, rief ich.

Kein Laut.

Ich stieg die Treppe hinauf und öffnete die Tür zu ihrem Zimmer.

Es war leer.

Waren sie etwa ausgegangen?

Dafür ging es Mutter viel zu schlecht. Es sei denn, Line war auf die Idee gekommen, den Rollstuhl zu benutzen.

Nein, nicht jetzt, am Abend und bei diesem Wetter. So verrückt konnte sie nicht sein.

Langsam stieg ich die Treppe wieder hinunter. Wenn Mutter etwas zugestoßen und ein Krankenwagen hier gewesen wäre, um sie abzuholen, hätte Line mich doch angerufen.

Ich blieb im Flur stehen und lauschte.

Es war niemand im Haus.

»Mama?«, rief ich wieder, diesmal lauter.

Dann holte ich das Handy aus der Tasche und rief Line an.

Sie hatte das Telefon ausgeschaltet.

Waren die beiden ins Krankenhaus gefahren?

Eine andere Erklärung gab es nicht.

Und ich sehnte mich doch so danach zu schlafen. Aber das ging jetzt nicht. Ich konnte nichts anderes tun als warten.

Ich stellte den Wasserkocher an. Normalerweise war der Berg auf der anderen Seite des Fjords im Sommer die ganze Nacht als eine schwarze und undurchdringliche Wand unter dem dunklen Grau des Himmels zu sehen, aber jetzt war er völlig vom Nebel verschluckt worden. Als würde die Welt bei den Ebereschen hinter dem Zaun enden, dachte ich und holte eine Tasse aus dem Schrank und einen Teebeutel aus der Speisekammer, Milch aus dem Kühlschrank und sah mich nach dem Süßstoffspender um, der neben der Tüte Haferflocken stand, die Line auf die Arbeitsplatte gestellt hatte.

Während ich wartete, dass das Wasser kochte, ging ich in den Keller, um nachzusehen, ob sie wider Erwarten doch den Rollstuhl hochgeholt hatte, aber er stand, staubig und hässlich, an seinem Platz zwischen Wand und Gefriertruhe.

Ich kam in die Küche zurück, als sich der Wasserkocher gerade ausschaltete und das blaue, schwach schimmernde Licht an seinem Boden erlosch. Ich goss Wasser in die Tasse mit dem Teebeutel, füllte sie mit etwas Milch auf, klickte ein paar Natreen hinein und setzte mich mit der Tasse in der Hand auf den Stuhl.

Ich sollte das Krankenhaus anrufen.

Aber vorher musste ich auf die Toilette.

Selbst das kostete mich Mühe.

Ich trank einen Schluck und stellte die Tasse auf den Tisch, stand auf und ging zum Bad.

Mutters Rollator stand davor.

Mein Gott.

Ich öffnete die Tür und sah sie auf dem Boden liegen. Sie

rührte sich nicht. Ein Arm war in einem fürchterlichen Winkel verdreht.

Ich ging in die Hocke und legte die Hand an ihren Hals, um den Puls zu fühlen.

Aber ihre Augen standen offen und registrierten mich.

»Mama, Mama«, sagte ich.

Sie versuchte, etwas zu sagen.

»Schhh«, sagte ich. »Du hast dir den Arm gebrochen. Ich rufe einen Krankenwagen. Alles wird gut.«

Ich eilte in die Küche, nahm das Handy und wählte 911. Ging ins Wohnzimmer und holte telefonierend eine Wolldecke.

»Hier spricht Solveig Kvamme«, sagte ich. »Meine Mutter ist im Bad gefallen und hat sich den Arm gebrochen. Können Sie bitte sofort einen Krankenwagen schicken? Sie ist alt und hat Parkinson und ist ziemlich schwach. Es eilt also.«

Ich gab ihnen die Adresse und nahm die Wolldecke mit ins Bad. Legte sie vorsichtig in eine bessere Stellung, packte sie in die Decke, holte Wasser aus der Küche, setzte das Glas an ihre Lippen, flößte ihr etwas ein und plapperte dabei pausenlos.

Sie schloss die Augen und schlief ein oder verlor das Bewusstsein. Offenbar hat sie dagegen angekämpft, während sie darauf gewartet hat, dass ich komme, dachte ich, und mit jedem Herzschlag wurde Verzweiflung in meinen Körper gepumpt. Sie musste gehört haben, dass ich nach Hause kam, sie musste gehört haben, dass ich nach ihr rief.

Ich saß neben ihr auf dem Fußboden und versuchte erneut, Line anzurufen. Im selben Moment wurde die Haustür geöffnet und geschlossen.

Ich ging in den Flur. Line hängte die Regenjacke an den Garderobenständer und sah mich an.

»Du bist zu Hause!«, sagte sie. »Aber das dachte ich mir ja schon. Als ich das Auto gesehen habe.«

»Großmutter ist gefallen und hat sich den Arm gebrochen«, sagte ich. »Ich warte auf den Krankenwagen.«

»Was sagst du da?«, rief sie. »Wie ist das passiert? Sie hat doch geschlafen! Deshalb bin ich rausgegangen. Sie schlief!«

»Es ist nicht deine Schuld, Kleines«, sagte ich. »Sie muss allein aufgestanden und ins Bad gegangen sein, und da ist sie hingefallen.«

»Oh, die Ärmste«, sagte sie. »Ist es schlimm?«

»Sie ist ja auch so schon recht schwach, gut ist es also nicht«, sagte ich. »Aber sie wird sich hoffentlich schnell wieder erholen. Sie ist eine zähe, alte Dame.«

»Kann ich etwas tun? Ich tue alles, ganz gleich was.«

Ich schüttelte den Kopf und strich ihr über die Wange.

»Danke, Line. Aber ich setze mich zu ihr, bis der Krankenwagen kommt.«

»Okay«, sagte sie.

Ich ging zum Badezimmer.

»Fährst du mit ihr ins Krankenhaus?«, fragte sie hinter mir.

Ich drehte mich um.

»Ja, das habe ich vor«, sagte ich.

»Musst du?«, fragte sie. »Sind da nicht Schwestern und Ärzte, die sich um sie kümmern?«

»Es ist trotzdem beängstigend, wenn man allein in einem Krankenwagen in ein großes Krankenhaus fährt.«

»Okay«, sagte sie und ging mit gesenktem Blick an mir vorbei und die Treppe zu ihrem Zimmer hinauf.

Mutters Augen waren noch geschlossen, als ich wieder eintrat. Ich legte behutsam die Hand auf ihre Stirn. Sie war kalt und feucht. Das ist nicht gut, dachte ich und setzte mich mit dem Rücken an die Wand gelehnt auf den Boden. Überhaupt nicht gut. Sie atmete so leicht, dass ich lange ihre Brust beobachten musste, um sicherzugehen, dass sie sich bewegte.

Als bräuchte sie jetzt weniger von allem, auch von Luft.

Hauptsache, sie stirbt nicht.

Ihr Mund war offen und irgendwie eingefallen, und die Wangenknochen traten wieder so hervor, wie sie es getan hatten, als sie ein Mädchen war.

Natürlich musste ich sie ins Krankenhaus begleiten, egal, wie müde ich war. Konnte dort schlafen und anschließend direkt zur Arbeit gehen, das war kein Problem.

Aber Line blieb nachts nicht gern allein im Haus. Seit sie klein war, hatte sie sich im Dunkeln gefürchtet.

Heute war sie zu stolz, es zuzugeben.

Und Mutter schlief. Konnte ich nicht morgen früh fahren und nach ihr sehen?

Schließlich musste ich Kraft für uns beide haben.

Auf der Straße zum Haus schwoll ein Motorengeräusch an. Ich ging hinaus und öffnete die Tür, sah die Rettungssanitäter aus dem Wagen steigen, eine Trage holen und auf mich zukommen, wobei die Reflexe an ihrer Kleidung schwach im Licht der Fenster leuchteten.

VIBEKE

Åse erwachte im Morgengrauen, stand erst fröhlich im Bett und rief, die Hände um die Gitterstäbe gelegt, aber als es dauerte, bis ich kam, weil ich schon gegen vier aufgewesen war und ihr Milch gegeben und seither wachgelegen und gehofft hatte, sie würde sich wieder hinlegen und weiterschlafen, gingen ihre Rufe in laute Schreie und schließlich Weinen über.

Helge drehte sich unruhig neben mir.

»Wie viel Uhr ist es?«, murmelte er erst. Dann: »Um Himmels willen, kannst du sie nicht nehmen?«

Ich legte die Hand auf seine Brust, presste meine Wange an seine bartstoppelraue und küsste ihn in die Halsgrube.

»Herzlichen Glückwunsch, alter Knacker«, flüsterte ich.

Er öffnete die Augen und wandte mir schläfrig das Gesicht zu.

»Stimmt ja«, sagte er, streckte die Hand aus und fuhr mir durchs Haar. »Vielen Dank. Was hast du gesagt, wie spät es ist?«

»Ich habe nichts gesagt. Aber es ist halb sechs.«

»Großer Gott«, sagte er.

»Schlaf weiter. Ich nehme sie. Das ist dein Tag heute.«

Er drehte sich um, presste den Kopf ins Kissen und bog den Hals so weit zurück, wie es nur ging, und Sekunden später atmete er regelmäßig und flach, gleichzeitig öffnete sich sein Mund.

Ich stand auf, nahm das Nachthemd und zog es mir auf dem Weg in die Zimmerecke an, in der Åses Bettchen stand.

Sie streckte die Arme hoch, in einer Hand hielt sie den Teddy.

»Du bist heute aber früh wach«, sagte ich und hob sie mir auf die Hüfte. Sie legte den Kopf an meine Schulter und drückte ihre kleine Hand gegen meinen Rücken.

»Du bist so ein gutes Mädchen, Åse«, sagte ich und küsste sie auf die Stirn. »Wollen wir runtergehen?«

»Nn«, sagte sie, das bedeutete ja. Nn bedeutete auch nein, aber dann war die Intonation anders, ging nach unten statt nach oben.

Das Handy. Das musste ich mitnehmen.

Mit Åse auf dem Arm ging ich zu meiner Seite des Betts und nahm das Telefon vom Nachttisch.

Die Stellung, in der er schlief, sah extrem unbequem aus, aber ich hatte begriffen, dass er nur so schlafen konnte. Den Kopf so weit nach hinten gestreckt wie möglich.

Vielleicht legte er den Kopf schräg, damit die dunkle Wolke des Schlafs sich schneller ausbreitete. Denn er schlief immer ganz schnell ein. Und weil er dann immer so tief und fest schlief, bezweifelte ich, dass er *mich* jemals schlafend gesehen hatte.

»Papa schläft«, sagte ich leise zu Åse, die ihn ansah und an ihrem Schnuller nuckelte.

»Nn«, sagte sie und wand sich in meinem Griff, sie wollte weiter.

Ich ging ins Bad und stellte sie auf den Fußboden, als ich mich aufs Klo setzte, um zu pinkeln. Sie wankte zur Badewanne, sah hinein, bückte sich und nahm ein paar der Spielzeuge, die auf dem Boden lagen, und warf sie nacheinander in die Wanne.

»Peng!«, sagte ich.

Sie sah mich an und lächelte. Mir wurde warm ums Herz.

Unten öffnete ich die Tür zur Terrasse, damit sie rein und raus konnte, wie sie wollte, während ich Kaffee aufsetzte und das Radio einschaltete. Die Sonne war noch nicht aufgegangen, aber der Himmel war hell und die Luft draußen unfassbar warm.

Mit der Kaffeetasse in der Hand stand ich da und sah über die Häuserdächer hinweg zum Fjord und zu den Bergen hinter ihm. Åse rollte den großen Marienkäfer mit Rädern auf den Schieferplatten hin und her. Die Windel hing schwer an ihr, und ich ging hinein und holte im Bad eine neue, fand ein hellblaues Baumwollkleidchen im Trockner, so dass ich Helge oben nicht stören musste, legte Åse auf die Couch und wechselte ihre Windel.

Im Radio sprachen sie über das neue Himmelsphänomen, das am Vorabend aus dem Nichts aufgetaucht war. Ein Experte von der Universität ließ sich über Supernoven aus. Seine Stimme klang eifrig und stolz, er wusste, wovon er sprach, und nun war endlich seine Zeit gekommen.

»So, meine Süße«, sagte ich und trug sie zum Kinderstuhl, holte einen Joghurt aus dem Kühlschrank und begann sie zu füttern. Anfangs saß sie still, öffnete den Mund, wenn der Löffel kam, schluckte und öffnete ihn wieder, und sah mir währenddessen unablässig in die Augen. In ihren Augen liegen eine so unfassbare Wärme und solches Vertrauen, dachte ich, und eine so große Offenheit. Nicht ein Schatten, nicht eine Wolke.

»Hallo, du«, sagte ich. »Woran denkst du jetzt?«

Plötzlich schrie sie und begann, mit einem Arm zu fuchteln. Ihre Aufmerksamkeit war auf etwas hinter mir gerichtet.

Ich drehte mich um, wollte sehen, was sie meinte.

»Aha!«, sagte ich. »Du willst einen eigenen Löffel haben?«

»Nn«, sagte sie.

Ich holte einen aus der Schublade und gab ihn ihr, sie packte ihn fest mit der Hand und versuchte, ihn in den Joghurtbecher zu stecken. Als ihr das nicht gelang, schrie sie vor Frust laut auf. Ich nahm ihr Handgelenk und wollte helfen, aber davon wollte sie erst recht nichts wissen.

»Rrraaaaa!«, rief sie.

Das bedeutete, halt dich da raus, Mama.

Als sie den Löffel endlich in den Becher bugsiert hatte, wippte sie ihn wieder hoch, so dass ein großer Klecks Joghurt auf meiner Brust landete. Und ehe ich sie daran hindern konnte, nahm sie den ganzen Becher in die Hand und schmiss ihn auf den Fußboden.

Dann sah sie mich an. Ihr Blick war gleichermaßen fragend wie herausfordernd.

»Möchtest du ein paar Heidelbeeren?«, fragte ich.

»DAAA!«, rief sie.

Ich schüttete einige in ein Schälchen und stellte sie ihr hin. Sie pflückte sie einzeln mit Daumen und Zeigefinger heraus und führte sie konzentriert und ohne einen Mucks in den Mund.

»Lecker, was?«, sagte ich und leckte den Finger ab, mit dem ich den Joghurt vom Nachthemd gestrichen hatte, ehe ich einen Lappen holte und den Fußboden vor ihrem Stuhl abwischte, den Becher ausspülte und ihn in den Mülleimer warf. Danach goss ich mir noch etwas Kaffee ein und trank ihn im Stehen im Licht des Dachfensters und ging dabei auf dem Handy den Zeitplan durch. Geplant war, dass ich heute im Homeoffice arbeiten würde, aber das war nur vorgeschoben, denn in Wahrheit hatte ich vor, Helges Geburtstag vorzubereiten. Er wollte keine Aufmerksamkeit, keine Gäste, keine Abendgesellschaft – feiern würden wir zwei am Wochenende allein in Rom –, aber das ging nicht, er wurde sechzig, es kam überhaupt nicht in Frage, dass er sich davor drückte.

Ich hatte mich mit Tore verbündet, seinem Bruder, und wir hatten für den Abend vierzehn Gäste eingeladen. Drinks auf der Veranda, Ossobucco zum Essen, sein Lieblingsgericht – einer der Köche aus dem Sjølyst, seinem Lieblingsrestaurant, würde heute Nachmittag zu uns kommen und es zubereiten. Und zum Abschluss ein speziell gebackener Kuchen – nicht von der spektakulären Sorte, sondern eine Torte, wie seine Mutter sie in seiner Kindheit immer zu den Geburtstagen serviert hatte und die ich backen würde, sobald er zur Arbeit gegangen war.

Das meiste war schon vorbereitet. Aber ich musste Blumen, Wein, Schnaps, Obst und Mineralwasser kaufen, das Geschenk beim Rahmenmacher abholen, Tischdecke und Servietten bügeln, den Tisch decken und dekorieren, Åse zu Mutter fahren – vor einem Fest gab es immer tausend kleine Dinge zu erledigen, und die meiste Zeit würde ich Åse haben, außerdem musste ich ein paar Briefe schreiben und Telefonate führen.

Ich sollte wohl auch eine Rede halten.

Was ich eventuell sagen würde, konnte ich mir im Laufe des Tages noch überlegen.

All das machte mir Freude, und das schon seit langem. Offenbar mochte ich es zu konspirieren und Dinge geheim zu halten. Weil das meinem wahren Wesen so fern war?

Ich konnte es kaum erwarten, sein Gesicht zu sehen, wenn er nach Hause kam und ihm klar wurde, dass er gefeiert werden sollte, und das im großen Stil.

Åse sah mich an, und ich legte das Handy weg, hob sie aus dem Stuhl und setzte sie auf den Boden, räumte die Schale in die Spülmaschine, nahm die Kaffeetasse in die Hand und folgte ihr auf die Terrasse.

Die Konturen der Berge im Osten glühten orange. Kurz darauf trafen uns die ersten Strahlen wie Lichtspeere.

Bei Joars vierzigstem Geburtstag hatte seine Frau eine Rede gehalten, in der sie aus irgendeinem Grund beschlossen hatte, offen und ehrlich zu sagen, wie es mit ihm und ihnen beiden aussah. Die Gäste hatten nicht gewusst, wie sie reagieren sollten, Unbehagen hatte sich breitgemacht, die Leute sahen betreten auf den Boden und wechselten verstohlene Blicke, und hinterher war es ganz still, nur der Klang von Messern und Gabeln, als weitergegessen wurde.

Ich verstand bis heute nicht, warum sie das getan hatte, was sie damit bezwecken wollte. Vielleicht hatte sie gedacht, dass es die Wahrheit war, und dass Wahrheit der wichtigste Wert überhaupt war. Vierzig Jahre, das ist das Alter, in dem man sich selbst in die Augen schaut und zum letzten Mal Bilanz ziehen kann, bevor es zu spät ist, um die Richtung seines Lebens zu ändern. Die Wahrheit gehört dorthin, egal, wie hässlich sie ist. Aber das macht man doch nicht auf einem Fest! Ein Fest ist für das Gute da, für alles, was schön ist, für die Linien im Leben, die so groß sind, dass das Schlechte keinen Platz mehr hat. Denn das Schlechte ist immer kleinlich.

Nicht, dass ich über Helge etwas Schlechtes zu sagen hätte.

Arbeitswütig, ziemlich eindimensional im Denken jenseits dessen, was ihn interessierte, will sagen im alltäglichen Leben, aber bemüht. Ichbezogen. Energisch. Willensstark in manchen Bereichen, schwach in anderen. Voller verdrängter Furcht vor dem Altwerden.

Aber nichts von all dem sagte etwas darüber aus, wer er *war.*

Ein Mensch, bei dem du nicht willst, dass er geht, wenn ihr im selben Raum seid, ganz gleich, wie viele andere sonst noch da sind. Ein Mensch, der Dinge sagt, die du nie zuvor gedacht hast. Ein Mensch, dem du nahe sein willst.

Ich sah Åse an. Sie saß ganz still und starrte auf etwas vor sich. Streckte den Finger zu dem hinab, was immer es war.

Ich stand auf.

»Hast du etwas gefunden?«, fragte ich und beugte mich über sie.

Fünf Marienkäfer krabbelten vor ihr auf der Schieferplatte herum.

»Oh, wie schön!«, sagte ich. »Marienkäfer!«

»Nn«, sagte sie.

»Maria flieg-flieg haben wir sie genannt, als wir klein waren«, sagte ich und brachte einen von ihnen dazu, auf meinen Finger zu krabbeln. Ich stand auf und warf ihn über das Geländer. Er breitete sofort seine kleinen Flügel aus und flog im Luftmeer davon.

»Da fliegt er«, sagte ich.

Erst da sah ich, dass da draußen noch viel mehr waren. Zwanzig, dreißig, mindestens. Einige von ihnen landeten auf dem Geländer, einige auf den Platten, manche flogen nur hin und her.

Seltsam.

»Sieht du das, Åse?«, sagte ich und hob sie hoch.

Jetzt, da ich wusste, wonach ich Ausschau halten musste, sah ich immer mehr. Auch die Punkte weiter draußen mussten Marienkäfer sein. Ein ganzer Schwarm, der näher kam.

Sie begannen, um uns zu landen.

»Daa!«, sagte Åse und wedelte begeistert mit den Händen. Auf einmal wimmelte es auf den Platten von Marienkäfern. Manche setzten sich auf Åse, auf das Kleidchen und ins Haar, und drei landeten auf meinem Nachthemd. Ich fegte sie weg und versuchte gleichzeitig, ins Haus zu gehen, ohne auf sie zu treten, aber das war unmöglich, es waren so viele, und sie knirschten unter meinen nackten Füßen, als ich auf die offene Schiebetür zuging.

Ich schloss sie hinter mir und setzte Åse vorsichtig auf dem

Fußboden ab. Pflückte die Marienkäfer aus ihrem Haar, fegte sie vom Kleid, auf den Boden, wo sie zusammen mit den anderen, die hereingekommen waren, umherkrabbelten.

Die Terrasse war schwarz von Insekten. Auch das Glas der Tür und die großen Fenster waren voll von ihnen.

Mir wurde übel.

»Schau mal, wie schön sie sind«, sagte ich, als Åse vor ihnen hockte und sie beobachtete, während sie über das Parkett krabbelten und krochen. »Aber jetzt sehen wir ein bisschen fern, okay? Dann kann Mama hier aufräumen.«

Ich fand die Fernbedienung auf der Couch und schaltete den Fernseher ein, setzte Åse davor und schaltete mich zu den Kinderkanälen durch, entschied mich für eine Folge der *Teletubbies*, die sie liebte, und als die Sonne mit dem Babygesicht auf dem großen Bildschirm an der Wand aufging und ihre ganze Aufmerksamkeit auf sich zog, eilte ich in die Küche und holte Handfeger und Kehrblech.

Es widerstrebte mir, Lebewesen zusammenzufegen, als wären sie Krümel, aber es war noch schlimmer, sie im Wohnzimmer auf dem Fußboden herumkrabbeln zu lassen. Seltsamerweise leisteten sie keinen Widerstand, versuchten nicht, zu fliehen oder mir zu entkommen, lagen vielmehr ganz still auf dem Kehrblech, als ich sie durch das Wohnzimmer zum Küchenfenster trug, das ich mit der einen Hand öffnete, um sie anschließend mit der anderen hinauszustreuen.

Hinter mir kam Helge die Treppe herunter.

»Also wegen mir musst du nicht aufräumen!«, sagte er.

Er hatte seine Brille nicht auf, und sein Gesicht sah vollkommen nackt aus, unschuldige Augen, als hätten sie sich noch nicht an die Welt gewöhnt.

»Herzlichen Glückwunsch«, sagte ich und ging zu ihm.

Er küsste mich flüchtig auf den Mund.

»Du musst mich nicht ständig daran erinnern«, sagte er. »Was für ein schrecklicher Tag!«

»Du bist jetzt ein erwachsener Mann«, sagte ich. »Was könnte besser sein als das?«

Er lachte.

»Das ist der schlimmste Euphemismus, den ich jemals gehört habe.«

»Hast du mal rausgeguckt?«, sagte ich. »Auf die Terrasse? Da sind Tausende Marienkäfer.«

Er drehte sich um und sah zur Tür am anderen Ende des Zimmers.

»Hat man so was schon gesehen«, sagte er. »Fantastisch!«

»Es kommt einem fast ein bisschen vor wie das Ende der Welt«, sagte ich.

»Unsinn«, sagte er und ging zur Tür. »Sie schwärmen nur.«

»Was bedeutet das?«

»Sie sind auf der Suche nach Nahrung oder nach einem Ort, wo sie im Herbst sein können, nehme ich an.«

»Und warum habe ich das dann noch nie gesehen?«, sagte ich.

Er zuckte mit den Schultern.

»Hast du?«, fragte ich.

»Es schon einmal gesehen?«, sagte er.

Ich nickte.

Er schüttelte den Kopf.

»Und woher weißt du dann, dass es natürlich ist?«

»Insekten schwärmen. Marienkäfer sind Insekten.«

Er wandte sich zu Åse um, die regungslos auf den Fernseher starrte, während sie unaufhörlich an ihrem Schnuller nuckelte, ging die wenigen Schritte zu ihr und hob sie hoch.

»Hallo, meine Kleine!«, sagte er und warf sie in die Luft.

Sie begann zu weinen.

Ein Schatten huschte über sein Gesicht.

»Wenn sie die Teletubbies guckt, ist sie durch nichts davon abzubringen«, sagte ich schnell. »Sie protestiert jedes Mal, wenn ich versuche, sie wegzutragen.«

»Verstehe«, sagte er.

Er setzte sie ab, und sie war sofort still.

»Hast du schon gefrühstückt?«, fragte er und sah mich an, während er ihr geistesabwesend durchs Haar strich.

»Ich habe auf dich gewartet«, sagte ich.

»Ist es okay, wenn ich vorher noch laufen gehe?«

»An deinem sechzigsten Geburtstag?«

»*Gerade* an meinem sechzigsten Geburtstag.«

»Das ist dein Tag«, sagte ich und lächelte. »Außerdem passt es eigentlich ganz gut. Dann kann ich uns Frühstück machen, während du weg bist. Was willst du haben? Ein Ei? Ein Omelett?«

»Haferbrei«, sagte er. »Aber du solltest dir ruhig etwas Gutes gönnen.«

Helge war ich zum ersten Mal an einem Taxistand begegnet. Ich war in London gewesen und mit einer Abendmaschine zurückgekehrt. Normalerweise hätte ich den Flughafenbus genommen, aber da ich die Reise nicht selbst bezahlte, dachte ich, dass ich mir ebenso gut ein Taxi nehmen könnte, auch, weil es schon so spät war.

Es regnete, und der Taxistand war verwaist bis auf einen großen und schlanken Mann, der dort mit einem Regenschirm in der einen Hand und einer Aktentasche in der anderen stand.

Als ich neben ihm war, erkannte ich ihn. Es war Helge Bråthen, der Architekt. Er war häufig im Fernsehen und in den Zeitungen, außerdem war über ihn eine Dokumentation gedreht worden, die ich gesehen hatte.

Ein einzelnes Taxi fuhr heran. Er schloss den Regenschirm und schüttelte ihn aus, und als das Taxi vor ihm hielt, öffnete er die Tür und setzte sich hinein. Erst da schien er mich wahrzunehmen.

»Wo müssen Sie hin?«, fragte er.

»In die Innenstadt«, sagte ich.

»Wenn Sie möchten, können wir uns das Taxi teilen. Dann müssen Sie nicht warten.«

»Danke, ich nehme Ihr Angebot an«, sagte ich, ging um den Wagen herum und stieg auf der anderen Seite ein.

Er schaute eine Weile auf sein Handy, und ich checkte meins auf Nachrichten. Genau gleichzeitig legten wir die Telefone weg und sahen aus unserem jeweiligen Fenster.

Es sah nicht so aus, als hätte er die Synchronizität bemerkt.

Die Scheibenwischer glitten regelmäßig und einschläfernd über die Windschutzscheibe. Die nassen Flächen draußen glänzten im Licht von Scheinwerfern und Laternen. Wo das Licht endete, war die Dunkelheit vollständig und undurchdringlich.

»Sie interessieren sich für Kunst?«, fragte er.

Ich sah ihn überrascht an.

Dann begriff ich. Meine Tate-Tasche auf dem Sitz.

»In gewisser Weise«, sagte ich und lächelte. »Und Sie?«

Ich sah keinen Grund, seinem Ego zu schmeicheln, das mit Sicherheit auch so schon groß genug war, und ließ mir nicht anmerken, dass ich wusste, wer er war.

»Ja, wissen Sie, das tue ich wohl«, sagte er und sah mich durch die runde Brille mit der schwarzen Fassung an. »In gewisser Weise. Ich frage, weil ich Sie gestern in London in der Blake-Ausstellung gesehen habe«, fuhr er fort. »Das waren doch Sie, oder? Sie waren dort?«

Ich nickte.

»Schöne Bilder?«, fragte er.

»Ja«, antwortete ich. »Ich mag Blake. Aber die Ausstellung war viel zu mächtig, es war alles zu viel, die Bilder hatten nicht genügend Raum. Deshalb gingen sie ein bisschen unter.«

»Da gebe ich Ihnen Recht«, sagte er. »Aber was ist mit den Manuskripten? Die waren einmalig, oder?«

»Doch«, sagte ich.

Es wurde wieder still, worüber ich froh war, denn ich hatte keine Lust zu reden, erst recht nicht mit jemandem, den ich nicht kannte. Offenbar sandte ich entsprechende Signale aus, denn er sagte erst wieder etwas, als wir uns dem Stadtzentrum näherten und er mich fragte, wo ich aussteigen wolle.

Abgesehen davon, dass ich am nächsten Tag erzählte, dass ich mir ein Taxi mit Helge Bråthen geteilt hatte, dachte ich nicht mehr an unsere Begegnung. Auf eine Beziehung hatte ich es ganz bestimmt nicht abgesehen, Markus und ich waren nur ein paar Monate zuvor auseinandergezogen, und obwohl wir das in erster Linie auf meine Initiative hin getan hatten, war ich deshalb noch bedrückt, schließlich hatte ich ihn nach wie vor sehr gern. Außerdem hatte ich die Ausstellung. Eigentlich war ich zu jung und unerfahren, um die Verantwortung dafür zu tragen, da es ein großes Projekt war, das größte des Museums seit vielen Jahren, aber es war meine Idee gewesen, und ich hatte einen Großteil der grundlegenden Arbeit selbst übernommen, nicht zuletzt, weil es dadurch schwieriger sein würde, sie jemand anderem zu geben – falls die Idee ihnen überhaupt gefallen würde.

Das hatte sie, und in den nächsten achtzehn Monaten arbeitete ich fast ausschließlich an nichts anderem.

Bei der Ausstellungseröffnung, zu der alle Künstler, Politiker, Sponsoren und Prominenten der Stadt eingeladen waren, kam Helge Bråthen zu mir und deutete mit dem Zeigefinger auf mich.

»Die Blake-Ausstellung in London«, sagte er. »Stimmt's?«

Ich nickte.

»Dann interessieren Sie sich nicht nur für Kunst, Sie arbeiten auch im Kunstbereich? Da Sie hier sind, meine ich?«

»In gewisser Weise«, sagte ich. »Was ist mit Ihnen?«

»Nun, ich bin nur Architekt«, sagte er. »Und, wie finden Sie die Ausstellung? Was die Blake-Ausstellung betraf, waren Sie, wenn ich mich recht erinnere, ja sehr kritisch.«

Wieso erinnerte er sich daran? Er traf doch sicher täglich neue Leute?

Ich lächelte.

»Mir gefällt die Ausstellung sehr gut«, sagte ich. »Was ist mit Ihnen? Was denken Sie?«

»Mir gefallen manche Dinge«, sagte er. »Und dann gibt es anderes, was mir nicht so gut gefällt.«

»Was gefällt Ihnen denn nicht?«

Er sah mich an und strich sich gleichzeitig mit der Hand über die kurzen Haarstoppel auf seinem Kopf.

»Die Beleuchtung in Saal zwei ist miserabel«, sagte er. »Viel zu dunkel. Dadurch erzeugt man eine missverständliche Stimmung. Die Stimmung soll von den Bildern ausgehen, nicht von dem verdammten Licht. Auch die Farben der Wände sind furchtbar. Aus dem gleichen Grund.«

»Aber was ist mit der Ausstellung als Ganzes? Der Kunst? Das funktioniert doch sehr gut, oder?«

Jetzt rieb er sich über die Bartstoppel am Kinn.

»Na ja, schon«, sagte er. »Aber es ist extrem anspruchsvoll, Epochen zu mischen. Selbst wenn es immer um das gleiche Thema geht. Das Ganze wird so vorhersehbar. Verstehen Sie? Sie wollen ja, dass die Bilder in irgendeiner Weise *zusammen* wirken. Sich gegenseitig befruchten. Nicht nur ihre Epoche verkörpern.«

Ich nickte.

»Aber die Krähen, die waren *verdammt* gut. Und Vanessa Bairds Bilder. Ich *liebe* Vanessa Baird.«

»Das tue ich auch«, sagte ich.

Er sah mich zerstreut an, als hätte er ganz vergessen, mit wem er sprach, nickte und lächelte. Dann sah er sich um, wahrscheinlich auf der Suche nach einer Bedienung mit Wein.

Ich nickte auch und ging weiter.

Am nächsten Tag rief er mich an.

»Hier ist Helge Bråthen. Blake in London, falls Sie sich erinnern.«

»Oh, hallo«, sagte ich.

»Sie haben mich gestern hereingelegt! Ganz schön sogar. Ich hätte Ihnen niemals gesagt, was ich ehrlich von der Ausstellung halte, wenn ich gewusst hätte, dass Sie das Ganze kuratiert haben!«

Ich lachte.

»Es war mir wichtig, Ihre ehrliche Meinung zu hören«, sagte ich. »Und das Licht ist geändert worden. Danke, dass Sie mich darauf aufmerksam gemacht haben! Sie hatten vollkommen recht.«

»Nein, nein«, sagte er. »Erlauben Sie mir, es wieder gutzumachen. Darf ich Sie zum Essen einladen?«

»Gern«, sagte ich.

»Heute Abend?«

»Das geht leider nicht«, sagte ich und merkte, wie ich lächelte. »Die Publikumseröffnung.«

»Die dauert ja wohl kaum die ganze Nacht?«

»Bis zehn.«

»Können wir uns nicht hinterher treffen?«

»So spät ist doch nichts mehr offen, oder?«

»Das ist kein Problem. Für uns schließen sie später. Wollen wir halb elf sagen? Im Sjølyst?«

Wir verabredeten uns für halb elf, und wenige Monate später zog ich in seine Wohnung. Ich sah, dass er glücklich war, aber ich sah auch, dass ihn etwas bedrückte.

»Was willst du eigentlich von mir?«, fragte er an jenem Abend. »Ich bin fast sechzig. Du bist dreiunddreißig.«

»Ich möchte ein Kind von dir«, sagte ich.

Er starrte mich ungläubig an.

»Soll das ein Witz sein?«

»Nein.«

»Warum in aller Welt willst du *das*?«

»Weil ich dich liebe.«

»Tust du das?«

»Mm.«

»So sehr?«

»Mm. Außerdem hast du gute Gene.«

Als er in die Dusche ging, stellte ich die Hafergrütze an. Dann erwärmte ich im Ofen ein paar Brötchen, setzte neuen Kaffee auf, bereitete ein Omelett zu, presste drei Gläser Orangensaft und war mit allem gerade fertig, als er herunterkam.

»Nicht schlecht«, sagte er und rieb sich die Hände.

»Iss jetzt bitte nicht nur Haferbrei«, sagte ich, hob Åse in ihren Stuhl und hielt das Glas Orangensaft an ihren Mund. Sie zog eine Grimasse, wollte aber trotzdem mehr haben.

»Warum nicht?«, sagte er.

»Das ist Essen für Anwälte und Geschäftsleute, die Skilanglauf machen. Ich kann mir im Grunde nichts Schlimmeres vorstellen.«

»Doch, das kannst du«, sagte er, legte eine Butterflocke mitten in die Grütze und bestreute sie mit Zimt. »Massentierhaltung, Ölbohrungen, die Ausrottung von Tierarten, alles Dinge, die du schlimmer findest als Hafergrütze.«

»Du hast den Walfang vergessen«, sagte ich.

»Der fällt unter Ausrottung von Tierarten.«

Er begann zu essen.

»Kannst du dich nicht setzen?«, fragte er und sah zu mir hoch.

»Doch«, sagte ich und nickte zum Molkenkäse hin. »Schneidest du ihr bitte ein Stück ab?«

Ich setzte mich, und er legte ihr etwas Käse hin, den sie nahm und sich in den Mund steckte, genauso still und konzentriert, wie sie es mit den Heidelbeeren getan hatte.

»Ist sie nicht schön?«, sagte ich.

»Das ist auch ein Euphemismus«, sagte er. »Sie ist fantastisch.«

»Was meinst du, wem ähnelt sie heute?«

Er sah erst mich, danach sie an.

»Deine Augen, zum Glück. Meine Nase. Die Gesichtsform deiner Mutter. Die Farben deiner Schwester. Aber die Summe ist ganz sie selbst. Und die Seele.«

Während er redete, sah sie ihn aufmerksam an. Manchmal dachte ich, dass die beiden einander aus der Ferne bewunderten. Sie waren nicht vertraut miteinander, aber das würde sicher noch kommen.

Am Abend meines Einzugs hatten wir nicht weiter über Kinder gesprochen und an den folgenden Tagen auch nicht. Dann, im Auto, nach der Arbeit auf dem Weg zum Supermarkt, hatte er die Hand auf mein Knie gelegt.

»In Ordnung«, hatte er gesagt. »Ich bin einverstanden, dass wir ein Kind bekommen. Aber du musst dich darum kümmern. Ich bin zu alt, um gleichzeitig zu arbeiten und ein moderner Vater zu sein. Und du musst dir deiner Sache vollkommen sicher sein. Du musst das wirklich wollen. Weißt du, wenn das Kind zehn ist, bin ich siebzig.«

»Ich bin mir vollkommen sicher«, hatte ich gesagt und seine Hand gedrückt.

Jetzt schob er den leeren Teller zur Seite, schnitt ein Brötchen auf und legte auf jede Hälfte eine Scheibe Käse.

»Du musst auch noch das Omelett probieren«, sagte ich. »Es schmeckt richtig gut, wenn ich das selbst sagen darf.«

»Mm«, sagte er, biss in das Brötchen und beugte sich über den Teller, damit die Krümel der knusprigen Kruste nicht in seinem Schoß landeten.

»Weißt du, was sie im Büro für dich geplant haben?«, fragte ich.

Er schüttelte den Kopf und schluckte, trank etwas Orangensaft.

»Es gibt bestimmt einen Kuchen in Form des neuen Postamts oder etwas anderes Idiotisches«, sagte er. »Ich habe ihnen gesagt, dass ich diesmal nicht feiern möchte. Aber sie denken bestimmt, dass ich das nur so dahersage.«

»Stimmt das nicht?«

Er schnaubte.

»Fünfzig war in Ordnung. Ich begriff den Ernst der Lage nicht. Sechzig ist etwas völlig anderes.«

Wir aßen alle drei einige Minuten schweigend. Im Radio lief noch einmal der Beitrag, den ich frühmorgens gehört hatte, der mit dem eifrigen Astronomen.

»Was für ein Idiot«, sagte Helge und lehnte sich auf seinem Stuhl zurück. »Ihnen geht es nur darum, dass alles, was passiert, früher schon einmal passiert ist und jetzt auf exakt gleiche Art wieder passiert. Darauf basiert die gesamte Wissenschaft. Dass alles bestimmten Gesetzen folgt und diese Gesetze sich niemals verändern. Ich habe schon immer gedacht, dass das niemals zutreffen kann. Na ja, vielleicht nicht immer, aber seit ich zwanzig war. Seit dem Auftauchen des Menschen sind gerade einmal dreihunderttausend Jahre vergangen. Er war etwas völlig Neues, so etwas hatte nie zuvor existiert.«

Das war Helges Leitgedanke. Dass nicht Gesetze die Welt steuerten, sondern Gewohnheiten. Den Gedanken hatte er von dem Philosophen Peirce, den er und einige Freunde gelesen hatten, als sie noch Studenten waren. Seine Abhandlung aus jener Zeit hieß *Architektur und Gewohnheit*. Am Tag nach unserem ersten gemeinsamen Abend war ich zur Universitätsbibliothek gegangen, hatte sie mir ausgeliehen und war beeindruckt gewesen. Danach hatte er die Theorie jedoch aufgegeben und seine Gedanken, auf deren Basis er bis heute die Welt verstand, niemals weiterentwickelt.

»Aber das sind doch zwei ganz verschiedene Dinge«, sagte ich. »Das ist Biologie und Evolution. Es gibt doch keinen Gegensatz zwischen dem und den Naturgesetzen?«

»Aber unsere gesamte Erfahrung hat mit Veränderung zu tun!«, sagte er. »Es ist zum Beispiel noch gar nicht lange her, dass zum ersten Mal eine Kernspaltung gelungen ist. Und du brauchst nur ein paar Generationen zurückzugehen, und schon gibt es keine Autos oder Nähmaschinen oder Flugzeuge oder Computer oder Weltraumraketen oder Gott weiß was.«

»Bei all diesen Dingen geht es immer darum, dass wir die Naturgesetze zu unserem Vorteil nutzen«, sagte ich. »Das hebt sie aber noch lange nicht auf, oder?«

»Aber stell dir einfach einmal vor, dass es gar keine Naturgesetze gibt. Keine ewigen Muster und Grenzen dafür, was möglich und was nicht möglich ist. Sondern dass sich auch das entwickelt. Dass *alles* eine Geschichte hat.«

»Also zum Beispiel die Schwerkraft, die hat sich entwickelt?«, sagte ich und wollte ihn damit aufziehen, aber das begriff er nicht.

»Ja, genau! Sie war nie gegeben! Sie ist eine Art gewesen,

wie die Materie anfing, sich zu verhalten. Dann wurde das zur Gewohnheit, und nach Milliarden von Jahren ist es so schwierig, diese Gewohnheit zu ändern, dass wir sie für ein ewiges Gesetz halten. Aber ursprünglich war es nur eine Improvisation. Alles in der Natur ist Improvisation. Dann funktionieren manche Lösungen besser als andere, und so werden sie immer stärker.«

»Aber woher weiß die Materie, wie sie sich verhalten soll? Setzt eine Gewohnheit nicht eine Art Bewusstsein voraus?«

Ich sah ihn lächelnd an.

»Du willst mir ja wohl nicht sagen, dass die Materie denken kann?«

»Als ich es gedacht habe, kam es mir richtiger vor als jetzt, wenn ich es ausspreche«, sagte er und lächelte auch. »Aber lass uns dem Gedankenexperiment zuliebe annehmen, dass die Materie denken *kann*. Oder vielleicht nicht gerade denken, aber dass sie eine Form von Bewusstsein hat. Also die Atome. Und dass sie in Verhaltensmuster verfallen, die funktionieren. Und dass alles Neue, was geschieht, sich funktionierende Muster sucht.«

»Ich verstehe den Unterschied nicht ganz«, sagte ich. »Das Ergebnis ist das Gleiche, die Schwerkraft existiert so oder so.«

»Aber das ist doch ein gewaltiger Unterschied!«, sagte er. »Wenn die Evolution für alles gilt, kann jederzeit etwas vollkommen Neues passieren. Zum Beispiel die Supernova da oben«, sagte er und zeigte zur Decke. »Was ist, wenn sie etwas völlig Neues ist? Die Wissenschaft wird das nicht erfassen, weil sie ausschließt, dass etwas Neues eintreffen kann, deshalb wird sie es niemals erkennen können.«

»Was sagst du dazu, Åse?«, fragte ich und strich ihr durchs Haar. Sie hatte zum einen den gestikulierenden Helge angesehen, zum anderen die trockenen Cornflakesflocken, die ich ihr in einer Schale gegeben hatte, in einer langen Linie vor sich auf den Tisch gelegt.

»Du weißt, dass das wahrscheinlich der erste metaphysische Gedanke auf der Welt war?«, fragte ich.

»Was?«

»Dass alles lebendig ist, sogar die Materie.«

»Es besteht kein Grund zu glauben, dass ihre Gedanken schlechter waren als unsere«, sagte er und stand auf. »Was machst du heute?«

»Wenn Åse schläft, will ich etwas arbeiten. Vielleicht mache ich auch einen Abstecher in die Stadt mit ihr.«

»Hört sich gut an«, sagte er, trank den letzten Schluck Kaffee und wischte sich den Mund mit dem Handrücken ab. »Ich glaube fast, ich bin ein bisschen spät dran. Aber wir sehen uns ja bald wieder.«

Sobald er aus dem Haus war, legte ich Åse ins Bett, und als sie eingeschlafen war, fing ich mit den Tortenböden an. Die Marienkäfer waren zum Glück von der Terrasse verschwunden, und als die Kuchen im Ofen waren, schrieb ich einige Mails.

Draußen waren es schon dreißig Grad, und im Laufe des Tages würde es bestimmt noch heißer werden.

Ich schrieb eine SMS an Atle, Helges ältesten Sohn, der versprochen hatte, mir beim Tragen zu helfen.

Machst du noch mit?, schrieb ich.

Ja, klar, antwortete er. *Wann kommst du?*

Um zehn. Bis dahin. Vielen Dank!

Ich ging hinein und warf durch die Glasscheibe des Ofens einen Blick auf die Tortenböden. Sie waren noch beige, und so ging ich zum Schlafzimmer hinauf, duschte schnell und zog mich an, während Åse schlafend auf dem Rücken lag und Arme und Beine ausgestreckt hatte wie ein Seestern, ehe ich wieder nach unten ging, die Böden herausholte, die gut dufteten und einen herrlich goldbraunen Ton hatten, und sie zum Abkühlen auf ein Rost legte. Der eine war zwar ein wenig eingefallen, aber noch zu gebrauchen.

Ich räumte die Frühstückssachen weg, stellte die Spülmaschine an und wollte gerade das Rührgerät herausholen, als Åse oben anfing zu schreien.

»Ich bin hier, Åse«, rief ich auf dem Weg die Treppe hinauf und fand sie mit verschwitztem und verheultem Gesicht im Bettchen stehend.

»Du hast aber fein geschlafen«, sagte ich und hob sie hoch. »Jetzt wechseln wir nur schnell deine Windel und dann fahren wir in die Stadt. Das wird ein Spaß!«

Sie wimmerte ein wenig, und ich gab ihr eine Haarbürste, mit der sie spielte, als ich sie hinlegte.

Ich packte einige Windeln und feuchte Tücher ein, Gläschen mit püriertem Obst und Milchkartons, steckte eine Saugflasche in die eine Seitentasche, einen Becher Wasser in die andere und überprüfte, dass Portemonnaie, Autoschlüssel und Sonnenbrille in der Tasche lagen. Anschließend trug ich sie mit dem Rucksack auf dem Rücken und der Tasche über dem Arm in den Flur und fuhr mit dem Aufzug ins Untergeschoss.

Ich nahm so gut wie nie das Auto, fuhr lieber Rad oder ging zu Fuß, aber jetzt wollte ich zu den großen Einkaufszentren außerhalb der Stadt, mir blieb also nichts anderes übrig.

Helge hatte wie üblich den Mini genommen, so dass ich ein paar Minuten später in der engen Tiefgarage für die Hausbewohner sachte den Audi zurücksetzte und danach mit Åse, die hinter mir im Kindersitz angeschnallt war, in das strahlende Sonnenlicht hinausfuhr.

Als wir auf der Straße waren, rief ich Mutter an.

»Hallo«, sagte ich. »Ist es okay, wenn du sie stattdessen bei mir abholst? Es wird ein bisschen stressig für mich, sie dir zu bringen.«

»Kann ich machen«, sagte sie. »Wann soll ich vorbeikommen? Um die gleiche Uhrzeit?«

»Ja. Oder besser irgendwann vor fünf.«

»Je früher, desto besser?«, fragte sie.

Ich lachte.

»Ja«, sagte ich.

»Dann komme ich so gegen drei.«

»Super«, sagte ich. »Bis gleich!«

Mutter war im selben Alter wie Helge, zwischen den beiden lag nur ein Jahr, und es fiel ihr schwer, damit umzugehen, das wusste ich, obwohl sie nie ein Wort darüber verloren hatte.

Erstens hätte sie selbst mit ihm zusammen sein können. Das allein musste schon verstörend genug sein. Zweitens war er, der im selben Alter war wie sie, mit ihrer kleinen Tochter zusammen – denn in ihren Augen war ich immer noch klein –, was sie mit Sicherheit, obwohl sie es ganz sicher nicht in Worte fasste, als etwas empfand, das Pädophilie nahekam. Oder wenn nicht gerade als das, so doch als etwas, das gegen die natürliche Ordnung der Dinge verstieß.

Was wollte der alte Mann mit dem jungen Mädchen? Die nicht irgendein beliebiges Mädchen, sondern ihre eigene Tochter war?

Wir hatten nie darüber gesprochen. Sie wollte mich mein eigenes Leben führen lassen, wofür ich ihr dankbar war. Aber es war *unmöglich*, dass sie ihn nicht verachtete, einen Mann in ihrem Alter, der jungen Frauen nachstellte, die halb so alt waren wie er.

Irgendwann würde ich mit ihr darüber reden müssen.

Aber sie würde das niemals zugeben, vielleicht nicht einmal sich selbst gegenüber.

Und was sollte ich eigentlich sagen? Ich hatte auch nur Klischees im Angebot.

Das Alter ist nur eine Zahl.

Aber das stimmte ja!

Helges Persönlichkeit, was ihn ausmachte, hatte kein Alter. Sie war umgeben von sechzig Jahren voller Erlebnisse und Erfahrungen, und bei vielen wäre dadurch der Weg zur Persönlichkeit weit gewesen, vielleicht so weit, dass diese Persönlichkeit nur etwas war, was sie für sich allein hatten, ein Klang ihrer selbst inmitten aller Gedanken und Gefühle, von dem kein anderer mehr etwas wusste. Aber bei Helge war der Weg dorthin kurz. Wenn er vor Begeisterung für etwas übersprudelte oder wenn ihn etwas traurig stimmte, oder wenn er etwas unbeschreiblich lustig fand und vor lauter Lachen völlig die Fassung verlor. Das machte ihn verletzlich, und diese Verletzlichkeit liebte ich.

»Ich denke an deinen Papa!«, sagte ich und streckte die Hand hinter den Sitz und fand ihre.

Sie schob sie weg.

»Möchtest du nachher ein Eis?«, fragte ich und bereute es sofort: »Nachher« war kein Begriff, den sie verstand.

»Nn!«, sagte sie.

Und dann, als kein Eis kam:

»UAA! UAA! UAAAARHG!«

»Du musst nur noch einen Moment warten, Åse«, sagte ich. »Wir sind gleich da. Dann kaufe ich dir ein Eis.«

Aber es war zu spät, sie schrie schon wie am Spieß.

In dem Moment tauchte vor uns eine Tankstelle auf, und ohne zu überlegen blinkte ich und bog ein.

»Komm mit, dann bekommst du dein Eis«, sagte ich, öffnete den Sicherheitsgurt, der um den Kindersitz lag, löste ihren Gurt und hob sie heraus.

Die Hitze stand flirrend über dem Asphalt. Autos rauschten in unbarmherzigen Lärmstößen vorbei. Die Luft roch nach Abgasen und Benzin. Åse hatte noch nicht begriffen, dass wir gehalten hatten, um ihr ein Eis zu kaufen, sie schrie und zappelte, es war kaum möglich, sie zu tragen.

Aber als ich die Eistruhe in der Tankstelle öffnete und ein Wassereis herausholte, wurde sie still. Ich öffnete es für sie, sie steckte es in den Mund, und ich reichte dem Kassierer das Papier, damit er es scannen konnte. Ich bezahlte und ging wieder hinaus, und ein paar Minuten später nahmen wir die Abfahrt zum Einkaufszentrum.

Ich parkte auf dem Dach. Wir waren zu früh, und Åse war noch hypnotisiert von ihrem Eis, deshalb schaltete ich das Radio ein und wartete darauf, dass sie fertig wurde.

Ich dachte daran, worüber Helge gesprochen hatte, dass alles auf der Welt improvisiert und die Naturgesetze eigentlich nur Gewohnheiten waren.

Die Gedanken mussten nicht unbedingt wahr sein, nicht einmal wahrscheinlich, um ihn zu begeistern. Es reichte, dass sie neu waren.

Aber was war, wenn die Gedanken sich genauso verhielten?

Etwas wurde gedacht, und war es dann erst einmal gedacht worden, wurde es wieder und wieder gedacht, überall, und nach ein, zwei Generationen waren die Gedanken so eingedacht und von Gewohnheit geprägt, dass die Dinge, die sie in sich bargen, eine Art Naturgesetze waren.

Mutter hatte mir einmal erzählt, dass Großvater kurz vor seinem Tod gesagt hatte, »was macht dieser verdammte Jude im Fernsehen?«, als er den Politiker Jo Benkow in den Nachrichten gesehen hatte. Das hatte sie erschüttert, denn ihr Vater hatte sich nie zuvor antisemitisch oder in anderer Form rassistisch geäußert. Waren ihm solche Gedanken schon immer durch den Kopf gegangen und er hatte sie nur für sich behalten, weil er wusste, dass sie nicht angebracht waren, und nun, da er allmählich seine Orientierung verlor, traten sie offen zu Tage?

Diese Gedanken, alle Arten von Vorurteilen, waren schon so lange gedacht worden, dass sie ein Teil von uns waren, auch wenn wir sie nicht selbst entwickelt hatten. Deshalb waren sie so schwer zu überwinden. Und deshalb tauchten so selten neue Gedanken auf und wenn, dann stießen sie anfangs auf so großen Widerstand. Aber waren sie erst einmal gedacht, wurden sie wieder und immer wieder gedacht, bis die Gewohnheit auch sie ummantelte und sie nicht unbedingt Gesetze, aber doch mögliche Wahrheiten geworden waren.

Das machte einem Hoffnung, oder nicht?

Denn das Unmögliche, den Kurs der Welt zu verändern, wenn wir doch wie eine Motte schnurstracks ins Feuer steuerten, war dann nicht unmöglich. Ich dachte daran, den Regenwald zu retten. Ich dachte daran, fossile Kraftstoffe zu verbieten. Ich dachte daran, wie fürchterlich wir Tiere behandelten. Und wenn ich das tat, würden einige andere es auch tun und sich Muster bilden, immer mehr würden es denken, bis es zu einer Wahrheit wurde und wir nicht mehr umhinkamen, in Übereinstimmung mit ihr zu handeln.

Schlicht und ergreifend als eine Konsequenz aus der Natur der Gedanken, dass sie sich in Clustern sammelten und immer absoluter wurden.

Oder war das nur idealistisches Wischiwaschi?

Das Handy plingte. Es war Atle.

Stehe jetzt davor, schrieb er. *Bist du weit weg?*

Bin in fünf Minuten da!, antwortete ich und stieg aus dem Wagen, öffnete den Kofferraum und holte den Kinderwagen heraus, klappte ihn auseinander und setzte Åse hinein.

»Du siehst vielleicht aus!«, sagte ich.

Ihr ganzes Gesicht war mit Eis verschmiert, und die Brustpartie des Kleidchens war mit Eispampe bespritzt.

Ich nahm ein paar feuchte Tücher und wusch ihr das Gesicht. Dann hob ich sie hoch, saß mit den Füßen auf dem Boden vor dem Auto auf dem Sitz und setzte sie auf meinen Schoß, zog ihr das Kleidchen über den Kopf, suchte ein neues aus dem Rucksack und zog es ihr an, ehe ich sie in den Wagen zurücksetzte.

»Das hast du gut gemacht!«, sagte ich, setzte den Rucksack auf, legte die Tasche unter den Wagen und schob ihn zum Aufzug.

Hier würde ich fast alles bekommen. Später musste ich dann nur noch das Bild für ihn beim Rahmenmacher abholen. Aber das kann ich auch noch erledigen, wenn Mutter Åse hat, dachte ich, und stellte den Wagen so, dass Åse sich im Spiegel sehen konnte.

Ich drückte auf den Knopf für das Erdgeschoss und ging neben ihr in die Hocke, als die Türen zuglitten.

»Siehst du?«, sagte ich und zeigte. »Da sind wir zwei! Åse und Mama. Magst du mal winken?«

Sie schloss und öffnete die Finger der Hand auf ihre unfassbar süße Art.

Ich lachte und gab ihr einen Kuss auf die Wange und richtete mich wieder auf, schob den Wagen in die Eingangsetage und zum Vinmonopol, wo Atle wartete.

Er trug Khakishorts, weiße Schuhe und ein blaues Hemd. Die Sonnenbrille hing außen an der Hemdtasche. Die Haare waren zurückgekämmt, der Bart kurz gestutzt.

Wie Helge zu einem derart eitlen Sohn kam, war mir ein Rätsel.

»Hallo, Vibeke«, sagte er und musterte mich mit einem schnellen Blick, von dem er sicher dachte, man würde ihn nicht bemerken, von unten nach oben, für den Bruchteil einer Sekunde verharrte er bei meinen Brüsten, ehe er ein paar Schritte von der Wand auf mich zukam und mich umarmte. »Super Idee, dass du ihm eine Feier schenkst!«

»Ja, nicht wahr?«, sagte ich.

Åse starrte zu ihm hoch.

»Du bist aber hübsch«, sagte er und lächelte sie an.

Im Laden nahm er einen Einkaufswagen, während ich Åse schob.

»Der Koch hat uns angewiesen, entweder Barolo oder Barbaresco zu kaufen«, sagte ich. »Sollen wir vielleicht sieben von jedem nehmen?«

»Wie viele sind wir?«, fragte er.

»Vierzehn.«

»Ja, das sollte wohl reichen«, sagte er. »Welchen Barolo möchtest du haben?«

»Den da vielleicht?«, sagte ich und zeigte.

»Den teuersten?«, sagte er und lächelte. »Warum nicht den besten?«

»Mir gefällt der«, sagte ich.

»Na dann«, sagte er und hob sieben Flaschen herunter.

Warum habe ich ausgerechnet ihn gebeten, mir zu helfen, dachte ich. Mir graute schon vor der nächsten Wahl, die ich treffen musste.

Vielleicht konnte ich sie ja ihm überlassen.

»Ich bin nicht mit Wein und so aufgewachsen«, sagte ich. »Ich kenne mich also nicht besonders gut damit aus. Das hast du gemerkt, stimmt's?«

»Immerhin hast du nicht den zweitteuersten genommen«, sagte er. »Das machen Leute, die Geld haben, aber unsicher sind. Beim teuersten denken sie, dass er vulgär ist. Und dann denken sie, der zweitteuerste wird es auch tun.«

»Wenn du willst, kannst du den Wein aussuchen«, sagte ich.

»Ich habe auch nicht viel Ahnung«, sagte er. »Aber okay, kann ich machen.«

»Wir brauchen einen Dessertwein«, sagte ich. »Und Spirituosen für die Drinks. Gin und Wodka und Whisky. Reicht das?«

»Einen Cognac, vielleicht? Cognac trinkt er sehr gern.«

»Ja.«

Atle legte die Flaschen auf das Band, während ich die Karte aus dem Portemonnaie in der Tasche zog.

»Sieht er auf dem Kontoauszug nicht, dass du hier gewesen bist?«, fragte er. »Und kapiert, dass du vorhast, ihn zu überraschen?«

Sagte er das, um mich kleinzumachen? Oder fragte er sich das wirklich?

Ich schob die Karte in das Terminal und tippte den PIN ein.

»Wir sind nicht mehr in den Sechzigern«, sagte ich. »Weißt du, ich habe einen Job und so. Und ein eigenes Konto.«

Ich steckte die Karte wieder ein und begann, die Flaschen in Tüten zu räumen.

»Und selbst *wenn* ich das Konto deines Vaters genutzt hätte, bezweifle ich, dass er nachsehen würde. Das ist nicht sein Stil, oder?«

»Nein, da hast du wohl recht«, sagte er. »Er hat wenig Überblick über seine Finanzen.«

In dem Moment warf Åse ihren Teddy auf die Erde. Danach den Schnuller.

»Langweilst du dich?«, fragte ich sie, hob beides wieder auf und hielt die Sachen vor ihr hoch. Als sie energisch den Kopf schüttelte, legte ich sie unter den Wagen.

»Wir gehen bald«, sagte ich.

»Ich bin fertig«, sagte Atle und hielt die Tüten auf beide Hände verteilt.

»Vielleicht legen wir sie am besten ins Auto, bevor wir weitermachen«, sagte ich. »Du hast viel zu schleppen.«

»Wo steht dein Auto? Ich könnte sie schnell hinbringen, dann hast du keinen Stress mit dem Kinderwagen und allem.«

»Der Wagen steht auf dem Dach«, sagte ich und gab ihm den Schlüssel. »Gleich neben dem Aufzug.«

Mir schoss durch den Kopf, dass alle, die uns sahen, denken würden, wir gingen mit unserer Tochter einkaufen.

»Ich gehe schon mal ins Blumengeschäft«, sagte ich. »Wir sehen uns da!«

Als er aus meinem Blickfeld verschwunden war, rief ich Helge an.

»Wie geht es meinen Lieblingsfrauen?«, fragte er.

»Uns geht es gut«, sagte ich. »Wir sind im Einkaufszentrum.«

»Was macht ihr da?«

»Ach, ich dachte, ich kaufe ein paar Blumen. Es ist trotz allem dein Geburtstag. Und Åse hat ein Eis bekommen, das ihr sehr gut geschmeckt hat, und vielleicht gehen wir noch in ein Café. Und was machst du?«

»Ich weiß es nicht so genau«, sagte er. »Es ist zu heiß zum Arbeiten. Im Grunde hänge ich hier nur herum.«

»Habt ihr nicht eine Klimaanlage?«, fragte ich und blieb vor dem Blumenladen stehen.

»Doch, doch. Es geht eher um die Stimmung. Zu viel Sommer macht mich rastlos. Wo seid ihr genau? Ich könnte ja vorbeischauen. Hast du schon zu Mittag gegessen?«

»Wer isst um zehn Uhr zu Mittag?«

Er lachte.

»Stimmt, aber wie wäre es, wenn wir uns in einer Stunde treffen? Hältst du es in dem Inferno noch so lange aus?«

»*Ich* schon. Bei Åse sieht es schlechter aus.«

»Aber wir müssen ja auch gar nicht essen gehen, um uns zu treffen«, sagte er. »Wo seid ihr? Dann komme ich einfach jetzt zu euch. Ich könnte ein paar neue Hemden gebrauchen und vielleicht auch Shorts.«

»Du, Mister«, sagte ich. »Das passt jetzt nicht so gut.«

Es wurde still.

»Okay«, sagte ich. »Ich sag's dir jetzt einfach. Ich bin mit einem Geheimnis beschäftigt.«

»Oho, so ist das«, sagte er.

Jetzt würde er es erraten können, dachte ich und sah in der Ferne Atle aus dem Aufzug kommen.

»Es ist nur eine Kleinigkeit«, sagte ich. »Aber ich kann dir verraten, dass es etwas ganz Besonderes ist, und ich glaube, es wird dir gefallen. Das ist jedenfalls der Plan.«

»Solange es kein Kuchen ist, der die Form der Kirche von Malmö hat«, sagte er.

»Damit haben sie dich überrascht?«

»Jepp.«

Ich lachte, als Atle vor mir stehen blieb.

»Und, hat sie geschmeckt?«, sagte ich und legte den Zeigefinger auf den Mund.

»Ja.«

»Sie lieben dich«, sagte ich. »Das tue ich auch!«

Es fühlte sich alles besser an, als wir in den Blumenladen gingen. Er war voller Gladiolen, und ich kaufte einen großen Strauß ganz weißer, einen, in dem von Blassrosa bis Tiefrot alles vertreten war, und einen mit gelben, orangen, rosafarbigen und roten. Außerdem kaufte ich zwei Sträuße Anemonen, beide rot, weiß, lila und blau.

»Du lässt es wirklich krachen«, sagte Atle, der die Arme voller Blumensträuße hatte und darauf wartete, dass ich bezahlte.

»Die Lieblingsblumen deines Vaters sind Sonnenblumen«,

sagte ich. »Wir sollten ein paar kaufen, auch wenn sie nicht so gut zu den anderen passen.«

»Was sind deine?«, sagte er.

»Meine was?«

»Lieblingsblumen.«

»Was glaubst du?«, sagte ich. »Gladiolen natürlich.«

Als die Verkäuferin die Sonnenblumen eingeschlagen und ich bezahlt hatte, gingen wir in den Supermarkt und kauften Obst und Mineralwasser. Åse war es allmählich leid, sie wand sich im Wagen und ließ immer lautere Unmutsbekundungen hören, aber sie fuhr gerne Auto und wurde brav und ruhig und war voller fröhlicher Gurgellaute, als ich sie endlich in ihrem Kindersitz anschnallen konnte.

»Ich glaube, jetzt komme ich allein zurecht«, sagte ich zu Atle, als er die Blumen auf die Rückbank gelegt hatte.

»Ist ja wohl klar, dass ich dir helfe«, sagte er und stieg ein. »Ist doch stressig, das Ganze zu schleppen, wenn Åse dabei ist, nicht?«

»Ein bisschen«, sagte ich und lächelte. »Vielen Dank!«

Er setzte die Sonnenbrille auf und sah aus dem Seitenfenster, ohne etwas zu sagen, als wir zwischen den vielen großen, kastenförmigen Einkaufszentren hindurchfuhren.

Ich wusste eine Menge über ihn, aber alles, was ich wusste, hatte ich von Helge. Dagegen wusste ich wenig darüber, wie die Welt von seinem Standpunkt aussah.

Auf der Autobahn holte er sein Mobiltelefon heraus.

»Scheint so, als würde in der Stadt ein Serienmörder frei herumlaufen«, sagte er.

»Aha?«, sagte ich.

»Sie haben die Jungs von der Band gefunden, die verschwunden waren. Drei von ihnen sind ermordet worden. Der vierte wird vermisst.«

»Großer Gott«, sagte ich und warf einen Blick in den Seitenspiegel, bevor ich die Spur wechselte.

»Sie haben mit dem Feuer gespielt«, sagte er.

»Im wahrsten Sinne des Wortes«, sagte ich. »Haben die nicht auch Kirchen angezündet?«

»Ich glaube, das waren andere. Aber sie gehören zu denselben Kreisen.«

Er ließ das Fenster an seiner Seite herunter und legte den Ellbogen auf den Rahmen.

»Was hältst du von etwas Musik?«

»Was willst du hören?«, fragte ich.

»Etwas aus deiner Playlist. Irgendwas.«

»Okay«, sagte ich und schaltete das Album ein, dass ich als Letztes gehört hatte.

Er schlug den Takt der Musik mit der Hand.

»Beach House«, sagte er.

»Magst du sie?«

»Ja.«

Wir fuhren in den Tunnel, und er schloss das Fenster.

»Geht es dir gut da hinten«, sagte ich und tastete mit der Hand nach Åse.

»Ich fand deine Ausstellung sehr gut«, sagte Atle.

»Die Seele und der Wald?«

»Hattest du noch eine?«

Ich lachte.

»Nein, nicht allein.«

»Jedenfalls war sie echt smart. Ich war beeindruckt. Und damals wusste ich nicht einmal, wer du bist.«

»Vielen Dank, Atle«, sagte ich.

Es wurde still. Ich fuhr von der Autobahn ab und bremste, gelangte in die Straßen der Innenstadt, die voller Menschen waren, aber zum Glück waren nicht allzu viele Autos unterwegs. Als wir in die Straße kamen, in der wir wohnten, suchte ich unter der Handbremse mit einer Hand nach der Fernbedienung für das Garagentor, als seine Hand plötzlich meine berührte. Es war, als durchzucke mich ein Stromstoß.

»Hier ist sie«, sagte er und hielt mir die Fernbedienung hin.

Ich nahm sie und warf gleichzeitig einen kurzen Blick auf ihn. Er sah nach vorn, als wäre nichts passiert.

Es war sicher keine Absicht gewesen.

»Danke«, sagte ich, drückte auf die Fernbedienung und sah, wie zwanzig Meter vor uns das Tor langsam aufglitt.

»Wie ist es eigentlich, mit meinem Vater verheiratet zu sein?«, fragte er.

Ich warf einen Blick auf ihn, ehe ich bremste und in den ersten Gang hinunterschaltete, um sicher durch die schmale Einfahrt und die engen Räume dahinter zu kommen.

Was wollte er? Uns beide auf eine Wellenlänge bringen?

»Das geht streng genommen wohl nur deinen Vater und mich etwas an«, sagte ich und wandte mich um, weil ich in unsere Parklücke zurücksetzen wollte. Åse drehte gleichzeitig den Kopf und begegnete meinem Blick.

»Mamama!«, sagte sie.

»Hast du Mama gesagt?«, fragte ich. »Hast du das getan?«

»Mama!«, sagte sie wieder, diesmal mit triumphierender Stimme.

»Ich habe mich das einfach gefragt«, sagte er. »Es ist immer interessant, jemanden aus unterschiedlichen Blickwinkeln zu sehen. Vor allem, da er mein Vater ist.«

»Ja, das stimmt schon«, sagte ich. »Entschuldige, aber ich muss jetzt einfach eine SMS schreiben.«

Åse hat Mama gesagt!, schrieb ich und schickte die Nachricht an Helge.

Fantastisch!, schrieb er. *Das ist mein Mädchen!*

Ich legte das Handy in die Tasche zurück, schnallte mich ab und stieg aus, machte Åse los und drückte sie an mich, während Atle den Kofferraum öffnete und alle Tüten herausholte.

»Die Blumen hole ich gleich«, sagte er.

»Super«, sagte ich.

Oben in der Wohnung wechselte ich Åses Windel, während Atle die Flaschen auf die Kücheninsel stellte und wieder verschwand. Ich wollte, dass er ging, aber der Höflichkeit halber musste ich ihn fragen, ob er einen Kaffee oder etwas anderes trinken wollte, schließlich hatte er den ganzen Vormittag damit verbracht, mir zu helfen.

»Wo soll ich sie hinbringen?«, fragte er und stand mit den Armen voller Blumensträuße in der Tür.

»Leg sie einfach neben die Flaschen«, sagte ich.

»Soll ich sie nicht in Wasser setzen?«

»Das mache ich gleich«, sagte ich. »Du hast mir schon so viel geholfen.«

»Ach was«, sagte er. »Das tue ich doch gern.«

»Das brauchst du nicht«, sagte ich. »Aber möchtest du eine Tasse Kaffee oder etwas anderes? Eine kalte Cola light? Oder ein Bier?«

»Da sage ich nicht Nein«, antwortete er. »Also zu einem Bier.«

Åse saß vor ihrer großen Schatulle und öffnete und schloss die Schubladen eine nach der anderen. Dann schaute sie sich nach etwas um, das sie hineinlegen konnte. Sie nahm ein Plastikpferd und versuchte, es hineinzuzwängen, aber es war zu groß, und sie sah mich fragend an.

Ich zog die Feder auf der Rückseite auf, woraufhin die Balletttänzerin anfing, sich zu drehen und die Musik spielte. Sie schloss den Deckel, und die Musik hörte auf.

Atle betrachtete die Bilder an der Wand.

»Das hast du also nicht gewollt«, sagte ich. »Du willst ein paar Sachen haben, die du in die Schubladen legen kannst!«

Ich suchte ein paar kleine Tiere, Figuren und Klötze heraus und legte alles neben sie.

»Ich bin mit diesen Bildern aufgewachsen«, sagte Atle. »Aber ich habe sie mir bis jetzt nie richtig angesehen.«

»Nn«, sagte Åse und öffnete eine der Schubladen.

»Und, gefallen sie dir?«, fragte ich und ging an ihm vorbei in die Küche.

»Ja«, sagte er. »Vor allem Gustav Aase.«

»Das Vogelbild?«

»Ja, es ist schon unglaublich. Als ich klein war, hatte ich Angst vor diesem Vogel.«

»Das wundert mich nicht«, sagte ich und holte eine Dose Carlsberg aus dem Kühlschrank.

Das Gemälde stellte einen riesigen schwarzen Vogel dar, der mit offenem Schnabel den Kopf zum Himmel reckte. Er ragte hoch über die Menschen auf dem Bild hinaus, die winzig klein waren.

»Hier«, sagte ich und gab ihm das Bier.

Er nahm es mit der einen Hand, legte seine andere leicht auf meinen Oberarm.

»Vielen Dank«, sagte er und sah mir in die Augen.

Ich wich einen Schritt zurück, sah zu Åse hinüber, die kniete und uns ansah.

Er lächelte, trank einen Schluck, wandte sich wieder dem Bild zu.

Ich konnte nichts sagen, er hatte nichts getan. Sagte ich etwas, würde er erklären, ich sei hysterisch. Er war nur freundlich gewesen.

»Ich glaube, ich lege Åse hin«, sagte ich. »Sie ist müde.«

»Tu das«, sagte er. »Ich setze mich so lange auf die Terrasse.«

Ich hob sie hoch, und sie legte den Kopf schwer auf meine Schulter.

»Jetzt schläfst du ein bisschen«, sagte ich und trug sie zur Treppe. Leise, damit Atle es nicht hörte, sagte ich:

»Kannst du Mama sagen?«

»Ma-ma!«, sagte sie.

»Oh, du kleiner Stern!«, sagte ich und drückte sie an mich.

Sie war wirklich müde, ließ sich hinlegen, ohne zu protestieren. Ich schaltete die Klimaanlage ein, zog die Jalousien herunter, ging ins Bad und wusch mir das Gesicht mit kaltem Wasser.

Atle saß rauchend auf der Terrasse und hielt die grüne Dose in der Hand.

»Ist sie eingeschlafen?«, fragte er.

»Fast«, sagte ich und setzte mich auf den Stuhl auf der anderen Seite der Türöffnung.

»Trinkst du keins?«, fragte er.

Ich schüttelte den Kopf.

»Ich schätze, heute Abend wird noch genug getrunken.«

»Und er ahnt nach wie vor nichts?«

»Nein. Ich glaube nicht, dass er es erraten hat, nein.«

Es wurde still.

Ich sehnte mich nach etwas zu trinken, aber wenn ich mir jetzt eine Cola holte, würde das die Situation nur verlängern.

Er stellte die Dose auf den Boden. Ich hörte, dass sie leer war.

Ich stand auf.

»Ich muss noch einiges vorbereiten«, sagte ich.

»Ich kann dir gerne helfen«, sagte er.

»Das ist nett von dir«, sagte ich. »Aber ich brauche auch ein bisschen Zeit für mich, bevor die Gäste kommen.«

»Ich habe den Wink verstanden«, sagte er und lächelte. Dann drückte er die Zigarette aus und stand auf.

Ich folgte ihm in den Flur.

»Danke, dass du mir geholfen hast, Atle«, sagte ich.

Er trat zu mir und umarmte mich.

Strich mir mit der Hand über den Rücken.

Presste mich fest an sich.

»Atle«, sagte ich und versuchte, mich freizumachen.

»Ja«, sagte er und küsste mich auf den Mund.

»Was *tust* du?«, sagte ich und riss mich los. »Bist du verrückt geworden? Verdammter Idiot!«

»Ich habe gedacht, du magst mich«, sagte er. »Da habe ich mich wohl geirrt.«

»Ich bin deine Stiefmutter!«, sagte ich.

»Technisch gesehen, ja«, sagte er. »Aber ehrlich gesagt bin ich älter als du.«

»Du solltest jetzt besser gehen«, sagte ich.

»Ja, das tue ich«, sagte er und drehte sich um, öffnete die Tür und trat in den Hausflur. Blieb stehen.

»Erzähl Vater nichts davon«, sagte er. »Bitte.«

Ich schob wortlos die Tür zu und schloss sie ab.

Ich wollte nicht weinen, aber ich tat es.

Weinte, als ich durch die Wohnung ging und die Treppe hochstieg, um zu duschen. Das Ganze abzuwaschen.

Was an meinem Verhalten hatte ihn dazu veranlasst zu glauben, dass er mich haben konnte?

Ich schloss die Tür zu dem Zimmer, in dem Åse schlief, zog mich aus, drehte die Dusche an und stellte mich darunter.

Warum hatte er das getan?

Was an mir hatte ihn dazu verleitet, so etwas zu denken?

Ich konnte es Helge nicht erzählen. Er wäre am Boden zerstört.

Ich seifte den ganzen Körper ein, wusch mir die Haare, spülte die Seife ab, trocknete mich ab, hängte das Handtuch auf und ging vorsichtig ins Schlafzimmer.

Sie schlief regungslos, ihre schmale Brust hob und senkte sich wie ein kleiner Blasebalg.

Er war ihr Bruder.

Hol ihn der Teufel.

Ich suchte ein weißes Baumwollkleid heraus.

Aber es war an den Oberschenkeln zu kurz und zu tief ausgeschnitten, so dass ich keine Lust hatte, es anzuziehen. Ich entschied mich stattdessen für Shorts und eine Bluse.

Wieder in der Küche schnitt ich die Enden der Blumenstiele ab, dünnte die Blätter aus und stellte die Blumen in Vasen.

Schön waren sie jedenfalls.

Ich wollte gerade die Tischdecke holen und bügeln, als mir der Kuchen einfiel. Je länger er mit Creme und Füllung ruhte, desto besser schmeckte er, hatte seine Mutter gesagt.

Ich stellte die Flaschen auf der Arbeitsplatte an die Wand, zog das größte Schneidebrett heraus, legte es auf die Kücheninsel, schnitt die Tortenböden vorsichtig in drei Teile und legte sie nebeneinander, damit ich wusste, welcher wohin gehörte.

Dann schlug ich die Creme auf.

Schaltete das Rührgerät regelmäßig aus, um zu hören, ob Åse aufgewacht war.

Als die Creme fertig war, musste ich in den Keller, um die Marmelade und die Beeren zu holen.

Das hätte ich besser schon früher getan. Jetzt war die Gefahr, dass Åse aufwachte, während ich unten war, größer.

Aber es würde nur ein paar Minuten dauern, höchstens fünf.

Ich rührte mich nicht und lauschte.

Oben war alles still.

Okay.

Ich nahm den Schlüssel zum Kellerverschlag aus der Schale auf der Bank neben der Wohnungstür, wartete ein paar Sekunden auf den Aufzug, sah aus dem Fenster, der Rasen zum Hof hinab war leer und voller Licht. Drückte auf den Knopf zum Keller. Wenn sie aufwachte, würde das nicht weiter schlimm sein, ein paar Minuten allein im Zimmer würden ihr schon nicht schaden.

In dem großen Kellerraum, wo die Verschläge der einzelnen Wohnungen lagen, gingen automatisch alle Lampen an der Decke an, als ich aus dem Aufzug trat.

Aber was war das?

Die Tür zu unserem Keller stand offen.

War eingebrochen worden?

Ich schob den Kopf hinein, um nachzusehen.

Auf dem Boden lag eine Gestalt.

Ein Penner oder Drogensüchtiger.

Hauptsache, er war nicht tot.

Ich machte das Licht an und trat vorsichtig ein.

Es war ein junger Mann.

Ich ging neben ihm in die Hocke.

Er atmete.

Schlief sicher seinen Rausch aus.

Aber hier konnte er nicht liegen bleiben.

Ich richtete mich auf.

Was sollte ich tun?

Das Telefon war oben. Und Åse konnte ich auch nicht länger allein lassen.

Einfach abschließen und die Polizei rufen?

Er war um die zwanzig. Sah eigentlich nicht wie ein Drogensüchtiger aus.

Bestimmt ein Student, der zu viel getrunken hatte.

Ich beugte mich erneut vor, legte die Hand auf seine Schulter und rüttelte ihn. Er schlug die Augen auf. Als er mich sah, rutschte er wie ein Tier zur Wand.

»Sie können hier nicht schlafen«, sagte ich.

»Hilf mir«, flüsterte er. »Du musst mir helfen.«

ARNE

Mitten in der Nacht wurde ich davon wach, dass ich pissen musste. Eine Zeitlang versuchte ich, dagegen anzukämpfen und weiterzuschlafen, aber der Druck in meiner Blase wurde immer größer, und am Ende stand ich auf und ging nach unten. Statt ins Bad ging ich in den Garten und pisste auf die Rosen in dem Beet mitten im Rasen. Das machte ich manchmal, wenn alle schliefen, es gab mir ein Gefühl von Freiheit, oder vielleicht eher von Besitzrecht; mir gehörte das Haus, mir gehörte der Garten, hier konnte ich tun und lassen, was ich wollte.

Es war so warm, dass es keinen Unterschied zwischen drinnen und draußen gab. Die Haut war feucht, obwohl ich nur eine Unterhose anhatte. Der neue Stern schien am schwarzen Nachthimmel, so viel heller als alle anderen, und sein Licht schimmerte bis hier unten schwach in der Vegetation.

Ich muss mich in Zukunft zusammenreißen, dachte ich, während die Pisse auf die Blumen vor mir plätscherte und ich den Strahl nach und nach ein wenig verschob, damit das Geräusch keinen weckte. Was ich am Abend getan hatte, war wirklich nicht in Ordnung gewesen.

Ich war überhaupt nicht mehr betrunken, hatte aber Kopfschmerzen, die bei jeder Bewegung stärker wurden.

Als ich fertig war, öffnete ich die Tür zu ihrem Atelier, um nachzusehen, ob sie noch schlief.

Sie lag noch in derselben Körperstellung wie zuvor. Ihr Mund stand offen, und sie schnarchte ein bisschen. Das war gut. Das war sehr gut. Schlaf zog sie wieder auf die Erde herunter, und ich brauchte sie jetzt hier. Übermorgen wollten wir nach Hause fahren. Nicht nur die Schule fing wieder an, sondern auch mein Semester.

Ich brannte darauf, wieder zu arbeiten. Eigentlich hatte ich vorgehabt, in diesem Sommer an meinem Buch zu schreiben, aber daraus war nichts geworden.

Es wurde nie etwas daraus.

Es lag nicht an meinen Fähigkeiten. Was mir fehlte, war der Wille, der unbedingte Wille.

Aber Vorlesungen halten konnte ich. Und *über* Literatur zu schreiben, fiel mir leicht. Beides beherrschte ich im Schlaf.

Ich schlich mich in das angrenzende Zimmer.

Der abgeschnittene Katzenkopf lag noch da.

Verflucht, sah das makaber aus.

Die leeren Augen, das Katzengrinsen, das Blut.

So etwas hatte sie noch nie getan.

Vielleicht besser, ihn jetzt loszuwerden, bevor die Kinder aufwachten und ihn womöglich sahen?

Ich holte einen schwarzen Müllsack, gelbe Putzhandschuhe, eine Sprühflasche mit Putzmittel und einen Lappen aus der Küche, füllte einen Eimer mit heißem Wasser und kehrte zurück. Sie schlief, verloren für diese Welt, aber ich schloss trotzdem die Tür, ehe ich die Handschuhe anzog, den Kopf vorsichtig mit beiden Händen nahm und gleichzeitig versuchte, jeden Gedanken zu verdrängen. Dennoch wurde der Kranz aus Fell an den Schädel gedrückt, so dass mir der Gedanke kam, dass er kleiner war, als er aussah, als ich ihn in die Tüte fallen ließ. Die toten, gelben Augen, die blutige Schnittfläche in den schwarzen Haaren, das leise Plumpsen, als er in der Tüte auf den Boden schlug.

Ich wischte schnellstmöglich das Blut weg, leerte das Wasser auf dem Rasen aus, holte den Spaten und ging mit der Tüte zu den Johannisbeersträuchern. Im Haus schien alles still zu sein.

Ich legte die Tüte ab und stach den Spaten in die Erde, wo ich das Kätzchen begraben hatte. Sie waren ja Mutter und Kind, und ich fand, dass sie im selben Grab liegen sollten. Es war ein sentimentaler und dummer Gedanke, aber es gab keinen Grund, ihm nicht zu folgen.

Hier war ja nur ich.

Als ich das dachte, kam es mir im selben Moment so vor, als wäre ich eben nicht allein.

Es war ein intensives Gefühl, und ich richtete mich auf.

Ich empfand es nicht so, als stünde jemand im Dunkeln und behielte mich im Auge. Ich empfand es eher so, als wäre jemand in meinem Inneren.

Als würde ich von innen gesehen.

»Drehst du jetzt völlig durch«, sagte ich leise und presste den Spaten durch den Rindenmulch und in die festere Erde. Schaufelte die Erde auf einen Haufen daneben. Nach ein paar Minuten war das Loch etwa einen halben Meter tief.

Das Kätzchen war nicht da. Anscheinend hatte ich an der falschen Stelle gegraben, die Grube liegt wahrscheinlich etwas weiter hinten, dachte ich, hob die Plastiktüte hoch und wollte den Kopf schon herausschütteln, als ich es mir anders überlegte und ihn stattdessen vorsichtig heraushob. Es gab keinen Grund, es ohne jede Würde zu tun.

Wenn das Kätzchen doch noch gelebt und es geschafft hatte, sich herauszuwühlen?

Selbst wenn es noch gelebt hätte, wäre es dazu niemals fähig gewesen, dachte ich, bückte mich und legte den Katzenkopf in die Grube. Dann ging ich den Rest des Körpers in den Sträuchern an der Hauswand holen, legte den Rumpf neben den

Kopf, so natürlich, wie es eben ging, und füllte das Loch wieder mit Erde.

Nachdem ich alles weggeräumt hatte, wusch ich mir am Waschbecken im Bad die Hände. Danach ging ich in die Küche, nahm ein paar Scheiben Salami aus dem Kühlschrank, rollte sie zusammen und stopfte sie mir in den Mund.

Das Gefühl, dass jemand alles sah, was ich tat, und alles wusste, was ich dachte, war immer noch da.

Wenn das eine Prüfung ist, werde ich sie nicht bestehen, dachte ich und lächelte.

Hatten wir nicht auch Schokolade?

Ich öffnete den Schrank neben mir. Ganz hinten stand eine Schale mit Süßigkeiten für die Kinder, ich hatte sie hinter die Mehltüten gestellt, damit sie nicht so leicht zu finden war, und darin lag unter anderem eine halbe Rolle Krokantschokolade, die ich mir auch noch in den Mund stopfte und auf dem Rückweg zu meinem Zimmer kaute.

Erst da fiel mir wieder das verbliebene Kätzchen ein.

Zum Glück hatte ich die Tür zugemacht, es war also noch da.

Ich bückte mich und lugte unter das Bett. Es lag zusammengerollt in der Ecke, schlief aber nicht, ich erahnte die winzigen Augen in dem kleinen, schwarzen Knäuel.

»Ps ps ps«, sagte ich.

Das Kätzchen rührte sich nicht.

»Du sollst einen Namen bekommen«, sagte ich. »Du bist hier jetzt nämlich die älteste Katze. Okay?«

Ich richtete mich auf, legte mich ins Bett und faltete die Hände auf der Brust.

»Fragst du dich da unten, wie du heißt?«, sagte ich. »Mephisto, so heißt du. Weil du ganz schwarz bist.«

Ich schloss die Augen und schlief praktisch sofort ein, denn das Nächste, woran ich mich erinnerte, war ein Zimmer voller Licht und dass aus dem Wohnzimmer unter mir laute Stimmen zu mir hochdrangen.

Es waren die Zwillinge, die sich stritten.

Ich stand auf und zog die Vorhänge zur Seite. Die Sonne strahlte an einem vollkommen blauen Himmel, kein Windhauch bewegte die Blätter an den Bäumen.

Ich holte Shorts und ein kurzärmliges Hemd aus dem Schrank, zog mich an und ging zu ihnen hinunter.

Heming saß im Korbsessel und schmollte, Asle saß mit dem iPad im Schoß auf der Couch und spielte.

»Wie geht es euch, Leute?«, fragte ich.

»Gut!«, sagte Asle und sah Heming herausfordernd an.

»Was ist mit dir?«, fragte ich und zerzauste ihm die Haare.

»Asle hat das Ladekabel genommen, obwohl ich es hatte«, sagte er.

»Wie viel Prozent hast du denn noch?«, fragte ich.

»Drei.«

»Und du, Asle?«

Er zuckte mit den Schultern.

»Keine Ahnung.«

»Siehst du bitte mal nach?«, sagte ich.

»Mache ich«, sagte er. »Vierzehn.«

»Dann gibst du Heming das Ladekabel. Wenn er bei vierzehn Prozent ist, bekommst du es zurück.«

»Aber das ist *mein* Ladekabel, Papa«, sagte er. »*Sein* Ladekabel ist kaputtgegangen. Warum soll ich darunter leiden?«

»Leidest du wirklich darunter?«, fragte ich. »Aber davon einmal abgesehen bestimme ich in diesem Haus. Du tust also, was ich dir sage. Verstanden?«

»Ja, ja«, sagte er und zerrte so an dem Kabel, dass der Kontakt aus dem Stecker gerissen wurde.

»Nein, nein, was tust du denn da!«, sagte ich. »Du musst deine Sachen ordentlich behandeln!«

Er stand demonstrativ auf und ging mit dem iPad in den Händen aus dem Zimmer, das Ladekabel blieb auf dem Boden liegen.

»Hast du schon gefrühstückt?«, sagte ich zu Heming, der sich dorthin setzte, wo sein Bruder bis jetzt gesessen hatte.

Er schüttelte den Kopf.

»Asle auch nicht?«

»Nein«, sagte er.

»Dann mach ich uns Frühstück«, sagte ich.

»Okay«, sagte er, ohne vom Bildschirm aufzuschauen.

Jemand ging die Straße entlang, und ich lehnte mich vor, um zu sehen, wer es war.

Kristen, natürlich. In dem blauen Overall, in dem er immer herumlief. Einem dünnen im Sommer, einem dicken und gefütterten im Winter. In jeder Hand trug er eine Einkaufstüte. Er ist wirklich noch unglaublich rüstig, dachte ich, er war doch bestimmt an die achtzig?

Ich drehte mich wieder zu Heming um.

»Du?«, sagte ich.

»Mhm?«, sagte er.

»Wie war es hier gestern, als ich unterwegs war?«

»Schlimm«, sagte er, während sein iPad blippte und piepte.

»Warum war es schlimm?«, fragte ich.

»Das weißt du doch«, sagte er.

»Nein«, sagte ich. »Ich war ja nicht hier?«

»Mama war so komisch«, sagte er. »Sie hat die ganze Zeit das Gleiche gesagt.«

»Mama ist ein wenig krank«, sagte ich. »Das passiert, wenn sie nicht schlafen kann. Es ist ein bisschen so, als würde sie schlafwandeln, findest du nicht?«

»Ja«, sagte er.

»Man muss keine Angst davor haben«, sagte ich.

»Das weiß ich«, sagte er.

»Außerdem war Ingvild ja hier«, sagte ich. »Das hat doch bestimmt ein bisschen geholfen?«

»Ein bisschen«, sagte er.

»Okay«, sagte ich. »In einer Viertelstunde gibt es Frühstück!«

Eigentlich hätte ich zu Asle gehen und mit ihm über sein Verhalten sprechen sollen, aber das musste warten, es erschien mir wichtiger herauszufinden, wie es Tove ging.

Ich trank in der Küche ein Glas Wasser, öffnete beide Fenster ganz, um den Raum mit Sommer zu füllen, und ging zum Gästehaus hinüber, das verwaist war.

Wahrscheinlich ist sie spazieren gegangen, dachte ich und setzte mich an den Tisch im Garten; ich wollte auch vom Sommer erfüllt werden. Alles auslüften, was gestern und in der Nacht passiert war.

Wenn wir morgen nach Hause fahren wollten, musste ich bald anfangen zu packen und aufzuräumen und zu putzen.

Ich sah zu den Sommerhäusern auf der anderen Seite der Bucht hinüber, wo in diesem Moment ein Auto glänzend dahinglitt, und zu dem blauen, sonnenglitzernden Meer dahinter.

Aber verflixt nochmal: das Kätzchen!

Ich hatte es völlig vergessen.

Hoffentlich war die Tür oben zu.

Wie sollte ich den Kindern erklären, dass nicht nur das eine Katzenjunge tot war, sondern auch dessen Mutter Sophi?

Ich wollte nicht mehr lügen.

Aber dass ein Dachs sie getötet hatte, war vielleicht zu brutal. Erst recht, weil es direkt am Haus passiert war.

Unten auf den Uferfelsen sah ich Tove näher kommen, und in den fünf Minuten, die sie benötigte, um den Garten zu erreichen, war ich von den unterschiedlichsten Gefühlen für sie erfüllt.

Sie ging schnurstracks, ohne mich wahrzunehmen, am Tisch vorbei und in ihr Atelier. Sie trug ein weißes Hemd, beige Shorts und Holzschuhe. Ich stand auf und folgte ihr. Sie lief umher, war ganz in ihrer eigenen Welt. Die Holzschuhe trampelten über den Fußboden.

»Tove«, sagte ich. »Wir müssen uns unterhalten.«

Sie sah mich, sozusagen im Vorbeigehen, an.

»Bist du sicher?«, sagte sie und verließ das Haus.

Ich folgte ihr, ging neben ihr über den Rasen.

»Wir wollen morgen ja nach Hause fahren«, sagte ich.

»Bist du sicher?«, sagte sie.

»Natürlich bin ich sicher«, sagte ich.

Sie ging die Auffahrt hinab und auf die Straße.

»Entschuldige«, sagte sie.

»Es gibt nichts, wofür du dich entschuldigen musst«, sagte ich.

»Bist du sicher?«, sagte sie.

»Tove«, sagte ich. »Kannst du nicht mit ins Haus kommen?«

»Ich weiß es nicht«, sagte sie.

»Ich glaube, es ist besser, wir fahren ins Krankenhaus.«

»Bist du sicher?«

Ich legte die Hand auf ihre Schulter, um sie aufzuhalten. Sie ging einfach weiter.

»Wo willst du hin?«, fragte ich.

»Ich weiß es nicht«, sagte sie.

Ich blieb stehen. Ich wollte keine Gewalt anwenden, jedenfalls nicht, solange die Kinder zu Hause waren.

Sie war schon einige Meter entfernt.

»Tove«, sagte ich laut. »Komm jetzt bitte mit ins Haus!«

»Bist du sicher«, schien sie zu sagen.

Es war nicht ganz ungefährlich, sie gehen zu lassen, denn sie scherte sich um nichts, lief einfach immer weiter. Aber mir blieb nichts anderes übrig.

Ich sollte sie wohl besser ins Krankenhaus fahren.

Die Frage war nur, ob es ihr dafür schlecht genug ging. Was sollte ich ihnen sagen? Dass sie die ganze Zeit durch den Garten lief? Und dass es unmöglich war, zu ihr durchzudringen?

Sie hatte schließlich nichts *getan*.

Ich ging wieder hinein, holte das Handy aus dem Schlafzimmer, stellte mich in den Garten und wählte Mutters Nummer.

»Hallo, wie geht es dir?«, fragte ich, als sie sich meldete.

»Hallo, Arne«, sagte sie. »Hier ist alles in Ordnung. Es war so schön, dass Ingvild mich besucht hat. Sie ist ein tolles Mädchen.«

»Das ist sie«, sagte ich.

»Und wie geht es euch? Das ist interessanter!«

»Deshalb rufe ich an«, sagte ich. »Tove geht es ziemlich schlecht, ich denke, ich muss mit ihr ins Krankenhaus fahren. Aber ich bin mir nicht sicher. Das ist so drastisch. Außerdem ist es gut möglich, dass es ihr wieder besser geht, wenn sie sich ausschläft.«

»Was heißt das, es geht ihr schlecht?«

»Ich dringe nicht mehr zu ihr durch. Sie läuft hier nur herum, ist ganz in sich versunken.«

»Und die Kinder sind da?«

»Ja, natürlich.«

»Arne, du musst sie wegbringen. Es ist das Beste für sie selbst, aber auch für die Kinder.«

»Ja, du hast sicher recht«, sagte ich. »Aber ich kann sie hier nicht allein lassen. Könntest du herkommen und auf sie aufpassen?«

»Das verstehe ich. Ich komme sofort. Soll ich was mitbringen?«

»Nein. Vielleicht ein paar Pflaumen für die Kinder?«

»Mache ich. Dann bis gleich. Und viel Glück.«

Ich legte auf und sah zum Haus hinüber. Die beiden offenen Küchenfenster sahen aus wie eine Art Flügel, fiel mir auf. Als wäre das Haus dort nur kurz gelandet und würde bald abheben und weiterfliegen.

Ingvild.

Ich ging hinein und klopfte an die Tür zu ihrem Zimmer.

»Herein«, sagte sie.

Sie lag bäuchlings auf dem Boden, die Füße angehoben, und schminkte sich vor dem Spiegel.

»Hallo«, sagte ich.

»Hallo«, sagte sie.

»Mama geht es nicht so gut«, sagte ich. »Ich denke, sie muss eine Weile ins Krankenhaus.«

»Habe ich mir schon gedacht«, sagte sie, und ich sah im Spiegel, wie sie ihre Wange pinselte und zugleich den Mund zu einem kleinen O formte.

»Oma kommt gleich, um auf die Zwillinge aufzupassen.«

»Gut«, sagte sie.

»Du bist nicht wütend auf mich?«, sagte ich und lächelte, als unsere Blicke sich im Spiegel begegneten.

»Ich bin alles Mögliche, was dich angeht«, sagte sie und sah in das Schminkköfferchen, das vor ihr stand.

»Aha«, sagte ich.

»Aber jetzt müssen wir an Mama denken, stimmt's?«, sagte sie.

»Da hast du recht«, sagte ich. »Ich wollte mich nur für gestern entschuldigen. Dafür, dass ich dich hier allein gelassen habe.«

Sie blieb stumm, formte den Mund zu einem etwas größeren Kreis und legte Lippenstift auf.

»Ich komme zurück, so schnell ich kann«, sagte ich.

»Fahren wir morgen, auch wenn Mama hier im Krankenhaus ist?«

»Das habe ich noch nicht endgültig entschieden«, sagte ich. »Aber wir müssen ja nach Hause.«

Sie schob sich auf die Knie hoch und steckte den Lippenstift in die Hülle. Legte ihn in den Schminkkoffer, stand auf und ging zum Bett.

»Ansonsten geht es dir gut?«, fragte ich.

»Ja«, sagte sie. »Ganz toll.«

Sie setzte ein künstliches Lächeln auf, griff nach einem Buch, das auf der Fensterbank lag, und begann zu lesen.

Ich sah sie einige Sekunden an, aber als sie in der gleichen Stellung sitzen blieb und einfach weiterlas, ging ich hinaus und machte hinter mir die Tür zu. Blieb regungslos im Flur stehen und wusste nicht, was ich tun sollte.

Ich konnte Tove folgen und sie ins Haus schaffen. Aber sie würde nur wieder hinausgehen, und ich konnte sie ja schlecht einsperren.

Ich musste mit den Kindern auch noch darüber sprechen, dass die Katze tot war. Sie hätte uns im Auto begleiten sollen, ich musste es ihnen also rechtzeitig vor unserer Abreise erzählen.

Aber im Moment konnten wir nicht noch mehr erregte Gefühle gebrauchen.

Vielleicht sollte ich anfangen zu packen, bis Mutter kam. Dann konnte ich Tove suchen und ins Krankenhaus fahren, und den Rest packen, wenn ich zurückkam.

Es gefiel mir nicht, dass Ingvild wütend auf mich war, aber es hatte keinen Zweck, mit ihr zu reden, Worte halfen im Moment nicht weiter. Es brauchte einfach ein bisschen Zeit, dann würde es von selbst vorübergehen. Ich verstand ihre Reaktion, denn was ich getan hatte, war wirklich nicht in Ordnung gewesen, aber sie betrachtete es nur aus ihrem Blickwinkel und hatte keine Ahnung, wie es aus meinem aussah. Welche Gründe ich für mein Handeln hatte, und wie viel davon schlichtweg Pech und schlechtes Timing gewesen waren, dachte ich und ging in die Küche, schüttete etwas Nescafé in eine Tasse, füllte sie mit heißem Wasser aus dem Hahn und nahm den Kaffee mit in den Garten, zu dem Tisch, der inzwischen im Schatten der Weide stand.

An einem normalen Tag wäre ich mit ihnen irgendwo schwimmen gegangen. Hätte den ganzen Tag am Meer verbracht.

Eine Schande, dass sie an einem Tag wie diesem nur drinnen hockten. Es waren mindestens dreißig Grad.

Und wenn ich das Badmintonnetz spannte? Wenn sie erst einmal spielten, hatten sie immer viel Spaß dabei. Außerdem regte sich kein Lüftchen. Und ich konnte packen, während sie spielten.

Zwischen den beiden Häusern tauchte Tove auf. Ohne mich oder irgendetwas um sie herum anzusehen, ging sie ins Haupthaus. Unmittelbar darauf trat sie wieder ins Freie, ging am Gästehaus vorbei und durch das Tor auf der Seite hinaus.

Was wohl in ihr vorging?

Ich sah auf die Uhr. Wenn sie tatsächlich sofort losgefahren war, wie sie versprochen hatte, würde Mutter in vierzig Minuten hier sein.

Ein scharrendes Geräusch veranlasste mich, den Kopf zu drehen. Wieder flitzte ein Eichhörnchen über die Wand, diesmal jedoch gefolgt von einem zweiten. Auf das Fensterbrett und über das Dach liefen sie mit ihren flatternden Schwänzen und geschmeidigen Leibern.

Plötzlich fiel mir etwas ein, was ich diese Nacht geträumt hatte. Klar und deutlich stand es mir vor Augen: Ich hatte im Bett gelegen und gehört, dass irgendwo im Haus jemand sang, unten, und ich war hinuntergegangen, hatte die Tür zur Küche geöffnet, und dort hatte, auf dem Fußboden, die Katze gesessen und gesungen.

Watch the sunrise, sang sie.

Sun, it shines on all of us.

Ich lächelte und stand auf. Sie hatte nicht nur auf Englisch gesungen, sie hatte auch ihren Kopf noch gehabt und zufrieden, ja fröhlich gewirkt.

Ich öffnete die Tür zum Schuppen, blieb einen Augenblick stehen, um meine Augen an die Dunkelheit zu gewöhnen, hob das Netz und den dünnen Ständer aus dem Regal, es war sehr verfranst, fast wie ein Fischernetz, und ich trug es auf den Rasen und begann es zu entwirren. Pflanzte den einen Pfosten im Rasen auf, entfaltete das Netz und straffte es, ehe ich den zweiten Pfosten in die Erde steckte und die Schläger und Federbälle holen ging.

»Asle und Heming!«, rief ich ins Haus.

»Ja?«, sagte Asle von oben. »Was ist?«, kam aus dem Wohnzimmer.

»Ihr habt lange genug drinnen gesessen!«, rief ich. »Kommt raus und spielt Badminton!«

Ich meinte, sie seufzen zu hören, als sie ihre Bildschirme weglegten. Aber ich wusste, in ein paar Minuten würden sie ganz bei der Sache sein und nichts anderes mehr tun wollen.

»Oma kommt gleich«, sagte ich, als sie in den Flur traten. »Aber ihr habt immerhin noch eine halbe Stunde Zeit, um zu spielen.«

»Oma kommt?«, fragte Heming.

Ich nickte.

»Warum denn das?«, sagte Asle.

»Warum hast du uns das nicht erzählt?«, fragte Heming.

»Sie passt auf euch auf«, sagte ich. »Ich fahre Mama gleich ins Krankenhaus. Sie muss sich da ausruhen und erholen.«

»Kann sie nicht hier schlafen?«, fragte Asle und setzte sich auf die Treppe, um sich die Schuhe anzuziehen.

»Nein«, sagte ich. »Aber das macht sie dann im Krankenhaus. Es ist nichts Ernstes.«

»Kriegen wir eine Limonade?«, fragte Heming, der seine Schuhe niemals zuband, nur die Füße hineinsteckte und an ihren Platz ruckelte. Ich hatte ihn gebeten, das nicht mehr zu tun, weil es so nachlässig wirkte, und eine Weile hatte er sich die Schuhe tatsächlich zugebunden, aber dann hatte es sich wieder eingeschlichen.

Er warf einen kurzen Blick zu mir hoch, als er es tat, es war also nicht so, dass er es vergessen hatte.

»*Kriegen* wir jetzt eine Limo, Papa?«, sagte Asle und stand auf. »Bei der Hitze?«

»Wenn Oma da ist«, sagte ich.

»Okay«, sagte er und ging dicht gefolgt von Heming in den Garten.

Sobald sie in Schwung gekommen waren, ging ich nach oben, um zu packen. Als ich die Schlafzimmertür sah, fiel mir zum dritten Mal ein, dass dahinter das Kätzchen war. Es ist wirklich unglaublich, dass ich es immer wieder vergesse, dachte ich. Mittlerweile musste es völlig ausgehungert sein. Ich holte in der Küche Wasser und etwas Leberwurst, öffnete vorsichtig die Tür, bückte mich und schob die beiden Schalen so weit unter das Bett, wie ich konnte. Das Kätzchen hatte sich etwas zur Seite bewegt und den Kopf flach auf die Pfoten vor sich gelegt, als die Schälchen auf es zuglitten.

»Sieh mal, Mephisto«, sagte ich leise. »Hier hast du was

zu fressen. Ich werde jetzt ein bisschen packen, aber davor brauchst du keine Angst zu haben.«

Ich legte die Kleider aus den Regalen stapelweise in die beiden großen Koffer, bis sie voll waren, trug sie in den Flur hinunter, füllte die große Hockeytasche mit den Kleidern der Zwillinge und stellte sie daneben. Es würde keine Zeit bleiben zu putzen, aber ich konnte eine Firma beauftragen, das zu übernehmen, und Egil den Schlüssel geben, damit er ihnen aufmachte.

»Hallo, Mama!«, hörte ich einen der Jungen durch die offene Tür rufen.

Ich ging hinaus. Sie überquerte gerade den Rasen, wollte sicher zu dem Weg, der zum Meer hinabführte. Die Jungen hatten aufgehört zu spielen und sahen sie beide an.

»Wo bist du gewesen?«, fragte Asle.

»Ich weiß es nicht«, sagte sie.

»Und wo willst du hin?«, fragte Heming.

»Ich weiß es nicht«, sagte sie, drehte sich um und ging auf das Haus zu.

Ich streckte den Arm nach ihr aus, als sie an mir vorbeikam, und legte ihn auf ihre Schulter. Sie ging einfach weiter, in den Flur, danach ins Wohnzimmer, kam wieder heraus, bewegte sich am Haus entlang zur Straße.

Die Jungen schienen nicht zu wissen, was sie tun sollten, beide standen mit den Schlägern in den Händen da, sie wirkten widerwillig und ratlos.

Ich ging zu ihnen.

»Was ist mit Mama?«, fragte Asle.

»Sie ist nur ein bisschen krank«, sagte ich. »Es ist nichts Schlimmes. Sie ist bald wieder gesund.«

»Aber sie läuft immer nur herum«, sagte Asle. »Kannst du sie nicht stoppen?«

»Das kann ich leider nicht«, sagte ich.

»Kannst du sie nicht festhalten?«, fragte Heming. »Vielleicht hört sie dann ja von selbst auf?«

»Wir fahren gleich ins Krankenhaus«, sagte ich. »Wenn Oma da ist. Aber spielt jetzt weiter. Wer führt?«

»Keiner. Wir spielen nicht um Punkte«, sagte Asle.

»Ich hoffe, sie bleibt lange im Krankenhaus«, sagte Heming. »Damit sie wieder ganz gesund ist, wenn sie herauskommt.«

Ich nickte.

»So wird es auch sein«, sagte ich. »Wenn sie nach Hause kommt, ist sie wieder ganz gesund.«

Sie kam zurück, ging durch die Passage zwischen den beiden Häusern.

Die Jungen sahen zu ihr.

Sie schwenkte nach links und verschwand wieder.

»Wollt ihr eure Limo jetzt schon haben?«, fragte ich. »Ihr seht ganz schön verschwitzt aus.«

Das wollten sie und tranken die Limonade an dem Tisch im Schatten. Ich ließ sie in Ruhe, es dauerte keine halbe Stunde mehr, bis Mutter da war, und es gab vorher noch genug zu tun.

Als ich die Spülmaschine ausräumte, kam mir der Gedanke, dass Ingvild Mutter vielleicht erzählen würde, was passiert war. Dass ich betrunken Auto gefahren war und einen Unfall gebaut hatte. Auch wenn es sich nicht exakt so abgespielt hatte, sah es für sie vermutlich so aus.

Ich räumte die Spülmaschine wieder voll, stellte sie an und klopfte an ihre Tür.

Sie saß im Sessel und scrollte im Handy.

»Was machst du?«, fragte ich.

»Gucke was im Handy«, sagte sie.

»Das sehe ich«, sagte ich. »Aber was schaust du dir an?«

»Instagram.«

»Darf ich mal sehen?«

Sie schaute mich an, schnaubte und legte den Bildschirm auf ihren Oberschenkel, als ich zu ihr ging.

»Du hast doch nicht etwa Geheimnisse vor mir?«, sagte ich.

»Ha ha«, sagte sie.

»Oma kommt gleich«, sagte ich. »Ich habe daran gedacht, was gestern passiert ist. Sie muss nicht unbedingt alles erfahren. Sonst macht sie sich gleich solche Sorgen. Sie wird langsam alt.«

Ingvild sah mich an.

»Du hast sie doch nicht mehr alle«, sagte sie, stand auf und ging an mir vorbei aus dem Zimmer.

»Was ist denn los?«, sagte ich. »Was stimmt denn jetzt wieder nicht?«

Im Flur wurde die Badezimmertür zugeknallt.

Ihr Blick war voller Verachtung gewesen, ihre Stimme auch.

Sie war immer so idealistisch. Alles sollte auf die richtige Art ablaufen. Aber so war das Leben nicht. Das würde sie noch früh genug begreifen.

Trotzdem zog es mich herunter. Sie war meine Tochter, und sie verachtete mich. Oder das, was ich getan hatte.

Und das kam jetzt noch zu allem anderen dazu, was geregelt werden musste.

Ich ging in die Küche und räumte die Arbeitsplatte auf, wischte mit einem Lappen schnell über alle Flächen, fuhr fort, im Esszimmer und Wohnzimmer aufzuräumen.

Andererseits, dachte ich, ist sie in der Pubertät, und wenn Teenager für etwas berüchtigt sind, dann dafür, dass sie ihre Eltern hassen.

Das hatte ich auch getan. Gehasst hatte ich sie vielleicht nicht, aber ich hatte sie eine ganze Weile nicht ausstehen können und mich für sie geschämt.

Sie kam in die Küche, als ich die Gläser und Schalen abstellte, die ich überall im Haus gefunden hatte.

»Wird es nicht langsam Zeit, dass du dich um Mama kümmerst?«, fragte sie. »Sie braucht Hilfe. Du siehst doch, dass sie total lost ist.«

»Ja, natürlich«, sagte ich und öffnete die Tür der Spülmaschine. Dampf wallte hoch, in ihr tropfte und rieselte Wasser. »Sobald Oma da ist, fahre ich sie ins Krankenhaus.«

»Kannst du das nicht jetzt machen? Ich passe auf die Zwillinge auf.«

Ich räumte die Tassen und Schalen hinein und schloss die Tür.

»Ich tue, was ich kann, Ingvild«, sagte ich. »Wir fahren morgen nach Hause, also muss ich packen und hier aufräumen, bevor wir zum Krankenhaus fahren. Und wenn sie so ist wie jetzt, kann ich auch nichts tun.«

»Was ist mit Mama?«, fragte sie.

»Wie meinst du das?«

»Reisen wir ohne sie ab?«

»Das werden wir wohl müssen, nicht?«, sagte ich. »Die Schule fängt wieder an. Und ich muss das Semester vorbereiten.«

»Sie kann doch nicht *hier* im Krankenhaus bleiben«, sagte sie. »Wie sollen wir sie dann besuchen?«

Ich seufzte.

»Ja, ich weiß, dass das keine ideale Lösung ist«, sagte ich. »Aber wir haben keine andere Wahl. Vielleicht kann sie mit einem Krankentransport in eine Klinik bei uns verlegt werden. Ich werde mich auf jeden Fall erkundigen, ob das geht.«

»Du bist doch froh, dass sie hierbleibt, stimmt's?«, sagte sie, wandte sich ab und marschierte in ihr Zimmer.

Ich wurde wütend, kämpfte aber gegen den Impuls an, ihr

zu folgen, schloss stattdessen die Fenster, denn an der Decke und auf der Arbeitsplatte war schon alles voller Fliegen, und ich holte die Fliegenklatsche aus der untersten Schublade. Der erste Schlag traf drei auf einen Streich, die eine wurde am Balken zermatscht, die beiden anderen fielen regungslos zu Boden. Ich hob sie an den Flügeln an und legte sie ins Spülbecken. Ich erwischte noch zwei, ehe sie vorsichtiger wurden, entweder abhoben und durch die Luft schwirrten, wohlwissend, dass ich sie dort nicht treffen konnte, oder auf den schwarzen Flächen in der Küche landeten, wo sie schwer zu sehen waren, oder an Stellen, wo sie normalerweise nicht saßen und wo ich deshalb nicht nach ihnen suchte.

Es gibt Intelligenz in ihnen, das steht fest, dachte ich. Um so befriedigender war es, sie mit der Klatsche zu treffen und zu sehen, wie das Leben im Bruchteil einer Sekunde aus ihnen wich.

Aber nicht alle starben, manche waren nur bewusstlos, blieben für Sekunden reglos liegen, ehe sie wieder auf die Beine kamen und davontaumelten. Sie nahm ich auch an den Flügeln und legte sie ins Becken, und als darin ein kleiner Haufen zusammengekommen war, spülte ich sie mit Wasser aus dem Hahn das Abflussrohr hinunter.

Ich sah zu den Jungen hinaus. Sie waren im Laufe des Sommers gute Badmintonspieler geworden, schlugen den Federball zwischen sich in hohen, sicheren Bögen hin und her.

Ich hatte das Frühstück vergessen.

Verdammt.

In dem Moment fuhr ein Auto die Straße herauf, und als es am Fenster vorbeikam, sah ich, dass es Mutters blauer Fiat war.

Sie könnte ihnen eine Kombination aus Frühstück und Mittagessen machen, dachte ich und ging hinaus, um sie in Empfang zu nehmen. Sie setzte langsam in die Auffahrt zurück und parkte neben meinem Auto. Ich sah, dass sie die Sonnenbrille abzog und in ihre Tasche legte, die auf dem Beifahrersitz lag, ehe sie die Tür öffnete und ausstieg. Hinter mir kamen Heming und Asle angelaufen.

Ihr Rücken war leicht gebeugt, und sie bewegte sich langsamer als in meiner Erinnerung.

»Hallo, Asle und Heming!«, sagte sie und umarmte die beiden. Sie zierten sich ein bisschen, aber es gefiel ihnen auch, das sah ich.

»Hast du uns was mitgebracht?«, fragte Heming.

»Ja, ich glaube, das habe ich«, sagte sie und sah mich an und nickte.

»Hallo«, sagte ich.

»Hattest du einen Unfall?«, fragte sie.

»Nichts Ernstes«, sagte ich.

Sie drehte sich um und sah zum Auto.

»Wann ist das denn passiert?«

»Gestern. Aber ich glaube, die Jungen sind schon ganz gespannt, was du ihnen mitgebracht hast.«

»Ach, nichts Besonderes«, sagte sie. »Nur ein paar Süßigkeiten.«

Sie öffnete ihre Tasche und holte eine Tüte Schokobonbons heraus.

Ich sah ihre Enttäuschung.

»Die müsst ihr euch teilen«, sagte sie. »Aber das schafft ihr schon!«

»Danke, Oma«, sagte Heming.

»Vielen Dank«, sagte Asle.

»Ihr könnt euch an den Tisch setzen und ein paar essen«, sagte ich. »Ich will nur kurz mit Oma reden.«

Sie taten, wie ihnen geheißen.

»Tut mir leid, dass ich dich bitten musste herzukommen«, sagte ich. »Aber wir haben hier eine kleine Krise. Ich glaube, dass sie psychotisch sein könnte. Es ist völlig unmöglich, zu ihr durchzudringen.«

»Und wo ist sie jetzt?«, fragte Mutter und zog in dem starken Gegenlicht wieder ihre Sonnenbrille auf.

»Sie läuft die ganze Zeit nur herum. Ich weiß nicht genau, wo sie gerade ist. Aber das habe ich schnell herausgefunden. Meinst du, ich kann mir dein Auto leihen? Ich möchte nicht riskieren, mit meinem zu fahren.«

»Ja, klar«, sagte sie. »Ist Ingvild auch hier?«

Ich nickte.

»Sie haben leider noch kein Frühstück bekommen. Kannst du ihnen bitte eins machen? Ich komme zurück, so schnell ich kann. Man braucht ungefähr eine Stunde für eine Strecke, und dann weiß ich natürlich nicht, wie lange es dort dauert. Aber hoffentlich nicht mehr als eine Stunde. Dann kannst du heute Abend zurückfahren, wenn du willst. Aber jetzt sollte ich besser los. Gibst du mir die Autoschlüssel?«

Sie nickte und gab sie mir.

»Dann gehe ich mal«, sagte ich. »Bis später!«

»Hast du nichts dabei?«, fragte sie.

»Woran denkst du?«

»Na ja, an eine Tasche mit dem Nötigsten für sie. Kleider und so?«

»Stimmt«, sagte ich und ging in den Flur, öffnete den Koffer und suchte in den Stapeln nach passenden Kleidern. Slips, eine Jogginghose, ein paar T-Shirts, eine Jeans, einige Blusen, Socken. Leerte einen Beutel mit Badesachen, legte alles hinein, holte ein Deo aus dem Bad und dachte, dass das reichen musste, ich hatte keine Ahnung, was sie sonst noch brauchte.

Doch, einen Ausweis.

Ich öffnete ihre Tasche, die an einem Haken im Flur hing. Sie war voller Pillen. Hunderte. Warum hat sie die alle in die Tasche gelegt, dachte ich und öffnete das äußerste Fach, in dem zusammen mit den Kreditkarten ihr Führerschein lag.

Es widerstrebte mir sehr, in ihren Sachen herumzuwühlen, wie ich es tun musste, wenn es ihr schlecht ging, aber es führte nun einmal kein Weg daran vorbei, und so legte ich den Führerschein in mein eigenes Portemonnaie und ging in den Garten, wo Mutter sich zu den Jungen gesetzt hatte.

»Okay«, sagte ich. »Dann gehe ich mal.«

Sie sah erschöpft und ein wenig blass aus. Aber ihre Augen waren scharf und noch immer voller Willenskraft.

Sie lächelte. Gleichzeitig tauchte Tove am Gartentor auf.

Mist. Wenn sie nicht freiwillig mitkam, würde ich sie zwingen müssen, und das konnte ich vor den Augen der Jungen nicht tun.

Ich ging ihr entgegen.

»Tove«, sagte ich. »Ich glaube, es ist das Beste, wenn wir jetzt ins Krankenhaus fahren.«

»Bist du sicher?«, sagte sie.

»Ja«, sagte ich.

»Ich weiß es nicht«, sagte sie.

Ich nahm behutsam ihre Hand. Sie ließ es zu und folgte mir, als ich auf das Auto zuging.

»Möchtest du dich nicht von den Jungen verabschieden?«, sagte ich leise.

»Bist du sicher?«, sagte sie.

Ich hob die Hand und winkte ihnen sozusagen stellvertretend für uns beide zu.

»Wir fahren dann mal«, sagte ich laut. »Viel Spaß mit Oma!«

»Tschüss«, sagten sie.

Wir blieben vor dem Auto stehen. Ich öffnete die Tür, ohne ihre Hand loszulassen. Sie wollte sich schon hineinsetzen, als sie plötzlich erstarrte.

»Steig bitte ein«, sagte ich. »Dann fahren wir ins Krankenhaus.«

Sie sah mich an.

»Bist du sicher?«, fragte sie.

Ihre Stimme war neutral, aber in ihrem Blick lag Angst.

»Steig ein, Tove«, sagte ich. »Es ist nicht schlimm.«

Sie wollte gehen, und ich legte meine Hände auf ihre Schultern und presste sie fest auf den Sitz hinunter, hob ihre Füße hinein und schloss die Tür, ging auf die andere Seite, als wäre nichts passiert, öffnete die Tür und setzte mich hinein, ohne zu den anderen zu sehen, die am Tisch saßen.

Ich beugte mich über sie und zog ihren Sicherheitsgurt um sie, ließ ihn einrasten, betätigte die Zündung, schnallte auch mich an, parkte aus und winkte ihnen zu, aber zum Glück schauten sie nicht mehr in unsere Richtung.

Auf der Fahrt in die Stadt sagte sie nichts, starrte nur vor sich hin. Ich war immer noch unsicher, ob ein stationärer Aufenthalt wirklich das Richtige war. Vielleicht würden sie sich weigern, Tove aufzunehmen und erklären, für eine Einweisung gebe es keinen hinreichenden Grund. Denn was hatte sie schon getan, außer durch die Gegend zu laufen und auf alle Fragen immer das Gleiche zu antworten?

Ich weiß es nicht. Bist du sicher? Entschuldige.

Dabei blieb sie auch im Auto, wenn ich sie etwas fragte.

Es war wie ein Werkzeug, das sie gefunden hatte und an dem sie sich festhalten konnte, so dass sie wusste: Egal, was sie mich fragen, ich habe eine Antwort.

Die Sonne stand mitten am Himmel und sandte Kaskaden von Licht auf die Landschaft herab, durch die wir fuhren. Das blaue Meer glitzerte, die grünen Hügel schimmerten, selbst der Asphalt der Straße, auf der wir fuhren, glänzte.

Oben am See hielt ich an der Ampel und sah eine Menge Leute, die im Park lagen. Als die Ampel auf Grün umschlug, gab ich Gas, denn auf der anderen Seite folgte direkt die Autobahnauffahrt. Tove hielt sich mit einer Hand an der Tür fest und streckte die andere zum Handschuhfach aus, als wolle sie sich abstützen, wenn wir zusammenstießen.

Als wir parallel zur Autobahn fuhren, erhöhte ich das Tempo und blinkte.

»Stopp!«, rief Tove. »Ich will aussteigen! Wir werden einen Unfall haben!«

»Bist du sicher?«, sagte ich und warf ihr einen kurzen Blick zu. Hätte sie die Ironie verstanden, wäre das alles nur ein Spiel gewesen.

»Stopp!«, rief sie erneut und tastete mit der rechten Hand nach dem Türgriff.

»Jetzt beruhige dich, Tove«, sagte ich. »Wir werden keinen Unfall haben. Wir sind jetzt auf der Autobahn, deshalb fahren wir so schnell. Sie ist dafür gebaut, dass man schnell fährt.«

Plötzlich sackte sie in sich zusammen.

»Entschuldige«, sagte sie.

»Kein Problem«, sagte ich und zog das Handy heraus, aktivierte Bluetooth, verband es mit dem Autoradio und drückte auf das letzte Album, das ich gehört hatte.

Bowie, *Blackstar*.

»Nein, nein«, sagte Tove, als die Musik anfing.

»Ich dachte, du magst Bowie«, sagte ich.

»Die Platte ist böse«, sagte sie.

Ich sah sie an.

»Wie meinst du das?«, fragte ich.

»Der Tod«, sagte sie.

»Ja«, sagte ich. »Aber es ist ein fantastischer Song.«

»SCHALT AB!«, schrie sie.

»Ja, ja«, sagte ich, griff wieder nach dem Handy, scrollte herunter und warf ab und zu einen Blick auf die Straße vor uns, die leer war.

Entschied mich stattdessen für *Lodger*.

»Als ich hörte, dass Bowie gestorben ist, habe ich gerade die Zwillinge zur Schule gebracht«, sagte ich. »Seltsamerweise habe ich daraufhin von all seinen Platten ausgerechnet *Lodger* gehört. Ich dachte eigentlich, dass ich sie gar nicht mag.«

Sie sagte nichts, starrte nur vor sich hin.

»Tove?«, sagte ich.

»Bist du sicher?«, sagte sie.

Auch gut, dachte ich, blinkte und wechselte auf die linke Spur, um einen Lastwagen zu überholen. Er war mit Baumstämmen beladen, und als wir an ihm vorbeifuhren, sah ich, dass sie sich wieder festhielt.

Sie hatte noch nie Angst im Auto gehabt.

Ich blinkte und wechselte erneut auf die mittlere Spur. Beidseits der Straße wuchs dichter Wald, ab und zu stieg er zu Hügeln an, ab und zu sank er und öffnete sich zum Meer.

Wenn es ihr nicht schlecht genug ging, um eingewiesen zu werden, würden sie denken, dass ich sie loszuwerden versuchte. Das hatte ich jedes Mal gedacht, wenn es dazu gekommen war, dass ich eine Art Gewalttäter war, der sie in einem Irrenhaus versteckte.

Aber Mutter hatte keine Zweifel gehabt.

Die Musik wurde abrupt leiser, und ein Klingeln ertönte.

Ich sah, dass es Egil war, und drückte auf das Display, um das Gespräch anzunehmen.

»Hallo, Egil«, sagte ich. »Ich sitze im Auto und höre dich über Lautsprecher. Tove ist auch hier.«

»Okay«, sagte er. »Wie geht es denn so?«

Ich sah Tove an, sie saß wie zuvor und hatte auf seine Stimme nicht reagiert.

»Wir sind auf dem Weg ins Krankenhaus.«

Ein Schild gab an, dass es noch zweiunddreißig Kilometer waren. Wenn ich im Schnitt neunzig Kilometer in der Stunde fuhr, würde es ein Drittel dieser Zeit dauern, dachte ich. Aber wie viel war das?

»Okay«, sagte Egil. »Was denkst du, wann du zurück bist?«

»Schwer zu sagen. Wieso?«

»Viktor ist hier. Er ist überraschend zu Besuch gekommen.«

Viktor?

Im ersten Moment hatte ich keine Ahnung, von wem er sprach.

Dann fiel es mir wieder ein. Es musste der Sohn sein, den er nie sah. Hieß er nicht so?

»Viktor, das ist dein Sohn, oder?«

»Ja. Ich dachte, dass er sich vielleicht mit den Zwillingen treffen könnte?«

»Von mir aus gern«, sagte ich. »Soweit ich weiß, sind sie zu Hause. Meine Mutter ist da und passt auf sie auf.«

»Verstehe«, sagte er. »Vielleicht passt es dann besser morgen.«

»Wie du willst«, sagte ich. »Meine Mutter freut sich bestimmt, wenn sie Besuch bekommt.«

»Mal sehen«, sagte er. »Trotzdem danke. Bis bald.«

Zwanzig Minuten dauerte es.

»Wusstest du, dass Egil einen Sohn hat?«, fragte ich.

Sie antwortete nicht. Das hatte ich auch nicht erwartet.

Ingvild hatte recht gehabt. Ich war froh, sie loszuwerden. Das musste ich zugeben. Aber nicht wegen dem, was sie glaubte. Es ging einfach nur darum, dass alles so kompliziert wurde, um sie herum wuchs das Chaos, und deshalb war der Gedanke, dass sie nicht da sein würde, eine Erleichterung, denn dann wurde *alles* ganz leicht. Das Frühstück, kein Problem. Die Kinder in die Schule zu bekommen, kein Problem. Arbeiten, kein Problem. Essen, kein Problem. Der Abend mit Hausaufgaben und Fernsehen, kein Problem.

Das war mit Sicherheit der Grund, warum ich ein schlechtes Gewissen hatte und dachte, dass ich sie versteckte, weil es so gut war, wenn sie nicht da war, und so sollte es natürlich nicht sein.

Der leere Wald, durch den wir viele Kilometer gefahren waren, ging in ein Industriegebiet mit Fabriken, Supermärkten, Autohäusern über. Nur wenige Bäume standen noch zwischen den aus dem Fels herausgesprengten Grundstücken, als eine Art Ruinen des Waldes.

Seltsam, dass Egil einen Sohn hatte. Es wollte mir nicht recht gelingen, ihn mir als Vater vorzustellen. So lieb und zurückhaltend, wie er war, ein Windhauch reichte aus, und er flog davon, wie mochte sich das in einer Familie auswirken?

Ich will Egil vögeln.

Was hatte er, was ich nicht hatte?

Er war doch kaum in der Lage, sich um sich selbst zu kümmern. Ich kümmerte mich um alle. Er hatte keine Arbeit, bekam Geld von seinem Vater, ich war Universitätsprofessor und hatte die Verantwortung für Hunderte Studenten.

Lag es daran, dass sie dachte, er hätte eine Tiefe, die mir fehlte?

Wenn es so war, lag sie falsch.

Vielleicht wirkte es so. Er war schüchtern und zurückhaltend und hielt sich bedeckt, und daraufhin kam einem leicht der Gedanke, dass da mehr war, als es in Wahrheit gab. Sie hatte einmal gesagt, er sei eine Künstlernatur, und sie war selbst Künstlerin, so gesehen waren sie natürlich wie geschaffen füreinander.

Aber was hatte er schon gemacht?

Soweit ich wusste nichts Künstlerisches. Seine Filme waren Dokumentarfilme. Journalismus.

Ich hatte wenigstens etwas mehr als einhundertfünfzig Seiten eines Romans geschrieben.

Vielleicht sollte ich ihn ihr zum Lesen geben.

Ja, wenn sie wieder gesund war und draußen, würde ich ihr das Manuskript geben. Dann würde sie mich nicht mehr unterschätzen. Jedenfalls nicht auf diese Art.

Das war ein guter Gedanke, und ich wandte mich ihr zu und lächelte.

Sie starrte nach vorn, schien gar nicht zu registrieren, dass ich da war.

Ich nahm das Handy, scrollte die Seite mit Bowie herunter, wählte *Hunky Dory* aus, alles in allem meine Lieblingsplatte von ihm.

Einen Kilometer vor uns wölbte sich die Brücke über den Sund. Von dort aus waren es nur noch ein paar Minuten bis zum Krankenhaus.

Aber das ist natürlich nicht Egils Schuld, dachte ich und übersprang *Changes*, weil ich den Song zu oft gehört hatte. Sie hatte das geschrieben, nicht er. Und ich mochte ihn.

Wake up, you sleepy head, sang Bowie.
Put on some clothes, shake up your bed
Put another log on the fire for me
I've made some breakfast and coffee
Look out my window, what do I see
A crack in the sky and a hand reaching down to me

All the nightmares came today
And it looks as though they're here to stay

»Weißt du noch, als ich dir das zum ersten Mal vorgespielt habe?«, sagte ich. »Und du die Platte noch nie gehört hattest?«

Ich rechnete mit keiner Antwort, konnte aber nicht wissen, wie viel zu ihr durchdrang.

»Du warst doch out of my league. Du wusstest, dass ich das dachte, stimmt's? Eine Studentin von der Kunsthochschule, die Künstlerin werden würde und bildschön war. Und dann dachtest du, Bowies erste Platte wäre ›Let's dance‹ gewesen. Nick Cave hattest du nie gehört, und du dachtest, Paul Young hätte ›Love Will Tear Us Apart‹ geschrieben.«

Ich lachte kurz.

Sie blieb stumm und zugeknöpft.

»Da habe ich das erste Mal gedacht, dass es tatsächlich klappen könnte. Dass wir ein Paar werden könnten. Ist das nicht bescheuert? Nur weil du keine Ahnung von Musik hattest? Aber so war es.«

Wir hatten die Ausläufer der Stadt erreicht. Auf der Ebene, durch die wir fuhren, standen Mietshäuser und Schulen und der eine oder andere Supermarkt. Kurz darauf tauchten die ersten Hinweisschilder zum Krankenhaus auf. Am anderen Flussufer bog ich hinter dem Tunnel rechts ab und fuhr ein paar hundert Meter, bis es vor uns lag, ein großer, erst kürzlich errichteter Komplex aus vielen Gebäuden.

Ich parkte und sah sie an.

»Bist du bereit?«, fragte ich.

»Ich weiß es nicht«, sagte sie.

Ich ging um den Wagen herum und machte ihr auf. Sie ließ es zu, dass ich ihre Hand nahm, mit abwesendem Blick, und ich führte sie zu einem großen Schild vor dem, was ich für das Hauptgebäude hielt, es war ein Lageplan über das Gelände.

Die psychiatrische Ambulanz befand sich auf der Rückseite. Wir gingen zwischen zwei Häusern hindurch, die durch einen Gang miteinander verbunden waren, der wie eine Brücke in der Luft hing. Tove ging langsam, sie trug noch immer die Holzschuhe. Aber in ihrem Inneren hatte sich etwas verändert, denn wenn ich sie ansah, lächelte sie jetzt durchtrieben.

Die Tür auf der Rückseite war verschlossen. Ich klingelte. Tove sah zum Fluss hinab, schien an dem, was ich tat, nicht im Mindesten interessiert zu sein. Das Schloss wurde summend entriegelt, und ich schob die Tür auf und hielt sie für Tove offen. Musste die Hand auf ihre Schulter legen und sie behutsam führen, damit sie hineinging.

Es gab ein kleines Wartezimmer mit ein paar Stühlen und Tischen und eine Patientenannahme hinter einer Glaswand. Ein junger, dunkelhaariger Mann mit Bart saß im Wartezimmer und redete mit sich selbst, neben ihm saß ein anderer Mann mit Bart, etwas älter, die beiden schienen verwandt zu sein. Ich ging zu dem Schalter, hinter dem eine Frau mit etwas auf dem Bildschirm vor ihr beschäftigt war. Tove blieb hinter mir mitten im Raum stehen.

»Hallo«, sagte ich und lehnte mich zu der kleinen Luke am unteren Rand vor.

Die Frau, Ende fünfzig, mit Brille und hochgestecktem Haar, schmalen Lippen und müden Augen, sah mich wortlos an.

»Ich bin mit meiner Frau hier«, sagte ich. »Sie ist seit einigen Tagen manisch, und ich dringe nicht mehr zu ihr durch. Sie kann sich nicht mehr um sich selbst kümmern.«

Ich sprach leise, wollte nicht, dass Tove es hörte, wenn ich so über sie redete.

»Es könnte sein, dass sie ein wenig psychotisch ist. Ich wollte fragen, ob jemand sie sich ansehen kann?«

»Haben Sie angerufen?«, fragte sie.

»Nein«, sagte ich. »Wir sind direkt hergefahren.«

»Sie hätten anrufen sollen«, sagte sie.

»Tut mir leid«, sagte ich und drehte mich um. Tove stand regungslos, mit gesenktem Kopf, und sah mit dem Anflug eines Lächelns auf den Lippen zu Boden. Das Lächeln hatte nichts mit dem zu tun, was gesagt worden war, es schien von einem Ort tief in ihrem Inneren zu kommen.

Die Frau klickte ein paar Mal mit der Maus.

»Name?«, fragte sie.

»Mein Name oder ihrer?«

Sie seufzte.

»Ihr Name«, sagte sie. »Der Ihrer Frau. Wie heißt sie?«

»Tove Hovin Larsen«, sagte ich.

»Haben Sie einen Ausweis dabei?«

»Ja, natürlich.«

Wo war die Tasche?

Ich sah nach unten.

Da stand sie nicht.

Ich konnte mich nicht erinnern, sie getragen zu haben.

Sie musste noch im Auto sein. Verdammt.

»Ihr Führerschein liegt im Auto«, sagte ich. »Soll ich ihn holen gehen?«

»Das kann warten«, sagte sie. »Personenkennziffer?«

Als ich ihr alle Informationen gegeben hatte, bat sie uns, Platz zu nehmen und zu warten. Ich sah Tove an. Sie begegnete meinem Blick und lächelte, kicherte sogar kurz. Ich fragte mich, was sich vor ihren Augen abspielte. Sie lächelte, als würden wir gemeinsam etwas Ungewöhnliches und Spannendes erleben. Etwas Schönes von weitreichender Bedeutung.

Der junge Mann mit Bart sprach auf Englisch mit sich. Sein Bruder, wenn er das war, ließ ihn in Ruhe.

Draußen schrie jemand. Die Tür ging auf, und eine ältere Frau kam flankiert von zwei Männern herein. Sie war um die siebzig und außer sich, sie wand sich, schlug mit den Armen und rief dabei immer wieder das Gleiche. »Er lügt, ich bin nicht Anne! Er lügt, ich bin nicht Anne!« Sie wurde quer durch den Raum zu einer Tür an seinem anderen Ende geleitet.

Tove saß unbeeindruckt in ihrer eigenen Welt.

»Möchtest du einen Kaffee?«, fragte ich. »Da hinten ist ein Kaffeeautomat.«

»Bist du sicher?«, sagte sie.

Ich ging hin und warf Geld ein. Die Maschine begann zu brummen, eine weiße Tasse wurde herausgeschoben und gefüllt. Die Tasse war so dünn, dass der Kaffee sie dunkler färbte, und die Wände waren so heiß, dass ich sie oben am Rand halten musste, als ich sie trug, was auch nicht viel besser war, denn so schlug der Dampf gegen den Handteller. Ich stellte den Kaffee auf den Tisch und wollte mich gerade setzen, als ein Krankenpfleger hereinkam. Er kam nicht wegen uns, sondern holte die Brüder, die ihm durch die Tür folgten, der jüngere stetig murmelnd, wobei er kleine gereizte, ruckartige Bewegungen mit dem Kopf machte.

»In zwei Tagen fängt ja die Schule wieder an«, sagte ich und setzte mich. »Deshalb habe ich mir überlegt, dass wir morgen nach Hause fahren.«

»Bist du sicher?«, sagte sie.

»Ich hoffe, du kannst in ein Krankenhaus bei uns verlegt werden. Aber das ist nicht gesagt.«

»Entschuldige«, sagte sie.

»Das ist nicht deine Schuld«, sagte ich.

Mein Telefon plingte, und ich zog es heraus. Es war Ingvild.

Wie geht es Mama?

Es geht ihr gut, schrieb ich zurück. *Wir sind jetzt im Krankenhaus und warten. Wie geht es euch?*

Gut.

Hat Oma Milchbrötchen gebacken?

Apfelkuchen.

Super! Bis gleich.

Nimm Mama für mich in den Arm und sag ihr, dass ich sie liebe.

Ich schickte ihr ein Herz und steckte das Telefon in die Tasche. Hinter der Glaswand war eine andere Frau dazugekommen, die beiden unterhielten sich, die neue gestikulierte, die andere lachte. Ich war sauer und wollte schon hingehen und fragen, wie lange wir noch warten mussten, als die Tür aufging und eine neue Schwester den Raum betrat. Sie war jung, Ende zwanzig, und hatte blasse Haut, Sommersprossen und Lippen, die als Folge einer Hasenscharte eine kleine Unregelmäßigkeit aufwiesen.

Sie war sehr attraktiv, und als sie vor uns stehen blieb, bemühte ich mich, Tove anzusehen und nicht sie.

»Hallo«, sagte sie. »Ich heiße Benedicte. Und Sie müssen Tove sein?«

»Bist du sicher?«, sagte Tove.

»Wenn Sie bitte mitkommen würden«, sagte sie.

Wir folgten ihr durch die Tür und gelangten in einen Flur, an dessen Ende es ein weiteres Wartezimmer gab.

»Nehmen Sie bitte kurz Platz, der Arzt kommt gleich«, sagte sie.

»Vielen Dank«, sagte ich.

Ein lauter und herzzerreißender Schrei ertönte irgendwo in der Nähe. Aus Verzweiflung, dachte ich, nicht vor Schmerz.

Tove lächelte milde und sah zur Tür.

»Ingvild hat geschrieben und sagt, dass sie dich lieb hat«, sagte ich.

»Bist du sicher?«, sagte sie.

Dann ging die Tür auf, und eine andere Krankenschwester kam herein und holte uns ab. Sie war Anfang fünfzig und sprach mit einem Akzent, der in meinen Ohren osteuropäisch klang. Sie führte uns in ein Zimmer ohne Fenster, wo Tove und ich auf Stühlen Platz nahmen. Sie selbst setzte sich mit ein paar Formularen vor sich an einen Schreibtisch.

»Hallo, Tove«, sagte sie.

Tove erwiderte nichts, sie sah die gegenüberliegende Wand an.

»Wie ist Ihr voller Name?«

»Ich weiß es nicht.«

»Tove Hovin Larsen steht hier?«

»Bist du sicher?«, sagte Tove.

»Wann sind Sie geboren?«

»Ich weiß es nicht.«

»Warum sind Sie heute zu uns gekommen?«, fragte die Schwester.

»Ich weiß es nicht«, sagte Tove, strich etwas Unsichtbares von ihrem Oberschenkel.

»Wie lautet Ihr voller Name?«

»Ich weiß es nicht.«

»Was ist heute für ein Tag?«

Einen kurzen Moment sah es aus, als versuche sie, es herauszufinden, ihr Gesicht straffte sich um die Augen, aber dann war es vorbei, und sie sah auf ihre Hand hinab, die auf der Tischplatte lag.

»Ich weiß es nicht«, sagte sie.

»Wie fühlen Sie sich?«

»Ich weiß es nicht.«

»Haben Sie heute etwas Ungewöhnliches gesehen? Oder etwas Ungewöhnliches gehört?«

»Ich weiß es nicht.«

Die Krankenschwester sah mich an.

»Können Sie ihr ein wenig helfen? Warum sind Sie heute zu uns gekommen?«

»Tove ist jetzt schon seit ein paar Tagen manisch«, sagte ich. »Gestern ist es dann nicht mehr möglich gewesen, zu ihr durchzudringen. Und heute ist sie immer nur nonstop rund um das Haus gelaufen. Wir haben drei Kinder, für die das ziemlich beängstigend ist, deshalb dachte ich, dass es vielleicht das Beste ist, hierher zu kommen, damit sie ein paar Tage hierbleiben kann.«

»Stimmt das, was Arne sagt?«, fragte die Schwester und sah Tove an.

Tove nickte.

»Okay«, sagte die Schwester. »Warten Sie bitte noch einen Moment, gleich kommt ein Arzt und spricht mit Ihnen.«

Sie ging, und wir blieben in dem kleinen Zimmer allein. Es erinnerte mich an damals, als wir ein Kind erwartet hatten und zu verschiedenen Kontrolluntersuchungen gingen, da hatten wir manchmal auch in Zimmern wie diesem gesessen, nur wir zwei. Aber damals hatten wir uns auf das gefreut, was kommen würde, und hatten das immerhin gemeinsam gehabt.

Jetzt wusste ich nicht mehr, was wir gemeinsam hatten.

Doch, die Kinder, sie würden natürlich immer unsere sein, aber darüber hinaus?

Die Tür ging erneut auf, und ein Mann zwischen fünfzig und sechzig trat ein. Er stellte sich als Nygård vor und hatte mit seinen schwammigen Wangen und kleinen Augen kein vertrauenerweckendes Gesicht. Aber er ist sicher in Ordnung, dachte ich, als er Tove durch seine viereckige Brille ansah, den Stift schreibbereit in der Hand. Sechs Jahre Ausbildung und mehr als zwanzig Jahre Berufserfahrung musste er haben.

Er stellte im Großen und Ganzen die gleichen Fragen wie die Krankenschwester, es gab nur wenige Abweichungen. Eine von ihnen bestand darin, dass er Tove fragte, ob sie Kinder habe.

»Ich weiß es nicht«, sagte Tove.

»Wer ist er?«, fragte der Arzt als Nächstes und nickte zu mir hin.

Tove sah mich an.

»Ich weiß es nicht«, sagte sie.

Der Arzt legte den Stift weg und lehnte sich, die Ellbogen auf den Tisch gestützt, ein wenig vor.

»Ich glaube, Tove, es wird das Beste sein, wenn Sie bei uns bleiben, bis es Ihnen wieder besser geht.«

»Bist du sicher?«, sagte Tove.

Eine Stunde später konnte ich das Krankenhaus endlich verlassen. Ich blieb draußen stehen, zündete mir eine Zigarette an, überquerte mit ihr in der Hand den Parkplatz, blieb vor dem Auto stehen und rauchte die letzten Züge, ehe ich mich hineinsetzte. Im Wagen war es glühend heiß, deshalb öffnete ich alle vier Fenster, während ich langsam auf die Ausfahrt zurollte.

Nachdem der Arzt gegangen war, hatte man uns in einen

weiteren leeren Raum geführt, diesmal in einer geschlossenen Abteilung, mit Fenstern zum Flur, in dem laufend Pfleger mit Patienten vorbeikamen, von denen viele riefen und schrien, ohne dass Tove dies etwas auszumachen schien, sie saß so still neben mir, als ginge sie nichts von all dem, meine Anwesenheit eingeschlossen, irgendetwas an.

Als der Papierkram erledigt war, begleitete uns die rothaarige Schwester zur Station, wo eine andere übernahm und Tove in das Zimmer brachte, das ihres sein würde. Weiß verputzte Wände, grauer Linoleumfußboden, ein Bett, ein Stuhl, ein Nachttisch.

»Haben Sie heute schon etwas gegessen?«, fragte sie.

Tove schüttelte den Kopf.

»Dann bringe ich Ihnen gleich etwas. Haben Sie nichts dabei?«

»Ich weiß es nicht«, sagte Tove.

»Sie hat eine Tasche im Auto«, sagte ich. »Ich gehe sie holen.«

Als ich zurückkam, saß Tove auf dem Bett, die Hände zwischen den Knien. Ein Teller mit zwei Scheiben Brot, einem Apfel und ein Glas Saft standen auf dem Nachttisch.

»Dann gehe ich jetzt mal«, sagte ich. »Ich glaube, es wird dir guttun, hier zu sein. Ich rufe jeden Tag an.«

»Bist du sicher?«, fragte sie, stand auf und streckte die Hand aus.

Sie wollte mir zum Abschied die Hand geben, als wäre ich ein Fremder. Ich nahm sie, und mir wurde schlagartig bewusst, dass wir uns nie zuvor mit einem Händedruck gegrüßt hatten.

»Alle sind tot«, sagte sie und sah mich ernst an.

»Was?«, sagte ich. »Was hast du gesagt?«

»Wir sind alle tot.«

Ich seufzte.

»Wir leben, und es geht uns gut«, sagte ich. »Allen. Ich rufe heute Abend an. Okay?«

»Entschuldige«, sagte sie.

Noch bevor ich aus dem Zimmer war, hatte sie sich wieder hingesetzt und starrte zu Boden.

Als ich nun im Auto das Krankenhausgelände verließ, dachte ich, dass alles eine Bedeutung hatte. Dass sie gesagt hatte, sie wisse nicht, wer sie sei, bedeutete etwas. Dass sie mir die Hand gegeben hatte, statt mich zu umarmen, bedeutete etwas. Ob sie nun psychotisch war oder nicht.

Und dass wir tot waren: Es bedeutete, dass wir füreinander tot waren.

Ich wusste, dass Psychosen Träumen ähnelten, sie ließen einen in Symbolen und Bildern denken und überall Sinn sehen, wo es gar keinen Sinn gab.

Und es stimmte ja. Wir waren füreinander tot.

Ich hielt an der Kreuzung und kontrollierte im Spiegel, dass keine Autos hinter mir waren, zog das Handy heraus und wollte Mutter schon schreiben, dass ich auf dem Heimweg war, als mir der Gedanke kam, dass sie nicht wissen konnte, wie lange das Ganze dauern würde, und ich so die Chance hatte, irgendwo eine Stunde für mich zu sein.

Ich legte das Handy in die Mulde unter der Handbremse, schaltete und fuhr auf die Straße, zunächst durch ein Wohngebiet und danach auf die Hauptstraße. Kurz darauf sauste ich über die Brücke, das Meer breitete sich offen und glänzend aus, die Sonne stand jetzt tiefer, und im Osten sah man von der Straße, die schnurgerade den Wald durchschnitt, ab und zu eine Wand aus schwarzen Wolken.

Der Stern. Den hatte ich ja völlig vergessen.

Es war fast ein Schock, ihn da oben so klar in dem blauen Luftmeer leuchten zu sehen.

Die Krebse, der Unfall.

Alles hatte ich vergessen.

Und verflucht: die ganzen Fische im Keller!

Sie stanken bestimmt schon fürchterlich. Ich musste sie loswerden, bevor wir fuhren.

Ich griff wieder nach dem Handy und warf beim Fahren kurze Blicke auf die Alben, die ich darin gespeichert hatte. Nichts von Bowie, denn das würde mich an sie und die Hinfahrt erinnern. Vielleicht Peter Gabriel? Seine erste Soloplatte, die mit *Here Comes the Flood*? Seit ich sie mit zwölf zum ersten Mal gehörte hatte, ließ ich sie regelmäßig laufen, aber das letzte Mal war sicher schon ein Jahr her.

Ich war erleichtert, allein zu sein.

Es gab keine Probleme mehr. Jedenfalls keine unüberwindlichen.

Die Musik begann, und ich drehte sie lauter.

In meiner Kindheit folgte die Straße der Küstenlinie und führte durch die kleinen Städte, die dort lagen, an Buchten und kleinen Bauernhöfen vorbei. Inzwischen hatte man sie schnurgerade ein paar Kilometer ins Landesinnere verlegt. Das ging schneller, aber ich hatte es ja nicht eilig, so dass ich die nächste Abfahrt nahm und in Richtung Meer fuhr, kurz darauf die alte Landstraße fand und ihr folgte. Es war, als hätte sie fertig in meinem Gehirn gelegen, denn ich wusste bei jeder Kurve, was mich dahinter erwartete. Erinnerung und Wirklichkeit glitten ineinander, Vergangenheit und Gegenwart arbeiteten zusammen. Als führe ich Auto in meinem eigenen Kopf, aber auch, als führe mein eigener Kopf Auto in der Welt.

Ein kleiner Fluss strömte in einer Art Wassertreppe abwärts, die Stufen schwarz und blank im Schatten großer Eichen. Ein schmiedeeiserner Zaun, in der Sonne leuchtend, verlief zwischen der Straße und dem, was einst ein Gutshof gewesen war;

rote Scheune, roter Stall, ein weißes Hauptgebäude mit einem Wimpel in den norwegischen Farben, der reglos an einer Fahnenstange herabhing.

Plötzlich sah ich das Hotel in der kleinen Bucht mit dem Sandstrand vor mir. Mutter und Vater waren immer an einem Sonntag im Monat mit uns dorthin gefahren, um essen zu gehen, jeweils am Sonntag nach dem Zahltag. Es war doch sicher noch offen? Dort konnte ich im Schatten sitzend ein Pils trinken, ehe ich weiterfuhr. Vielleicht sogar zu Mittag essen? Den Kindern ging es gut mit Mutter, und ich hatte, wenn ich es recht bedachte, heute noch nichts gegessen.

Als ich mich dem Hotel näherte, begann *Here Comes the Flood*. Ich sang mit.

When the night shows
The signals grow on radios
All the strange things
They come and go, as early warnings

Ich hatte nie darüber nachgedacht, was der Text bedeutete, obwohl ich ihn auswendig konnte. Es waren nur Worte gewesen. So ging es mir mit allen Liedern. Johannes am Institut, der ein großer Dylan-Fan war, und ein Buch über seine Texte geschrieben hatte, zog mich deshalb manchmal auf. Wer hört denn Dylan, ohne auf die Texte zu achten, sagte er etwa. Um die geht es doch in den Liedern!

Aber jetzt, bei Peter Gabriel, hörte ich hin.

Stranded starfish have no place to hide
Still waiting for the swollen Easter tide
There's no point in direction we cannot
Even choose a side

Egil glaubte an Zeichen. Aber woran glaubte er genau? Zeichen von was, von wem, von wo? Wenn die Krebse ihr Element verließen und an Land gingen, wenn ein neuer Stern am Himmel aufleuchtete, sollte dann irgendjemand dahinterstecken, der sozusagen durch sie »sprach«? Zu uns?

Ich fand es unfassbar, dass er das glauben konnte.

Die Zeichen mussten deshalb ja nicht gleich willkürlich und sinnlos sein. Wenn die Tiere anfingen, sich anders zu verhalten oder plötzlich auf seltsame Weisen verendeten, war das ein Zeichen dafür, dass die Natur aus dem Gleichgewicht war, dass das Ökosystem kurz vor dem Kollaps stand. Und die Hitze war ein Zeichen dafür, dass das Klima, das uns beschützte, ebenfalls kurz davor war zu kollabieren.

Das waren rationale Zeichen in einem System, zu dem auch wir gehörten. Nichts Mystisches, nichts Übernatürliches, kein Gott, der mit uns »sprach«.

Und der Stern war eine Supernova. Noch so ein natürliches Phänomen.

Vor mir lag, zwischen den Bäumen, das Hotel. Ich blinkte und ging vom Gas. Der Parkplatz war voll, offensichtlich war ich nicht der Einzige, der auf die Idee gekommen war, aber ich fand ganz hinten einen freien Parkplatz, sogar im Schatten.

Auch auf der Terrasse ergatterte ich einen Platz; ein Paar mit einem Kind wollte gerade gehen, als ich kam.

Das ist anscheinend mein Glückstag, dachte ich und drehte mich auf dem Stuhl, um eine der Kellnerinnen auf mich aufmerksam zu machen.

Wie konnte ich nur denken, dass heute ein Glückstag war, wenn ich gerade Tove ins Krankenhaus gefahren hatte?

Aber das belastete mich nicht, im Gegenteil, ich war erleichtert.

Und froh?

Ja, das war ich.

Die Kellnerin begegnete meinem Blick und kam zu mir. Sie schien ungefähr in meinem Alter zu sein, rundlich, dunkle Haare, die gefärbt aussahen.

»What can I get you? A drink, maybe?«

»Warum sprechen Sie Englisch?«, fragte ich. »Das ist doch ein norwegisches Restaurant!«

»I'm sorry, I don't speak Norwegian very well«, sagte sie.

»I see«, sagte ich. »Where are you from? And please don't say Sweden!«

»No, I'm not from Sweden«, sagte sie, ohne den Witz zu verstehen. »I'm from Lithuania.«

»Nice«, sagte ich und bestellte ein großes Bier und ein Chateaubriand.

Sicher, ich sollte deprimiert sein, dachte ich und sah ihr hinterher, als sie durch die dunkle Doppeltür in das eigentliche Restaurant ging. Das zeigte wahrscheinlich, dass ich nicht besonders viel Empathie besaß, was mich manchmal betrübte, schließlich sollte man viel Empathie haben. Sich inbrünstig für andere interessieren. Mutter und Vater hatten das getan. An meiner Erziehung lag es also nicht. Wahrscheinlich war es genetisch bedingt.

Natürlich war ich besorgt um sie, darum ging es nicht. Aber eben nicht die ganze Zeit.

Sie saß allein in einem Zimmer in einem Irrenhaus und wusste nicht mal, wer sie war.

Das war furchtbar. Aber ihr Verhalten war es auch. Sie überließ die Kinder ihrem Schicksal, kümmerte sich kein bisschen um sie. Es war erst eine Stunde her, dass sie geleugnet hatte, welche zu haben.

Sie war psychotisch, aber trotzdem. Es sagte etwas darüber aus, was in ihr vorging.

Die Kinder waren mir jedenfalls wichtig.

Ich hatte mich den ganzen Sommer um sie gekümmert.

Aber ich vergaß immer wieder, dass sie ihre Mutter war, und musste mich daran erinnern, dass es schwierig für sie war. Und das war nicht gut.

Gar nicht gut.

Die Kellnerin kam mit einem Tablett voller Getränke heraus. Ich nahm das kalte Glas, das sie vor mir auf den Tisch stellte, trank einen großen Schluck und sah auf die glitzernde Meeresfläche.

Die Sintflut *würde* kommen. Die Flut war das steigende Meer, die Sünde hatte ausgedient.

Ich schrieb Mutter, dass ich unterwegs sei.

Das war ich ja auch.

Schön!, schrieb sie. *Hier ist alles gut. Wie geht es Tove?*

Tove ist in der geschlossenen Abteilung, schrieb ich. *Weiß nicht, wann sie entlassen wird, aber wir reden hier sicher von Wochen.*

Die Ärmste, schrieb sie.

Ich wusste nicht, was ich darauf antworten sollte, legte das Handy auf den Tisch und trank noch einen Schluck. Sie geht sicher davon aus, dass ich gerade fahre, dachte ich, es wird ihr also nicht seltsam vorkommen, wenn ich ihr nicht antwortete.

Ich griff wieder nach dem Handy und rief Lothar an.

Er meldete sich sofort.

»Hallo, Lothar, wie geht's?«

»Hallo, Arne«, sagte er. »Mir geht's gut. Und dir?

»Es muss«, sagte ich. »Was machst du?«

»Du meinst jetzt?«

»Ja, zum Beispiel.«

»Ich öle die Fahrradkette, und die Kinder sind in ihrem Planschbecken. Und du?«

»Sitze in einem Restaurant und schaue aufs Meer.«

»Herrlich.«

»Nicht das Schlechteste«, sagte ich. »Morgen fahren wir nach Hause. Dann habe ich noch ein paar Tage, um mich vorzubereiten. Aber so, wie ich dich kenne, hast du bestimmt den ganzen Sommer gearbeitet, stimmt's?«

»Nicht doch. Hier sind Ferien gemacht worden. Ein bisschen gearbeitet habe ich schon, das stimmt.«

»Hast du etwas geschrieben?«

»Ja, ein wenig.«

»Und was?«

»Ein bisschen über Heideggers ›Schwarze Hefte‹. Hast du sie gelesen?«

»Naja«, sagte ich. »Ich habe mal einen Blick in eins geworfen. Ja, ehrlich gesagt, als wir bei dir waren, im Mai. Und worüber schreibst du genau?«

»Nichts Interessantes«, sagte er. »Ich versuche mir anzuschauen, auf welche Weise Nationalsozialismus und Antisemitismus in den Heften zum Ausdruck kommen, und in welcher Beziehung das zu seiner reguläreren Philosophie aus dieser Phase steht.«

»Das klingt doch *sehr* interessant«, sagte ich.

»Ach was«, sagte er. »Das machen heute doch alle. Aber ich tue es vor allem für mich. Ich habe Heidegger ja immer gemocht.«

»Du willst ihn retten?«

»Nein! Das ist das Letzte, was ich will! Aber ich versuche, es mir vorurteilslos anzusehen.«

»In den Abgrund zu blicken?«

»Dem Teufel in die Augen zu schauen.«

»Verstehe«, sagte ich. »Ehrlich gesagt habe ich heute auch in einen Abgrund geblickt. Tove ist im Krankenhaus. Sie ist psychotisch. Ich komme gerade aus der Klinik.«

»Oh, nein!« sagte er. »Das sind schlechte Neuigkeiten. Schlimm für sie. Und für dich und die Kinder. Wie geht es ihnen mitten in dem Ganzen?«

»Denen geht es gut«, sagte ich. »Ich versuche, es so weit wie möglich von ihnen fernzuhalten. Außerdem passiert es ja nicht zum ersten Mal.«

»Bleibt sie denn da unten im Krankenhaus?«

»Das wird sie wohl müssen«, sagte ich. »Aber vielleicht geht es ihr auch bald so gut, dass sie verlegt werden kann. Psychosen können schnell vorbeigehen.«

»Es tut mir wirklich leid, das zu hören, Arne«, sagte er. »Sag Bescheid, wenn du wieder hier bist und Hilfe brauchst.«

»Ich danke dir«, sagte ich. »Aber es wird schon werden. Ja, ja. Es ist jedenfalls nett gewesen, mit dir zu reden.«

»Mit dir auch. Gute Heimfahrt!«

Ich legte auf und steckte das Handy in die Hosentasche; es gehörte sich nicht, es beim Essen auf dem Tisch liegen zu haben, auch wenn man allein saß, und ich sah, dass mein Essen aus der Küche kam.

Das Steak war nicht ganz zart, aber völlig in Ordnung. Es gab Pommes frites dazu, die sie in eine Art Behälter gefüllt hatten, und sie waren knusprig und schmeckten gut.

Am Tisch hinter mir saßen Deutsche, rechts von mir Engländer, und die restlichen Gäste in Hörweite kamen aus Südnorwegen. Unten am Strand war alles voller Menschen, die Geräusche von dort schwirrten wie Pfeile durch die Luft, Lachen, Stimmen, Rufe.

Ich hätte mit den Kindern hierherfahren sollen. Dann eben nächsten Sommer.

Ich trank die letzten Schlucke Bier und klopfte nach Zigaretten suchend auf alle Taschen der Shorts.

Lord, here comes the flood, sang ich innerlich. *We'll say goodbye to flesh and blood.*

Aus irgendeinem Grund konnte ich nicht an die Klimakrise glauben, nicht wirklich, nicht daran, dass sie in meiner Lebensspanne eintreffen würde. Ich wusste natürlich, dass sie kommen würde, rational betrachtet glaubte ich an sie, aber nicht emotional. Ich hatte keine Angst, weil es mir so vorkam, als wäre sie nichts, wovor man sich fürchten musste.

War man auch im Hinblick auf die Natur empathisch oder weniger empathisch?

Jetzt reiß dich aber mal zusammen, Mann. Diese ganze Selbstkritik bringt dich auch nicht weiter.

Außerdem wusste doch keiner, dass ich nicht besonders gut darin war, Empathie zu zeigen. Ich rieb es den Leuten ja nicht unter die Nase.

Ich drehte mich wieder zu der Kellnerin um. Auch wenn sie kein Norwegisch sprach, passte sie jedenfalls auf, denn sie kam sofort zu mir.

»Ich möchte bitte zahlen«, sagte ich.

Das verstand sie und nickte.

Lothar war von seiner Midlife-Crisis mit voller Wucht erwischt worden, plötzlich, eines Morgens, war er in voller Fahrradmontur mit Dreckstreifen auf dem Rücken im Institut aufgetaucht, den Helm in der einen Hand und den Rucksack mit Büchern und Papieren in der anderen. Er fragte mich sogar, ob ich mir das Fahrrad in der Mittagspause ansehen wolle, und als ich hinterher die Marke googelte, fand ich heraus, dass er dreißigtausend Kronen dafür geblecht hatte.

Dreißigtausend!

Für ein Fahrrad!

Ich grinste und zog die Karte aus der hinteren Tasche, legte sie auf das Tellerchen mit der Rechnung, das sie auf den Tisch gelegt hatte.

Als ich ihn kennenlernte, hatte er nur aus Bart und Haaren bestanden und sein Körper war nur eine Art Anhängsel seines Geists gewesen. Heute hatte er kurze Haare, war schlank und braungebrannt und ähnelte eher einem Finanzanalytiker als einem Professor.

Warum kamen sie nicht gleich mit dem Kartenterminal? Das war so umständlich, erst brachten sie die Rechnung, dann legte man die Karte auf die Rechnung, und *dann* holten sie das Kartenterminal.

Was mochte der Grund dafür sein? Wollten sie den Kunden zunächst die Möglichkeit geben, die Rechnung zu prüfen? Konnte man das nicht auch tun, während sie vor einem standen und mit dem Kartenterminal warteten?

Nein, Heidegger war nicht mein Mann. Ich hatte versucht, seine Hölderlin-Analysen zu lesen und war nicht umhingekommen zu denken, dass er den Anfängerfehler beging, sich selbst in das Gedicht hineinzutragen, statt die Elemente aus dem Gedicht zu ziehen und vorsichtig auf sie zu pusten, so dass sie entflammten. Was er schrieb, war für sich genommen sicher gut, aber mit Hölderlin hatte es herzlich wenig zu tun.

Endlich blieb die Kellnerin mit dem Kartenterminal in der Hand an meinem Tisch stehen. Ich gab ihr zehn Prozent Trinkgeld, sie hatte mich gut bedient, und das Essen war auch nicht schlecht gewesen.

Fünf Minuten später war ich auf dem Weg zur Autobahn, es gibt keinen Grund, noch mehr zu trödeln, dachte ich, außerdem sehnte sich etwas in mir nach Geschwindigkeit.

Mutters Auto erinnerte eher an eine Nähmaschine, trotzdem war es möglich, einhundertdreißig zu fahren, ehe der Wagen anfing zu zittern und zu klappern.

Ich ließ *The War on Drugs* laufen, das letzte Stück. Die Melancholie passte perfekt zu meiner Stimmung und zu der Landschaft mit der schwarzen Unwetterwand, die mitten im Sonnenschein immer näher kam.

Weiße Boote im Sund, ein voller Parkplatz vor dem Supermarkt, zwei Radfahrer, die langsam und wankend den Anstieg zur Brücke hinauffuhren, wie Lastesel beladen mit Sack und Pack.

Und wenn sie recht hat, dachte ich plötzlich. Wenn wir tot *sind* und dies das Totenreich ist?

Ich lächelte und spritzte Scheibenwischerwasser auf die Frontscheibe, die in der Begegnung mit dem Sonnenschein ihre wahre, schmutzige Natur enthüllte.

Nächste Woche würde ich darüber sprechen, dass die Trennlinie zwischen dem Reich der Toten und dem der Lebenden in der Antike nicht so scharf gewesen war wie heute. Aber der Gedanke, dass dies das Totenreich sein könnte, war mir noch nie gekommen. War das ein guter Ausgangspunkt? Oder würde es bloß alles durcheinanderbringen? Sie würden keine Ahnung haben, wovon ich da eigentlich redete. Ihre Gehirne waren unglaublich konform, keinen Millimeter konnte ich mich von der Welt entfernen, die sie kannten, ohne dass sie mich mit Kritik und Skepsis überhäuften.

Ich musste bald einen Pfarrer einladen, wenn ich die Gastvorlesung noch organisieren wollte. Oder war das eine schlechte Idee?

Das Bild der norwegischen Kirche vom Leben nach dem Tod?

Doch, natürlich war das interessant. Heute gab es bei denen

so viel Gelaber, so viele Ausflüchte, dass es praktisch unmöglich war zu erfahren, was sie wirklich glaubten. Alles löste sich in einer Art Nebel aus Wohlgemeintem auf.

Über die Brücke und die Straße nach links, vorbei an der Bucht mit den schwimmenden Bootsstegen und danach in den Wald, unterbrochen nur hin und wieder von ein paar hellen Lichtungen und Wiesen, dann an der Kreuzung links und noch einen Kilometer, bis rechts die Schotterpiste auftauchte und die beiden weißgestrichenen Häuser, die im rechten Winkel zueinander standen und vor denen sich der Rasen erstreckte.

Als ich parkte, saß Mutter lesend am Tisch. Neben ihr lag Ingvild auf einer Decke und sonnte sich.

»Hallo«, sagte ich und ging zu ihnen. »Wie geht es euch?«

»Uns geht es gut«, sagte Mutter und setzte die Sonnenbrille ab.

Ingvild setzte sich auf.

»Wie lange muss Mama im Krankenhaus bleiben?«, sagte sie.

»Das wissen sie noch nicht«, sagte ich. »Aber hoffentlich nicht lange.«

»Kann sie in ein Krankenhaus zu Hause verlegt werden?«

»Im Moment nicht, denke ich. Aber vielleicht in ein paar Tagen, wenn es ihr etwas besser geht.«

»Hast du gefragt?«

»Es gab so viel anderes zu besprechen«, sagte ich. »Aber ich bin ja täglich mit ihnen in Kontakt. Wir werden sehen, wann die Zeit reif dafür ist.«

Dazu sagte sie nichts, nahm nur ihr Handtuch und ging hinein.

»Und wo sind die Zwillinge?«, fragte ich.

»Im Haus«, sagte Mutter. »Ihnen war es hier draußen zu heiß.«

»Da liegen sie nicht ganz falsch«, sagte ich und setzte mich.

Auf dem Tisch standen eine Glaskaraffe mit Wasser und daneben drei ineinander gestapelte Gläser. Ich nahm mir eins und goss mir ein.

»Es geht mich ja vielleicht nichts an«, sagte sie und sah mich an. »Aber du riechst nach Bier.«

Ich starrte sie an.

»Du hast recht«, sagte ich. »Es geht dich nichts an.«

»Gut, gut«, sagte sie, nahm ihr Buch und begann zu lesen.

»Ich habe eine Pause bei dem Hotel eingelegt, in dem wir früher sonntags essen gegangen sind«, sagte ich. »Ich habe etwas gegessen und dazu ein Bier getrunken. Weißt du, ich bin dreiundvierzig Jahre alt und entscheide selbst, was ich tun möchte. Ich hatte den ganzen Tag noch nichts gegessen und gerade meine Frau in die Psychiatrie gebracht.«

Sie sah zu mir auf und nickte.

»Deshalb rieche ich nach Bier«, sagte ich.

Sie legte das Buch wieder weg.

»Ich habe mich eben lange mit Ingvild unterhalten«, sagte sie.

»Und?«, erwiderte ich ruhig, befürchtete aber das Schlimmste.

»Sie hat mir erzählt, was hier gestern passiert ist.«

»Und was hat sie gesagt?«

»Sie hat gesagt, dass du getrunken und einen Unfall mit dem Auto gebaut hast, während sie hier mit Tove allein waren. Die psychotisch war.«

»Also erstens«, sagte ich, »erstens war ich nicht betrunken. Ich hatte zwei Bier getrunken, das war alles. Zweitens wollte ich nur Zigaretten kaufen fahren. Ja, ich weiß, nicht gut, aber ich habe wieder angefangen zu rauchen. Drittens hat Tove zu der Zeit geschlafen. Und viertens: Den Unfall hatte ich, weil die Straße voller Krebse war und ich versucht habe, um sie herumzufahren.«

Mutter sah ins Leere und versuchte offenbar zu verdauen, was ich gesagt hatte.

»Der springende Punkt ist, dass du nicht für sie da warst, als sie dich brauchten«, sagte sie langsam. »Ingvild hatte große Angst. Sie hat immer noch Angst. Sie brauchen Stabilität, erst recht, wenn Tove so labil ist. Und du bist der Einzige, der sie ihnen geben kann.«

»Das weiß ich doch«, sagte ich. »Es sind einfach nur mehrere unglückliche Umstände zusammengekommen.«

Ich stand auf.

»Ich sehe mal nach den Zwillingen. Wann fährst du zurück?«

»Das kommt ganz darauf an, wie lange du mich hier noch brauchst«, sagte sie.

»Na ja, bis morgen muss ich ja noch einiges regeln und erledigen«, sagte ich. »Die Kinder fänden es bestimmt schön, wenn du bis dahin bleiben könntest. Bis wir fahren, meine ich.«

»Dann tue ich das«, sagte sie.

Während ich packte und aufräumte, kam die Regenfront langsam näher, eine blauschwarze Mauer aus Wolken, die in der Dämmerung noch dunkler wurde und in der die Welt langsam versank. Als die ersten Tropfen fielen, war es, als gäbe es nur das Haus und den Garten. Jenseits davon war alles schwarz.

Als Letztes trug ich die Koffer und Rucksäcke zum Auto und legte sie in den Kofferraum. Mit dem Auto unterwegs zu sein, hatte den Vorteil, dass man nicht wie bei einer Flugreise alles schleppen und im Auge behalten musste, und so füllte ich den restlichen freien Platz mit Tüten und verschiedenen Gegenständen, für die in den Koffern kein Platz mehr gewesen war oder die ich beim Packen vergessen und gefunden hatte, als ich durch die Zimmer ging, um überall nachzusehen.

Wirklich gut sah es in den Zimmern nicht aus, aber wenn nächste Woche eine Putzfirma vorbeikam, würde das Haus bis zum nächsten Sommer sauber sein.

Ich hatte Egil noch nicht gebeten, ihnen aufzuschließen und gelegentlich nach dem Haus zu sehen und die Heizung anzudrehen, wenn es Herbst wurde, aber das war eine reine Formsache. Im Winterhalbjahr hatte er hier draußen nicht viel anderes zu tun, und er war von Natur aus hilfsbereit.

Ich schloss den Kofferraum und ging nach vorn, um mir den Schaden noch einmal anzuschauen. Ein Scheinwerfer war kaputt, genau wie der Blinker, aber es würde uns wohl nichts anderes übrigbleiben, als es zu riskieren und mit dem Wagen über die Hardangervidda nach Oslo zu fahren. Sollten wir wider Erwarten in eine Polizeikontrolle geraten, würden sie schlimmstenfalls ein Fahrverbot für den Wagen aussprechen, was natürlich übel wäre, aber wahrscheinlich würden sie es bei einem Bußgeld belassen.

Und in all den Jahren, die ich diese Strecke gefahren war, hatte man uns noch nie angehalten.

Ein Tropfen traf meine Stirn, dann einer den Handrücken, und als ich in die Dunkelheit hinaufsah, begann der Regen auf die Karosserie zu trommeln, zuerst langsam und dann immer schneller.

Ich ging in die Küche, rief Egil an und betrachtete dabei den Regen im Garten, der im Licht der Lampen als Streifen sichtbar war.

Er meldete sich nicht, und ich legte auf.

Mutter saß mit den Zwillingen im Wohnzimmer und sah einen Film. Ingvild war in ihrem Zimmer. Wir hatten zu Abend gegessen, an diesem Abend würde also nichts mehr geschehen.

Ich musste ihnen von der Katze erzählen. Das konnte nicht warten, bis wir fahren wollten und sie selbst begriffen, dass sie nicht mitkommen würde.

Sollte ich ihnen sagen, dass sie wahrscheinlich überfahren worden war?

»Wahrscheinlich«, das würde ihnen Hoffnung machen, das ging also nicht.

Und wenn ich sagte, sie sei überfahren worden, würden sie nach den Details fragen, woher ich das wusste, wo ich sie begraben hatte.

Ich rief noch einmal Egil an, drehte mich zur Küche um und sah im Fenster die leere Arbeitsplatte und darüber meinen eigenen schemenhaften Umriss. Drei Fliegen krabbelten langsam in unterschiedliche Richtungen. Was denkt eine Fliege eigentlich über eine andere Fliege, dachte ich. Wissen sie, dass es mehrere von ihnen gibt?

Er meldete sich wieder nicht. Das war nicht weiter ungewöhnlich, denn wenn er mit dem Boot hinausfuhr, ließ er das Telefon meistens zu Hause, im Grunde auch sonst. Ich konnte kurz zu ihm fahren.

Eine Zigarette und ein Drink auf der Terrasse wären jetzt eine feine Sache.

Natürlich nur, wenn es aufklarte. Zu stressig, es bei diesem Wetter zu tun.

Ich ging zu den Jungen hinein, die links und rechts von ihrer Großmutter saßen und auf den Film starrten. Sie strickte und warf manchmal einen kurzen Blick auf den Bildschirm.

»Guckt ihr ›Das wandelnde Schloss‹?«, fragte ich.

Sie nickten.

»Ein guter Film«, sagte ich. »Ich glaube, von den japanischen finde ich den am besten.«

»Mm«, sagte Asle.

»Können wir was haben?«, fragte Heming.

»Ja«, sagte ich. »Wir fahren morgen früh. Nehmt euch, was ihr wollt.«

»Ein Eis?«

»Seht nach, ob noch welches im Gefrierfach ist«, sagte ich.

Asle drückte auf Pause, und die beiden verschwanden in der Küche.

Mutter strickte.

Ein Blitz erhellte draußen die Dunkelheit ein wenig. Ich zählte automatisch und kam bis sieben, ehe der Donner folgte.

»Kannst du Tove im Krankenhaus besuchen, falls sie länger dableiben muss?«, sagte ich. »Ich werde versuchen, sie verlegen zu lassen, aber das könnte etwas dauern.«

»Das mache ich«, sagte sie. »Ich bin mir allerdings nicht sicher, ob sie sich darüber freuen wird.«

»Klar freut sie sich«, sagte ich.

»So klar ist das nicht.«

Ich seufzte und drehte mich zur Türöffnung um, als die Jungen ins Wohnzimmer zurückkamen.

»Kommt ihr bitte mal kurz mit?«, sagte ich.

»Wohin?«

»Nach oben. Ich will euch was zeigen.«

Im Schlafzimmer schloss ich die Tür hinter uns und ging in die Hocke.

»Das Kätzchen liegt unter dem Bett«, sagte ich. »Wir nehmen es morgen mit.«

Sie gingen auf die Knie, beugten sich vor, um, jeder mit seinem Eis in der Hand, zu schauen.

»Es hat jetzt einen Namen«, sagte ich. »Es heißt Mephisto.«

»Hat es Angst?«, fragte Asle.

»Wo ist Sophi?«, fragte Heming. »Soll sie nicht eigentlich auf Mephisto aufpassen?«

»Doch«, sagte ich. »Aber wisst ihr, es ist etwas Trauriges passiert. Sophi ist tot. Ein Dachs hat sie getötet. Zum Glück haben wir noch Mephisto. Das ist jetzt unsere Katze.«

»Ein Dachs?«, sagte Asle.

»Sophi ist tot?«, sagte Heming.

Ich richtete mich auf, strich erst dem einen, dann dem anderen durchs Haar.

»Ja«, sagte ich. »So etwas kann bei Tieren schon einmal passieren. Aber sie hatte ein gutes Leben bei uns. Und Mephisto ist ja ihr Kind. Wir werden uns gut um Mephisto kümmern, nicht wahr?«

»Aber ...«, sagte Heming. »Wo ...«

»Im Wald«, sagte ich.

»Du hast sie gefunden?«

»Ja.«

»Wann denn?«

»Gestern Abend, als ihr schon geschlafen habt«, sagte ich. »Ich habe sie im Garten beerdigt. Sie hat ein schönes Begräbnis bekommen.«

Asle liefen ein paar Tränen über die Wangen.

»Wein nicht«, sagte ich. »Sie hatte ein gutes Leben, hörst du.«

»Aber ich konnte mich gar nicht von ihr verabschieden«, sagte er.

»Ihr seid immer sehr lieb zu ihr gewesen«, sagte ich. »Aber kommt jetzt. Morgen helft ihr mir, Mephisto in den Käfig zu bekommen. Vielleicht können wir dem Kätzchen ja etwas besonders Leckeres geben. Es wird bestimmt ein bisschen jaulen, aber das liegt nur daran, dass es nicht versteht, was los ist. Es ist ja noch nie in einem Auto gefahren.«

Sie folgten mir nach unten und setzten sich wieder auf die Couch.

Erleichtert, dass es so gut gelaufen war, ging ich zum Atelier, um eine zu rauchen. Ich hatte nicht gewusst, welche ihrer Sachen ich mitnehmen sollte; die Kleider natürlich, aber was war mit ihren Arbeitssachen? Ich hatte keine Ahnung, was sie davon zu Hause brauchen würde, und hatte deshalb alles stehenlassen.

Mit der rauchenden Zigarette in der Hand sah ich die Gemälde durch, die an die Wand gelehnt standen, mit der Leinwand zu ihr, wie sie ihre Bilder immer stellte.

Lange sah ich mir einen sandigen Kiefernwald mit einigen Mädchen an, die im Verhältnis zu den Bäumen klein waren und in ihren Jeans und T-Shirts fremd wirkten, sie standen gebückt und pflückten halb hinter den Baumstämmen verborgen Beeren. Sie hatte mit Öl gemalt, die Farben waren intensiv und klar, das Gefühl von Wald war überwältigend. Und von etwas vage Unheimlichem erfüllt.

Dahinter stand ein noch unheimlicheres Bild. Es zeigte einen nackten Mann, auch er im Wald, diesmal jedoch vor einer Wand aus Fichten in der Dämmerung. Er entfernte sich mit gesenktem Kopf und hielt eine Schale in der Hand.

Ich drehte die Lampe auf dem Tisch zum Bild, damit ich es besser sehen konnte, gleichzeitig fiel die lange Asche auf den Fußboden, und ich erinnerte mich wieder, dass die Zigarette da war und zog so lange an ihr, dass der Filter heiß wurde.

Es war gar kein Mann, sah ich jetzt, sondern ein menschenähnliches Geschöpf. Der Körper war wie der eines Menschen, aber ungeheuer kräftig, und der Kopf war kahl, mit Ausnahme eines Haarzopfs, der auf seinen Rücken fiel, während das Gesicht … das Gesicht war grobschlächtig wie das eines Neandertalers. Die Ohren sahen aus wie Tierohren, und die Augen …

Aber das Seltsamste war, dass über dem Wald ein Stern schien.

Ich presste den Finger auf die Ecke der Leinwand, betrachtete ihn. Die Farbe war trocken. Sie musste das Bild gemalt haben, bevor der neue Stern aufgetaucht war.

Oder hatte sie ihn auf ein altes Bild gemalt?

Ich drückte den Finger vorsichtig auf den Stern.

Er war genauso trocken.

Wann hatte sie das gemalt? Ich hatte definitiv nicht gesehen, wie sie daran arbeitete.

Und dann der Stern!

Das kann nur ein Zufall sein, aber trotzdem, merkwürdig ist es schon, dachte ich und stellte das Bild zurück, löschte das Licht, trat in den Regen hinaus und wählte erneut Egils Nummer.

Er meldete sich immer noch nicht.

Wahrscheinlich ist der Akku leer, dachte ich und ging ins Wohnzimmer.

»Ich fahre mal kurz bei Egil vorbei«, sagte ich. »Er geht nicht ans Telefon, und ich muss mit ihm ein paar Dinge wegen dem Haus besprechen. Ist das okay? Wenn du möchtest, kannst du den Zwillingen vorlesen, wenn sie ins Bett gehen. Ansonsten kommen sie allein klar. Nicht wahr?«

Beide nickten.

»Bleib nicht zu lange weg«, sagte Mutter.

»Nein«, sagte ich. »Ich trinke nur einen Kaffee auf seiner Terrasse.«

Sie folgte mir in den Flur.

»Muss das wirklich sein?«, sagte sie. »In dem Wetter?«

»Ich bleibe nicht lange«, sagte ich und zog meine Regenjacke an.

»Es ist heute Abend eine Unruhe im Haus«, sagte sie. »Merkst du das nicht?«

»Nein, überhaupt nicht«, sagte ich. »Im Gegenteil. Die Unruhe ist vorbei, seit Tove nicht mehr da ist. Du bist nur ein bisschen übersensibel.«

»Mag sein«, sagte sie. »Nimmst du mein Auto?«

»Ja«, sagte ich und öffnete die Tür, und das Rauschen des gewaltigen Regens schlug in den Flur. »Ist das okay?«

Sie nickte.

»Fahr vorsichtig«, sagte sie und ging wieder ins Wohnzimmer.

Ich schaltete die Scheibenwischer auf die höchste Stufe und setzte auf die Straße zurück. Es hatten sich bereits große Pfützen gebildet, sah ich im Licht der Scheinwerfer. Ich empfand eine kindliche Freude über die Kräfte, die entfesselt worden waren, das viele Wasser, die Blitze, die Donnerschläge, und es war kein Auto unterwegs, so dass ich schnell fahren konnte, sobald ich auf die asphaltierte Straße kam, durch Regen und Dunkelheit rauschen konnte, die Bäume zu beiden Seiten wie die Wände eines Tunnels.

Sie muss den Stern später gemalt haben, dachte ich. Sie sah sicher so einiges, wenn sie psychotisch war, aber dass sie dann auch noch hellseherische Fähigkeiten hatte, bezweifelte ich.

Hoffentlich bekommen die Kinder nicht, was sie hat, dachte ich und fuhr langsamer, als ich zu dem letzten Abschnitt kam, der schmalen, unübersichtlichen Straße am Ufer entlang. Die ganze Bucht war in Aufruhr, Wellen schlugen gegen das Land, Boote schaukelten und zerrten an ihren Vertäuungen.

Sein Auto war da, sah ich, als das Scheinwerferlicht auf der Hügelkuppe die Garage traf. Und das Fahrrad. Aber so verrückt, dass er in diesem Wetter Fahrrad fuhr, konnte er ja auch nicht sein. Schon gar nicht mit seinem Sohn.

Ich parkte neben seinem Wagen, schaltete den Motor ab und stieg aus. Der Regen prasselte auf das Dach und rauschte im Wald, und von den Felsen unten dröhnte es zu mir herauf, wenn die Wellen an Land schlugen.

Ich klopfte an die Tür.

Wartete ungefähr zwei Minuten, bis ich die Klinke hinunterdrückte. Die Tür war abgeschlossen, und ich ging um das Haus herum, weil ich an die Terrassentür klopfen wollte. Oder um ihn dort mit einem Buch im Schoß unter der einzigen Lampe sitzen zu sehen, in deren Licht er immer las.

Ein Blitz zerriss die Dunkelheit.

Hui, das war nahe!

Das Krachen, das nur eine Sekunde später folgte, klang wie eine Explosion.

Ich ging über die Felsen und betrat die eigentliche Terrasse.

Die Tür stand offen. Dann waren sie also zu Hause. Im Haus war jedoch alles dunkel, wahrscheinlich schliefen sie.

Sollte ich sie wecken?

Schließlich bin ich den weiten Weg hierhergekommen, dachte ich und klopfte an das Glas.

»Hallo?«, sagte ich. »Egil?«

Es war vollkommen still im Haus.

Es zu betreten, während sie schliefen, gehörte sich eigentlich nicht. Aber ich konnte ja sagen, ich hätte mir Sorgen um sie gemacht. Die offene Tür im Sturm und so weiter.

Ich ging hinein, blieb mitten im Raum stehen.

»Egil?«, sagte ich. »Bist du da?«

Nur die Geräusche des Sturms waren zu hören.

Ich ging in sein Schlafzimmer. Es war leer. Das Bett war nicht gemacht, als hätte sich jemand hingelegt und wäre anschließend wieder aufgestanden. Das setzt allerdings voraus, dass wir über einen normalen Menschen sprechen und nicht über Egil, dachte ich und grinste. Ich hatte Mühe, mir vorzustellen, dass er sein Bett machte.

Vielleicht schliefen sie in dem anderen Schlafzimmer, fiel mir ein.

Es war auch leer.

Sie waren schlicht und ergreifend nicht da.

Ich schaltete die Deckenlampe an und sah mich um.

Eine dicke Bibel lag mitten auf dem Fußboden, es war das einzige Ungewöhnliche, was ich sehen konnte. Und dass in der Küche Essen stand.

Ich ging zur Schreibmaschine auf dem Tisch und drehte vorsichtig den Blätterstapel daneben um, so dass ich die Titelseite sehen konnte.

Über den Tod und die Toten
Ein Essay von Egil Stray

Das war es, woran er geschrieben hatte?

Ich schaute mich um, erwartete, ihn sagen zu hören, *Was machst du denn da, Mann?*, aber es war niemand da, und ich begann in dem Stapel zu blättern und las ab und zu ein paar Zeilen.

»*Wie wir wissen, ist der Tod unnötig.* Das schrieb Bataille 1949, und seit ich diesen Satz zum ersten Mal gelesen habe, hat er mich begleitet«, stand an einer Stelle.

»Dem Tod widerfährt, dass er kleiner und kleiner wird, und diese Entwicklung ist so auffällig, dass es nicht mehr undenkbar erscheint, dass der Tod eines Tages den Nullpunkt erreicht und verschwindet«, stand an anderer Stelle.

Ich war erleichtert zu sehen, wie prätentiös das war. Hier saß der Sohn reicher Eltern allein in seinem Sommerhaus und dachte, er wäre ein Philosoph!

Ich drehte den Stapel wieder um und legte ihn genauso zurück, wie er dort gelegen hatte. Spähte noch einmal umher, um zu sehen, ob er irgendwo stand und mich beobachtete.

»Egil?«, sagte ich laut.

Gab es in der Garage nicht einen Schlafboden? Vielleicht übernachteten sie dort, ein Abenteuer für den Sohn.

Ich schaltete die Taschenlampe meines Handys ein und ging um das Haus herum und in die Garage, in der sein alter Saab stand, und leuchtete zu dem Schlafboden hinauf.

»Egil?«, sagte ich, obwohl ich wusste, dass der Raum leer war, das merkte man ja.

Ich schloss die Tür hinter mir.

Wo konnten sie sein?

Ich muss sicherheitshalber im Boot nachsehen, dachte ich, schnürte die Kapuze enger um den Kopf und ging um das Haus herum und in den Sturm hinaus, der mir heulend und rauschend und fauchend entgegenschlug. Beleuchtete den Pfad vor mir, der zum Bootshaus führte.

Dort lag schaukelnd sein Boot.

Alles andere hätte mich auch überrascht, in diesem Wetter würde er ja wohl kaum hinausfahren.

Es sei denn, er war gefahren, bevor es losging und vom Sturm überrascht worden? Und jetzt saßen sie auf einer kleinen Insel fest oder so?

Aber dann würde hier ja wohl kaum das Boot liegen, dachte ich und lachte über meine eigene Dummheit.

Das Boot zerrte an den straffen Vertäuungen wie ein Tier, das sich freizukämpfen versuchte.

Die Wellen schlugen schäumend gegen die Uferfelsen, an manchen Stellen mehrere Meter hoch.

Ich kehrte zum Haus zurück, schaltete das Licht aus, schloss die Schiebetür und ging zum Auto. Da sowohl Auto und Boot als auch das Fahrrad hier waren, blieb als einzige Erklärung nur, dass sie einen Spaziergang machten, um sich den Sturm anzusehen.

Wenn es so war, würden sie bald zurück sein, aber ich hatte keine Lust, hier herumzusitzen und zu warten, außerdem wollten wir am nächsten Morgen früh aufstehen, so dass ich stattdessen das Auto anließ, schaltete, bis zum Waldrand zurücksetzte und den Hang hinabfuhr, das Licht der Scheinwerfer wie zwei Tunnel, vom Regen gestreift in der Dunkelheit.

TURID

Ich hatte solche Angst, dass ich die Augen zumachte, um dem Ganzen zu entkommen. Aber das war genauso schrecklich, denn dann konnte er kommen, ohne dass ich wusste, dass er kam, und ich öffnete sie wieder.

Er hatte sich weggedreht, kehrte mir den Rücken zu.

Er legte den großen Kopf in den Nacken und sah zum Himmel hinauf und fletschte die Zähne. Dann ging er auf den Waldrand zu und verschwand zwischen den Bäumen.

Plötzlich war alles still. Nicht ein Laut kam aus dem Wald.

Ich blieb lange stehen, ohne mich zu rühren. Schaute hierhin und dorthin. Nichts bewegte sich. Auch Kenneth nicht, dort, wo er lag.

Alles in mir zitterte. Meine Beine waren so wackelig und schwach, dass ich mich auf einen Baum stützen musste, um nicht zu fallen.

War er wirklich gegangen?

Ich blieb bestimmt zehn Minuten stehen, ehe ich langsam auf die Lichtung zuging. Ich hielt an, schaute mich um, ging ein paar Schritte, hielt an.

Alles war still.

Hier war keiner.

Es ist vorbei, dachte ich. Das Geschöpf war gegangen.

Vor Kenneth bückte ich mich. Er lag auf dem Rücken, die Arme seitlich ausgestreckt, als wäre er erschossen worden.

Sein Herz schlug, fühlte ich, als ich Daumen und Zeigefinger an seinen Hals legte.

Ich traute mich nicht, seinen Namen laut auszusprechen, hatte Angst, die Stimme würde das Geschöpf zurückrufen.

Ich strich mit der Hand über seine Wange.

»Kenneth«, flüsterte ich. »Kenneth.«

Er schlug die Augen auf.

Erst sah er leer in den Himmel über uns.

»Wir sind im Wald«, flüsterte ich. »Wir gehen jetzt nach Hause.«

Er sah mich an und setzte sich gleichzeitig auf.

Sein Blick erschreckte mich. Es lag etwas anderes darin. Etwas, was dort vorher nicht gewesen war.

Die Art und Weise, wie er mich ansah.

»Komm«, sagte ich leise. »Wir gehen nach Hause.«

Er stand auf.

Ich schaute mich um. Keine Bewegung zu sehen, kein Laut zu hören.

Ich nahm seine Hand, er ließ es zu. Als ich losging, ging auch er. Am Bach entlang, zwischen den beiden umgestürzten Bäumen hindurch, langsam den Hang mit dem vielen Heidekraut hinauf.

Kenneth wusste sicher nicht, dass er nackt war, oder wusste nicht, was das bedeutete, denn er ging wie immer.

Er war bestimmt aus dem Gefängnis, dachte ich plötzlich. Er musste ein Häftling sein. Manche von ihnen sahen fürchterlich aus. Vollgepumpt mit anabolen Steroiden. Mächtig wie Stiere. Brutale, rohe Gesichter.

Das war die Erklärung.

Er war aus dem Gefängnis ausgebrochen, und jetzt trieb er sich hier herum, bis sie aufhörten, nach ihm zu suchen.

Die großen Vögel waren nur große Vögel gewesen.

Im Dunkeln und durch meine Angst hatte sich alles zu etwas Fürchterlichem verändert.

Und es liegt nichts Neues in Kenneths Blick, dachte ich und sah ihn kurz an. Er starrte ernst vor sich hin, ohne eine Miene zu verziehen. So war Kenneth immer gewesen, er hatte nur einen Gesichtsausdruck und nur einen Blick. Er war nicht unbedingt leer, aber ausdruckslos. Als ginge ihn nichts etwas an.

Als wir auf halbem Weg nach oben waren, fiel mir das Atmen immer schwerer. Ich bekam nicht genug Luft. Die kleinen Äderchen zogen sich zusammen, so fühlte es sich an, sie drehten und wanden sich überall im Körper. Das Herz hämmerte, und ich beugte mich vor, obwohl ich wusste, dass ich mich eigentlich aufrichten und meine Lunge für die Luft öffnen musste.

Die Luft kam durch einen kleinen Strohhalm, und die Lunge war so groß, das brachte nichts.

hhhhii hhhhoo hhhhhii hhhhooo

Vage ahnte ich, dass Kenneth mich ansah.

hhhhii hhhhoo hhhhhii hhhhooo

Dann war es, als löse der Pfropfen sich auf. Plötzlich strömte Luft in meine Lunge und ins Blut, der Schmerz verschwand.

Ich richtete mich auf und entdeckte, dass wir uns die ganze Zeit an den Händen gehalten hatten.

»Jetzt gehen wir weiter, Kenneth«, sagte ich. »Gleich sind wir zu Hause.«

Von der Hügelkuppe aus sah ich zu den Anstaltsgebäuden hinunter. Sie lagen wie schlafend auf der Ebene verteilt. Das Gefängnis sah anders aus, ein hell erleuchtetes Viereck mitten im dunklen Wald, hellwach und zornig.

Was war das mit dem Gefäß und dem Blut gewesen?

Anscheinend hatte er ein Tier getötet und geschlachtet. Hatte sich einen Spaß erlaubt, als Kenneth auftauchte. Von irgendetwas berauscht.

Langsam gingen wir den Weg hinunter und in das letzte Waldstück hinein.

Jetzt kam es darauf an, ihn ins Haus zu schleusen, ohne dass es jemand merkte.

Hauptsache, Sølve schlief. Dann würde es sein, als wäre nichts passiert.

Das Licht aus den Gebäuden fiel schwach auf den Waldboden vor uns. Unmittelbar darauf sah ich die Fenster und die Lampen, von denen es ausging, und kurz danach betraten wir den Rasen.

Die Veranda jedenfalls war leer. Und zwischen den Gebäuden war auch kein Mensch zu sehen. Hätten sie gemerkt, dass wir weg waren, gäbe es hier irgendeine Form von Aktivität.

Keine Menschenseele.

Ich schloss die Tür auf, während Kenneth brav wartete.

Im Flur öffnete ich die Tür zur Toilette, befeuchtete etwas Klopapier und wischte das rote Mal von seiner Stirn. Es war klebrig, musste Blut sein.

Jetzt, wo wir im Haus waren, war es das einzige Zeichen dafür, dass etwas vorgefallen war. Seine Nacktheit ließ sich dadurch erklären, dass er rausgelaufen, abgehauen war, aber ich es geschafft hatte, ihn aufzuhalten. Er konnte nicht sprechen, hatte also keine Möglichkeit, selbst davon zu erzählen. Ich würde natürlich nichts sagen. Nicht einmal zu Jostein.

Nicht, dass er mir das glauben würde.

Ich stieg die Treppe hinauf, dicht gefolgt von Kenneth mit seinem ausdruckslosen Gesicht und seinen mechanischen Schritten.

Der Flur war leer. Vorsichtig ging ich zum Personalraum und sah hinein. Sølve saß auf der Couch, den Kopf zurückgelegt und mit offenem Mund.

Gott sei Dank.

»Komm, Kenneth, jetzt gehst du direkt ins Bett«, sagte ich und öffnete ihm die Tür. Stand im Türrahmen und sah, wie er sich aufs Bett setzte und die Decke zur Seite schlug.

»Schlaf gut«, sagte ich.

Er drehte den Kopf und starrte mich direkt an. Öffnete den Mund, als wollte er etwas sagen.

Er blinzelte mehrmals.

»Ah Ah Ah«, sagte er.

»Was ist? Möchtest du etwas haben?«, fragte ich.

Er hustete.

»Du …«, sagte er.

»Möchtest du einen Schluck Wasser?«

Er starrte mich weiter an.

»Du … bsst …«, sagte er.

Die Stimme schwach und krächzend, wie von einem Ort tief in ihm.

Du bist?

Redete er?

Nein, mein Gott, das waren nur Laute.

»Dann sage ich jetzt Gute Nacht«, sagte ich.

»Du … bsst …«, sagte er wieder.

Waren das Worte?

Er hob die Hand.

»Du … bist … gerichtet … worden …«

Und dann legte er sich hin, schloss die Augen und kehrte mir den Rücken zu.

»Was hast du gesagt? Hast du was gesagt? Kenneth, hast du was gesagt? Was hast du gesagt? Kenneth!«

Ich legte die Hand auf seine Schulter und versuchte, zu ihm durchzudringen.

»Kenneth«, sagte ich. »Was hast du gesagt? Hast du was gesagt?«

Er blieb still liegen. Der Körper schwer und die Atemzüge regelmäßig.

Ich ging in den Flur. Er kann nicht sprechen, er kann nicht sprechen, sagte ich zu mir selbst. Das waren nur Laute. Turid, das waren nur Laute.

Hatte ich Entzugserscheinungen, lag es daran?

Sah und hörte ich Dinge, die gar nicht da waren?

Wenn ich diese Nacht schon keine Oxazepam bekommen konnte, würde ich auf jeden Fall eine rauchen, dachte ich, ging ins Büro und öffnete Sølves Rucksack, scherte mich nicht darum, ob er aufwachte oder nicht, fand eine Schachtel Prince und ein Feuerzeug in der Seitentasche, trat auf die Veranda, setzte mich auf den Stuhl und zündete mir eine an.

»Ich bin wohl eingeschlafen«, sagte Sølve drinnen. »Ist was passiert?«

»Nein«, sagte ich. »Was machst du, wenn ich das melde?«

»Das ist nicht dein Ernst«, sagte er.

»Vielleicht«, sagte ich, sog den Rauch in die Lunge und begann zu husten.

»Wusste gar nicht, dass du rauchst«, sagte er.

Ich erwiderte nichts. Hustete und schluckte mehrmals hintereinander. Konnte mit meiner verfluchten Atmung nicht rauchen. Das wusste ich doch.

Verdammt.

Ich bückte mich und drückte sie auf dem Betonboden aus.

»Du hast nicht zufällig eine Oxazepam?«, fragte ich.

»Oxazepam? Nein. Aber ich habe Tafil. Möchtest du eine?«

»Hast du? Hast du wirklich welche?«

»Ja, klar, beruhige ich. Aber dann nehme ich mal an, dass du mich nicht meldest?«

Er lachte.

»Hast du zwei?«, fragte ich.

Kurz darauf reichte er mir zwei Tabletten und ein Glas Wasser.

»Brave Turid«, sagte er.

Ich seufzte und schluckte sie.

Ich würde einen hohen Preis dafür bezahlen müssen, dass ich ihn um etwas gebeten hatte. Jetzt waren wir Vertraute.

Er setzte sich auf den anderen Stuhl.

»Kann ich bitte ein bisschen allein sein?«, sagte ich.

»Das ist jetzt nicht dein Ernst«, sagte er. »Ich habe dir doch gerade einen Gefallen getan!«

»Bitte. Nur kurz. Ich muss über etwas nachdenken.«

Er stand wortlos auf und ging. Ich lehnte den Kopf zurück und sah zum Himmel. Die Wirkung der Tabletten würde erst in einer halben Stunde einsetzen, das wusste ich, aber sie schienen schon jetzt zu helfen.

Duh büsst geh rüchtet worn.

Das waren nur Töne.

Duh büsst geh rüchtet worn.

Nach dem, was im Wald passiert war, brauchte es nicht viel, damit meine Fantasie mit mir durchging. Im Übrigen war sie wohl auch dort schon mit mir durchgegangen.

Vögel mit Schuppen und Ungeheuer.

Das war doch hysterisch.

Es war schon wüst genug, dass Kenneth nackt in den Wald rannte und ich ihm hinterher musste.

Das war eine Geschichte, die ich später einmal erzählen konnte.

Nicht, dass Ole es jemals schaffen würde, mir Enkelkinder zu schenken.

Der kleine Olemann.

Ich ging rein und holte das Telefon. Hörte, dass Sølve angefangen hatte, den Fußboden im Flur zu putzen. Die Absprache zwischen uns lautete, dass er die Küche und die Toiletten übernahm und ich alle großen Flächen. Aber jetzt war er sauer und wollte, dass ich Schuldgefühle hatte, und stürzte sich auf alles.

Er ging nicht dran.

Diesmal war ich nicht besorgt. Der Akku war leer, oder er hatte sich hingelegt und das Handy stummgeschaltet.

Hatte keinen Sinn, Jostein anzurufen. Er schlief seinen Rausch aus und würde durch nichts zu wecken sein.

Sanfter Rauch wirbelte von den Tabletten hoch und trieb in langsamen Spiralen durch meinen Körper, zog einen Schleier durch die Gänge im Gehirn, fiel sanft auf die Nerven, die sich entspannten und zur Ruhe kamen. Alles war so friedvoll, dass selbst die wütenden Gedanken verstummten.

Was hatte ich da oben auf dem Hügel gedacht?

Es war von einem Licht umgeben.

Genau.

Dass ich hier tatsächlich kündigen konnte.

Das war es.

Ich war zwar alt, aber nicht so alt, und ich hatte Erfahrung, war doch klar, dass ich mir einen anderen Job suchen konnte.

Vielleicht sogar etwas völlig anderes?

Vielleicht etwas mit Blumen. Wieder in einer Gärtnerei? Oder noch besser, in einem Blumengeschäft. Kränze binden, Sträuße zusammenstellen.

Farben, Formen, Leben und Freude.

Wenn ich mein Leben noch einmal hätte leben können, hätte ich das getan. Ich wäre Floristin geworden, hätte meinen eigenen Blumenladen eröffnet.

Hätte den Mut gehabt, im Gymnasium Kunst zu nehmen und weiter zu zeichnen und zu malen.

Wäre an jenem Frühlingstag 1986 nicht zur Arbeit gegangen.

Aber dann hätte ich Ole nicht bekommen.

Streich das.

Hätte doch einen Blumenladen haben können, auch wenn ich mit Jostein verheiratet war. Und es war ja auch nicht so, dass er mich damals reingelegt hatte, als er in der Gärtnerei aufgetaucht war. Er war er selbst, das war er immer. Was ich bekam, war also das, was ich haben wollte.

Der Himmel war an jenem Tag blau gewesen, und die Sonne hatte geschienen, aber es wehte ein kalter Wind, und als wir am Nachmittag draußen Zwiebeln setzten, waren meine Finger von der Kälte taub und rot geworden.

Das wäre mir niemals in Erinnerung geblieben, wenn ich ihn damals nicht zum ersten Mal gesehen hätte.

Ein Auto war gekommen, Staub wurde hinter ihm hochgewirbelt, und durch die schmutzige Glaswand hatte ich gesehen, dass es vor dem Treibhaus parkte und ein junger Mann mit einem Fotoapparat in der Hand ausstieg. Erst redete er mit Erlend im Büro, dann kam er zu uns nach draußen, um Bilder zu machen und ein paar Worte mit uns zu wechseln.

Er war nicht besonders groß, aber kräftig gebaut, und seine Kleider waren alle eine Spur zu klein. Die Hose spannte ein bisschen zu sehr an den Oberschenkeln, das Jackett war etwas zu kurz. Sein Mund war breit und das Kinn kantig, und er hatte blondes Haar. Aber was mir auffiel, was allen auffiel, waren seine Augen. Sie hatten eine hellblaue Farbe, wie ich sie so noch nie bei jemandem gesehen hatte.

Er arbeite für die Lokalzeitung und schreibe in der Wochenendbeilage eine Serie über verschiedene Berufe, erzählte er und brachte uns dazu, ihn herumzuführen, und währenddessen stellte er eine Menge Fragen. Er lachte oft, und sein Lachen war selbstsicher, als wäre es ihm völlig egal, was irgendwer auf der Welt von ihm denken mochte.

Wir unterhielten uns ein wenig über ihn, nachdem er sich in sein Auto gesetzt hatte und gefahren war, aber es war nicht etwa so, dass ich danach noch an ihn gedacht hätte.

In der Woche nach dem Erscheinen des Artikels – Erlend hatte einen an die Wand im Büro und einen an die Wand im Treibhaus gehängt – kam Anne mich holen, Telefon für mich. Und er war dran, Jostein Lindland. Er habe an mich gedacht, sagte er, und wolle mich fragen, ob ich vielleicht Lust hätte, mit ihm essen zu gehen.

»Ich glaube nicht«, sagte ich. »Ich kenne Sie ja gar nicht.«

Er lachte.

»Aber genau darum geht es doch!«, sagte er. »Wir werden uns kennenlernen!«

»Okay, es kann ja nicht schaden«, sagte ich schließlich. Das hatte er all die Jahre wiederholt. Wenn wir etwas Besonderes vorhatten, sagte er jedes Mal, es kann ja nicht schaden!

Damals war er voller Leben und Lust gewesen, hatte oft und über alles Mögliche gelacht. Heute war das anders.

Ich schenkte ihm keine Freude mehr, und zu Ole blieb er auf Distanz.

Es war mir nicht einmal gelungen, eine so kleine Familie zusammenzuhalten.

Ich nahm mir noch eine von Sølves Zigaretten. Musste doch möglich sein, es hinzukriegen, ohne zu husten, wenn ich vorsichtig inhalierte.

Oh ja.

Ich hörte, wie Sølve ins Büro kam. Er setzte sich mit einem Seufzer.

»Ich ruhe mich nur kurz aus«, sagte ich. »Ich drehe meine Runde in zehn Minuten. Und putze meinen Teil.«

»Den habe ich übernommen«, sagte er. »Spielte keine Rolle, du wolltest ja so gerne allein sein.«

Unfassbar, dass er immer noch beleidigt ist, dachte ich und drückte die kaum gerauchte Zigarette im Aschenbecher aus.

»Danke«, sagte ich. »Aber das wäre nicht nötig gewesen. Alles still da draußen?«

»Still wie im Grab«, sagte er.

Sein Blick war auf sein Handy gerichtet, und er schaute nicht auf, als ich an ihm vorbei in den Flur ging. Teile des Fußbodens glänzten feucht, andere waren schon getrocknet. Es roch nach Putzmittel, aber nicht stark genug, um den strengen Geruch aus den Toiletten zu übertünchen. Untergründig war er immer da, was nach fünfzig Jahren vielleicht auch nicht weiter verwunderlich war.

Ich öffnete die Tür zu Kenneths Zimmer und sah hinein. Er schlief schnarchend auf dem Rücken. Dass er nur ein paar Stunden zuvor wie tot im Wald gelegen hatte, war kaum zu glauben.

Als dieser Riese um ihn herumgewankt war.

Was *war* das nur gewesen?

Ich ging nacheinander in jedes Zimmer. Alle schliefen tief und fest.

Während der Himmel allmählich heller wurde und die ersten Vögel vor den Fenstern sangen, machte ich Frühstück für den Morgendienst. Kochte weiche und harte Eier, röstete ein paar Scheiben Brot, legte Käse und Schinken und Salami auf ein Holzbrett, stellte anderen Brotbelag auf den Tisch, deckte ihn.

Bevor sie kamen, faltete ich als Letztes die trockenen und sauberen Kleider zusammen und stellte eine neue Maschine an.

Sølve schmollte immer noch und ging grußlos, und als ich das Berichtsbuch aufschlug, um mir anzusehen, was er geschrieben hatte, stellte ich fest, dass er gar nichts geschrieben hatte.

Ich setzte mich, mit dem Buch auf dem Schoß, und trug ein paar Zeilen darüber ein, dass Kenneth und Torgeir ein wenig unruhig gewesen waren, bevor sie einschliefen, die Nacht ansonsten aber ruhig verlaufen war.

Wenn ich eingetragen hätte, was wirklich passiert war, ein nackter Kenneth, abgehauen in den Wald, hätte mir das kein Mensch geglaubt. Jedenfalls nicht, wenn ich geschrieben hätte, was ich dort erlebt hatte.

Aber das hatten Angst und Fantasie zu Stande gebracht, sonst nichts.

Erst als Berit in den Flur kam, wurde mir klar, dass ich vergessen hatte, Kaffee für sie zu kochen. Das war eine schwere Sünde, denn hier ging es um Kollegialität. Es war außerdem üblich, ein paar Minuten überlappend zu bleiben, aber jetzt, mit ihr allein, hatte ich dazu keine Lust.

»Einen guten Dienst wünsche ich dir«, sagte ich nur und ging, als sie hereinkam.

Ein Teil von mir erwartete, dass sie mir etwas hinterherrufen würde, was sie aber nicht tat. Bestimmt war sie genauso froh, mir aus dem Weg zu gehen, wie ich froh war, ihr aus dem Weg zu gehen.

Auf der Treppe nach unten begegnete ich Unni, sie war weißgekleidet und von einer Parfümwolke umgeben.

»Ruhige Nacht?«, fragte sie, ohne stehen zu bleiben.

»Ja«, sagte ich. »Alles wie immer.«

»Schlaf gut«, sagte sie und verschwand durch die Tür, während ich meinen Weg den Flur hinab und auf den Parkplatz hinaus fortsetzte. Die Sonne hing noch tief, aber die Luft war warm und stand. Nach einer Nachtwache am Morgen ins Freie zu kommen, war immer merkwürdig, vor allem im Sommer, wenn das Wetter so gut war wie jetzt und die Sonne schon ein paar Stunden geschienen hatte und alles in Gang gekommen war. Ich kam damit nie zurecht, denn in meinem Kopf ging es ja auf die Nacht zu.

Ich ließ das Fenster herunter und fuhr langsam durch das Gelände, das so früh fast völlig verwaist war. Auf der Hauptstraße gab ich Gas und musste das Fenster ein wenig schließen, weil die Luft im Auto flatterte.

Ole hatte nicht zurückgerufen, anscheinend war er früh ins Bett gegangen. Das war gut, denn dann konnten wir vielleicht zusammen frühstücken. Jostein war bestimmt schon zur Arbeit gefahren, das machte er immer, ganz egal, wie viel er am Abend zuvor getrunken hatte.

Frühstück zu dritt war ohnehin selten gemütlich.

Vielleicht können wir draußen decken, dachte ich.

Ich hustete ein paar Mal. Darf nicht mehr rauchen, dachte ich. Es tat mir ohnehin nie so gut, wie ich es mir vorstellte. Durfte ich nicht vergessen.

Ich bog in die Straße, die durch unsere Siedlung führte. Die Rasenflächen lagen verbrannt und gelb zwischen grünen Hecken und Bäumen. Eine Tür ging auf, und ein Mann kam heraus, ein Auto setzte rückwärts aus einer Auffahrt, ansonsten war alles still.

Die Bäume standen regungslos, als schliefen sie.

Es kam mir vor, als wären diese Morgen von einer unsichtbaren Dunkelheit erfüllt, die sozusagen *hinter* dem Sonnenlicht lag, das überall schien. Ich sah sie natürlich, weil ich den Tag auf den Kopf gestellt hatte, aber deshalb war sie nicht weniger wirklich.

Ich rollte auf den Kies der Auffahrt und hielt, zog die Handbremse an, nahm meine Tasche und stieg aus.

Es mussten mindestens fünfundzwanzig Grad sein.

War heute nicht der Tag zum Rasensprengen?

Doch, auf jeden Fall. Gestern hatte ich ihn nicht gesprengt.

Ich ging hinters Haus und rollte den Schlauch aus, der an der Wand hing, klickte den Rasensprenger fest, stellte ihn mitten auf die Böschung und drehte das Wasser auf.

Eine Hand aus Wasserstrahlen hob sich und fiel langsam nach vorn und die versprühten Tropfen fielen mit einem schwachen Seufzer auf den trockenen Rasen.

Ich sah ein paar Minuten zu. Das tat so gut. Das nasse Wasser auf dem trockenen Erdboden hatte etwas Lebensspendendes.

Im Haus legte ich die Tasche auf das Tischchen im Flur und ging in die Küche. Sie sah noch genauso aus wie vor meiner Abfahrt. Weder Ole noch Jostein schienen etwas gegessen zu haben.

Ich sah, dass die Lasagne unangerührt im Ofen stand.

Ich hatte keinen Hunger, aber seit dem Abendessen auf der Arbeit hatte ich nichts mehr gegessen, deshalb öffnete ich die Kühlschranktür und warf einen Blick hinein, um zu schauen, ob ich auf irgendetwas Appetit hatte.

Nicht wirklich.

Aber wir hatten Eier und Milch. Konnte ich ihm Pfannkuchen machen, wie ich es so oft getan hatte, als er klein war? Wie er das geliebt hatte!

Mittlerweile war es durchaus möglich, dass er hereinkam und sagte, er wolle keine haben. Es war die Mühe nicht wert. Aber gekochte Eier wollte er immer. Und das war ja schnell getan.

Ich holte drei Eier und eine Packung Schinken heraus. Pikste kleine Löcher in die rundlichen Enden der Eier, füllte den Wasserkocher und stellte ihn an, schnitt eine Tomate in Scheiben und legte sie auf einen Teller, schnitt auch ein paar Gurkenscheiben dazu, holte Brot aus dem Brotkasten und ein Messer aus der Schublade.

Die Schatten der Bäume draußen waren noch lang. Der Himmel war blau und klar.

Ich stellte mich ans Wohnzimmerfenster, um zu sehen, wie es da draußen lief. Das Wasser, das glitzernd durch die Luft glitt und lautlos auf die Erde fiel.

Ich musste Ole bitten, ihn mehrmals umzusetzen, wenn ich schlief. Mindestens drei Mal an eine andere Stelle.

Ich ging wieder in die Küche, goss das kochende Wasser in einen Topf. Legte die Eier hinein, schnitt ein paar Scheiben Brot ab und stellte sie in den Toaster, deckte den Tisch für zwei. Holte Saft aus dem Kühlschrank, und Leberwurst, falls er welche haben wollte. Wenn ja, will er bestimmt Gewürzgurken darauf legen, dachte ich und holte auch sie heraus.

Als die Eier genau viereinhalb Minuten gekocht hatten, nahm ich den Topf von der Platte, goss das Wasser ab, stellte ihn ins Becken und füllte ihn mit kaltem, frischem Wasser, ehe ich die Eier herausholte und zwei auf seinen, eins auf meinen Teller legte.

Dann ging ich und klopfte an seine Tür.

»Ole?«, sagte ich. »Bist du wach?«

Als er nicht antwortete, öffnete ich die Tür.

Sein Bett war leer.

Am Computer saß er auch nicht.

»Ole?«, sagte ich und trat ein. Manchmal saß er auf dem Fußboden an der Wand und war mit seinem Handy beschäftigt.

Diesmal jedoch nicht.

Das Zimmer war leer.

Die Angst traf mich wie ein Schlag.

»OLE!«, rief ich und ging in den Flur. »OLE! OLE!«

Vielleicht, vielleicht war er ausgegangen und hatte einen Kumpel getroffen. Bei ihm übernachtet.

Ich eilte nach unten, zog das Handy aus der Tasche und rief ihn an.

Ich hörte sein Telefon irgendwo im Haus leise klingeln.

Er würde niemals ohne sein Handy weggehen.

Ich rief Jostein an. Er meldete sich nicht. Immer wieder wählte ich seine Nummer, während ich in allen Zimmern im Haus nachsah und rief. Mein Herz schlug immer härter, mir schnürte sich der Hals zu, ich war außer Atem, ohne atmen zu können, lehnte mich vor und stützte mich an der Wand ab. Es kam keine Luft herein, ich hatte das Gefühl, meine Brust würde explodieren, mir wurde schwarz vor Augen, und dann öffnete sich ein kleiner Kanal, eine winzige Menge Luft strömte in die große Lunge, und daraufhin weitete sich der Kanal und ich atmete mehrmals tief ein.

Er hatte sich umgebracht.

Ich wusste es.

Ich schrie.

Der Schrei erfüllte mich völlig, und als er aufhörte, kam es mir vor, als wäre ich von ihm verlassen worden.

Das steht nicht fest, dachte ich fieberhaft in der neuen Stille. Das steht nicht fest, vielleicht ist es etwas anderes, vielleicht ist er die ganze Nacht wach gewesen und dann spazieren gegangen.

Warum sollte er nicht spazieren gegangen sein?

Ole hat einen Spaziergang gemacht. Das Bett war unbenutzt, weil er nicht darin geschlafen hatte.

Ich rief wieder Jostein an.

Ole hat einen Spaziergang gemacht, dachte ich und steckte das Telefon in die Tasche. Ich brauchte nur zu warten, dann würde er kommen.

Aber ich schaffte es nicht zu warten.

Er hatte sich umgebracht.

Er hatte einen Spaziergang gemacht.

Er hatte sich mit Josteins Schrotflinte erschossen.

Ich ging langsam die Treppe hinunter, blieb im Flur stehen.

War die Schrotflinte in der Werkzeugkammer, hatte er sich nicht das Leben genommen.

Ich sah die Tür an.

Musste nur hineingehen und nachsehen.

Aber das konnte ich nicht. Solange ich nicht wusste, ob die Schrotflinte dort war oder nicht, lebte er.

Er hatte einen Spaziergang gemacht. In den Wald hinauf, zum Fuß der steilen Felswand, wo er Hüttchen gebaut hatte, als er noch ein Kind war. Das war sein Ort. Da war er jetzt.

Ich zog die Sandalen an und ging ihn suchen.

Mein kleiner Junge.

Mein kleiner Olemann.

Du hast doch nichts Dummes angestellt?

Durch den Garten ging ich, stieg über den Zaun und folgte dem Weg, wo Insekten sirrend in der Luft hingen. Vorbei an dem zugewachsenen Fußballplatz und den Anstieg dahinter hinauf bis zu der Stelle, wo die Felswand senkrecht aufstieg.

»OLE!«, rief ich.

Sein Ort war eine kleine Grasfläche vor dem Fels, verborgen hinter ein paar Eichen. Eine von ihnen nannte er nur den Riesenbaum.

Dort lag seine Jacke.

Dann war er hier gewesen.

Das war ein gutes Zeichen, oder nicht?

Es sei denn, er hatte sich von dem Ort verabschiedet.

Ich rief wieder Jostein an. Nur er konnte mir jetzt helfen.

Rief ihn auf dem Heimweg immer wieder an.

Ole war nicht im Haus. Er war nicht an seinem Ort.

Er ging ohne sein Telefon spazieren.

Aber warum war er dann gestern Abend auf einmal so fröhlich und sorglos gewesen?

Er hatte einen Ausweg gefunden.

NEIN!, rief ich und blieb am Zaun stehen. NEIN, NEIN!

Ich legte das Gesicht in die Hände.

Alle Kraft verließ mich, und alle Gefühle. Nur die Leinwand des Grauens blieb, weiß und kalt. Langsam ging ich über den Rasen, um das Haus herum und zur Garage. Ich öffnete die Tür und trat ein. In dem Raum war es dunkel und kühl. Ich schaltete das Licht an. Ole saß in einer Blutlache an der Wand. Die Schrotflinte lag auf seinen Beinen. Er hatte sich in die Brust geschossen. Der Kopf ruhte auf der Schulter. Die Augen standen offen. Sie waren leblos und leer.

Ich beugte mich vor und fühlte den Puls. Sein Herz schlug nicht.

Ich stand in seinem Blut.

Ich ging in die Hocke, legte meine Wange an seine, drückte mich an ihn.

»Wie kalt du bist, mein Junge«, flüsterte ich. »Ich hol dir eine Decke.«

Ich zog das Telefon heraus und wählte den Notruf. Ging mit dem Telefon am Ohr ins Haus, um eine Decke zu holen. Es war Blut an ihm, und an meiner Hand, und auf meiner Brust und meiner Wange.

»Mein Sohn ist tot«, sagte ich. »Er hat sich in der Garage erschossen. Wir wohnen im Rogneveien elf. Ich heiße Turid Lindland.«

Ich deckte ihn sorgsam mit der Wolldecke zu und saß neben ihm und strich ihm durchs Haar, als ich draußen den Krankenwagen kommen hörte. Ich stand auf und öffnete die Tür, als er hinter meinem Wagen parkte. Zwei Männer stiegen aus.

»Er ist hier«, sagte ich.

Sie begleiteten mich hinein. Der eine ging in die Hocke und fühlte seinen Puls.

Er sah zu uns hoch.

»Ich habe einen Puls«, sagte er. »Er ist schwach, aber es ist ein Puls.«

Ich schnappte nach Luft. Die beiden Männer liefen hinaus. Ich lehnte mich an die Wand.

Die Männer kehrten mit einer Trage und zwei großen Taschen zurück. Ich ertrug es nicht, sie an ihm arbeiten zu sehen, ging hinaus und rief immer wieder Jostein an.

Ein paar Minuten später kamen sie mit Ole, der eine Sauerstoffmaske auf dem Gesicht und eine Kanüle im Arm hatte, auf einer Trage heraus und schoben ihn in den Krankenwagen. Der eine Mann stieg zu ihm hinein, der andere sah mich an.

»Sie können vorne bei mir sitzen«, sagte er.

JOSTEIN

Ich sagte keinem, weder am Desk noch in der Redaktion, an welchem Artikel ich schrieb. Setzte mich nur an meinen Platz und fing an, zog nicht mal das Jackett aus, das voller Zeug war, und es fiel natürlich auf, dass ich da saß und nach Suff und Vögelei stank und wie ein Besessener losknatterte, denn es vergingen nicht viele Minuten, bis Ellingsen, als er zur Arbeit kam, vor meinem Tisch stand.

Ich sah nicht auf.

»Woran schreibst du?«, fragte er.

»An einem Artikel von großer Bedeutung«, sagte ich.

»Über?«

»Wart's ab, dann wirst du schon sehen«, sagte ich.

»Kann mich nicht erinnern, dass du bei der Redaktionssitzung etwas Neues zur Sprache gebracht hättest? Oder mir gegenüber?«

»Habe ich auch nicht«, sagte ich. »Aber kannst du jetzt bitte gehen? Ich muss das fertig machen. Es eilt.«

»Ich mag deinen Stil nicht«, sagte er und gab sich cool, indem er sich auf die Tischkante setzte und die Arme vor der Brust verschränkte. »Kommst du direkt von einer Party?«

Ich schüttelte den Kopf. Ich hatte das As, den König, die Dame und den Buben, und er konnte sich zum Teufel scheren.

»So geht das nicht«, sagte er und stand auf. »Wir sind hier nicht mehr in den Achtzigern oder Neunzigern. Wir zwei müssen uns mal ernsthaft darüber unterhalten, welche Regeln hier gelten. Unter vier Augen. Sagen wir um eins in meinem Büro?«

»Wie du willst«, sagte ich, sah zu ihm hoch und lächelte so breit ich nur konnte.

Um eins würde ich kein Kulturjournalist mehr sein, so viel stand fest.

Eine halbe Stunde später war ich fertig und ging zum Nachrichtenredakteur. Er saß in einem der Besprechungsräume, oder Glaskäfige, wie ich sie nannte – heutzutage soll ja alles offen und transparent sein – und klopfte so fest an die Fensterscheibe, dass er zusammenzuckte.

»Jetzt nicht, Lindland«, sagte er. »Siehst du nicht, dass ich beschäftigt bin?«

Er war gerade einmal Anfang dreißig, deshalb machte mich sein bevormundender Ton wütend. Aber ich beherrschte mich.

»Ich habe einen Artikel für dich«, sagte ich. »Und den musst du *jetzt* lesen.«

Er seufzte.

»Gib ihn Iver, er ist dein Chef.«

»Es ist ein Nachrichtenartikel«, sagte ich. »Und du musst ihn sofort lesen. Wenn nicht, wirst du es bereuen.«

Er starrte mich an.

»Bist du verrückt geworden? Du hast eine Fahne und siehst grauenvoll aus, und dann drohst du mir?«

»Ach verdammt, Mann«, sagte ich. »Was ist eigentlich aus dieser Zeitung geworden? Ich habe hier einen unglaublichen Knüller, und du reitest auf deinen Formalitäten herum und willst den Text nicht mal lesen?«

»Ich werde ihn lesen«, sagte er. »Um der alten Zeiten willen.«

Die alten Zeiten sind für dich doch, was gestern passiert ist, dachte ich. Du *hast keine Ahnung*, wer ich bin.

»Aber jetzt bin ich in einer Besprechung. Schick mir den Artikel, und ich melde mich heute Nachmittag bei dir.«

Ich schüttelte den Kopf.

»Du musst das *jetzt* lesen. Kapierst du denn gar nichts? Wenn *ich* sage, dass es ein Knüller ist, dann ist es ein *verfluchter* Knüller.«

Er sah mich wieder an.

»Ich mag deinen Stil nicht, Lindland«, sagte er.

Hatten sie einen Kurs besucht und gelernt, das Gleiche zu sagen?

Verdammt, es war nicht zu fassen.

Ich machte auf dem Absatz kehrt und ging wortlos weg. Klopfte an die Tür der Chefredakteurin. Sie war noch grün hinter den Ohren, und ich hatte null Vertrauen zu ihr, aber in diesem Haus hatte sie das letzte Wort.

Sie sah von ihrem riesigen Schreibtisch zu mir auf.

»Ich habe einen Artikel geschrieben«, begann ich, bevor sie etwas sagen konnte. »Die Polizei hat die Jungs von Kvitekrist gefunden. Drei von ihnen sind ermordet worden. Auf besonders bestialische Art. Sie liegen oben am Svartediket. Ich war heute Nacht da. Habe mit der Polizei geredet. Außer mir weiß keiner davon. Kavli will den Artikel nicht lesen, weil ich Kulturjournalist bin.«

Noch schwieg sie. Saß nur da und sah mich an.

»Schick ihn mir«, sagte sie.

»Okay«, sagte ich, schloss die Tür hinter mir, ging zu meinem Schreibtisch und schickte ihr den Artikel.

Fünf Minuten später kam sie mit Kavli im Schlepptau zu mir.

»Wir bringen ihn«, sagte sie. »Aber er muss vorher überprüft werden. Karsten und Hans sind schon dabei.«

»Gut«, sagte ich. »Aber es ist mein Artikel. Und ich will an der Sache dranbleiben.«

»Wir werden sehen«, sagte sie.

Ich schüttelte den Kopf.

»Nope«, sagte ich. »Ich habe die Kontakte, ich kenne das Milieu, und ich war als Erster an der Sache dran. Das übernimmt hier kein verdammter Grünschnabel. Es ist mein Ding.«

Ich sah, dass ihre Blicke sich begegneten. Ich sah auch, dass in Kavlis ein Nein stand.

Verfluchter Idiot. Prestige, Prestige, Prestige.

»Okay«, sagte sie. »Aber du arbeitest mit Hans und Karsten und Kavli zusammen. Und nur an dieser Sache.«

»In Ordnung«, sagte ich und stand auf. »Dann geh ich jetzt nach Hause und schlafe eine Runde.«

Auf der Straße, wo sich das Sonnenlicht auf die Stadt ergoss, zündete ich mir eine Fluppe an und beschloss, der Künstlerin einen Besuch abzustatten. Rein sachlich betrachtet war ich auf der Arbeit, und Turid schlief nach ihrer Nachtwache und würde mich nicht vermissen oder Verdacht schöpfen. Auf die Art konnte ich duschen und wir würden ein kurzes Schäferstündchen haben, ehe ich nach Hause fuhr.

Ich wollte die Rezeption nicht einschalten, deshalb nahm ich den Aufzug nach oben und klopfte an ihre Tür.

Sie war nicht da. Oder wollte keinen Besuch haben.

Sie war ja labil, das durfte ich nicht vergessen.

Ich ging wieder, zündete mir draußen eine neue Fluppe an und checkte auf dem Handy die Nachrichten. Noch nichts. Vielleicht hatten sie Geir oder andere, die das Ganze bestätigen konnten, noch nicht erreicht.

Die Zahl von Turids Anrufen war auf dreiundfünfzig gestiegen. Seit ihrem letzten war jedoch mehr als eine Stunde vergangen.

Wenn ich nach Hause komme, sage ich ihr am besten, dass der Akku leer war und ich nichts von den vielen Anrufen gewusst habe, dachte ich und schaltete es aus, ehe ich den Anstieg zum Theater hochging und mich in ein Taxi setzte.

»Können Sie kurz an der Shell-Tankstelle halten«, sagte ich, als wir nach Sandviken hinausfuhren.

»Geht klar«, sagte der Fahrer, der so fett war, dass er über seinen Sitz hinausquoll, und die Augen, mit denen er mich im Spiegel ansah, waren nur zwei Funken tief in den Fettfalten.

Was für ein Tag.

Der Stadtfjord lag blau und spiegelglatt. Die Inseln waren hellgrün mit orangen oder roten Feldern, wo die Häuser standen. Einer der Katamarane war auf dem Weg nach Norden. Ein dünner Streifen weißes Wasser lag hinter ihm wie ein Schwanz.

Der Fahrer parkte hinter den Zapfsäulen der Tankstelle, und ich ging hinein, um Kaugummi für den Fall zu kaufen, dass ich Turid begegnete, bevor ich mir die Zähne geputzt hatte, und eine Schachtel Zigaretten, aber als ich an der Kasse stand und bezahlen wollte, bekam ich auf einmal einen Bärenhunger und kaufte mir drei Würstchen mit Brot, Krabbensalat und eine Cola. Der Taxifahrer betrachtete neidisch das Essen, als ich mich wieder in den Wagen setzte, vielleicht auch ein bisschen verblüfft, es war ja eine richtige kleine Mahlzeit.

Ich schaffte es gerade so, sie zu verdrücken, bevor wir zu unserer Siedlung kamen. Ich leckte etwas Krabbensalat und Ketchup von den Fingern, wischte sie an der Hose ab und suchte meine Karte heraus.

»Sie können da vorne an der Kreuzung halten«, sagte ich. Sie sollte nicht sehen, dass ich mit dem Taxi kam, das konnte eine Kettenreaktion von Fragen auslösen.

Es war jedenfalls ein seltsames Gefühl, die Straße um diese Uhrzeit hinab zu schlendern, wenn kein Wochenende war. Natürlich war kein Schwein zu sehen.

Ich öffnete vorsichtig die Tür und trat in den Flur, blieb stehen und lauschte. Alles war still, sie schlief wie das Kind, das sie war. Ich ging in die Einliegerwohnung, die wir früher einem Idioten vermietet hatten und die ich danach übernommen hatte – hier hatte ich meinen Schreibtisch, eine Couch und einen Fernseher, und ein Bad und einen kleinen Verschlag, den ich vor vielen Jahren als Dunkelkammer benutzt hatte – und zog mich aus, legte das Jackett, das mittlerweile nach allem Möglichen stank, ganz unten in den Schrank, um es irgendwann, wenn es sich ergab, in die Reinigung zu bringen, stieg unter die Dusche, drehte das Wasser an und stellte mich mit einem wohligen Seufzer darunter.

Ich rasierte mich, putzte mir die Zähne und zog eine neue Unterhose an. Sekundenlang überlegte ich, ob ich hier unten oder oben im Schlafzimmer schlafen sollte. Hier unten war am praktischsten, weil ich nur ein paar Stunden bleiben würde, ehe ich wieder zur Arbeit fuhr, aber das konnte zu Fragen führen, deshalb hielt ich den Deoroller unter die Arme und ging in die erste Etage hinauf.

Turid lag nicht im Bett und hatte auch nicht darin gelegen, es war noch gemacht.

Hatte sie mich verlassen?

Hatte sie deshalb so oft angerufen?

Hatte mich jemand gesehen? Einer ihrer Kollegen? Und sie angerufen?

Verdammt.

Ich schlug die Decke zur Seite und zupfte am Laken, damit es aussah, als hätte dort jemand geschlafen, falls gar nichts war und sie sich nur aus irgendeinem Grund verspätete, zog Shorts und ein Hemd an und ging in die Küche, um mir eine Tasse Kaffee zu machen. Sollte es zu einem ernsten Gespräch kommen, konnte es nicht schaden, es mit Kaffee und Zigaretten zu führen.

War ihre Mutter gestorben?

Das war möglich.

Dann wäre sie direkt von der Arbeit dorthin gefahren und hätte mich tausend Mal angerufen.

Es konnte mich niemand gesehen haben. Schließlich war alles in einem Hotelzimmer passiert!

Eigentlich musste ich nicht schlafen, wenn ich es recht bedachte. Fühlte mich in den Sommerkleidern frisch und wach und leicht.

Ich ging mit einer dampfenden Tasse in den Garten und setzte mich an den Tisch im Schatten der Veranda. Betrachtete eine Weile das Wasser des Rasensprengers, das in der Sonne glitzerte. Es rauschte irgendwo im Schlauch, wahrscheinlich ein Loch, aber kein großes, der Wasserdruck sah gut aus.

Kann bestimmt nicht schaden, den Stier bei den Hörnern zu packen, dachte ich, schaltete das Telefon ein und wählte ihre Nummer.

»Jostein«, sagte sie.

»Ich kann dir alles erklären«, sagte ich. »Als ich mit meinen Kollegen aus war, habe ich einen fantastischen Tipp bekommen. Der Coup des Jahrhunderts. Und er gehört mir. Ich bin die ganze Nacht unterwegs gewesen und habe daran gearbeitet, und dann bin ich direkt zur Arbeit gefahren und habe den Artikel geschrieben. Ein großes Ding. Sie werden es auf CNN, Fox News, BBC und so weiter bringen. Ich bin nur kurz zu Hause und gleich wieder weg. Sieht so aus, als bekäme ich jetzt auch meinen alten Job zurück. Es ist wirklich super.«

Ich trank einen Schluck Kaffee und streckte mich nach der Zigarettenschachtel.

»Jostein«, sagte sie wieder.

Ich ahnte das Schlimmste. Irgendetwas an ihrem Ton.

»Ja?«, sagte ich.

»Ole schwebt zwischen Leben und Tod.«

»Ole? Was sagst du da? Was ist passiert?«

»Oh, Jostein. Er hat sich erschossen.«

»Ole? Hat versucht, sich das Leben zu nehmen?«

»Ja. Ja. Ja.«

»Verflucht nochmal. Was für ein *verdammter* Idiot«, sagte ich.

»Jostein«, sagte sie. »Komm jetzt zu mir.«

»Verflucht«, sagte ich. »Aber er hat es nicht geschafft, habe ich das richtig verstanden? Er lebt noch?«

»Ich glaube schon. Ich weiß es nicht. Sie operieren ihn gerade.«

»Großer Gott«, sagte ich. »Warum hat er das nur getan?«

Sie brach in Tränen aus.

»Komm. Wir brauchen dich jetzt.«

»Ich komme sofort«, sagte ich und wollte schon hinzufügen, dass ich vorher nur noch meinen Kaffee austrinken würde, tat es zum Glück aber nicht. Das hätte sie nicht verstanden.

Ich brauchte Zeit. Um das zu verdauen.

Was für ein verfluchter Idiot. Wie konnte er das seiner Mutter nur antun?

In unserer Familie brachten wir uns nicht um.

So etwas machten wir einfach nicht.

Alle mussten alles aushalten. Und er war doch die einzige Freude seiner Mutter.

Hatte er daran etwa nicht gedacht?

Dachte er nur an sich und seine kleinen Probleme?

Sich das Leben zu nehmen, weil man keine Freunde hat.

Wie erbärmlich war das denn?

Und wie falsch!

Warum konnte er nicht einfach das Leben genießen?

Statt zu Hause zu hocken und sich selbst zu bemitleiden.

Dann kommt es, wie es jetzt gekommen war.

Ich stand auf und ging rauchend auf den Platten auf und ab.

Verflucht.

Was für ein Idiot.

So dumm, dass man heulen könnte.

Ahhhh!

Ich warf die Fluppe weg, trat darauf und ging um das Haus herum. Ich musste ihr Auto nehmen, aber wo zum Teufel hatte sie den Schlüssel?

Zum Glück lag er an seinem Platz auf dem Tischchen im Flur.

Musste ich etwas mitnehmen?

Kreditkarte und Führerschein in die Gesäßtasche.

Das war das.

Ich schloss die Tür hinter mir ab und stieg ein. Der Wagen war glühend heiß. Die Schenkel brannten auf dem Sitz, und ich drehte mich nach hinten, um zu schauen, ob auf der Rückbank eine Decke lag. Dann kehrte die schwarze Welle zurück. Zunächst als eine Ahnung, als wüsste ich, dass es passieren würde, bevor es passierte. Ich kam noch dazu, mich zu fürchten, sie würde mich jeden Moment mit ihrer Dunkelheit verschlucken, und aus irgendeinem wahnsinnigen Grund steckte ich den Schlüssel ins Zündschloss, als sie auf mich zurollte, und ließ den Motor an, als könnte ich vor ihr wegfahren.

Dann stieg die Dunkelheit in mir wie das Wasser in einer Flasche, und alles wurde schwarz.

Nein, alles wurde nichts.

Wie lange es anhielt, weiß ich nicht. Es gab auch keine Zeit.

Aber dann war ich plötzlich an einem Ort.

Ich erkannte ihn.

Überall herrschte Finsternis. Aber weit unten in der Tiefe vor mir war ein Lichtschein. Dort saß ich im Auto, mit laufendem Motor.

Diesmal würde ich nicht zurückgehen. Ich wollte nicht zurück.

Ich schaute mich um.

Ein dunkler Abgrund hinter mir.

Konnte ich dorthin gelangen?

Ich war schon da, und ich fiel, und alles wurde dunkel.

Es war nicht, als fiele ich durch die Dunkelheit, es erschien mir eher, als würde ich eins mit ihr. Dass ich die Dunkelheit *war*. Aber ohne es zu wissen, erst danach, als ich wieder draußen war und die Augen öffnete und am Anfang nicht wusste, wer ich war oder wo ich war, nur dass ich war.

Ich lag auf der Erde. Der Himmel über mir war grau, die Luft feucht und kalt. Von einem Ort in der Nähe drang das Geräusch fließenden Wassers an mein Ohr, ansonsten war es vollkommen still.

Ein Teil von mir hatte damit gerechnet, dass jemand bei mir sein und versuchen würde, mich aufzuwecken wie beim ersten und zweiten Mal. Aber ich war ganz allein.

Weil ich einen anderen Weg gewählt habe, dachte ich und setzte mich auf.

Ich befand mich direkt neben einer Felswand in einem Wald. Die Bäume um mich herum waren ohne Blätter, die Stämme schimmerten feucht. Das Weiche und Nasse, auf dem ich saß, war Moos.

Aus irgendeinem Grund hatte ich einen höllischen Durst.

Ich stand auf, stützte mich auf den nächstbesten Baumstamm und sah in das Flechtmuster aus schwarzen Ästen vor einem grauen Himmel hinauf.

Konnte das etwas in meinem Inneren sein? Lag ich in Wahrheit im Auto, und alles, was ich hier sah, passierte in Wahrheit in meinem Kopf?

Der Baum war eine Eiche, und so groß und gewaltig, wie sie war, mochte sie durchaus tausend Jahre alt sein. Die Rinde war gleichzeitig uneben und glatt, rissig und fest.

Nein, kein Zweifel, ich war hier, an diesem Baum in diesem Wald.

Ich sah in die Richtung, aus der das Geräusch von Wasser kam. Ein paar weiße Stämme glänzten weit entfernt in allem Grün und Grau. Birken wuchsen oft am Wasser oder an Feuchtgebieten, daran erinnerte ich mich von den Pfadfindern.

Also floss da wohl ein Bach.

Aber wo war ich eigentlich?

Und was machte ich hier?

Mein Gott.

War ich etwa tot?

Hatte ich im Auto einen Herzinfarkt erlitten?

Das gab dem Ganzen eine Art Sinn. Dass es meine Seele war, die in der Dunkelheit gewesen war und einen anderen Weg genommen hatte und jetzt hier war.

Ich sah auf meinen Körper hinab.

Was machte ich dann hier?

Mit Bauch und allem.

Scheiße, so viele Fragen auf einmal.

Als Erstes musste ich trinken. Dann konnte ich denken.

Ich ging über den weichen Waldboden, an den großen Eichen vorbei und in ein Wäldchen aus jüngeren Bäumen, deren Stämme nicht dicker waren als meine Arme, sie standen dicht zusammen, und die dünnen, schütteren Äste gaben meinem Körper nach, bis sie wieder zurückfederten, gleichzeitig schwankten und wiegten sich die Wipfel über mir, als ich mich hindurchpflügte.

Wie sehr ich den Wald hasste.

Nass und frierend und wahnsinnig durstig erreichte ich das Birkenwäldchen. Das Rauschen fließenden Wassers war laut, als befände es sich in unmittelbarer Nähe, aber soweit ich sehen konnte, floss dort kein Fluss vorbei, auch kein Bach.

Trotzdem das Rauschen.

Ich schloss die Augen. Es hörte sich an, als käme das Geräusch von unten. Floss hier ein unterirdischer Fluss?

Ich machte die Augen wieder auf, legte mich hin und presste das Ohr auf die Erde.

Das Geräusch wurde hohler, als würde das Wasser direkt unter mir durch ein größeres Höhlensystem fließen.

Ich folgte ihm, um zu sehen, ob das Wasser irgendwo in der Nähe in einen See mündete, oder in einer Quelle oder einem Kolk nach oben sickerte.

Ich fror und ging schneller, um mich etwas aufzuwärmen.

Es war ganz still, kein Tier war zu sehen oder zu hören, auch keine Vögel. Nur Baum auf Baum, Strauch auf Strauch, Busch auf Busch, Dickicht auf Dickicht, alle reglos im Nebel, den ich an manchen Stellen sachte durch die Luft gleiten sah, als wäre er blind und tastete sich vor.

Nirgendwo waren Spuren menschlicher Aktivitäten auszumachen, nicht einmal ein kleiner Plastikkorken oder der Zipfel einer durchnässten Orangenschale oder der kleinste Abdruck eines Absatzes in der Erde oder im Moos.

Nun war ich ja alles andere als ein Indianer, und bei den Pfadfindern war ich nur für ein paar Herbstwochen gewesen, bis ich ihre Scheinheiligkeit satthatte und nicht mehr hinging, es war also durchaus möglich, dass um mich in Wahrheit alles voller Spuren war, ich sie aber nicht sah.

Andererseits, dachte ich und rieb mit den Händen mehrmals schnell über meine Oberarme, weil es in Shorts und Sommerhemd allmählich verdammt kalt wurde, merkte man es ja wohl, ob es an einem Ort keine Menschen gab? Ob jemand da war oder nicht?

Ich bückte mich und rupfte eine Handvoll Moos aus der Erde, presste es an meinen Mund und versuchte, Wasser herauszusaugen, ohne Erde und Moos zu schlucken. Es sickerte genug herein, um die Mundhöhle anzufeuchten, aber begleitet vom Geschmack von Erde und von kleinen Moosfasern auf der Zunge.

Ich spuckte aus und ging weiter.

Vor mir stand eine große Eiche.

Es war verdammt nochmal dieselbe.

Ich war im Kreis gegangen.

Ich blieb stehen und legte die Hand auf den gewaltigen Stamm und schaute mich um.

Ich war auf dieses Wäldchen zugegangen. Dann musste ich jetzt eben das ausprobieren.

Als ich losging, schoss mir durch den Kopf, dass mir der Ort bekannt vorkam. Die Felswand und die große Eiche. Das hatte ich schon einmal gesehen.

Aber wo?

Ich drehte mich um.

Es war wie im Traum. Je stärker ich daran dachte, desto mehr entglitt es mir.

Ich bewegte mich einen Hang hinab und gelangte ein paar Minuten später auf eine kleine Lichtung. Von dort sah ich einen Höhenzug, und diesen Höhenzug kannte ich.

Diesen Bergkamm sah ich jeden Tag von unserem Küchenfenster aus.

Ich schaute mich um, und alle Züge der Landschaft waren plötzlich an der richtigen Stelle.

Unser Haus lag da. Das Nachbarhaus da. Die Straße verlief da.

Aber es gab überall nur Wald und Bäume.

Wo waren die Häuser?

War ich in eine andere Zeit geraten? Bevor das alles gebaut wurde?

Red keinen Unsinn.

Aber woran lag es dann?

Ich stand ziemlich genau dort, wo das Auto gestanden hatte. Daran bestand kein Zweifel.

Oder?

Mein Hals brannte auf eine Art, die ich nie zuvor verspürt hatte. Das Bedürfnis zu trinken zerrte und riss an mir, und ich eilte weiter durch die Siedlung, die keine Siedlung war, sondern ein Wald. Ich fror jetzt auch stärker. Eine Nacht im Freien bei diesen Temperaturen und in diesen Klamotten würde nicht gehen, so viel war sicher. Es *musste* hier doch Menschen geben. Und wo Menschen waren, da war Wärme. Konnte in ein Sommerhaus einbrechen, falls es hier so etwas gab, oder bei einem abseits gelegenen Hof anklopfen oder immer weiter gehen, bis ich zu einem größeren Dorf oder einer Stadt kam.

Das schwache Rauschen tauchte wieder auf. An manchen Stellen war es nur ein Säuseln, an anderen dagegen ein Tosen, und ich stellte mir vor, dass das Wasser durch große unterirdische Stromschnellen floss.

Ich sah zum grauweißen Himmel hoch. Es war der Himmel, den ich immer gesehen hatte. Das Licht ließ darauf schließen, dass es mitten am Tag war, und wahrscheinlich, in Anbetracht der Temperatur, Spätherbst.

Was *war* das hier nur für eine Scheiße?

Wenn doch nur die Dunkelheit zurückkommen könnte, dachte ich. Damit ich wieder außerhalb von allem aufwachen und zu mir selbst im Auto zurückkehren konnte.

Mir blieb nichts anderes übrig, als weiterzugehen und zu hoffen, dass es so kommen würde.

Der Wald wurde wieder dichter. Er schien hier älter zu sein, die Stämme und die untersten Äste vieler Bäume waren morsch und auf der Oberseite von Moos bedeckt. Direkt daneben wuchsen vollkommen ranke, schlanke junge Bäume, die sich ungefähr zwanzig Meter hoch streckten, und wiederum neben diesen Kiefern, die so dicht standen, dass ihre Äste sich ineinanderschoben und sie fast schon einem verdammten Riesenbaum glichen.

Ich blieb an einer Birke stehen und lehnte den Kopf vor und leckte an der glatten Rinde. Das weckte nur die Lust auf mehr. Mein Hals war trocken wie Schmirgelpapier, aber das war nicht das Schlimmste, das Schlimmste war der zehrende Sog, dass der ganze Körper sich in einer wüsten Sehnsucht nach etwas zusammenzog, was ich ihm nicht geben konnte.

Man könnte meinen, ich wanderte durch eine Wüste, dachte ich, in gleißendem Sonnenschein. Ironischerweise, denn ringsum war überall Feuchtigkeit, in der Luft, in den Bäumen, in den Reisigen auf der Erde.

Ich ging in einem weiten Bogen um die Kiefern herum und konnte das Geräusch des unterirdischen Flusses nicht mehr hören. Aber auf der Rückseite des riesigen Baumknäuels öffnete sich der Wald in einer baumlosen Furche, und dort lag, braun und still, ein kleiner Fluss.

Er war etwa einen Meter tief, und der Grund schimmerte schwach von Sand durch das erdfarbene Wasser hindurch. Ich fiel an der Flussböschung auf die Knie, sie sanken in die Erde ein, aber wen interessierte das schon, wenn im nächsten Moment kaltes Wasser in der Schale der Hände lag und danach den Schacht der Kehle hinablief?

Ich schleckte und schlürfte es auf wie ein Köter.

Hinterher setzte ich mich auf die Erde und lehnte mich mit dem Rücken an eine einzelne Birke, die ganz vorn am Flussufer wuchs. Vollkommen schwarz war sie, erst in fünf Meter Höhe leuchtete die Rinde weiß.

Das Wasser war so kalt gewesen, dass es mir vorkam, als verbreite seine Kälte sich nicht nur von der Speiseröhre ausgehend in der Brust, sondern von der Mundhöhle ausgehend im Kopf. Aber es war eine andere Kälte als die in der Luft. Diese Kälte war angenehm, sie glättete gewissermaßen alles, stülpte sich allem über. Und andere Dinge in mir wurden deutlicher. Das Herz, das schlug, so einfach und schön. Das Blut, das zu jedem einzelnen Teil des Körpers strömte. Ja, das Blut, das strömte, das Herz, das schlug, und die Gefühle, auch sie schlicht und schön, die sich auf andere Weise ausbreiteten als das Blut, sich eher wie Schatten auf der Erde bewegten, wenn die Sonne hinter eine Wolke glitt, heranschossen und plötzlich alles bedeckten, zunächst auf *eine* Art, das war die Freude, danach auf eine *andere* Art, das war die Trauer. Während das Herz schlug und schlug. Und die Bäume, die wuchsen, und das Wasser, das floss, und der Mond, der leuchtete, und die Sonne, die brannte. Das Herz und das Blut. Die Freude und die Trauer. Die Bäume und das Wasser. Schlicht und schön. Schön und schlicht.

»Wie fein du schlägst«, sagte ich. Der Klang meiner Stimme in dem stillen Wald verblüffte mich, und ich sah zu, dass ich auf die Beine kam.

Wo in aller Welt war ich?

Meine Knie waren nass, und es klebte Erde an ihnen.

Und im Morast an der Flussböschung waren Spuren. Zuerst Fußspuren, dann die Abdrücke von Knien.

Hatte ich sie hinterlassen?

Sah ganz danach aus. Sonst keiner da.

Wohnte ich hier?

Im Wald?

Oder machte ich nur einen Spaziergang?

Und wer war ich?

Wusste ich das nicht?

»Hallo, mein Name ist…«, sagte ich und hoffte, dass ein Name auftauchen würde. Aber das tat er nicht.

Wer war ich, wenn ich nicht wusste, wer ich war?

Ein Niemand? Ein Jemand?

Ich brauchte nur einen kleinen Zipfel von etwas Bekanntem, merkte ich, dann würde sich alles zusammenfügen.

Ich ging los, um mich nach etwas Bekanntem umzuschauen, das Licht ins Dunkel bringen konnte. Vorbei an einem dichten Knäuel Kiefern, in einen alten Wald voller umgestürzter Bäume, morsch und halb verrottet, und Farne, die um die Beine klatschten. Irgendwo ertönte ein Fluss. Nicht still wie der, den ich gerade verlassen hatte, dieser hier brauste und rauschte. Gleich hinter der Hügelkuppe da vorn musste er fließen.

Aber als ich oben stand, war kein Fluss zu sehen.

Nur das Geräusch war da.

Konnte es eine Art Geisterfluss sein?

Unsinn, dachte ich und ging dorthin, wo er fließen *musste*, und presste das Ohr auf die Erde, und als das Geräusch lauter wurde, begriff ich, dass es ein unterirdischer Fluss war.

Ich sah einen höhlenartigen Tunnel vor mir, die Wände schwach phosphoreszierend. Fische mit zugewachsenen Augen, blinde Kröten und Wiesel, die im Dunkeln sehen konnten und einen Weg dort hinein kannten, wo sie sich mästen konnten.

Ich wusste also, was Fische waren, und Kröten und Wiesel.

Wusste ich noch mehr?

Ich wusste, was kalt und was Regen war. Bäume und Moos waren mir bekannt, genau wie Hügel und Bergkämme und Himmel.

Aber darüber hinaus nichts?

Da *war* etwas, aber es kam mir vor, als befände es sich hinter einer glatten Wand. Ich wusste, dass es dort war, konnte aber nicht dazu vordringen.

Ein Gewölbe aus kostbaren Gedanken.

Ich wusste also, was ein Gewölbe war, und was Gedanken waren.

Irgendetwas sagte mir, dass ich weitergehen sollte, und ich bewegte mich weiter durch den Wald, der sanft anstieg. Die Bäume hier waren groß, sie schluckten alles Licht, der Waldboden zwischen ihnen war kahl. Gehend sah ich zum grauweißen Himmel zwischen den Ästen hinauf. Wie Milch in der Abenddämmerung, dachte ich aus irgendeinem Grund und sah ein Glas Milch in einer Küche vor mir, in der alles Licht von außen kam. Dort gab es einen Kunststofftisch mit Marmordekor und Metallbeinen, an dem vier Hocker mit hellblauen Bezügen und Metallbeinen standen. Auf dem Tisch befanden sich außerdem zwei braune Teller, die, abgesehen von den Krümeln von Brotscheiben, leer waren, und ein weiteres Glas, leer und oben mit einem Milchrand.

Das war ein Zipfel von etwas, aber nicht das, was ich brauchte, denn es endete dort.

Wer hatte aus den Gläsern getrunken und von den Tellern gegessen?

Wann?

Und wo?

Seltsam, wie still es hier ist, dachte ich. Kein Vogelgesang, nicht einmal das heisere Krächzen einer Krähe war zu hören. Und kein Wind.

Vor mir, weit hinten zwischen den Bäumen, erhob sich, im Nebel matt glänzend, eine Felswand.

Dort saß jemand!

Mit dem Rücken an die Felswand gelehnt, die Hände herabhängend.

»Hallo!«, rief ich und ging so schnell zu ihm, wie ich nur konnte.

Denn es war ein Er. Ein junger Mann, wie ich sah, als ich näher kam.

Ich hatte ihn schon einmal gesehen.

Er hatte etwas mit mir zu tun.

Kurzgeschnittene Haare, ein rundes, unfertiges Gesicht mit blasser Haut. Merkwürdig leuchtende Augen.

Als ich vor ihm stehen blieb, sah er zu mir hoch.

»Was machst du hier, Papa?«, fragte er.

Er war mein Sohn.

Ich hatte einen Sohn.

»Ich weiß es nicht«, sagte ich.

»Bist du tot?«, fragte er.

»Tot?«, sagte ich. »Natürlich nicht. Ich kann mich nur …«

Er sah zu Boden, als hätte er schlagartig das Interesse an mir verloren.

»Ich kann mich nur an nichts erinnern«, sagte ich. »An nichts. Kannst du mir helfen?«

Er hielt etwas in der Hand, entdeckte ich. Es sah aus wie ein Stoffkaninchen.

Es war ein Stoffkaninchen.

Er drückte es an seine Brust und sah wieder zu mir auf. Seine Gesichtszüge waren irgendwie verschwommen. Nein, unbeständig. Seine Züge veränderten sich vor meinen Augen. Gleichzeitig war er die ganze Zeit er selbst.

»Nein«, sagte er. »Ich kann dir nicht helfen.«

»Kann ich dir helfen?«, fragte ich.

Er schüttelte den Kopf.

»Jetzt nicht mehr«, sagte er, stand auf und ging.

»Wo willst du hin?«, fragte ich.

»Komm mir nicht nach«, sagte er.

Er bewegte sich beunruhigend schnell zwischen den Bäumen, schien regelrecht über den Boden zu schweben.

»Warte!«, rief ich und eilte ihm hinterher. Aber obwohl ich lief, wurde die Entfernung zwischen uns immer größer, und bald darauf war er außer Sichtweite. Ich lief weiter in die gleiche Richtung, ohne zu wissen, ob er dorthin gegangen war, aber es war das Einzige, woran ich mich halten konnte.

Es wurde immer leichter, sich in dem Gelände zu bewegen, die Abstände zwischen den Bäumen wurden nach und nach größer. Und etwas später trat ich aus dem Wald und stand vor einer großen, mit Heidekraut bewachsenen Heide.

Die Heide war rötlich mit gelben Stellen und schien sich mehrere Kilometer weit zu erstrecken. Sie war rotbraun von Heidekraut. Das Gelbe mussten Sümpfe sein. Außerdem gab es Abschnitte voller Sträucher und Büsche.

In weiter Ferne sah ich eine Gestalt. Dass musste er sein. Ich lief ihm hinterher.

Jenseits der Heide stiegen, dunkelgrau unter dem dämmernden Himmel, Berge auf.

Wollte er dorthin?

Er blieb stehen, drehte sich um und sah, dass ich näher kam, und für einen Moment sah es so aus, als wolle er auf mich warten.

»Sohn!«, rief ich. »Warte!«

Aber er ging weiter, sozusagen irrlichternd.

Blieb wieder stehen.

Vor mir tauchte ein Band aus Heckenrosensträuchern auf. Ich stoppte davor, obwohl ich es nicht wollte.

Ich konnte hier kein Blut vergießen.

Das wusste ich so, wie ich auch wusste, dass ich zu ihm musste.

Zu meinem Sohn.

Ich hatte einen Sohn.

Ich erinnerte mich an eine Küche.

Ich war hier.

Das war alles.

Ich wusste nicht einmal, wie er hieß.

Aber er sah mich an.

»Komm!«, rief ich.

Zögerlich begann er, sich auf mich zuzubewegen.

Seine Augen leuchteten wie zwei Laternen.

»Ich erinnere mich an nichts«, sagte ich, als er auf der anderen Seite der Dornensträucher stehen blieb, nicht mehr als zwei Meter von mir entfernt. »Ich kann mich nicht einmal erinnern, wie du heißt!«

Sein Gesicht war jetzt älter als vorhin. Aber während ich es betrachtete, glitt es unmerklich in eine neue Form, und er sah aus wie ein Sechzehnjähriger, ohne dass seine Züge sich verändert hatten.

Ich war von warmen Gefühlen für ihn erfüllt. Sehnte mich danach, die Hand nach seiner Wange auszustrecken, über sie zu streichen, ihn zu umarmen und seinen Körper an meinem zu spüren.

»Ich will dir nur helfen«, sagte ich.

»Ich brauche keine Hilfe«, sagte er.

»Aber dann muss ich wissen, was wir hier tun«, sagte ich. »Und wer ich bin. Weißt du das? Oder hast du alles vergessen?«

»Ich weiß nicht, was du hier tust«, sagte er. »Aber ich muss weiter hinein.«

»Ich glaube, ich bin hier, um dich zu holen«, sagte ich.

»Das mag sein«, sagte er. »Aber ich will nicht geholt werden.«

Damit drehte er sich um und ging wieder davon.

»Dann komme ich mit dir«, rief ich ihm hinterher.

Er antwortete nicht, und seine Gestalt wurde immer kleiner. Bald darauf war er verschwunden.

Was sollte ich jetzt tun?

Wohin sollte ich gehen?

Die Berge, auf die er sich zubewegte, kamen mir vage bekannt vor. Ihre Form.

Vielleicht wohnte ich hier und sah sie jeden Tag.

Wohnte ich mit Sohn zusammen?

Und vielleicht auch mit seiner Mutter? Hatte ich eine Frau?

Ich schloss die Augen und versuchte, an Ehefrau zu denken. Es tauchte kein Gesicht auf, auch nicht, als ich versuchte, mir Sohn vorzustellen, um auf die Art das Bild von Ehefrau heraufzubeschwören.

Ich war bis in die Tiefen meiner Seele müde. Außerdem fror ich und hatte Hunger. Die Dunkelheit senkte sich schnell herab, schneller, als ich es gewöhnt war, bald würde ich mir einen Unterschlupf für die Nacht suchen müssen. Der einzige Ort, den ich hier kannte, war der Ort, an dem ich ihn gefunden hatte. Vielleicht würde er dorthin zurückkehren. Die Chancen dafür stehen jedenfalls besser als dafür, dass ich ihn zufällig an einem anderen Ort finde, dachte ich und machte mich auf den Rückweg.

Am Ende von Sohns Felswand gab es eine recht tiefe Spalte, die steil abfiel, um anschließend am anderen Ende erneut aufzusteigen, und wie sich herausstellte, hatte jemand Stöcke über sie gelegt und diese wiederum mit Nadelbaumzweigen bedeckt, so dass eine Art Dach entstanden war. Direkt vor dem Dach hatte jemand eine Feuerstelle angelegt, einen Kreis aus Steinen mit ein paar verkohlten Holzresten und Asche darin. Als ich diese näher in Augenschein nahm, fand ich mehrere kleine Knochen wie von einem Huhn oder Kaninchen, weiß und glatt, ganz ohne Fleisch und Sehnen. Direkt an der Felswand lagen einige dünne Holzscheite und trockene, abgebrochene Äste. Offenbar wurde dieser Ort regelmäßig von jemandem genutzt.

Ich setzte mich, lehnte mich mit dem Rücken an den Felsen.

Irgendetwas sagte mir, dass nicht Sohn, sondern andere das angelegt hatten.

Ich nahm drei der Scheite und stützte sie gegeneinander, brach von einem etwas Rinde ab, zerbrach die knorrigen Äste in noch kleinere Stücke und legte sie darunter, tastete ohne darüber nachzudenken alle sechs Taschen meiner Shorts und danach die Brusttasche des Hemds ab, in der ein Feuerzeug und eine Schachtel Zigaretten lagen.

Ich rauchte also.

Prince.

Ich sah ein trockenes Feld, auf das die Sonne schien, und ich sah mich selbst den Kopf vorneigen und das Feuerzeug mit der Hand abschirmen, denn es war windig, und dann sah ich zwei junge Frauen nebeneinanderstehen, sie trugen beide Gummistiefel und Overalls mit großen Strickpullovern darunter, die eine hatte die Haare zu Zöpfen geflochten, Erde an den Händen.

Das war alles.

Auch diesen Faden konnte ich nicht entwirren.

Er endete dort.

Aber die Frau mit der Erde an den Händen, konnte sie Ehefrau sein?

Ich zündete die Rinde und die kleinen Äste an, die sofort Feuer fingen. Erst als die Flammen wuchsen und die Dunkelheit fraßen, fiel mir ein, dass es vielleicht gefährlich sein könnte, gesehen zu werden.

Schließlich gab es hier andere. Jemand hatte die Hütte und die Feuerstelle angelegt.

Aber ich brauchte Wärme.

Ich konnte auch ohne etwas Essbares bis zum nächsten Tag durchhalten, aber nicht ohne Wärme.

Morgen musste ich Sohn finden. Er war in Not, das wusste ich, und ich würde ihm helfen, das wusste ich auch. Nur nicht wobei oder wie. Aber das wusste er bestimmt. Außerdem wusste er, wer ich war.

Ich war wegen Sohn hier.

Mehr brauche ich nicht zu wissen, dachte ich und starrte ins Feuer, die Flammen, die hochloderten und sangen, das Spiel aus Farben, die von Orange zu Gelb mit etwas Bläulichem changierten, gespenstisch und im Innersten unveränderlich.

Das Holz knisterte und sprühte Funken, ab und zu gab es ein Klicken oder sogar ein ganz leises Knacken von sich.

Ich begann zu dösen. Vielleicht würden dann, fiel mir ein, weitere Bilder auftauchen, kurz vor dem Einschlafen, war es nicht häufig so?

Irgendwo in der Nähe raschelte etwas. Ich schreckte auf und sah mich um. Es ist bestimmt nur ein Tier, das über den Waldboden läuft, dachte ich und streckte mich nach einem neuen Scheit, das ich vorsichtig ins Feuer legte.

Mich beschlich das Gefühl, gesehen zu werden.

Vielleicht lag es daran, dass ich im Licht so sichtbar war, in der Dunkelheit umgekehrt jedoch nichts erkennen konnte.

Am besten ließ ich mir nichts anmerken.

Ein paar Minuten später, den Blick in den Flammen verloren, hatte ich das Gefühl wieder vergessen, als von draußen eine Stimme ertönte.

»Wer bist du?«

Ich stand abrupt auf und sah in die Dunkelheit hinein.

»Entspann dich«, sagte die Stimme und lachte kurz. »Ich beiße nicht!«

Es war eine Frau. Sie hatte mich sicher seit längerem beobachtet.

»Wer bist *du*?«, fragte ich. »Komm her, damit ich dich sehen kann.«

Lautlos trat sie in das Licht des Feuers. Sie war recht klein und schien um die siebzig zu sein, ihr Rücken war leicht gebeugt, das Gesicht runzelig und braungebrannt, so wie ältere Frauen manchmal auf alten Fotografien aussahen. Sie lächelte, aber nur mit dem Mund, ihre Augen blieben unberührt, hellblau und kalt.

»Ich habe dich hier noch nie gesehen«, sagte sie. »Wann bist du gekommen?«

»Ich weiß es nicht«, sagte ich.

»Und wer bist du?«

Ich schüttelte den Kopf und breitete die Arme aus.

»Hast du aus der Leite getrunken?«, fragte sie.

»Was ist Leite?«, sagte ich.

»Ein Fluss«, antwortete sie.

»Ich habe heute aus einem Fluss getrunken, das stimmt«, sagte ich und setzte mich.

»Aber ich habe keine Ahnung, wie er heißt.«

»Es war die Leite«, sagte sie. »Deshalb erinnerst du dich an nichts.«

»Und wer bist du?«, fragte ich.

»Warum willst du das wissen?«, sagte sie und strich mit der Hand ihr Haar zur Seite, eine Geste, die sie sich aus ihrer Jugend bewahrt haben musste.

»Weißt du es auch nicht?«, sagte ich.

Sie schnaubte und setzte sich auf einen flachen Stein.

»Oh doch«, sagte sie. »Aber das ist irgendwie nicht so relevant.«

»Du hast mich doch gefragt?«

»Hab dich hier noch nie gesehen, deshalb habe ich gefragt.«

»Ich habe dich auch noch nicht gesehen«, sagte ich.

»Da hast du recht«, sagte sie und lächelte. »Aber es ging mir nicht um deinen Namen. Eher darum, was du hier machst. Und warum du ein Feuer angezündet hast.«

»Weil ich friere, natürlich«, sagte ich.

»Es ist nicht schlimm, wenn du frierst«, sagte sie. »Vergiss nicht, dass du tot bist. Keiner stirbt zwei Mal.«

Ich sah sie an. Ihr Gesicht war ernst. Keine Spur von Ironie.

»Wie meinst du das?«, fragte ich.

»Bist du ein Leugner?«, sagte sie.

»Wovon redest du?«

»Du leugnest, dass du tot bist.«

»Das ist absurd«, sagte ich. »Ich friere, ich habe Hunger, ich bin müde, und ich habe einen Körper, und ich habe eine Schachtel Zigaretten dabei. Ich glaube, das können nicht viele Tote von sich sagen.«

»Schwamm drüber«, sagte sie. »Keiner hat jemals ein vernünftiges Gespräch mit einem Leugner geführt. Das geht einfach nicht.«

Sie stand auf, um zu gehen.

»Okay«, sagte ich. »Nehmen wir mal an, ich bin tot. Dann bist du auch tot?«

»Ja, klar«, sagte sie und verschwand in der Dunkelheit.

»Warte!«, rief ich.

Keine Antwort.

Ich stand auf und folgte ihr. Die Finsternis war so undurchdringlich, dass ich meine Hand nicht vor Augen sehen konnte.

»Warte!«, rief ich wieder und blieb stehen, um auf ihre Schritte zu horchen.

Aber es war vollkommen still.

Sie musste doch genauso schlecht sehen wie ich. Das bedeutete, dass sie sich ganz in der Nähe aufhielt. Wahrscheinlich besser, nach ihr zu suchen, wenn es hell wurde, dachte ich und kehrte zum Feuer zurück.

War ich tot?

Das ergab doch keinen Sinn.

Aber wenn ich lebte, wo war ich dann? Und wie war ich hier gelandet?

Hatte ich einen Unfall gehabt und das Gedächtnis verloren? War ich einfach losmarschiert, in den Wald?

War Sohn beim selben Unfall dabei gewesen?

Morgen muss ich die alte Frau auftreiben, dachte ich, legte mich auf die Seite, so nah am Feuer, wie ich mich traute, und schloss die Augen.

Ich erwachte im Morgengrauen. Es regnete, und obwohl das Dach, unter dem ich lag, dicht war, fror ich so, dass ich zitterte. Ich setzte mich auf, rieb mit den Händen über die Arme und sah in den trostlos nassen und nebligen Wald hinein, während ich versuchte, meinen Traum festzuhalten. Ich war gemeinsam mit einem Freund mit dem Fahrrad unterwegs gewesen, er war zwölf und ich auch. Vor uns, im Sonnenschein zwischen den Bäumen, tauchte ein riesiges Schiff auf. Es war ein Öltanker, der an Land vertäut worden war. Hoch über uns sahen wir zwei Männer an Deck Tennis spielen, ansonsten war das Schiff verwaist. Die Trosse, an denen es vertäut lag, waren fast so dick wie wir.

Das war alles. Aber es machte mir Hoffnung, denn jetzt besaß ich schon drei Sequenzen aus der Vergangenheit: die Küche, die jungen Frauen auf dem Feld, die Radtour mit meinem Freund, und wenn es noch ein paar Tage so weiterginge, würde ich mir bald ein Bild davon machen können, wie meine Vergangenheit aussah und wer ich war.

Außerdem hatte ich Sohn hier. Und ich kannte die Berge auf der anderen Seite der Ebene.

Aber Sohn war der Schlüssel.

Ich musste ihn finden und ihm helfen.

Ich ging zum Waldrand hinunter. Ich hatte vor, ihm entlang der Heide immer weiter zu folgen, und hoffte, dass der weitere Weg sich dann ergeben würde, wenn ich erst einmal an ihr Ende kam. Vielleicht würde ich mich in der Zwischenzeit auch an mehr erinnern und daraufhin wissen oder zumindest ahnen, wo ich suchen musste.

Überall um mich herum rieselte und tropfte es. Der Nebel hing so tief und war so dicht, dass ich die Wipfel der Bäume an manchen Stellen nicht sehen konnte.

Am Fuß des sanften Hangs, dem ich folgte, etwa dreißig Meter unter mir, lag ein Bachbett, das ich am Vortag nicht bemerkt hatte. Gesäumt wurde es von einigen breiten Fichten mit grauen Stämmen und einem Gewirr aus dünnen, ineinander geflochtenen Ästen ohne Nadeln ganz unten, schweren, grünen Ästen weiter oben.

Ich blieb abrupt stehen.

Saß da eine Gestalt?

Es schien so.

Schemenhaft erkannte ich ein blasses, flaches Gesicht und etwas Schwarzes, das ein Körper sein musste.

Mein Herz schlug schneller, und ich holte unwillkürlich die Zigarettenschachtel heraus und zündete mir eine an.

Die Gestalt bewegte sich nicht.

War sie tot?

Der Rauch, den ich ausblies, hing eine Weile vor mir in der Luft, ehe er sich auflöste.

Ich zog so kräftig an der Zigarette, dass der Filter heiß wurde.

Tote rauchten nicht.

Die alte Frau hatte einfach nur versucht, mich hereinzulegen.

Ich ließ die Zigarette auf die Erde fallen und trat darauf. Ging langsam und vorsichtig zu den Fichten hinunter, um die Gestalt nicht zu ängstigen. Aber selbst, als ich vor den Ästen stehen blieb und klar und deutlich ihr Gesicht sah, bewegte sie sich nicht.

Aber die Augen standen offen, und es war Leben in ihnen, sie leuchteten eigentümlich, ein bisschen so wie bei Sohn. Als würde hinter ihnen eine kleine Flamme brennen.

»Hallo?«, sagte ich leise und ging in die Hocke.

Die Gestalt wandte mir ihr Gesicht zu. Sie sah mich an, als wäre sie blind. Der Mund stand offen. Der Blick fixierte mich nicht. Sie hatte nur wenige Haarbüschel auf dem Kopf. Als hätte ihr jemand die Haare ausgerissen. Es war ein Mann, oder was von einem Mann übrig geblieben war.

»Hallo«, sagte er mit zittriger Greisenstimme.

Mit wurde kalt ums Herz, und ich richtete mich jäh auf, wich einen Schritt zurück. Schaute mich um. Kein anderer da.

»Wer bist du?,«, fragte ich.

»Ich … weiß … es … nicht …«, sagte er und hob dabei langsam die Hand in meine Richtung, als wollte er mich berühren und als wüsste er nicht, dass ich zwei Meter entfernt stand.

»Was ist das hier für ein Ort?«, fragte ich.

Er ließ den Arm genauso langsam sinken und wandte sich ab. Ich konnte mir kein richtiges Bild davon machen, wie er eigentlich aussah, seine Gesichtszüge ließen sich irgendwie nicht festhalten. Nur die Augen waren deutlich, die im Halbdunkel unter dem Baum hell und klar leuchteten.

»Ich… weiß… es… nicht«, sagte er wieder.

»Redest du mit den Verblichenen?«, sagte hinter mir eine Stimme. »Dann bist du dümmer, als du aussiehst.«

Es war die alte Frau, sie kam mit energischen Schritten den Hang herab.

Mein Herz verfinsterte sich bei ihrem Anblick.

Dann mag ich sie also nicht, dachte ich.

Hätte direkt zur Heide gehen, hier nicht haltmachen sollen.

Ein paar Meter von mir entfernt blieb sie stehen.

»Sie erinnern sich an nichts. Sie wissen nichts. Sie treiben sich hier nur herum.«

»Ich erinnere mich auch an nichts«, sagte ich.

»Aber du denkst. Du bist ein Leugner, aber kein Verblichener.«

»Hast du gestern nicht gesagt, dass ich tot bin?«

»Ja, sicher. Tot bist du. Aber kein Verblichener. Was hast du zu ihm gesagt?«

»Ich habe ihn gefragt, wer er ist. Und was das hier für ein Ort ist.«

Der Verblichene hatte uns den Kopf zugewandt, oder eher dem Ort, von dem unsere Stimme kamen. Sein Mund stand offen, und es sah aus, als hörte er uns zu.

»Er kann uns hören, oder?«, fragte ich.

»Ja, das kann er. Aber er versteht nicht viel, der arme Kerl.«

Sie ging zu ihm, zog die Äste zur Seite, packte eines der Haarbüschel auf seinem Kopf und zog daran.

»Hoch mit dir«, sagte sie. »Hoch, hoch mit dir!«

Der Verblichene drehte verwirrt den Kopf in ihrem Griff, gleichzeitig richtete er sich langsam auf. Als er aufrecht stand, schubste sie ihn. Er machte ein paar stolpernde Schritte, bis er das Gleichgewicht wiederfand, weiterging und zwischen den Bäumen verschwand.

Sie lächelte.

»Sie sind harmlos«, sagte sie.

»Wer sind sie? Wer war er?«, fragte ich.

»Keine Ahnung«, sagte sie und strich auf die gleiche kokette Art ihre Haare zur Seite wie am Vorabend.

Da, als sie den Kopf senkte und ich sie im Profil sah, erkannte ich sie.

Ich hatte sie früher gesehen. Viele Male.

Aber wer war sie?

Hinter ihr, auf der Kuppe des Anstiegs, tauchten drei Männer auf. Sie waren keine Verblichenen, sie waren wie sie. Sie blieben oben stehen und sahen zu uns hinunter.

Sie merkte, dass mein Blick dorthin ging, und drehte sich um.

Sie kamen herunter.

Ihre Reaktion ließ mich erkennen, dass sie nicht gefährlich waren, trotzdem ging ich in Richtung Heide.

»Wo willst du hin?«, fragte sie.

»Sohn finden«, sagte ich.

»Du hast hier einen Sohn?«, sagte sie.

Ich antwortete nicht. Sie schloss zu mir auf.

»Wieso erinnerst du dich daran?«, fragte sie.

»Ich bin ihm gestern begegnet«, sagte ich. »Und jetzt will ich ihn wiederfinden. Auf Wiedersehen.«

Sie blieb stehen. Ich ging weiter. Erst als ich ein paar Minuten später aus dem Wald trat, schaute ich zurück.

Niemand war mir gefolgt.

Ich ging am Waldrand entlang und versuchte gleichzeitig unablässig, irgendwelche Bewegungen auf der Heide zu erspähen, die sich verlassen und gewaltig ausbreitete. Nur einzelne Vögel waren über ihr zu sehen, die klein und schwarz hoch oben im Grau schwebten.

Ich war erleichtert, allein zu sein, und erleichtert, unterwegs zu sein. Ich fror noch immer, und der Hunger nagte in meinem Bauch, aber es schien etwas geschehen zu sein, denn es war auf eine seltsame Art, als ginge mich das nichts an. Und es sah auch nicht so aus, als würde mich die fehlende Nahrung schwächen, denn als ich ausschritt, hatte ich das Gefühl, reichlich Kraft zu haben.

Nach einer Weile blieb ich gelegentlich stehen und schaute mich um, es schien sich meiner Kontrolle zu entziehen. Ich ertappte mich immer öfter dabei. Obwohl ich mir sagte, dass ich immer weitergehen müsse, konnte ich mich in der nächsten Sekunde nicht davon abhalten, den Kopf zu drehen und nach hinten zu sehen.

Immer stärker regte sich in mir das Gefühl, dass etwas nicht stimmte. Es war nicht vorgesehen, dass ich diesen Ort verließ, hier sollte ich sein, das wusste ich, und diese Gewissheit zerrte an mir. Gleichzeitig waren die Gewissheit, dass Sohn diesen Weg gegangen war, und das Bedürfnis, ihn zu finden, genauso stark.

Als zögen zwei Magnete an mir. Oder nein, als zöge ein Magnet an mir und als presste ich mich zugleich vorwärts. Wenn es so ist, dachte ich, wird es immer leichtergehen, denn die Kraft, die mich zurückzog, würde immer schwächer werden, je weiter ich mich von Zuhause entfernte, bis sie mich endgültig loslassen würde.

Etwas später veränderte sich die Heide, sie bestand nicht mehr aus Heidekraut und Dornengestrüpp, sondern wurde sumpfig und gelb, mancherorts schimmerten Tümpel und Pfützen. Als kleine Hügel und sanfte Anstiege auftauchten und die Erde grasbewachsen war, verließ ich den Waldrand und begab mich auf die eigentliche Ebene hinaus. Bald darauf entdeckte ich in der Ferne etwas, das Türmen ähnelte. Es gab drei davon, und ich nahm Kurs auf sie.

Als ich näher kam, sah ich ein Band aus Rauch in der Luft, es erstreckte sich vom einen Ende der Heide zum anderen. Das beunruhigte mich, und der Drang, nach Hause zurückzukehren, wurde so stark, dass ich stehen blieb.

Vor mir, im kniehohen Gras, lag etwas Rotes.

Ich ging hin. Es war ein kleiner Haufen aus Kleidern mit einem roten Rock zuoberst. T-Shirts, Unterhosen, Blusen, Hosen. Daneben, fast völlig vom Gras verdeckt, lagen mehrere Paar Schuhe und Sandalen.

Ich ging in die Hocke und fand ein braunes Portemonnaie, es lag aufgeschlagen, die Fächer ausgebreitet, und als ich es umdrehte, sah ich einen Streifen Fotoautomatenbilder von zwei Mädchen, die vierzehn, fünfzehn sein mochten. Dahinter war das Foto eines Jungen im selben Alter, offenbar aus einer größeren Fotografie ausgeschnitten. Zwei Fünfzigkronenscheine lagen dort, ein paar Münzen und eine Busfahrkarte.

Ich richtete mich auf und sah in die Ferne.

Auf der gesamten Strecke bis zu den Türmen lagen Kleidungsstücke im Gras, und je näher man kam, desto mehr wurden es, zusammen mit Schuhen und Brillen, Portemonnaies, Taschen.

Bald darauf wurde mir klar, dass es kein Rauch war, sondern Dampf. Und er schien aus einem Fluss aufzusteigen, der quer durch die Heide floss.

Als ich zu der Wiese vor dem Fluss gelangte, sah ich, dass die Türme am anderen Ufer standen. Sie bildeten ein Dreieck, und es lagen ungefähr dreißig Meter zwischen ihnen. Am Fuß jedes einzelnen führten zwei breite Rampen aufwärts, die aus Holz gefertigt zu sein schienen, und von den Rampen aus ragten die Türme zwanzig Meter in die Höhe, schlank und schmal und, soweit ich es erkennen konnte, aus einer Art Metalldraht.

Auf einer großen Fläche um sie herum, mindestens hundert Meter breit und ebenso tief, war das Gras niedergetrampelt. Überall lagen mannshohe Kleiderhaufen.

Was ging da vor?

Es sah aus wie eine Sammelstelle für Tausende Menschen.

Waren diese Türme so etwas wie Kirchen? Ein Symbol für etwas?

Ich schaute hoch. Die Sonne war als ein bleicheres, leicht gelbliches Feld im Grau erkennbar.

In großer Höhe glitt in langsamen Kreisen ein großer Vogel dahin.

Das gefiel mir nicht, sein Anblick hatte etwas vage Bedrohliches, nicht zuletzt, weil ich hier draußen als einzige Gestalt im Umkreis von Kilometern weithin sichtbar sein musste.

Ich ging den Wall hinauf und zum Flussufer hinunter, bückte mich und tauchte vorsichtig die Hand ins Wasser. Es war kochend heiß.

Niemand kam hier hinüber, ohne sich zu verbrühen.

Ich betrachtete die Türme.

Wer hatte sie wohl erbaut?

Und wozu wurden sie benutzt?

Nach dem Vogel spähend ließ ich den Blick über den Himmel schweifen. Aber der Himmel war weiß und leer.

Ein neues Bild löste sich aus dem Gewölbe meines Gedächtnisses: Ich kletterte einen Mast hinauf, er war grau und aus Metall, die Luft war kalt und der Himmel blau, und die Sonne schien. Unter ihm lagen verstreut Schneeflecken. Ich war dreizehn, es war das Frühjahr, in dem ich dreizehn war. Es war Ostern! Lange, unnütze Tage. Unter mir stand Gaute mit den lockigen Haaren und dem frechen Grinsen.

Es ist bestimmt ein Funkmast, dachte ich und betrachtete die Spitze des Turms, die in einer langen Metallstange endete.

So viel Information auf einmal hatte ich nicht bekommen, seit ich das Gedächtnis verloren hatte.

Warum wollte Sohn mir nicht sagen, wie er hieß oder wer ich war?

Als ich daran dachte, durchlief mich Trauer.

Er wollte nichts mit mir zu tun haben.

Hatte ich ihm etwas angetan?

Was konnte es sein?

Er war doch Sohn.

Er hatte gesagt, er müsse zurück.

Wo war das?

Konnte überall sein.

Am Nachmittag kehrte ich zum Zuhause zurück. Das tat gut, auch wenn ich Sohn vermisste. Ich setzte mich mit dem Rücken zum Felsen und sah in den Wald hinein, ohne wirklich etwas zu sehen, und auch das tat gut. Als es dunkel wurde, machte ich wieder ein Feuer.

Es kam mir vor, als würden Körper und Hunger zusammenwachsen. Ähnlich wie ein Boot aufquillt, dachte ich, der Körper saugte den Hunger auf, wie das Holz Wasser aufsaugte.

So wie am Vorabend döste ich am Feuer, und so wie am Vorabend raschelte es plötzlich in der Nähe.

»Bist du das, altes Weib?«, fragte ich.

Wortlos trat sie ins Licht und setzte sich.

Ich sah sie nicht an, streckte mich nach hinten und nahm ein Scheit, das ich aufs Feuer legte.

»Hast du deinen Sohn gefunden?«, fragte sie.

Ich schüttelte den Kopf.

»Wie weit bist du gekommen?«

»Bis zu dem Fluss auf der Heide«, sagte ich.

»Du bist nicht hinübergekommen?«

»Nein, bin ich nicht.«

»Es gibt dort eine Seilfähre, hast du sie nicht gesehen?«

»Nein.«

»Nicht auf der Heide, sondern im Wald.«

Ich spürte, dass sie mich ansah.

»Was ist am anderen Ufer?«, fragte ich, ohne ihrem Blick zu begegnen.

»Das Gleiche wie hier«, sagte sie. »Wald und Wasser.«

»Und warum will er dann dahin?«

»Es gibt dort eine Brücke.«

»Und?«

»Er will auf die andere Seite der Brücke. Das ist alles, was er will.«

»Und was ist dort?«, fragte ich.

»Das Land der Toten.«

»Hast du nicht gesagt, das hier sei das Land der Toten?«

Sie schüttelte den Kopf.

»Das hier ist das Land für alle, die nicht sind.«

Es wurde still.

Dann stieg, aus dem Nichts, ein tiefer und gewaltiger Klang über dem Wald auf. Er glitt über den Himmel wie Donner, aber es war kein Donner, es war ein anhaltender Ton, und er füllte die ganze Landschaft um uns.

Ich stand auf und wollte zur Heide hinabgehen, denn das sagte der Ton, aber das alte Weib packte meinen Arm und zog mich herunter.

»Hör nicht auf ihn«, sagte sie eindringlich. »Bleib hier.«

Ich riss mich los und ging in die Dunkelheit. Als würde der Ton alles andere verdrängen. In mir war nur noch Platz für ihn. Er war so schön, ich wollte nur, dass er immer weiterging. Und ich wollte mich ihm unterordnen. Ein Teil von ihm werden.

Deshalb ging ich zur Heide, wie der Ton mich anwies.

Als ich den Bach erreicht hatte, hörte der Ton auf.

Sein Verstummen schmerzte in meiner Brust.

Ich blieb stehen.

Überall erklang Rascheln und Flüstern.

Es waren Verblichene. Aber nicht bloß einer oder zwei, überall schoben sie sich um mich herum zwischen den Bäumen hindurch wie Menschen in einem Traum. Ihre Kleider waren dunkel, ihre Gesichter und Hände waren weiß und schimmerten im Dunkeln. Und die Augen, die Augen, sie leuchteten.

Einer von ihnen kam an mir vorbei. Er flüsterte etwas, aber nicht an mich gewandt, denn mich schien er überhaupt nicht wahrzunehmen. Er flüsterte etwas vor sich hin.

Der gewaltige Ton begann von Neuem.

Er füllte mich vollkommen aus.

Oh, war er schön.

Ich ging weiter. Konnte ich werden wie er, ein Teil von ihm sein, würde ich nie um etwas anderes bitten.

»Jostein!«, rief jemand hinter mir.

Jostein? Das war ich.

Ich war Jostein.

Ich drehte mich um.

Das alte Weib folgte mir den Hang hinab.

»Geh da nicht raus, Jostein!«, rief sie. »Komm zurück!«

Sie blieb vor mir stehen und packte meinen Arm.

»Komm. Wir gehen zurück.«

»Aber das ist so schön«, sagte ich. »Hörst du das nicht?«

Sie schüttelte den Kopf.

»Woher weißt du, wie ich heiße?«, fragte ich. »Ich kenne dich, nicht wahr?«

Ich war Jostein.

Es war mir, als sperrte sich der Name gegen den Ton, als träte er zwischen mich und ihn, der er mich jetzt nicht mehr ausfüllte.

Sie zog an meinem Arm, und ich folgte ihr zum Zuhause hinauf.

Lange füllte der Ton die Landschaft um uns mit seinem mächtigen, trauerschweren Klang. Ich sagte nichts, es kam mir vor, als wäre ich ein Teil von ihm, obwohl er keine Macht mehr über mich hatte. Sie sagte auch nichts.

Dann, so unvermittelt, wie er begonnen hatte, hörte der Ton auf.

»Ich bin deine Großmutter«, sagte sie.

Ich sah sie an. Sie sah nach unten und kratzte mit einem kleinen Stock im Erdboden.

»Du bist Großmutter?«, sagte ich und mir traten Tränen in die Augen.

»Erinnerst du dich an mich?«

Ich schüttelte den Kopf.

»Dein Vater starb, als du fünfzehn warst. Ich ertrug die Trauer nicht und gab auf. Da warst du sechzehn. Erinnerst du dich jetzt?«

»Nein«, sagte ich. »Aber ich habe dich erkannt.«

Es wurde still zwischen uns.

»Wo ist Vater jetzt?«, fragte ich. »Und lebt Mutter noch?«

»Harald ist im Land der Toten. Ellen ist im Land der Lebenden.«

Sie sah mich an.

»Weißt du jetzt genug?«

Ich weinte. Ich erinnerte mich an nichts.

Sie strich mir mit ihrer knochigen Hand über die Wange.

»Was ist mit Sohn?«, fragte ich.

»Ich weiß es nicht«, sagte sie. »Es heißt, niemand komme mehr über die Brücke. Er ist bestimmt dort und wartet.«

Sobald es hell wurde, brach ich zu der Brücke auf. Ich ging am Waldrand an der Heide entlang, bis ich den dampfenden Fluss erreichte, dessen Lauf ich in den Wald hinein folgte. Es regnete, und der Regen war kalt, aber ich fror nicht mehr. Sie hatte gesagt, dass Sohn nicht versöhnt und deshalb verwirrt sei. Er sei voller Sehnsucht nach etwas, ohne zu wissen, was es war. Versöhnt einen der Ton, hatte ich sie daraufhin gefragt. Ja, hatte sie gesagt. Aber wenn du ihm nachgegeben hättest, wärst du nicht mehr fähig gewesen, deinem Sohn zu helfen.

Vor mir lag auf einer Sandbank an einer Biegung des Flusses ein Floß, über dem zwei Metallseile gespannt waren. Ich schob es vorsichtig ins Wasser und stellte mich darauf, griff nach dem einen Metallseil und zog mich langsam zum anderen Ufer.

War dort jemand?

Ich hatte an diesem Tag noch keine Menschenseele gesehen. Die Landschaft war völlig verwaist.

Aber hier war jemand.

Ich schaute mich um.

Nur Bäume und Büsche, Wasser und Dampf, Sand und Steine waren zu sehen.

Lange blieb ich regungslos stehen, um zu sehen, ob sich in meiner Nähe etwas bewegen würde.

Nein.

Ich ging so schnell ich konnte am Fluss entlang und erneut auf die Heide hinaus. Dort fühlte ich mich sicherer, weil ich weiter sehen konnte.

Die Türme auf der Heide waren im Nebel kaum zu erkennen. Wenn ich nicht gewusst hätte, dass sie da waren, würde ich sie wahrscheinlich nicht sehen, dachte ich, ging weiter und warf immer wieder kurze Blicke in den Wald. Der Gedanke, kehrt zu machen und nach Hause zurückzukehren, tauchte immer seltener auf, und als ich das Ende der Heide erreichte, die im Laufe des letzten Kilometers immer schmaler geworden war, wie ein Trichter zu einem Tal führend, war er völlig verschwunden. Im Gegenteil, irgendetwas in mir trieb mich jetzt vorwärts, zur Brücke und zu Sohn.

Eine Art Weg oder eher ein Trampelpfad führte in das Tal hinein. Ich sah Spuren von Pferdehufen und Menschenfüßen, wo der Boden weich und matschig war, außerdem einige schmale Radspuren wie von altertümlichen Karren oder Kutschen.

Aber ich sah keine Menschenseele.

Warum war hier keiner?

Dann schoss mir durch den Kopf, dass der Weg gefährlich sein könnte, dass man darauf für alle sichtbar war und er deshalb menschenleer war.

Aber Sohn musste ihn genommen haben. Und Sohn brauchte mich, auch wenn er es nicht wusste.

Ich setzte meinen Weg durch das Tal fort. Nach einer Weile kam ich zu einer Gabelung, und ich folgte der rechten Abzweigung. Sie endete an einem steilen Berghang, und ich ging ein Stück zurück und versuchte, einen begehbaren Weg den Berg hinauf zu finden. Er war steil, aber es gelang mir, zum Gipfel zu klettern.

Das Meer.

Es lag etwa hundert Meter unter mir. Breitete sich grau und schwer zwischen einer Myriade von Inseln aus, die meisten bewaldet, in Nebel gehüllt.

Und weit draußen lag die Brücke. Sie stieg sanft vom Land auf und verschwand im Nebel.

Mir lief ein Schauer über den Rücken.

Nicht nur, weil ich Sohn nahe war, sondern auch, weil ich diese Landschaft in- und auswendig kannte.

Ich kam von hier.

Ich wohnte hier.

Die Namen der Berge lagen mir auf der Zunge.

Die Namen fielen mir nicht ein.

Und mitten im Vertrauten war alles zugleich fremd. Denn es waren nur die Formen, die ich kannte.

Wo ich herkam, sah es doch nicht *so* aus?

Aber wie sah es dann aus?

Ich setzte mich auf einen Stein und zog die Schachtel Zigaretten heraus. Ich hatte nur noch acht, und es würde hier vermutlich unmöglich sein, welche aufzutreiben, aber es hat ohnehin keinen Sinn, sie zu rationieren, dachte ich und zündete mir eine an.

Ich schloss die Augen und versuchte mir vorzustellen, wie es hier früher ausgesehen hatte.

Nichts zeigte sich mir.

Als ich die Augen wieder öffnete, glitt unter mir in Ufernähe ein Boot um die Landzunge. Es war groß, ich zählte zwölf Ruderpaare, die alle im gleichen Takt arbeiteten. Es hatte auch einen Mast, aber das Segel war nicht gehisst.

Zwei große Vögel schwebten hoch über dem Boot. Sie waren offenbar mit ihm verbunden, denn sie begleiteten es in die Bucht zwischen den Bergen, bildeten eine Art Eskorte.

Auf dem Weg ins Tal hinunter sah ich auf der anderen Seite flüchtig eine Gestalt, oder das, was ich für eine Gestalt hielt, ein Aufleuchten von Blau war alles, was ich wahrnahm. Der

Himmel über mir war dunkler geworden, deshalb dachte ich eine Weile, ich hätte es mir nur eingebildet. Aber als ich unten war und auf dem Trampelpfad ging, der dort begann, sah ich mehrere Gestalten, und an ihrer Gegenwart bestand kein Zweifel, manche standen nur einen Meter entfernt.

Keiner von ihnen sah mich an, und keiner sah einen der anderen an.

Dann waren sie überall, im Wald und auf den Berghängen.

Einer von ihnen, ein alter Mann mit schmalen Wangen, großer, weicher Nase und großen Ohren, irren Augen, sah mir hinterher, als ich an ihm vorbeiging, und als ich mich umdrehte, hatte er die Hand gehoben und zeigte auf mich. Sein Mund öffnete sich, aber es kam kein Laut über seine Lippen. Unmittelbar darauf begegnete ich dem Blick einer Frau, auch sie war uralt, ihr Kopf zitterte leicht, aber die Augen, ihre Augen, sie waren weit aufgerissen.

Nichts an ihnen machte einem Angst, sie bewegten sich langsam und schwerfällig, als wäre die Schwerkraft für sie größer. Dennoch ging ich so schnell ich konnte und achtete darauf, ihren Blicken nicht zu begegnen.

Kurz darauf weitete sich das Tal vor mir, und dort, an seinem Ende, stieg in der Dämmerung fast unsichtbar die Brücke auf.

Etwas weiter entfernt brannten einige große Lagerfeuer.

Überall auf der freien Fläche vor dem Brückenkopf waren Menschen. Die meisten standen regungslos, als warteten sie auf etwas. Es lag jedoch keine Erwartung in ihren gleichgültigen Blicken, oder in ihren Körpern. Auf die wenigen, die sich bewegten, reagierten die Umstehenden gereizt. Ich ging in weiten Bögen um sie herum, wollte keine Aufmerksamkeit erregen, aber allein schon, dass ich ging und nicht stand, oder in kleinen Kreisen trottete, führte dazu, dass ich mich von ihnen absetzte. Außerdem musterte ich sie, um zu sehen, ob sie Sohn waren, und das gefiel ihnen nicht. In den Augen einiger flammte Hass auf, in denen anderer Verwunderung. Die Dunkelheit verdichtet sich, bald werden sie nur noch Schatten unter anderen Schatten sein, dachte ich, so wie ich für sie nur ein Schatten sein werde.

»Sohn!«, rief ich leise.

Seufzen und Stöhnen breiteten sich um mich aus.

»Sohn!«, rief ich.

»Halt's Maul!«, zischte jemand.

Es war hoffnungslos. So würde ich ihn niemals finden, jedenfalls nicht im Dunkeln.

Er könnte auch schon die Brücke überquert haben.

Großmutter hatte gesagt, sie sei geschlossen. Aber das war sie nicht. Jedenfalls nicht hier, dachte ich, als ich mich näherte. Sie erstreckte sich ein Stück weit hinaus, ehe sie anstieg und in der Dunkelheit verschwand. Sie war leer, keiner ging oder stand auf ihr.

War sie weiter draußen geschlossen? Oder am anderen Ende?

Um mich herum standen die Menschen so dicht, dass man nicht mehr an ihnen vorbeikam, ohne sich einen Weg hindurchzubahnen.

»Sohn!«, rief ich wieder.

»AAAHH!«, schrie jemand.

Mehrere hoben langsam die Hände zum Kopf und pressten sie auf die Ohren.

Mein Bedürfnis, Sohn zu finden, war jetzt so groß, dass es mich nicht mehr interessierte, was um mich herum geschah. Ich bahnte mir einen Weg nach vorn, presste mich zwischen den Körpern hindurch und hinterließ Seufzen und Stöhnen und kurze Schreie sowie einige Hände, die ohnmächtig versuchten, mich festzuhalten.

Dann ließ ich die Menge hinter mir und stand nur ein paar Meter von der Brücke entfernt.

Hatte er sie überquert?

Ich ging auf sie zu. Wenn er nicht hinübergegangen war, würde er mich dort oben deutlich sehen können.

Nein!, dachte ich und stoppte abrupt.

Was trieb ich denn da?

Durfte da nicht hochgehen.

Musste hierbleiben.

Erleichtert drehte ich mich um und ging die wenigen Meter zurück, jedoch nicht in die Menge hinein, sondern an ihr vorbei, als wäre ich ein Offizier, der seine Soldaten inspizierte.

»Sohn!«, rief ich im Gehen und betrachtete alle Gesichter.

Immer wieder tat ich das.

Aber kein Sohn.

Als ich den Rand der Menge erreichte, wo die Leute in mehreren Metern Abstand voneinander standen, hielt ich inne.

Was sollte ich jetzt tun?

Ich schaute mich um. Erst da fiel mir das Boot ins Auge, das etwa hundert Meter entfernt am anderen Ende der Bucht vertäut lag.

Irgendetwas ging dort vor.

Drei Feuer brannten vor dem Boot an Land, mehrere Gestalten marschierten in ihrem flackernden Licht hin und her.

War Sohn dort?

Ich umrundete die Menschenmenge, um auf der anderen Seite von ihnen hinunterzugehen.

Auch dort standen Menschen, aber keiner von ihnen schenkte dem Beachtung, was auf dem Bootssteg geschah.

Die Gestalten dort waren anders. Sie hatten schwere und brutale Gesichter, ihre Schädel waren rasiert und groß wie Stierköpfe, auf ihre breiten Rücken hingen Zöpfe. Sie gingen irgendwie ruckartig, gleichzeitig geschmeidig und steif. Einer von ihnen hielt einen Holztrog in den Händen, aus dem sie gelegentlich tranken. Links von ihnen, im Halbdunkel, standen Zelte, und unablässig gingen welche hinein oder kamen heraus.

Man hatte den Eindruck, dass sie auf etwas warteten.

Vorsichtig näherte ich mich. Stieß versehentlich jemanden an, eine Frau, sie öffnete mit wütenden Augen den Mund, aber es drang kein Laut heraus, und im nächsten Moment legte sich die Unruhe in ihrem Gesicht, und sie stand wieder ruhig da.

Jenseits des Feuers, kaum erkennbar hinter den hohen Flammen, war eine Art Gestell errichtet worden. Eine Bahre, gehalten von vier langen Balken. Auf der Bahre lag eine Gestalt.

Nach einer Weile kamen aus einem der Zelte zwei Stierköpfe mit einem Menschen zwischen sich. Es war eine Frau. Ihre Arme waren über den Kopf gereckt und an den Handgelenken gefesselt, und ihre Beine waren an den Fußknöcheln zusammengebunden. Sie war nackt. Aus einem anderen Zelt wurde eine andere, auf gleiche Art gefesselte Frau getragen. Es kam kein Laut von ihnen, aber sie lebten, ich sah, dass ihre Münder sich öffneten und schlossen.

Sie wurden auf einen Tisch gelegt.

Dann wurden zwischen den Zelten zwei Pferde auf den Platz vor dem Boot geführt.

Der Stierkopf, der sie führte, legte die Hände um ihre Nacken und schien ihnen etwas Beruhigendes zuzuflüstern.

Sie waren trotzdem unruhig, schnaubten und trippelten.

Zwei andere Stierköpfe traten vor, beide hielten eine Axt in den Händen. Alle anderen versammelten sich um sie.

Sie hoben die Äxte und schlugen auf die Nacken der Pferde. Die fielen auf die Knie, ihre Beine schienen nach einem Halt zu scharren, das eine schleuderte einen Schrei hinaus, aber dann fiel ein weiterer Hieb, und die Köpfe wurden von den Leibern getrennt, die nach Sekunden des Zitterns zur Ruhe kamen und schwer wurden. Von dem Blut, das über die Erde rann, stieg Dampf auf.

Die Pferdekadaver wurden zu dem Boot geschleift und an Bord gehoben. Einer der Stierköpfe ging mit einer Sichel in der Hand zu den beiden Frauen und durchschnitt die Seile, die sie fesselten. Ein anderer hob einen Trog an ihre Münder, und sie tranken.

Sie wurden in eines der Zelte geführt, und die Stierköpfe gingen nacheinander hinein.

Als man sie wieder herausführte, wurden sie drei Mal hochgehoben. Sie sagten jedes Mal etwas in einer Sprache, die ich nicht beherrschte, ihre Stimmen waren schrill und wüst.

Keiner von den Menschen, zwischen denen ich stand, sah sich an, was dort geschah, und wenn sie doch einmal den Blick darauf richteten, taten sie es mit teilnahmslosen Augen.

Die Frauen wurden erneut gefesselt und bekamen mehr zu trinken, und während sich die Stierköpfe in einem Halbkreis um sie versammelten, alle mit Schwert und Schild, trat aus einem der Zelte eine alte Frau. Die Stierköpfe begannen, ihre Schwerter gegen die Schilde zu schlagen, während die alte Frau zu den zwei jungen Frauen ging, triumphierend ein Messer hochhielt und ihnen die Kehlen durchschnitt, als wären sie Fische. Einer der Stierköpfe fing das Blut, das herausschoss, in einem Trog auf, und verrieb es auf den toten Körpern.

Anschließend wurden sie auf das erhabene Lager gebettet, eine auf jeder Seite der Gestalt, die darauf lag, und an Bord getragen.

Einer der Stierköpfe ging mit einer Fackel in der Hand zum Boot. Er sagte etwas laut in einer seltsamen Sprache.

Tvi at hánum fylgja
Tveir ambáttir
Tvi at hánum fylgja
Tveir hestr

Dann ging er an Bord und zündete das Schiff an. Als er zurückkam, wurden die Leinen gelöst und das brennende Schiff in die Dunkelheit hinausgeschoben. Langsam breiteten sich die Flammen aus und erhellten den Raum dort, wo das Schiff hinausglitt. Ich sah abwechselnd das Boot und die Stierköpfe an, die weiter in den Zelten ein und aus gingen und aus den Holztrögen tranken.

Ich war tot.

Sohn war tot.

Ich war hier, um ihm zu helfen.

Aber er wollte nicht, dass ihm geholfen wurde.

Warum wollte Sohn das nicht?

Von dem Schiff draußen ertönte ein Krachen. Die Flammen zischten und verschwanden, als es langsam kenterte und sank. Als stiege die Dunkelheit, als würde sich eine schwarze Welle erheben und das Licht löschen, und ich war in der Dunkelheit. Und ich war die Dunkelheit. Und ich war niemand. Und ich war nirgendwo.

Aber dann, aus dem Nichts, war ich plötzlich irgendwo.

Und ich war jemand.

Ich war hier.

Dort unten war ein Raum.

Ich schoss hinab.

Jemand drückte meine Hand, mehrmals hintereinander.

Ich schlug die Augen auf.

Licht strömte in den Kopf.

Ich blinzelte.

»Er wacht auf«, sagte eine Stimme.

Ihr Gesicht, zitternd wie von zu viel Luft, und unscharf. War das Frau?

Ich versuchte zu fragen.

»Frau«, sagte ich, aber es kam kein Ton heraus.

»Hören Sie mich?«, fragte eine Männerstimme. »Drücken Sie meine Hand, wenn Sie mich hören.«

Eine raue, kräftigere Hand nahm meine.

Alles, was ich wusste, alles, was ich war, löste sich aus seinen Halterungen im Gehirn.

»Ich muss doch verdammt nochmal nicht Ihre Hand drücken«, sagte ich. Meine Stimme war schwach, aber es war meine Stimme.

Jetzt sah ich wieder.

Ein Arzt beugte sich über mich, hinter ihm stand eine Krankenschwester.

Das Zimmer war klein, aber es war ein Einzelzimmer, so schlau waren sie also immerhin gewesen.

Ich hustete und stemmte mich auf dem Kissen ein wenig hoch.

»Hatte ich einen Herzinfarkt?«, fragte ich.

Der Arzt lächelte und richtete sich auf. Es sah tatsächlich so aus, als würde er sich freuen, dass ich aufgewacht war.

»Nein«, sagte er. »Sie haben im Koma gelegen. Wir wissen nicht, warum. Kein Gehirnschlag, kein Herzinfarkt. Nur Koma.«

»Wie lange?«, fragte ich.

»Dreizehn Tage, fast auf die Stunde genau.«

»Wo ist Turid?«, sagte ich.

Er sah schnell zu der Krankenschwester.

Was für ein Trottel.

»Wo ist Turid?«, sagte ich wieder.

»Sie ist…«, sagte er. »Bei Ihrem Sohn.«

»Ole?«

Oh, Scheiße. Der Idiot hatte sich erschossen.

»Lebt er?«

»Ja, er lebt. Aber er ist nicht stabil. Wir wissen nicht, wie es ausgehen wird.«

»Können Sie Turid holen gehen?«

»Natürlich«, sagte die Krankenschwester und ging.

»Wie fühlen Sie sich?«, fragte der Arzt.

»Richtig gut«, sagte ich. »Ich muss zur Arbeit. So geht das ja nicht.«

»Wir würden Sie gern sicherheitshalber noch einen Tag hierbehalten. Und um ein paar Proben zu entnehmen.«

»Ich bin Journalist«, sagte ich. »Ich habe über die drei geschrieben, die am Svartediket ermordet wurden. Das war mein Artikel. Wissen Sie, was passiert ist? Haben sie den erwischt, der das getan hat?«

»Das weiß ich nicht«, sagte er. »Ich erinnere mich, dass ich den Artikel gesehen habe. Waren die nicht in einer von diesen Teufelsrockbands?«

»Genau.«

Er schüttelte den Kopf.

»In den letzten zwei Wochen ist so viel mehr passiert, dass sich dafür bestimmt keiner mehr interessiert. Sie können es ruhig angehen lassen. Noch ein Tag bei uns wird Ihnen guttun.«

»Was sagen Sie da eigentlich?«, sagte ich. »Was ist denn passiert, was größer ist als das?«

Über den Tod und die Toten

Ein Essay von Egil Stray

Seltsamerweise habe ich mich nie davor gefürchtet zu sterben. Nicht etwa, weil ich besonders mutig wäre, sondern weil ich nicht begreife, dass mir das tatsächlich passieren kann.

Mit dem Kopf: Ja. Intellektuell gesehen verstehe ich, dass irgendein Tag mein letzter auf Erden sein wird.

Aber ich *glaube* es nicht, nicht *wirklich*.

Letztlich ist das vielleicht nicht weiter seltsam – das Dasein besitzt eine so unerhörte Fülle, und diese Fülle, die meine Gegenwart in der Welt ist, wird nicht als materielle Realität erlebt, man empfindet sie nicht als das Ergebnis chemisch-elektrischer Signale in einer physischen Masse, sondern als wäre sie von ganz anderer Beschaffenheit und, vielleicht das Wichtigste, von ganz anderer Dauer.

Ja, ich weiß, dass der Tod irgendwann zu mir kommen wird. (Nicht von außen, sondern von innen; denn unabhängig davon, welche Gestalt der Tod annimmt, ist das Ergebnis immer gleich: Der Körper bekommt nicht genug Sauerstoff und bricht zusammen.) Das widerfährt allen. Nicht allen auf einmal, sondern einem nach dem anderen, ähnlich den Figuren auf einem Spielbrett bei einer Partie Schach. Mein Klassenkamerad Ernest wurde früh herausgenommen, er ertrank in den Ferien in Frankreich, als er zwölf war. Ein anderer Klassenkamerad, Osvald, fuhr sich eines Morgens auf dem Weg zur Arbeit tot, seine Stirn wurde zertrümmert, als das Auto in eine Hauswand krachte. Meine Mutter hatte einen erblichen Herzfehler, der erst entdeckt wurde, als es zu spät war, sie war an einem Winternachmittag gerade dabei, Kaffeepulver in den Filter zu geben, als sie plötzlich die Kontrolle über ihre Bewegungen verlor, mehrmals schleuderte sie Kaffee um sich, ehe sie zu Boden fiel, zwei Tage später starb sie im Krankenhaus. Ich sah sie umkippen, ich rief den Krankenwagen, und ich sah sie eine Stunde nach Eintreten des Todes. Da war sie eine Fremde, will sagen, das, was *sie* gewesen war, existierte nicht mehr; nur das, was sie beherbergt hatte, war geblieben.

Das sind die Toten in meinem Leben. Während ich es gelebt habe, sind um mich herum Hunderttausende gestorben, ohne dass ich es gesehen oder daran gedacht habe. Doch, ich weiß durchaus, was mich erwartet – nur nicht genau, in welcher Form es eintreffen wird.

Und dennoch.

Werde ich wirklich sterben?

Mein Körper, ja. Die Hülle, das Haus, der Kokon, ja.

Aber das in mir, was *ist*?

Mit dem Tod ist es ein bisschen wie mit dem Verhältnis zu Gott, nur umgekehrt: Intellektuell verstehe ich, dass Gott und das Göttliche nicht existieren, aber ich glaube *trotzdem*, dass sie es tun. Mit anderen Worten: Ich *glaube*, dass ich nicht sterben werde, und dass es Gott gibt, *weiß* aber gleichzeitig, dass das Gegenteil der Fall ist.

Was bedeutet es zu wissen?

Was bedeutet es zu glauben?

Ich bat einst um ein Zeichen von Gott, und ein Rabe kam geflogen, sah mich an, rief drei Mal und flog wieder seines Wegs.

Das war im Winter, und ich ging während eines Sturms durch den Wald; es waren keine anderen Vögel da.

Das beweist nichts, es war nur ein Zufall.

Ich träumte eines Nachts von meinem Bruder, er kam in das

Zimmer, in dem ich schlief, und beugte sich über mich. Am nächsten Tag rief mein Vater an und sagte, mein Bruder habe in Vietnam einen Motorradunfall gehabt, er sei fast gestorben, werde es aber überstehen.

Ich träume sonst nie von meinem Bruder, ich stehe ihm nicht nahe.

Das beweist nichts, es war nur ein Zufall.

In dem Sommer, als ich dreizehn war, wohnte ich eine Woche bei meiner Großmutter, ihr Haus lag auf einer Anhöhe über einem Fluss, eines Tages half ich ihr, ein paar Kartons zu verbrennen, es begann, leicht zu regnen, und wir kehrten ins Haus zurück. Als ich wieder hinausging, sah ich eine Gestalt vor dem Feuer stehen. Es war Großvater. Da war er seit drei Jahren tot gewesen.

Ich vermisste ihn und hatte an dem Tag an ihn gedacht, deshalb sah ich ihn; meine Sehnsucht hatte ihn erschaffen.

Es ist nicht erlaubt, etwas anderes zu denken. Es ist nicht erlaubt zu denken, dass die Toten weiterleben. Es ist nicht erlaubt zu denken, dass die Seelen in Träumen reisen.

Der kluge, vernünftige, rationale Leser hat diesen Essay jetzt sicher schon in der Gewissheit weggelegt, in welche Richtung er sich bewegt. Gespenster. Untote. Himmel und Hölle. Oh, diesen Vorstellungen haftet etwas so Ekelhaftes an, eine Art dumme und blinde Verzweiflung. Wir *wissen*, dass es nicht stimmt. Denn die Grenze zwischen dem Rationalen und dem Irrationalen ist fast so absolut wie die zwischen Leben und Tod. Die rationale Betrachtungsweise stößt alles ab, was nicht rational ist, kann es nicht in sich aufnehmen, wodurch das, was nicht rational ist, für das Rationale einfach nicht existiert. Der Tod ist ein Aufhören von Leben, und das Leben ist biologisch-materiell, wenn also das materielle Herz nicht mehr schlägt und das materielle Gehirn erlischt, ist alles aus, dann erwartet uns nur die biologische Verwesung des Körpers im Grab oder seine Vernichtung im Ofen des Krematoriums.

Eine rationale Sichtweise *kann sich nicht* für etwas anderes öffnen, das ist unmöglich, denn dann wäre sie nicht mehr rational, also wahr, sondern irrational, also unwahr.

Aber da so viele Menschen die Welt trotz allem irrational betrachten und beispielsweise an Gott glauben, eine Macht, die nicht beobachtet, gemessen oder gewogen werden kann, oder glauben, dass Jesus Christus von den Toten auferstanden ist, was allen bekannten Parametern zufolge doch unmöglich sein sollte, ist alles Irrationale in eine eigene Sphäre überführt worden – ein bisschen wie ein gesonderter Kindertisch beim Familienfest –, in welcher Glauben, nicht Wissen, die Wahrheit diktiert, die, wie wir alle wissen, nicht wirklich »wahr« ist: Das ist die Religion. Dort sitzen die Kinder und essen ihre Kinderportionen und reden über ihre Kinderdinge, während die Erwachsenen die Geschicke der Welt lenken.

Einst verhielt es sich umgekehrt. Damals war das heute Irrationale, der Glaube an Gott und an die Auferstehung Jesu Christi und andere Wunder, das Wahre, während das heute Rationale das Unwahre war.

Damit möchte ich nicht sagen, dass die Wahrheit relativ ist, sondern dass die Wirklichkeit eine komplizierte Größe ist, die niemals allein, für sich genommen auftritt, sondern immer im Austausch mit demjenigen, der sie sieht und erfährt, und die Wissenschaft ist nicht besonders gut darin gewesen, das zu berücksichtigen. Es ist nicht so, dass wir wissen, was wir sehen, sondern umgekehrt: Wir sehen, was wir wissen. Das erklärt, warum es zum Beispiel im Mittelalter unendlich viele Beobachtungen von Wundern gab, während heute keine mehr beobachtet werden. Ich erinnere mich, dass ich einmal ein Buch mit zeitgenössischen Beschreibungen von solchen Wundern und Visionen las. Eine war besonders eindrucksvoll, in einer Kirche erschien eine Frau auf einem Esel, in der Luft schwebend, und nicht nur einem Menschen, sondern vielen, und nicht nur für einen Moment, sondern minutenlang. Sie wussten, dass Wunder Teil der Wirklichkeit waren, und sie sahen sie, während wir heute wissen, dass Wunder kein Teil der Wirklichkeit sind, und wir sehen sie nicht.

Das sagt selbstverständlich nichts darüber aus, ob Wunder geschehen oder nicht, nur, dass wir nie sicher wissen können, ob das, was wir sehen, außerhalb von uns wirklich existiert oder ob es so existiert, wie wir es sehen.

In Jacob von Uexkülls klassischer Studie über das Verhalten von Tieren, in der er eine nahezu kopernikanische Wende in der Biologie vollzog und Tiere als Subjekte und nicht als Objekte sah, wird deutlich, wie unterschiedlich die gleiche Wirklichkeit von verschiedenen Arten begriffen wird, je nachdem, was die jeweiligen Sinne von ihr wahrnehmen. Was jenseits der Reichweite ihrer Sinne liegt, gibt es für sie nicht, es existiert schlichtweg nicht in der Welt. Es bedarf keiner großen geistigen Anstrengung, um zu begreifen, dass für uns und unsere Welt das Gleiche gelten muss. Dass es Dinge jenseits unserer Reichweite gibt, die wir weder sehen noch wahrnehmen, ist dennoch lediglich eine Behauptung, die sich natürlich nicht belegen lässt, weil die Tatsache, dass etwas jenseits unserer Reichweite liegt, ja bedeutet, dass es nie, auf keine Weise, erreicht werden kann.

Ich werde mich immer an die letzten Bewegungen meiner Mutter auf dieser Erde erinnern, als sie an jenem Wintertag in der Küche Kaffeepulver um sich schleuderte, bevor sie langsam fiel, erst auf die Knie, dann vornüber auf den Fußboden. Ich werde auch nie die aufgewühlte Stimmung in der Kirche an dem Tag vergessen, als Osvald beerdigt wurde. Er war so jung, erst achtzehn, und die Trauer, vor allem unter den Mädchen in unserer Klasse, war so hysterisch, dass sie gelegentlich in Lachen umschlug. Aber auch wenn der Tod mir beide Male nahe kam und überwältigend war, beim ersten Mal in seiner Kälte, beim zweiten Mal in seiner ekelerregenden Sattheit, wurde das Gefühl, dass ich nicht sterben *kann*, nicht im Geringsten erschüttert. Ich weiß, dass mein Körper sterben wird, wenngleich auch das schwer zu glauben ist – aber ich weiß: das in mir, was *ist*, wird nicht sterben.

Das Leben nach dem Tod lässt sich nicht beweisen – aber auch der Gegenbeweis kann nicht erbracht werden. Kein Wissenschaftler kann mit Sicherheit sagen, dass es *kein* Leben nach dem Tod gibt. Er kann sagen, dass vieles darauf hindeutet und auf die Mängel in der rein materiell-physischen Logik verweisen. Aber die logischen Parameter sind nun einmal nur in der Lage, das Logische zu erfassen; alles Nicht-Logische fällt durchs Raster.

Gibt es das Nicht-Logische?

Wenn man zur Grenze des Logischen gelangt, gibt es dann etwas außerhalb von ihr? Dass flüchtig gesehen oder erahnt werden kann?

Lassen Sie uns Schritt für Schritt vorgehen.

Was *ist* der Tod?

Was *ist* der Körper?

Was *ist* der Traum?

*

Wie wir wissen, ist der Tod unnötig. Das schrieb Georges Bataille 1949, und seit ich diesen Satz zum ersten Mal gelesen habe, hat er mich begleitet. Wir werden in eine Welt voller Bedingungen sozialisiert, die wir zu akzeptieren lernen: ein Ball, den wir hochtreten, wird wieder herabfallen; Wasser beginnt zu brodeln, sobald es eine gewisse Temperatur erreicht hat; was passiert, verschwindet und kann nicht wieder passieren; alles, was lebt, stirbt. Diese Bedingungen sind unumstößlich, sie lassen sich nicht herausfordern oder durchbrechen, sie sind wie unsichtbare Mauern, an die wir stoßen, und wir lernen, mit ihnen zu leben: So ist es eben. Wir werden niemals erfahren, warum ein Ball, den wir hochtreten, herunterfällt, warum Wasser einen Siedepunkt hat, warum das, was passiert, nicht wieder passiert, oder warum es den Tod gibt, *die Bedingungen sind an einem Ort festgelegt worden, den wir nicht kennen, auf Arten, die wir niemals erfahren werden.* Das Einzige, womit wir uns im Grunde auseinandersetzen können, ist die Frage, wie sie sich entfalten, und welche Auswirkungen sie haben. Wir wissen nicht, warum es die Schwerkraft gibt, aber wir wissen, was sie ist und wozu sie führt.

Gleiches gilt für den Tod.

Die beste Art zu sehen, was der Tod ist oder wie er sich auswirkt, besteht vielleicht darin, sich vorzustellen, wie das Leben aussähe, wenn es den Tod nicht gäbe. Es könnte nur Energie aus nicht-organischen Quellen wie Wasser und Sonnenlicht beziehen, und da es nicht sterben könnte, würde es sich immer weiter ausbreiten, bis im Meer, wo es entstand, kein Platz mehr wäre. Dann würde die Expansion entweder aufhören oder an Land weitergehen. Schon bald würde es auch an Land keinen Platz mehr geben, und es würde den Weg nach oben suchen – man könnte sich gewaltige Anhäufungen primitiven Lebens vorstellen, das eigentümliche Formationen bildet, die sich in Etagen übereinander nach oben ausdehnen –, aber am Ende würde es auch dort keinen Platz mehr geben. Alles Wasser und alles Land wäre von einer möglicherweise glitschigen, wahrscheinlich grünen Decke überzogen, die sich in keine

Richtung entwickeln könnte, es würde für immer so sein, wie es war, und es würde sich nicht reproduzieren können.

Aber der Tod existiert, und er reißt Räume auf und schafft Platz, so dass stetig neues Leben hinzugefügt werden kann, und abgesehen davon, dass so die Reproduktion aufrechterhalten wird, sorgt der Tod auch dafür, dass das Leben, das zu Nicht-Leben wird, verzehrt werden kann, was natürlich die Möglichkeiten des Lebens erhöht, und im Zusammenspiel mit den verschiedenen klimatischen und biologischen Bedingungen erschafft er so ein konstantes Ungleichgewicht, das nicht stagnieren kann, sondern im langsam-wilden Wirbel der Evolution weitergetrieben wird.

Der Tod eröffnet offenkundig Raum für mehr Leben, aber an diesem Punkt kommt die Argumentation nicht weiter, denn zu einem möglichen Grund dafür, warum ausgerechnet das und nicht das Gegenteil geschieht, dass das Leben sich anhäuft und stagniert, *haben wir keinen Zugang* – so wie wir auch keinen Zugang zu den Ursachen dafür haben, dass das Leben einst entstand. Wenn es ein Zufall war, nur etwas, das eintraf, weil die Bedingungen dafür gerade günstig waren, warum passiert es dann nicht wieder? Warum entsteht um uns herum nicht fortwährend neues Leben, das ganz von vorn beginnt und sich in seine eigenen Richtungen entwickelt, mehr oder weniger fern von dem Baum des Lebens, zu dem wir gehören? Ist es so, dass die ganz bestimmten Bedingungen für das Entstehen des Lebens nur während einer kurzen Phase offenstanden und sich dann schlossen? Oder ist es so, dass neues Leben in Wahrheit ständig von Beginn an entsteht, aber wegen des bereits existierenden Lebens kein Raum dafür da ist? So könnte es sich durchaus verhalten, und die Theorie, dass die Entstehung und Entwicklung des Lebens zufällig war und planlos geschah, die heute eine Wahrheit ist, die außer ein paar religiösen Fanatikern in den USA niemand anzweifelt, ist ja nicht unwahrscheinlich. Größere Probleme habe ich dagegen zu glauben, dass der Tod, *ebenso zufällig*, gleichzeitig entstanden sein soll. Ich kann mich auf *einen* Zufall mit Konsequenzen einer solchen Größenordnung einlassen, aber auf *zwei*? Gleichzeitig? Das ähnelt zu sehr einem Plan. Und dieser Zweifel frisst sich in die Evolutionstheorie, die ohne den Tod undenkbar ist.

Das Problem allen Nachdenkens über den Tod ist meines Erachtens, dass er als gegeben betrachtet wird. Der Tod ist für uns eine absolute Bedingung, weshalb es uns so schwerfällt zu denken, was Bataille dachte, dass der Tod im Grunde unnötig ist. Aber wenn das stimmt, stellt sich die Frage, was der Tod dem Leben eigentlich hinzufügt, wozu er gut ist, was er tut. Lautet die Antwort, dass der Tod Platz für mehr Leben schafft, stellt sich wiederum die Frage, wozu *das* gut sein soll. Sicher, *mehr* Leben eröffnet Möglichkeiten für *neues* Leben, und *neues* Leben verändert das Gleichgewicht im existierenden und erschafft Herausforderungen, denen es sich anpassen muss, also wieder Veränderung. Der Tod ist das, was Entwicklung ermöglicht. Und es ist diese Entwicklung, die uns ermöglicht hat. Wir sind genauso unnötig wie der Tod, und unsere Anwesenheit hier ist, so seltsam es sich anhören mag, enger an ihn geknüpft als an das Leben.

Es ist der Tod, der uns erschaffen hat.

Dass uns der Tod erschaffen hat, lässt sich auch dem Mythos vom Sündenfall in der Bibel entnehmen, wenngleich auf ganz andere Art. Die Geschichte beginnt damit, dass die Schlange die Frau fragt, ob es wahr sei, dass Gott gesagt habe, sie dürften von keinem der Bäume im Garten essen. Die Frau antwortet, sie könnten die Früchte aller Bäume im Garten essen, außer von einem. Über diese Früchte habe Gott gesagt: »Esset nicht davon, rühret sie auch nicht an, dass ihr nicht sterbet!« Die Schlange sagt, dass sie nicht sterben würden, Gott aber wisse, an dem Tag, an dem sie von diesen Früchten äßen, würden ihnen die Augen geöffnet, und sie würden wie Gott werden und wissen, was gut und böse sei. Die Frau isst die Frucht, der Mann auch. Als Erstes entdecken sie daraufhin, dass sie nackt sind. Danach verstecken sie sich vor Gott, der sie, als er sie findet und begreift, was passiert ist, aus dem Paradies vertreibt.

Hier geht es selbstverständlich nicht darum, dass der Tod in die Welt eingeführt wird, sondern darum, dass das Bewusstsein vom Tod entsteht. An diesem Punkt, mit dem Todesbewusstsein, wurden wir Menschen. Es trennt uns von den Tieren, und es trennt uns vom Augenblick. Für Gott ist *das* ein Fluch. Nicht aber für die Schlange – die oft als der Teufel verstanden wird –, für die Schlange ist das Todesbewusstsein etwas Erstrebenswertes und Wissen ein Wert. Jedenfalls stellt sie es so dar. Und das Seltsame ist doch, dass die Schlange recht hat: Sie starben nicht, wie Gott es ihnen prophezeit hatte. Ihnen wurde im Gegenteil bewusst, wer sie waren und welche Stellung sie in der Welt hatten. Es ist ein Erwachen, kein Tod. Wissen betrachten nur wenige von uns als etwas Böses. Hat Gott also gelogen? Was für eine Art Gott ist er dann eigentlich?

Es ist ebenso schwierig, sich ein Dasein ohne das Wissen um den Tod vorzustellen, wie sich ein Dasein ohne den Tod vorzustellen. Die Tiere wissen wahrscheinlich nicht, dass sie sterben werden, denn auch wenn sie von Todesangst überwältigt werden, zum Beispiel Stiere, die geschlachtet werden sollen und das Blut ihrer Brüder riechen, oder die Gazelle, die mit hämmerndem Herzen und trommelnden Hufen vom Leoparden gejagt wird, gibt es wenig Grund anzunehmen, dass sie wissen, dass ihr Leben bald enden wird, und was das bedeutet. Der Tod gehört zur Zukunft – vielleicht *erschafft* er sogar die Zukunft – und kann nur in der Zukunft gedacht werden, denn wenn der Tod eintritt, endet das Bewusstsein, auch das von seiner Existenz. Der Tod ist für uns eine Art Horizont in der Zeit, den die Tiere nicht sehen. Sie sind viel enger mit dem Augenblick verbunden, und in der Schöpfungsgeschichte der Bibel ist dieser Zustand paradiesisch. Wissen, auch das Wissen um den Tod, wird als ein Fall betrachtet.

Könnte Gott das gemeint haben, als er sagte, dass sie sterben würden, falls sie die Früchte vom Baum der Erkenntnis äßen? Dass sie aus diesem paradiesischen Zustand gerissen, dass sie sterben würden? Und dass dieser Tod eine Strafe war, so dass die Welt, in die sie fielen und die wir bis heute bewohnen, am ehesten als Hölle verstanden werden muss?

So mag es aussehen. Bevor Gott sie vertreibt, sagt er zu der Frau: »Ich will dir viel Mühsal schaffen, wenn du schwanger wirst; unter Mühen sollst du Kinder gebären. Und dein Verlangen soll nach deinem Mann sein, aber er soll dein Herr sein.« Und zum Mann: »Weil du gehorcht hast der Stimme deiner Frau und gegessen von dem Baum, von dem ich dir gebot und sprach: Du sollst nicht davon essen – verflucht sei der Acker um deinetwillen! Mit Mühsal sollst du dich von ihm nähren dein Leben lang. Dornen und Disteln soll er dir tragen, und du sollst das Kraut auf dem Felde essen. Im Schweiße deines Angesichts sollst du dein Brot essen, bis du wieder zu Erde wirst, davon du genommen bist. Denn Staub bist du und zum Staub kehrst du zurück.«

Es ist ein eigentümlicher Mythos, denn wenn das Dasein, in das die Menschen hinausgeworfen wurden und in dem wir heute noch leben, eine Strafe bildet, ist es anscheinend die Sünde, also der Grund dafür, dass wir aus dem Paradies gezwungen wurden, die Aneignung von Wissen, die uns gleichzeitig rettet. Jedenfalls, was den materiellen Teil der Strafe betrifft. Wir sind fähig gewesen, Werkzeuge und Geräte, Pflüge und Wagen, Medikamente und Öfen, Häuser und Städte zu entwickeln und auf diese Weise unser Gebundensein an die Erde zunächst zu lockern, und uns anschließend fast, zumindest scheinbar, von unseren Bindungen an die Erde zu befreien. Wir haben eine Pufferzone gegen den Druck aus der Natur errichtet, wie Peter Sloterdijk es einmal formuliert hat. Was den immateriellen Teil betrifft, das Bewusstsein, dass wir sterben werden, das uns durch das Wissen enthüllt wurde, so hat auch dies gewaltige philosophische und religiöse Systeme erschaffen, unter denen die Wissenschaft eines ist, das gewissermaßen ein Netz über den Abgrund des Todes spinnt, so dass wir ihn nicht sehen, sondern nur die Fäden, denen wir aufmerksam folgen. Wenn der Tod kommt und ein Mensch, der uns nahesteht, in die Dunkelheit fällt, reißt das Netz, das nur aus Gedanken gesponnen ist, und wir verzweifeln bodenlos, rasend vor Schmerz und Trauer, bis es vorübergeht und der Abgrund wieder zugedeckt ist.

So ist das Nicht-Authentische in die Welt gekommen. Die Wahrheit über den Tod, die mit dem Sündenfall zu uns kam, ist so furchtbar, dass wir leben müssen, als gäbe es sie nicht.

Aber Gott verkündete nicht nur die Strafe. Er stellte auch Kleider aus Tierfellen her und bekleidete die Menschen damit. Dann sagte er: »Siehe, der Mensch ist geworden wie unsereiner und weiß, was gut und böse ist. Nun aber, dass er nur nicht ausstrecke seine Hand und nehme auch von dem Baum des Lebens und esse und lebe ewiglich!«

Damit verwies Gott die Menschen aus dem Paradies und ließ sie die Erde bestellen, aus der sie gekommen waren. Und vor dem Garten Eden ließ er die Cherubim mit flammenden

Schwertern lagern, die sich hierhin und dorthin wandten, um den Weg zum Baum des Lebens zu bewachen.

Wurde der Weg zum ewigen Leben uns zuliebe bewacht? Oder war es ein Vorteil, von dem uns die Strafe für unsere Sünde fernhalten musste?

Und warum Kleider aus Fellen? Es ist fast schon eine ironische Erinnerung daran, woher wir kommen, von den Tieren und vom sorglosen Leben der Tiere, zu dem wir aber nicht mehr gehören – nur fast. Wieder das Nicht-Authentische.

Der Schöpfungsmythos ist alt und die Gestalten darin – auch Gott – sahen sich mit einer anderen Wirklichkeit konfrontiert als der, in der wir leben. Doch die Sehnsucht danach, im Einklang mit der Natur zu leben, mit ihr verbunden, nicht gleichsam über sie erhoben zu sein oder außerhalb von ihr zu stehen, wie der Paradiesmythos es ausdrückt, existiert in einem hohen Maße weiter. Søren Kierkegaard, dieser kuriose und sagenhaft originelle dänische Autor, suchte Gott und das Göttliche im Augenblick, der für ihn das Tor zum Reich Gottes war. In einer Predigt wählte er als Ausgangspunkt Jesu Wort über den Vogel unter dem Himmel und die Lilie auf dem Felde und erhob ihr Dasein, das sich ganz und gar im Augenblick abspielte, ohne Vergangenheit oder Zukunft, zu einer Art Ideal. Ganz ohne Ironie tat er das nicht, dennoch war es das Paradies, das er in seinem Text suchte, und er war der Ansicht, dass es nur gefunden werden kann, wenn man das Bewusstsein seiner selbst und dessen, was zu einem gehört, aufgibt – das sowohl Vergangenheits- also auch Zukunftseinsicht erfordert, um aufrechterhalten zu werden – und sich blind dem Augenblick hingibt. Alle Sorgen, alle Qualen, alle Ängste werden dann wegfallen – *was dem Vogel widerfährt, geht ihn nichts an*, schrieb er. Diese Bürden werden auf Gott übertragen. Die Unschuld, die weiter den Tieren und den kleinsten Kindern vorbehalten bleibt, wurde vom Todesbewusstsein fortgerissen und erschuf dadurch uns und unsere gottlose Welt.

Die Schöpfungsgeschichte in der Bibel ist ein Mythos, aber was sie erzählt, ereignete sich auch in der Wirklichkeit, denn irgendwann *erschien* das Menschliche im Tierischen, und selbst wenn das unendlich langsam geschah, so geschah es doch: Wir waren Tiere, wir lebten im Paradies, und wir wurden Menschen, die einen Schritt aus ihm hinaustaten, als wir die Welt und unsere Rolle in ihr sahen. Der Schöpfungsmythos, der vor rund dreitausend Jahren niedergeschrieben wurde, in mündlicher Form jedoch lange, lange vorher existiert haben muss, enthält die Erkenntnis, dass wir von den Tieren kommen oder auf irgendeine Weise wie sie gelebt haben müssen, und dass die Erkenntnis des Todes ein Fall aus diesem Zustand und zugleich das war, was uns zu dem gemacht hat, was wir sind. Die Errungenschaften der Naturwissenschaften in der Mitte des neunzehnten Jahrhunderts, allen voran Darwins, ließen die Bibel deshalb nicht hinter sich, sondern holten sie ein. Sie fanden biologisch-konkrete Belege für das, was die Menschen seit Anbeginn der Zeit geahnt hatten. Wir wissen bis heute nicht viel mehr darüber. Wir wissen ungefähr, wann es geschah – vor ungefähr dreihunderttausend Jahren –, und wir wissen, dass sie nicht viele gewesen sein können, vielleicht nur ein paar hundert.

Oh, es ist eine solche Grauzone, wenn eine neue Art auf der Erde auftaucht, die Veränderungen geschehen in so winzigen Schritten, dass es unmöglich ist, eine klare Trennlinie zwischen dem zu ziehen, woher sie kommt, und dem, was sie ist. Außerdem existierte, wie wir heute wissen, zur selben Zeit ein Wirrwarr aus anderen, ähnlichen Geschöpfen, von denen wir uns auch nur schwer ein klares Bild machen können. Trotzdem, die ersten Menschen waren ein lokales Ereignis, wenn auch nicht genau zwei wie im Schöpfungsmythos, aber eben auch nicht viel mehr. Sie könnten einander gekannt haben, alle.

Wie sahen sie die Welt? War sie fremd? Fühlten sie sich anders, abgetrennt von dem Leben, das sie umgab?

Der deutsch-amerikanische Philosoph Hans Jonas ging davon aus, dass für die ersten Menschen *das Leben* gegeben und selbstverständlich und der Tod das Mysterium war. Für sie war *alles* lebendig – der Wind, das Wasser, der Wald, die Berge – und der Tote musste folglich auch lebendig sein, nur auf andere Weise oder an einem anderen Ort. Für uns sei es umgekehrt, schrieb Jonas, heute sei der Tod gegeben und allgegenwärtig, während das Leben ein Mysterium sei. Der Tod, verstanden als das Leblose, die tote Materie, die Steine, der Sand, das Wasser, die Luft, die Planeten, die Sterne, der leere Raum. Und so wie die ersten Menschen ihre Toten als auf andere Weise lebend betrachteten, betrachten wir die Lebenden als Tote auf eine andere Weise: Der Körper ist nur Körper, Materie, das Herz ist eine mechanische Anordnung, das Gehirn Elektrochemie, und der Tod ist ein Schalter, der das Leben abstellt.

*

Vor rund vierzigtausend Jahren kamen die ersten Menschen nach Nordeuropa. Auch wenn der zeitliche Abstand zu ihnen gewaltig ist, zumindest gemessen an den wenigen Jahrzehnten, die unser Leben dauert, ist der kulturelle Abstand zwar vielleicht nicht unbedeutend, aber letztlich doch so klein, dass wir einander hätten verstehen können. Ich sah einmal einige der Gegenstände, die sie gefertigt hatten, und im Vergleich zu jedem zeitgenössischen Kunstwerk waren sie mir weniger fremd.

Sie »sprachen« zu mir.

Ich sah sie rein zufällig in einem Museum in Tübingen, wo ich mich aufhielt, weil ich den Turm sehen wollte, in dem Hölderlin die letzten vierzig Jahre seines Lebens verbracht hatte, als er verrückt war und seine Gedichte nicht nur mit »Scardanelli« oder anderen Fantasienamen unterzeichnete, sondern einige von ihnen auch weit in der Zukunft datierte. Ich wohnte in einem alten, schmalen Hotel auf der Kuppe eines steilen Anstiegs, gleich an der Mauer, hinter der das Schloss thronte. Das Hotel war im sechzehnten Jahrhundert erbaut worden, glaube ich, so wie viele andere Gebäude in dieser alten Stadt. Am Morgen meiner Abreise musste ich mir eine oder zwei Stunden vertreiben, bevor mein Zug fuhr, und ging zum Vergnügen auf das Schlossgelände. Es stellte sich heraus, dass es dort ein kleines Museum gab, in dem mehrere Gegenstände aus jener Zeit ausgestellt waren, die man alle in einer nicht weit entfernten Höhle gefunden hatte. Am bemerkenswertesten war der Löwenmensch. Es handelt sich dabei um eine Gestalt mit Löwengesicht und Menschenkörper, die aus Mammut-Elfenbein geschnitzt ist. Gefunden wurde sie eine Woche vor Beginn des Zweiten Weltkriegs. In derselben Höhle wurden außerdem eine üppige Frauenfigur gefunden, wahrscheinlich ein Fruchtbarkeitssymbol oder eine Fruchtbarkeitsgöttin, ein kleines, sorgsam geschnitztes Pferd, ein Schwimmvogel und eine Reihe von Flöten.

Sie sprachen zu mir, habe ich geschrieben – aber worüber sprachen sie?

Über Verknüpfung.

Der Löwenmensch verknüpft das Tier mit dem Menschen, der Schwimmvogel verbindet die drei Elemente Wasser, Erde und Luft, und durch die Abbildung wird der Mensch mit ihnen verknüpft, und die Flöten, was taten sie anderes, als die Menschen miteinander zu verknüpfen?

Kein Tier stellt Skulpturen oder Musikinstrumente her. Warum taten die ersten Menschen das, was veranlasste sie dazu, als sie das tierische Paradies verlassen hatten?

Als Adam und Eva vom Baum der Erkenntnis gegessen hatten, passierte ihnen als Erstes, dass ihr Blick auf sie selbst fiel. Alle Tiere denken ja, aber das Neue an den Menschen bestand darin, dass sie in der Lage waren zu denken, dass sie dachten. Als wäre vor ihren Gedanken ein Spiegel aufgestellt worden. Dieser Spiegel ist es, der das Bewusstsein ermöglicht, ja, der das Bewusstsein *ist*. Vor dem Spiegel war Verknüpfung kein Thema, das Tier war da und das, was es war, und zwar immer in dem Zusammenhang, in dem es sich befand und aus dem heraus es handelte. So war es für die Amöbe und die Antilope. Aber das Bewusstsein davon, dass man ist und was man ist, erweist sich nur im Zusammensein mit anderen als sinnvoll; allein ist es sinnlos. Der Spiegel, also das Bewusstsein, das sind die anderen. Der springende Punkt liegt darin, dass wir Menschengedanken nicht allein denken können, denn Menschengedanken zu denken, ist nur ein uns eigenes Potential, das allein in der Kultur realisiert werden kann. Wir denken in der Kultur, und wir denken mit der Kultur. Das Bewusstsein brachte uns einander näher, gleichzeitig entfernte es uns von der Natur.

Die Verknüpfung kann als Phänomen erst entstehen, wenn die Verknüpfung nicht gegeben ist, und das geschah, als die Gedanken nicht nur gedacht, sondern gleichzeitig gespiegelt wurden. Als Phänomen gab es das natürlich auch schon vorher – ein Elefantenbaby, das seine Mutter verloren hatte, würde nach etwas suchen, das vorher da war und an das es da noch nicht dachte, das nun aber in Gestalt von Sehnsucht klar und deutlich für es existieren würde: Verknüpfung. Lange vor dem Auftauchen des Menschen verfügten Affen über bedeutende soziale Fähigkeiten, sie schmiedeten Allianzen und knüpften Bande miteinander, wie sie es bis heute tun. Aber Verknüpfung mit anderen Tieren? Verknüpfung mit den Elementen? Verknüpfung mit der Welt an sich? Das tauchte erst mit den Menschen auf, weil sie die Ersten waren, für die diese Verknüpfung auf Grund des Spiegels nicht gegeben war.

Das sagten mir der Löwenmensch, die Fruchtbarkeitsgöttin, das Pferd, der Schwimmvogel und die Flöten in dem Schlossmuseum in Tübingen. Nicht sofort, nicht, als ich dort stand und sie in den Glasvitrinen betrachtete, da war ich nur von einer intensiven Erregung erfüllt: Etwas unendlich Fernes und Unklares war mir sehr nahe gekommen.

Als ich auf den Schlossplatz hinaustrat, beschloss ich, meine Heimreise um ein, zwei Tage zu verschieben und zu der Höhle zu fahren, in der man die Funde gemacht hatte, und in der sie vor vierzigtausend Jahren gelebt hatten.

Es war Spätherbst, mitten in einer Kaltwetterperiode, die niedrigstehende Novembersonne erreichte nur die Dachfirste der Häuser, das Kopfsteinpflaster in den engen Gassen dazwischen war eisbedeckt und lag im Schatten. Ich setzte mich unten in der Stadt an einen Tisch vor einem Café, unweit der großen Kirche, mit einer Decke um die Beine, und trank eine Tasse dampfend heiße Schokolade, während ich rauchte und die Menschen beobachtete, die in der schmalen Straße vorbeigingen, und zitterte innerlich immer noch vor Erregung.

Ich war wegen Hölderlin gekommen, der in Tübingen zunächst gemeinsam mit Hegel und Schelling Theologie studiert hatte – an einer Gaststätte direkt gegenüber von meinem Sitzplatz hing eine Gedenktafel, die einem mitteilte, dass Hegel dort zu trinken pflegte –, und um den sich dann ein Schreiner gekümmert hatte, als er mitten im Leben verrückt wurde und in einem Turm am Flussufer einquartiert wurde, wo er noch annähernd vierzig Jahre lebte. Vieles deutete darauf hin, dass er den Irren nur simulierte, um sich dem Leben und den Menschen zu entziehen, jedenfalls hatte ich das lange gedacht, und als ich den Turm und seine Umgebung sah, wurde es in gewisser Weise bestätigt. Dort hatte er alles, was er brauchte. Die kleine Stadt mit den vielen schönen Erinnerungen an die Studienzeit in seinem Rücken, den Fluss – und Hölderlin liebte Flüsse – vor sich, hinter diesem wiederum die Ebenen mit großen Laubbäumen, und schließlich die Schwäbische Alb, die sich am Horizont erhob. Hölderlin schrieb die schönsten Gedichte, die jemals zu Papier gebracht wurden, und, so dachte ich, als ich in dem Turm stand und aus dem Fenster sah, aus dem er gesehen hatte, war die Vergangenheit in ihnen nicht ebenso fern und mächtig und undurchdringlich wie die Berge, die ich in der Ferne sah? Mit all ihren Göttern und mythologischen Helden?

Aber die griechische Vergangenheit reicht nicht mehr als höchstens dreitausend Jahre zurück, dachte ich nun. Die Gegenstände, die ich gesehen hatte, waren siebenunddreißigtausend Jahre älter. Und sie brachten diese ferne, blaudiesige, gebirgskettenartige Geschichte dazu, aufzugehen wie der Vorhang im Theater.

Da waren sie ja tatsächlich.

Ich ging hinein und bezahlte den Kakao. Dann nahm ich eine der schmalen Seitenstraßen abwärts, bis ich die Buchhandlung fand, die ich am Vorabend gesehen hatte. Dort kaufte ich ein Buch mit Hölderlins Gedichten, das ich in den Rucksack legte, ehe ich wieder zum Hotel hinaufging, um nachzuhören, ob ich auch für die nächste Nacht ein Zimmer bekommen könne. Leider nicht, erklärte der Portier, in der Stadt finde ein Schokoladenfestival statt und alle Zimmer seien seit langem belegt.

Ich fand am Ende ein Zimmer in einem Hotel am anderen Flussufer, in einem moderneren und schäbigen Teil der Stadt mit Parkhäusern, Einkaufszentren, Bürohäusern, Supermärkten. Ich nahm ein Bad, denn ich war durchgefroren bis auf die Knochen, und hinterher legte ich mich ins Bett, um zu lesen.

Wie sehr ich mich doch geirrt hatte.

Es gab keine Vergangenheit in den Gedichten, im Gegenteil, alles war Gegenwart. Die Vergangenheit lud diese mit ihrer Präsenz auf und verlieh ihr Fülle.

Sind denn dir nicht bekannt viele Lebendigen?
Geht auf Wahrem dein Fuß nicht, wie auf Teppichen?
Drum, mein Genius! tritt nur
Bar ins Leben, und sorge nicht!

Mit diesen Worten darüber, mutig ins Leben zu treten, die sich in meinem Bewusstsein wiegten, schlief ich in dem Hotelbett ein. Am nächsten Morgen mietete ich ein Auto und fuhr über Land zu dem Wald, in dem Eisnebel über dem Boden hing. Die Sonne war nur eine Ahnung, ein leicht helleres Feld im Grauweißen. Ich stellte den Wagen auf einem Parkplatz aus harter, von Raureif überzogener Erde ab und folgte einem Pfad. Der Wald war anders, als ich ihn gewöhnt war, irgendwie leichter, offener. Die Höhle lag am Fuß eines Hangs, ihr Eingang war tief und wäre schwer zu finden gewesen, wenn man das Gelände nicht umzäunt hätte. Aber dort war niemand, und der Zaun ließ sich leicht überwinden, so dass ich mich kurz darauf bücken und darunter hindurchgehen konnte. Nach einigen Metern öffnete sich die Höhle jäh zu einer Art Halle.

Hier hatten sie also gesessen.

Im Winter hatten mit Sicherheit rund um die Uhr Feuer gebrannt, jedenfalls, wenn es damals genauso kalt gewesen war wie heute. Aber war es das vielleicht gar nicht?

Um sie herum lag menschenleer der ganze Kontinent. Deutschland, Frankreich, Polen, Russland, Skandinavien, nur Wald und Tiere. Flüsse und Seen. Ebenen und Berge.

Es gab nur sie und wenige andere Gruppen wie sie.

Wie mochte es gewesen sein?

Hatten sie Geschichten über die Vergangenheit, über verschiedene Strapazen und Heldentaten gekannt?

Ja, die mussten sie gekannt haben. Der Mensch kann nicht ohne Kontinuität, ohne Geschichte gedacht werden.

Und der Tod war ihnen vertraut. Sie töteten Tiere und wurden selbst, zumindest manchmal, von Tieren getötet.

Wie verstanden sie ihn?

Wenn alles lebendig war und eine Seele hatte, selbst das Wasser und der Wald, die Berge und der Himmel, war auch der Tote lebendig, nur an einem anderen Ort.

Das Leben war überall. Es gab keine Grenzen dafür. Und wahrscheinlich auch in ihm nicht.

Ging es beim Löwenmenschen vielleicht gar nicht um Verknüpfung, um eine Verbindung, die sie herstellten, sondern um einen Ausdruck dafür, wie es tatsächlich *war*? Dass Löwe und Mensch dasselbe waren? Hatten die Menschen noch nicht geklärt, dass es einen grundlegenden Unterschied zwischen ihnen und den Tieren gab?

Die toten Seelen konnten überall sein, auch in den Tieren.

Ich legte die Handfläche auf die eiskalte Höhlenwand, wollte anfassen, was sie angefasst hatten.

Es war dort ganz still, aber diese Stille war anders als die Stille im Wald vor der Höhle, die offen gewesen war. Die Stille hier war eingeschlossen, wurde an ihrem Platz gehalten.

Hier haben sie wie in einem Bauch gesessen, dachte ich.

Beschützt vor der Welt draußen, in die sie sich regelmäßig zu kleinen Expeditionen hinausbegaben.

Kinder wurden hier geboren, Stöhnen und Schreie und Heulen und dann die plötzliche Stille, wenn das Kind heraus war, in der Sekunde, bevor es seinen ersten Atemzug tat und schrie. Die Freude über den Schrei, über das neue Leben, das begann. Und hier starben sie, einer nach dem anderen, Generation für Generation. Das Ausatmen, die plötzlich leblosen Augen, der Körper, der sich nicht mehr rührte. Die Seele, die ihn verließ.

Woher kam die Seele, die sich zeigte, sobald das Kind zum ersten Mal die Augen öffnete und den Menschen ansah, der es hochhob, der Blick sanft und klug und alt, nicht neu und furchtsam und wild, wie man es vielleicht erwartet hätte, weil die Seele nur ein paar Minuten alt war? Und wohin reiste sie, wenn sie sich nicht mehr in den Augen zeigte?

*

Die Vorstellung, dass die Toten weiterleben, zieht sich durch die gesamte Menschheitsgeschichte; von den frühesten Zeiten bis zum heutigen Tag, sie hat parallel zu allen uns bekannten Kulturen und Religionen existiert. Was sich die ersten Menschen vorstellten, weiß niemand, aber angesichts der Gegenstände, die sie uns hinterließen, haben wir allen Grund anzunehmen, dass sie Rituale besaßen, die wir als schamanistisch kennen und die man bis heute bei einzelnen Völkern findet. Im Standardwerk des Religionshistorikers Mircea Eliade über das Phänomen wird deutlich, dass die schamanistische Praxis bei allen Völkern, bei denen sie registriert wurde, im Grunde gleich war, das galt für die Urbevölkerung Nordamerikas genauso wie für die im Amazonasgebiet, in Australien oder auch für die vielen verschiedenen nordasiatischen Volksgruppen.

Man kann daraus schließen, dass das Phänomen sehr alt ist und dass eine Figur wie der Löwenmensch oder der Schwimmvogel so gut in die schamanistische Praxis passt, lässt es naheliegend erscheinen, dass es sie damals überall gab. Der Schamane war ein Auserwählter oder Selbstauserwählter, der alles, was er konnte, vom vorherigen Schamanen lernte, wodurch das Wissen von Generation zu Generation bewahrt wurde, und abgesehen von seiner Tätigkeit als Medizinmann oblag es dem Schamanen, die unterschiedlichen Lebensebenen zu verbinden, wenn er oder sie in die Unterwelt oder zum Himmel reiste, entweder schlafend oder im Koma, meistens unter dem Einfluss halluzinogener Mittel.

Die Initiation des Schamanen spielt sich laut Eliade fast immer in der Unterwelt ab, wo tote Schamanen den Körper des werdenden Schamanen aufschneiden, jeweils einen Knochen, ein Organ entnehmen und durch neue ersetzen; manchmal während der Kopf des werdenden Schamanen von einem Pfahl aus zusieht, auf dem er platziert wurde. Roberto Calasso weist darauf hin, wie ähnlich der Körper des Schamanen und die Körper getöteter Tiere behandelt wurden. Der Schamane ist auch die Verbindung zu ihnen, nicht nur zu den Toten und den Geistern.

Nun werden die meisten sagen, dass sich diese »Reise« des Schamanen zu anderen Wirklichkeiten nur in seinem Inneren abspielt, als eine Art Traum oder Fieberfantasie, und dass die Dinge, die der Schamane erlebt, sich an keinem anderen Ort als im Kopf des Schamanen zugetragen haben. Also keine Unterwelt, kein Himmel, keine toten Seelen, nur künstlich hervorgerufene Halluzinationen.

Man setzt dabei voraus, dass es eine klare und deutliche Trennlinie zwischen innen und außen gibt, und alles in einem Menschen, also das, was der Mensch *ist*, sich im Inneren befindet. Dieses Innere kann – und wird – von Eindrücken, Bildern, Gedanken und Vorstellungen aus dem Äußeren erfüllt, und der Mensch kann seinerseits das Äußere mit Elementen aus dem Inneren füllen, aber nur, indem er sich von ihnen trennt, ohne selbst das Innere zu verlassen.

Ich denke an eine große Eiche, die im Wald hinter dem Sommerhaus steht, in dem ich sitze und diese Zeilen schreibe, es leben erstaunlich viele Vögel in ihr, und ich bringe diesen Gedanken zu Papier. Der Gedanke hat mein Inneres verlassen und steht nun auf dem Blatt in der Schreibmaschine vor mir, aber ich selbst bin noch hier: Nichts von mir ist in dem Gedanken. Ich bin und bleibe für immer in meinen eigenen Kopf und meinen eigenen Körper eingesperrt. Wenn ich träume, habe ich das *Gefühl*, an anderen Orten zu sein, aber das bin ich nicht, ich liege im Bett, und der Traum besteht nur aus willkürlichen Bildern, die mein Gehirn freisetzt, ohne dass das Bewusstsein, also der Spiegel, da ist und sagen kann, was das ist, nämlich freigesetzte Gedankenbilder und nicht die Wirklichkeit.

Aber was ist, wenn »der Mensch« keine etablierte Größe ist, was ist, wenn keine scharfe Trennung zwischen dem besteht, was in einem Menschen ist, und dem, was außerhalb ist, was ist, wenn diese Trennlinie in ständiger Bewegung ist? Was ist, wenn der Bär wie wir ist, und der Wolf und der Fuchs, und der Luchs und die Eule? Was ist, wenn die Seele aus dem Körper heraus und wieder hinein gleiten kann, im Traum, in der Ekstase, im Tod? *Hamgjenga, hamhleypa, hammrammer* sind die altnordischen Worte für Menschen, die die Gestalt von Tieren annehmen wie Kveldulv oder Odin, der mit regungslosem Körper an einem anderen Ort auf der Welt wie ein Vogel flog oder wie ein Fisch schwamm.

Für uns, für die »Mensch« eine so definitive Kategorie ist

und die Grenze jedes Individuums unumstößlich im eigenen Körper liegt, der eine Art Behälter für die persönliche Existenz ist, wird eine solche fließende Wahrnehmung und ein solches Verständnis der Wirklichkeit zurückgewiesen werden müssen. Sämtliche Phänomene, bei denen die Trennlinie zwischen dem aufgehoben wird, was in einem Menschen ist, und dem, was außerhalb von ihm ist – zum Beispiel Vorahnungen, bei denen jemand andere kommen hört, bevor diese tatsächlich kommen, oder der flüchtige Anblick eines Gespensts, also von etwas, das dieses Leben verlassen hat und dennoch in der Welt ist, werden Aberglaube genannt. Man sieht oder hört etwas, das nicht existiert, außer im eigenen Inneren, und das man dann, auf gleiche Art wie der Schamane, mit wirklichen Phänomenen in der Außenwelt verwechselt.

Dass Menschen *immer* Gespenster gesehen haben, selbst in Kulturen und Religionen, die Gespenster nicht anerkennen, heißt natürlich nicht, dass es Gespenster gibt, sondern nur, dass der Volksglaube an sie existiert und offenbar nicht zu erschüttern ist.

Wenn wir sehen, was wir wissen, und das, was wir wissen, beeinflusst oder sogar steuert, was ist, steht uns das Wissen im Weg, und wie die Geschichte vom Sündenfall wusste, kam mit dem Wissen gleichzeitig das Todesbewusstsein in die Welt. Wenn es stimmt, dass man das Wissen entfernen muss, um den Tod zu sehen, entfernt man gleichzeitig das Todesbewusstsein, und dann verschwindet ja der Tod, und es gibt nichts mehr zu sehen.

Das Paradox erinnert einen an das, was sich im Mythos von Orpheus abspielt, als er in die Unterwelt hinabsteigt, um Eurydike zu holen, und Hades ihm die Erlaubnis dazu unter der Bedingung erteilt, dass er sich nicht umdrehen und sie ansehen darf, bis er wieder in der Oberwelt ist. Aber er will sie sehen, und so dreht er sich um und sie verschwindet. Sie ist nur da, wenn er sie nicht sieht. Sieht er sie, ist sie nicht da.

Diese Erkenntnis führte dazu, dass der Schamane sich Träumen und Visionen zuwandte und die Ekstase immer ein wichtiger Bestandteil des religiösen Lebens war, denn in Träumen, Visionen und Ekstasen wird das Ich-Bewusstsein, das Wissen und Blick vereint, aufgelöst.

Im antiken Hellas waren Tod und Schlaf verwandte Phänomene, in der Mythologie waren sie Geschwister und in der *Ilias* sogar Zwillinge – Thanatos und Hypnos, von denen die Toten ins Totenreich gebracht wurden. Rational betrachtet sind sie natürlich voneinander getrennt: Der Schlaf ist ein Zustand, in den wir hinübergleiten, und anschließend gleiten wir wieder aus ihm heraus, während der Tod absolut ist. Aus den griechischen Mythen ergibt sich allerdings die Frage, ob die Grenze zwischen Leben und Tod ebenfalls gleitend ist, eine Zustandsverschiebung wie die zwischen Schlaf und Wachsein, oder ob sie ist wie von uns wahrgenommen, absolut, eine Frage von Entweder-Oder? Anders ausgedrückt: Ist die Grenze zwischen Leben und Tod das Ergebnis der Beschränkungen unserer Sinne oder ist sie real?

Eine andere definitive Grenze in unserem Dasein wirft die gleiche Frage auf, ich meine die Zeit. Ist *diese* Grenze absolut? Wir leben im Augenblick, und was wir Vergangenheit und Zukunft nennen, existiert nur in unserem Bewusstsein, nirgendwo sonst, und zwar einerseits in Gestalt von Erinnerungen und andererseits von Erwartungen. Der Augenblick verschwindet fortwährend und wird ebenso fortwährend erneuert, wir können still in einem Zimmer sitzen und uns trotzdem in der Zeit bewegen, weil der Augenblick in ein und derselben Bewegung verloren geht und von einem neuen Augenblick abgelöst wird. Seit Einstein wissen wir, dass die Zeit relativ ist, dass sie schneller oder langsamer vergeht, je nachdem, wo wir uns befinden und in welchem Zustand wir sind, und dass es so etwas wie Gleichzeitigkeit nicht gibt.

Ein englischer Soldat, bedeutender Erfinder und herausragender Flugzeugingenieur namens J. W. Dunne, veröffentlichte 1927 ein Buch mit dem Titel *An Experiment with Time*, in dem er eine Theorie vorlegte, nach der Vergangenheit, Gegenwart und Zukunft parallel existierten, wir aber auf Grund von Beschränkungen im Wahrnehmungsapparat und Bewusstsein nur Zugang zur Gegenwart hätten. Die lineare Zeit sei eine Illusion. Dunne begann sich dafür zu interessieren, weil er als junger Mann, Ende des neunzehnten Jahrhunderts, erkannte, dass seine Träume sich bewahrheiteten. Unzählige Male träumte er von Ereignissen, die anschließend eintrafen. Die Träume, die sich in der Zukunft abspielten, wiesen die gleichen Charakteristika auf wie jene, die sich in der Vergangenheit abspielten, sie waren genauso verzerrt, gleichzeitig auch irgendwie klar und rätselhaft. Dunnes Theorie lautete, das Traumbewusstsein sei nicht auf die gleiche Art an den Augenblick gebunden wie das Bewusstsein, in dem die Zeit linear gefiltert werde, sondern stehe der eigentlichen Zeit offen. Buch und Theorie erregten bei seinem Erscheinen Aufsehen, und ein sonst doch so nüchterner Autor wie Vladimir Nabokov führte das gleiche Experiment durch, schrieb all seine Träume auf und hielt anschließend in späteren Erlebnissen Ausschau nach Elementen aus ihnen.

Träume gehören zum Irrationalen, und zu behaupten, dass *sie* uns Zugang zur Realität verschaffen, wie sie wirklich ist, kann das Rationale natürlich nicht akzeptieren.

Seltsamerweise sind die Grenzen der Zeit allerdings auch auf der Seite des Rationalen verwittert, denn je weiter die Wissenschaft in das Mysterium eingedrungen ist, desto weniger offensichtlich ist die Trennlinie gewesen, und ein Physiker wie Carlo Rovelli gelangte zu dem gleichen Schluss wie Dunne – wenngleich von völlig anderen Prämissen ausgehend –, dass die Zeit nicht existiert und wir sie wegen der Beschränkungen unseres Wahrnehmungsapparats erleben und aus keinem anderen Grund. Nun sind Zeit und Tod nicht das Gleiche. Aber sie sind verwandte Phänomene – der Augenblick, der verschwindet und im selben Moment erneuert wird, ähnelt nicht wenig dem Leben, das stirbt und gleichzeitig weiterlebt, und die Zeit verschwindet ebenso unwiderruflich wie das Leben, wenn es stirbt: Die Grenze ist genauso absolut. Als Dunne meinte, die Zeit werde im Traum aufgehoben, wiederholte er nur etwas, das Aristoteles in seinem heute verlorenen Jugendwerk *Über die Philosophie* geschrieben hatte, »wenn die Seele mit sich selbst im Schlaf ist, erlangt sie ihre wahre Natur, sie sieht die Zukunft und kann sie vorhersagen« –, aber wo Dunne bei der Zeit stehenblieb, ging Aristoteles weiter zum Tod: »In diesem Zustand ist die Seele auch, wenn sie im Tod vom Leib getrennt wird.«

Aristoteles sagt hier drei Dinge: Der Schlaf hebt die Zeit auf, Schlaf und Tod sind verwandte Zustände, und die Seele lebt nach dem Tod des Körpers weiter.

Aber wie? Und wo? Denn wenn die Toten weiterleben, und sei es nur als körperlose Seelen, müssen sie schließlich irgendwo sein?

In einer Gesellschaft, in der das Menschliche nicht endgültig definiert ist und in der es keine Grenzen für die Seele gibt, wird auch der Tod nicht endgültig definiert sein können, auch er wird eine flüchtige und wechselhafte Natur haben, Seite an Seite mit dem Lebenden und dessen Metamorphosen. Auf die gleiche Weise werden, wenn das Menschliche definiert wird, was wahrscheinlich geschieht, sobald die Menschen sesshaft werden, Gesellschaften aufbauen und Schriftsprachen entwickeln, auch der Tod und die Toten fixiert. Alle großen archaischen Zivilisationen wie die babylonische oder die ägyptische hatten reich entwickelte Vorstellungen vom Totenreich, von seiner Beschaffenheit und Geographie.

Die ausgeprägteste findet man zweifellos in der ägyptischen Kultur, möglicherweise dachten die Ägypter mehr an den Tod und ließen den Toten mehr Fürsorge angedeihen als jede andere Kultur vor oder nach ihnen, und so war es, weil es für sie nur einen graduellen Unterschied zwischen den Lebenden und den Toten gab. Der Tod bedeutete nicht das Ende der Existenz, sondern kündigte lediglich einen anderen Teil von ihr an. In einer Grabinschrift aus der fünften Dynastie liest man:

ba ár pet sat ár ta

ba bedeutet Seele, *pet* himmel, *sat* Körper, *ta* Erde, dort steht also: *Seele zum Himmel, Körper zur Erde.* Das wirkt erst einmal einfach und zuverlässig, aber die Beziehungen zwischen Seele und Körper und Leben und Tod waren in der ägyptischen Kultur ungeheuer kompliziert, auf eine Weise, die unserem biologisch-psychologischen Verständnis des Menschen sehr fremd ist. Ja, es ist, als sprächen sie von einem völlig anderen Wesen. Der physische Körper wurde *khat* genannt, konnte nach dem Tod aber einen anderen Zustand erreichen, wenn er mumifiziert und so die Verwesung aufgehalten wurde, dann war er eine Art geistig-physischer Körper, der *sahu* genannt wurde. Er war nicht das Gleiche wie die Seele, denn die Seele hieß *ba*, und *sahu* konnte mit *ba* sprechen. *Sahu* und *ba* konnten nach dem Tod beide zum Himmel auffahren. Und zusätzlich zum physischen und geistigen Körper und der Seele gab es auch noch eine Art abstrakte Persönlichkeit im Menschen, die eine völlig unabhängige und freie Existenz hatte, sie konnte sich nach Belieben von einem Ort zum anderen bewegen, sich vom Körper trennen und nach eigenem Gutdünken wieder mit ihm vereinen. Diese Persönlichkeit – die eine Art innerer Doppelgänger zu sein scheint – wurde *ka* genannt, während die eigentliche Seele wie gesagt *ba* war. Die Hieroglyphe für *ba* war ein Storch. Sie war nicht-körperlich, geistig. Hinzu kam der Schatten des Menschen, *khaibit*, der ebenfalls eine unabhängige Existenz hatte, aber immer in der Nähe der Seele blieb. Und dann gab es noch *khu*, den Geist des Menschen. Und *sekhem*, was sich als die Form oder Kraft des Menschen übersetzen lässt, und schließlich *ren*, was der Name des Menschen ist, der auch im Himmel lebt.

Das also bildete den ägyptischen Menschen, all diese selbständigen Größen: ein physischer Körper, ein geistiger Körper, ein Herz, ein Doppelgänger, eine Seele, ein Schatten, ein Geist, eine Form, ein Name.

Außer dem Körper lebten nach dem Tod sämtliche Komponenten weiter. Lebende, Tote und Götter waren eng miteinander verbunden, und das Totenreich lag am Sternenhimmel im Osten, oder, je nachdem von welcher Epoche man in dieser Kultur spricht, die sich ja über mehrere tausend Jahre erstreckte, die Toten stiegen im Westen hinab, wie die Sonne – das Totenreich wurde »Der Westen« genannt und die Toten »Die Westlichen«.

Die alten Ägypter fürchteten den Tod nicht, aber ihre Seelen waren nicht unbedingt unsterblich, denn im Totenreich, in dem sie weiterlebten, gab es etwas, das »der zweite Tod« genannt wurde, der eintrat, wenn man im Totenreich starb, und *dieser* Tod war gefürchtet, denn mit ihm endete die Existenz endgültig.

Obwohl wir Zugang zu einer langen Reihe von Texten aus der ägyptischen Hochkultur haben und darüber hinaus zu Gegenständen und Gebäuden, ist uns das, was sie ausdrücken, so fremd, so fern, dass es schwerfällt, sich anders als intellektuell damit zu beschäftigen, also auf eine nicht-intime, abstrakt gefühllose Art – als wären die Dimensionen andere als unsere, was sie ausdrücken, ist so groß, und gleichzeitig existiert es in einer so gewaltigen Distanz zu uns, dass es beinahe nichtmenschlich erscheint. Natürlich waren sie Menschen – natürlich verliebten sie sich ineinander, natürlich herzten sie ihre Kinder, natürlich spuckten sie die Milch aus, wenn sie sauer war, natürlich genossen sie die Stunden, wenn die Sonne nach einem heißen Tag untergegangen war und Schatten ringsum die Straßen füllten. Ein Ruf, ein Lächeln, ein warmes Leuchten in den Augen: Bekannte bleiben stehen und plaudern mit ihnen.

Aber in den Texten, die sie hinterließen, ist nichts dergleichen repräsentiert, in ihnen gibt es nur die Sonne und Götter und ein so detaillierter Nach-dem-Tod-Mechanismus, dass dies einer Gebrauchsanweisung für eine komplizierte und merkwürdige Maschine ähnelt, die nicht mehr existiert. Was es *bedeutet*, worüber sie schrieben, ist unklar, jedenfalls mir, und genauso unklar ist, welche Konsequenzen es für das Leben hatte.

Vor diesem diffusen und unklaren Hintergrund kommen die ersten Texte der Griechen aus dem achten Jahrhundert vor Christus – *Ilias*, *Odyssee*, *Theogonie*, *Werke und Tage* – einer Offenbarung des Menschlichen gleich. Sie segeln gewissermaßen aus dem Dunkel heran, nicht unähnlich den ersten Menschen, die ein paar hunderttausend Jahre zuvor aus dem Dunkel der Tiere heraustraten, wie man es sich vorstellen könnte, nur dass die Dunkelheit, vor deren Hintergrund ihre

Gestalten deutlich hervortraten, zur Kultur gehörte, nicht zur Natur.

Am Anfang stand ein Gefühl. Die *Ilias* beginnt mit dem Zorn des Achilles und wird mit einem Streit zwischen Achilles und Agamemnon fortgesetzt. Sie sind Helden, Söhne von Göttern oder Königen, aber sie lassen sich beleidigen, sie schmollen, sie sind aufbrausend und selbstherrlich. Ihr Gefühlsregister ist im Schatten des Todes angesiedelt – nicht des ägyptischen Sonnen-Tods, der nur eine Verlängerung des Lebens an einem anderen Ort ist, sondern des körperlichen Todes, des Todes durch Kriegsgemetzel und Pest. Die *Ilias* handelt von den Körpern und den Gefühlen, die diese durchströmen, und sie endet, wo sie beginnt, mit der rasenden Wut des Achilles. Hektor, der größte Krieger der Trojaner, tötet Achilles' Freund Patroklos, und Achilles tötet aus Rache Hektor, aber das reicht ihm nicht: Wahnsinnig vor Trauer und unbändiger Wut bindet er Hektors Leiche an seinen Wagen und lässt ihn über die Erde schleifen, als er drei Mal um Patroklos' Grabhügel reitet, und als er zu seinem Zelt zurückkehrt und sich schlafen legt, lässt er die Leiche achtlos auf der Erde liegen. Das tut er an zwölf aufeinanderfolgenden Tagen. Die Stadt, die die Achaier belagern, Troja, ist voller Jammern und Wehklagen über den Verlust Hektors. Sein Vater, König Priamos, liegt auf der Erde und wälzt sich verzweifelt hin und her, heißt es, schmutzig und ungepflegt. Anscheinend ist die Leichenschändung genauso schrecklich, wenn nicht schrecklicher als der Todesfall selbst. In einer grandiosen Schlussszene begibt sich der alternde König mit Hilfe der Götter zu den Schiffen der Achaier, um die Leiche seines Sohnes freizukaufen. Achilles und Priamos weinen, und Priamos kann die Leiche seines Sohnes heimführen. Nachdem sie neun Tage um Hektor getrauert haben, beim gleichzeitigen Versprechen einer Waffenruhe, verbrennen sie seine Leiche am zehnten Tag. Dann löschen sie das Feuer mit Wein und sammeln seine Knochen auf und legen sie in eine goldene Urne, die sie in der Erde begraben und mit gewaltigen Steinblöcken bedecken, ehe sie sich bei Priamos zu dem Leichenschmaus versammeln, mit dem das Epos endet.

Man ist geneigt zu denken, dass die Griechen immer näher rückten, sowohl dem Göttlichen als auch dem Menschlichen, dem Leben und dem Tod, aber so ist es natürlich nur, weil sie das Fundament zu der Wirklichkeit legten, in der wir leben. Während die ersten Menschen die Tiere verließen und ihnen so den Rücken kehrten, erschufen die Griechen ihrerseits einen Raum für das neue Menschliche. Wissenschaften und Gesellschaftssysteme wurden gegründet, die physische Welt wurde erforscht, und was zwischen den Menschen lag, wurde erkundet. Wir können uns bis heute mit Achilles und Priamos identifizieren, wir können bis heute den Abenteuern des Odysseus folgen und unsere eigene Zeit in die Episoden mit den Zyklopen oder den Sirenen hineinlesen, wir können in unsere eigene Geistestiefe blicken, wenn wir die griechischen Tragödien sehen, die nach wie vor überall auf der Welt aufgeführt werden, und wenn wir darüber nachdenken wollen, was die Welt ist und wie unsere Lebensbedingungen darin sind, beginnen wir mit Platon und Aristoteles, oder vielleicht sogar noch früher, mit den Vorsokratikern. Selbst das Christentum entstammt der antiken griechischen Welt, als die alte, monotheistische jüdische Religion zunächst mit dieser revolutionären und extremen Sekte verschmilzt, die Jesus gestiftet hatte, und dieses Amalgam anschließend zunächst aus dem Neuplatonismus und danach dem Neuaristotelismus zu einem System verschmilzt, dem sich große Teile der Welt unterordnen.

Aber dieser griechische Raum, der uns so vertraut ist, hat auch noch eine andere Seite, die in einer Art Schatten liegt, eng verbunden mit jener Zeit, aber irrelevant für unsere, wir beziehen uns nicht mehr auf sie, erwähnen sie höchstens als Kuriosum, ich meine das Verhältnis der Antike zum Tod. Für die Griechen war das Leben nach dem Tod nicht bloß eine abstrakte Tatsache, sondern ein Teil der physischen Wirklichkeit. In der antiken Literatur wimmelt es von Begegnungen zwischen Lebenden und Toten, nicht nur in den Epen, Gedichten und Dramen, sondern auch in den Geschichtsbüchern, den Biografien und Reiseschilderungen. Fast allen Episoden gemeinsam ist, dass die Toten geweckt oder angerufen werden, meistens an dem Grab, in dem ihr Körper bestattet wurde. Die gängigste Methode, um mit den Toten in Kontakt zu kommen, bestand darin, am Grab des Verstorbenen etwas zu opfern, zum Beispiel Honig, Wein, Öl, Milch oder Blut (für Letzteres hatte man einen eigenen Namen *Haimakouria*, Blut-Bespritzen). Auf einem der Gräber, die in Mykonos gefunden wurden, stand ein Altar, durch den ein Rohr verlief, mit dessen Hilfe das Blut direkt in den Mund der Leiche gegossen werden konnte. Nach dem Opfer legte man sich auf dem Grab schlafen, woraufhin einem der Tote im Traum erscheinen würde. Die Griechen konsultierten die Toten, weil diese in die Zukunft sehen konnten, wozu sie fähig waren, weil sie sich außerhalb der Zeit befanden.

Es gibt darüber hinaus zahlreiche Erzählungen über Tote, die keine Ruhe fanden, weil sie keine ordentliche Bestattung erhielten – dies geschah insbesondere nach Schlachten wie vor Troja, wo die toten Krieger laut Philostratos noch im zweiten Jahrhundert nach Christus nachts, in voller Kriegsmontur, auf der Ebene vor der Stadt gesehen wurden. Da waren Homers Epen über den Krieg, die *Ilias*, und über die Heimreise eines der griechischen Krieger, die *Odyssee*, bereits tausend Jahre alt.

Am Grab und auf dem Schlachtfeld waren es die Toten, die den Lebenden entgegenkamen. Aber die antike Literatur ist auch voller Beschreibungen des Gegenteils, sogenannter *Katabasen*, wenn die Lebenden in das Land der Toten hinabsteigen. Die Katabasen gehören zu den Mythen, so etwa das elfte Buch der *Odyssee*, in dem Odysseus sich ins Totenreich begibt, weil er den Seher Teiresias um Rat fragen will. Sie segeln weit nach Süden, zu einem Land auf der anderen Seite des Meeres, es ist ohne Sonne und karg, der Himmel ist beständig hinter Wolken und Nebel verborgen. Am Ufer gräbt Odysseus eine kleine Grube in die Erde, gießt zunächst Honig, Wein und Wasser hinein und streut Gerste darüber, ehe er ein schwarzes Schaf schlachtet und das Blut in die Grube rinnen lässt. Sofort scharen sich die Toten um ihn. Sie wollen von dem Blut trinken. Er hält sie fern; das Blut ist für Teiresias bestimmt. Sie sehen ihn nicht, scheren sich nicht um ihn, sie haben nur Augen für das Blut. Sie sind völlig mit sich selbst beschäftigt. Sie sind gekleidet, wie sie gekleidet waren, als sie starben. Odysseus sieht Jugendliche, Jungen und Mädchen, Frauen, die im Kindbett starben, Krieger, die auf dem Schlachtfeld den Tod fanden. Er sieht auch seine Mutter, Antikleia, und begreift, dass sie in seiner Abwesenheit gestorben ist. Sie sieht nicht, dass er es ist. Erst als die Toten das Blut trinken, können sie ihn sehen und mit ihm sprechen. Teiresias tut es, und Antikleia tut es, und eine lange Reihe von Frauen, Töchtern oder Frauen von bekannten Kriegern, und am Ende Agamemnon und Achilles.

Bei Hesiod, der zu der Zeit tätig war, in der die *Odyssee* geschrieben wurde, liegt das Totenreich unter der Erde und heißt Tartarus. Hesiod schreibt:

Ein Amboss aus Bronze, der aus dem Himmel fällt, wird neun Tage und neun Nächte fallen, und am zehnten wird er die

Erde erreichen. Und wenn der Amboss von der Erde fällt, wird er wieder neun Tage und neun Nächte fallen und Tartarus am zehnten erreichen.

Tartarus ist natürlich kein real existierender, sondern ein mythologischer Ort: Dort unten, in einer Art endlos tiefem Gefängnisloch irgendwo im Weltraum, hinter einer gewaltigen Bronzemauer, werden die ersten Götter, die Titanen, die Zeus niederrang, gefangen gehalten, und dort begegnen sich Tag und Nacht – wenn der eine hineingeht, dann geht die andere hinaus, und nie sind beide gleichzeitig daheim, heißt es – und dort wohnen die Kinder der Nacht, die Brüder Schlaf und Tod.

Auch die *Odyssee* beschreibt keinen real existierenden Ort, natürlich nicht, aber das eigentliche Ritual, das Odysseus ausführt, ist realistisch, so wurden die Toten angerufen, und das Unklare und Vage an der Beschreibung des Wegs zum Hades – als segelten sie in eine ewige Nacht – ist auf eine *andere* Art klar und deutlich: Die Begegnung zwischen den Toten und den Lebenden geschieht in einem Grenzland, weder hier noch dort, an einer Art Nicht-Ort in der äußersten Zone der Existenz.

Doch die Besuche des Totenreichs in den Mythen wurden auch auf konkrete Orte in der Geographie der Wirklichkeit zurückgeführt. Von Orpheus, der in der griechischen Tradition tatsächlich gelebt hatte, hieß es, er sei durch eine Grotte in dem, was damals Tainaron und heute Kap Matapan heißt und der südlichste Punkt des griechischen Festlands ist, in das Totenreich hinabgestiegen. Wenn man möchte, kann man dorthin fahren und sich die Grotte auch heute noch anschauen. Ich habe es getan, ohne dass es mir gelungen wäre, das sonnenglitzernde Meer und das kristallklare Wasser in der Höhle, das unter dem kleinen Boot, das die Touristen in die Grotte brachte, blaugrün schimmert, mit der Dunkelheit und ewigen Nacht in Verbindung zu bringen, die ich mit dem Totenreich verknüpfe.

Es gibt viele solcher Orte, die mit dem Unterirdischen verbunden waren, meist Höhlen und Grotten, und aus einigen von ihnen stiegen giftige Dünste auf, aber von zentraler Bedeutung waren vor allem vier, neben Kap Matapan Acheron in Thesprotia, Avernus in Kampanien und Heracleia Pontica an der Südküste des Schwarzen Meers. Es waren wirkliche Orte, keine mythologischen, häufig mit Orakeln, und auch an ihnen wurden Tote heraufbeschworen. Da die Grotten sich nicht wirklich zur Unterwelt öffneten, besteht kein Grund zu der Annahme, dass die Griechen glaubten, der Abstieg ins Totenreich wäre ein physischer Vorgang: Die Grotte *war* das Totenreich. Die Toten wurden zudem in kryptaähnlichen Räumen heraufbeschworen, in denen die Orakel in Trance fielen.

Die Frage ist nicht so sehr, wo sich die Toten befanden, wo Hades und Tartarus lagen, und wie sie aussahen, oder wie die toten Seelen als die Körper erscheinen konnten, aus denen sie im Augenblick des Todes fuhren, während die Körper nachweislich auf dem Schlachtfeld oder im Grab lagen – die Frage lautet, warum *wir*, die wir so viel vom Griechischen übernommen haben und uns ihm nach wie vor immer wieder zuwenden, nicht an ein Leben nach dem Tod glauben.

Aus heutiger Sicht, mehr als zweitausend Jahre später, sieht es so aus, als enthielte die sonst so apollinische, griechische, sonnenerhellte Welt einen Rest von etwas sehr Altem, und als wäre sie unfähig, es loszuwerden. Sie errichteten einen Raum für die Rationalität, aber es gelang ihnen nicht, den Tod zu rationalisieren, er blieb alt und rätselhaft wie der Wald, der Ort unaufhörlicher Verwandlung, in dem Lebende zu Toten wurden und Tote zu Lebenden, Tiere wurden Menschen und Menschen wurden Tiere. Pan war die Gestalt, die das verkörperte, der Gott mit Bocksbeinen und Hörnern auf der Stirn, der Tiermann, wild und unberechenbar, aber in der Mythologie gab es auch zahlreiche andere halb menschliche, halb tierische Wesen wie die Zentauren mit ihren Pferdeleibern und Menschenköpfen, Medusa mit dem Schlangenhaar, die Erinyen mit Flügeln, den Minotaurus mit Stierkopf und Menschenkörper, und über ihnen allen stand Dionysos, der Gott der Überschreitung. Homer nannte Dionysos verrückt, und Walter Otto, der ihn den Gott »der Verzückung und des Schreckens« nannte, meinte, der Wahnsinn sei Dionysos' grundlegende Natur, während Nietzsche ihn so beschrieb: »Dionysos ist der Taumel, der überall kreist, wo gezeugt und geboren wird und dessen Wildheit immer bereit ist, in Zerstörung und Tod fortzuschreiten. Er ist das Leben.«

In einem der dionysischen Rituale, die am ehesten kultischen Orgien glichen, bei denen Wein aus Tierköpfen ausgeschenkt wurde und es keinerlei Grenzen gab, stürzten sich die Mänaden der Überlieferung nach auf Orpheus, rissen ihn Glied für Glied in Stücke, als wäre er ein Tier, und warfen seinen Kopf in den Fluss. Der Kopf lebte, singend wurde er ins Meer getragen, woraufhin es ihn auf eine Insel verschlug, wo er gefunden und begraben wurde, jedoch ohne zu sterben, denn, wie Philostratos schreibt, der Kopf »ließ sich in einer Felsspalte auf Lesbos nieder und gab aus einer Höhlung in der Erde Orakelantworten«. Der Kopf diente den Menschen als Orakel, bis Apollo dem ein Ende machte.

Mircea Eliade ordnet den Mythos von Orpheus in eine schamanistische Tradition ein, zum einen wegen des Abstiegs ins Totenreich, zum anderen wegen der Verstümmelung und wegen des singenden Kopfs (wie erwähnt war der Kopf des Schamanen während des Initiationsritus in der Unterwelt häufig auf einem Pfahl platziert, von dem aus er beobachten konnte, wie sein eigener Körper ausgeweidet und zerschnitten wurde). Der Kopf des Orpheus war allerdings nicht der einzige, der in der Antike als Orakel tätig war – der Kopf eines gewissen Trofonius lag in einer Vertiefung und gab in gleicher Manier Prophezeiungen von sich; man kletterte auf einer Leiter hinab und fragte den Kopf nach dem, was man wissen wollte, und Kleomenes I. von Sparta köpfte seinen Freund Arkonides und bewahrte den Kopf in einem Honigkrug auf und bat ihn regelmäßig um Rat. Aristoteles schreibt, ein Priester des Zeus sei in Arkadia von einem unbekannten Mann enthauptet worden und dass der Kopf »Cercidas tötete Mann auf Mann« gesungen habe – woraufhin ein Mann dieses Namens verhaftet und vor Gericht gestellt wurde. Und in den magischen griechischen Papyri werden mehrere erfolgreiche Methoden erwähnt, um tote Köpfe zum Sprechen zu bringen.

Parallel zur Begründung der Naturwissenschaften und der Philosophie gab es also abgetrennte Köpfe, die einem die Zukunft weissagten, tote Körper, die neues Blut bekamen und wieder zum Leben erweckt wurden, tote Seelen, die keine Ruhe fanden, tote Seelen, die ins Totenreich hinabfuhren, manche von ihnen – unter anderem einer, von dem Platon in *Der Staat* erzählt – kehrten von dort zurück und konnten berichten, was sie gesehen hatten, Orakel in Höhlen, Menschentiere, Tiermenschen, Verwandlungen, Metamorphosen, Überschreitungen. Es gab etwas unfassbar und unverständlich Altes, das von dem Neuen nicht abgelöst werden konnte. Das heißt, zu Anfang nicht, damals existierten sie parallel zueinander, im Dunkel der Höhle und im Licht außerhalb der Höhle, aber dann, unendlich langsam, wenn auch nicht so langsam wie damals, als die Menschen die Tiere verließen, *wurde* es abgelöst, und unbeweglich, ja *versteinert*, ist dieses Alte nun.

Die Tiere wurden aus dem Wald geholt, manche von ihnen zu industriellen Fleisch- und Milchfabriken, wo sie nun Produzenten von Waren für uns sind, alle in biologische Systeme eingeordnet, in denen sie definiert sind und ihren festen Platz haben, und die Bilder von ihnen, gestochen scharf und ohne Ambivalenz sind, zum Beispiel vom Löwen oder dem Wasservogel, sehen wir auf unseren Bildschirmen. Selbstverständlich sind sie nach wie vor im Wald – der mit jedem neuen Tag schrumpft –, aber für *uns* sind sie Bilder, abgeschlossen und völlig getrennt von uns.

Auch der Tod wurde aus der Höhle und dem Wald gebracht, aus der Dunkelheit und ins Licht, wo er sich als das zeigt, was er *ist*: ein kleiner Riss in einem Blutgefäß im Gehirn, ein paar mikroskopisch kleine Bakterien im Blutstrom, eine winzig kleine Zelle in der Bauchspeicheldrüse, die anfängt, sich eigenmächtig zu vermehren.

Dem Tod widerfährt, dass er immer kleiner wird, und weil diese Entwicklung so auffällig ist, erscheint es auch nicht mehr ausgeschlossen, dass der Tod eines Tages den Nullpunkt erreicht und verschwindet.

In dieser Vision begegnen sich auf seltsame Art Wissenschaft und Religion. Nicht nur, weil die Medizin heute Körper öffnen, die inneren Organe wie Herz, Lunge, Nieren entnehmen und neue Organe einpflanzen kann, so wie die Schamanen seit unvordenklichen Zeiten ihre Initiationsriten beschrieben hatten, sondern auch, weil dieses, gemeinsam mit allen Bestrebungen der Genetik, in der die Züchtung von Körperteilen und die Manipulation von Zellen keine utopischen Vorstellungen mehr sind, sondern Realität, das Leben verlängert, und weil Alter und Altern genetisch bedingt sind, festgelegt seit der Empfängnis, scheint es nicht mehr völlig ausgeschlossen zu sein, dass der Tod eines Tages nicht nur hinausgezögert, sondern gestoppt werden kann, und was sich daraufhin zeigt, das ewige Leben, ist ja heute und seit jeher in erster Linie eine religiöse Vorstellung. Und als solche ist sie mit der Mystik, der Überschreitung, der Verwandlung und dem Irrationalen, oder anders ausgedrückt *der Höhle*, verbunden gewesen.

Christus kam aus der Antike und seine Geschichte enthält mehrere schamanistische Elemente, so etwa, dass er Dämonen austrieb und Tote zum Leben erweckte, aber vor allem, dass er ins Totenreich hinabstieg und wie die Schamanen und Hektor, Orpheus, Odysseus und Aeneas zurückkehrte und in den Himmel auffuhr. Aber auf seltsame Weise haftet das Irrationale weniger stark an der Erzählung von der Auferstehung Jesu von den Toten als am restlichen Füllhorn antiker Geschichten zum gleichen Thema. Das Wahnwitzige und Verrückte, das Dionysos umgab, rankt sich nicht um Jesus. Ebenso wenig um den Mann, der aus der Tiefe der antiken Höhlenvisionswirklichkeit eines der wichtigsten Bücher im Neuen Testament schrieb, die Offenbarung des Johannes. In einer Grotte auf der griechischen Insel Patmos lag er in einem tiefen halluzinativen Schlaf oder einer Trance, künstlich hervorgerufen oder nur geifernd aus dem Inneren entstanden, und blickte in die Zukunft.

Johannes war zu jener Zeit eines von vielen Orakeln, aber während die heidnischen Visionen der anderen verloren gegangen sind, ist seine christliche erhalten geblieben: Er sah die vier Reiter der Apokalypse, er sah das Meer, das von Blut rot verfärbt war, er sah den brennenden Himmel – und er sah den Tod, der verschwand. Er schrieb: *Und in jenen Tagen werden die Menschen den Tod suchen und nicht finden, sie werden begehren zu sterben und der Tod wird vor ihnen fliehen.*

Das ist nicht das Gleiche wie die Vorstellung vom ewigen Leben, die das Christentum ansonsten verkündet und die mit

Platons Seelenlehre verwandt ist, es ist etwas anderes, eine Prophezeiung nicht eines verheißenen Paradieses, sondern einer Wirklichkeit. Sie werden begehren zu sterben, schreibt er, aber *der Tod wird vor ihnen fliehen.*

Ich glaube, dass »jene Tage« näher rücken. Ich glaube, dass »sie« wir sind. Aber wenn es so kommt, dass der Tod eines Tages ganz verschwindet, was geschieht dann mit all denen, die bereits tot sind?

Vor ein paar Wochen nur nahm ich den Nachtzug von Oslo über die Hardangervidda. Aufgeregt wegen der bevorstehenden Reise traf ich zeitig am Bahnhof ein. Reisen gehört zu meinen Lieblingsbeschäftigungen, und am liebsten reise ich mit dem Zug. Die Atmosphäre im Bahnhof, ehe der Nachtzug abfährt, das Kindheitsgefühl, etwas Verbotenes zu tun, das die Abfahrt am späten Abend mir jedes Mal einflößt. Die Menschen, die spät dran sind und im Laufschritt ihre Koffer hinter sich herziehen, vorbei an denen, die rechtzeitig da gewesen sind und ihre Plätze schon gefunden haben und sich nun von jemandem verabschieden, oder verloren und mit gesenkten Köpfen herumstehen und auf ihre Handys starren. Alte, Junge, Männer, Frauen. Schöne, hässliche, gut gekleidete, ungepflegte. Breite Pranken mit Steinstaub in den Poren, weiße Händchen, die nie etwas anderes getan haben, als auf Tastaturen zu klackern. Ein Wirbel aus Mantel und Haaren: Eine Mutter bückt sich und küsst ein Kind auf den Kopf, neben ihr steht ein Mann im Anzug mit Händen, die unbeholfen herabhängen, und schaut zu. Drei junge Männer und zwei junge Frauen stehen in einem Kreis; einer von ihnen hat einen Rucksack auf dem Rücken und eine Tasche zu seinen Füßen. Ein großer Mann mit langen, weißen Haaren und langer Nase und in einem langen Mantel nähert sich im Eilschritt; ein Musiker, denke ich, Jazz, vielleicht, oder aus der Zeit gefallener Indierock.

Ich hatte einen Platz in einem Zweierabteil gebucht und das obere Bett bekommen. Als ich eintrat, war das Abteil leer, und ich schaltete das Licht an, stellte den Koffer ab, zog meine Jacke aus und hängte sie an den Haken an der Tür. Obwohl ich nicht gerne liege, wenn jemand erwartet wird, erst recht nicht, wenn es jemand ist, den ich nicht kenne, stieg ich hoch und legte mich hin, um zu lesen, während die Geräusche draußen zur Abfahrt hin irgendwie enger wurden.

Zwei Minuten vor Abfahrt des Zugs betrat mein Mitreisender das Abteil. Er hielt die Fahrkarte in der einen Hand, einen Koffer in der anderen und warf erst einen Blick auf seine Fahrkarte, danach auf die Bettnummer. Erst als er feststellte, dass sie übereinstimmten, sah er zu mir hoch.

»Hallo«, sagte er.

»Hallo«, erwiderte ich.

Er hatte ein fleischiges Gesicht, das im Licht der Deckenlampe sonnengebräunt glänzte, sein Körper war dagegen dünn und relativ klein. Für eine Reise war er zu formell gekleidet; schwarzer Anzug und weißes Hemd.

»Fahren Sie die ganze Strecke?«, fragte er.

»Das tue ich«, sagte ich. »Und Sie?«

Er nickte, setzte sich auf sein Bett, lehnte sich vor und öffnete den Koffer.

»Möchten Sie ein Bier?«, fragte er.

»Nein, danke«, antwortete ich. »Aber das ist sehr freundlich von Ihnen.«

Er zog eine Flasche aus dem Koffer. Ein Bier hätte mir sicher gut geschmeckt, aber ich wollte keinen kumpelhaften Kontakt zu ihm und dadurch womöglich gezwungen sein, mich stundenlang mit ihm zu unterhalten. Ich wollte ein wenig lesen und anschließend schlafen.

»Haben Sie Angst zu fliegen?«, fragte er.

»Nein«, sagte ich, als er den Kronkorken mit einem Öffner an seinem Schlüsselbund hochwippte. »Wieso?«

»Es gibt nicht so viele in unserem Alter, die den Nachtzug nehmen«, sagte er.

Ich legte mich auf die Seite, mit dem Gesicht zur Wand, damit er begriff, dass ich kein gesteigertes Interesse daran hatte, mit ihm zu plaudern.

Draußen ertönte eine Trillerpfeife, und der Zug rollte in den Tunnel unter der Stadt.

Er schwieg lange, saß da und las in einer Zeitschrift oder Illustrierten, die aufgeschlagen in seinem Schoß lag, und trank gelegentlich aus der Bierflasche, die er in der Hand hielt.

Wir hatten die Stadt weit hinter uns gelassen, und ich war allmählich nicht mehr so richtig bei meinem Buch, als er mich erneut ansprach.

»Sie arbeiten an der Uni?«, fragte er.

»Ich, nein?«, antwortete ich. »Nein, nein.«

»Dann sind Sie so ein ewiger Student?«, fragte er.

»Das weiß ich jetzt nicht«, sagte ich.

»Das Buch, das Sie da lesen«, sagte er. »Das ist nicht einmal etwas für speziell Interessierte, sondern nur für Leute, die in dem Bereich arbeiten. Finden Sie nicht?«

»Mag sein«, sagte ich.

»Nun kommen Sie schon!«, sagte er. »Ich versuche hier, ein Gespräch in Gang zu bringen!«

Warum hatte ich nicht die zusätzlichen Hunderter für ein Einzelabteil bezahlt?

Am liebsten hätte ich ihn komplett abblitzen lassen, aber ein Teil von mir konnte es nicht, und so klappte ich das Buch zu und setzte mich auf. Schließlich musste ich ohnehin bald nach unten, um mir die Zähne zu putzen.

»Sie müssen deshalb nicht aufhören zu lesen«, sagte er. »Es tut mir leid, dass ich Sie gestört habe. Lesen Sie ruhig weiter. Es ist schon spät.«

»Woher kennen Sie Lucius Accius?«, fragte ich.

Mit einem Lächeln um die Lippen warf er mir einen kurzen Blick zu.

»Sind Sie sicher, dass Sie nicht doch ein Bier wollen?«

»Es kann ja nicht schaden«, sagte ich.

Er stellte die leere Flasche auf den Boden, suchte zwei neue heraus, öffnete sie und gab mir die eine.

»Ich habe ihn gelesen«, sagte er. »Aber nicht in der Übersetzung wie Sie.«

»Dann können Sie Latein?«, fragte ich, um ihm ein wenig entgegenzukommen, und nahm einen großen Schluck von dem herrlich gelbbraunen, bitteren Bier.

Er nickte, offenkundig zufrieden mit sich.

Nach einer langen Strecke, auf der alles Licht draußen vom grauweißen Sommernachtshimmel gekommen war und die Landschaft sich einige Male zu einem breiten, ruhigen Fluss hin geöffnet hatte, flackerten nun Lichter von Häusern und Gebäuden vorbei.

»Und wie kommt das?«, fragte ich.

»Es gab so viel Latein im Studium, dass ich es auch gleich richtig lernen konnte. Also habe ich nebenher Latein studiert. Hat es mir jemals irgendetwas genutzt? Nein. Hat es mir viel Freude bereitet? Ja.«

»Dann sind Sie Arzt«, sagte ich.

Er nickte mehrmals bedächtig und sah mich an wie ein Lehrer, der von einem Schüler die Antwort auf eine schwierige Frage bekommen hat.

»Und Sie sind …«

»Ich habe ein paar Dokumentarfilme gedreht«, sagte ich.

»Was Sie nicht sagen«, meinte er. »Könnte ich die gesehen haben?«

»Nein, das bezweifele ich«, sagte ich.

»Seien Sie nicht so bescheiden«, sagte er. »Wie heißen die Filme?«

Ich werde ihm darauf antworten, dachte ich, und mich im Anschluss entschuldigen, mir die Zähne putzen, das Licht ausmachen und die ganze Strecke über die Hochebene schlafen.

»Einer heißt ›Freunde fürs Leben‹«, sagte ich.

»Aha?«, sagte er. »Und worum geht es?«

»Haben Sie schon einmal von ›Smiths Freunden‹ gehört?«

»Der norwegischen Sekte? Natürlich«, sagte er.

Er griff nach einem Telefon, das außerhalb meines Blickfelds auf dem Bett gelegen haben musste. Ich begriff, dass er den Film googelte. Im nächsten Moment sah er zu mir hoch.

»Prost, Egil«, sagte er und hob seine Flasche. »Ich heiße Frank.«

Der Zug wurde langsamer und fuhr in einen Bahnhof ein. Mehrere Gestalten bewegten sich draußen zur Tür unseres Wagens. Die leisen Geräusche, die im Zug zu hören waren, die dumpfen Schritte, das Klicken von Türen, die geöffnet oder geschlossen wurden, das Brummen des Motors, die gedämpften Stimmen, verstärkten die nächtliche Stille, die auf der ganzen Stadt und den Bergen ruhte, die man hinter ihr sah.

»Bist du gläubig?«, fragte er.

Ich antwortete nicht. Darauf wollte ich nicht antworten.

»Ich meine nur, weil du eine Dokumentation über sie gedreht hast? Sie glauben, dass Jesus als Mensch geboren wurde und erst dann göttlich wurde? Durch seine Taten? Stimmt das nicht?«

»Doch«, sagte ich.

»Und was sagst du dazu?«, fragte er.

»Wozu?«

»Dazu, ob er als Mensch oder Gott geboren wurde.«

»Das weiß ich nicht«, sagte ich.

Er lachte.

»Natürlich weißt du das nicht! Aber was glaubst du?«

Ich antwortete nicht. Der Zug setzte sich wieder in Bewegung. Die Lichter flatterten immer schneller und schneller vorbei. An einer ansonsten verwaisten Kreuzung stand ein Auto und wartete auf Grün. In einem Bürogebäude war ein leerer Raum hell erleuchtet. Die Möbel hallten im Licht. Dann standen da plötzlich nur noch Bäume, bleich unter dem zarten Nachthimmel.

»Ich bin Anästhesist«, sagte er. »Seit einem guten Jahr arbeite ich in einem Rettungshubschrauber. Es ist einer der härtesten Jobs überhaupt, weil wir nur in den schlimmsten Fällen eingesetzt werden. Viele Autounfälle. Ertrunkene. Gehirnschläge. Infarkte. Davon abgesehen fliegen wir noch dorthin, wohin Krankenwagen nicht fahren können. Abgelegene Dörfer und Höfe, Inseln, die weiß Gott wie weit draußen im Meer liegen. Aber mir gefällt das, es ist ein ganz besonderes Gefühl, mitten in der Nacht oder am frühen Morgen an einem Fjord zu landen und mitten in ein Drama zu geraten, in dem es um Leben und Tod geht. Denn das tun wir ja fast immer.«

Er verstummte.

Nach einer Weile schaute er zu mir hoch.

»Möchtest du noch eins?«

»Ja, gern. Aber das ist dann auch das letzte«, sagte ich. »Ich sollte etwas schlafen, bevor wir ankommen.«

»Es ist nicht so wichtig zu schlafen«, meinte er.

Der Zug fuhr aufwärts, aber so langsam, dass ich es nur

merkte, wenn wir einen der Punkte erreichten, an denen wir in das Tal unter uns hinabsehen konnten.

»Erklär mich jetzt bitte nicht für verrückt«, sagte er. »Denn das bin ich nicht. Aber seit dem Frühjahr passiert etwas.«

»Bei deiner Arbeit im Rettungshubschrauber?«

»Ja. Wie gesagt, ich bin nicht verrückt«, sagte er. »Aber seit dem Winter habe ich Leute gesehen, die nicht da gewesen sind. Verstehst du?«

»Nicht wirklich«, sagte ich.

»Ich habe mehr Menschen gesehen als die anderen, mit denen ich zusammenarbeite«, sagte er. »Es hat eine Weile gedauert, bis ich das begriffen habe. Aber wenn wir uns hinterher darüber unterhalten haben, was passiert war, habe ich manchmal jemanden erwähnt, zum Beispiel den alten Mann, der im Wohnzimmer auf der Couch saß und uns anstarrte, oder diese Frau, die uns bei der Landung zusah, und meine Kollegen haben nicht begriffen, wovon ich rede. Sie hatten diese Menschen nicht bemerkt. Als ich mir der Sache daraufhin bewusst wurde, begriff ich, dass sie nicht bloß unaufmerksam gewesen waren, sondern sie ganz einfach nicht gesehen hatten, als wären sie überhaupt nicht dagewesen.«

»Und was hast du gesehen?«, fragte ich, obwohl ich die Antwort schon kannte.

»Sie waren tot«, sagte er. »Wenn wir mit dem Hubschrauber dorthin kamen, sah ich die Toten, die es dort gab.«

Es entstand eine Pause.

»Ich habe das niemandem erzählt«, sagte er. »Ich wollte nicht der Typ sein, der an Gespenster glaubt. Aber wir zwei werden uns ja niemals wiedersehen.«

»Was glaubst du, was sie wollten?«, fragte ich.

»Es sah gar nicht so aus, als ob sie etwas wollten«, sagte er.

»Sie waren einfach nur da. Ähnlich wie Tiere. Sie sahen sich an, was um sie herum passierte. Und alle waren erst kurz zuvor gestorben. Jedenfalls glaube ich das.«

»Und außer dir hat sie keiner gesehen?«, fragte ich.

»Nicht, dass ich wüsste«, antwortete er. »Und das ist es gerade, was mir nicht gefällt. Warum habe ausgerechnet *ich* sie gesehen? Und warum *jetzt*?«

Er verstummte wieder.

Ich lehnte mich an die Wand und betrachtete die bleiche Gebirgslandschaft mit ihren niedrigen, glänzend weißen Birkenstämmen unter dem seltsam hellen Himmel.

»Aber das ist noch nicht alles«, sagte er. »Einer von ihnen hat mit mir geredet. Wir waren in einem Wohnzimmer auf einem Bauernhof, der Hausherr, ein bulliger, alter Bursche, hatte einen Herzinfarkt erlitten, und weiter hinten auf der Couch sitzt dieser junge Typ, den außer mir keiner sieht. Unsere Blicke begegnen sich. Das ist vorher noch nie passiert, sie sind immer in ihrer eigenen Welt geblieben. Aber der Typ, der hat mich angesehen. Und dann ist er aufgestanden und hat auf mich gezeigt. Und dann hat er gesagt, *du bist gerichtet worden.*«

»Du bist gerichtet worden?«

»Ja, das war alles. Wir waren schon auf dem Weg nach draußen. Aber ich habe noch ein Bild von ihm an der Wand gesehen. Ein aufwendiges Konfirmationsfoto. Du weißt schon, so eins, das in einem Studio gemacht worden ist.«

Lange waren nur die Geräusche des Zugs zu hören. Die Räder, die über die Schwellen unter uns rollten, das Klappern und Knirschen der Kupplungen zwischen den Wagen, das leise Pfeifen vom Luftdruck draußen.

»Du glaubst mir nicht«, sagte er.

»Natürlich glaube ich dir nicht«, erwiderte ich. »Oder besser gesagt, ich glaube selbstverständlich, dass du gesehen hast, was du gesehen hast. Aber ich glaube nicht, dass es sich auf die Wirklichkeit bezog.«

»›Auf die Wirklichkeit bezog‹?«, erwiderte er spöttisch. »An dir ist ein Professor verloren gegangen. Aber du meinst mit anderen Worten, was ich gesehen habe, hat nur in meinem Kopf existiert.«

»So in der Art. Ich habe auch mal einen Toten gesehen, meinen Großvater, er war genauso klar erkennbar, wie du es jetzt bist. Aber er war natürlich gar nicht da. Er war in mir.«

»Und was hat er da gemacht?«, fragte Frank und lachte.

Ich lächelte, legte mich auf den Rücken und schaltete die kleine Leselampe aus.

»Kannst du bitte die Deckenlampe ausschalten?«, sagte ich.

Er stand wortlos auf und machte das Licht aus, legte sich wie ich rücklings auf die Bettdecke.

»Glaubst du mir, wenn ich dir sage, dass dieser Wiedergänger recht hatte. Dass ich gerichtet worden *bin*?«

Ich antwortete nicht.

»Meine Kleine ist gestorben«, sagte er. »Sie war sechs. Sie ist auf der Straße vor dem Haus von einem Lastwagen überfahren worden. Sie hatte keinen Helm auf, weil sie nur ein bisschen auf dem Hof herumfahren wollte. Sie hatte gerade Radfahren gelernt.«

Mir traten Tränen in die Augen.

Das konnte er sich unmöglich ausgedacht haben.

»Verstehst du jetzt?«, fragte er. »Das ist nicht nur in meinem Kopf passiert. Ich habe die Toten wirklich gesehen.«

»Es tut mir leid, dass du deine Tochter verloren hast«, sagte ich.

Er lachte.

»Das glaube ich dir gern!«

Ich konnte jetzt nicht schlafen, konnte ihn nicht allein lassen. Er befand sich in einem Abgrund.

Aber was sollte ich schon sagen?

Nichts würde ihm eine Hilfe sein können.

Stellte ich ihm Fragen zu seiner Tochter, damit er von ihr erzählen konnte, würde er mit Sicherheit zusammenbrechen. Erwähnte ich sie nicht, würde unser Gespräch Schmierentheater und ganz schauderhaft werden.

Jemand öffnete die Tür zwischen den Wagen, und die Zuggeräusche wurden abrupt lauter, als wäre die Tür zu einer Maschine aufgeschlagen worden. Als sie wieder geschlossen wurde, hörte man Stimmen, die sich den Gang hinabbewegten.

Frank stand vom Bett auf und machte die wenigen Schritte zum Fenster.

»Ist es okay, wenn ich es ein bisschen aufmache?«, fragte er.

»Na klar«, sagte ich.

»Sie sagen, es ist der heißeste Sommer aller Zeiten.«

»Habe ich auch gehört«, sagte ich.

Er zog den oberen Teil des Fensters herunter, und es strömte flatternd Luft herein.

»Bist du verheiratet?«, fragte er und lehnte die Stirn gegen das Fenster.

»Geschieden«, sagte ich.

»Warum?«

Das geht dich nichts an, dachte ich. Aber ich konnte ihn jetzt nicht vor den Kopf stoßen.

Ich setzte mich halb auf.

»Ich hielt es nicht mehr aus.«

»Genau!«, sagte er und lachte und drehte sich zu mir um. »Und wie war sie?«

»Sie war alles Mögliche.«

»Zu viel für dich?«

»Nein, das war sie nicht. Das glaube ich nicht. Aber sie wollte sich über alles streiten.«

»Und das wolltest du nicht?«

»Nein.«

»Du wolltest lieber im Sessel sitzen und Lucius Accius lesen?«

Er verhöhnte mich, und auf mein Inneres fiel ein Schatten, der offenbar auch äußerlich sichtbar war, denn sein Ton veränderte sich.

»Ich bin auch geschieden«, sagte er. »Zwei Mal, sogar. Der offizielle Grund ist, dass ich so viel gearbeitet habe. Der inoffizielle, dass ich es nicht geschafft habe, meine Finger von anderen Frauen zu lassen.«

Er setzte sich wieder aufs Bett.

»Aber es steckt natürlich mehr dahinter.«

»Ja«, sagte ich.

Er blieb lange still. Ich legte mich wieder zurück und schloss die Augen. Ich hörte, dass er sich auch hinlegte.

»Ich bin kein besonders guter Mensch gewesen«, sagte er. »Das heißt nicht, dass ich daran gescheitert bin, denn ich habe erst gar nicht versucht, einer zu sein. Warum sollte ich? Wir leben hier eine Zeitlang, dann sterben wir, und alles wird vergessen. Auch das Gute. Verstehst du? Da kann ich genauso gut *leben*. Mein Ding machen. So habe ich gedacht. Oder vielleicht nicht direkt *gedacht*, aber gelebt.«

»Du denkst nicht mehr so?«, fragte ich.

Er antwortete zunächst nicht, und ich dachte, dass er da unten im Dunkeln den Kopf schüttelte.

»Ich weiß nicht, was ich denke«, sagte er nach einiger Zeit. »Ich weiß nichts mehr.«

Neue Pause.

»Was ist mit dir?«, sagte er. »Bist du ein guter Mensch?«

»Ich weiß nicht«, antwortete ich. »Ich nehme an, es kommt ganz darauf an, was du mit gut meinst.«

»Wie hieß deine Frau?«

»Camilla.«

»Wie das Mädchen in dem Kinderbuch ›Die Räuber von Kardemomme‹?«

»Ich glaube, die hieß Kamomilla«, sagte ich.

»Stimmt«, sagte er und lachte. »Aber warst du gut zu Camilla? Hast du dich *wirklich* um sie bemüht? Hast du versucht zu denken, wie es ist, sie zu sein? Was sie wollte? Was du ihr zuliebe tun solltest? Hast du dich auf sie eingelassen, ganz und gar? Zumindest manchmal?«

»Ich weiß es nicht«, sagte ich.

»Du weißt es nicht? Aber ich weiß es. Das hast du nicht getan. Habe ich recht?«

»Das kann schon sein«, sagte ich. »Aber zu einer Beziehung gehören immer zwei.«

»Da liegst du so was von falsch! Wenn du ein guter Mensch bist, musst du geben, ohne zu erwarten, etwas zurückzubekommen. Du musst selbstlos sein.«

»Aber dann verschwindest du doch«, sagte ich.

»Für dich selbst, ja. Nicht unbedingt für sie. Aber was mich betrifft, ist das alles blanke Theorie. Ich habe das nie getan, bin nie für sie dagewesen. Und das ist schon in Ordnung. Aber was mich jetzt quält, ist, dass ich eigentlich auch nie für Emma dagewesen bin. Nicht wirklich. Ich fand sie toll und so weiter, und ich hatte sie natürlich sehr lieb. Aber ich bin nicht wirklich für sie dagewesen.«

»Emma, das war deine Tochter?«

»Ja. Mit Betonung auf *war*.«

Pause.

»Was denkst du darüber?«, fragte er.

»Über das, was du über dein Verhältnis zu ihr gesagt hast?«

»Ja.«

»Ich glaube, es hat völlig ausgereicht, dass du sie sehr gern hattest und sie das wusste.«

»Scheiße, das stimmt nicht«, erwiderte er. »Das sagst du nur, weil du glaubst, dass ich das hören will. Aber wir kennen uns nicht. Und wir werden uns niemals wiedersehen. Wir können genauso gut ehrlich zueinander sein.«

»Aber das glaube ich wirklich«, sagte ich.

»Hast du Kinder?«

»Ja. Einen Jungen von elf Jahren. Er lebt bei seiner Mutter.«

»Dann redest du wahrscheinlich über dich selbst. Aber sag mal, ich habe auch Cognac dabei. Wollen wir uns ein Gläschen genehmigen?«

Wir tranken uns durch die Nacht, über die Hardangervidda mit ihren öden Wiesen in schwachem Licht und an ihrem anderen Ende ins Tal hinab, an einem Fluss entlang, der sich tosend die Stromschnellen hinabwarf, in der Morgensonne leuchtend unter grünen Berghängen, während wir über unsere Leben sprachen. Mit der Zeit ließ ich mich völlig gehen, sagte Dinge, die ich nie zuvor jemandem gesagt hatte, und er tat das Gleiche, obwohl die ganze Zeit ein Zweifel an mir nagte, wie weit das, was er mir erzählte, tatsächlich der Wahrheit entsprach oder ob er es mit der Wahrheit nicht so genau nahm und sich vor allem von seinen Gedanken ablenken wollte. Eine Zeitlang bezweifelte ich sogar, dass seine Tochter wirklich tot war. Gleichzeitig tat es unheimlich gut, mit jemandem so zu reden, vollkommen frei, weshalb ich manchmal auch dachte, dass er zu mir gesandt worden war. Und eine Botschaft für mich hatte.

Als der Zug an der Endstation hielt, war ich betrunken, hatte mich aber im Griff, es war eher so, dass ich spürte, wie das klare Licht des Alkohols hell in mir loderte und alle Probleme wegbrannte. Plötzlich war alles möglich.

Ich blieb vor dem Zug auf dem Bahnsteig stehen und wartete auf Frank.

»Wollen wir uns hier verabschieden?«, fragte ich, als er ausstieg.

»Wäre schade, einen so schönen Rausch zu vergeuden«, sagte er und zog den Griff des Koffers heraus. »Hast du heute Morgen schon etwas vor? Bist du mit jemandem verabredet?«

Ich schüttelte den Kopf, und wir gingen Richtung Ausgang. Das Sonnenlicht strömte auf das alte Bahnhofsgebäude herab, überall funkelte es auf Metall und Glas.

»Die Beerdigung ist um elf«, sagte er, ohne mich anzusehen. »Könntest du dir vorstellen, mir bis dahin Gesellschaft zu leisten?«

»Die Beerdigung?«, sagte ich. »Deiner Tochter?«

Er nickte.

Ich erstarrte.

Sie war noch nicht beerdigt worden?

Oh nein, nein, nein.

»Natürlich kann ich das«, sagte ich. »Wohin wollen wir gehen?«

»Ich habe ein Zimmer im ›Hotel Norge‹ gebucht. Da könnten wir einen Drink nehmen. Du musst nicht lange bleiben. Ich habe nur keine Lust, jetzt allein zu sein.«

»Das kann ich gut verstehen«, sagte ich. »Kein Problem.«

»Wo wohnst du?«

»In einem Hotel kurz vor dem Torgalmenningen. Ich habe vergessen, wie es heißt.«

»Das ›Norge‹ ist wahrscheinlich schicker«, sagte er. »Wie kommt es, dass der Sohn aus reichem Haus nicht in den besten Hotels übernachtet?«

»Das interessiert mich nicht«, sagte ich.

Er warf mir einen skeptischen Blick zu. Ich kaufte Zigaretten im Narvesen-Kiosk und rauchte, als wir an dem kleinen See mitten in der Stadt vorbeigingen, schaffte gerade noch eine zweite, ehe wir zum Hotel kamen. Während er eincheckte, setzte ich mich in die Lobby.

»Wir setzen uns hier unten hin«, sagte er. »Es ist mir zu blöd, auf dem Zimmer zu trinken. Dafür sind wir zu alt. Okay?«

»Finde ich auch«, sagte ich. Eine Welle aus Müdigkeit hatte mich erfasst, und wenn ich auf den Beinen bleiben wollte, musste ich weitertrinken.

»Wir sollten frühstücken«, sagte er, als er zurückkam. »Meinst du nicht auch?«

Der Wechsel der Umgebung hatte alles verändert, wir hatten uns nichts mehr zu sagen, kannten uns ja auch gar nicht und waren so verschieden, wie zwei Menschen es nur sein können, dachte ich in der Stille, die während unseres Frühstücks herrschte.

Hinterher tranken wir ein paar Bier. Ich hatte gerade begonnen, darüber nachzudenken, wie es mir gelingen könnte, mich zu verabschieden, ohne ihn zu verletzen, als er mich fragte, ob ich ihn zur Beerdigung begleiten wolle.

»Gehört sich das denn?«, sagte ich. »Ich habe Emma doch gar nicht gekannt.«

»Du kennst mich.«

»In gewisser Weise«, sagte ich.

»Ich sage dir, du kennst mich besser als jeder andere. Sag einfach ja, erspar es mir zu betteln.«

»Natürlich kann ich mitkommen«, sagte ich. »Aber ich habe nichts Passendes zum Anziehen dabei.«

»Herrgott, Mann«, sagte er. »Es ist eine *Beerdigung*. Alles ist aus. Alles ist Finsternis und Hölle. Wer zum Teufel interessiert sich da für Kleider?«

Ein paar Minuten nach halb elf setzten wir uns unterhalb des Theaters in ein Taxi. Frank war betrunken, sein Gesicht war starr und verschlossen, seine Bewegungen irgendwie hölzern. Auch ich war betrunken, aber nicht so offensichtlich wie er; man musste mich schon wirklich gut kennen, um es zu sehen.

Der Platz vor der Kirche war voller Menschen, Frauen in schwarzen Kleidern, Männer in dunklen Anzügen, viele mit Sonnenbrille, die meisten relativ jung, viele zwischen dreißig und vierzig. Die Stimmung war rastlos und vage auf diese Art, die so typisch für jene Augenblicke ist, bevor die Sicherheit gebenden Rituale ihren Lauf nehmen. Nervöses Lächeln, schnelle Blicke. Jemand weinte.

»Gib mir eine Zigarette«, sagte Frank und blieb vor dem Tor stehen.

Ich reichte ihm die Schachtel und das Feuerzeug.

Er zündete sich eine an und zog intensiv an ihr.

»Sehe ich betrunken aus?«, fragte er.

»Ein bisschen«, sagte ich.

»Ich bin ihr zuliebe betrunken«, sagte er. »Wenn sie tot ist, spielt das alles keine Rolle mehr.«

»Ich verstehe«, sagte ich.

»Ich ehre ihr Andenken« sagte er, sah mich mit schmalen Augen an und wankte leicht.

Die Kirchenglocken läuteten.

»Es wird Zeit«, sagte er, warf die Zigarette auf die Erde und trat sie aus. Ich legte die Hand auf seine Schulter.

»Es tut mir leid für dich«, sagte ich.

Er sah mich an und lachte.

»Ja, das kann einem auch leidtun. Komm, lass uns gehen!«

Als wir über den Platz vor der Kirche gingen, starrten uns alle an. Frank begegnete keinem der Blicke, sah starr geradeaus und ging auf diese steife, beherrschte Art von Leuten, die betrunken sind. Die Leute sahen nicht nur uns an, sie sahen auch einander an, und ich hörte einige flüstern.

»Ich setze mich hier hinten hin«, sagte ich, als wir in der Kirche waren und ich vorne den weißen Sarg stehen sah, der viel zu klein war. Der Sarg und der Boden um ihn herum waren mit Blumen und Kränzen überschwemmt.

»Nein, komm mit nach vorn und leiste mir Gesellschaft«, sagte er.

»Das kann ich nicht machen«, sagte ich. »Die Plätze sind für die Familie reserviert.«

Ich schob mich in eine der Bankreihen. Er nickte wie zu sich selbst und ging den Mittelgang hinauf zu den vordersten Bankreihen. Niemand, der dort saß, grüßte ihn oder sah ihn an. Sie machten ihm nur wortlos Platz.

Was hatte er getan?

Was war seine Sünde?

Die Kirche füllte sich in der für Beerdigungen so typischen Stille, die man durch das Rascheln der Kleider, vorsichtiges Flüstern, die Absätze der feinen Schuhe, die über den Steinfußboden klackern, hindurch hört.

Die Pfarrerin kam aus der Sakristei, und ich erstarrte. Ich hatte sie früher gekannt, wir waren auf dem Gymnasium in dieselbe Klasse gegangen.

Ich hatte sie sogar geliebt.

Kathrine, sagte ich innerlich, hier bist du also?

Sie blieb vor dem Sarg stehen und senkte den Kopf, gleichzeitig spielte der Organist das Präludium zu einem Kirchenlied. Ich nahm das Gesangbuch, das auf der Lehne vor mir lag, öffnete es und las den Text mit, ohne zu singen. Hörte, wie ihre Stimme die Gemeinde anführte, auf eine schlichte Art sicher und beständig und schön.

Eine feine, kleine Blume sehe ich im Wald
Im Tannenforste so üppig und dicht
Und zwischen Moos und Kraut alsbald
Steht sie so schüchtern und schlicht

Sag ist's nicht traurig, im Walde zu stehen
Wo die Schatten dich beschweren müssen
Oh nein, denn nie wird der Herr mich vergessen
Noch die geringste Blume wird er immer sehen

Aber möchtest du gar nicht im Garten stehen
Wo die Menschen dich gerne bewundern?
Oh nein, bei den Kleinsten fühl ich mich wohl
denn als Waldblume kam ich zur Welt

Obgleich so klein, hat der Herr mich gern
mit ihm fühl ich mich immer geborgen
Morgen für Morgen zum Himmel ich bete
Betend schlummre Abend für Abend ich ein

Wie die Blume verwelke auch ich irgendwann
freu mich dennoch, denn seine Braut bin ich dann
Lasst meinen Leib friedvoll ruhen im Grab
Meine Seele, sie ist daheim bei Gott

Als die Musik verklang, hörte man hier und da Schluchzer. Selbst mir, der ich das Mädchen, das beerdigt wurde, doch gar nicht gekannt hatte, standen Tränen in den Augen. Es gab so viel Schmerz in der Kirche, dass es fast unerträglich war.

»Die Gnade und der Friede Gottes, unseres Vaters und unseres Herrn Jesus Christus sei mit euch«, sagte Kathrine. Ihre Stimme war warm und ruhig. Sie sah zu den ersten Bankreihen hinüber, schien Blickkontakt mit einigen dort zu suchen. Ich mochte ihre Ruhe und ihr Gesicht, das noch genauso schön war wie in meiner Erinnerung, inzwischen aber auch etwas Scharfes, vielleicht sogar Hartes bekommen hatte, als wäre sie vom Leben geschliffen worden.

»Wir sind heute zusammengekommen, um Abschied zu nehmen von Emma Johansen«, sagte sie. »Gemeinsam wollen wir sie in die Hand Gottes geben und zu ihrer letzten Ruhestätte begleiten. Denn so sehr hat Gott die Welt geliebt, dass er seinen eingeborenen Sohn hingab, damit ein jeder, der an ihn glaubt, nicht verloren sei, sondern ewiges Leben gewinne. Lasset uns beten.«

Sie senkte den Kopf. Ich senkte ebenfalls den Kopf und faltete die Hände.

»Mein Gott, mein Gott, warum hast du mich verlassen?«, sagte sie. »Ich schreie, aber meine Hilfe ist ferne. Mein Gott, des Tages rufe ich, doch antwortest du nicht, und des Nachts, doch finde ich keine Ruhe. Aber du, Herr, sei nicht ferne; meine Stärke, eile, mir zu helfen!«

Ich hob den Blick und sah Kathrine zur Kanzel gehen, links und rechts eine Hand auf den Rand legen und den Blick in den Kirchenraum richten.

Die Luft schien zu beben, überall hörte man leises Schluchzen, an manchen Stellen leise jammernde Rufe.

»Emma ist tot«, sagte sie. »Emma, die von so vielen so sehr geliebt wurde, ist von uns gegangen. Und Emma war erst sechs Jahre alt. Keine Trauer ist größer. Keine Verzweiflung reicht tiefer. Ein Kind, das stirbt, das ist die Nacht des Lebens. Wir wollen heute Abschied nehmen von Emma, wir wollen uns gemeinsam an sie erinnern – und die Erinnerungen an sie sind heiter. Emma war ein kleiner Stern. Sie wurde am sechsten Oktober geboren, zwei Wochen über die Zeit, und sie hatte zwei Brüder, Emil und Noa, die ungeduldig darauf warteten, dass sie kommen würde. Sie lächelte zum ersten Mal, als sie zehn Tage alt war, sie lernte zu gehen, als sie elf Monate alt war, und sie sagte ihr erstes Wort, als sie ein Jahr alt war. Emma war ein fröhliches und ausgelassenes Mädchen, sie liebte Tiere, vor allem Hunde, und nichts tat sie lieber, als mit ihrer Mutter Monica und dem Golden Retriever Kasper spazieren zu gehen. Emma war lieb und rücksichtsvoll, sie hatte ein großes Herz für andere, und sie füllte das Haus mit Freude. Sie hatte ein ansteckendes Lachen, das andere zum Lachen brachte. Emma verstand es meisterlich, Puzzle zu legen, sie zeichnete und malte gern, und sie liebte Kleider, auf denen Einhörner waren.«

Es war unerträglich, dort zu sitzen und zuzuhören. Aber ich konnte nicht aufstehen und gehen, nicht während der Gedenkrede, und auch nicht später.

Ich betrachtete den Sarg, während die Pfarrerin fortfuhr, über das Mädchen zu sprechen, das darin lag.

Die Lawine aus Blumen, die ihn umgab.

Das war Gott. Die Lawine aus Leben. Die Lawine aus Tod. Weiße Blumen mit grünen Blättern. Nicht die einzelnen Schicksale, sondern die Bewegung, zu der alles und alle gehörten.

Den Tod des Mädchens konnte man niemandem vorwerfen. Seine Wut und seine Trauer konnte man gegen niemanden richten.

Niemand war Gott.

»Emma war eine kleine Blume im dichten Wald«, sagte Kathrine. »Jetzt ist Emma ein Licht in der Dunkelheit. Die Menschen unter Ihnen, die ihr nahestanden, werden sich immer an sie erinnern und sie vermissen.«

Gott war niemand.

In der ersten Bankreihe stand jemand abrupt auf. Es war Frank. Wankend bahnte er sich einen Weg, und sein Blick war dabei starr auf den Boden vor sich gerichtet.

Ein leises Murmeln lief durch den großen Raum. Sein Gesicht war verschlossen, aber als er auf seinem Weg durch den Mittelgang plötzlich aufschaute, erkannte ich, dass seine Augen rasend waren.

Kathrine hatte aufgehört zu sprechen.

Frank blieb vor der Bankreihe stehen, in der ich saß.

»Kommst du?«, fragte er und lächelte.

Es wurde ein grauenvoller Tag und Abend. Ich konnte ihn in seinem Zustand nicht allein lassen, aber das Einzige, was ich ihm geben konnte, war meine Gesellschaft, die im Grunde wertlos war, was er ebenso gut wusste wie ich, denn ich war kein echter Freund, nur jemand, den er im Zug aufgegabelt hatte.

»Warum bist du gegangen?«, fragte ich ihn, als wir eine halbe Stunde später in einem Biergarten in Bryggen saßen und Bier tranken.

»Ich habe es nicht ertragen, sie mit allen zu teilen«, sagte er und sah nach Vågen hinüber, wo das dunkelblaue Wasser schwer und still an den Kais lag.

»Die Pfarrerin hat gesprochen, als hätte sie Emma gekannt. Das hat sie nicht. Und die meisten anderen in der Kirche auch nicht.«

Er sah mich an.

»Was soll ich jetzt tun, Egil? Vor mir liegen vielleicht noch vierzig Lebensjahre. Aber nichts, wofür es sich zu leben lohnt.«

Ich trank einen Schluck Bier, wischte mir den Schaum von den Lippen.

Ich hätte ihm sagen können, dass er den Verlust akzeptieren und mit den Erinnerungen weiterleben musste, die eines Tages vielleicht gut sein würden. Aber das waren nur Worte ohne Erfahrung, die nichts wert waren.

»Ich weiß es nicht«, sagte ich.

»Nein, das tust du nicht«, sagte er. »Aber glaubst du mir wenigstens, was ich dir im Zug erzählt habe?«

»Über die Toten, die du gesehen hast?«

»Ja. Vor allem über den, der gesagt hat, dass ich gerichtet worden bin.«

»Etwas in dir hat das gesagt. Das glaube ich.«

Er starrte mich ziemlich lange an. Sein Blick war wie einer von denen, denen man manchmal spätnachts in Kneipen begegnete, wenn jemand beschlossen hat, einen Streit vom Zaun zu brechen. Dann ließ er es auf sich beruhen, lehnte sich auf seinem Stuhl zurück, sah wieder nach Vågen hinüber.

Hoch am Himmel kreisten einige Möwen. Die Schreie, die sie manchmal hören ließen, waren fern.

»Es tut mir leid, dass ich dir keine größere Hilfe sein kann«, sagte ich.

»Du bist mir eine große Hilfe gewesen«, erwiderte er, ohne mich anzusehen. »Ich muss einfach nur diesen Tag überstehen. Und dann den nächsten. Mein Problem ist, dass ich nicht weiß, warum. Und sag jetzt bitte nicht, dass ich mir Hilfe suchen muss!«

Er lachte freudlos.

Eine große Touristengruppe zog vorbei, folgte dem Fremdenführer in Shorts, der mit einem kleinen roten Wimpel an einer Stange, die er hochhielt, vor ihnen ging. Er war Mitte zwanzig, und die Touristen waren im Rentenalter, aber die Prozession flößte mir dennoch ein Gefühl von Kindergarten ein.

»Möchtest du noch eins?«, fragte ich.

»Das ist das Schlaueste, was du heute gesagt hast«, antwortete er.

Wir tranken noch zwei Bier, ehe wir in die Stadt gingen und uns ein Restaurant suchten, in dem wir zu Mittag aßen. Ich bestellte ein Chateaubriand mit frittierten Kartoffelspalten, ich hatte einen Bärenhunger, wie seltsamerweise immer nach Beerdigungen, was ich zum ersten Mal entdeckt hatte, als Großvater starb und im Gemeindehaus hinterher eine Suppe serviert wurde. Das salzige Fleisch und die Gemüsestücke schmeckten so wunderbar, und in mir gab es irgendwie einen Abgrund aus Hunger, den selbst drei Portionen nicht zu sättigen vermochten. Aus Anstandsgründen beließ ich es damals dabei. Seither habe ich viele Male das Gleiche erlebt, so auch jetzt, als ich in einem französischen Restaurant an einem Wandtisch mit einem fremden Mann zusammensaß, der soeben seine Tochter beerdigt hatte.

Ich wusste, dass ich mich in seiner Gegenwart genügsam zeigen sollte, aber er selbst hatte an diesem Tag alle Grenzen überschritten, deshalb fand ich es in Ordnung, etwas zu essen, als sich mir die Chance dazu bot.

Wir sprachen kaum ein Wort miteinander, saßen in Gedanken versunken am Tisch – oder vielmehr, Frank dachte sicher nicht viel, er war in der Gewalt seiner Gefühle, in ihrer Finsternis gefangen. Ab und zu sah er zu mir herüber, meistens mit dem Anflug eines Lächelns um den Mund.

»Wie ich sehe, hast du Hunger«, bemerkte er schließlich.

Ich hatte den Mund voll und konnte nur nicken.

»Beerdigungen machen das mit den Leuten«, sagte er. »Sie bekommen Appetit auf das Leben, darauf zu leben.«

»Entschuldige«, sagte ich. »Das muss dir schrecklich unsensibel vorkommen. Aber das viele Trinken hat mich hungrig gemacht.«

»Heute sind schon schlimmere Dinge passiert«, sagte er. »Und mit einer ordentlichen Grundlage im Bauch schmeckt der Schnaps auch besser.«

Nach dem Essen tranken wir einen Cognac, er war von 1973, und der Geschmack war ungestüm und wild, kein Wunder, er hatte ein ganzes Leben abgeschlossen von der Welt gelebt und wurde nun in uns freigesetzt.

»Ich weiß, dass du gehen willst«, sagte er, als wir auf die Rechnung warteten. »Und dafür habe ich volles Verständnis. Aber kannst du nicht trotzdem bleiben, bis der Tag vorbei ist? Morgen werde ich schon klarkommen. Aber jetzt ertrage ich es einfach nicht, allein zu sein. Ich weiß, das ist viel verlangt. Kannst du es nicht als eine gute Tat sehen?«

»Du bist mein Nächster«, sagte ich. »Ich begleite dich.«

»Du *bist* gläubiger Christ«, sagte er. »Ich wusste es!«

Ich sagte nichts. »Christ«, das legte alles fest; *das* war ich sicher nicht.

Die Sonne stand noch hoch, als wir auf den Platz hinauskamen, der voller Leben und Menschen war. Wieder schoss mir der Gedanke an Lawinen durch den Kopf. Eine Lawine aus Menschen, eine Lawine aus Ereignissen, eine Lawine aus kleinen und großen Bewegungen. Köpfe, die zur Erde gesenkt wurden, zur einen oder anderen Seite gedreht, Hände, die in der Luft baumelten, die Einkaufstüten hielten, die Gläser nahmen, die Schnürsenkel banden, Blicke hierhin, Blicke dorthin, laute Stimmen, leise Stimmen, Lachen, in polternd tiefer oder piepsend hoher Stimmlage.

Alles was so auftauchte, war im nächsten Augenblick verschwunden.

Auch das war eine Form von Tod, oder etwa nicht?

Aber was war dann das Schicksal? Das eins mit dem anderen verband und dafür sorgte, dass es feststand?

Kathrine war nicht verschwunden, sie war zurückgekommen.

War Frank deshalb zu mir gesandt worden?

Oder um mich etwas über den Tod und die Toten zu lehren?

»Wohin wollen wir jetzt gehen?«, fragte Frank. »Kennst du irgendwo einen schönen Biergarten?«

»Ich weiß nicht recht«, sagte ich. »Ich bin viele Jahre nicht mehr in der Stadt gewesen. Aber als ich das letzte Mal hier war, gab es weiter draußen, am Wasser, eine Art Kulturzentrum, es war schön, dort zu sitzen.«

»Ich weiß, wo das ist«, sagte er. »Könnte uns ohnehin guttun, ein paar Schritte zu gehen.«

Wir tranken ein Bier in einem Restaurant am Hügel unterhalb des Theaters, das Lokal war brechend voll, und wir bestellten noch eins, zusammen mit einem Fernet Branca, obwohl wir uns einig waren, dass er bei dieser Hitze eigentlich nicht das passende Getränk war. Frank wirkte ruhiger, sagte aber nach wie vor kaum etwas, so dass es schwer zu beurteilen war, was in seinem Inneren vorging.

Auf dem Weg zur Landzunge hinaus, auf einer Allee mit Kastanienbäumen, an der alle Geschäfte und Restaurants geschlossen worden waren, begann er zu reden.

»Monica hat die Kinder gegen mich aufgebracht. Als wir uns scheiden ließen, war sie so wütend, das kannst du dir gar nicht vorstellen. Und als das hier passiert ist, der Grund dafür, dass du jetzt bei mir bist, sind mir alle Türen verschlossen geblieben. Ich bekam keinen Zugang zu den Jungen oder zu unserem alten Haus. Scheiße, sie hat mir auch die Trauer genommen.«

Er warf mir mit seinen betrunkenen Augen einen kurzen Blick zu.

»Und das geht schon in Ordnung. Ich habe mich nicht besonders darum geschert. Es ist ihnen gut gegangen, nicht wahr. Und mir ist es gut gegangen. Der Deal war okay. Aber jetzt liegt Emma unter der Erde. Und das ist so schrecklich. Das ist so schrecklich.«

Er schüttelte nachdenklich den Kopf. Ich legte die Hand auf seine Schulter. Er sah mich an, als wäre ich verrückt geworden. Ich zog die Hand zurück.

»Unten in *der Erde*«, sagte er. »Sie kann nicht reden. Verstehst du? Sie kann sich nicht bewegen. Sie kann nicht einmal denken! Sie liegt dort ganz still und allein. Das ist so schrecklich. Und dann diese verdammte Fotze, diese Pfarrerin mit ihrem Lied über diese Blume im Wald und was hat sie noch gesagt, dass Emma ein Stern am Himmel sei? Sie ist nichts! Nichts! Nichts!«

Bei jedem »nichts« schlug er mit der Hand ins Leere vor sich.

Dann sah er mich an und lächelte.

»Tut mir leid, dass ich dich in die Sache hineingezogen habe. Aber die Chancen stehen gut, dass du dich einige Zeit an diesen Tag erinnern wirst. Und das ist doch mal was.«

»Ja«, sagte ich und wusste nicht, was ich sonst sagen sollte.

Er schnaubte.

»Lass uns zu dem Lokal gehen und uns betrinken«, sagte er.

»Guter Plan«, sagte ich.

Wir folgten der Straße weiter, waren offenbar jedoch irgendwann falsch gegangen, denn wir kamen stattdessen zum Aquarium. Der Parkplatz war voller großer Busse, und es standen eine Menge Menschen Schlange, um hineinzukommen.

»Im Restaurant gibt es bestimmt Bier«, sagte Frank.

»Dann müssen wir aber Schlange stehen«, sagte ich.

»Da hast du recht«, meinte er. »Außerdem befürchte ich, dass sie nur Flaschenbier haben. Das dauert zu lange. Sollen wir vielleicht dahin gehen?«

Er nickte zu einer Straße auf der anderen Seite der Landzunge hin. Ich zündete mir eine Zigarette an und rauchte sie, während wir weitergingen. Der Rausch klang allmählich ab, und die Leere, die er hinterließ, wurde von einer gewaltigen Müdigkeit ausgefüllt.

Die Straße, auf der wir gingen, führte zum Fjord hinab. Nach einer Weile tauchte direkt unter uns ein Schwimmbad auf. Ein weiß gestrichenes Becken mit Sprungturm und Sprungbrett und daneben ein Kinderbecken, und auf einer grünen Liegewiese, die sich bis zur Straße hinauf erstreckte, war alles voller Menschen. Sie saßen auf Decken und Handtüchern, und neben ihnen standen Körbe und Taschen. Jede Menge Kinder in Badehosen und Badeanzügen liefen hin und her.

»Hier sind wir immer hingegangen«, sagte Frank.

»Du und …«, sagte ich.

»Ja, ich und die Kinder«, sagte er. »Du brauchst übrigens nicht so eine verfluchte Angst zu haben, sie zu erwähnen.«

Er legte die Hände auf das Geländer, blieb stehen und betrachtete das Menschengewimmel. Vor dem gewaltigen blauen Himmel, dem ruhigen blauen Fjord und den grünen Bergen und Hügeln im Hintergrund bildeten die Badenden mit ihren Sachen einen Flickenteppich aus Farben.

Plötzlich hob er den Arm und zeigte. Öffnete den Mund, ohne dass ein Wort herauskam.

»Was ist?«, fragte ich.

»Da«, sagte er. »Siehst du sie? Unter dem Baum da? Ein paar Meter hinter dem gelben Mountainbike?«

Ich sah hin. Dort saß ein kleines Mädchen, die Arme um die Knie geschlungen.

»Ja, ich sehe ein Mädchen«, sagte ich und wollte weitergehen, ehe etwas passierte, weil ich begriff, was er dachte. Dass dies Emma war.

»Das ist Emma«, sagte er. »Das ist die kleine Emma.«

Er eilte im Laufschritt zum Eingang.

»Frank«, sagte ich. »Das ist sie nicht. Das ist nur irgendein Mädchen, das ihr ähnlich sieht.«

Er hörte nicht auf mich. Ich lief ihm hinterher. Musste versuchen, eine Szene zu verhindern.

Ich holte ihn an der Wiese ein. Er ging so schnell er konnte zwischen den ausgelegten Handtüchern hindurch.

»Frank«, sagte ich leise. »Du weißt nicht mehr, was du tust. Komm lieber mit. Lass sie in Ruhe.«

Er blieb stehen und sah mich an. Seine Augen funkelten.

»Du hältst jetzt das Maul«, fauchte er.

»Okay, okay«, sagte ich.

Die letzten Meter ging er. Das Mädchen sah uns nicht, sie saß regungslos im Schatten des Baums und sah zum Schwimmbecken. Frank ging vor ihr in die Hocke. Ich blieb ein paar Meter hinter ihm stehen.

»Emma«, sagte er. »Ich bin so traurig. Ich bin so unfassbar traurig. Du bist das hübscheste Mädchen in der Welt. Weißt du das?«

Sie gab ihm durch nichts zu verstehen, dass sie seine Anwesenheit überhaupt bemerkte. Starrte nur vor sich hin.

Ein leiser Zweifel beschlich mich, denn auf ihrem T-Shirt waren einige große Flecken, die aussahen wie Blut.

»Sag doch was, Emma. Irgendwas. Ich liebe dich so. Ich liebe dich so, meine Kleine.«

Sie stand auf, und ich erstarrte. Die rechte Seite ihres Kopfs war eingeschlagen.

»Geh nicht«, sagte Frank. »Nicht jetzt, nachdem ich dich wiedergefunden habe.«

Sie ging den Anstieg zum Zaun hinauf, wo viele Sträucher wuchsen, und dann war sie weg.

Frank legte den Kopf in die Hände. Ich drehte mich um. Die Leute sahen schnell nach unten, wie man es macht, wenn man dabei ertappt wird, jemanden anzustarren.

Das konnte nicht wahr sein.

Das musste eine Halluzination gewesen sein.

Aber wir hatten es beide gesehen.

Konnte ich so auf Franks Wellenlänge eingestellt sein, dass ich suggestiv das Gleiche sah wie er?

Frank richtete sich auf und ging zurück, ohne mich anzusehen.

Ich folgte ihm. Die Leute beobachteten uns mehr oder weniger unverhohlen, als wir uns zwischen allen Decken und Handtüchern hindurchmanövrierten.

Warum hatte kein anderer das Mädchen gesehen?

Und warum hatte *ich* sie gesehen?

Als wir aus dem Schwimmbad waren, ging Frank schnell die Straße hinab.

»Glaubst du mir jetzt?«, fragte er, als ich ihn einholte. Sein Gesicht war tränennass.

Ich nickte.

»Ich will dir nicht glauben, aber ich glaube dir«, sagte ich.

»Jetzt betrinken wir uns, und dann vergessen wir das Ganze«, sagte er und sah mich mit etwas an, das wohl ein Lächeln sein sollte, aber eine Grimasse mit verzerrter und bebender Oberlippe war.

»Das hört sich gut an«, sagte ich.

Ich verließ Frank an dem Abend gegen neun, als er in seinem Hotelzimmer schlafend auf dem Bett saß, und habe ihn danach nicht wieder gesehen. Ich habe oft an ihn gedacht und bin zwei Mal in die Bibliothek der Stadt gefahren, wo ich wohne, und habe im Internet nach ihm gesucht, aber er hat mir nie seinen Nachnamen genannt, so dass mein einziger Anhaltspunkt der Familienname seiner Tochter war, der wahrscheinlich nicht identisch war mit seinem. Allerdings kannte er meinen Namen, wenn er Kontakt aufnehmen wollte, brauchte er mich also nur anzurufen.

Das Bild des Mädchens im Schatten unter dem Baum habe ich seither jeden Tag vor mir gesehen.

Ich sah sie, und sie war tot.

Es war unerklärlich.

Aber trotzdem geschehen.

Als ich zu dem Sommerhaus zurückkehrte, in dem ich wohne, suchte ich als Erstes ein dreibändiges Werk heraus, das ich seit meiner Studienzeit besaß, aber nie gelesen hatte, *Die Weltgeschichte des Totenreichs*. Geschrieben hatte es ein gewisser Olav O. Aukrust, und ich kaufte es damals, weil ich dachte, geschrieben hätte es der große Dichter Olav Aukrust, was er natürlich nicht getan hatte – wie konnte ich nur glauben, er hätte ein großes Werk über den Tod geschrieben, ohne dass ich jemals davon gehört hatte? –, aber jetzt konnte ich es gut gebrauchen. Ich las über das Totenreich der Babylonier, über die Totenreiche der Ägypter und Griechen, über diverse gnostische Vorstellungen von den Toten, über die Totenreiche der Wikingerzeit und des Mittelalters, über indische, tibetanische und chinesische Totenreiche, und über modernere Vorstellungen wie Parapsychologie und Spiritismus. Ich begriff, dass das Mädchen uns nicht gesehen hatte – wahrscheinlich hatte sie gar nichts gesehen –, uns aber möglicherweise gesehen hätte, wenn sie etwas Blut getrunken hätte. Dagegen verstand ich nicht, was sie unter den Lebenden machte. In der Literatur passierte das nur, wenn die Toten keine ordentliche Beerdigung bekommen hatten, nicht zu Grabe getragen worden waren. Aber das war sie ja.

Ich fuhr nach London und besuchte meinen Vater, nicht weil ich Swedenborg gelesen hatte, bei dem es ja ein London unter London gibt, denn was er sah, waren, glaube ich, pathologische Wahnvorstellungen vermischt mit Größenwahn, nein, ich klapperte auf der Suche nach Büchern über die Toten die Londoner Antiquariate und Buchhandlungen ab. Es herrschte kein Mangel an Literatur zum Thema, denn mit dem Leben nach dem Tod haben sich alle Kulturen beschäftigt. So weit wir zurückblicken können, also bis zu den Ursprüngen der Schriftsprache, haben Menschen sich damit beschäftigt, was nach dem Tod kommt. Die Schriftsprache ist der Horizont der Kultur, der Tod ist der Horizont des Lebens. Und dass man die Schriftsprache als Erstes dazu benutzte, sich dem Tod zuzuwenden, erscheint einem auf eigenartige, aber einleuchtende Weise sinnvoll. Aber während die sichtbare, handfeste und konkrete Welt seither im Laufe der Jahrhunderte erforscht und dokumentiert worden ist, so dass es scheinbar keine Mysterien mehr gibt, nur Fakten, die in ständig modifizierte Theorien über die Wirklichkeit hineinpassen, hat sich unsere Einsicht in den Tod nicht verändert. Einstein wusste genauso wenig über den Tod wie die ersten Menschen, die in Höhlen lebten. In der langsamen, jahrhundertelangen Bewegung, in der die Wahrheit immer kleiner wurde, während die Naturwissenschaften nach den kleinstmöglichen Punkten suchten, also den unterschiedlichen Partikeln im Atom, um *von dort aus* die Welt zu erklären, war für den Tod kein Platz. In früheren Erklärungssystemen, zum Beispiel dem der Antike oder des europäischen Mittelalters, wurde die Wahrheit im Gegenteil gesucht, in der Komplexität der Wirklichkeit, und in dieser Gesamtheit, so falsch sie uns auch erscheinen mag, nahm der Tod großen Raum ein.

Was machen wir mit dem, was wir zwar ahnen, aber nicht wissen können?

Wir verschließen die Augen davor.

Wir sind ein bisschen wie der betrunkene Mann, der an einem späten Abend auf die beleuchtete Erde unter der Straßenlaterne starrt, während einige Passanten stehen bleiben und ihn fragen, ob er dort nach etwas suche. Er nickt, er suche nach seinem Schlüssel. Die Passanten helfen ihm suchen, aber der Schlüssel ist offensichtlich nicht dort, so dass sie ihn fragen, ob er sich sicher sei, ihn genau dort verloren zu haben. Ach was, erwidert der betrunkene Mann, ich habe ihn da hinten verloren – er zeigt in die Dunkelheit –, aber da finde ich ihn doch nie, da suche ich lieber hier im Hellen.

Mit einem Koffer voller Bücher und weiteren Bänden, die per Post eintreffen würden, kehrte ich aus London zurück. Ich konnte nicht vergessen, dass ich ein totes Mädchen gesehen hatte, das an einem Schwimmbecken in den Kleidern saß, die sie trug, als sie starb, schweigend und verschlossen, und ich konnte nicht einfach so tun, als hätte ich das nicht gesehen. Also schrieb ich darüber und was es bedeuten könnte. Während der Arbeit war es mir, als öffne sich etwas in mir, ich begann zu verstehen, in welch hohem Maße die Sprache unsere Welt begrenzt, dass sie diese ordnet und die unterschiedlichen Elemente in logische Systeme einfügt, die ihrer Natur nach so sind, dass wir nicht das System oder die Logik sehen, sondern nur die Welt, die die Sprache herausgreift. Ich sah die Möwen, die hoch oben am blauen Himmel schwebten, ich hörte ihre Rufe und begriff, dass sie Geschöpfe waren wie wir, namenlos, undefiniert, frei. Ihre Seele war etwas, das sich in die Welt hob, etwas weitete sich, eine Gegenwart von jemand, und das war undenkbar, undenkbar, dass diese geweitete Gegenwart einfach aufhören sollte. Ich sah die Eichen im Wald hinter dem Sommerhaus, so langsam und ruhig, auch sie waren Geschöpfe wie wir, namenlos und frei und undefiniert.

Flüchtig aufblitzend sah ich die Welt hinter der Sprache, voller Verwandlungen und Mysterien, und eines Nachts sah ich im Traum meine Mutter, Torill. Das heißt, ich schlief, und Bilder füllten mein Inneres, aber es war nicht so, als wäre das, was die Bilder vermittelten, zufällig hingeworfen worden, wie es bei den meisten Träumen der Fall ist, zumindest meinen. Nein, es schien mir, als wartete Torill im Traum auf mich. Als wäre sie schon da gewesen, bevor ich kam. Ich ging zum Bootssteg hinab, das Meer war grau und windgepeitscht mit weißen Schaumkronen, weil ich gesehen hatte, dass dort unten jemand stand, in einer gelben Regenjacke, und als ich auf den Steg hinausging, drehte die Gestalt sich um, und es war sie.

»Egil«, sagte sie. »Mein Kind.«

Ich sagte nichts.

»Ich habe nie verstanden, wer du warst. Es tut mir so leid, wenn du es deshalb schwer hattest.«

»Nein, nein«, sagte ich.

»Ich war dir keine gute Mutter. Für deine Brüder war es gut, aber nicht für dich.«

»Natürlich warst du eine wirklich gute Mutter«, sagte ich.

Sie beugte sich zu mir vor und zog den Reißverschluss meines Anoraks zu. Das hatte sie immer getan.

Das Nächste, was passierte, war, dass ich im Schlafzimmer lag und zur Decke sah. Ich stand auf und zog die Vorhänge zur Seite. Das Meer war grau und windgepeitscht mit weißen Schaumkronen. Der Steg rutschig vom Regen.

Aber keine Frau in einer gelben Regenjacke.

Die Füchse zeigten sich, und die Hirsche auf den Wiesen jenseits der Straße. Das Wetter wurde wärmer und wärmer. Eines Morgens landete ein riesiger Schwarm schwarzer Vögel auf den Uferfelsen, so etwas hatte ich noch nie gesehen, es mussten Tausende sein. Stundenlang standen sie dichtgedrängt, dann flogen sie alle gleichzeitig auf, eine gigantische schwarze Wolke stieg zum Himmel auf, wurde zu einem wirbelnden Strom aus Fleisch, sie flogen wie ein einziges Wesen, und dann verschwanden sie über den Bäumen am anderen Ufer.

Und gestern Abend ist ein neuer Stern am Himmel aufgetaucht.

Er scheint jetzt dort oben über mir.

Der Morgenstern.

Ich weiß, was dieser Stern bedeutet.

Er bedeutet, dass es begonnen hat.

Quellen

Die Bibel. Nach Martin Luthers Übersetzung. Revidiert 2017. Stuttgart: Deutsche Bibelgesellschaft 2016. AT S. 5, 103, 259, 547/548, 555, 711. NT S. 11, 16, 68, 83, 92, 123, 281/282, 287, 297.

Hölderlin, Friedrich: Werke. Band 1, Gedichte. Frankfurt am Main: Insel 1983, S. 144.

Kerényi, Karl: Dionysos. Urbild des unzerstörbaren Lebens. München: Albert Langen 1976, S. 117.

Rilke, Rainer Maria: Die Gedichte. Frankfurt am Main: Insel Verlag 1986, S. 200.

Das Motto stammt aus der Offenbarung des Johannes, 9:6.

Dank

Ich danke Henry Marsh, Pål-Dag Line, Cecilie Jørgensen Strømmen und Naomi und Yaron Shavit für ihre unschätzbare Hilfe bei Dingen, von denen ich nichts verstehe, sowie Bjørn Arild und Kari Ersland, Yngve Knausgård, Monika Fagerholm, Birgit Bjerck und Kristine Næss für ihre Lektüre im Laufe der Arbeit.

www.themorningstar.no

Die norwegische Originalausgabe erschien 2020 unter dem Titel
»Morgenstjernen« im Forlaget Oktober, Oslo.

Die Übersetzung wurde von NORLA, Oslo, gefördert.
Der Verlag bedankt sich dafür.

NORLA
NORWEGIAN LITERATURE ABROAD

MIX
Papier | Fördert
gute Waldnutzung
FSC® C014496
FSC
www.fsc.org

Penguin Random House Verlagsgruppe FSC® N001967

1. Auflage
Genehmigte Taschenbuchausgabe September 2023

Lektorat: Regina Kammerer
Covergestaltung: Semper Smile nach einem Entwurf von Buxdesign
nach einer Idee von PRH/USA
Covermotiv: © plainpicture / Millennium / Felica Simion; Shutterstock / Eneko Aldaz
Druck und Einband: GGP Media GmbH, Pößneck
RK · Herstellung: sc
Printed in Germany
ISBN 978-3-442-77330-5

www.btb-verlag.de
www.facebook.com/penguinbuecher

KARL OVE KNAUSGÅRD

Das große autobiographische Projekt in sechs Bänden.

Band 1 **Sterben · 74519**

»Ein Roman über das männliche Ego unserer Zeit.«
Stern

Band 2 **Lieben · 74685**

»Die intensivste Leseerfahrung seit Jahren … Da steht nämlich alles drin. Unser ganzer Patchworkwahnsinn. Und zugleich die reine Sehnsucht nach dem richtigen Leben. Erst harmlos reingeblättert, dann fünf Tage komplett im Buch verschwunden.«
Alex Rühle, Süddeutsche Zeitung

Band 3 **Spielen · 74932**

»Es erfordert Mut, ein gewisses Maß an Größenwahn und so etwas wie eine mystische Hingabe ans Schreiben, sich an ein so immenses und jeder Konvention spottendes literarisches Unternehmen zu wagen, wie er es getan hat … Aus Stein gehauen, präzise und kraftvoll. Wirklicher als die Wirklichkeit.«
La Repubblica

Band 4 **Leben · 71306**

»In den autobiographischen Büchern des norwegischen Schriftstellers passiert nichts Spektakuläres – und doch verfallen ihm die Leser weltweit wie sonst nur Harry Potter.«
Ijoma Mangold, ZEIT

Band 5 **Träumen · 71526**

»Das autobiographische Bekenntniswerk dieses Norwegers hat inzwischen einen Triumphzug um die ganze Welt angetreten.«
Volker Weidermann, Der Spiegel

Band 6 **Kämpfen · 71748**

»Mehr als in den anderen Büchern fallen in ›Kämpfen‹ der Schreibprozess und die erzählte Zeit zusammen, erzählt dieser sechste Band von seiner eigenen Entstehung.«
Gerrit Bartels, Der Tagesspiegel

btb